'निशंक' के साहित्य में लोकतत्त्व

‘निशंक’ के साहित्य में लोकतत्त्व

डॉ. कपिल देव पंवार

प्रभात प्रकाशन

प्रकाशक • **प्रभात प्रकाशन प्रा. लि.**
4/19 आसफ अली रोड,
नई दिल्ली–110002

संस्करण • प्रथम, 2022
मूल्य • पाँच सौ रुपए
मुद्रक • आर–टेक ऑफसेट प्रिंटर्स, दिल्ली

'NISHANK' KE SAHITYA MEIN LOKATATTV

by Dr. Kapil Dev Panwar ₹ 500.00
Published by Prabhat Prakashan Pvt. Ltd., 4/19 Asaf Ali Road, New Delhi-2
e-mail: prabhatbooks@gmail.com ISBN 978-93-90923-55-7

अभी भी है जंग जारी
वेदना सोई नहीं है
मनुजता होगी धरा पर
संवेदना खोई नहीं है।
किया है बलिदान जीवन,
निर्बलता ढोई नहीं है।
कह रहा हूँ ए वतन!
तुझसे बड़ा कोई नहीं है
—रमेश पोखरियाल 'निशंक'
अपना पराया
पहाड़ से ऊँचा
कृतघ्न
मेजर निराला
प्रतिज्ञा
भागोंवाली
पल्लवी
छूट गया पड़ाव
निशान्त

भूमिका

कथाकार रमेश पोखरियाल 'निशंक' राजनेताओं की उस पीढ़ी का प्रतिनिधित्व करते हैं, जिनके लिए शब्द और सृजन का महत्त्व सत्ता से श्रेष्ठ रहा है। साहित्य का महत्त्व सदैव काल संबद्ध होता है। विचारों की अभिव्यक्ति का साधन चाहे कोई भी विधा हो, महत्त्व तो इस बात का है कि उसकी संवेदनशीलता का मानक कितनी उच्चकोटि का है। 'निशंकजी' ने हिंदी साहित्य को विपुल कथा-साहित्य दिया है। उनके विचारों की अगाध सरणि निरंतर प्रवाहित हो रही है और गर्व इस बात का है कि ऐसे साहित्यकार जिन्होंने अपनी संवेदना से देश ही नहीं वरन् विदेशों में भी अपना परचम फैलाया है, वे भारतभूमि के ललाट हिमालय की गोद में बसे देवभूमि उत्तराखंड में जन्मे, यहीं पले और यहीं से विचार तंतुओं की निर्मिति प्रारंभ कर विश्वव्यापी साहित्य का लेखन कर रहे हैं। 'निशंकजी', हिंदी के उन कथाकारों में से हैं, जिन्होंने 'लोक' को कथा-साहित्य की आधार-भूमि बनाया तथा लोक-तत्त्वों को निजता में न लेकर संपूर्ण प्राणी-जगत् की संवेदनाओं के विराट्त्व में प्रतिबिंबित किया है। उत्तराखंड से उनका आत्मिक संबंध है, इसका प्रतिबिंब उनकी लेखनी में स्वत: प्रकट होता है। देवभूमि के नाम से विख्यात इस हिमालयी राज्य की लोक-तत्त्व की दृष्टि से एक अलग पहचान है, इसलिए उनके साहित्य में, आँचलिकता की सीमाओं में भी लोक-तत्त्व की विस्तृत विवेचना मिलती है।

'लोक' शब्द मानव की अनन्त यात्रा का अनुगामी है। जितना बड़ा लोक होगा, उतनी ही सुदृढ़ उसकी भाव-भूमि निर्मित होगी। हिमालयी राज्यों का यह सौभाग्य है कि वह लोक-तत्त्वों की विपुलता से सदैव समृद्ध रहा है। पर्वतीय अँचल के निवासी इसी अतुलनीय आभा के अन्वेषी रहे हैं तथा सदैव आकांक्षी रहते हैं कि हमारी लोकानुभूति जीवंत रहे। यहाँ का साहित्य, संस्कृति, सभ्यता के प्रति सदैव कृतज्ञ रहा है। आदिम परंपराओं से ज्ञात होता है कि मानव ही नहीं, प्रकृति में भी नदियाँ सामान्य नीरा नहीं, वरन् कल्याणकारी हैं, लोक-धर्म, लोक-विश्वासों से संपृक्त हमारी लोक-संस्कृति का प्रतिबिंब साहित्य पर भी पड़ा है।

'लोक' शब्द की उत्पत्ति 'लोक दर्शने' धातु में धञ् प्रत्यय के संयोग से मानी गई है। इस धातु से मूलतः देखने अथवा अवलोकन करने के भाग का अर्थ बोध होता है और तत्काल यह भाव दृष्टा और पाठक के अंतर्जगत् में ध्वनित होने लगता है। लोक की व्यापकता हेतु आदिकाल से विद्वानों ने अनेक प्रयत्न किए हैं तथा अलग-अलग अवधारणाओं के साथ इसके शृंगार में श्रीवृद्धि भी की है। मूलतः मानव सामाजिक इकाई होने के कारण समाज के कल्याणकारी स्वरूप को स्वीकार करना चाहता है तथा इसके लिए वह जिस समाज का निर्माण करता है, उसकी परिणिति में वह विभिन्न माध्यमों का आश्रय लेता है, उसी से उसके भूत, वर्तमान, भविष्य का निर्धारण होता है। उसकी पहचान समाज में उसके परिवेश से जुड़ी रहती है, जिसके निर्धारण में विभिन्न तत्त्वों की भूमिका परिलक्षित होती है। इस प्रकार उसके समाज अथवा उसकी पहचान में जिन तत्त्वों का योगदान रहता है, उसे 'लोक-तत्त्व' कहा जा सकता है।

लोक के अंतर्गत न केवल ग्रामीण जनता का अवलोकन, अपितु पृथ्वी के निश्चित भू-भाग पर रहनेवाली जनता के जीवन परिदृश्य का अवलोकन किया जा सकता है। जीवन-यापन करने के लिए मनुष्य पूर्वकाल से ही विभिन्न तत्त्वों को सामाजिक, सांस्कृतिक, भौगोलिक आधार पर ग्रहण करता है, जिसे वह अपने व्यावहारिक जीवन में सँजोता जाता है। 'लोक' के जीवन-कला, सुख-दुःख, परंपरा, रीति-रिवाज स्वभाव को साहित्य में परिष्कृत करने से प्राप्त साहित्य 'लोक-साहित्य' का निर्माण करता है। लोक-साहित्य का रूप जितना प्रादेशिक है, उससे भी अधिक वह राष्ट्रव्यापी होता है, इस प्रकार यह भी स्पष्ट है कि लोक-तत्त्वों की कोई विशेष सीमा नहीं होती है, बल्कि जिस भी समाज में मानव रहता है, वहाँ लोक-तत्त्वों के विभिन्न रूपों का स्वतः प्रस्फुटन हो जाता है।

संपूर्ण मानव जीवन साहित्य का प्रतिपाद्य है। साहित्य और समाज एक-दूसरे के पूरक हैं। साहित्यकार अपने परिवेश से प्रभावित भी होता है और अपनी संवेदना द्वारा परिवेश से ग्रहण किए गए विचार-तंतुओं से वह समाज को प्रभावित भी करता है। साहित्य की विभिन्न विधाओं में उपन्यास और कहानी ही हैं, जिनमें प्रथम बार मानव जीवन के आंतरिक एवं बाह्य आयामों की परिवेशगत व्याख्या हुई। इस प्रकार कथा-साहित्य में मानव अपने समग्र परिवेश, वातावरण, परंपरा, परिस्थिति, इतिहास की पृष्ठभूमि के साथ चित्रित होता है, वस्तुतः इसे ही 'लोक' की संज्ञा दी गई है।

साहित्य का उद्देश्य हमेशा 'सबके हित' के लिए होता है। कथाकार रमेश पोखरियाल 'निशंक' ने अपने साहित्य में उत्तराखंड ही नहीं, अपितु देश व विदेश के लोक-तत्त्वों की महत्ता को, अपने साहित्य में उत्कृष्ट दृष्टिकोण के साथ वर्णित किया है।

समसामयिक युग की मूल्य संक्रमित परिस्थितियों तथा उनके लोक आधारित आस्थावान स्वभाव की टकराहट से उनका कथा-साहित्य प्रेरित-प्रणीत है।

'लोक तत्त्व' यह जीवन के आंकलन का सबसे सशक्त व हृदयस्पर्शी माध्यम होता है। यह पुस्तक 'निशंकजी' के कथा-साहित्य में उद्धृत लोक-तत्त्वों की अभिव्यंजना पर केंद्रित है। समूची साहित्यिक विधाओं में कथा-साहित्य मुझे बचपन से प्रभावित करता रहा है, बचपन में गाँव में सुनी कहानियों से लेकर साहित्यिक कहानियों ने शायद मेरे मन में इस विधा के प्रति आस्था का भाव पैदा किया होगा, यह मैं समझता हूँ। उत्तराखंड के मूल निवासी एवं ग्रामीण परिवेश से जिंदगी का सफर तय करते हुए मैंने पहाड़ के कठिन जीवन को जिया है तथा यहाँ के संघर्षों से मेरा आत्मीय संबंध रहा है, वहीं मुझे बारंबर गर्व महसूस होता है कि मेरा जन्म इस देवस्थली भूमि में हुआ है। पर्वतीय क्षेत्रों में जीवन की कई विविधताओं को महसूस करते हुए जब अध्ययन के दौरान कथा-साहित्य से गुजरते हुए मैंने कथाकार रमेश पोखरियाल 'निशंकजी' का कथा-साहित्य पढ़ा, तो जीवन के अंतरंग पक्ष के साथ मुझे उसमें लोक की अभिव्यंजना का दृष्टिकोण दिखाई दिया। 'निशंकजी' को मैंने अपने गुरु के रूप मे पूजनीय माना, क्योंकि मेरी शिक्षा उसी उत्तरकाशी के सरस्वती शिशु मंदिर से प्रारंभ हुई, जहाँ 'निशंकजी' ने वर्ष 1978-79 में आचार्य के रूप में अपनी भूमिका निभाई, हालाँकि जब मैं वहाँ पढ़ता था, तब वे उतर प्रदेश सरकार में मंत्री थे, लेकिन बुद्धिमत्ता व कौशल चरित्र के धनी कथाकार रमेश पोखरियाल 'निशंक' को केंद्र बनाकर हमारे अन्य गुरुजन उनके पद-चिह्नों पर चलने की सीख देते थे। साहित्य के संसर्ग में आने पर उनकी पर्वतीय जीवन की कथाओं का बीज-रूप मेरी अभिरुचि के अनुरूप पल्लवित होता गया और उपन्यास और कहानी के लोक-तत्त्व मेरे जीवन के अभिन्न अंग बन गए। 'निशंकजी' के कथा-साहित्य में जीवन-मूल्यों, संवेदना, सांस्कृतिक अनुशीलन में वही लोक-तत्त्व का प्रभाव स्पष्ट परिलक्षित होता है, उनकी संपूर्ण भाव-भूमि लोक-तत्त्वों से सुशोभित होती है। वे अस्सी के दशक से निरंतर अपनी साहित्यिक परिपाटी को मजबूत कर रहे हैं। वे दर्जनों कहानी, उपन्यास लिख चुके हैं। उनके कथा-साहित्य में 'लोक'—पौराणिक, धार्मिक, सांस्कृतिक, सामाजिक, आर्थिक, मनोवैज्ञानिक पृष्ठभूमि के साथ चित्रित हुआ है। उनके साहित्य मे उत्तराखंड ही नहीं, बल्कि संपूर्ण संसार के लोक-मन की विभिन्न स्थितियों को परखा जा सकता है, जैसे कि 'जिज्ञासा', यह मनुष्य की चित्त-वृत्ति है और 'निशंकजी' के कथा-साहित्य को पढ़ते समय मेरे मन में लोक-तत्त्वों की अभिव्यंजना को विवेचित करने की जिज्ञासा निरंतर प्रबल होती गई और इस पुस्तक में मैंने कथाकार रमेश पोखरियाल 'निशंक' के कथा-साहित्य में लोक-तत्त्वों को अभिव्यंजित करने का प्रयास किया है। मैंने 'लोक-

तत्त्वों की अभिव्यंजना' को दृष्टिगत उनके समस्त कथा-साहित्य को विश्लेषणात्मक और विवेचनात्मक दृष्टि से अध्ययन किया, साथ ही उनके साक्षात्कार, उन पर आधारित समाचार-पत्रों के संकलन, लेख, इंटरनेट पर उपलब्ध आधारभूत तथ्यों का समुचित प्रयोग इस पुस्तक में किया है।

आभार

जब जिज्ञासु मन उद्वेलित होकर किसी नवीन-पथ की ओर अग्रसर होता है, तब उसके कार्य को मूर्त रूप प्रदान करने हेतु सत्त सहयोग, प्रेरणा उत्साहवर्धन एवं कुशल मार्ग-दर्शन की आवश्यकता होती है। प्रत्येक कार्य की संपन्नता में प्रत्यक्ष-अप्रत्यक्ष रूप से कई पूज्यजनों का सहयोग और आशीर्वाद होता है, जिनके प्रति आभार जताना केवल एक औपचारिकता मात्र होती है, अतः कार्य की संपन्नता पर मैं उन सभी पूज्यजनों के प्रति आभार व्यक्त करना चाहूँगा, जिन्होंने मुझे अपना अमूल्य समय, सहयोग एवं आशीर्वाद प्रदान किया।

'गुरुर ब्रह्मा, गुरुर विष्णु, गुरुर देवो महेश्वरः,
गुरुः साक्षात्परमब्रह्मा तस्मै श्री गुरुवे नमः।

इस वैदिक श्लोक की गरिमा के साथ मैं सर्वप्रथम श्रद्धेया प्रो. मंजुला राणा, हिंदी विभाग, हेमवती नंदन बहुगुणा गढ़वाल केंद्रीय विश्वविद्यालय, श्रीनगर-गढ़वाल को धन्यवाद अर्पित करता हूँ, जिनके मूल्यान्वेषी मार्गदर्शन, आशीर्वाद, सहयोग एवं अति आत्मीयतायुक्त निर्देशन में यह कार्य पूर्ण हुआ। इस कार्य के रूपायन में जब-जब मेरे सामने कोई भी कठिनाई आई तो आपके विद्वत्तापूर्ण निर्देशन, स्नेहिल सान्निध्य एवं वात्सल्यमयी सदुपदेशों से सारी बाधाएँ स्वतः ही दूर होती गईं। एक शिक्षिका के अतिरिक्त आपकी मानव-धर्मिता एवं गुरु के साथ माँ तुल्य स्नेह के लिए मैं कृतज्ञ हूँ और जिसके लिए मैं विशेष तौर से सदैव ऋणी रहूँगा एवं मेरी आपके प्रति श्रद्धा आजीवन बनी रहेगी।

मैं शब्द साधक डॉ. रमेश पोखरियाल 'निशंकजी' को श्रद्धा सुमन अर्पित करता हूँ, जिनके सुंदर कथा-साहित्य पर मुझे पुस्तक लिखने का सौभाग्य प्राप्त हुआ। मेरा प्रयास 'डॉ. रमेश पोखरियाल 'निशंक' के कथा-साहित्य में लोक-तत्त्वों की अभिव्यंजना' को शोधपरक दृष्टि से अभिव्यक्त करने का रहा है, जिसके लिए आपकी पुस्तकों, लेखों, संपूर्ण साहित्य को, विशेष रूप से उपन्यास एवं कहानियों को पढ़कर एवं उनसे प्रेरणा

लेकर ही अपने लेखन को पुस्तक आकार प्रदान कर सका।

मैं श्रद्धेया प्रो. अन्नपूर्णा नौटियाल, कुलपति, हेमवती नंदन बहुगुणा गढ़वाल विश्वविद्यालय के प्रति कृतज्ञता व्यक्त करता हूँ, जिनका स्नेह, प्रोत्साहन एवं मार्गदर्शन मुझे समय-समय पर मिलता रहा, उनके आशीर्वाद ने ही मेरे व्यक्तित्त्व को पहचान दी है।

मैं हृदय से आभारी हूँ श्रद्धेय डॉ. योगेंद्रनाथ शर्मा 'अरुण' जी का, जिन्होंने समय-समय पर निस्स्वार्थ भाव से मेरा मार्गदर्शन कर मुझे प्रेरित एवं प्रोत्साहित किया।

मैं अपने पूज्य मात-पिता, श्री सत्यदेव सिंह पंवारजी और श्रीमती सुलोचना देवी का हृदय से स्मरण कर कोटि-कोटि नमन करता हूँ, जिन्होंने स्वयं अभावों में रहकर सदैव मुझे अध्ययन हेतु सजग रखा तथा मेरे प्रत्येक सपने को आकार दिया। मेरा जीवन उनकी ही आशीष का रूपांतरण है। मैं अपने चाचा-चाची और अनुजों का सहृदय आभार व्यक्त करता हूँ, जिनका विश्वास मेरे मनोबल को हमेशा बढ़ाता गया और जिससे मुझे आगे बढ़ने की प्रेरणा मिली।

अंत में मैं एक बार फिर, परब्रह्म परमात्मा, अपने गुरुजनों तथा माता-पिता को हृदय से स्मरण करते हुए कोटि-कोटि नमन कर उनके प्रति अपनी कृतज्ञता व्यक्त करता हूँ, जिनके कारण यह कार्य पुस्तक रूप में विद्वत्तजनों के समक्ष रखने का प्रयत्न कर रहा हूँ। मानव स्वभावानुसार किसी कार्य में कमियाँ रह जाना स्वाभाविक है, अतः विद्वत्तजन उन कमियों की ओर ध्यान आकृष्ट कर अपने सुझावों से मुझे उपकृत करेंगे, तभी मैं अपने श्रम को सार्थक समझूँगा।

स्थान : श्रीनगर गढ़वाल

—डॉ. कपिल देव पंवार

अनुक्रम

भूमिका 7

आभार 11

1. कथाकार डॉ. रमेश पोखरियाल 'निशंक' : जीवन-परिचय एवं कृतित्व 15

2. कथाकार डॉ. रमेश पोखरियाल 'निशंक' के कथा-साहित्य का विन्यास 33

3. लोक-तत्त्व की अभिव्यंजना के विविध आयाम 83

4. डॉ. रमेश पोखरियाल 'निशंक' के कथा-साहित्य में लोक-तत्त्व 108

5. डॉ. रमेश पोखरियाल 'निशंक' के कथा-साहित्य में लोक-भाषा 192

उपसंहार 220

परिशिष्ट 228

संदर्भ ग्रंथ-सूची 231

साक्षात्कार 235

सतह से शीर्ष तक की यात्रा 241

कथाकार डॉ. रमेश पोखरियाल 'निशंक' : जीवन-परिचय एवं कृतित्व

वीर प्रसूता देवभूमि उत्तराखंड एक ओर हिमालय को मुकुट के समान धारण करती है तो दूसरी ओर गोमुख से निःसृत गंगा कल्याणमयी माँ के समान इसे निर्मल कर रही है। अद्भुत संयोग है इस भूमि का, जहाँ पर्वतपुत्री गिरिजा और शंकर के प्रतीक आज भी अपनी जीवंतता से याद किए जाते हैं। उत्तराखंड की पावन भूमि ने न केवल देश पर मर मिटनेवाले वीर सैनिकों को जन्म दिया, वरन् उनके ओज और शौर्य को अपने शब्दों से ओजस्वी बनानेवाले अनेक साहित्यकारों को भी जन्म दिया है। इसी धरती में विवेच्य रचनाकार रमेश पोखरियाल 'निशंक' का जन्म हुआ, जिन्होंने कर्मयोगी के समान जमीन से जुड़कर एक गाँव के सीधे-सरल व्यक्ति की तरह अपना जीवन पहाड़ों के कठोर संघर्षों से प्रारंभ किया। कहा जाता है कि पहाड़ की दुःख-पीड़ा पहाड़ से भी बड़ी होती है, किंतु यह भी सत्य है कि यहाँ का नौजवान अपने अदम्य साहस और कठोर परिश्रम से इन संघर्षों के बीच भी अपना रास्ता खोजकर उसे सुरम्य बनाता है। 'निशंकजी' की जीवन-यात्रा इस सूत्र की साक्षी है। डॉ. योगेंद्रनाथ शर्मा 'अरुण' के शब्दों में—"देवात्मा हिमालय की पावन देवभूमि के समर्पित साहित्य-साधक डॉ. रमेश पोखरियाल 'निशंक' हिंदी जगत् के ऐसे चर्चित एवं प्रतिष्ठित रचनाकारों में गिने जाते हैं, जिनका साहित्य मूलतः जीवन-मूल्यों की अनवरत सारस्वत-साधना का प्रतीक बन चुका है। राष्ट्रीय चेतना के प्रखर कवि डॉ. 'निशंक' ने जहाँ अपनी काव्य-साधना के माध्यम से प्रखर राष्ट्रवाद एवं सांस्कृतिक जागरण का मंत्र फूँका है, वहीं अपने कथा-साहित्य के माध्यम से उन्होंने सामाजिक, आर्थिक, राजनीतिक, सांस्कृतिक, धार्मिक एवं भौगोलिक परिवेश को अत्यंत सशक्त जीवंत अभिव्यक्ति भी प्रदान की है।"[1]

कथाकार 'निशंक' के चिंतन में सदैव मानव का सजीव लोक ही नहीं रहता, वरन् मानवेतर जीव-जंतु, पृथ्वी और पर्यावरण को भी उसी अनुपात में जगह मिली है।

संभवतः यह उनकी संवेदनशील प्रवृत्ति ही है कि उनके लेखन में लोक ध्वनित होता है। गाँव की अद्‌भुत छाप छोड़ते उनके कथानक बार-बार उस सच्चाई की ओर ले चलते हैं, जहाँ व्यक्ति अपनी वास्तविक छवि के साथ जीवित रहता है। ठेठ लाक का कलेवर तैयार करते उनके शब्द पाठकीय संवेदना के अनुपम उदाहरण हैं। कविता, कहानी, नाटक, यात्रा-वृत्तांत, प्रेरणास्पद वक्तव्य पत्रकारिता से संबंधी आलोक और न जाने किन-किन विविध वर्णों से सजाया है स्वयं को। पाठक तो उनकी तन्मयता और गांभीर्य से आकंठ डूबता ही चला जाता है। लेखन के क्षेत्र में उन्हें न कोई हड़बड़ी है और न दूसरे से आगे निकलने की प्रतिद्वंद्विता, वे तो दीवानों की तरह अपनी ही डगर पर चलनेवाले साहित्य साधक हैं। यही कारण है कि उनकी रचनाओं में जीवन-सत्य के अनेक गवाक्ष खुलते हैं।

संघर्ष और साहस उनके व्यक्तित्व का अहम हिस्सा हैं। संघर्षों को पूर्ण आत्मीयता से स्वीकार करना तथा कठोर परिश्रम करके उन्हें पार करना यही विशिष्टता उनके रचना-धर्म का मूलप्राण बिंदु है। आज देश में महानगरीय जीवन सामाजिक और सांस्कृतिक संघर्ष के बीच जूझ रहा है। शहर की चकाचौंध के बीच व्यक्ति जिस संघर्ष से गुजर रहा है, उसका प्रभाव ग्रामीण नागरिक जीवन में भी पड़ रहा है। कहानी हो या उपन्यास, दोनों ही विधाओं के विकास क्रम में, ग्रामीण जीवन, निम्न व मध्यवर्ग केंद्र में रहा है और शुरुआती दौर से ही इन्हीं परिवेशों से ताल्लुकात रखनेवाले कवि-लेखकों ने इन पर विशेष दृष्टि दी।

साहित्यकार जीवन के मर्म को समझता है, उसकी पारखी नजर, उसका मार्मिक हृदय संवेदनाओं का पुंज होता है, यही वजह है कि वह खुद के परिवेश से दूर संपूर्ण समाज की व्याख्या अपने अनुभव व कल्पना के माध्यम से कर लेता है। हिंदी साहित्य इसका साक्षी है। ग्रामीण परिवेश से ताल्लुकात रखनेवाले नागार्जुन, हरिशंकर परसाई दिनकर, निराला, अमृतराय—जैसे तमाम लेखकों ने शहरी जीवन के यथार्थ रूप को साहित्य में भली-भाँति स्थापित किया। वहीं शहरी जीवन से उभरे साहित्यकार कृष्णा सोबती, ममता कालिया, निर्मल वर्मा, कमलेश्वर, जगदीश चंद्र गुप्त—जैसे लेखकों ने शहर से दूर ग्रामीण जीवन के संघर्ष को समझने में कोई कसर नहीं छोड़ी। कवि एवं कथाकार 'निशंक' का साहित्य भी हमें ग्रामीण व शहरी नागरिक संवेदना से परिचित करवाता है। उन्होंने साहित्य में ग्रामीण व शहरी जीवन संघर्ष को दिख[illegible]या है, क्योंकि वे खुद ग्रामीण व शहरी समाज की द्वंद्वात्मक स्थिति के भुक्तभोगी हैं। आज भी उन्होंने गाँव से अपना नाता नहीं तोड़ा है और शहरी जीवन से भी वे निरंतर [illegible]। भारतीय संस्कृति के ध्वजवाहक के रूप में भी इस राष्ट्रवादी कवि को सा[illegible] जगत् में जाना जाता है। उन्होंने जिस मिट्टी में जन्म लिया, उसके प्रति उनका [illegible]नके खुद का परिचय देने के

अंदाज से समझा जा सकता है। मॉरीशस के 'गंगा तलाब' में हजारों प्रवासियों के बीच जब 'निशंकजी' पहुँचते हैं तो वे अपना परिचय इस तरह देते हैं—"मैं शिव प्रदेश से आया हूँ, मैं गंगा प्रदेश से आया हूँ और मैं गंगोत्री से आया हूँ।"[2] श्रेष्ठ साहित्यकारों की श्रेणी में देवभूमि उत्तराखंड के साहित्यकार रमेश पोखरियाल 'निशंक' हिंदी साहित्य के वर्तमान युग में अपनी उत्कृष्ट सृजन क्षमता के साथ उद्दीप्त हुए हैं।

जन्म एवं शिक्षा-दीक्षा

प्रकृति के यौवन से परिपूर्ण, देवताओं की भूमि मानी जानेवाले उत्तराखंड के मध्य भाग में स्थित पौड़ी जनपद ने दर्जनों प्रतिभाओं को जन्म दिया। यही पौड़ी जनपद हिंदी साहित्य के उदीयमान साहित्यकार रमेश पोखरियाल 'निशंक' की जन्मभूमि है। 15 जुलाई, 1959 ई. को ग्राम-पिनानी, पट्टी-घुड़दौड़स्यूँ, पौड़ी गढ़वाल में श्री परमानंद पोखरियाल एवं श्रीमती विश्वंभरी देवी के घर जिस प्रतिभावान बालक का जन्म हुआ, वही बालक आगे चलकर रमेश पोखरियाल 'निशंक' के रूप में साहित्य का कर्मयोगी बनकर निरंतर अपनी ज्ञानरूपी ज्योति से हिंदी साहित्य को दीप्तिमान कर रहा है। रमेश पोखरियाल 'निशंक' ने प्रारंभिक शिक्षा गाँव के प्राथमिक विद्यालय से अर्जित की, इसके बाद हाई स्कूल तक की शिक्षा जनता उच्चतर माध्यमिक विद्यालय दमदेवल, पौड़ी गढ़वाल में ही हुई। 'निशंकजी' के पिता पेशे से एक माली थे और घर में आर्थिक स्थिति अच्छी न होने के कारण उनके लिए शिक्षण कार्य जारी रखना एक चुनौती से कम नहीं था, लेकिन उन्होंने अपनी शिक्षा-दीक्षा जारी रखी। बचपन से ही पहाड़ के अभावग्रस्त जीवन को ढोते हुए वे इंटरमीडिएट की पढ़ाई करने हरिद्वार चले गए, जहाँ इंटरमीडिएट व स्नातक, स्नातकोत्तर की पढ़ाई के दौरान उन्होंने पहाड़ व मैदान की जीवन-शैली के अंतर को भली-भाँति समझा। पहाड़ के त्रस्त जीवन से लेकर पहाड़ के सौंदर्य से वे समय-समय पर मुखरित होते रहे, वहीं शहर के उपभोक्तावादी व घुटनभरे जीवन से भी उनका परिचय होता रहा। इस कटुता को भी उन्होंने सकारात्मक रूप से स्वीकार किया तथा इसी ऊर्जा से उनके अंदर एक कवि हृदय का प्रस्फुटन हुआ।

मनोवैज्ञानिक आधार पर व्यक्तित्व का निर्माण व्यक्ति के जन्मजात गुणों, उसकी पारिवारिक परिस्थितियों, शैक्षणिक उपलब्धियों, उसके सामाजिक, राजनीतिक, आर्थिक, भौगोलिक परिवेश से निर्मित होता है। इसलिए आंतरिक व बाह्य गुणों के आधार पर व्यक्तित्व की व्याख्या की जा सकती है। एक साहित्यकार के लिए उसका आंतरिक व्यक्तित्व उसके बाह्य व्यक्तित्व से महत्त्वपूर्ण होता है, क्योंकि साहित्यकार के साहित्य को पाठक बिना उसके रूप-रंग, बाह्य व्यक्तित्व के आधार पर आँकता है। साहित्य

की उत्कृष्टता की कसौटी उसके आंतरिक प्रभाव पर निर्भर करती है। यह जरूर है कि आंतरिक व्यक्तित्व के साथ बाह्य व्यक्तित्व की भी जीवन में महत्त्वपूर्ण भूमिका होती है। बाह्य व्यक्तित्व और प्रतिभा का निर्माण शारीरिक गठन, क्षमता, वेश-भूषा, परिवेश, व्यवहार के द्वारा होता है। साहित्यकार के रूप में कालांतर यही प्रतिभा गद्य-पद्य की विभिन्न विधाओं के साथ परिलक्षित होती है, वैसे भी साहित्य जड़ता से रचनात्मक प्रतिरोध ही है, इसी नवीनता का आग्रह कथाकार 'निशंक' की प्राणशक्ति है।

'निशंकजी' का बाह्य व्यक्तित्व साहित्यकारों की कोटि में उत्कृष्ट है, आकर्षक छवि, मुख पर हमेशा मुसकान, सौम्य व्यवहार, छोटे-बड़े के प्रति भाषा की मृदुलता उनकी खास पहचान है। स्मृति इतनी तीव्र कि दस वर्ष पहले भीड़ में हुई मुलाकात के व्यक्ति का भी उसके नाम के साथ संबोधन। आकृष्ट करता है उनका यह आत्मीय व्यवहार, वास्तव में उनकी लोकप्रियता की आधारशिला उनका अपना मृदुल व्यवहार ही है अन्यथा क्या एक पर्वतीय दुर्गम गाँव का युवक साहित्य तथा जीवन की पराकाष्ठा पर कटुता के रास्ते से पहुँच सकता है ? सामाजिक, राजनीतिक भूमिका निभाने के बीच, उनकी व्यस्तता का तनाव कभी उनके साहित्यिक जीवन पर नहीं दिखाई देता है। उनके व्यक्तित्व में प्रकृति-जैसा निखार है, जो हर स्वरूप में अपने आकर्षण से प्रिय ही लगता है। यह प्रभाव इस रूप में देखा जा सकता है कि 'निशंकजी' का जन्म जिस हिमालयी राज्य उत्तराखंड के ठेठ पहाड़ी गाँव में हुआ, वहाँ माता-पिता के अलावा प्रकृति भी मानव का पालन-पोषण करती है और पर्वतीय कठिन परिवेश व्यक्तित्व का निर्माण करता है। उनके व्यक्तित्व में जो सरलता-निच्छलता और संवेदना दिखाई देती है वह निश्चित तौर पर उनके परिवेश का ही प्रभाव है। बाल्यावस्था में जो परिवेश था, उसी से उनके व्यक्तित्व की नींव पड़ी और कालांतर में अनुभव व परिस्थितियों के सम्मिश्रण ने युवावस्था तक आते-आते उन्हें 'निशंक' बना दिया।

आजीविका

कथाकार रमेश पोखरियाल 'निशंक' प्रतिभा के धनी हैं। बचपन के थपेड़े खाकर युवावस्था तक जो अनुभव उन्होंने अपने यथार्थ जीवन से अर्जित किए, उसकी छाप उनकी कविताओं के शुरुआती दौर में दिखाई देती है। पहाड़ी परिवेश की पीड़ा के लिए सुधारवादी दृष्टिकोण अपनाते हुए उन्होंने गुरु की भूमिका अदा की। एक अध्यापक के रूप में भावी पीढ़ी की बुनियाद को मजबूत करने का सतत प्रयत्न करते हुए 'निशंकजी' ने अपनी यात्रा वहाँ से शुरू की, जहाँ से पतित पावनी माँ गंगा धरती पर उतरकर पृथ्वीलोक की अविरल यात्रा करती है। सर्वप्रथम वे वैराग्य भाव लेकर गंगोत्री गए, लेकिन यहाँ से

माँ गंगा की दिव्य दृष्टि ने इस सरस्वती पुत्र को जीवन की एक नई दृष्टि दी। गंगोत्री से लौटकर 'निशंकजी' ने गंगा के पहले पड़ाव उत्तरकाशी में सरस्वती शिशु मंदिर से अपनी गुरुतर सेवा देनी शुरू की। गंगा के अविरल प्रवाह और उत्तरकाशी के निर्मल वातावरण का उनके युवामन पर अमिट प्रभाव रहा। प्रकृति और पुण्यसलिला माँ गंगा ने उन्हें सदैव आगे बढ़ने की प्रेरणा दी। उनकी अनेक कविताओं तथा कहानियों में इस स्थान की छवि विद्यमान है। उत्तरकाशी प्रवास लेखक की विकास यात्रा का पहला तथा सुदृढ़ पड़ाव रहा है। सीधे-सादे लोगों से उन्हें मानवीय सत्य तथा जीवन के यथार्थ का बोध हुआ और यहीं अनेक पुस्तकों की पृष्ठभूमि भी तैयार हुई। जिसके बाद उत्तराखंड के जोशीमठ, श्रीनगर, कर्णप्रयाग में सरस्वती शिशु मंदिर विद्यालय की शाखाओं में अध्यापक और प्रधानाचार्य के पदों पर सेवाएँ दीं। इसी दौरान विभिन्न सामाजिक संगठनों व संस्थाओं से जुड़कर जनता के दर्द को समझा और जनता की आवाज बुलंद की। समाजहित में जनता की आवाज हुक्मरानों तक पहुँचाने के लिए 'निशंकजी' ने युवावस्था से ही पत्रकारिता को भी माध्यम बनाया। सरस्वती शिशु मंदिर में पढ़ाते हुए वे राष्ट्रीय स्वयं सेवक संघ से जुड़ गए थे, लेकिन 1987 ई. में उन्होंने सरस्वती शिशु मंदिर में अध्यापक का पद छोड़कर जन-जागरण के लिए अपनी प्रेस शुरू कर दी। 1987 ई. में 'निशंकजी' ने पौड़ी में एक छोटी प्रेस खोलकर 'नवराह नई चेतना' शोध पत्रिका का प्रकाशन आरंभ किया, जहाँ से 'सीमांत वार्त्ता' समाचार-पत्र का साप्ताहिक प्रकाशन भी हुआ। 1991 ई. तक आते-आते जब उनके सामने पहाड़ की समस्याएँ तथा पहाड़ का दर्द असहनीय हो गया तो उन समस्याओं को दूर करने के लिए उन्होंने राजनीति के मार्ग का अनुसरण करना उचित समझा।

उन्होंने पहली बार 1991 ई. में तत्कालीन राज्य उतर प्रदेश के कर्णप्रयाग विधानसभा से चुनाव जीता। इसके बाद उनका राजनीतिक सफर लगातार जारी रहा। 1993 ई. और 1996 ई. में भी उन्होंने इसी विधानसभा क्षेत्र से जीत हासिल की। उनका युवा जोश ही था कि वे पर्वतीय समाज के लिए ज्योतिपुँज की भाँति कार्य करते गए और 1997 ई. में पहली बार उत्तर प्रदेश राज्य सरकार में उन्हें कैबिनेट मंत्री उत्तरांचल विकास विभाग का दायित्व दिया गया। 1998 ई. में वे उत्तर प्रदेश के संस्कृति मंत्री रहे और संस्कृति मंत्री के रूप में उन्होंने पहली बार उत्तराखंड की संस्कृति एवं अपनी जन्मभूमि की विरासतों के प्रति पूरी दुनिया का ध्यान आकर्षित किया। इस कार्यकाल में उन्होंने भारतीय पुरातत्त्व विभाग की सहायता से उत्तराखंड मातृभूमि की कई प्राचीन धरोहरों के सर्वेक्षण व संरक्षण का कार्य किया।

हिमवंत प्रदेश की जनता के संघर्ष के बाद सन् 2000 ई. में पृथक् राज्य उत्तरांचल

की स्थापना हुई, जिसके निर्माण के लिए शुरू से हो रहे आंदोलनों से 'निशंकजी' का सीधा सरोकार रहा। पृथक् राज्य उत्तराखंड प्राप्ति के संघर्षों में आपका नाम इस आंदोलन के पुरोधा के रूप में लिया जाता है। सड़क से संसद तक की यह लड़ाई आपके अदम्य साहस का प्रतीक रही। 1978 ई. में 19 साल की उम्र से ही वे पृथक् राज्य आंदोलन के लिए मातृभूमि के हिमायती के रूप में कई जगह आंदोलनों में खड़े रहे। राजनीति में आने के बाद उत्तर प्रदेश की कैबिनेट में उन्होंने हमेशा पहाड़ के लोगों की उपेक्षा के सवाल उठाए। उत्तराचंल राज्य बनने पर उन्हें इस छोटे राज्य की स्थिति सुधारने के लिए वित्त, ग्राम विकास, चिकित्सा, परिवार कल्याण, आयुष, विज्ञान एवं प्रौद्योगिकी जैसे अहम विभागों की जिम्मेदारी सौंपी गई। सन् 2002 ई. में उत्तरांचल विधानसभा चुनाव में 'निशंकजी' को जनता का सहयोग नहीं मिला, लेकिन वे कभी अपने लक्ष्य से विमुख नहीं हुए, बल्कि इस समय को उन्होंने आत्मविश्लेषण के रूप में स्वीकार किया। राजनीति के साथ आत्ममंथन करते हुए साहित्य ने उनका पुरजोर साथ दिया तथा उनके संवेदनशील हृदय ने इस बीच अनेक रचनाओं का प्रणयन किया। यह भी सत्य है कि मनुष्य केवल वर्तमान नहीं होता, उसमें मनुष्यता का लाखों वर्ष का व्यतीत भी समाया रहता है। इसी कटु सत्य ने उन्हें उत्सवधर्मी बनाए रखा तथा वे राजनीति, साहित्य, पत्रकारिता के माध्यम से जनता के दिलों पर राज करते रहे। जिसका परिणाम सन् 2007 ई. में अपने गृहक्षेत्र पौड़ी की थलीसैण विधानसभा सीट से वे चुनाव जीतने में सफल हुए। उनकी योग्यता, अनुभव व नेतृत्व क्षमता का परिणाम है कि वे राज्य की सत्ता की सर्वोच्च कुर्सी तक पहुँच गए। 27 जून, 2009 ई. को रमेश पोखरियाल 'निशंक' उत्तराखंड के पाँचवें मुख्यमंत्री के रूप में नियुक्त हुए। राज्य के पाँचवें मुख्यमंत्री के रूप में 'निशंकजी' के नाम यह कीर्तिमान बना कि वे उत्तराखंड के सबसे कम उम्र के मेधावी मुख्यमंत्री बने। 27 जून, 2009 ई. से 11 सितंबर 2011 ई. तक रमेश पोखरियाल 'निशंकजी' ने उत्तराखंड के मुख्यमंत्री के रूप में जनता की सेवा की। उत्तराखंड के इतिहास में उनका मुख्यमंत्रीत्व काल स्वर्णाक्षरों में याद किया जाता है। सदी के महाकुंभ से लेकर समाज के अंतिम आदमी तक उनकी आवाज प्रतिध्वनि के समान पहुँची। यह भी उनकी विशेषता रही कि दूरदराज का जो भी फरियादी अपनी समस्या लेकर वहाँ पहुँचा, वह तत्काल अपने समाधान के साथ ही लौटा।

'निशंकजी' का राजनीति में राज्य की सत्ता के सर्वोच्च तक पहुँचने पर भी राजनीतिक सफर थमा नहीं और राजनीति में गहरी पैठ व स्पष्टवादिता के बल पर उन्होंने वर्ष 2014 ई. में केंद्रीय राजनीति में पदार्पण किया और वे हरिद्वार लोकसभा सीट से लोकसभा के सांसद के रूप में चुने गए। हमेशा जनता की सेवा में जुटकर उन्होंने अपनी

ऐसी छवि बनाई कि दुबारा वर्ष 2019 ई. में देश के 17वें लोकसभा चुनाव में वे सिर्फ सांसद ही नहीं बने, बल्कि इस साहित्यधर्मी को शिक्षा का सबसे बड़ा मंत्रालय, शिक्षा मंत्रालय की जिम्मेदारी मिल गई। भारत जैसे युवा देश में जहाँ सबसे ज्यादा युवा हैं और शिक्षा जहाँ के जीवन का प्रमुख केंद्रीय अंग है, उसको व्यवस्थित तरीके से संचालित करने की जिम्मेदारी रमेश पोखरियाल 'निशंकजी' को मिलना हर उस भारतीय के लिए गर्व का विषय था, जो संघर्षों से मुकाम हासिल करते हैं। यह माना गया है कि उनको इतनी बड़ी जिम्मेदारी मिलना उनका साहित्यिक जीवन का प्रभाव था। सक्रिय राजनीति में रहकर डॉ. रमेश पोखरियाल 'निशंक' ने साहित्य के क्षेत्र में अपनी एक अलग पहचान बनाई है। वे प्रदेश के अकेले ऐसे नेता हैं, जो राजनीति में सक्रिय होने के साथ साहित्य कर्म के लिए भी पूरा वक्त निकालते हैं। सुप्रसिद्ध लेखक रस्किन बांड कहते हैं कि, "राजनीति और साहित्य का संगम अत्यंत दुर्लभ है। राजनीति करते हुए साहित्य सृजन किया जाना अत्यंत कठिन कार्य है, किंतु दिल्ली में अटल बिहारी वाजपेयी और उत्तराखंड में डॉ. रमेश पोखरियाल 'निशंक' इसके अपवाद हैं। दोनों बेहतर राजनीति करते हुए बेहतर साहित्य सृजन भी कर रहे हैं। डॉ. 'निशंक' की कविताओं में पहाड़ का दर्द और पहाड़ में दुरूह जीवन जी रहे लोगों की दिनचर्या का अक्श दिखाई देता है।"[3] उनकी इसी प्रतिभा को देखते हुए प्रसिद्ध साहित्यकार पद्मश्री यशोधर मठपाल के व्यक्तव्य हैं कि "राजनीति के साथ ही डॉ. 'निशंक' काव्य के क्षेत्र में भी अपनी अस्मिता बनाए हुए हैं। वह सार्वजनिक क्षेत्र के बर्हिमुखी वातावरण में भी अंतर्मुखी होकर राष्ट्रभक्ति के पावन गीत गा रहे हैं। उन्हें इस मातृभूमि से प्यार ही नहीं, अपितु वे इसे शस्य-श्यामला और समृद्ध देखना चाहते हैं।"[4]

बहुमुखी प्रतिभा के धनी रमेश पोखरियाल 'निशंकजी' की प्रतिभा की सराहना देश में ही नहीं, विदेश में भी होती है। मॉरीशस के राष्ट्रपति सर अनिरुद्ध जगन्नाथ ने अपने एक संबोधन में कहा कि "गर्व से कह सकता हूँ कि मैं भारतवर्ष के एक ऐसे व्यक्ति से मिला हूँ, जो राजनीतिज्ञ, अनुशासित और बेहद उदार हृदय, विनम्र, राष्ट्रभक्त और दूरदर्शी है। यह कहना अतिश्योक्ति नहीं होगी कि डॉ. 'निशंक' भारत के 'सुपरमैन' हैं।"[5] वहीं कथाकार डॉ. नरेंद्र कोहली के शब्दों में, 'डॉ. 'निशंक' आम आदमी के दुःख-दर्द को समझते हैं, यही वजह है कि उनके साहित्य में भी यह संवेदनशीलता उजागर होती है। एक कवि और कथाकार को संघर्षशील और धैर्यवान होना चाहिए, यह गुण डॉ. 'निशंक' में है।'[6]

यह उनकी बहुमुखी प्रतिभा व क्षमता का परिणाम है कि उन्होंने एक छोटे से गाँव से गरीबी की हालत में संघर्ष के बल पर सत्ता की सर्वोच्च ऊचाइयाँ हासिल कीं, जिसमें साहित्य ने उन्हें हमेशा आगे बढ़ने की प्रेरणा दी।

कृतित्व

साहित्य एक ओर जड़ता के विरुद्ध रचनात्मक प्रतिरोध है, तो दूसरी ओर यही रचना की लड़ाई उसे एक महत्त्वपूर्ण परिणाम तक पहुँचाती है। सच्चे रचनाकार के अंदर हमेशा एक तीखी बेचैनी विद्यमान रहती है। उसकी विवशता कुछ और नहीं कुछ कहने और खोजने की विवशता होती है। वह अपना नया संसार स्वयं निर्मित करना चाहता है और सृजन के गर्भ से अनेक विधाओं जैसे कभी कविता, कभी कहानी तथा साहित्य की अन्य विधाओं को प्रसूत करता है। यही अनुभूति मनुष्यत्व के मर्म का स्पर्श करके उसकी संवेदनाओं का विस्तार करती है। प्रत्येक मनुष्य से यदि अंतर करें तो साहित्यकार की मनोभूमि अपेक्षाकृत विस्तृत होती है, क्योंकि उसकी अंतश्चेतना में केवल वह अकेला नहीं होता, वरन् होती है समाज की गरीबी, त्रासदी, अभाव, पीड़ा और संतप्त हृदय के असंख्य श्वास-प्रश्वास। इन्हीं रसायनों से उसके व्यक्तित्व और कृतित्व का निर्माण होता है। विवेच्य साहित्यकार रमेश पोखरियाल 'निशंक' का जीवन भी विविध वर्णी रहा है, उनके खुद के जीवन का उतार-चढ़ाव उनके साहित्य सृजन का प्रेरणास्रोत बना। उन्होंने गाँव-गाँव का भ्रमण कर सामाजिक संगठनों के माध्यम से आम जनमानस की संवेदनाओं को समझा, तो अध्यापक के रूप में भावी पीढ़ी की परेशानियों से रू-ब-रू हुए। समाजहित में उन्होंने पहले पत्रकारिता के माध्यम से जनता की आवाज उठाई, फिर खुद राजनेता की भूमिका में सेवाभाव से कार्य किया। जीवन की अलग-अलग भूमिकाओं को अदा करते हुए साहित्य सेवा उनके जीवन का मूल धर्म रहा। 'निशंकजी' की साहित्यिक संवेदनशीलता यूँ तो विद्यार्थी जीवन से ही कागज पर उतर रही थी, लेकिन अध्यापन के दौरान यह लेखनी इतनी प्रबल हो गई कि वह धीरे-धीरे हिंदी साहित्य का अभिन्न भाग बन गई। उनकी साहित्यिक चेतना कुछ ऐसी है कि उसमें समाज का हर वर्ग समायोजित हो जाता है और आँचलिकता कुछ ऐसी कि उसमें उनका खुद का परिवेश झलकता है। प्रसिद्ध लेखक लीलाधर जगूड़ी के शब्दों में—"कवि 'निशंक' की कविताओं में प्रकृतिवादी कवियों की तरह हर वस्तु के लिए भावातिरेक और भावावेग का प्रबल बाहुल्य है, देश-भूमि के प्रति उनकी भावाभिव्यक्ति अत्यंत बलिदानी किस्म की है।"[7]

'निशंकजी' के लेखन में राष्ट्र-प्रेम की एक विशेष संवेदना देखने को मिलती है। उनकी जन्मभूमि उत्तराखंड एक सैनिक बाहुल्य वीर प्रसूता भूमि है, जहाँ से देश की सेवा में हजारों वीर सैनिक राष्ट्र-प्रहरी के रूप में कार्य करते हैं, ऐसे सैनिक व उनके परिवारों के जीवन पर उनकी विशेष दृष्टि रही। प्रसिद्ध साहित्यकार श्री त्रिलोचन शास्त्रीजी के शब्दों में—"'निशंक' के काव्य में राष्ट्रप्रेम का जो उल्लास है, वह प्राचीन भारतीय गौरव और आधुनिक भारतीय सांस्कृतिक परिवेश के पारस से मिलकर काँचन हो उठा है।"[8] इसी तरह साहित्यकार आचार्य विष्णुदत्त राकेश के शब्दों में—"'निशंक' राष्ट्रीय

विचारधारा के कवि हैं, वे राष्ट्रप्रेम और राष्ट्र निर्माण के लिए कृत संकल्प पीढ़ी तैयार करना चाहते हैं। उनकी सुविचारित कविताओं में युग का बेताल बनने की संभावना दृष्टिगोचर हो रही है। मृत पीढ़ी को संजीवनी देती उनकी कविताएँ हर नौजवान के लिए जीवन पाथेय हैं।"[9] जैसा कि प्रसिद्ध कवि हरिवंश राय बच्चन ने कहा है कि "कवि बहुत कुछ कह गया है, जो प्रशंसनीय है। समाज और राष्ट्र की उन्नति कवि का ध्येय है। रचनाएँ नया विचार पैदा करती हैं और अंतर्मन को झकझोरने में सफल हैं।"[10]

राष्ट्र के प्रति सर्वोच्च बलिदान देनेवाले सैनिकों के देशप्रेम को उनकी कविता, कहानी, उपन्यास, पत्र-साहित्य में ऐसी अभिव्यक्ति मिलती है, जो हिंदी साहित्य में अन्यत्र नहीं दिखाई देती है। हिमालय की गोद में बैठकर लेखक ने साहित्य में देशप्रेम की अलख कुछ यूँ जगाई कि पाठक का रोम-रोम देशभक्तिमय हो जाए। सन् 1983 ई. में उनके पहले काव्य-संग्रह, 'समर्पण' का प्रकाशन हुआ। इसके बाद से गद्य और पद्य दोनों विधाओं में साहित्य सृजन अनवरत जारी है। 'निशंकजी' के शुरुआती सभी काव्य संकलनों ने स्वदेश प्रेम की भावना को लिए हुए जन-जागरण का काम किया। डॉ. योगेंद्रनाथ शर्मा 'अरुण' के शब्दों में—"डॉ रमेश पोखरियाल 'निशंक' की चेतना राष्ट्रजागरण और जन-जागरण की ही रही है, जिससे आज देवभूमि के इस समर्पित अक्षर साधक को महाप्राण सूर्यकांत त्रिपाठी 'निराला', रामधारी सिंह 'दिनकर' और सोहनलाल द्विवेदी की सशक्त परंपरा का राष्ट्रचेता कवि माना जाने लगा है।"[11] कवि रमेश पोखरियाल 'निशंक' की साहित्यिक यात्रा 1983 ई. में 'समर्पण' काव्य-संग्रह से शुरू हुई, जिसके बाद उनके निम्न काव्य संग्रह प्रकाशित हुए—

1.	समर्पण	1983 ई.
2.	नवांकुर	1984 ई.
3.	देश हम जलने नहीं देंगे	1984 ई.
4.	मुझे विधाता बनना है	1985 ई.
5.	तुम भी मेरे साथ चलो	1986 ई.
6.	जीवन पथ में	1989 ई.
7.	मातृभूमि के लिए	1992 ई.
8.	कोई मुश्किल नहीं	2005 ई.
9.	प्रतीक्षा	2005 ई.
10.	ऐ वतन तेरे लिए	2007 ई.

11.	संघर्ष जारी है	2009 ई.
12.	सृजन के बीज	2010 ई.
13.	अँधेरा जा रहा है	2010 ई.
14.	भूल पाता नहीं	2016 ई.

राष्ट्रप्रेम की भावना 'निशंकजी' के साहित्य का प्राणतत्त्व है और स्वतंत्रता पूर्व राष्ट्रीय धारा के कवियों की भाँति उनकी कविताओं ने इस काल में राष्ट्रीय जागरण की विशेष अलख जगाई है। गद्य की विभिन्न विधाओं पर भी उनकी कलम की मजबूत पकड़ दिखती है। सुप्रसिद्ध साहित्यकार प्रो. रामदरश मिश्र के शब्दों में—"आज यदि हम अखबार उठाकर देखें तो लगता है दुनिया नष्ट हो रही है और विनाश का समय आ गया है। ऐसे में एक लेखक और साहित्यकार का कर्तव्य है कि वह समाज में जाकर मूल्यों की खोज करें। डॉ. रमेश पोखरियाल 'निशंक' ने ऐसा ही किया है। इनकी हर कहानी में एक मूल्य होता है। इन मूल्यों से जिंदगी की असलियत पता चलती है और जीवन को जीने की जिजीविषा पैदा होती है, तब जिंदगी अच्छी लगती है। 'निशंकजी' के साहित्य में जीवन का बोध है। 'निशंक' की कहानियाँ जीवन जीने की प्रेरणा देती हैं।"[12]

कथाकार रमेश पोखरियाल 'निशंक' के प्रमुख कहानी-संग्रह निम्न हैं—

1.	बस एक इच्छा	1989 ई.
2.	क्या नहीं हो सकता	1993 ई.
3.	भीड़ साक्षी है	1993 ई.
4.	रोशनी की एक किरण	1996 ई.
5.	खड़े हुए प्रश्न	2006 ई.
6.	विपदा जीवित है	2007 ई.
7.	एक और कहानी	2008 ई.
8.	मेरे संकल्प	2008 ई.
9.	आओ कहानियों से सीखें	2009 ई.
10.	मील के पत्थर	2010 ई.
11.	टूटते दायरे	2010 ई.

12.	अंतहीन	2014 ई.
13.	केदारनाथ की सच्ची कहानियाँ	2014 ई.
14.	वाह जिंदगी	2016 ई.
15.	'निशंक' की सर्वश्रेष्ठ 21 कहानियाँ	2014 ई.
16.	कथाएँ पहाड़ों की (संयुक्त)	2016 ई.

कथाकार रमेश पोखरियाल 'निशंकजी' का कथा-साहित्य सामाजिक, राजनीतिक एवं सांस्कृतिक तत्त्वों की व्याख्या करता है। उनके साहित्य की मूल आत्मा में सामाजिक संवेदना की झलक स्पष्ट होती है। उनके कथा-साहित्य ने हमारे देश में ही नहीं, बल्कि विदेशी भूमि पर भी अपनी जमीन तलाशकर वहाँ के जनमानस को प्रभावित किया। उनके कहानी-संग्रह 'खड़े हुए प्रश्न' का फ्रेंच अनुवाद 'Esperence Et Verites' नाम से हुआ है। इसका विमोचन 2009 में मॉरीशस के तत्कालीन प्रधानमंत्री डॉ. नवीन रामगुलाम जी के हाथों हुआ। 'खड़े हुए प्रश्न' ('Esperence Et Verites') की लोकप्रियता पर डॉ. नवीन राम गुलामजी के शब्दों में—"मैंने यह कहानी-संग्रह पढ़ लिया है, इसमें आम आदमी का दु:ख-दर्द अभिव्यक्त हुआ है।"[13]

कहानी-संग्रह के साथ उनके उपन्यासों का 2008 ई. से प्रकाशन प्रारंभ हुआ। उपन्यास विधा में कदम रखते ही 2008 ई. में 4 उपन्यासों का प्रकाशन एक ही वर्ष हुआ, जिसके बाद लगातार उपन्यास प्रकाशित हुए, जो निम्न हैं—

1.	बीरा	2008 ई.
2.	पहाड़ से ऊँचा	2008 ई.
3.	निशांत	2008 ई.
4.	मेजर निराला	2008 ई.
5.	अपना-पराया	2010 ई.
6.	छूट गया पड़ाव	2010 ई.
7.	पल्लवी	2010 ई.
8.	प्रतिज्ञा	2011 ई.
9.	भागोंवाली	2015 ई.
10.	कृतघ्न	2015 ई.

उपन्यासकार 'निशंकजी' के उपन्यासों में जीवन-मूल्यों की सशक्त अभिव्यक्ति हुई है, जिनमें देवभूमि उत्तराखंड के पर्वतीय परिवेश की विवेचना प्रमुख रूप से हुई है। काव्य और कथा संकलनों के अतिरिक्त उनके यात्रावृत्तांत, पत्र-संकलन, जीवन-प्रबंध, स्मृति-संकलन, धार्मिक यात्रा साहित्य भी प्रकाशित हुए हैं। ये यात्रा साहित्य, जहाँ उत्तराखंड की संस्कृति के आधारभूत दस्तावेज माने जा सकते हैं, वहीं भावी पीढ़ी के लिए संस्कृति का संरक्षण करते हैं। काव्य व गद्य विधा पर समान अधिकार रखने वाले साहित्यकार रमेश पोखरियाल 'निशंक' की प्रमुख चर्चित रचनाएँ निम्नलिखित हैं—

1.	हिमालय का महाकुंभ नंदा राजजात (यात्राग्रंथ)	2008 ई.
2.	मॉरीशस की स्वर्णिम स्मृतियाँ	2012 ई.
3.	सपने जो सोने न दें (जीवन प्रबंध)	2016 ई.
4.	संसार कायरों के लिए नहीं (जीवन प्रबंध)	2014 ई.
5.	प्रलय के बीच	2016 ई.
6.	स्पर्श गंगा	2010 ई.
7.	कर्मयोगी स्वामी विवेकानंद	
8.	मेरी कथा मेरी व्यथा (शहीदों के पत्रों का संकलन)	
9.	सफलता के मूल मंत्र	2011 ई.
10.	भाग्य पर नहीं परिश्रम पर करें विश्वास	2011 ई.
11.	भारतीय संस्कृति सभ्यता एवं परंपरा	

संस्कृति व परंपरा मानव सभ्यता की विस्तृत अवधि का संचयन होती है। 'निशंकजी' की दर्जनों रचनाओं से भारत की संस्कृति एवं हिमालय की सभ्यता का परिचय मिलता है; साथ ही धर्म, अर्थ, मोक्ष की प्रसिद्ध नंदा देवी राजजात, जैसे यात्रा साहित्य से संपूर्ण विश्व को आध्यत्मिकता की प्रेरणा मिलती है। हिमालय का महाकुंभ नंदा राजजात भाषिक दृष्टि से भी उनकी विशेष रचना है। इसमें कई शब्द हू-ब-हू स्थानीय बोलियों—गढ़वाली व कुमाँऊनी के लिए गए हैं, लेकिन उनके हिंदी अर्थ भी लेखक ने रचना के अंत में दिए हैं।

हिमालय की पुरातन परंपरा और आध्यात्मिकता उनकी 'स्पर्श गंगा' रचना में गंगा की महिमा, महत्त्व और उत्पत्ति के रूप में दृष्टिगोचर होती है। गंगा का पुरातन काल से महत्त्व इस रचना में उद्धृत है। उन्होंने गंगा को हिमालय की आत्मा की संज्ञा देकर इसकी

महिमा की विस्तृत व्याख्या की है। गंगा के मोक्षदायिनी, प्राणदायिनी संस्कृति संवाहक स्वरूप का साहित्य सम्यक् वर्णन इस रचना में प्रस्तुत है। गंगा व उत्तराखंड के महत्त्व को स्थापित करते हुए उन्होंने लिखा है कि 'स्वर्ग से अवतरित हुई माँ गंगा ने जब पृथ्वी लोक का स्पर्श किया तो वह स्थान भी स्वर्ग हो गया। धरती का यह नया स्वर्ग उत्तराखंड कहलाया।'[14]

साहित्यकार रमेश पोखरियाल 'निशंक' की साहित्यिक यात्रा को उनके यात्रा साहित्य ने दोगुनी गति दी। उनका विपुल साहित्य उनकी यायावरी की ही देन है, यायावरी प्रवृत्ति से उनके कथा साहित्य में पात्रों का परिवेश व कथ्य यात्रा संस्मरणों के रूप में भी प्रतीत होते हैं। लेखक के शब्दों में—"यात्राएँ करना मेरा जुनून रहा है, यात्राएँ जहाँ मुझे आह्लादित करती रही हैं, वहीं इनसे मुझे बहुत कुछ जानने, समझने और सीखने का सौभाग्य भी मिला है, बल्कि मैं तो कहूँगा कि मेरा यह सामाजिक समर्पण और साहित्यिक-सृजन इसी यायावरी की देन है। मेरी कविताएँ व कहानियाँ अथवा उपन्यास, उनके पात्र इन्हीं यात्राओं ने मुझे दिए हैं।"[15]

यायावरी के लिए हिंदी साहित्य के कई साहित्यकारों ने उत्तराखंड की यात्राएँ कीं और अपने यात्रा के सुख-दुःख के पल अपने यात्रा साहित्य में शामिल किए। हिंदी साहित्य के प्रसिद्ध साहित्यकार अज्ञेय, नागार्जुन, भगवतीचरण वर्मा, श्रीधर पाठक ने भी उत्तराखंड की यात्राओं के आधार पर अपने यात्रा वृत्तांत व संस्मरण लिखे, लेकिन 'निशंक' ने हिंदी साहित्य को जिन यात्रा साहित्य का अर्पण किया, उनमें उनके हृदय की वह सच्ची आस्था स्पष्ट झलकती है, जो उनकी अपनी जन्मभूमि के प्रति है। डॉ. निशंकजी के शब्दों में—"हिमालय का महाकुंभ नंदा राजजात हमारे साहित्य व दर्शन का कवित्व सहेजे, 18 दिन की पैदल यात्रा का अपने आप में अनूठा व रोमांचक संस्मरण है, तो स्पर्श गंगा अमृत तुल्य जलधारी मोक्षदायिनी पावन माँ गंगा समेत देवभूमि की सदानीरा नदियों के साथ भरे एक-एक डग का अद्‌भुत एहसास। कुल-मिलाकर मेरे समग्र लेखन को एक तरह से समग्रता और सजीवता यात्राओं ने ही दी।"[16]

यात्रा साहित्य में लेखक की स्मृति रचना 'मॉरीशस की स्वर्णिम यात्रा' भी है। जो मॉरीशस के इतिहास व भारत-मॉरीशस के संबंध को स्पष्ट करती है। वहीं मॉरीशस के पर्यटन, धार्मिक, राजनीतिक, आर्थिक परिचय को जानने के लिए उपयुक्त रचना है। यह पुस्तक उनके राजनीतिक जीवन व साहित्यिक जीवन की घनिष्ठता से रू-ब-रू होने के लिए अहम दस्तावेज है।

'मॉरीशस की स्वर्णिम यात्रा' वर्ष 2012 ई. में प्रकाशित रचना है, जो उनके 2009 ई. में मॉरीशस देश के यात्रा की स्मृतियों का संग्रह है। उत्तराखंड के मुख्यमंत्री पद पर

रहते हुए उन्होंने मॉरीशस के राष्ट्रपति के निमंत्रण पर वहाँ की यात्रा की थी। इस यात्रा के लिए उनको एक मुख्यमंत्री के तौर पर ही नहीं, बल्कि एक हिंदीभाषी साहित्यकार के तौर पर आमंत्रित किया गया था। इस रचना में भारत–मॉरीशस के संबंधों को हिंदी व हिंदुत्व के आधार पर जोड़ा गया है। विदेशी भूमि पर उनका हिंदी के प्रति अगाध प्रेम इस यात्रा स्मृति रचना में देखा जा सकता है। रमेश पोखरियाल 'निशंकजी' का प्रयास हमेशा रहा है कि हिंदी को देश–दुनिया में विस्तार मिले।

सामाजिक सरोकारों व राजनीति से जुड़कर लेखक ने मानव जीवन की कई त्रासदियों को नजदीकी से अनुभव किया। ऐसी ही एक भीषण त्रासदी केदारनाथ आपदा 2013 को उन्होंने अपने साहित्य में शामिल किया। यह त्रासदी सदी की सबसे बड़ी त्रासदी के रूप में दर्ज है, जिसमें हजारों लोग मौत के मुँह में समा गए। वर्ष 2015 ई. में 'प्रलय के बीच' नाम से प्रकाशित उनकी रचना केदारनाथ आपदा 2013 का महत्त्वपूर्ण अभिलेख है, जो डायरी, संस्मरण, रिपोर्ताज विधा की संयुक्त रीति से लिखी गई रचना है। केदारनाथ त्रासदी के ठीक बाद आँखों देखे हाल को लगभग ढाई साल तक की घटनाओं व गतिविधियों के साथ लेखक ने इस रचना में समेटा है, जिसे एक ऐतिहासिक अभिलेख के रूप में सँजोया जाएगा। पहाड़ की हर संवेदना को बहुत करीब से समझने वाले 'निशंकजी' ने सामाजिक जन–सरोकारों एवं राजनीति में रहते हुए प्राकृतिक आपदाओं की भयानक स्थितियों का यूँ तो कई बार सामना किया, लेकिन सदी की इस सबसे बड़ी त्रासदी को देखना व शब्दों में पिरोना उनके लिए आसान नहीं रहा होगा। उनके ही शब्दों में—"अपने जीवन में मैंने कभी इतनी बड़ी त्रासदी नहीं देखी थी। दृश्य देखते ही जब उस घड़ी की कल्पना होती, जब यह घटित हुआ होगा तो मन–मस्तिष्क जैसे चेतना शून्य प्रतीत हुआ। कैसा हृदय विदारक दृश्य रहा होगा वह, मन सोचकर ही काँप उठता।"[17] उनकी इसी रचना पर टिप्पणी करते हुए साहित्यकार अशोक चक्रधर लिखते हैं कि "जड़ में चेतन तलाशने निकले श्री 'निशंक' की पुस्तक 'प्रलय के बीच' असल में 'निशंकजी' की संवेदनाओं की प्रतीक है। उन्होंने उस दौरान जो कुछ देखा, उसे भोगे हुए की तरह व्यक्त किया है। वे बाहर से जितने प्रखर हैं, अंदर से उतने ही विचारवान, संवेदनशील और कर्मठ हैं।"[18]

कथाकार 'निशंक' ने जीवन प्रबंधन संबंधी अनेक प्रेरणास्पद पुस्तकों का प्रणयन किया है। भारत के 11वें राष्ट्रपति डॉ. ए.पी.जे. अब्दुल कलाम के जीवन पर आधारित 'सपने जो सोने न दें' दो भागों में वर्गीकृत है, जिसमें डॉ. कलाम का व्यक्तित्व, कर्तव्य, उपलब्धियों का विवेचन है। 'संसार कायरों के लिए नहीं' युवा महापुरुष स्वामी विवेकानंद के जीवन पर आधारित जीवन प्रबंध है। इसमें संयम, समर्पण, अनुशासन,

सेवा एवं त्याग की प्रतिमूर्ति स्वामी विवेकानंद के जीवन सार उद्धृत हैं। इनकी प्रत्येक रचना का अन्य भाषाओं में भी अनुवाद हुआ है। अनूदित रचनाओं के रूप में भारतीय भाषाओं व विदेशी भाषाओं में लेखक की पहचान विश्वव्यापी है। वर्तमान वैश्विक युग में अनुवाद एक सशक्त विधा और लोकप्रिय माध्यम के रूप में उभरी है, जिसकी सर्वत्र साहित्यिक स्वीकारोक्ति प्राप्त हुई है। भारत की अधिकांश भाषाओं तथा अंग्रेजी सहित विविध भाषाओं में 'निशंकजी' की रचनाओं का अनुवाद हुआ है तथा पाठकों ने मुक्तकंठ से इनकी रचनाओं की भूरि-भूरि प्रशंसा कर आनंद उठाया है।

'निशंकजी' की भारतीय और विदेशी भाषाओं में अनूदित रचनाएँ निम्न हैं—

1.	खड़े हुए प्रश्न, एन केलविक्कु एन्नाबाथिल, (तमिल)
2.	ए वतन तेरे लिए, तायनाडे उनक्काड, (तमिल)
3.	ए वतन तेरे लिए, जन्मभूमि, (तेलुगु, गुजराती)
4.	खड़े हुए प्रश्न, प्रश्नांकित, (मराठी)
5.	मील का पत्थर, मैलाचे दगड़, (मराठी)
6.	संघर्ष जारी है, सागुतुन्ना समरम, (तेलुगु)
7.	मील का पत्थर, मेलुगल्लुगलु, (कन्नड़)
8.	भीड़ साक्षी है, दी क्राउड बियर्स विटनेस (अंग्रेजी)
9.	तुम और मैं, दू उन्द इस्स (जर्मन)
10.	बस एक ही इच्छा, नूर एन वंस्क (मराठी)
11.	खड़े उठे प्रश्न Esperence Et Verites (फ्रेंच)
12.	क्या नहीं हो सकता, संगले शक्य आहे (मराठी)

पुरस्कार एवं उपलब्धियाँ

हमारे देश में अनेक विभूतियाँ इस रूप में वंदनीय हैं, क्योंकि उन्हें पाकर पुरस्कार स्वयं सम्मानित अनुभव करते हैं। इसी श्रृंखला की एक कड़ी विवेच्य रचनाकार 'कथाकार 'निशंक'' हैं। उन्होंने आत्मबल तथा अपनी मेधा से इन्हें अर्जित किया है। उन्होंने संघर्षों की जिन पगडंडियों को नापकर निरंतर सफर किया, उनमें सफलता पाकर जीवन में कई उपलब्धियाँ भी प्राप्त कीं। उन्होंने साहित्यकार, राजनीतिज्ञ, पत्रकार की भूमिका में कई सम्मान, पुरस्कार प्राप्त किए हैं। राष्ट्र के प्रति हमेशा समर्पित रहनेवाले 'निशंकजी'

को 'देश हम जलने न देंगे' के लिए तत्कालीन राष्ट्रपति स्व. ज्ञानी जैल सिंह द्वारा तथा 'मातृभूमि के लिए' काव्य संग्रह के लिए तत्कालीन राष्ट्रपति डॉ. शंकर दयाल शर्मा द्वारा सम्मानित किया गया। वर्ष 2007 ई. में इंडिया इंटरनेशनल फ्रेंडशिप सोसाइटी द्वारा 'भारत गौरव सम्मान' से वे दिल्ली में सम्मानित हुए। उनकी प्रसिद्ध काव्य रचना 'ए वतन तेरे लिए' कृति के लिए उन्हें तत्कालीन राष्ट्रपति डॉ. ए.पी.जे. अब्दुल कलाम द्वारा 'साहित्य गौरव सम्मान' प्राप्त हुआ। 'खड़े हुए प्रश्न' कहानी संग्रह के विमोचन अवसर पर पूर्व प्रधानमंत्री स्व. अटल बिहारी वाजपेयीजी द्वारा उन्हें 'साहित्य भारती सम्मान' का गौरव भी प्राप्त हुआ। 'निशंकजी' की प्रतिभा ही है कि पूर्व प्रधानमंत्री अटल बिहारी वाजपेयीजी ने कहा कि "सक्रिय राजनीति में रहते हुए भी जिस प्रखरता से डॉ. 'निशंक' साहित्य के क्षेत्र में लगातार संघर्षरत हैं, वह आम आदमी के बस की बात नहीं है। मुझे डॉ. 'निशंक' की संघर्षशीलता और दृढ़ इच्छाशक्ति पर पूर्ण विश्वास है कि वे अपने राजनीतिक जीवन की व्यस्तताओं के उपरांत भी अपनी लेखनी के माध्यम से आम जनमानस की भावनाओं को उभारकर समाज एवं देश के सामने ऐसे प्रश्न खड़े करते रहेंगे, जिनके उत्तर के लिए कभी-न-कभी जिम्मेदार व्यक्तियों को अपने कर्तव्यों का एहसास जरूर हो जाएगा।"[19] हिंदी साहित्य की प्रत्येक विधा में सिद्धहस्त 'निशंकजी' को उनकी यात्रा-साहित्यिक रचना 'हिमालय का महाकुंभ : नंदा देवी राजजात' के लिए भारत सरकार पर्यटन मंत्रालय द्वारा 'राहुल सांकृत्यायन पर्यटन पुरस्कार' प्रदान किया गया।

भारत ही नहीं, बल्कि विभिन्न देशों में साहित्य व व्यक्तित्व की प्रतिभा से 'निशंकजी' की पहचान स्थापित हुई। इसके लिए जापान, मॉरीशस, श्रीलंका, हॉलैंड, नॉर्वे, जर्मनी, भूटान, लंदन आदि देशों की सरकार, सर्वोच्च संस्थाओं, विश्वविद्यालयों द्वारा उनको सम्मानित किया गया। 'निशंकजी' का साहित्य जीवन में खुशियों का एहसास कराने वाला साहित्य है। 'भूटान के सर्वाधिक हैप्पीनेस अवॉर्ड से भी 'निशंक' सम्मानित हो चुके हैं। भूटान सरकार ने माना है कि 'निशंक' ऐसे साहित्यकार हैं, जिनका साहित्य मनुष्य के जीवन में खुशियाँ लाता है।'[20]

साहित्य समाज का दर्पण माना गया है। उनका साहित्य वास्तव में जीवन के प्रति सकारात्मकता व सुंदरता का आभास कराता है। साहित्य वही है, जो जीवन में खुशियाँ व सकारात्मकता पैदा करे। कथाकार रमेश पोखरियाल के साहित्य का यही गुण विदेशी धरती के लोगों को भी रास आया। अमेरीकी लेखक डेविड फ्राउले के शब्दों में—"डॉ. रमेश पोखरियाल 'निशंक' भारत के प्रसिद्ध साहित्यकार हैं। अनेक भाषाओं में इनका साहित्य उपलब्ध है। आपके साहित्य में समाज के पिछड़े वर्ग की पीड़ा को उभारा गया है। विश्वभर में गरीबी और पिछड़ेपन का दर्द एक समान होता है, अतः उनकी रचनाएँ

समस्त विश्व की पिछड़े वर्ग के संघर्ष की जागती मिसाल हैं।"[21]

देश-विदेश के विश्वविद्यालयों में उनका साहित्य पाठ्यक्रम में शामिल किया गया है और साहित्य की उत्कृष्टता ने उन्हें सम्मान के मंच तक पहुँचाया है। 'अब तक 'निशंकजी' को देश-विदेश की करीब 300 साहित्यिक और सामाजिक संस्थाओं ने राष्ट्र गौरव, भारत गौरव, प्राइड ऑफ उत्तराखंड और यूथ आइकॉन सम्मान से भी नवाजा है। नेपाल सरकार ने हिमालय गौरव सम्मान और युगांडा के राष्ट्रपति रुहकाना रूगांडा ने 'निशंक' को मानवीय शिक्षक सम्मान से नवाजा है।'[22] 'निशंकजी' ऐसे कई सम्मानों से विदेशी भूमि पर भी अलंकृत हुए हैं। मॉरीशस रिपब्लिक की 'ग्लोबल ऑर्गनाइजेशन ऑफ इंडियन ओरिजन' द्वारा मिला सम्मान इसी फेहरिस्त में शामिल है। साहित्य में उत्कृष्ट लेखनी को देखते हुए श्रीलंका के अंतरराष्ट्रीय मुक्त विश्वविद्यालय कोलंबो द्वारा साहित्य में डीलिट् उपाधि भी 'निशंकजी' को प्रदान की गई है।

इसी तरह कुछ प्रतिष्ठित सम्मान व पुरस्कार निम्नलिखित हैं—

डीलिट् मानद उपाधि	ग्राफिक एरा, डीम्ड विश्वविद्यालय उत्तराखंड द्वारा
डीलिट् मानद उपाधि	उत्तराखंड संस्कृत विश्वविद्यालय द्वारा
प्रभाकर शैली सम्मान	पद्मश्री कन्हैया लाल मिश्र स्मृति सम्मान समिति उ.प्र. द्वारा
विद्या वाचस्पति उपाधि	हिंदी साहित्य सम्मेलन इलाहाबाद द्वारा
साहित्य वाचस्पति उपाधि	नालंदा विद्यापीठ बिहार द्वारा
राष्ट्रगौरव सम्मान	राठ जन-विकास समिति देहरादून द्वारा
इस्कॉन अवॉर्ड	इस्कॉन समिति मुंबई द्वारा

संदर्भ-सूची

1. डॉ. रमेश पोखरियाल 'निशंक' के उपन्यासों में 'जीवन-मूल्य', डॉ. योगेंद्रनाथ शर्मा 'अरुण', पृ.सं. 37-38
2. मॉरीशस की स्वर्णिम स्मृतियां, डॉ. रमेश पोखरियाल 'निशंक', पृ.सं. 179
3. डॉ. 'निशंक' का रचना संसार, शिखर साहित्य प्रकाशन, पौड़ी, पृ.सं. 09
4. वही, पृ.सं. 11
5. मॉरीशस की स्वर्णिम स्मृतियां, डॉ. रमेश पोखरियाल 'निशंक', पृ.सं. 173
6. डॉ. 'निशंक' का रचना संसार, शिखर साहित्य प्रकाशन, पौड़ी, पृ.सं. 08

7. वही, पृ.सं. 11
8. वही, पृ.सं. 10
9. वही, पृ.सं. 10
10. वही, पृ.सं. 07
11. डॉ. रमेश पोखरियाल 'निशंक' के उपन्यासों में जीवन-मूल्य, डॉ. योगेंद्रनाथ शर्मा 'अरुण', पृ.सं. 41
12. डॉ. 'निशंक' का रचना संसार, शिखर साहित्य प्रकाशन, पौड़ी, पृ.सं. 16
13. मॉरीशस की स्वर्णिम स्मृतियाँ, डॉ. रमेश पोखरियाल 'निशंक', पृ.सं. 145
14. स्पर्श गंगा, डॉ. रमेश पोखरियाल 'निशंक', आवरण पृ.
15. मॉरीशस की स्वर्णिम स्मृतियाँ, डॉ. रमेश पोखरियाल 'निशंक', पृ.सं. 35
16. वही, पृ.सं. 35
17. प्रलय के बीच, डॉ. रमेश पोखरियाल 'निशंक', पृ.सं. 27
18. डॉ. 'निशंक' का रचना संसार, शिखर साहित्य प्रकाशन, पौड़ी, पृ.सं. 17
19. वही, पृ.सं. 06
20. हिन्दुस्तान समाचार-पत्र, देहरादून संस्मरण, 31 मई, 2019, पृ.सं. 02
21. डॉ. 'निशंक' का रचना संसार, शिखर साहित्य प्रकाशन, पौड़ी, पृ.सं. 22
23. हिन्दुस्तान समाचार-पत्र, देहरादून संस्मरण, 31 मई, 2019, पृ.सं. 02

□

कथाकार डॉ. रमेश पोखरियाल 'निशंक' के कथा-साहित्य का विन्यास

बहुमुखी प्रतिभा के धनी साहित्यकार रमेश पोखरियाल 'निशंकजी' साहित्य की प्रत्येक विधा पर समान अधिकार रखते हैं। कविता, कहानी, उपन्यास, जीवनी, रिपोर्ताज, संस्मरण लेखन, यात्रा-वृत्तांत, प्रेरणास्पद पुस्ताक लेखन में वे सिद्धहस्त हैं। कविता विधा से साहित्य-सृजन प्रारंभ करते हुए उन्होंने गद्य में विशेष सफलता प्राप्त की है। यथा गद्य में लेखक स्वयं के विस्तार के साथ-साथ अपने परिवेश का भी सुंदर वितान तैयार करता है। गद्य का यह अपना सौंदर्य है कि वह पाठक को न केवल उद्वेलित करता है, वरन् उसे पूर्ण अवकाश के साथ विस्तार देकर संवेदनशील बना देता है, क्योंकि इस विधा में लेखक और पाठक दोनों के पास अपनी अभिव्यक्ति हेतु एक विस्तृत वितान उपलब्ध रहता है। 'गद्यं कविनां निकषं वदंति' कहकर जिस विधा को कसौटी के रूप में स्वीकार किया गया है, यह कार्य कथाकार 'निशंक' के उसी स्वरूप को स्वीकार करते हुए शोधपरक दृष्टि के साथ अभिव्यक्त है, क्योंकि प्रकृति, परिवेश, युगीन परिस्थितियाँ तथा अपने समय की समस्त परिभाषाओं को गढ़कर अपने व्यक्तित्व की निर्मिति का जो सबसे सुंदर माध्यम लेखक द्वारा स्वीकार किया गया है, वह कथा-साहित्य ही होता है। 'निशंकजी' के कथा-साहित्य में सुदूर हिमालय के विस्तार से कथानक की पृष्ठभूमि तैयार होती है। शब्दों की पवित्रता उनके समस्त साहित्य की पूँजी है।

कवि रूप में रमेश पोखरियाल 'निशंकजी' ने 1983 ई. में 'समर्पण' काव्य संग्रह से शुरू किए अपने साहित्यिक लेखन कार्य को वर्ष 1989 ई. से कथा-साहित्य में पदार्पण कर नवीन गति दी। काव्य एवं कहानी के बाद वर्ष 2008 ई. में 'निशंकजी' के चार उपन्यास एक ही वर्ष में प्रकाशित हुए। 2008 ई. में 'बीरा', 'पहाड़ से ऊँचा', 'निशांत', 'मेजर निराला' के प्रकाशन के साथ उन्हें उपन्यास कला ने विशेष पहचान दिलाई।

इस पाठ के अंतर्गत उनके प्रमुख 10 उपन्यासों और 12 कहानी-संग्रहों की प्रमुख कहानियों की अंतर्वस्तु का विश्लेषण किया गया है।

'निशंकजी' के उपन्यासों की अंतर्वस्तु का विश्लेषण

उपन्यास : बीरा

वर्ष 2008 ई. में प्रकाशित 'निशंकजी' का 'बीरा' उपन्यास, 'बीरा' नाम की ग्रामीण युवती के जीवन पर आधारित सामाजिक उपन्यास है। उपन्यास समाज में बदलते रिश्तों के मूल्य-बोध व विवाह परंपरा में दहेजरूपी सामाजिक कुरीति को उद्धृत करता है। समाज में बदलते रिश्तों की कुरूपता का लेखक ने जितने सारगर्भित रूप से, चरित्रों में निरूपण किया है, उतने ही बेहतर तरीके से कथानक में परंपरागत संस्कारों की नींव पर आदर्श समाज का निर्माण भी किया है। 'बीरा' ऐसे समाज मे पैदा हुई है, जहाँ उसके माता-पिता की मृत्यु के बाद उसके अपने सगे-संबंधी उसे पराया होने का एहसास दिलाते हैं। वहीं परायों से बीरा को ऐसा प्यार मिलता है कि उसमें जीवन के प्रति नई ऊर्जा का संचरण होता है। वह एक ऐसी चरित्र के रूप में उभरकर आती है कि तमाम मजबूरियों के बावजूद उसका स्वाभिमानी चरित्र उसको एक आदर्श नायिका के रूप में स्थापित करता है।

'बीरा' पहाड़ के एक गाँव की लड़की थी, बचपन में माता-पिता की मृत्यु के बाद उसके परिवार में केवल उसका छोटा भाई रह गया था। उसके चाचा-चाची सामाजिक लोक-लज्जा के कारण दोनों भाई-बहन को अपने साथ रखते हैं, लेकिन उस घर में दोनों की स्थिति दयनीय हो जाती है। भूख से त्रस्त बीरा के भाई हरि की मौत हो जाती है। उस घर में बीरा की चाची की हुकूमत बीरा का बाल जीवन लील लेती है, वहीं चाची के आगे चाचा का उसके प्रति वात्सल्य प्रेम दब जाता है। बीरा के बदहाल जीवन में एक नया मोड़ तब आता है, जब उसके मामा उसकी खोज-खबर के लिए वहाँ आते हैं। बीरा के मामा निसंतान थे। इसलिए बालमन की लालसा भरा उसका हृदय बीरा के जीवन को भाँप जाता है। मामा की पारखी नजर एक बार में ही बीरा की परतंत्रता को पहचान लेती है और मामा बीरा को साथ ले जाने का प्रण करते हैं। प्रखर बुद्धि की मेहनती बच्ची बीरा की प्राथमिक पढ़ाई मामा के घर में रहकर होती है, लेकिन आगे की पढ़ाई पूरी करना उसके सामने चुनौती बन जाती है। उपन्यास में बीरा की पढ़ने की ललक के आगे सारी बाधाएँ तब ध्वस्त हो जाती हैं, जब बीरा का पड़ोसी दीपक उसके ओझल हो रहे सपनों को जीवित रखने का बीड़ा उठाता है। कथानक में यहीं से दीपक के नायकत्व का निर्माण शुरू होता है। वह उसकी आगे की पढ़ाई का रास्ता सुझाते हुए उसे मदद करता है। कथानक में दीपक व बीरा के माध्यम से लेखक लोक-जीवन के परिवेश को भी उद्घाटित करते हैं, जहाँ बीरा के द्वारा पर्वतीय अँचल में प्राथमिक एवं माध्यमिक शिक्षा

में युवतियों का पिछड़ापन दिखता है, वहीं दीपक का उच्च शिक्षा के लिए गाँव छोड़कर शहर जाने की मजबूरी से, शिक्षा के लिए पलायन की समस्या उजागर होती है। लेखक की यह दृष्टि ग्रामीण भारत के निम्न-मध्य वर्ग की युवतियों की ऐसी समस्या को भी प्रस्तुत करती है, जहाँ युवतियों की उच्च-शिक्षा पूरा करने की चाहत आर्थिक परिस्थितियों के आगे बाधित हो जाती है। बचपन बीतते हुए दीपक व बीरा के बीच प्रेम का अंकुरण होने लगता है, लेकिन युवावस्था तक भी यह प्रेम खुलकर इजहार नहीं होता है। दोनों तरफ से प्रेम होने के बावजूद दोनों की मर्यादा व संस्कार की सीमाओं का बंधन नहीं टूटता है। कथानक में एक गौण कथा के रूप में आशीष की कहानी से शहरी परिवारों की समस्या दृष्टिगोचर होती है।

उपन्यास में लेखक ने युवाअवस्था के प्रेमी हृदय का मनोवैज्ञानिक चित्रण किया है। बीरा के चरित्र में लोक-संस्कार भी स्पष्ट दिखाई देता है। बीरा संस्कारवान, धैर्यशील युवती होने का परिचय देती है। युवास्था के प्रेम का एक रूप उपन्यास की पात्र विमला के माध्यम से मिलता है। वहीं ग्रामीण परिवेश से दिल्ली में रह रहे राजू के व्यक्तित्व के साथ महानगरीय जीवन-शैली का विस्तृत परिचय भी मिलता है। जिसके अति-महत्त्वाकांक्षी चरित्र में दहेज जैसी कुप्रथा का उद्घाटन होता है। 'बीरा' उपन्यास पारिवारिक रिश्तों की कई विसंगतियों को उजागर करने में सफल उपन्यास है।

उपन्यास की नायिका के रूप में बीरा का चरित्र-चित्रण आधुनिक युग की आत्मगौरवयुक्त नारी के चरित्र के रूप में हुआ है। बीरा के चरित्र में उसका वास्तविक शिक्षित होने का गुण उस लोकधारणा का पटाक्षेप करता है, जिसके तहत वरपक्ष एकाधिकार से शादी में जोड़-तोड़ की धारणा रखता है। बीरा के इस निर्णय को समाज अलग-अलग तरह से लेता है, जितने लोग उतनी बातें बनती हैं, लेकिन बीरा एक दृढ़ निश्चय के साथ भविष्य का सपना देखना शुरू कर देती है। वह स्वावलंबी होकर समाज सेवा करना चाहती थी। उसके मामा लोन के पैसों से बीरा को पढ़ाकर मामा-मामी की प्रगतिवादी सोच का परिचय देते हैं।

उपन्यास में दीपक नायक की भूमिका में सफल चरित्र है, वह समाज के लिए मिसाल बनता है, जब वह पढ़ाई पूरी कर एक कंपनी की अच्छी नौकरी का प्रस्ताव ठुकराकर गाँव में एक गैर-सरकारी संगठन से जुड़कर समाजसेवा का बीड़ा उठाता है। उपन्यास में प्रेम-संबंधों को एक नई दृष्टि तब मिलती है, जब दीपक व बीरा शादी के फैसले के लिए स्वतंत्र होते हुए भी शादी के बंधन में नहीं बँधते, बल्कि बीरा और दीपक अपने प्रेम की एक नई परिकल्पना को स्थापित करते हैं।

इस प्रकार बीरा के माध्यम से लेखक ने प्रेम एवं रिश्तों की नई दृष्टि स्थापित

करने का संदेश दिया है। 'निशंकजी' का यह उपन्यास नायिका प्रधान उपन्यास है, जिसे रिश्तों के महत्त्व, अभाव और सामाजिक प्रभाव की कसौटी पर निर्मित किया गया है। यह समाज में रिश्तों के बिखरेपन को भी उजागर करता है; वहीं उपन्यास कई सामाजिक कुरीतियों पर भी कुठाराघात करता है।

उपन्यास : 'अपना-पराया'

'अपना-पराया' एक सामाजिक उपन्यास है। समाज की कई रीति-कुरीतियों के साथ उपन्यास मानवीय संवेदनाओं का पुँज है। यह उपन्यास पर्वतीय कष्टकारी जीवन, विसंगतियों, सामाजिक कुरीतियों और जनजीवन की रोजमर्रा की समस्याओं को प्रस्तुत करता है। उपन्यास के विभिन्न पात्र मानव जीवन के वास्तविक जीवन-मूल्यों को प्रस्तुत करते हैं। स्वयं 'निशंकजी' के ही शब्दों में—"जीवन-मूल्यों के लिए मेरे अंदर की छटपटाहट इसी संवेदना की देन है। यही संवेदना मुझे जन-जन से जोड़ती आई है, उनका सहयोगी व सहभागी बनाती आई है। मेरी रचनाओं की शक्ति यही जनचेतना रही है। मुझे जनोन्मुखी एवं जनसरोकारी रचनाओं के लिए यही संवेदना प्रेरित करती रही है। इसे ही मैं सच्चे साहित्य की सार्थकता मानता हूँ और इसी को समर्पित हूँ।"[1]

'अपना-पराया' उपन्यास का प्रकाशन वर्ष 2010 ई. में हुआ। उपन्यास की भूमिका में लेखक उपन्यास के लेखन समय के बारे में बताते हैं कि उन्होंने लगभग प्रकाशन के 29 वर्ष पूर्व 1981 ई. में बदरीनाथ के पास जोशीमठ में यह उपन्यास लिखा था। यह वह समय था, जब वे जीविकोपार्जन के लिए कठिन संघर्ष कर रहे थे। उस समय संवेदनाओं के प्रबल स्फुटन के साथ, कवि धर्म का पालन करना सहज नहीं रहा होगा, लेखक जोशीमठ में शिशु मंदिर के आचार्य थे। उपन्यास का कथ्य भी दुर्गम पर्वतीय क्षेत्र का है, जो परिवेशगत विशेषता एवं संवेदनाओं के साथ रचा गया है, जिससे कथानक आँखों देखा हाल प्रतीत होता है। संवेदनाएँ ही साहित्य के मूल में होती हैं और लोकमंगल की कामना उसका उद्‌देश्य होता है। 'निशंकजी' ने इस उपन्यास में लोक-जीवन के विभिन्न पक्षों को यथार्थता की कसौटी में कसकर तैयार किया है। उपन्यास में मानवीय रिश्तों के अनेक रूप दिखते हैं, जिनमें कहीं घोर कटुता, तो कहीं अनन्य प्रेम झलकता है। उपन्यास 'अपना-पराया' में लेखक कई मनोविकारों के साथ पात्रों का चित्रण करते हैं, जो उनकी लोकधर्मिता का परिचय है। डॉ. रामचंद्र शुक्ल के शब्दों में—"भीषणता और सरलता, कोमलता और कठोरता, कटुता और मधुरता, प्रचंडता और मृदुता का सामंजस्य ही लोकधर्म का सौंदर्य है।"[2]

लोकधर्मी लेखक ने 'अपना-पराया' उपन्यास में लोक-तत्त्वों का समावेश, अँचल विशेष की सीमाओं के अंदर करते हुए भी उसमें संपूर्ण समाज को प्रतिबिंबित किया है।

इस मार्मिक उपन्यास को एक परिवार एवं उसके कुछ संबंधियों की त्रासदी की कहानी कहा जा सकता है। इसमें दो परिवारों के मध्य मानवीय रिश्तों के चारित्रिक गुणों को इस तरह उल्लिखित किया गया है कि उसमें विभिन्न संवेदनाएँ दिखाई देती हैं, लेखक ने आसान भाषा और सहज-शैली से पर्वतीय कठिन जीवन, सामाजिक-रूढ़ियों, नारी-समस्या, विधवा-समस्या, पारिवारिक-संबंधों के विभेद को प्रस्तुत किया है। उपन्यास में पहाड़ की संस्कृति, रीति-रिवाज, परिवेश से 'आँचलिकता' की मूलभूत समस्या, जैसे—शिक्षा, सड़क, पेयजल, चिकित्सा आदि को भी उजागर किया गया है।

उपन्यास की कथावस्तु मुख्यतः दो कथाओं में अंतगर्थित है—सुरेश व लक्ष्मी की कथा और राहुल-अनीता और रश्मि की कथा। लक्ष्मी इन दो कथाओं के केंद्र में विद्यमान है। दो कथाओं के साथ आंचलिकता का अधिकाधिक मिश्रण व अन्य पात्रों की भूमिका से नायक-नायिका का निर्धारण करना सरल नहीं है, अंततः नायक का धीरोदात्त चरित्र राहुल में नजर आता है और नायिका के गुणों में राहुल की भाभी लक्ष्मी अन्य महिला पात्रों में प्रबल दिखती है।

उपन्यास 'अपना-पराया', गढ़वाल के सीला गाँव के आँचलिक परिवेश से शुरू होता है। मुख्य पात्र सुरेश व लक्ष्मी की शादी के बाद लक्ष्मी के जीवन में आई एक के बाद एक समस्या ही कथानक की मुख्य कथा है। शादी के बाद कुछ ही समय में सुरेश की घर लौटते हुए सड़क दुर्घटना में मौत हो जाती है, तब समाज कई लोकरूढ़ियों के आधार पर लक्ष्मी पर दोष मढ़ता है। कथानक में भाग्यवादी सोच व ज्योतिष मान्यताओं के साथ परिवेशगत लोकरूढ़ियाँ स्पष्ट दिखाई देती हैं—'करमजली! तेरा दुर्भाग्य खा गया मेरे बेटे को।' लक्ष्मी के सिर पर दोनों हाथों से प्रहार करते हुए लक्ष्मी की सास कमला चिल्लाई, तो लक्ष्मी सकपका गई। उसकी समझ में कुछ न आया।[3]

कथाकार 'निशंक' ने इस उपन्यास में विभिन्न प्रवृत्तियों के पात्रों की रचना की है। राजेश, जो लक्ष्मी का देवर है, वह स्वच्छंद प्रवृत्ति का है, जिसे किसी परिवार के सदस्य से मतलब नहीं था। छोटा देवर व ससुर चैतराम लक्ष्मी के दुःखों, उस पर हो रही ज्यादतियों के बारे में जानते हुए भी कुछ नहीं कर सकते थे। लक्ष्मी की ननद रेणु का व्यवहार सुरेश की मौत के बाद पूरी तरह से बदल जाता है। लेखक ने हर एक पात्र की मनोवृत्ति का कथानक में समावेश किया है।

उपन्यास में संस्कृति व परंपरा के रूप में पर्वतीय संस्कृति का बोध होता है। रेणु की शादी के मौके पर ऐसी ही परंपरा देखने को मिलती है। बदलते समय के साथ जिस संस्कृति व परंपरा का अस्तित्व खतरे में है, उस पर लेखक की अपनी चिंता भी दिखाई देती है। उपन्यास में एक तरफ लोक-संस्कृति और परंपराएँ तो दूसरी तरफ संस्कारों

की विमुखता भी दिखती है, जब राजेश बिना माँ-बाप की आज्ञा के शहर में 'शोभना' नाम की युवती से शादी कर लेता है। कुछ ही समय बाद राजेश के पिता चैतराम की तबियत बिगड़ती है और जब मृत्यु होती है तो इस बार दोष नई बहू शोभना के सिर डाल दिया जाता है, लेकिन वह इसका पुरजोर विरोध करती है। इस प्रकार लक्ष्मी के चरित्र को लेखक उसकी कर्तव्यनिष्ठता व संस्कारों से ऊँचा करते हैं तो शोभना के चरित्र में आधुनिक नारी का स्वरूप दिखता है, जो विचारों से स्वच्छंद है और पुरुष प्रधान समाज की परतंत्रता से मुक्त है। वहीं अंत में मृत्युशैया पर पड़ी कमला के चरित्र को लेखक ने जिस तरह उभारा उससे कथानक के अंत में कमला, नारी संवेदना की प्रतिमूर्ति दिखाई देती है। वह लक्ष्मी से माफी माँगती है और मृत्यु से पहले बिना कुछ कहे लक्ष्मी की विधवा हो चुकी बहन अनीता का हाथ राहुल के हाथों में थमा देती है। अंत में राहुल का चरित्र भी सेवा-समर्पण भाव से ऊँचा हो जाता है। राहुल, माँ की आज्ञा समझ लेता है और राहुल विधवा अनीता को स्वीकार कर एक आदर्श का संदेश देता है।

उपन्यासकार रमेश पोखरियाल 'निशंक' का यह उपन्यास मानवीय संबंधों और संवेदनाओं को उजागर करने में सफल रहा है। उपन्यास में आँचलिक रीति-रिवाज एवं संस्कृति परंपरा के साथ जीवन-मूल्यों को मर्मस्पर्शी अभिव्यक्ति मिलती है।

उपन्यास : 'भागोंवाली'

कथाकार रमेश पोखरियाल 'निशंक' के उपन्यासों में आधुनिक समाज में बिखरते रिश्तों की पीड़ा प्रमुख रूप से दिखाई देती है। 'भागोंवाली' उपन्यास में पात्रों की भूमिका रिश्तों से उठते प्रेम एवं विश्वास के रूप में परिलक्षित होती है। आधुनिक युग की प्रमुख समस्या संयुक्त परिवारों का विघटन है। प्रस्तुत उपन्यास में लेखक ने दीवारों की टूटन के साथ संबंधों के टूटने तथा उससे उपजी आह को कथानक के रूप में वर्णित किया है। आज जिस तरह एकल परिवारों के विन्यास ने बुजुर्गों की भूमिका को समाप्त कर दिया है, यह उपन्यास इसी विडंबना के परिणामों पर आधारित है। उपन्यास के शीर्षक 'भागोंवाली' का शाब्दिक अर्थ है—'भाग्यवाली' जहाँ 'भाग्य'—किस्मत, तकदीर, नसीब आदि का पर्याय तथा 'वाली'—स्त्री के लिए विशेषण रूप में प्रयुक्त हुआ है। दरअसल 'भागोंवाली' उत्तराखंड के लोक-समाज में प्रयुक्त होने वाला शब्द है। उपन्यास की मुख्य पात्र 'अम्मा' है, जिसे समाज ने 'भागोंवाली' नाम तो दिया, लेकिन वास्तव में उसे जिस कारण भागोंवाली नाम मिला, वह कथावस्तु के अंत तक पहुँचते-पहुँचते केवल लोक-दिखावा साबित होता है। यह उपन्यास 'भागोंवाली' अम्मा के जीवन की त्रासदी की कहानी है। प्रमुख पात्र के रूप में उसके पति शास्त्रीजी व उनके चार बेटे, उनकी

पत्नियाँ हैं। वहीं उनकी दो बेटी व दामाद भी गौण पात्र के रूप में कथानक मे मौजूद हैं। कथानक एक परिवार के अलग-अलग सदस्यों के चरित्र-चित्रण के साथ सामाजिक परिवेश को स्थापित करता है। पात्रों के चरित्रों के साथ उनका रिश्तों के प्रति व्यवहार समाज में एक बिखराव व विसंगति के रूप में उभरता है, जिस पर विशेष दृष्टि रखते हुए रचनाकार ने उपन्यास के शीर्षक 'भागोंवाली' के साथ 'एक परिवार के अंतर्द्वंद्व और टूटते-बिखरते रिश्तों की मार्मिक कहानी' उपशीर्षक को जोड़ना भी उचित समझा है।

इस उपन्यास में नारी जीवन के विविध स्वरूपों का मनोवैज्ञानिक चरित्र-चित्रण हुआ है। जिसकी कथावस्तु कई तरह के मनोभावों से जूझते मानव चरित्रों के इर्द-गिर्द घूमती है, लेकिन उपन्यास पात्रों में स्त्री मनोविज्ञान विशेष छवि पैदा करता है। स्त्री मनोविज्ञान के विषय में डॉ. नगेंद्र ने कहा है कि "स्त्रीभाव प्रतिभा, विश्लेषणात्मक मनोविज्ञान की एक प्रमुख धारणा है। इसकी व्याख्या वैज्ञानिक रूप में कई विशेष अर्थ में की गई है। स्त्रीभाव-प्रतिभा सामूहिक अज्ञात मन की निधि है। यह प्रतिभा पुरुष में भी विद्यमान रहती है।"[4]

प्राणी जगत् में मानव के जीवन-चरित्र के पीछे कोई-न-कोई मनोविज्ञान कार्य करता है, जिससे उसका व्यक्तित्व बनता है। 'भागोंवाली' उपन्यास नारी मनोविज्ञान के दृष्टिकोण को समझने के लिए महत्त्वपूर्ण है। नारी त्याग, प्रेम, संयम, क्षमा, धैर्य, दया, सहिष्णुता, आत्मभिमान—जैसे उदात्त भावों की साक्षात मूर्ति होती है और ये सभी गुण इस उपन्यास की मुख्य पात्र 'भागोंवाली अम्मा' के चरित्र में दिखाई देते हैं। रचनाकार ने 'भागोंवाली' के चौथे बेटे जयदीप के चरित्र को एक सुपुत्र के रूप में पेश किया है, जिससे 'भागोंवाली' उपन्यास में जयदीप ही नायक के गुणों के साथ उभरता है और अंततः वही नायकत्व भूमिका में नजर आता है। अम्मा की इस इच्छा को भी वह पूरा करता है और सादगी के साथ उसका विवाह हो जाता है। अम्मा अपने गहने बेचकर अपनी सारी जिम्मेदारी पूरी कर चुकी थी कि इस बीच दिल्ली में रह रहे सुरेश व कुलदीप की पत्नियों की जुगलबंदी ने दोनों भाइयों को पक्ष में लेकर घर के बँटवारे की योजना बना दी है। वे घर आते हैं तो चारों भाइयों के बीच घर के बँटवारे की बात रखी जाती है। इस योजना में तीनों भाई तो एकजुट हो जाते हैं, लेकिन जयदीप चार हिस्से की बजाय पाँचवाँ हिस्सा अम्मा को देने की बात कहता है तो उस पर सहमति नहीं बनती है। बँटवारे के रूप में इस घर को दिनेश ने रखने की ठानी और बदले में उसने तीनों भाइयों को उनके हिस्से की कीमत चुकाने का फैसला लिया, जब अम्मा को इस घर के विभाजन की बात पता चलती है तो वह अपना मानसिक संतुलन खो बैठती है। रचनाकार ने वृद्धावस्था के त्रस्त जीवन के मनोभावों को बेहद मर्मस्पर्शी रूप में पेश किया है। अंत तक इसी विषाद में अस्पताल

में तड़पती अम्मा अपने पति के खून-पसीने से बनाए घर में अंतिम साँस लेना चाहती है, तब अम्मा को अपने ही घर में रखने के लिए जयदीप को दिनेश से प्रार्थना करनी पड़ती है और इसी मानसिक आघात से अम्मा की जीवनलीला समाप्त हो जाती है।

इस तरह रचनाकार ने एक संयुक्त परिवार के विघटन की कथा में आशा-निराशाओं के बीच विभिन्न सदस्यों के अंतर्द्वंद्व का उल्लेख किया है। उपन्यास संयुक्त परिवार की महत्ता, आकांक्षाओं व उससे उपजी विडंबनाओं का दर्पण है। 'भागोंवाली' उपन्यास में लेखक का श्रेष्ठ प्रयास यह है कि लेखक ने संतान प्रेम की उद्दामता का अंकन करते हुए वर्तमान पारिवारिक मूल्यों की टकराहट से उपजी त्रासदी का अंकन किया है।

उपन्यास : 'छूट गया पड़ाव'

'छूट गया पड़ाव', वर्ष 2010 ई. में प्रकाशित लघु उपन्यास है। यह उपन्यास 'बिनगढ़' नाम के एक छोटे से पर्वतीय गाँव के जनजीवन व उसकी सामाजिक विविधता की पृष्ठभूमि पर रचित है। लेखक ने एक सामाजिक परिवेश की मूलभूत समस्याओं को विस्तृत फलक पर उठाते हुए 'रानी' नाम की बच्ची को उपन्यास के केंद्र में रखा है। उपन्यास 'छूट गया पड़ाव' नायिका प्रधान है, जिसमें कथा नायिका सरोज के माध्यम से जीवन की सकारात्मकता की रोशनी प्रस्फुटित होती है। सरोज के माध्यम से लेखक ने शिक्षक के वास्तविक धर्म को भी कथ्य में स्थापित किया है।

उपन्यास 'छूट गया पड़ाव' में सामाजिक जागरूकता व शिक्षा के प्रति दायित्व को लेकर नारी चेतना सरोज के माध्यम से मुखर होती है। किसी भी कथानक में लेखक का दृष्टिकोण सबसे महत्त्वपूर्ण होता है। समाज को जागरूक करने के लिए लेखक की जीवन-दृष्टि 'छूट गया पड़ाव' में इस तरह रेखांकित है—'संवेदनाएँ खत्म हो गई हैं, इसलिए सहकार और सरोकार भी खत्म हो रहे हैं। दुनिया बस घर तक और अपने बच्चों तक सिमटकर रह गई है। वे इस स्थिति को बदलना चाहते हैं और समाज के केंद्र में संवेदना, सहकार और सरोकार को स्थापित करना चाहते हैं।'[5]

इस उपन्यास में एक अँचल विशेष की पौराणिक, सामाजिक, धार्मिक परिवेश के साथ-साथ लोक-जीवन की विभिन्न झलकियां मिलती हैं। खुद लेखक ने इसे विविधताओं व विशिष्टताओं को समेटे हुए एक पहाड़ी गाँव का सच्चा जीवंत वृत्तांत बताया है, रचनाकार रमेश पोखरियाल 'निशंक' लिखते हैं—'इसके माध्यम से जहाँ पर्वतीय गाँवों की झलक से लेकर मानवीय मूल्यों, सामाजिक विसंगतियों व मानवोचित कमजोरियों को सामने लाने का प्रयास किया गया है, वहीं ग्राम्य जीवन के मूलाधार—'मुखिया' व 'गुरु' के गुरुत्तर दायित्वों को दर्शाने की कोशिश भी की गई है। यही नहीं यह उपन्यास बिनगढ़

के जरिए जहाँ शिक्षा के महत्त्व को आँकने का प्रयास है, वहीं समूचे पहाड़ की शिक्षा व्यवस्था का खाका खींचने की कोशिश भी है।'[6]

लेखक ने पर्वतीय क्षेत्र के आत्मनिर्भर गाँव बिनगढ़ की प्राकृतिक सुंदरता को दर्शाते हुए वहाँ के सामाजिक, आर्थिक, भौगोलिक परिवेश का वर्णन कर उसकी संपन्नता को सिद्ध किया, लेकिन शिक्षा के मामले में वहाँ का निराशाजनक परिवेश व दूरस्थ ग्रामीण क्षेत्रों की समस्या भी उद्धृत की है। बिनगढ़ गाँव की विसंगतियाँ उपन्यास पात्र आनंद सिंह के माध्यम से पाठक के सम्मुख आती हैं। पर्वतीय क्षेत्र में जिन समस्याओं से व्यक्ति को हर रोज जूझना पड़ता है, वह लेखक के खुद का परिवेश व आँखों-देखी प्रतीत होता है।

कथानक में बिनगढ़ गाँव की समस्या तब सुलझनी शुरू होती है, जब नई शिक्षिका के रूप में 'सरोज' की नियुक्ति गाँव के स्कूल में होती है। लेखक ने सरोज के माध्यम से पूरे पर्वतीय क्षेत्र (गढ़वाल) की समस्याओं को बताते हुए बदलते परिवेश में सरकारी शिक्षा की विसंगतियों को उजागर किया है। सरोज, बिनगढ़ गाँव की एक असहाय बच्ची 'रानी' के जीवन की सुध भी लेती है। रानी, आनंद सिंह की बेटी थी, जो बचपन से एक विचित्र बीमारी की शिकार थी। चेहरे की कुरूपता उसके लिए बचपन से अभिशाप बन गई थी। बचपन से पढ़ने-लिखने में अव्वल होने के बावजूद जब उसके बालमन पर सामाजिक प्रभाव पड़ता है तो वह घर से निकलना बंद कर देती है, अक्सर खुद को कमरे में बंद रखकर वह अपनी शक्ल शीशे में भी देखना बंद कर देती है। सरोज ने जब रानी को पहली बार देखा तो उसने उसका हौसला बढ़ाया और आनंद सिंह को भरोसा दिया कि रानी को आधुनिक चिकित्सा से वे 'रूप की रानी' बना सकते हैं। उसके माता-पिता का दुःख और उसके निवारण के लिए उनके प्रयासों में लोक-मान्यता, धार्मिक रीति-रिवाज का परिचय मिलता है। कथानक में शिक्षा की कमी से जूझते समाज की भाग्यवादी सोच, संकीर्ण मानसिकता व अज्ञानता पर भी टिप्पणी मिलती है—'पता नहीं किस जन्म की सजा दे दी ऊपरवाले ने भी। कभी किसी का बुरा भी नहीं किया, फिर ऐसा क्यों?' पति-पत्नी दोनों अक्सर एक-दूसरे से यही सवाल करते रहते। दोनों के नाक-नक्श ठीक ही थे। खानदान में और कोई ऐसा बदशक्ल भी नहीं था, फिर रानी ऐसी कुरूप कैसे! कहीं किसी देवी-देवता का प्रकोप तो नहीं। पंडित-मौलवियों से लेकर पता नहीं कहाँ-कहाँ गणत डाली। आए दिन घर में पूजा-पाठ रहती। कहीं कोई घात, जैकार तो नहीं, इस आशंका में देवता भी नचा लिए, पर कोई फर्क नहीं पड़ा।'[7]

सरोज एक दृढ़ संकल्प वाली आत्मविश्वासी नारी थी। अपने पति और सास से सरोज तरह-तरह की मानसिक प्रताड़ना झेलकर अपने कर्तव्य से विमुख नहीं हुई, बल्कि पति को इंसानियत का पाठ पढ़ाने से भी नहीं चूकती है। रानी की मदद के लिए कुछ

समय बाद उसे 'नवजीवन' नाम की संस्था का सहयोग मिला। संस्था के संस्थापक रामप्रकाशजी ने भरोसा दिया कि संस्था रानी के पूरे इलाज के खर्चे के लिए तैयार है। रामप्रकाशजी रानी के इलाज के लिए डेढ़ लाख का चेक देकर आगे भी पूरी मदद का भरोसा देते हैं और सरोज व आनंद सिंह को साथ लेकर रानी को चंडीगढ़ अस्पताल पहुँचाते हैं। जहाँ सी.एम.सी. हॉस्पिटल में डॉ. सुरेश दुग्गल द्वारा पहला ऑपरेशन सफल हो जाता है तो आनंद सिंह व सरोज रानी के भविष्य के लिए वे तरह-तरह के सपने देखने लगते हैं, लेकिन जब सरोज के कानों में डॉ. दुग्गल के ये शब्द पड़ते हैं कि 'सॉरी मैडम, बड़ा अनर्थ हो गया। तमाम प्रयत्नों के बाद भी हम आपकी रानी को नहीं बचा पाए।'[8] तो सरोज एक चीख के साथ बैंच पर लुढ़क जाती है। आनंद सिंह भी बेटी की असमय विदाई से जड़ से हो जाते हैं।

इस उपन्यास को एक लघु कहानी कह सकते हैं, जिससें मुख्य कथा ही शुरू से अंत तक चलती है और गौण कथा प्राय: शून्य ही है। कथानक के साथ प्रत्येक पाठ के शुरू में लेखक किसी-न-किसी दार्शनिक विचार से पाठ संयोजन करते हैं। अंत में सपनों के मनोविज्ञान का प्रभाव ही कथानक को पूर्णता की ओर ले जाता है। रानी की मौत से पहले रानी की माँ व सरोज के सपनों में उसकी मौत की आशंका सपनों का मनोविज्ञान या सहजबोध ही है। रानी की मौत के साथ एक बार सभी पात्रों का संयोजन कर लेखक ने समाज को नैतिकता व कर्तव्यपरायणता की सीख दी है, जैसे कि रचनाकार अपने साहित्य को लिखते हुए समाज के प्रति एक स्वच्छ सामाजिक संरचना का ध्येय रखते हैं। हिंदी के प्रसिद्ध साहित्यकार जैनेंद्र कुमार ने साहित्य को दो भागों में बाँटा है, वे लिखते हैं—"एक साहित्य वह है, जिसे साहित्य की मजे की माँग बनाती है। दूसरा साहित्य वह है, जो समाज के भावी दर्शन के लिए सृष्ट होता है।"[9]

इस दृष्टि से कथाकार रमेश पोखरियाल 'निशंक' का साहित्य दूसरी श्रेणी का ही साहित्य है, जो समाज के भावी दर्शन के लिए सृष्ट होता हुआ दिखता है। सरोज के चरित्र-चित्रण में वे, जिस सामाजिक उत्तरदायित्व की भावना की सृष्टि करते हैं, वह समाज के लिए आइना बनकर उभरता है। इस प्रकार लघु कहानी रूपी 'छूट गया पड़ाव' उपन्यास में कथाकार रमेश पोखरियाल 'निशंक' एक शिक्षित नारी की सामाजिक प्रतिबद्धता को स्थापित करते हैं।

उपन्यास : 'कृतघ्न'

'कृतघ्न' उपन्यास एक सामाजिक श्रेणी का उपन्यास है, जिसका प्रकाशन, वर्ष 2015 ई. में हुआ। 'कृतघ्न' उपन्यास की कथावस्तु समाज में उत्पन्न विसंगतियों व

अच्छाइयों को साथ-साथ लेकर चलती है, जो सामाजिक सरोकारों के साथ मानव मन की तृष्णाओं से भरे पात्रों के जीवन-चरित्र को प्रस्तुत करती है।

उपन्यास का नायक अंबुज समाज सेवा के उच्चतर मूल्यों की चरम सीमा को स्पर्श करता हुआ चरित्र है। वह पारिवारिक दायित्व को निभाते हुए चारित्रिक रूप से भी संयम, धैर्य, प्रेम, सद्भाव की कसौटी पर खरा उतरता है। वहीं नायिका के रूप में सुकन्या, अपने नाम के अनुरूप उच्च चरित्र की युवती है। उपन्यास में खलनायिका के रूप में पूनम का चरित्र आधुनिक मानव के अतिमहत्त्वाकांक्षी स्वरूप का प्रतिरूप है। कथानायक अंबुज शहरी परिवेश का शादीशुदा युवा है, जो शहर के प्रतिष्ठित व्यापारी रामनाथजी का इकलौता बेटा है। अंबुज बचपन से ही समाज के प्रति उदार मनोवृत्ति के साथ बड़ा होता है। उसके बचपन के प्रसंगों से ही लेखक ने उसमें सामाजिक चेतना को प्रतिबिंबित किया है।

अंबुज का बालमन दीन-हीन समाज के प्रति आकर्षित था, लेकिन पिता रामनाथ नहीं चाहते थे कि अंबुज में समाजोन्मुख प्रतिभा का विकास हो। वह पढ़ाई में भी अव्वल था। इसलिए रामनाथजी उसे पढ़ने के लिए विदेश भेजते हैं, ताकि उसके दिमाग से समाज सेवा का भूत भी उतर जाए और वह व्यावसायिक-वृत्ति अपना लें, लेकिन जब विदेश से पाँच साल बाद अंबुज एम.बी.ए. करके लौटता है तो पिता की व्यावसायिक आकांक्षाओं से हटकर वह समाजसेवा करने का फैसला लेता है। पिता इस बात से हताश होते हैं कि बेटे को एम.बी.ए. करवाकर उन्होंने व्यावसायिक बनाने के जो सपने देखे थे, उस पर वह खरा नहीं उतरा, लेकिन उम्र के इस पड़ाव में पिता, अंबुज के आश्रम खोलने के फैसले को स्वीकार कर लेते हैं। आश्रम में अंबुज के सामने कई सामाजिक विसंगतियों से भरी घटनाएँ आती हैं, जहाँ से जुड़े विभिन्न पात्रों की कथाएँ ही उपन्यास की गौण कथाएँ हैं। ऐसी ही एक युवती पूनम का आश्रम आना तथा अंबुज के जीवन में उसका हस्तक्षेप कथानक की मूलकथा बनती है।

कथाकार रमेश पोखरियाल 'निशंक' बालमनोविज्ञान के श्रेष्ठ कथाकार हैं, कथानक में पूनम की गौण कथा परिवेश व शिक्षा को लेकर भी पाठकीय संवेदना केंद्रित है। कथानक में पूनम के बाल मनोविज्ञान और चाची के स्वभाव में बदलाव को मनोविश्लेषणात्मक दृष्टिकोण के साथ देखा जा सकता है। 'पूनम' एक अति-महत्त्वाकांक्षा के साथ जीवन के सपने पूरा करने वाली युवती है और वह अपने ही चाचा-चाची से बदला लेने का प्रयास करती है, वहीं अंबुज पूनम की शादी करवाना चाहता है, लेकिन इस बीच एक सड़क दुर्घटना में अंबुज की पत्नी वर्षा की मौत हो जाती है और वह बुरी तरह घायल होकर व्हील चियर पर पहुँच जाता है। अंबुज की माँ जानकी

के लिए अंबुज के साथ उसकी बेटियाँ तुहिना व तृष्णा का ख्याल रखना आसान नहीं था, ऐसे में वह पूनम को अंबुज की देख-रेख के लिए नर्स के रूप में रखते हैं तो वह इस घर की राजकुमारी बनने का सपना देखती है और जब इस घर से नर्स की भूमिका में काम करते हुए उसकी विदाई हो जाती है। कुछ समय बाद अंबुज की दूसरी शादी अंजलि से तय होती है तो पूनम अपनी आकांक्षाओं पर पानी फिरते देख अंबुज पर खुद के साथ धोखाधड़ी करने, समाजसेवा के नाम पर दिखावा करने जैसे सारे आरोप मढ़ देती है और अंबुज की जीवनभर की प्रतिष्ठा पलभर में मिट्टी में मिल जाती है। पूनम कोर्ट के सामने ऐसे प्रमाण रखती है कि अंबुज की गिरफ्तारी हो जाती है। ऐसे में एक पात्र सुकन्या ही थी, जो बिना स्वार्थ के पूनम की इस हरकत की पड़ताल में जुट जाती है और अंत में गुंजन की मदद से सबूत जुटाकर उसे न्याय दिलाती है। अंबुज के जीवन में जब सबकुछ सामान्य होने लगता है। एक दिन अंबुज की माँ बेटे के आगे दूसरी शादी की बात करने का प्रस्ताव रखती है और किसी हालात में शादी न करने की चाह रखने वाले अंबुज के आगे सुकन्या से शादी करने का प्रस्ताव आता है तो वह दुविधा में पड़ जाता है, क्योंकि बुरे वक्त पर उसकी इज्जत बचाने वाली सुकन्या के प्रति अंबुज कृतज्ञ था। इसलिए अंबुज-सुकन्या के मिलन से भविष्य की नई उम्मीदों को लेकर अंत में पाठक को एक सुखद एहसास दिलाता है और उपन्यास समाप्त होता है।

लेखक ने विभिन्न पात्रों को एक दूसरे के प्रति 'कृतघ्न' दिखाकर उपन्यास के नाम अनुरूप कथ्य की सृष्टि की है। वहीं पूनम की कृतघ्नता से सिद्ध किया है कि 'कृतघ्नता' एक आसुरी वृत्ति के समान है, जो इंसान को इंसानियत से जुदा करती है। लेखक ने सुकन्या के चरित्र से साबित किया है कि कृतज्ञता एक ज्योति-बिंदु के समान है जो मानवता की सर्वोत्कृष्ट विशेषता है और जब इंसान प्रत्यक्ष और परोक्ष रूप से किसी के प्रति कृतज्ञ होता है तो ईश्वर भी सदा उसके लिए सद्मार्ग तैयार करता है। इस प्रकार 'कृतघ्न' उपन्यास, कथाकार रमेश पोखरियाल 'निशंकजी' का महानगरीय परिवार के जीवन की पृष्ठभूमि पर लिखा गया सामाजिक उपन्यास है, जिसके कुछ पात्र अति-महत्त्वाकांक्षा से बचने की सीख देते हैं तो कुछ पात्र अपने सद्चरित्र, संस्कार, कर्तव्यनिष्ठता के गुणों से एक अच्छे समाज का निर्माण करने के लिए प्रेरित करते हैं।

उपन्यास : 'मेजर निराला'

'मेजर निराला' उपन्यास मेजर निराला की जीवनकथा के रूप में पूर्वदीप्ति शैली में लिखा गया है। इसमें राष्ट्रप्रेम के साथ निजी जीवन के कर्तव्यों की सीख उपन्यास के विभिन्न पात्रों के माध्यम से प्रस्तुत होती है। उपन्यास के नायक के रूप में 'मेजर निराला'

का चरित्र उद्‌घाटित हुआ है। वहीं उपन्यास के पात्र बबलू व जग्गू आधुनिक पीढ़ी के युवाओं के रूप में अंततः आदर्श का गुण लेकर स्थापित होते हैं। उपन्यास उत्तराखंड के परिवेश में बुना गया है, जिससे कई स्थानीय बोली के शब्दों से कथानक को सजीवता प्राप्त होती है।

उपन्यास का प्रारंभ केंद्रीय पात्र मेजर निराला के परिचय के साथ मिलता है कि मेजर निराला 15 साल जेल काट चुका है, जो एक साहसी सैन्य ऑफिसर होता था, लेकिन 15 साल पहले वह क्या था? लेखक ने उन अतीत के पलों को उपन्यास का कथ्य बनाया है। एक साहसी सैन्य ऑफिसर मेजर निराला के जीवन में 15 साल पहले एक घटना ऐसी घटी कि वह कथानक में त्रासदी का पात्र दिखाई देता है। मेजर निराला का बचपन भी अभावों से त्रस्त ही था, लेकिन कठिन संघर्ष के बलबूते उसने सेना में नौकरी पाई थी। पत्नी सावित्री व बेटे बबलू के साथ जीवन अच्छे से चल रहा था, लेकिन एक घटना ने उसे वीर साहसी सैन्य ऑफिसर से एक हत्यारा बना दिया। लेखक ने मेजर निराला के जीवन की विभिन्न घटनाओं का विवरण मनोवैज्ञानिक ढंग से दिया है, जिससे यह जीवनगाथा एक सामाजिक उपन्यास का स्वरूप धारण करती है, साथ ही कथा विवरण से एक आँचलिकता भी उपन्यास में दिखाई देती है।

'निशंकजी' ने मेजर में राष्ट्रप्रेम, जन्मभूमि प्रेम, पलायन चिंतक, वृद्ध सेवा भाव, जैसे विशिष्ट गुणों का समावेश किया है। मेजर निराला के चरित्र का पूर्ण विकास गाँव के परिवेश में हुआ है। छुट्टी पर आए मेजर निराला जिस तरह हर बार ग्रामीणों की मदद को अपनी जिम्मेदारी समझकर पूरा करता है, उसमें मेजर का उदार चरित्र स्पष्ट दिखता है। मुख्य कथा के साथ गौण कथा के रूप में गाँव के 'झब्बन' हवलदार की कथा है। जिसका उद्‌घाटन तब होता है, जब गाँव का 22 वर्षीय युवक 'सूरज' अपने पिता झब्बन हवलदार को मेजर निराला के द्वारा उनकी मदद न करने की वजह पूछता है, तब मेजर निराला का बचपन का एक प्रसंग सामने आता है, इस प्रसंग से जहाँ उपन्यास की गौण कथा का आरंभ होता है, वहीं मेजर निराला के बचपन भी प्रकाशित होता है।

कथाकार 'निशंक' के साहित्य में परिवेश की पीड़ा हमेशा झलकती है और लोक-जीवन में कला, संस्कृति, भाषा के महत्त्व को लेखक भली-भाँति समझते हैं। वे लोक-जीवन में आ रहे बदलाव के प्रति भी पाठक को जागरूक करने की कोशिश करते हैं। उपन्यास विभिन्न लोक-तत्त्वों के साथ लोक-संस्कृति का विशेष परिचायक है। इसमें स्थानीय बोली के शब्दों की बहुलता है, जो संस्कृति व जीवन-शैली को प्रस्तुत करने के लिए प्रयुक्त हुए हैं, कुछ उद्धरण देखिए—

'घरों से निकलकर महिलाएँ एक स्थान पर इकट्‌ठी होती हैं। वहाँ पर कुछ क्षणों

के लिए बैठती हैं। 'पलेन्थरा' पर अपनी दराँतियों पर धार लगाती हैं और फिर लगती है चौपाल।'[10]

'इन्हीं बैठकों में महिलाएँ घर से लाई हुई चीजों का आपस में वितरण करती हैं, जैसे—भूजे हुए भट्ट, सोयाबीन, चूड़े, बुखणे, भाँग के बीज आदि।'[11]

'मेले और कौथिग पहाड़ की पुरानी परंपरा हैं। आज भी पहाड़ में स्थान-स्थान पर वर्ष भर में अनेक 'थौल-मेलों' का आयोजन किया जाता है, किंतु तब से अब तक 'कौथिग' के नाम से प्रचलित इन मेलों के स्वरूप में बहुत बड़ा अंतर आ गया है। यूँ कहिए कि अब कौथिग और कौथिगेर दोनों का ही अर्थ भी बदल गया है।'[12]

ऐसे कई संदर्भों के साथ इस उपन्यास का कथानक आँचलिकता में बुना गया है। गाँव में अलग-अलग पात्रों की कहानियाँ हमें मिलती हैं। ऐसी ही एक कहानी 'जग्गू' की है, जिसे शिक्षा के अभाव में देखकर मेजर निराला बाल मजदूरी से मुक्ति दिलाकर स्कूल पढ़ाने की जिम्मेदारी लेता है।

मेजर निराला के सेना से लेकर छुट्टियों के दौरान गाँव की स्मृतियों के साथ उपन्यास में लोक-तत्त्वों के कई आयामों की सुंदर अभिव्यक्ति वर्णित है। संस्कृति, भाषा, जीवन-शैली मेजर निराला के जीवन की अलग-अलग घटनाओं में देखने को मिलती है। कथ्य में पहाड़ के मेले, त्योहार, परिवेश, संस्कृति, जीवनकला, मेजर की युवावस्था के परिचय से लेकर भर्ती होने, शादी संपन्न होने के रूप में सामने आ जाता है। यही नहीं निजी जीवन के अलावा कथ्य कभी मेजर के सैन्य जीवन की गतिविधियाँ, सीमा पर युद्ध वर्णन, राष्ट्रप्रेम के साथ उपस्थित हो जाता है। कुल मिलाकर उपन्यास के कथ्य में बिखराव जरूर है, लेकिन इसका होना भी स्वाभाविक है, क्योंकि सारी घटनाओं का होना, मेजर निराला की स्मृतियों के रूप में है, जिसका स्मरण मेजर अंतिम दिन जेल में कर रहा होता है।

कथानायक मेजर निराला जेल क्यों पहुँचता है, इसका परदा भी अंत में खुलता है। दरअसल मेजर अपनी पत्नी का हत्यारा होने के कारण जेल जाता है। मेजर का बेटा बचपन में ही आवारागर्दी, चोरी, शराबखोरी के कारण परिवार की प्रतिष्ठा दाँव पर लगाता है तो ग्रामीणों द्वारा तरह-तरह की शिकायत व भद्दे ताने सुनकर मेजर निराला आत्मसम्मान की रक्षा करते-करते धैर्य खो बैठता है। उसकी बंदूक से बबलू पर चली गोली के आगे सावित्री अपने प्राणों का बलिदान दे देती है। घटना के बाद बबलू घर से भाग जाता है और पत्नी की हत्या के आरोप में मेजर को 15 साल की जेल हो जाती है। 15 साल बाद जब निराला जेल से छूटकर गाँव लौटता है तो समाज से मिली दुत्कार उसे गाँव-घर छोड़ने को मजबूर कर देती है। इस तरह हताश मन के साथ वह गाँव छोड़कर

हरिद्वार चला जाता है, जहाँ जीवन-यापन के लिए उसके मन में कई विचार आते हैं। वह सोचते-सोचते सड़क पर आ जाता है, जहाँ एक वाहन से टकराने से वह सड़क पर गिर जाता है। दुर्घटना के साथ ही लेखक कथ्य में ऐसी फैंटेसी उत्पन्न करते हैं कि पाठक उपन्यास के सुखद अंत का एहसास करने लगता है। वाहन दुर्घटना से सड़क पर पड़ा मेजर निराला लहूलुहान हो जाता है, भीड़ बिना मदद किए उसे घेर लेती है। तभी तमाशा लगाती हुई भीड़ को एक सैन्य वर्दीधारी व्यक्ति फटकारते हुए निराला को उठाने का प्रयास करता है और उसे उठाते ही वह हतप्रभ रह जाता है, क्योंकि वर्दीधारी बबलू होता है, जो मेजर निराला को इस हाल में देखकर चीख पड़ता है और पिता को अस्पताल ले जाता है। इस प्रकार पिता-पुत्र का मिलन होता है। बबलू घटना के बाद पूरी कहानी बताता है और अपनी गलत हरकतों का प्रायश्चित्त करते हुए सेना तक पहुँचने का घटनाक्रम सुनाता है। बबलू का संघर्ष भी मेजर निराला के संघर्ष से कम नहीं है, क्योंकि वह बेघर होकर एक मुकाम हासिल करने में कामयाब होता है। इसी बीच पुलिस की एक जिप्सी हॉस्पिटल में पहुँचती है और पुलिस जवान मेजर निराला को एस.पी. के घर चलने को कहते हैं। पिता-पुत्र को समझ नहीं आता है कि इस दुःख की घड़ी में अब पुलिस उन्हें क्यों ले जा रही है। इसके साथ ही एक नए संयोग के साथ उपन्यास का एक नया प्रसंग सामने आता है, जब वे एस.पी. के घर पहुँचते हैं तो सामने एस.पी. जगमोहन सिंह रावत, यानी जग्गू एक ऑफिसर के रूप में खड़ा होता है। यह देख कैप्टन बबलू उछल पड़ा और मेजर निराला ने उसे छाती से लगा लिया।

इस तरह तीनों का यह मिलन पाठक को भावविभोर कर देता है। बबलू व जग्गू बचपन की द्वेषभरी यादों को मजाकिया तरीके से साझा करते हैं। जग्गू, चाचा के उपकारों को याद रखते हुए उन्हें एक घर देता है। लेखक फैंटेसी के साथ मेजर निराला की जीवन-कथा को प्रस्तुत करते हैं। संस्मरणात्मक शैली में लिखा गया यह उपन्यास समाज को आदर्श, संस्कार, संघर्ष, धैर्य, उदारता—जैसे तमाम गुणों का पाठ सिखाता है।

उपन्यास : 'निशांत'

'निशांत' उपन्यास, 2008 ई. में प्रकाशित उपन्यास है। यह उनका मनोविश्लेषणात्मक उपन्यास है। इसकी नायिका मिताली को लेखक ने त्याग, समर्पण, स्नेह, ममत्व, संवेदना, सहानुभूति, कर्तव्यपरायण नारी के रूप में आदर्श नायिका स्थापित किया है। मिताली अपने परिवार के प्रति स्नेह और संरक्षण का कर्तव्य लेकर संघर्ष की राह चुनती है। कथानक नारीत्व की गरिमापूर्ण जीवन-मूल्यों की अभिव्यक्ति की उत्कृष्ट कथा है। नारी के भीतर के तमाम गुण उपन्यास नायिका मिताली के माध्यम से उभरकर सामने आते हैं।

वहीं नायक निशांत भी समाज के लिए प्रेरणा का स्रोत है। निशांत भी प्रेम और त्याग के बल पर आदर्श नायक के रूप में समाज के लिए प्रेरणादायक भूमिका में स्थापित होता है। उपन्यास के विभिन्न पात्र भी अनेक तरह की मनोस्थितियों से गुजरते हुए लेखक के मनोविश्लेषणात्मक चिंतन का परिचय देते हैं। डॉ. योगेंद्रनाथ शर्मा 'अरुण' के शब्दों में—"सच तो यह है कि जीवन के कड़वे यथार्थों की आधारभूमि पर कवि-कथाकार डॉ. रमेश पोखरियाल 'निशंक' ने अपने इस उपन्यास 'निशांत' के कथा नायक निशांत एवं कथा-नायिका मिताली के चरित्रांकन के माध्यम से समाज की युवा पीढ़ी को अजेय प्रेरणा शक्ति प्रदान करके अपने साहित्यिक दायित्व को पूर्ण किया है।"[13]

उपन्यास नायिका मिताली का संघर्षपूर्ण जीवन कैसे शुरू होता है और कथानायक निशांत उसके संघर्ष को कहाँ स्थिर करता है? यह पूरा उपन्यास उन्हीं घटनाक्रमों का विवरण है। उपन्यास का मूलभाव प्रेम, त्याग, समर्पण के द्वारा व्यक्तित्व की स्थापना करना है। निशांत और मिताली इन्हीं गुणों के आधार पर लेखक की सच्ची लेखकीय सद्भावना को सफल बनाते हैं। मिताली का जीवन कठिनाइयों से उभरता है। माँ-बाप की मृत्यु के बाद घर की सबसे बड़ी बेटी होने के नाते उस पर एक बहन और दो भाइयों की जिम्मेदारी आ जाती है। युवावस्था में इस जिम्मेदारी को पूरा करने के लिए वह अपने सपनों की उड़ान को थाम देती है और अपने भाई-बहन के सपनों को हकीकत में बदलने की जुगत में लग जाती है। उम्मीदों के मुताबिक राहुल अपनी प्रखर बुद्धि के बल-बूते नौकरी के लिए विदेश चला जाता है। सोनाली भी कॉलेज जाना शुरू करती है तो उसके संस्कारी गुणों पर आकर्षित उसके गुरु प्रो. राम कुमार शर्मा उसे अपनी बहू बनाने का फैसला लेते हैं, लेकिन छोटा भाई शेखर पढ़ाई से इतर उद्दंडता के पथ पर चला जाता है, जो मिताली के लिए चिंता का विषय बन जाता है। इन कठिन परिस्थितियों में भी मिताली के अंदर ममता की भावना दिखाई देती है। 'निशंकजी' के कथा साहित्य की खास विशेषता है कि उनके पात्रों का चरित्र-चित्रण एक परिवेश में रहकर अलग-अलग गुणों के आधार पर चित्रित होता है।

कथानायक निशांत की जीवनकथा भी संघर्षों से उपजी है। निशांत, राय बहादुर दीनानाथ का पोता और ठाकुर जगन्नाथ की इकलौती संतान था। दीनानाथ तो सज्जन व्यक्ति थे, लेकिन निशांत के पिता जगन्नाथ को उसकी पैतृक धन-दौलत, सम्पत्ति ने हठी, अहंकारी, लापरवाह, व्यसनी बना दिया था। इस कारण दूरदर्शी व्यक्तित्ववाले दीनानाथजी ने वसीयत तैयार कर अपनी संपत्ति का बड़ा भाग निशांत और उसकी माँ चंद्रलेखा के नाम कर दिया। भारतीय समाज में हर पिता अपने जीवन का सर्वस्व पुत्र हित में लगा देता है, ताकि उसके कुल की मर्यादा व अस्तित्व सदा बनी रहे, लेकिन जब

घर के मुखिया की पदवी किसी कुपुत्र के हाथों स्थानांतरित होने लगती है तो परिवार की स्थिति कैसी हो जाती है, ये जगन्नाथ की जीवनकथा से उद्घाटित होता है।

उपन्यास में निशांत के व्यक्तित्व के निर्माण पर उसके बचपन का प्रभाव साफ दिखता है। निशांत की परवरिश से उसके बालमन पर जो प्रभाव पड़ता है, उससे वह अपनों से दूर होता जाता है और वह समाजसेवा के लिए प्रेरित होता है। यह भी मानव मनोविज्ञान ही है कि व्यक्ति जिन दर्दों को खुद सहता है, वह समाज को उन दु:ख-दर्दों से मुक्ति दिलाने के लिए प्रेरित होता है। समृद्ध परिवार के बच्चे के रूप में निशांत का बचपन जब माँ-बाप के साथ हर्षोल्लास के साथ व्यतीत होना था, तब वह एक ही घर में रह रहे माँ-पिता के वात्सल्य से वंचित रह जाता है। एक तरफ पिता के प्यार का अभाव तो दूसरी तरफ तपेदिक पीड़ित माँ से दूर रहने की मजबूरी एक बालक के कोमल हृदय को किस तरह आघात पहुँचाती है, लेखक ने एक बालक और एक माँ के मनोविज्ञान का मनोस्पर्शी विवेचन किया है।

उपन्यास : 'पहाड़ से ऊँचा'

'पहाड़ से ऊँचा', उत्तराखंड के परिदृश्य में लिखा गया एक आँचलिक उपन्यास है। यह सार्वभौमिक सत्य है कि कोई भी साहित्यकार हमेशा स्वयं की भाव-भंगिमा, संवेदनशीलता और परिवेश को अपने साहित्य सृजन का प्रथम आधार बनाता है, हालाँकि उसमें कुछ यथार्थ होता है तो कुछ फिक्शन। यह उपन्यास पूर्ण रूप से लेखक के परिवेश से उपजी संवेदनाओं का दस्तावेज है, जिसमें लेखक समाज को एक उत्कृष्ट सोच प्रदान करने की कोशिश करते हैं। उपन्यास 'पहाड़ से ऊँचा' के शीर्षक से मस्तिष्क में सहज ही एक प्रश्न उत्पन्न होता है कि पहाड़ से 'ऊँचा' आखिर क्या हो सकता है? उपन्यास में इसका जो उचित जवाब पाठक को मिलता है, वह है—'एक सोच'। उपन्यास को 'पहाड़ के सुनहरे भविष्य के लिए लेखक की एक कल्पना' के रूप में भी देखा जा सकता है, जिसमें कथानायक 'मोहन' की युवा सोच से कठिन पर्वतीय जीवन के उज्ज्वल भविष्य की नींव पड़ती है।

उत्तराखंड प्रदेश लेखक की जन्मभूमि है, यहीं का आँचलिक वातावरण उपन्यास का विवेच्य विषय है। प्रदेश के पर्वतीय अँचल विशेष की प्रमुख समस्याओं का निराकरण लेखक उपन्यास के पात्रों के माध्यम से करते हैं और लोकतांत्रिक प्रहरी के रूप में समाज को एक दृष्टि प्रदान करते हैं। उत्तराखंड के पर्वतीय जीवन की सबसे ज्वलंत समस्या 'पलायन' पर चिंतन से उपन्यास आरंभ होता है, जहाँ शंकर दत्त व गाँव के एक मित्र गोपाल के वार्त्तालाप से लेखक गाँव के बदले हुए लोक-परिदृश्य को पाठक के सम्मुख

लाते हैं—'अब कहाँ रही ऐसी एकता? अब ढोर-डंगर पालने भी कम कर दिए हैं लोगों ने। हाँ दाज्यू अब न तो पहले जैसा जंगल रहा और न ही लोगों में अपनी किसी बाड़ी से प्रेम।' इस बीच गोपाल दत्त ने हुक्के में तंबाकू डालकर कोयले फिर सुलगा दिए और दो कश लगाकर शंकर दा की ओर चिलम बढ़ाकर खरासते हुए बोला—'मैं भी बाजार तक गया था। नमक, तेल, तंबाकू लेने। सोचा आपकी कुशल लेता चलूँ, साथ ही मोहन का भी समाचार मिल जाएगा।'[14] इस छोटे से उद्धरण में आए दाज्यू, तमाखू, ढोर-डंगर, दा, बाड़ी आदि शब्द उत्तराखंड की गढ़वाली, कुमाऊँनी बोली के हैं, जो उपन्यास के आँचलिक होने का संकेत देते हैं। उपन्यास में कौथिग, इजा, बद्री विशाल के प्रति आस्था जैसी लोक-संस्कृति व लोक-तत्त्वों का समावेश मिलता है। उपन्यास में लोकगीतों से भरे उद्धरण भी पर्वतीय लोक-जीवन के खुदेड़ गीत के साथ उद्धृत कर उपन्यासकार ने संस्कृति व रीति-रिवाजों के आकर्षण को भी उत्पन्न किया है। संपूर्ण उपन्यास में सैकड़ों आँचलिक शब्दों से भरे उद्धरण मिलते हैं।

कथानक में ग्रामीण क्षेत्रों में रोजगार की प्रमुख समस्या और रोजगार की तलाश में बेहद छोटी नौकरी के लिए महानगरों के लिए पलायन भी लेखकीय चिंतन का विषय है। एम.ए. पास प्रकाश व दिल्ली में नौकरी कर रहे रमेश के माध्यम से चित्रित है। रमेश द्वारा महानगरीय त्रस्त जीवन और गाँव में रह रहे व्यक्ति की शहर के प्रति आकांक्षाओं का यथार्थ वर्णन हुआ है। उपन्यास के पात्र शांति के चरित्र की सृष्टि शांत स्वभाव व संस्कारी पहाड़ी युवती की भूमिका में हुई है।

लेखक निजी जीवन में एक साहित्यकार के साथ एक पत्रकार व राजनीतिज्ञ की भूमिका में भी समाज के चिंतक रहे हैं। गाँव का पलायन ही नहीं, बल्कि देश में जो शिक्षा के उच्च मुकाम को पाने के बाद जन्मभूमि से जो पलायन होता है, वह समस्या भी कथा-चिंतन का महत्त्वपूर्ण भाग है। उपन्यास में एम.बी.बी.एस. कॉलेज के प्राचार्य प्रो. शकील अहमद अंसारी के भाषणों से लेखक ने उपदेशात्मक शैली में देश के हजारों युवाओं के लिए संदेश दिया है। वहीं जब मोहन ग्रामीण क्षेत्रों में सेवारत डॉक्टर के रूप में कॅरियर की तैयारी करता है तो उसकी सहपाठी 'गीता' का उदार चरित्र लेखकीय नारी संवेदनाओं से कथानायिका का रूप लेता है। मोहन के गाँव में सेवा करने के फैसले पर वह मोहन के अभावों में बीते बचपन से रू-ब-रू होती है, जहाँ पिता की जान बचाने के लिए उसका संघर्ष एवं उनकी मौत के बाद चाचा का संरक्षण मिलने की पूरी कहानी से गीता भी भावुक हो उठती है। गीता, मोहन के गाँव चलने की बात कहती है तो मोहन उसे जीवनसाथी बनने का प्रस्ताव देता है, जिस पर वह उसे माँ-पिता की स्वीकृति लेने को कहती है। विवेच्य उपन्यासकार के पात्रों में प्रेम की प्रस्तावना हमेशा ही सरल-सहज

अंदाज के साथ दिखती है, जहाँ नायिका हमेशा संस्कारों की दहलीज पर खड़ी दिखती है। यह उपन्यास नारी विमर्श का प्रमुख उपन्यास न होते हुए भी नारी-विमर्श का सशक्त दस्तावेज है, जिसमें मोहन हर वर्ग की नारी की संवेदना व संघर्ष को विवेचित करता है। उसमें महानगर की नारी को देखने की दृष्टि भी है तो उसे गाँव की नारी के जीवन-संघर्ष की पहचान भी है। यही वजह थी कि वह ग्रामीण समाज की सेवा के लिए शहर की नौकरी का प्रस्ताव त्यागकर गाँव में अपना अस्पताल खोलता है।

अंत में अस्पताल में दिन-रात सेवाभाव से काम कर रहे मोहन के आगे ऐसी स्थिति आ जाती है कि उसे अपने बचपन का वह दिन याद आ जाता है, जब उसके पिता की मौत डॉक्टर के अभाव में हुई थी। उस रात दरवाजे पर एक युवक दस्तक देता है, गीता पास जाती है तो युवक अपनी माँ को बचाने की गुहार लगा रहा होता है। गीता बारिश में डॉ. मोहन के बाहर न जाने की असमर्थता में उसे कल आने को कहती है, लेकिन मोहन जब खुद बाहर आकर ये सब देखता है तो एक पल अपने आप को रोके बिना बारिश में ही युवक के गाँव जाने का फैसला करता है। जाने से पूर्व उसके आगे अपने पिता की मौत की वो रात सामने आ जाती है, जब वह भी उसी युवक की तरह पिता के इलाज के लिए हाथ-पैर मार रहा था। पूरे प्रसंग में जहाँ मोहन का चरित्र निखरकर सामने आता है, वहीं पहाड़ की समस्याओं व लाचार असहाय ग्रामीणों की स्थितियों के प्रति लेखकीय संवेदना का उत्कृष्ट रूप प्रस्तुत होता है। 'निशंकजी' का समग्र लेखन मानव जीवन की तीन अपेक्षाओं—आत्महित, परहित और राष्ट्रहित पर केंद्रित होता है। इस उपन्यास में भी मोहन का चरित्र इन्हीं मानवीय आकांक्षाओं का प्रतिरूप है। मोहन अपने कर्तव्यों के प्रति अपनी दृढ़ इच्छा शक्ति का परिचय इस तरह देता है—'गीता। हमारा कर्तव्य है मानवता की सेवा करना, दूसरे के दर्द को अपना दर्द समझना, हमारा जीवन ही सेवा के लिए है। गीता, तुमने अभी घोर गरीबी को निकटता से नहीं देखा है। तुम कल्पना भी नहीं कर सकती हो कि इस पहाड़ में लोग कैसे अभावमय जीवन जीते हैं, फिर डॉक्टरों का जीवन होता ही दूसरों के लिए है। हमारी वह सौगंध किस काम की। मैंने डॉक्टरी इसलिए नहीं कि आज फिर से एक और मोहन का बाबू या फिर किसी एक और मोहन की माँ इलाज के अभाव में दम तोड़ दे।'[15] मोहन इस तरह अपने कर्तव्य का पालन कर अपने जीवन का मकसद हासिल करता है तो लेखक इस उपन्यास से अपनी सामाजिक चेतना को सिद्ध करते हुए पूरे समाज को जन्मभूमि की सेवा करने का संदेश देते हैं।

उपन्यास : 'पल्लवी'

भारतीय ज्ञानपीठ प्रकाशन द्वारा वर्ष 2010 ई. में प्रकाशित 'पल्लवी' उपन्यास एक सामाजिक उपन्यास है। उपन्यास विभिन्न मानवीय संवेदनाओं को उद्‌भासित करता है,

जिसमें कथानायक ध्रुव के जीवन चरित्र में एक धीरोदात्त नायक और नायिका 'पल्लवी' का चरित्र चित्रण एक ऐसी सघर्षशील नारी के रूप में हुआ, जो मन से दृढ़ व चरित्र से उच्च आदर्श के रूप में जीवन-मूल्यों को साकार करती है। नायक ध्रुव व नायिका पल्लवी के साथ ही उपन्यास का हर एक पात्र मानवीय जीवन-मूल्यों का परिचय देता है। मानव जीवन के गुण-दोषों को लेकर हर पात्र का चरित्र-चित्रण कथाकार ने साहित्य की परकाष्ठा पर बुना है। कथानक, पर्वतीय ग्रामीण अँचल से लेकर महानगरीय परिवेश तक फैला हुआ है। इसमें 'ध्रुव, पल्लवी, कामनी, कुन्ती, किशन, श्रवण, कमल, सोबन सिंह, कल्याण सिंह', जैसे पात्र सकारात्मक जीवन-मूल्यों के साथ उद्धृत हुए हैं। दूसरी ओर 'बिंदु' और उसके भाई-भाभियाँ व रमाकांत जैसे पात्र नकारात्मक जीवन-मूल्यों के साथ स्थापित हुए हैं।

उपन्यासकार ने अपनी अधिकांश कृतियों की भाँति यह उपन्यास भी स्वयं के परिवेश पर गढ़ा है। इसमें उत्तराखंड के लोक-जीवन में प्रकृति, संस्कृति, सामाजिक-भौगोलिक स्थितियों का परिचय मिलता है। ऐसी ही पृष्ठभूमि पर प्रेम, आदर्श एवं यथार्थ से लबरेज कथा कभी पाठक को भावुक कर देती है तो कभी प्रेमतत्त्व सुकून भी देता है। कथानक में संघर्षों से मिली सफलता और संवेदनाओं पर टिकी मानवता, अंततः पाठक की अंतरात्मा को झकझोरती हुई आदर्शवाद का पाठ सिखाती है।

लेखक ने उपन्यास का प्रारंभ 'फ्लैश बैक शैली' में किया है, जहाँ स्मृतियों के पटल से एक के बाद एक घटनाओं को उद्धृत करते हुए कथानक आगे बढ़ता है। 'फ्लैश बैक शैली' के अतिरिक्त इस उपन्यास में नायक-नायिका के माध्यम से काव्य व गीतों को समाविष्ट करना विशेष रचनाशीलता का परिचय है।

रचनाकार मौसम के भयानक रूप का वर्णन करते हुए कथानायिका पल्लवी के उस स्वप्न के साथ कथा को प्रारंभ करते हैं, जिसमें नायक ध्रुव कश्मीर की पहाड़ियों में युद्ध के मोर्चे पर होता है। सपने में पल्लवी देखती है कि उसका पति कैप्टन ध्रुव दुश्मनों से युद्ध करते हुए वीरता का परिचय दे रहा था, तभी अचानक वह दुश्मन के गोले का शिकार होकर वीरगति को प्राप्त हो जाता है। इस दुःस्वपन के साथ ही रचनाकार ने सपनों के मनोविज्ञान के साथ उपन्यास की भूमिका बाँधी है और अंततः पाठक को कथानायक ध्रुव के शहीद होने की जानकारी भी पल्लवी के सपने से ही मिलती है।

वहीं ध्रुव की जीवनयात्रा के संघर्ष से मुकाम की कहानी भी कथानक का भाग है। लेखक ने गाँव से शहर आए ध्रुव के अभावग्रस्त जीवन का परिचय बेहद मार्मिकता के साथ अभिव्यक्त किया है। उसके भोलेपन व आर्थिक पिछड़ेपन की हताशा कभी उस पर हावी नहीं होती है। उसका धैर्य हमेशा बना रहा तो उसकी प्रतिभा उसके परीक्षा

परिणाम में परिलक्षित हुई। उसके जीवन के संघर्ष ने उसमें जो संवेदनाएँ पैदा कीं वह संपूर्ण उपन्यास में ध्रुव द्वारा लिखी कविताओं से मिलती हैं। कथावस्तु के साथ लेखक का यह सुंदर प्रयास रहा है कि ध्रुव को एक रचनाकार के रूप में भी प्रस्तुत किया जाए। इससे कथानायक ध्रुव का चरित्र कई तरह की संवेदनाओं के साथ विस्तृत फलक पर दिखाई देता है। ध्रुव देश-प्रेम में सराबोर होकर कविता लिखता है तो वह प्रकृति में डूबकर मानवीय प्रेम की कविता, अपने संघर्ष में धैर्य बनाने की कविता भी लिखता है। वह आशावादी, धीरोदात्त रचनाधर्मी होकर लक्ष्य के प्रति प्रेरित कविताएँ भी लिखता है। 'निशंकजी' ने ध्रुव के माध्यम से संपूर्ण उपन्यास में 24 अलग-अलग स्थानों पर प्रेरक काव्यांशों का कथानक में समावेश किया है। उपन्यास में विभिन्न काव्यांशों से जहाँ ध्रुव की संवेदनाएँ अभिव्यक्त होती हैं तो पल्लवी का उन रचनाओं के प्रति आकर्षण होने पर, उसके चरित्र का अंकन भी किया जा सकता है।

कवि एवं लेखक रमेश पोखरियाल 'निशंक' ने इस उपन्यास में जिस रचनाधर्मिता का परिचय दिया है, उसने जहाँ गद्य साहित्य को एक नया स्वरूप दिया, वहीं इस उपन्यास में कथानायक ध्रुव में लेखक की छवि प्रतिबिंबित होती है। इस विषय में डॉ. योगेंद्रनाथ शर्मा 'अरुण' के शब्दों में—"कथा-नायक 'ध्रुव' तो जैसे स्वयं रचनाकार के जीवन-मूल्यों का सजीव दर्पण ही बन गया है। गाँव का मेधावी, परिश्रमी, लगनशील और सबसे बढ़कर संकल्प का धनी कथानायक 'ध्रुव' अपनी कविताओं के माध्यम से सहृदय पाठक के अंतःकरण में बस जाता है। ध्रुव, डॉ. 'निशंक' के इस उपन्यास का ऐसा आदर्श युवा है, जिसमें पाठक को रचनाकार की सहज छवि दिखने लगती है।"[16]

उपन्यास में ध्रुव व किशन सिंह का रिश्ता भी अद्भुत है। ध्रुव की प्रेरणा उसके मुँहबोले भाई किशन ही थे। वहीं किशन के चरित्र की सृष्टि कर एक शहीद परिवार की स्थितियों एवं एक सैनिक के पारिवारिक संघर्ष व चुनौतियों को भी गौण कथा के रूप में परिकल्पित किया है। किशन एक आत्म संतोषी सैनिक पात्र है, लेकिन उसकी पत्नी बिंदु एक असंतुष्ट जीवन-शैली की अति महत्त्वाकांक्षी नारी पात्र है। नारी के रूप में बिंदु का कुचरित्र व उसके सास-ससुर की उदारता को लेखक ने मानवीय संवेदनाओं के साथ सरल-सहज लोकचित्त के रूप में मूलकथा के साथ जोड़ा है।

'पल्लवी' उपन्यास का मुख्य संदेश पल्लवी के चरित्र से ही प्रस्तुत होता है। उपन्यास नायिका पल्लवी का चरित्र विवाह से पूर्व एक परिश्रमी, संस्कारी, सामाजिक संवेदनाओं से युक्त युवती के रूप में दिखाई देता है, जो पिता द्वारा कई उलाहना मिलने के बावजूद सुसंस्कारों की लीक से विचलित नहीं होती है। वह ध्रुव की पारिवारिक परिस्थितियों को जानते हुए भी साधन-संपन्न जीवन का परित्याग करती है। पल्लवी की

शादी ध्रुव से हो जाती है, लेकिन शादी के कुछ महीने बाद ही ध्रुव के शहीद हो जाने से पल्लवी के जीवन में कई तरह की समस्याएँ आ जाती हैं, जब शहीद ध्रुव का पार्थिव शरीर घर लाया जाता है तो पल्लवी पर ग्रामीण महिलाओं द्वारा कई लाँछन लगाए जाते हैं। रचनाकार ने उपन्यास में लोक-जीवन की मनोदशा को पाठक के सम्मुख रखा है और कुंती नाम की एक महिला के सकारात्मक व्यवहार से उस सामाजिक वातावरण के प्रति जागरूकता जगाई है।

नायिका पल्लवी, अपने देवर श्रवण और सास-ससुर की सेवा करते हुए ध्रुव के दायित्वों को भी पूरा करती है। साथ ही ध्रुव के मिशन को पूरा करने के लिए वह कमीशन की परीक्षा पास कर सेना में कैप्टन की नौकरी हासिल करती है। उसकी इस कामयाबी पर भी ग्रामीण संशय जताते हैं, अंततः जब पल्लवी का प्रशिक्षण पूरा हुआ और वह गाँव लौटकर ध्रुव के नाम पर विकलांगों के लिए एक संस्थान खोलती है। जिस दिन संस्थान का उद्घाटन हुआ उस दिन अहंवादी दंभी चरित्र के उसके पिता रमाकांत का घमंड भी उस दृश्य को देखकर चूर हो जाता है, जब पल्लवी के प्रयास की चर्चा हर किसी की जुबान पर होती है। पल्लवी का सेवा व समर्पण का भाव तब दिखा जब वह सारा श्रेय ध्रुव के माँ-बाप को देते हुए उनके हाथों से ही उद्घाटन करवाती है।

उपन्यास के अंत में रमाकांत की चारित्रिक नकारात्मकता, सकारात्मक दिशा में बदल जाती है। वहीं ध्रुव के माता-पिता द्वारा पल्लवी की उम्र का ध्यान रखकर उसे दुबारा शादी करने के लिए कहना, एक ऐसा दृश्य है, जिससे सास सुमित्रा व ससुर कल्याण सिंह की मानवीय संवेदनाएँ पाठक के हृदय को छू जाती हैं, लेकिन अंत में पल्लवी का ध्रुव के प्रति प्रेमभाव अलौकिक प्रेम के रूप सा प्रतीत होता है।

इस प्रकार पल्लवी नारी के अदम्य शौर्य, साहस, त्याग, समर्पण का परिचय देती हैं। वहीं कथाकार 'निशंकजी' ने उपन्यास नायक ध्रुव को एक सैनिक के साथ कवि का स्वरूप देकर अपने कवि हृदय के उद्गारों को युवाओं के बीच स्थापित किया है। सैन्य परिवार की स्थितियों के विमर्श को लेखक ने एक विस्तृत फलक दिया है। समग्र रूप से पल्लवी उपन्यास राष्ट्रप्रेम, नारी जीवन, सामाजिक ताने-बाने, मनोद्वंद्व, ग्रामीण जीवन, विधवा समस्या, वृद्धा समस्या, द्विव्यांगता जैसे कई वर्ण्य विषयों का समावेश है, वो अंततः उच्च जीवन-मूल्यों की स्थापना करता है।

उपन्यास : 'प्रतिज्ञा'

'प्रतिज्ञा' उपन्यास पर्वतीय ग्रामीण परिवेश में नारी संघर्ष व जीवन-मूल्यों को उद्वेलित करता है। लेखक उपन्यास के 'निवेदन' शीर्षक में लिखते हैं कि—"मेरे भीतर

की छटपटाहट ही मेरा साहित्य है। मेरा देखा, महसूस किया और भोगा यथार्थ वेदना-संवेदना, अनुभूति और अनुभवों से अनुप्रमाणित। कभी जीवन-मूल्यों की धड़कन बनकर तो कभी आम आदमी की आवाज बनकर मैं इन्हें सीधे-सरल शब्दों में अपने पाठकों तक पहुँचाने की कोशिश करता रहा हूँ।"[17]

'प्रतिज्ञा' उपन्यास के परिवेश व कथावस्तु में लेखक के अनुभव व संवेदना एकसाथ मुखरित होते हैं। कथानक में नायकत्व पौराणिक नायकत्व से पूर्णत: विपरीत है। खुद लेखक अपने पात्रों व कथानायक के संबंध में लिखते हैं—"मैंने पौराणिक मिथकों को तोड़कर आम जनजीवन को नायकत्व प्रदान किया है। मेरे सारे कथानक यथार्थ घटनाओं पर आधारित हैं। जीवन में हर किसी को कोई-न-कोई पात्र, कोई-न-कोई कथानक जरूर मिलते हैं, लेकिन उनको समझने और महसूस करने की दृष्टि चाहिए, संवेदना चाहिए और छटपटाहट चाहिए।"[18]

लेखक ने ऐसे ही सामाजिक जीवन से इस कथावस्तु के पात्रों का चुनाव किया है, जिनके चरित्र-चित्रण में यथार्थता महसूस की जा सकती है। कथानक आँचलिक परिवेश में प्रारंभ होता है, जिसकी पृष्ठभूमि पहाड़ी सुंदरता से परिपूर्ण 'मदनपुर' गाँव पर गढ़ी गई है। कथानायक वीरू की मौत का दृश्य फ्लैश बैक शैली में सामने आता है। उसके घर में शोक की लहर, माँ की मर्मांतक चीख, विधवा पत्नी का विलाप उपन्यास के प्रारंभ होते ही पाठक को उत्सुकता में बाँध देते हैं। नायक वीरू की हत्या क्यों हुई? और उसकी हत्या के बाद उसकी पत्नी सुनीता में नायकत्व का कौशल, इस उपन्यास की मुख्य कथा है, जबकि रजनी, कुलदीप, सुंदरा के जीवन चरित्रों से उपन्यास को गौण कथा प्राप्त होती है। साथ ही उपन्यास में पर्वतीय जीवन-शैली, मानवीय संवेदना व संताप, महत्त्वाकांक्षा से विमुख चरित्र, मातृशक्ति एवं सामाजिक कुरीतियाँ ही मुख्य लेखकीय प्रतिपाद्य हैं। कथानायक वीरू लेखक के अधिकांश उपन्यासों की तरह अभावग्रस्त परिवेश से उठा हुआ युवक है। लेखक ने वीरू के चरित्र को सामाजिक दायित्व एवं संघर्ष की नींव पर रचा है, जिसमें माँ के प्रति अगाध प्रेम है तो मातृभूमि के प्रति समर्पण भाव भी दिखता है। पढ़ाई-लिखाई के बाद वह अन्य लड़कों की तरह हमेशा के लिए गाँव छोड़ जाने के बजाय शहर छोड़कर गाँव लौट आया, लेकिन वीरू का यही दायित्वबोध उसकी जिंदगी लील लेता है। गाँव का ही एक युवक कुलदीप खलनायक की भूमिका में है, जो उसकी हत्या करता है। कुलदीप व उसकी माँ सुंदरा की कहानी उपन्यास की गौण कथा है। कुलदीप को बचपन से पिता का प्यार नहीं मिला था, जो उपन्यास में कुपूत की भूमिका में नजर आता है।

वीरू की हत्या से आहत सुनीता, पत्नी-धर्म का निर्वहन करते हुए पति के हत्यारों

को सजा दिलाने और कुलदीप के काले धंधे को बंद करने की प्रतिज्ञा लेती है। वह महिलाओं को एकजुट कर शराब की भट्टियों को तोड़ने का काम शुरू करती है। शराब विरोधी इस अभियान के दौरान सुनीता की मुलाकात रजनी से होती है, जो दो भाइयों को पालते हुए बड़ी हुई थी। वह संघर्ष के बलबूते भाइयों के लिए माँ-बाप का दायित्व पूरा कर रही थी, जो सुनीता की मुहिम से जुड़कर सामाजिक दायित्व का जिम्मा लेती है, लेकिन कुछ समय बाद उसकी नीयत बदल जाती है और वह अपनी राजनीतिक महत्त्वाकांक्षा के चलते कुलदीप के साथ मिल जाती है।

लेखक ने पूरे उपन्यास में सकारात्मक और नकारात्मक जीवन-मूल्यों का समानांतर रूप चित्रण किया है। लेखक ने 'प्रतिज्ञा' उपन्यास में नारी को कमजोर समझने वाले कुत्सित समाज का स्वरूप उजागर किया। 'प्रतिज्ञा' उपन्यास में अँचल विशेष की लोक-संस्कृति, लोक-परंपरा, लेखक के स्वयं के परिवेश की झलक भी स्पष्ट मिलती है, जो कथाकार रमेश पोखरियाल 'निशंकजी' की कही इस बात की पुष्टि करती है कि—"मेरी सारी कहानियाँ, कविताएँ और उपन्यास इन्हीं सामाजिक मूल्यों और लोक-जीवन की संवेदनाओं से उपजे हैं, या यूँ कहूँ ये जीवंत दस्तावेज हैं मेरी अब तक की जीवन-यात्रा के, हालाँकि अपनी रचनाओं में मैंने देवभूमि उत्तराखंड की समृद्ध संस्कृति व गौरवशाली गाथाओं समेत यहाँ की पौराणिक, धार्मिक, सामाजिक परिवेश व परंपराओं से भी पाठकों को अवगत कराने की कोशिश की है। दिल की गहराइयों में हिलोरें लेती देशप्रेम की भावनाओं को भी अभिव्यक्ति दी है, लेकिन साहित्य सृजन एक तरह से मेरा जुनून है।"[19]

इस प्रकार 'प्रतिज्ञा' उपन्यास में एक स्त्री द्वारा अपने साथ हुए अत्याचारों के विरुद्ध लड़ने की एक प्रतिज्ञा है, जिसे कथानायिका सुनीता पूरी करती है। संपूर्ण कथानक में कथानायिका सुनीता अदम्य साहस, दृढ़-निश्चय, स्वाभिमान, दायित्वबोध, पत्नी-धर्म की परीक्षा में भी सफल होती है और वह नारी के परंपरागत जीवन-मूल्यों से ऊपर उठती दिखाई देती है। यह उपन्यास समाज विरोधी तत्त्वों की अराजकता, धनलोलुपता एवं मूकदर्शक समाज को भी आईना दिखाता है। उपन्यास की भाषा सरल व सहज है, लेखक ने कई दृष्टांत बिंबात्मक शैली में उदधृत कर उसमें नाटकीयता भी उत्पन्न की है।

'निशंकजी' की प्रमुख कहानियों की अंतर्वस्तु का विश्लेषण

कथाकार रमेश पोखरियाल 'निशंक' बहुमुखी प्रतिभा के ऐसे पुरोधा साहित्यकार हैं, जिन्होंने साहित्य की प्रत्येक विधा के प्रति अपना साहित्यानुराग दिखाया है। कवि के रूप में साहित्य में पदार्पण करने वाले कवि 'निशंक' ने उपन्यास, कहानी, संस्मरण,

यात्रा साहित्य समेत कई नैतिक मूल्यों पर आधारित साहित्य रचना के जरिए साहित्यिक बिरादरी में अपनी विशिष्ट पहचान बनाई।

मानव इतिहास में कहानी कहना, सुनना और उसकी रचना करना मनुष्य की प्राचीनकाल से चल रही परंपरा है। कहानियाँ सांसारिक सुख-दुःख, हास्य-व्यंग्य, नैतिकता-अनैतिकता आदि संवेदनाओं के प्रवाह के साथ विश्वपटल पर शिक्षण और मनोरंजन करती हैं। कहानीकार का उद्देश्य रचनात्मक शिक्षण और मनोरंजन के साथ पाठक के भीतर एक संवेदना को उत्पन्न करना होता है। इन्हीं मूल्यों को लेकर कथाकार 'निशंक' की कहानियाँ सामाजिक समरसता, पारिवारिक संबंधों के साथ नए मूल्यों को स्थापित करने में प्रयत्नशील हैं। उनमें कथाकार खुद बदलते हुए सामाजिक मूल्यों के प्रति सचेतक की भूमिका में दिखाई देता है। आधुनिकता को उन्होंने एक मूल्य के रूप में ही स्वीकार नहीं किया है, बल्कि यथार्थ को प्रकट करते हुए उन्होंने आदर्शवादी दृष्टिकोण अपनाया। उनका कथानक मानवीय मूल्यों की शक्ति से परिपूर्ण है, जिसमें कई दुर्बलताएँ होते हुए भी नैतिक मूल्य की स्थापना करने की क्षमता है। उनके कथा-साहित्य में कई तरह की संवेदना काम करती है, जिसके केंद्र में सामान्य जनमानस और ग्रामीण संवेदना प्रमुख है।

रचनाकार रमेश पोखरियाल 'निशंक' की अब तक (2020 ई.) 150 से अधिक कहानियाँ प्रकाशित हो चुकी हैं। विवेच्य पाठ में रचनाकार की प्रमुख कहानियों का विश्लेषण है। ये कहानियाँ रचनाकार के कहानी संग्रहरूपी गुलदस्ते से निकाले हुए उन फूलों की तरह हैं, जिनमें लोक-तत्त्व की संवेदनाओं की खुशबू अपने उत्स के साथ साहित्य के फलक पर हमेशा प्रवाहित होती रहेगी। उनकी प्रमुख कहानियों की अंतर्वस्तु का विश्लेषण निम्नवत् है—

कहानी : 'विपदा जीवित है'

'विपदा जीवित है' उत्तराखंड के लोक-जीवन की पृष्ठभूमि पर लिखी गई है। आत्मकथात्मक शैली में लिखी इसकी कथावस्तु लेखक का संस्मरण भी प्रतीत होता है। इस घटना को लेखक ने कहानी के अंत में 20 साल पूर्व की घटना बताया है। कथाकार रमेश पोखरियाल 'निशंक' ने अपनी साहित्यिक अभिव्यक्ति की शुरुआत जन-सरोकार से जुड़ी पत्रकारिता से की थी। यह कहानी उसी उत्कृष्ट पत्रकारिता से प्रेरित है, जिसमें लेखक ने स्वयं की पत्रकारिता के ध्येय को सिद्ध करते हुए सामाजिक चेतना का परिचय दिया है। वे 'विपदा' नाम के एक ग्रामीण की कहानी को अपने अखबार की लीड स्टोरी बनाने की योजना बनाते हैं। पर्वतीय परिवेश में सरकारी योजनाओं में भ्रष्टाचार और

सरकारी कर्मचारियों की घूसखोरी से त्रस्त 'विपदा' एक कहानी पात्र के साथ 'समस्या' का प्रतीक भी है।

बीस साल बाद जब लेखक के स्मृति-पटल पर 'विपदा' नाम के व्यक्ति से हुई मुलाकात की घटना विचरण करती है तो वे अपनी पत्रकारिता के ध्येय को सिद्ध करते हुए बताते हैं कि "मैंने रोज अपने अखबार में गरीबों और गाँव की समस्याओं और आवश्यकताओं को अपनी पहली खबर बनाया।"[20] वे सोचते हैं कि वह ग्रामीण 'विपदा' उन्हें दुबारा नहीं मिला, क्या वह जीवित भी होगा या नहीं, लेकिन विपदा आज भी उन्हें असहाय, बेबस व गरीब लोगों की सेवा के लिए प्रेरित करता है। इस प्रकार यह कहानी उनकी पत्रकारिता की पारखी नजर, सामाजिक हित की भावना और समाज सुधारक प्रवृत्ति का सर्वोत्तम परिचय है।

कहानी : 'अंधेर'

कथाकार रमेश पोखरियाल 'निशंक' की 'अंधेर' कहानी उनके 'टूटते दायरे' कहानी-संग्रह से उद्धृत है। यह कहानी वर्तमान समय में लड़कियों पर एसिड अटैक जैसी भयानक और घृणित वारदातों के प्रति एक सचेतन अभिव्यक्ति है। कथानायिका सुनयना एक सुंदर, बुद्धिमान व पढ़ने-लिखने में अव्वल युवती है, जो कॉलेज के दौरान कुछ युवकों की फब्तियों व छेड़खानी से परेशान हो जाती है, जब उसके पापा, बेटी की इस शिकायत को कॉलेज प्रबंधन के सामने रखते हैं तो उन लड़कों को कॉलेज प्रबंधन केवल फटकार लगाता है, जिससे युवक बदले की भावना से सुनयना के ऊपर तेजाब फेंककर उसकी हँसती-खेलती जिंदगी बरबाद कर देते हैं। सुनयना के साथ घटी इस घटना से लेखक सामाजिक संवेदना की क्षीणता को प्रस्तुत करते हैं। यह कहानी आधुनिक समाज की झूठी संवेदना को भी उजागर करती है। लेखक ने जहाँ युवतियों के साथ छेड़खानी की बढ़ती घटनाओं के बीच समाज की संवेदनशीलता का मनोविश्लेषणात्मक वर्णन किया है। वहीं दूसरी ओर कहानी में पुलिस, न्यायालय व समाज के बीच के अंतर्द्वंद्व का प्रस्तुतीकरण भी हुआ है।

कहानी : 'दीनू'

'दीनू' कहानी 'खड़े हुए प्रश्न' कहानी-संग्रह में संकलित है। यह कहानी उत्तराखंड के पिथौरागढ़ जिले में घटित सत्य घटना मालपा भूस्खलन पर आधारित है, जिसमें 'दीनू' नामक व्यक्ति पर लेखक ने एक दर्दभरी कहानी की रचना की है। लेखक ने राघवेंद्र एवं आनंद नाम के दो पात्रों के माध्यम से इस सत्य घटना की त्रासदी को अभिव्यक्त कर, इस

त्रासदी से प्रभावित दीनू के जीवन–चरित्र से संदेश दिया है कि व्यक्ति मजबूत इच्छाशक्ति से बड़े–से–बड़े दुःख पर विजय पा सकता है।

राघवेंद्र व आनंद कहानी के मुख्य पात्र हैं। दोनों के वार्त्तालाप से उस घटना की विभीषिका का सजीव वर्णन कहानी में हुआ है। कहानी का केंद्रीय पात्र दीनू मालपा आपदा का एकमात्र बचा हुआ व्यक्ति है। उस भीषण आपदा से उसके जीवन का उद्देश्य ही बदल जाता है और परिवार खोने के बाद वह गरीब–असहाय, विकलांग लोगों की मदद करना ही जीवन का उद्देश्य बना लेता है। इस प्रकार 'दीनू' के चरित्र के माध्यम से लेखक ने समाज में कमजोर व असहाय व्यक्ति को मजबूत इच्छाशक्ति के लिए प्रेरित किया है।

कहानी : 'एक और बेड खाली हो गया'

यह कहानी वर्ष 2008 ई. में प्रकाशित 'एक और कहानी' कहानी–संग्रह से संग्रहित है। 'निशंकजी' ने 'एक और बेड खाली हो गया' कहानी में महानगरीय जीवन की सामाजिक समस्याओं व संवेदनाओं को व्यापक स्तर पर उठाया है। प्रमुख पात्र सुरेश के माध्यम से महानगरीय जीवन–मूल्यों और संघर्ष के विभिन्न रूप इसमें देखने को मिलते हैं।

कहानी सरकारी अस्पतालों के भ्रष्टाचार, शहरी परिवेश में अमानवीयता को व्यक्त करते हुए मुख्य पात्र सुरेश के ग्रामीण जीवन की सरलतम मर्मस्पर्शी अभिव्यक्ति है। यह लेखक द्वारा महानगरीय मानव की शून्य होती संवेदना पर एक दृष्टि है, जो पाठक को एक नैतिक जिम्मेदारी का एहसास दिलाती है। कहानी में सुरेश की त्रासदी के माध्यम से लेखक ने ग्रामीण व शहरी जीवन का तुलनात्मक विश्लेषण किया है।

कहानी : 'मनीऑर्डर'

'मनीऑर्डर' कहानी व्यक्ति के बदलते व्यवहार, स्वार्थपरक चरित्र, मौकापरस्त चरित्र का विश्लेषण करती है। यह 'एक और कहानी', कहानी–संग्रह में संकलित है। मानव एक सामाजिक प्राणी है, वह सदियों से न केवल परिवार के साथ, बल्कि समाज के विभिन्न परिवारों, वर्गों, समुदायों से भी अंतर्संबंध रखता है। वह किसी–न–किसी स्वार्थवश एक–दूसरे से आत्मीयता स्थापित करता है। 'मनीऑर्डर' कहानी समाज में स्थापित आत्मीयता व स्वार्थपूर्ति के आंतरिक संबंध को स्पष्ट करती है।

कहानी की मुख्य पात्र रंजू है, जिसके पति सेना में हवलदार हैं। मनीऑर्डर से भेजे गए पैसों से रंजू घर का खर्च चलाती है, लेकिन हवलदार का स्थानांतरण मिजोरम से

लेह होने के बाद उसका मनीऑर्डर न पहुँचने से घर की आर्थिक स्थिति बिगड़ जाती है। उसके बच्चों की शिक्षा रुक जाती है, साथ ही रंजू के सामने घर के अन्य कार्यों को पूरा करने की चुनौती खड़ी हो जाती है। ऐसे समय में वे लोग भी किनारा कर देते हैं, जो पहले हर पल उनके परिवार से जुड़े रहते थे। इस कठिन घड़ी में उसका कोई साथ नहीं देता है और सबका व्यवहार बदल जाता है। यह स्वार्थपरकता कई पात्रों के माध्यम से प्रस्तुत होती है। अंततोगत्वा एक सुखद पल तब लौट आता है, जब हवलदार के कदमों की आहट घर के बाहर सुनाई देती है। रंजू को अपने पति के लौटने का सुखद एहसास एक नया जीवन मिलने से कम नहीं होता है। इस तरह कहानी में समाज की बदलती मानवीय संवेदना के साथ प्रेम, आस्था और समर्पण की आकर्षक झलक देखने को मिलती है।

कहानी : 'एक यक्ष प्रश्न'

'एक और कहानी' कहानी-संग्रह में संकलित 'एक यक्ष प्रश्न' कहानी समाज की रूढ़िवादी परंपरा और अंधविश्वास के विरुद्ध एक सशक्त अभिव्यक्ति है। इस कहानी में गोपाल नाम के पात्र के माध्यम से लेखक ने समाज को एक दृष्टि प्रदान की है। गोपाल कुष्ठ रोग से प्रभावित लोगों के लिए एक आश्रम चलाता है, जिसमें 2 हजार से ज्यादा कुष्ठ रोगी रहते हैं। गोपाल को इसे खोलने की प्रेरणा क्यों मिली, यही इस कहानी का मूल है। कहानी में गिरीश भी प्रमुख पात्र है, जो गोपाल के आश्रम में अपने कुष्ठ रोगी पिता को छोड़ने आता है तो गोपाल 'नर सेवा नारायण सेवा' के भाव को समझाते हुए गिरीश को अपने इस आश्रम के ध्येय को बताता है, लेकिन गोपाल के सद्भावना एवं ध्येय पर सवाल उठाते हुए गिरीश के हृदय की पीड़ा तब सामने आ जाती है, जब गिरीश कहता है कि 'लेकिन गुरुजी! ये सब जो आप कह रहे हैं, वह तो कहीं दिखता ही नहीं। समाज में कुष्ठ रोगियों के प्रति जो अस्पृश्यता का भाव लोगों के दिलो-दिमाग में है, उसे कैसे दूर किया जाए? यही असली यक्ष-प्रश्न है, जिसका उत्तर शायद आचार्य देव! आपके पास भी न हो।'[21] ये गिरीश का यथार्थ के प्रति मौन विद्रोह था। गिरीश के इस सवाल के जवाब में गोपाल की अतीत कहानी कथानक का प्रमुख भाग है, जब गोपाल को अपने विद्वान् -धार्मिक प्रसिद्धि, पिता की दुर्गति याद आती है, जिन्हें समाज कुष्ठ रोगी होने के बाद उनके ही घर से दूर कर देता है। इस प्रकार कहानी के माध्यम से लेखक ने कुष्ठ रोग के प्रति समाज में फैली रूढ़िवादिता और अंधविश्वास पर प्रहार किया और गोपाल के माध्यम से 'नर सेवा नारायण सेवा' की भावना को चरितार्थ किया है।

कहानी : 'वाह जिंदगी'

यह कहानी वर्ष 2016 ई. में प्रकाशित हुई, जो 'निशंकजी' की लेखनी का नवीन स्वरूप है। कहानी 'वाह जिंदगी' में उनका पूर्ण मनोविश्लेषणात्मक चिंतन देखने को मिलता है, जो उनकी पूर्ववर्ती कहानी लेखन-शैली से भिन्न है। 'वाह जिंदगी' जीवन के प्रति एक संचेतना का संदेश देती है, जिसमें पात्रों की भौतिक भूमिका से अधिक उनके मन के चिंतन से ही कथानक को विस्तार मिलता है।

यह एक ऐसे प्रशासनिक अधिकारी की कहानी है, जिसने गरीबी से उठकर अपने संघर्षों के दम पर नौकरी हासिल की और ईमानदारी व कर्तव्यनिष्ठता से उसे निभाया, लेकिन सरकार बदलने के बाद बदले की भावना से उसके कार्यों पर प्रश्नचिह्न लगाकर जाँच बिठा दी गई। इस दौरान उसे पदभार से वंचित रखकर छुट्टी देकर घर बिठा दिया गया। इस कारण अधिकारी को समाज में अपना ही नहीं अपनी पत्नी व बच्चों का अपमान भी महसूस होने लगा। उस प्रशासनिक अधिकारी की पत्नी कृतिका ने अपने सरल, सहज स्वभाव से उसे समझाने का प्रयास भी किया, लेकिन उसके अंतर्मन के द्वंद्व ने उसे पूरी तरह अशांत कर दिया था। कृतिका उसे जीवन के प्रति जो दृष्टि देती है, वह उसके अचेतन मन में प्रवेश कर जाती है। मनोविज्ञान की भाषा में उसे मन की 'पैरोनाआ' दशा कहते हैं, जब चित्त के विवश होने से आग्रहवादी रूप द्वारा मन में विकल्प की तलाश शुरू होती है। इसी दृष्टि से वह बालकनी में बैठा दिवास्वप्न देखने लगता है। उसे महसूस होता है कि उसने जीवन के कई अनमोल पलों को अपनी खुशी के लिए प्रयोग नहीं किया। वह 'जिंदगी' नाम की महिला से जीवन के कई पहलुओं पर बात करता है, वह उसे जीवन में खुशियों के पल गिनाती है। मनोविज्ञान में इसे 'सिजोफ्रेनिया या मनोविकलता' कहते हैं। लेखक ने 'जिंदगी' को एक मूर्त्त पात्र की भूमिका में लाकर कहानी को नाटकीयता देकर दिलचस्प बनाया है। 'जिंदगी' रूपी पात्र से बातचीत के आगे आत्मविश्लेषण से उसकी जिंदगी बदल जाती है। इस प्रकार यह कहानी मनोविश्लेषणात्मक शैली में मनोविज्ञान के ठोस आधार पर लिखी गई है, जो सकारात्मक जीवन-मूल्यों को लेकर जिंदगी को खुशियों के साथ जीने का संदेश देती है।

कहानी : 'उत्सर्ग'

'उत्सर्ग' वर्ष 2006 ई. में प्रकाशित कहानी-संग्रह 'खड़े हुए प्रश्न' में संकलित है। 'खड़े हुए प्रश्न' कहानी-संग्रह की भूमिका में लेखक ने कहा है कि "इस संग्रह की अधिकांश कहानियाँ सत्य घटनाओं पर आधारित हैं।"[22] यह कहानी पृथक् राज्य उत्तराखंड के लिए दी गई कुरबानियों पर संवेदना जागृत करती है और उम्मीदों के

मुताबिक न मिले, राज्य से हताश उत्तराखंड के जनमानस की पीड़ा उजागर करती है। कहानी में पत्रकारिता के बदलते स्वरूप एवं भूमिका के महत्त्व को भी लेखकीय दृष्टि मिली है। पत्रकारिता की वास्तविकता पर लेखकीय चेतना कुछ ऐसी कि वह स्वयं लेखक के पत्रकारिता जीवन की घटना भी प्रतीत होती है।

यह कहानी उत्तराखंड के एक व्यक्ति के परिवार के दु:ख एवं संत्रास की कथा है, जो एक परिवार के दु:ख को ही बयाँ नहीं करती, बल्कि पृथक् राज्य के लिए लड़ी गई लड़ाई के इतिहास का बोध भी करवाती है। एक गरीब बुजुर्ग पिता की दो औलादों का देश और समाजहित में बलिदान हो जाना और उस पर कानूनी अव्यवस्थाओं के संताप में लेखक की संवेदनाओं की झलक मिलती है। 'उत्सर्ग' कहानी दो बेटों के उत्सर्ग से आहत बुजुर्ग पिता की संवेदनाओं व सामाजिक विसंगतियों के प्रति सचेतना की कहानी है।

कहानी : 'उम्रकैद'

वर्ष 2016 ई. में प्रकाशित कहानी-संग्रह 'वाह जिंदगी' में संकलित 'उम्रकैद' कहानी आधुनिक जीवन-मूल्यों में रिश्तों के खोखलेपन, पारिवारिक-विघटन, व्यथा एवं विसंगतियों का यथार्थवादी चित्रण है। कथाकार 'निशंकजी' ने अनिश्चय और उद्देश्यहीनता के साथ 'उम्रकैद' कहानी में आधुनिक समाज का यथार्थ लिखा है। कहानी धनाढ्य परिवार में रिश्तों के खोखलेपन एवं लोकतंत्र में न्याय व्यवस्था की कुरूपता को प्रदर्शित करती है। इस कहानी में रिश्तों के खोखलेपन में दबती स्त्री की व्यथा भी उजागर होती है और भ्रष्टाचार व गरीब वर्ग के शोषण का यथार्थ भी प्रस्तुत करती है।

कहानी का पात्र सुहास, एक रसूखदार कुलीन परिवार का कुसंस्कारी, बिगड़ैल इकलौता बेटा था। जिसका परिवार अपने धन-बल का प्रयोग कर पूरी न्याय व्यवस्था को प्रभावित करता है। लेखक ने इस कहानी में न्याय व्यवस्था पर तीखा प्रहार किया है और न्याय प्रणाली के पेशेवर रूप का यथार्थ सामने लाने का प्रयास किया है। कहानी का शीर्षक कथानक निहारिका के मनोविश्लेषण से ही मूलभाव को प्राप्त करता है। जुर्म करने के बाद भी जब सुहास सर्वोच्च न्यायलय से भी बाइज्जत बरी हो जाता है और न्याय पर अन्याय की जीत हो जाती है। मामले की पूरी हकीकत सुहास की पत्नी निहारिका को पता लग जाती है, लेकिन सबकुछ सुनकर भी वह अपराध को स्वीकार करती हुई, उमभ्रर इस कैद में रहने के लिए विवश हो जाती है। इस प्रकार 'उम्रकैद' कहानी में आदर्शोन्मुख यथार्थवाद एवं कहानी के नैतिक मापदंडों से हटकर कहानीकार, यथार्थ चित्रण को ही स्वीकृति प्रदान करते हैं।

कहानी : 'अंजान रिश्ता'

यह कहानी 2014 ई. में प्रकाशित 'अंतहीन' कहानी-संग्रह में संकलित है। 'अंजान रिश्ता' कहानी में कथाकार रमेश पोखरियाल 'निशंक' ने प्रेम की संवेदना को नैतिक मूल्य व संस्कारों के साथ निरूपित किया है। कहानी के मुख्य पात्र सुरभि व सुलक्षणा हैं। सुरभि एक मेडिकल ऑफिसर है, जिसके माध्यम से सुलक्षणा की कहानी सामने आती है और सुलक्षणा ही कथानक की केंद्रीय पात्र है। कहानी पात्र सुलक्षणा विवाह के ऐसे रिश्ते को निभाती है, जहाँ उसका कभी विवाह हुआ ही नहीं था और विवाह से पहले जिस वर की दुर्घटना में मौत हो जाती है, उसके परिवार की जिम्मेदारी को निभाने के लिए वह अपने जीवन को समर्पित कर देती है। लेखक ने रिश्ते की पवित्रता व आत्मीयता की नींव पर सुलक्षणा का चरित्र चित्रण किया है और कथापात्रों के माध्यम से पारिवारिक रिश्तों में आध्यात्मिक प्रेम की स्थापना की है।

कहानी : 'दहलीज'

'अंतहीन' कहानी-संग्रह में संकलित 'दहलीज' कहानी मध्यवर्गीय परिवार में रिश्तों की कशमकश से जूझते पात्रों की कहानी है, जिसे लेखक ने रिश्ते की दहलीज तोड़ती स्त्री पात्र अनुराधा को मुख्य आधार बनाकर लिखा है। परिवार में किसी रिश्ते के अमर्यादित होने से किस तरह जीवन, खुशियों की पटरी से उतर जाता है, यह कहानी का मूल संदेश है। कहानी के माध्यम से 'अनुकूल' आदर्श नायक की भूमिका में धैर्य एवं परिश्रमी होने का परिचय देता है। उसने दायित्वों का निर्वहन करके कहानी में केंद्रीय पात्र की भूमिका निभाई है, जो दया का पात्र बनकर भी एक आदर्श स्थापित करता है। लेखक ने अनुकूल को सकारात्मक तो अनुराधा को नकारात्मक जीवन-मूल्यों के साथ प्रस्तुत करके 'दहलीज' कहानी के उद्देश्य की पूर्ति की है।

कहानी : 'वो देख रहा है'

'केदारनाथ आपदा की सच्ची कहानियाँ' संग्रह वर्ष 2014 ई. में प्रकाशित हुआ। यह कहानी-संग्रह वर्ष 2013 ई. की केदारनाथ आपदा पर आधारित है। 'निशंकजी' ने इस कथा संग्रह में आपदा के बाद उभरी समस्याओं और कई परिवारों की संवेदनाओं को कथानक बनाया है। उन्होंने आपदा के बाद आपदाग्रसित क्षेत्रों का भ्रमण किया। इसलिए इस संग्रह की सभी कहानियाँ उनके संस्मरण के रूप में सजीवता का एहसास दिलाती हैं। इस संग्रह की किसी कहानी को विवेचना के लिए चुनना आसान नहीं है, क्योंकि संग्रह की हर कहानी एक विशेष संवेदना को व्यक्त करती है। कहानी-संग्रह के विषय

में लेखक का मत है कि "मैंने जो कुछ वहाँ देखा और लोगों से मिलकर जाना। उन्हीं घटनाओं को इस पुस्तक की कहानियों का विषय बनाया है। एक प्रकार से ये केदारनाथ आपदा की सच्ची कहानियाँ हैं, किंतु अपरिहार्य कारणों से कहीं-कहीं पात्रों और उनके निवास-स्थान के नाम बदले हैं।" [23]

'वो देख रहा है', कहानी कुछ पात्रों के विचारों के अंतर्द्वंद्व की कथा है, जिन्हें ईश्वरीय शक्ति से सकारात्मक जीवन-मूल्य प्राप्त होते हैं। कहानी का केंद्रीय पात्र लखन है। वह भगवान् केदारनाथ के प्रति पूरा आस्थावान था, लेकिन केदारनाथ में आई भीषण आपदा के बाद उसके मन में आया लालच, आस्था और विश्वास पर हावी होता दिखता है, लेकिन अंत में लेखक को आत्मचिंतन से एक दृष्टि मिलती है कि भीषण आपदा में भी उसकी जान बची है और इस आत्मसंतोष के साथ वह लालच पर विजय पाता है। लेखक ने अंतर्द्वंद्व से जूझते व्यक्ति के चेतन और अचेतन मन का मनोविश्लेषणात्मक शैली में वर्णन किया है। वहीं आपदा के बाद जिंदगी और मौत के बीच जूझते एक गुजराती परिवार के माध्यम से जीवन में पैसों के औचित्य का निर्धारण करने की दृष्टि भी मिलती है।

कहानी : 'और मैं कुछ न कर सका'

'केदारनाथ आपदा की सच्ची कहानियाँ' संग्रह में संकलित 'और मैं कुछ न कर सका' कहानी की कथावस्तु लेखक की संपूर्ण कहानियों में सबसे अलग भावबोध की रचना है। इस कहानी में उनकी संवेदनशीलता मानव समाज से हटकर पशु-प्रेम का प्रमाण प्रस्तुत करती है। केदारनाथ की भीषण आपदा, जिसमें हजारों लोग मौत के मुँह में समा गए, कई बेसहारा हो गए तो कई की लाश तक नहीं मिल पाई। ऐसे आपदा क्षेत्र के भ्रमण के बाद उन्होंने न केवल मानवीय पीड़ा को महसूस किया, बल्कि उन मूक पशुओं के हृदय की पीड़ा को भी महसूस किया जो इस आपदा की भेंट चढ़ गए या इस आपदा के भोगी रहे।

यह कहानी आपदा के बीच दो प्रमुख पात्र 'दयाल और डब्बू' के जीवन संघर्ष एवं जीवन-मूल्यों को लेकर लिखी गई है, जो दो अलग जाति के प्राणी-पशु एवं मनुष्य के बीच प्रेम को स्थापित करते हैं। कहानी का केंद्रीय पात्र 'डब्बू' है, जो दयाल का घोड़ा है और इस परिवार के लिए वह केवल घोड़ा नहीं, बल्कि बेटे जैसा था, जिस फर्ज को वह निभाता हुआ भी दिखता है। लेखकीय संवेदनाओं का परिचय देते हुए यह कहानी पशु-प्रेम की सहानुभूति की एक अभिव्यक्ति है।

रचनाधर्मिता के सापेक्ष आलोच्य कथा-साहित्य

रचना, मानव का सात्विक कर्म है। रचना स्वयं में एक युद्ध है, अपने अंतर्मन से, अर्थात् मानव मन में किसी भी तरह का मनोभाव उत्पन्न होने पर उसका सृजन होना ही रचना है और सृजन का मूल ही रचनाधर्मिता है। आदिम युग से आधुनिक वैज्ञानिक युग तक पहुँचने में मानव ने अपनी रचनाधर्मिता के कौशल में वृद्धि की है, जिसके परिणामस्वरूप विज्ञान, कला और साहित्य हर युग में परिवर्तनशील रहा है, लेकिन चेतना उसके मूल में सदैव जीवित रही, अतः साहित्य के मूल में भी अंतश्चेतना होती है और चेतना की अभिव्यक्ति रचनाधर्मिता से ही संभव है। प्रायः देखा जाता है कि प्राचीन रचनाकारों ने रचनाधर्मिता को किसी खाँचे में न बाँधकर स्वतंत्र रूप से अपनी रचनाएँ लिखीं। तुलसी ने अपनी रचनाएँ स्वांतः सुखाय की दृष्टि से की तो कबीर ने समाज सुधारक के रूप में अपने हृदय के उद्‌गार उपदेशात्मक रूप में प्रस्तुत किए, लेकिन उनकी चेतना सर्वग्राह्य रूप में कालांतर में विशिष्ट रचना के रूप में प्रसिद्ध हुई। इसी तरह कालिदास की संस्कृत रचनाओं को अनूदित रूप में विश्व ने ग्रहण किया तो शेक्सपियर की अंग्रेजी रचनाओं को विभिन्न राष्ट्रों ने अपनी-अपनी भाषाओं में स्वीकार किया। इस प्रकार उनकी चेतना और अनुभूति उनकी रचनाधर्मिता मानी जाती है।

काव्य-रचना हो या गद्य-साहित्य, रचनाधर्मिता दोनों में निहित है। काव्य के परिपेक्ष्य में रचनाधर्मिता की व्याख्या काव्य-हेतु के रूप में हुई है। काव्य शास्त्रीय विभिन्न आचार्यों ने रचनाधर्मिता के अलग-अलग सोपान माने हैं, जिसमें संस्कृत काव्य के आचार्य भामह ने 'काव्यं तु जातु जायेतः कस्यचित्प्रतिभावतः'[24] कहकर प्रतिभा को काव्य रचना का प्रमुख आधार माना है। उनके अनुसार कोई प्रतिभाशाली व्यक्ति ही काव्य रचना कर सकता है। 'प्रतिभा' को अधिकांश आचार्यों ने काव्य-हेतु स्वीकार किया है। 'कवित्व बीजम् प्रतिभानम्'[25] कहकर आचार्य वामन ने कवित्व का बीज प्रतिभा में निहित माना है, अर्थात् प्रतिभा कवि में बीज स्वरूप में होती है, जिससे काव्य का अंकुरण होता है।

पाश्चात्य साहित्य एवं काव्यशास्त्र में साहित्य-चिंतन का आधार इस कहावत में स्थापित किया जा सकता है—'Poets Are Born Not A Made', अर्थात् कवि उत्पन्न होते हैं, बनाए नहीं जाते। पाश्चात्य साहित्य में काव्य-हेतु का आधार किसी-न-किसी रूप में प्रतिभा, व्युत्पत्ति, अभ्यास में ही निहित है। पाश्चात्य साहित्य चिंतन प्लेटो पूर्व-युग से मिलता है, प्लेटो के साहित्य दर्शन से पूर्व सुकरात कवि में विशेष 'प्रतिभा' के कारण कविता की रचना मानते हैं। अपने दार्शनिक विचारों से प्लेटो ने सृजनात्मकता की सुव्यस्थित व्याख्या की है। उनके अनुसार कवि के भीतर नई उद्‌भावना

और भावावेश का कला से नहीं, वरन देवी प्रेरणा से ही आविर्भाव होता है। प्लेटो के सिद्धांत को अरस्तु ने अस्वीकार करते हुए, 'अनुकरण का सिद्धांत' प्रतिपादित किया। अरस्तु के अनुसार—"अनुकरण मानव स्वभाव की मूल प्रवृत्ति है। अनुकरण की प्रवृत्ति पशुओं में नहीं केवल मानव में होती है और इसी के माध्यम से वे संसार का ज्ञान हासिल करते हैं। कविता का उत्स भी मानव की सहज प्रवृत्तियों का भी सहज संबंध है।"[26]

रचनाधर्मिता का मनोवैज्ञानिक पक्ष भी होता है। सामान्यतः मनोविज्ञान का संबंध मनोभावों से है, लेकिन वह मनोभाव, जिसका कोई वैज्ञानिक दृष्टिकोण भी हो, वही मनोविज्ञान में समाविष्ट होता है। मनोविज्ञान में दृष्टिकोण वस्तुगत होता है, इसलिए मनोविज्ञान में रचनाधर्मिता कोई शक्ति या अद्वितीय क्षमता नहीं, अपितु नैसर्गिक मनोवृत्ति के रूप में जन्म लेती है। मनोवैज्ञानिकों के इस संदर्भ में दो दृष्टिकोण सामने आते हैं—कुछ मानते हैं कि रचनाधर्मिता समाज में क्रिया-प्रतिक्रिया के फलस्वरूप प्राप्त परिणाम पर निर्भर करती है, तो कुछ का मानना है कि प्रमाण और संकल्पना के द्वारा निर्मित मनोभाव ही रचनाधर्मिता है।

प्रसिद्ध मनोवैज्ञानिक जॉन डिवी ने मस्तिष्क का सिद्धांत दिया है, वे मस्तिष्क के तीन रूप बताते हैं—चिंतन, अनुभूति तथा संकल्प। विचारों को वे मस्तिष्क की क्रियाएँ मानते हैं। मनुष्य पीड़ा से बचने तथा संतोष पाने के लिए अपने वातावरण का नियंत्रण करता है। इसी प्रयास में उसमें विचारों का विकास होता है, जिससे वह रचनाधर्मी के रूप में निखरकर सामने आता है। उन्होंने माना है कि "कर्म से पूर्व ज्ञान का उदय होता है। ज्ञान तो कर्म का परिणाम है,"[27] अर्थात् जॉन डिवी के विचारों से प्रमाण और संकल्पना से उत्पन्न मनोभाव कर्म है और कर्म का परिणाम सृजनशीलता पर निर्भर करता है।

रचनात्मक शक्ति को 'हिंदी साहित्य कोश' में इस तरह परिभाषित किया गया है—"कवि, कलाकार, चिंतक अथवा साहसी की वह शक्ति, जिसके द्वारा ये व्यक्ति अपने-अपने क्षेत्रों में अपूर्व और अद्भुत प्रतिभाओं का आविष्कार करते हैं तथा अपने कौशल से अनुकूल माध्यम द्वारा उन मानसिक अनुभूतियों को मूर्त्त करते हैं। यह शक्ति स्वाभाविक अथवा साधनाजन्य हो सकती है।"[28] अतः रचनाधर्मिता मानवीय चेतना का एक आविष्कार है, जिसे रचनाकार अपने कौशल से उत्कृष्टता प्रदान करता है। रचनाधर्मी में यह प्रतिभा प्राकृतिक रूप से भी हो सकती है और वह उसे अनुभव, अनुभूति अथवा कल्पना से भी प्राप्त कर सकता है।

साहित्य में चिरकाल से चली आ रही रचनाधर्मिता का स्वरूप भारतेंदुकाल में सबसे ज्यादा परिवर्तनशील रहा, जब काव्य के साथ कई विधाओं एवं कई भावों ने साहित्यिक स्वरूप लिया। इस रचनाधर्मिता के लिए भारतेंदुजी ने सबसे बड़ा कदम

उठाया। आचार्य रामचंद्र शुक्ल के शब्दों में—"साहित्य के एक नवीन युग के आदि में प्रवर्तक के रूप में खड़े होकर उन्होंने यह भी प्रदर्शित किया कि नए-नए या बाहरी भावों को पचाकर इस ढंग से मिलाना चाहिए कि वे अपने ही साहित्य के विकसित अंग लगें। प्राचीन और नवीन के उस संधिकाल में जैसी शीतल और मृदुल कला का संचार अपेक्षित था, वैसी ही शीतल और मृदुल कला के साथ भारतेंदु का उदय हुआ, इसमें संदेह नहीं।"[29] अर्थात् भारतेंदु युग वह समय था जब मनोभावों में कई परिर्वतन आए और नई विधाओं ने नए स्वरूप में साहित्य को प्रतिपादित किया। मनोभावों को स्वतंत्र रूप से लिखना रचनाधर्मिता का प्रमुख गुण है।

रचनाधर्मिता से एक कृति की रचना होती है, जो एक पूरी प्रक्रिया से होकर गुजरती है। हिंदी में इस प्रक्रिया पर अज्ञेय से पूर्व केवल प्रसाद ने विवेचन किया, लेकिन अज्ञेय ने सृजन प्रक्रिया की विशेष व्याख्या की और अनुभूति पक्ष पर बल दिया। अज्ञेय ने रचना-सृजन को पाठक की माँग भी माना है। उन्होंने स्वीकार किया है कि "रचना केवल अभिव्यक्ति नहीं है, वह संप्रेषण है," संप्रेषण अपने-आप में ही स्पष्ट कर देता है कि अभिव्यक्ति करनेवाला तथा ग्रहण करने वाला व्यक्तित्व पृथक्-पृथक् है, अन्यथा संप्रेषण का प्रश्न ही नहीं उठता। इस प्रकार अज्ञेय की साहित्य के स्वरूप की अवधारणा में ही 'ग्राहक' की कल्पना विद्यमान है।[30] रचनाधर्मिता के तत्त्व एवं दृष्टिकोण के परिपेक्ष्य में उपर्युक्त विवेचन से स्पष्ट किया जा सकता है कि प्रतिभा, कल्पना, व्युत्पत्ति, परिवेश, काल, संघर्ष आदि से मनोभावों में मौलिकता, नवीनता, तटस्थता से रचनाधर्मिता स्वरूप लेती है। साहित्य में रचनाधर्मिता का विवेचन रचनाकार के इन्हीं गुणों के आधार पर किया जा सकता है।

कथाकार रमेश पोखरियाल 'निशंक' के कथा-साहित्य के सृजन में भाव-बोध एवं शिल्प पक्ष का संगठनात्मक स्वरूप दिखाई देता है। उनके कथा-साहित्य को कथानक प्रधान, चरित्र प्रधान, भाव प्रधान, वातावरण प्रधान के आधार पर विवेचित करना साहित्य की तात्त्विक विशेषता बताने जैसा होगा, जबकि उनके कथा साहित्य की रचनाधर्मिता को जीवन सत्य तथा भावबोध पर विवेचित करना अधिक न्यायोचित होगा।

'निशंकजी' आधुनिक युग के प्रमुख गद्यकार हैं, जिनके उपन्यास, कहानी, एवं अन्य गद्य साहित्य में यथार्थ पहलुओं के दर्शन मिलते हैं। उनका कथा-साहित्य मानवीय मूल्यों को संरक्षित करता है, जो जीवन शक्ति का परिप्रेषण करते हुए सामाजिक निर्माण की उत्कट प्यास लिए हुए है। विवेच्य लेखक ने समकालीन साहित्य परिदृश्य की सभी शर्तों के अनुरूप अपनी भाव-सृष्टि की है। उद्देश्यपरक साहित्य होने के कारण अपने समय को साक्ष्य देकर उनके कथा-साहित्य को नई कहानी की परिधि में रखा जा सकता

है, जहाँ मानव के साथ देशकाल, परिस्थितियाँ एवं परिवेशगत विन्यास को भी सुरक्षा दी गई है। नई कहानी की खास विशेषता को इंगित करते हुए कमलेश्वर ने 'सौद्देश्यता' को नई कहानी का प्रमुख पैमाना मानते हुए लिखा है—"केवल सौद्देश्यता की पृष्ठभूमि में ही आज के लेखक की कहानियों का अध्ययन किया जा सकता है।"[31]

सौद्देश्यता का अर्थ कहानी की ऐसी सार्थकता से है, जो समाज को एक भाव दे सके। कहानीकार के रूप में 'निशंकजी' ने कहानी को ऐसी सार्थकता के रूप में अपनाया है कि उसमें पूरा जीवन-दर्शन प्राप्त हो सके। जिस हेतु कुछ उदाहरण दिए जा सकते हैं—'कहाँ हुई भूल' कहानी दो पीढ़ियों के जीवन-मूल्यों को समझने का उद्देश्य पूरा करती है, 'संपत्ति' कहानी महानगरीय जीवन की आकांक्षाओं में पारिवारिक दायित्व को भूलते व्यक्ति का यथार्थ सामने लाकर संपत्ति के महत्त्व को जानने का संदेश देती है। 'नीयत' कहानी व्यक्ति की अच्छी-बुरी एवं परिस्थितिजन्य नीयत को उद्घाटित करती है। 'बड़ी सीख' कहानी देशभक्ति से प्रेरित मानव कर्तव्य के निर्वहन का संदेश देती है। 'अंजान रिश्ता' कहानी प्रेम की संवेदना को नैतिक मूल्य व संस्कारों के साथ बाँधने का प्रयास है। वहीं 'अंतहीन' कहानी पूँजीपति वर्ग को संवेदनशील होने का पाठ पढ़ाने का उद्देश्य पूरा करती है। इस प्रकार उनकी प्रत्येक कहानी एक विशेष उद्देश्य की पूर्ति के लिए लिखी हुई प्रतीत होती है।

रचनाकार व्यक्तिगत जीवन संघर्षों के अनुभव और अनुभूति को प्रतिभा के द्वारा अभिव्यक्त करता है। उनके साहित्य में यही अभिव्यक्ति समस्त संसार के लिए अनुभूति का माध्यम बनती है। डॉ. रामकुमार वर्मा रचनाधर्मिता के मूल में लेखक के जीवन संघर्ष को महत्त्व देते हैं। वे लिखते हैं—"जीवनगत संघर्ष ही साहित्य का प्रेरणा-स्रोत हैं। जब परिस्थितियों की प्रतिक्रिया जीवन पर होने लगती है, तभी साहित्य भाषा में रंग भरने लगता है।"[32] 'अज्ञेय' भी सामाजिक जीवन की परिस्थितियों को साहित्य सृजन का कारण मानते हैं—"साहित्यिक, कोई भी कलाकार, अनिवार्य रूप से अपनी परिस्थितियों का परिणाम होता है। वह अपने आसपास व्याप्त रहे संघर्ष का फल है। उसमें आत्यंतिक संतुलन नहीं है, न कभी हो सकता है। साहित्यकार होने के नाते ही वह चंचल है, अस्थिर है, असंतुष्ट है, उसकी यह अस्थिरता और असंतोष उसको घेरने वाले बाहरी संघर्ष की भीतरी प्रतिक्रिया है। साहित्य या कैसी भी कलात्मक रचना, सृष्टि इस मौलिक संघर्ष का नतीजा है। इसे हल करने के लिए कलाकार के प्राणों का उत्कट प्रयास है।"[33]

कथाकार 'निशंकजी' ने अपने जीवन का सबसे बड़ा संघर्ष पर्वतीय क्षेत्रों में तय किया। बाल-जीवन से युवावस्था तक का संघर्ष उनके कथा-संसार में देखने को मिलता है। उनके साहित्य में यही अभिव्यक्ति समस्त संसार के लिए अनुभूति का माध्यम बनती

है। विवेच्य लेखक रमेश पोखरियाल 'निशंक' की रचनाधर्मिता को उनके स्वलिखित इन शब्दों से समझा जा सकता है—"मेरे भीतर की छटपटाहट ही मेरा साहित्य है। मेरा देखा, महसूस किया और भोगा यथार्थ वेदना-संवेदना, अनुभूति और अनुभवों से अनुप्राणित। कभी जीवन-मूल्यों की धड़कन बनकर तो कभी आम आदमी की आवाज बनकर मैं इन्हें सीधे-सरल शब्दों में अपने पाठकों तक पहुँचाने की कोशिश करता रहा हूँ।"[34] 'निशंकजी' की रचनाधर्मिता में हिमालय और देवभूमि उत्तराखंड के परिवेश की स्पष्ट झलक मिलती है। अपने प्रकाशित कहानी संग्रहों की अधिकांश कहानियों में और बीरा, पहाड़ से ऊँचा, मेजर निराला, छूट गया पड़ाव, अपना-पराया, प्रतिज्ञा आदि उपन्यासों में कथानक उनकी स्वयं की परिवेशगत समस्याओं को लेकर लिखे गए हैं। 'विपदा जीवित है', 'भीड़ साक्षी है', 'राधा', 'क्या नहीं हो सकता' जैसी दर्जनों कहानियाँ उत्तराखंड के परिवेश की समस्याओं को अभिव्यक्त करते हुए उच्च मानवीय संवेदनाओं के साथ पाठक को लोक जीवन का परिचय करवाती हैं। जहाँ 'राधा' कहानी का राघव, 'क्या नहीं हो सकता' कहानी का कमल, 'बीरा' उपन्यास का दीपक, 'पहाड़ से ऊँचा' उपन्यास का मोहन और प्रकाश, 'निशांत' उपन्यास का राहुल, 'प्रतिज्ञा' उपन्यास का वीरू, 'मेजर निराला' उपन्यास का निराला और जग्गू, 'अपना-पराया' उपन्यास का राहुल और विनिता आदि ऐसे पात्र हैं, जो शिक्षा के लिए कठिन संघर्ष करते हुए दिखाई देते हैं। इसी प्रकार 'निशंकजी' के कथा-साहित्य में वस्तु, सत्य की जीवंत-कला सृष्टि है। उसमें जातीय तथा व्यक्तिगत अनुभूति का समावेश है। उसमें परंपरागत मूल्य और कल्पना भी व्याप्त है।

लेखक समाज का पथ प्रदर्शक होता है, समाज से उसे विभिन्न संवेदनाएँ प्राप्त होती हैं, जो उसमें रचनाधर्मिता का स्वरूप लेती हैं। कथाकार 'निशंकजी' ने जीवन में जो संघर्ष भोगा उसकी प्रतिभा और शक्ति उनके उपन्यास एवं कहानियों के कथानक में उभरकर सामने आती है। उनके स्वयं के शब्दों में—"मेरी सारी कहानियाँ, कविताएँ और उपन्यास इन्हीं सामाजिक मूल्यों और लोक-जीवन की संवेदनाओं से उपजे हैं या यूँ कहूँ ये जीवंत दस्तावेज हैं, मेरी अब तक की जीवन यात्रा के।"[35] रचनाधर्मिता की इसी उत्कृष्टता को लेकर वे लोक-तत्त्वों की विविधता के साथ समाज के लिए प्रेरणादायक ऊर्जा बनते हैं। उनकी 'बस एक इच्छा', 'मनीऑर्डर', 'उत्सर्ग', 'दीनू' ऐसी ही कहानियाँ हैं। वहीं उपन्यास 'मेजर निराला', 'निशांत', 'पहाड़ से ऊँचा', ऐसी ही रचनाधर्मिता को प्रदर्शित करते हैं, जिनमें पात्रों के संघर्ष में उनका स्वयं का संघर्ष प्रतीत होता है। शहर एवं गाँव की कहानियों का सम्मिश्रण नई भाव-भंगिमाओं के साथ 'बस एक इच्छा' के विक्रम में इस तरह मिलता है कि गाँव से शहर जाकर नौकरी के दौरान वह अपने

पर्वतीय क्षेत्र से आए ग्राहक से आत्मीयता के साथ जुड़ जाता है। इसी कहानी में लेखक की अपने प्रदेश के प्रति आत्मीयता ऐसी कि वह खुद को कथानक से बाहर नहीं रख पाते हैं। इस कहानी में पात्र—'पोखरियाल' और विक्रम के बीच जो मुलाकात होती है, वह दिल्ली के एक होटल में ग्राहक और नौकर की तरह होती है, लेकिन जन्मभूमि के प्रति आत्मीयता को दोनों के मध्य देखा जा सकता है। उनके कथा-साहित्य में स्वयं का लोक-संस्कारों के प्रति आकर्षण भी है तो कई सामाजिक बुराइयों को भी वे निष्पक्षता के साथ उजागर करते हैं। पात्रों के व्यक्तित्व के सकारात्मक-नकारात्मक यथार्थ को खोलने में भी 'निशंकजी' कोई पक्षपात नहीं करते हैं। 'संकल्प' कहानी में अवैध शराबबंदी के लिए किए गए आंदोलन से महिला सशक्तिकरण का सामाजिक पक्ष उभरकर आता है। अपने प्रदेश के लोक-जीवन की पृष्ठभूमि पर उद्धृत 'संकल्प' कहानी की मुख्य पात्र 'कुंती' के साथ शराब कारोबारियों द्वारा दुष्कर्म करना लोक में व्याप्त कुत्सित यथार्थ का वर्णन है। 'प्रतिज्ञा' उपन्यास में भी लोक-संस्कृति की छाप के साथ लोक में व्याप्त रूढ़ियों को सामने लाने में लेखक ने कोई संकोच नहीं किया है। 'अंधेर' कहानी में कॉलेज पढ़ने वाली सुंदर, सुशील, मेधावी युवती 'सुनयना' पर मनचले युवकों द्वारा तेजाब फेंक देना व्यक्ति चरित्रहीनता का प्रतीक है। दूसरी तरफ आरोपी युवकों के पुलिस की गोलियों का शिकार होने पर मानवाधिकारों की दुहाई देकर सामाजिक संस्थाएँ उनके पक्ष में खड़ी हो जाती हैं, जिन्हें 'सुनयना' का पक्ष दिखाई ही नहीं देता। अंत में 'सुनयना' को ही उनके आगे गिड़गिड़ाना पड़ता है। कहानी में 'सुनयना' एक तरफ यौन-शुचिता की प्रतीक है तो दूसरी तरफ 'सामाजिक संस्थाएँ' सामाजिक संवेदनहीनता की प्रतीक हैं। 'नई जिंदगी' कहानी में लेखक ने पात्रों को नकारात्मकता से सकारात्मकता की तरफ मोड़ने में सफलता पाई है, जहाँ दुष्यंत के चरित्र में शराबी, जुआरी, विलासिता, लालचीपन जैसे कई दुर्गुण हैं तो अमीर दास के जीवन में आर्थिक अभावों के कारण निराशा के सिवाय कुछ नहीं। मगर अंत में दुष्यंत विलासिता छोड़कर गरीब, असहाय 'अमीर दास' व उसके बच्चों को आश्रय देता है तो अमीरदास मेहनत के मार्ग पर प्रशस्त होता है। इस तरह दोनों पात्र सकारात्मक जीवन-मूल्य अपनाते हैं। कथाकार 'निशंक' के पात्र आदर्श जीवन-मूल्यों के प्रतीक हैं, जो लोक-जीवन से सृजित होते हैं। उनमें जीवन का स्वस्थ सौंदर्य कुछ ऐसा होता है कि जीवन निरर्थक प्रतीत होते हुए भी वह शक्ति व सौंदर्य प्रदत्त लगने लगता है।

सहानुभूति एवं संवेदना कथा-साहित्य के महत्त्वपूर्ण भाव हैं। रचनाधर्मी अपने पात्रों के प्रति सहानुभूति जाग्रत करता है और उससे एक संवेदना का संचार होता है। 'निशंकजी' अपने साहित्य में पात्रों के प्रति सहानुभूति भाव जरूर अभिव्यक्त करते हैं,

लेकिन वह सहानुभूति किसी एक के प्रति व्यक्तिगत दयाबोध नहीं दिखाती। सहानुभूतिक पात्रों के माध्यम से वे पूरे समाज एवं व्यवस्था के प्रति आक्रोश पैदा करते हैं और कथा पात्र एक बड़े दयनीय वर्ग का प्रतिनिधित्व करता है। 'एक और बेड खाली हो गया' का 'सुरेश' दिल्ली के अस्पताल में जिन स्थितियों से गुजरता है, उससे वह अकेले दयनीय नहीं हो जाता, बल्कि वह पूरे मध्यवर्ग की स्थितियों को लेकर महानगरीय संवेदनहीनता के बीच दिखाई देता है, जब वह पिता के शव को मॉर्चरी से वापस लेता है तो चौकीदार द्वारा पैसा माँगना भी महानगरीय जीवन जीते हुए छोटे-से-छोटे वर्ग की संवेदनहीनता का परिचय है। उनकी कहानियों में 'संवेदना' व 'सहानुभूति' की ये गिरावट न केवल महानगरीय जीवन में, बल्कि ग्राम-अँचल में भी दिखती है। 'मनीऑर्डर' कहानी की 'रंजू' एक फौजी हवलदार की पत्नी के रूप में पहले समस्त ग्रामीणों की सम्मान एवं मदद की भागी थी, लेकिन जब हवलदार का मनीऑर्डर नहीं आता है तो पैसे के अभाव में मदद करनेवाले भी पीछे हट जाते हैं। जिस डाकिए के पास 'रंजू' अपने बेटे 'सुंदरू' को भेजती है, उसका ये वक्तव्य भी खत्म होती संवेदनशीलता का परिचायक है—'अरे! तेरे बाप ने मनीऑर्डर भेजा ही नहीं तो मैं तुम्हें पैसे कहाँ से दूँ? हमारे यहाँ रुपयों के पेड़ लगे हैं, जो सारे गाँव से बँटवाता फिरूँ? वहाँ कश्मीर जाकर पूछो, कहीं तेरे बाप ने दूसरी शादी तो नहीं कर ली?'[36]

समाज के बदलते स्वरूप के बीच 'एक यक्ष प्रश्न' कहानी का 'गोपाल' भी लेखकीय सहानुभूति पाकर समाज की संवेदनहीनता को उजागर करता है, जिसके पिता प्रख्यात ज्योतिष व विद्वान् होते हुए पूरे समाज के बीच उच्च सम्मान प्राप्त करते हैं, मगर जब उन्हें कुष्ठ रोग हो जाता है तो वही समाज उन्हें खुद के घर से ही निकाल देता है और उनकी मौत होने पर उनके अंतिम संस्कार पर भी रोक लगा देता है। उनकी नियति कुछ ऐसी थी कि उन्हें गदेरे में दफनाया जाता है और उस परिवार को भी घृणा के साथ देखा जाता है। यह लेखक की एक व्यापक दृष्टि है, जिसमें एक तरफ समाज के बदलते स्वरूप, तो दूसरी तरफ एक कर्मकांडी ब्राह्मण एवं प्रख्यात ज्योतिष, जो सबका भविष्य बताता हो, उसका खुद का ऐसा भविष्य जिसका उसने कभी अंदाजा भी नहीं लगाया होगा, के द्वारा लेखक संवेदना एवं कर्म के महत्त्व पर दृष्टि देते हैं। 'निशंकजी' ने ग्राम जीवन के मार्मिक पक्ष उभारे हैं। उनकी ग्राम-कथाओं में दृश्य भी है और दृष्टि भी है। कथानक संवेदनशील पहलुओं को प्रस्तुत करते हैं और जीवन की आलोचना भी करते हैं।

'निशंकजी' कर्मठ व्यक्तित्व की प्रतिभा हैं। प्रारंभिक जीवन के संघर्ष के बाद उन्होंने पत्रकारिता एवं राजनीतिक जीवन के साथ साहित्य का सृजन किया, जैसा कि

साहित्य एवं राजनीति का संबंध स्थापित करते हुए अज्ञेय लिखते हैं—"साहित्य और राजनीति का असर एक-दूसरे पर होने से रोका भी नहीं जा सकता। चाहे राजनीति का युग हो, चाहे साहित्य का।"[37] ऐसे में उनमें पत्रकारिता एवं राजनीतिक जीवन के अनुभवों से सृजनात्मकता का विकास स्पष्ट है। उनकी कहानियों एवं उपन्यासों में कभी वे पत्रकारिता के माध्यम से समस्याओं को उठाते हैं तो कभी समस्याओं के समाधान में राजनीतिक दृष्टि देते हैं। आत्मपरक शैली में लिखित—'विपदा जीवित है' कहानी में लेखक स्वयं की भूमिका स्थापित करते हुए उच्च समाज सापेक्ष पत्रकारिता का परिचय देते हैं और कहानी के केंद्रीय पात्र 'विपदा' से बातचीत के बाद उसे आश्वासन देते हैं कि वह उसके जैसे सरकारी भ्रष्टाचार से त्रस्त गरीबों के बारे में अपने अखबार में खबर छापेंगे। इसी तरह 'उत्सर्ग' कहानी में पत्रकारिता जीवन की चुनौती, त्याग, बलिदान के साथ पत्रकारिता का आधुनिक बदलता स्वरूप एक कहानी के माध्यम से बेहद संवेदना के साथ सामने आता है। इस कहानी में पात्र संयोजन कुछ ऐसा है कि कथानक पूरी तरह पत्रकारिता का पोस्टमार्टम कर देता है। कहानी का एक संवाद है—'सरकार की चाटुकारिता के अलावा आज कुछ रह गया है क्या? कभी मिशन रही होगी पत्रकारिता पर आज स्वार्थों में ही सिमट गई। चुग्गा डालो और खबरें लिखवाओ, खबरें छपवाओ या छिपवाओ।'[38] यह पत्रकारिता के बदलते दौर की हकीकत ही है, जो लेखक ने दो दशक पहले कहानी के माध्यम से प्रस्तुत की है।

'कृतघ्न' उपन्यास में अंबुज के माध्यम से लेखक ने अपने पत्रकारिता के विचार बखूबी रखे हैं। लेखक पत्रकारिता के सरोकारों एवं सिद्धांतों को भी कथ्य में शामिल करते हैं। पत्रकारिता के सिद्धांतों में आ रही विसंगतियों पर भी लेखक की चिंता इस तरह झलकती है—'अंबुज को ऐसे पत्रकारों से बहुत चिढ़ थी, जो किसी की व्यक्तिगत जिंदगी, आत्मसम्मान और व्यक्ति के भविष्य पर पड़ने वाले असर को ध्यान में न रख, सिर्फ अपने अखबार की बिक्री बढ़ाने हेतु चटपटी खबरें छाप देते थे और साथ में उसमें झूठा-सच्चा, मिर्च-मसाला लगाने से भी न चूकते। खासकर लड़कियों और महिलाओं से जुड़ी ऐसी व्यक्तिगत खबरें उसे बहुत परेशान करतीं।'[39] यह 'निशंकजी' की वास्तविकता के प्रति सामाजिक चेतना ही है, जिसे वे साहित्य के माध्यम से सामने लाते हैं। कभी खुद, तो कभी अपने कथा-पात्रों के माध्यम से। इस तरह वे खुद पात्रों के साथ जुड़कर आत्मीय बोध प्रस्तुत करते हैं। साहित्य में पत्रकारिता की बारीकियाँ उनके पत्रकारिता जीवन का स्पर्श है, तो राजनीतिक महत्त्वाकांक्षा के युग में राजनीति की अच्छाई एवं बुराई को भी उन्होंने अपनी रचनाधर्मिता में शामिल किया। 'बहारें लौट आएँगी' कहानी में भी वे आत्मकथानक शैली में राजनीतिक जीवन की एक घटना को कहानी बनाते हैं।

वे कहानी में राजनीति के कोरे भाषणों के कारण जूझते पात्र की हताशा एवं निराशा भरी स्थितियों से रूबरू होते हैं और इस कहानी में वे अपनी चुप्पी से राजनीति पर तीखा प्रहार भी करते हैं—'एक बात बताइए?' उसने पहली बार कोई सवाल किया था मुझसे। 'जब आप अपने भाषण में युवाओं को कृषि से जोड़ने के लिए प्रेरित करते हैं तो क्या यह भी बताते हैं कि उनका उत्पाद किस तरह बाजार तक पहुँच पाएगा?' मैं निरुत्तर था। विषय बदलने के लिए मैंने उससे पूछा, 'तुम्हारे उन फलदार पौधों का क्या हुआ?'[40]

इस संवाद में—'मैं निरुत्तर था।' यह कोई सामान्य निरुत्तरता नहीं है, बल्कि लेखक की सच बोलने के प्रति आस्था भी है और सच लिखने के पीछे की सच्ची श्रद्धा भी, कि उन्होंने किसी पात्र की सृष्टि न कर उत्तम पुरुष शैली में कहानी को लिखा है। 'पहाड़ से ऊँचा' उपन्यास में वे नारी की राजनीति में उपेक्षा का सवाल उठाते हैं और उसकी भूमिका तय करने पर बल देते हैं। 'प्रतिज्ञा' उपन्यास में 'रजनी' का राजनीतिक अतिमहत्त्वाकांक्षी चरित्र घृणित राजनीति का प्रतीक है। वहीं इस उपन्यास में 'कुलदीप' शराब और धन-बल से जनप्रतिनिधियों को बनाने का हौसला रखता है, जो राजनेताओं के पतन एवं वर्तमान राजनीति का यथार्थ है। 'कहाँ हुई भूल' कहानी में पिता-पुत्र की राजनीतिक आकांक्षा दो पीढ़ियों का राजनीतिक नजरिया दर्शाता है। जहाँ पिता 'नारायण' संघर्षों के बलबूते जनता का पसंदीदा नेता बनकर दो बार मंत्री पद प्राप्त करता है, जबकि पुत्र 'आदित्य' अतिमहत्त्वाकांक्षा पालकर राजनीति का सुख भोगना चाहता है। वह राजनीतिक सिद्धांतों के पालन करनेवाले पिता द्वारा टिकट की सिफारिश न करने पर पिता की पार्टी के प्रत्याशी को गोली मार देता है। इस तरह कल्पना की रिक्तता में राजनीति की कई सच्चाइयाँ सृजन के भावपक्ष को मजबूत करती हैं।

कथाकार रमेश पोखरियाल 'निशंकजी' वास्तविक जीवन में यायावर की भूमिका में नजर आते हैं। उनकी यात्राओं के चिर-परिचित व्यक्तित्व उनकी कथाओं में विशेष संवेदना के साथ पात्रत्व हासिल कर लेते हैं। प्रसिद्ध आलोचक नामवर सिंह के शब्दों में—"यात्रा की संवेदनशीलता बड़ी 'सुपरफिशल' होती है। यात्रा में या तो हम अतिरिक्त संवेदनशील होते हैं या नितांत संवेदनहीन।"[41] यात्रा से यही अतिरिक्त संवेदना 'निशंकजी' की कहानियों को यात्रा-साहित्य से अलग बना देती है। उनकी बहुत-सी कहानियाँ, रेखाचित्र, संस्मरण, रिपोर्ताज की सीमा में होते हुए भी कहानी कला की सीमा में ही अधिक हैं, हालाँकि यात्रा के व्यक्तियों को कभी लेखक हू-ब-हू पेश कर देता है, तो कभी नाम बदलने के साथ कल्पना को समाविष्ट करना भी उसकी मजबूरी हो जाती है। 'निशंकजी' इस विवशता को 'केदारनाथ आपदा की सच्ची कहानियाँ' के परिप्रेक्ष्य में कुछ यूँ बयाँ करते हैं—"मैंने जो कुछ वहाँ देखा और लोगों से मिलकर जाना, उन्हीं

घटनाओं को इस पुस्तक की कहानियों का विषय बनाया है। एक प्रकार से ये केदारनाथ आपदा की सच्ची कहानियाँ हैं, किंतु अपरिहार्य कारणों से कहीं-कहीं पात्रों और उनके निवास-स्थान के नाम बदले हैं।"[42]

'निशंकजी' की यात्राएँ उनके पात्रों के रूप में संवेदना पाती हैं। 'केदारनाथ आपदा की सच्ची कहानियाँ' संग्रह की कहानियाँ आपदाग्रस्त क्षेत्र में भ्रमण के बाद वातावरण में उड़ती हुई कहानियाँ हैं, जिन्हें 'निशंकजी' ने उतनी ही तीव्रता के साथ व्यक्त किया, जितनी तीव्र इस आपदा की भीषणता रही होगी। ये लेखक की आपदा ग्रस्त क्षेत्रों में भ्रमण की सत्य कथाएँ हैं, जिनके पात्रों से उनका यात्रा-काल में सीधे साक्षात्कार हुआ है। इस संग्रह की कहानी 'और मैं कुछ कर न सका' में 'डब्बू', जो एक घोड़ा है। मूर्त्त रूप में मानवीय संवेदना के लिए प्रेरणा है। कहानी—'सब एक जैसे नहीं होते' में मातृभूमि के प्रति 'गोपाल' की सेवाभावना को प्रदर्शित करती है। कहानी 'इक रिश्ता दिल का' में वंशीलाल और रघुवीर एक-दूसरे से परिचित न होते हुए भी एक-दूसरे की भीषण आपदा के क्षण में मदद करते हैं, जिनको लेखक ने अपनी लेखकीय दृष्टि से संवेदनाओं का संवाहक बनाया है। इस प्रकार 'केदारनाथ आपदा की सच्ची कहानियाँ' में संवेदना की भावुकता एवं सहानुभूति में लेखक की यही अतिरिक्त संवेदनशीलता देखने को मिलती है। उनकी ऐसी कहानियों में आलोचना पक्ष कमजोर है और संवेदनशील वस्तु को ग्रहण करने की अधिक क्षमता है। वे अपनी ऐसी यात्रा कहानियों में वास्तविकता के अधिक-से-अधिक स्तरों को उभारने की कोशिश अधिक करते हैं। फ्रांसीसी कहानीकार 'डब्ल्यू सामरसेट माम' की तरह उनकी कई कहानियाँ यात्राओं में बटोरी हुई कहानियाँ हैं, जिनमें 'उत्सर्ग', 'विपदा जीवित है', 'दीनू' कहानी भी उल्लेखनीय है।

'निशंकजी' ने वर्तमान जीवन के सार्थक सत्य को पहचानने में सफलता पाई है। उनकी 'निर्वैयक्तिकता' भी सराहनीय है। अपने परिवेश में तमाम कठिनाइयों के बावजूद उन्होंने लोक-जीवन का स्वस्थ सौंदर्य एवं जीवन की ऊर्जस्वल शक्ति पाई है। लोक-जीवन को नवजीवन का प्रतीक बनाने के लिए उन्होंने शहरी जीवन की वास्तविकताओं के चित्रण में ही अपनी कला की सार्थकता समझी है। इसलिए उनके ग्रामीण जीवन से महानगरीय जीवन के चित्रण को उनका साहित्यिक कथावस्तु से पलायन नहीं कहा जा सकता है। उनके कथा-साहित्य में ग्रामीण परिवेश में कठिन जीवन-यापन करते हुए कई ऐसे पात्र दिखते हैं, जो ग्रामीण क्षेत्रों से होते हुए महानगरीय जीवन की यात्रा करते हैं और अंततः ग्रामीणता में ही जीवन की सार्थकता स्वीकारते हैं। उनके पात्रों को गाँव का खुला वातावरण एवं स्वच्छ हवा जब शहर में नहीं मिलती है तो उनका दम घुटता हुआ दिखता है। 'बीरा' उपन्यास का 'गुमान सिंह' जब अपने बेटे के घर दिल्ली जाता है तो

वहाँ के दमघोंटू माहौल से गाँव लौटने पर उसे महसूस होता है कि दो दिन बाद उसने गाँव की धरती पर सुकून की साँस ली हो। 'भागोंवाली' उपन्यास की 'रश्मि' भी गाँव से जब दिल्ली आती है तो लेखक उसकी मनोस्थिति से तुलनात्मक परिवेशगत जीवन-दर्शन प्रस्तुत करते हैं—'एक सप्ताह घर रहने के पश्चात् अब उसे किराए के इन दो कमरों में घुटन महसूस हो रही थी, हालाँकि वहाँ भी घर छोटा ही था, किंतु खुली-खुली जगह थी। बाहर-भीतर, बाएँ-दाएँ चारों तरफ खुला-सा। ताजा हवा और सुंदर नजारे। यहाँ तो तंग और बदबूदार गलियों के किनारे कीड़े-मकोड़े की तरह जीवन-यापन करना पड़ता है। दो कमरों की इस गृहस्थी में कितना मुश्किल होता है एक परिवार का गुजारा करना, ऊपर से देवर अलग से यहीं रहता है।'[43] इसी तरह 'भागोंवाली' उपन्यास की मुख्य पात्र 'भागोंवाली अम्मा', 'पहाड़ से ऊँचा' उपन्यास का 'रमेश', बीरा उपन्यास का 'दीपक', 'एक और बेड खाली हो गया' कहानी का 'सुरेश' ऐसे पात्र हैं, जो महानगरीय त्रस्तता से ग्रामीण जीवन की सरलता एवं सहजता को स्वीकारते हैं। इस प्रकार 'निशंकजी' ने वर्तमान जीवन के सार्थक सत्य को पहचानने में सफलता पाई है और उनका कथा-साहित्य परिवेश-बोध से कथागत संवेदना पाता है, जिससे शिल्प चमत्कार की बजाय भावबोध की प्रधानता दिखाई देती है।

उनके कथानकों में नवीन संवेदनशील कथा-दृष्टि दिखाई देती है। ये संवेदना नए संघर्ष की सूचक होती है, जिसका अर्थ किसी युद्ध या लड़ाई से नहीं है, बल्कि यह समाज में रहने वाले व्यक्तियों के आपसी संबंध से है। इनके कथा-साहित्य में पात्रों की परिस्थितियों का संघर्ष चित्रित होता है। इनमें परंपरागत किसान, खेती, जमींदारी की समस्याएँ नहीं, बल्कि नवीन परिस्थितियों के साथ सरकारी तंत्र की बेरुखी, योजनाओं, भ्रष्टाचार जैसी समस्याओं के लिए दृष्टि है। यथा 'विपदा जीवित है' कहानी का विपदा और उसका साथी सरकारी योजनाओं का लाभ उठाने में भ्रष्टाचार से पीड़ित है तो 'क्या नहीं हो सकता' कहानी का कमल सरकारी नौकरी के लिए घूस न दे पाने से हताश दिखता है। उनके कथा-साहित्य में ग्राम्य जीवन में भुखमरी, लगान जैसी पुरानी समस्याओं की जगह बेरोजगारी, पलायन, स्वास्थ्य जैसी समस्याओं को नवीन दृष्टि मिली है। 'चक्रव्यूह', 'गरीबी हटाओ', 'संवेदनहीन', 'एक यक्ष प्रश्न', 'बहारें लौट आएँगी', जैसी कहानियाँ और बीरा, 'कृतघ्न', 'पहाड़ से ऊँचा', जैसे उपन्यासों में आधुनिक मानव की गहन आंतरिक समस्या को लेखक ने उठाया है। 'चक्रव्यूह' कहानी का नायक 'शशांक' आधुनिक युवा वर्ग का प्रतिनिधि है, जो कोई भावुक रुमानी युवक नहीं, बल्कि नई पीढ़ी का दुःखी युवक है, जो सारी स्थितियों से उपजे दुःख को जानता है। इसलिए अंततः वह मन-ही-मन पत्नी पल्लवी से माफी माँगते हुए झूठी शानो-शौकत

में जीने को तैयार हो जाता है। 'निशंकजी' के कथा लेखन आज के उपेक्षितों और कल के अपेक्षितों के प्रति आत्मीय लगाव स्पष्ट दिखता है।

नारी समस्या और मुक्ति का प्रश्न 'निशंकजी' के कथा साहित्य में नए भावबोध के साथ दिखता है। 'उम्रकैद' कहानी में 'निहारिका' को उम्रकैद हो जाती है, जहाँ उम्रकैद का अर्थ प्रसंग से भिन्न है। यहाँ उम्रकैद का अर्थ गंभीर है, जो विषाद की तरह है। वह अपने ही घर में पति को उसके कुकर्मों की सजा न मिलने से दुःखी है और उसके साथ रहकर ही खुद को उम्रकैद में महसूस करती है। उनके कथा-साहित्य में स्वतंत्रता या मुक्ति का प्रश्न भी अलग-अलग दृष्टिकोण के साथ दिखता है। 'दहलीज' कहानी की 'अनुराधा' ऐसी पात्र है, जिसे गरीबी के बावजूद संपन्न प्रतिष्ठित परिवार के बेटे 'अनुकूल' से विवाह के बाद धन-वैभव का सुख मिलता है, लेकिन वह फिर भी रिश्तों की दहलीज तोड़ती है और जिस सुख की तलाश में वह दहलीज तोड़ती है उसके दुष्परिणाम का अहसास उसे जल्द हो जाता है। इसी तरह 'कृतघ्न' उपन्यास की 'पूनम' भी अतिमहत्त्वाकांक्षा में चरित्रवान 'अंबुज' के प्रति कृतज्ञ होने की जगह बेईमानी पर उतर आती है। 'भागोंवाली' उपन्यास में 'भागोंवाली' की तीन-तीन बहुएँ मौकापरस्त चरित्र के साथ खुशी की तलाश में घोर दुःख की भागी बन जाती हैं। ऐसे नए विमर्श के साथ नारी पात्रों में जिंदगी की व्यापक निरर्थकता दिखती है, हालाँकि 'निशंकजी' ने नारी पात्रों के विमर्श को परंपरावादी भारतीय नारी चरित्रों के साथ ही अपने अधिकांश नारी पात्रों की रचना की है, जो जीवन की दुखांत स्थितियों को जिजीविषा और आशा से अनुप्राणित कर देती हैं। 'छूट गया पड़ाव' की 'रानी' कुरूपता के कारण परिवार एवं समाज से उपेक्षित होकर स्कूली शिक्षा और इलाज के लिए लालायित है, तो 'सरोज' कथानायिका के रूप में आदर्श शिक्षिका की भूमिका निभाते हुए उसमें नई आशा का संचार करती है। इसी तरह आशा एवं जिजीविषा से भरे 'बीरा' उपन्यास की 'बीरा', 'प्रतिज्ञा' उपन्यास की 'सुनीता', 'पल्लवी' उपन्यास की 'पल्लवी', 'कृतघ्न' उपन्यास की 'सुकन्या', 'अपना-पराया' उपन्यास की लक्ष्मी, 'भागोंवाली' उपन्यास की 'भागोंवाली' आदि नारी चरित्र घोर निराशा की स्थिति में भी परिस्थितियों का अतिक्रमण करने का प्रयास करते हुए समाज में आदर्श स्थापित करती हैं।

कथाकार रमेश पोखरियाल 'निशंकजी' की रचनाधर्मिता में मनोविज्ञान पक्ष भी महत्त्वपूर्ण है। उन्होंने अनुभव एवं अनुभूति से जिन पात्रों की सृष्टि की है, उनमें जीवन की यात्रा, अस्तित्व की खोज, अंतर्वैक्तिकता जैसे अहम भावबोध परिलक्षित होते हैं। उन्होंने अंतर्द्वंद्वों को उकेरने वाली मनोविश्लेषण शैली में पात्रों की सृजना पर भी बल दिया है। उनके पात्र अस्तित्व के लिए द्वंद्व करते हैं तो अस्तित्व को खोकर भी अपनी सार्थकता

स्थापित करते हैं। 'निशंकजी' की कहानियों में मनोविज्ञान, पात्रों के चरित्र-चित्रण में सहायक है। 'वाह! जिंदगी' कहानी का मुख्य पात्र 'प्रशासनिक अधिकारी' मनोविज्ञान की न्यूरोसिस, स्किजोफ्रेनिया, 'पैरोनाआ', 'डे-ड्रीम' (दिवास्वप्न) जैसे मनोवैज्ञानिक विकारों से त्रस्त दिखाई देता है। 'वो देख रहा है' कहानी में 'लखन' मनोद्वंद्वों में खोया हुआ पात्र है, जो सकारात्मक एवं नकारात्मक द्वंद्व से जूझता हुआ अज्ञात, अगोचर, ईश्वरीय शक्ति में विश्वास के बल पर ही सद्मार्ग अपनाता है। ऐसे मनोवैज्ञानिकता पर रचे गए पात्रों में चेतन एवं अचेतन मन के अंतर्द्वंद्व, आत्म-चिंतन, आत्म-विश्लेषण, कार्य विश्लेषण का सहज बोध दिखाई देता है। मनोवैज्ञानिकता के बावजूद कई प्रसंगों में आत्मपूर्णता का बोध होता है, जो पाठक के अधूरे सवालों के बीच भी पूर्ण संदेश देने में सफल होते हैं। 'मील के पत्थर' कहानी संग्रह की 'ईर्ष्या' कहानी की जमीन भी मनोवैज्ञानिक है, जो स्त्री-मन के अतल को खँगालती है। इस कहानी की केंद्रीय पात्र एक स्त्री है, जो अपने पति निशीथ के साथ एक रिजॉर्ट में आकर ठहरी है। वह अपने पति को किसी अन्य स्त्री से बातचीत करते देख मन-ही-मन झुलस उठती है, जो नारी-मन का स्वाभाविक मनोवेग है। वह किसी समलिंगी की उपस्थिति भी बर्दाश्त नहीं कर पाती, क्योंकि वह अपने प्रेम-आलंबन पर एकाधिकार चाहती है। इसकी व्याख्या लेखक ने मनोविश्लेषणात्मक शैली में की है। 'टूटते दायरे' की 'नशा' कहानी भी एक युवक के युवा मन के मनोविज्ञान पर आधारित है, जो समान उम्र की युवती के आकर्षण में बह जाता है। कहानी में 'विनय' सहपाठी युवती 'दीपिका' के प्रति आकर्षित हो जाता है, जबकि युवती उसके आकर्षण में इसलिए थी, क्योंकि वह उसके मृतक भाई जैसा था। दूसरी ओर 'विनय' मन-ही-मन उससे शादी के सपने देख रहा होता है। 'बीरा' उपन्यास का 'आशीष' भी मनोद्वंद्व के कारण सौतेली माँ के प्रति वास्तविकता से अलग छवि बनाता है। 'भागोंवाली' उपन्यास की बूढ़ी माँ 'भागोंवाली' ऐसा चरित्र है, जो अस्तित्व से संकुचित होती हुई पात्र है। 'उम्रकैद' कहानी से पाठक को कहानी-उद्देश्य रूप में केवल सांकेतिकता मिलती है, जो कहानीकार की सृजनात्मकता का विशिष्ट गुण है। इसी प्रकार 'वाह! जिंदगी', 'वो देख रहा है', 'कहाँ हुई भूल', 'अंजान रिश्ता' कहानी और 'कृतघ्न', अपना-पराया, 'निशांत' उपन्यास में कई मनोद्वंद्वों से जूझते हुए पात्र मनोवैज्ञानिक रचनाधर्मिता से आधार पाते हैं।

रचनाकार अपनी लेखनी के माध्यम से अपनी कल्पनाओं को जीवन देता है, रचनाकार का यही कौशल उसकी रचनाधर्मिता होती है। वस्तुत:, रचनाधर्मिता से ही रचनाकार के मानसिक संवेगों का संचरण होता है। रचनाधर्मिता पर मानसिक क्षितिज की व्यापकता एवं भौतिक-मानसिक परिवेश का प्रभाव स्पष्ट परिलक्षित होता है, अत: किसी

रचनाकार की रचनाधर्मिता उसकी वैयक्तिकता पर निर्भर करती है। भाषाई अलंकरण अथवा व्याकरणिक नियमों का अंकुश भी रचनाधर्मिता का प्रमुख गुण है। रचनाधर्मिता में भाषिक सौष्ठव और बिंब का अहम योगदान होता है। साहित्य मानवता की सेवा के साथ सद्भावना का प्रचार करता है, जिसके लिए भाषा की प्रमुख आवश्यकता होती है। साहित्यकार स्वयं अपने काल की आवश्यकतानुसार अपनी चेतना में मानव सेवा की भावना का समावेश करता है, जिसके लिए पूरे एक शिल्प की आवश्यकता होती है। शिल्प का पहला तत्त्व भाषा को माना जा सकता है। भाषा से ही कथा के उद्देश्य की सही अभिव्यंजना होती है। भाषा की आवश्यकता व महत्त्व बताते हुए राजेंद्र यादव लिखते हैं कि "भाषा केवल अभिव्यक्ति ही नहीं चिंतन प्रक्रिया भी है। हम शब्दों में ही सोचते और अनुभव करते हैं। भाषा, यानी जिंदगी खोखली, व्यर्थ, बेमानी, फिजूल और बेतुकी हो गई है। इस बात को महसूस भी तो हम सिर्फ भाषा में ही कर पाते हैं।"[44]

'निशंकजी' के कथा-साहित्य में भाषा उनके सहज एवं सरल जीवन की तरह है, जिसे साहित्य में उन्होंने अपनी बातचीत की भाषा की तरह प्रयोग किया है। लोकमर्मज्ञ वासुदेवशरण अग्रवाल के शब्दों में—"जब हमारी भाषा का संबंध जनपदों से जोड़ा जाएगा, तभी उसे नया प्राण और नई शक्ति प्राप्त होगी। गाँवों की बोलियाँ हिंदी भाषा का वह सुरक्षित कोष हैं, जिसके धन से वह अपने समस्त अभाव और दलिद्र को मिटा सकती हैं।"[45] 'निशंकजी' के कथा-साहित्य में बोलचाल की सरल हिंदी के साथ परिवेशगत 'आँचलिक' शब्दों का बाहुल्य प्रयोग मिलता है। उनकी कहानियों एवं उपन्यास में झुमैलो, थौल, गुठ्यार, दाज्यू, तमाखू, ढोर-डंगर, दा, बाड़ी जैसे कई गढ़वाल, कुमाऊँ लोक-जीवन के शब्द कथानक को सजीवता प्रदान करते हैं। उपन्यास 'पहाड़ से ऊँचा' में लोकगीत—'घुघती घुरौंण लागी मैरा मैत की, बौड़ी-बौड़ी ऐगे ऋतु-ऋतु चैत की', जैसे खुदेड़ गीत की पंक्तियों को रचकर उपन्यासकार ने संस्कृति और रीति-रिवाजों के आकर्षण को अपने विशेष भाषिक सौष्ठव से ही उत्पन्न किया है। वाक्य विन्यास करने के लिए स्थानीय बोली के शब्दों का सुंदर प्रयोग करके उनका साहित्य सामान्य हिंदी को भी बोली के स्वरूप में ला देता है। 'पहाड़ से ऊँचा' उपन्यास में—'भई दिल्ली में जिंदगी जीना उतना आसान नहीं है', 'इजा की दवाई लेने हर महीने 15 दिन बाद बाजार जाना पड़ता है', जैसे वाक्य विन्यास में 'भई', 'इजा', जैसे बोलीगत शब्द आंचलिकता का बोध करवाते हैं। उनके साहित्य में लोकगीत, लोक-संस्कृति की भाषा से भावबोध मजबूत होता है। भाषा की अभिव्यक्ति के लिए शैली का महत्त्वपूर्ण योगदान होता है। 'निशंकजी' ने अपनी कहानियों एवं उपन्यासों में वर्णनात्मक शैली, विश्लेषणात्मक, आत्मकथात्मक, फ्लैश बैक, डायरी शैली का सुंदर प्रयोग किया है। 'भीड़ साक्षी है',

'विपदा जीवित है', 'बहारें लौट आएँगी' कहानियाँ उनकी आत्मकथात्मक शैली में लिखी हैं। 'विपदा जीवित है' में—'तब से बीस वर्ष गुजर चुके हैं। मैंने रोज अपने अखबार में गरीबों और गाँव की समस्याओं और आवश्यकताओं को अपनी पहली खबर बनाया।'[46] 'बहारें लौट आएँगी' में—'मैंने अपने संबोधन में युवाओं को आत्मनिर्भर होने के लिए तकनीकी रूप से कृषि कार्य अपनाने की सलाह दी थी।'[47] जैसे कथा प्रसंग क्रमशः उनके पत्रकारिता व राजनीतिक जीवन के निजी पलों से निकले हुए कथानक प्रतीत होते हैं। 'निशंकजी' ने अभीष्ट विचार या भाव को सांकेतिकता प्रदान करने के लिये कथानक और चरित्र के स्थूल उपादानों के आकर्षण की जगह वातावरण पर दृष्टि केंद्रित की है। उनके निर्मित 'वातावरण' से रचना में अलंकरण मात्र नहीं, बल्कि अंतःकरण दिखता है। 'वातावरण' से प्रकृति का बोध भी हो सकता है और शहर, कस्बा, गाँव, महानगर के आंतरिक जीवन का भी। उनका कथा संसार उनके अनुभवों की उपज है, जिसकी पुष्टि उनके कथानकों के देश-काल, वातावरण से भी प्रकट हो जाती है। उनके कथा-साहित्य में पौड़ी, श्रीनगर, कोटद्वार, जोशीमठ, गोपेश्वर, गैरसैण, रुद्रप्रयाग, थलीसैण, देवप्रयाग, उत्तरकाशी, ऋषिकेश, देहरादून, पिथौरागढ़, धारचूला जैसे कस्बों, शहरों का उल्लेख परिवेशगत है। कथानक में वातावरण निर्माण के लिए 'निशंकजी' बिंब विधान का भरपूर प्रयोग करते हैं। इससे उनकी कलात्मक अभिव्यक्ति सामने आती है और आंचलिकता भी निखरती है। 'संकल्प' कहानी में बड़े चौक में झुमैला लगना सामूहिक खुशियों का बिंब है, तो 'कोर्ट-कचहरी तक जाते-जाते गाँववालों की एड़ियाँ घिसना' गरीब-असहाय के प्रति वर्तमान कानून की स्थिति का प्रतीक बन जाता है। 'मेजर निराला' उपन्यास में—'घर पर ताला लगना यूँ गाली समझा जाता है' वक्तव्य पूरे पहाड़ की समृद्धि, ईमानदारी, सरल जीवन का प्रतीक हैं तो 'बीरा' उपन्यास में 'दीपक को माँ ने कड़ी और झँगोरा परोस दिया', ये न केवल विशेष आँचलिकता के लिए बिंब हैं, बल्कि पर्वतीय लोक-जीवन में गरीब, निर्धनता के लिए प्रतीक भी हैं। ऐसे ही 'पहाड़ से ऊँचा' में—'अब ढोर-डंगर पालने भी कम कर दिए हैं लोगों ने', यह ग्रामीण जीवन में बदलाव और पलायन का प्रतीक है। 'सूर्य अस्त पहाड़ मस्त' शराब के बढ़ते प्रचलन का, 'टैक्सी का रेंगना' पर्वतीय क्षेत्रों में दुर्गम रास्तों का बिंब प्रस्तुत करता है। उनके पात्रों के नाम भी बिंब एवं प्रतीक का काम करते हैं। 'भागोंवाली' उपन्यास की 'भागोंवाली अम्मा' चार पुत्र होने के कारण भाग्यवान होने का प्रतीक है। 'मेजर निराला' उपन्यास का 'निराला' एक अनोखे व्यक्तित्व का प्रतीक है। 'विपदा जीवित है' कहानी का 'विपदा' जीवन की कठिनाई का प्रतीक है। इस प्रकार ये ऐसे सटीक पात्र हैं, जो चरित्र भी हैं और प्रतीक भी। स्पष्ट है कि ये बिंब अनेक प्रतीकार्थ के बावजूद एक आकर्षण हैं, जो

लेखकीय कलात्मकता का परिचय हैं। कथा-साहित्य में भाषा और बिंब कथानक एवं चरित्र को पूर्ण विन्यास देते हैं। विशेष रूप से दृश्य बिंब विचारों की अभिव्यंजना अनेक स्तरों पर करते हैं। कहानी और उपन्यासों के कथानक में वे प्रतीक-संकेत पद्धति का प्रयोग भी करते हैं, जिससे उनकी रचनाधर्मिता में सूक्ष्मता का समावेश देखा जा सकता है। कई प्रसंगों में उनकी वाक्य संरचना कुछ ऐसी दिखती है कि वे हल्के-हल्के शब्द और छोटे-छोटे वाक्य एक पर एक जमे हुए सहज प्रवाह में बहते चलते हैं—'इस समय कौन देख रहा है, यदि इस पुरुष को पहाड़ी से नीचे लुढ़का दूँ, यह खूबसूरत महिला, एकदम अकेली, रुपयों से भरा बैग, कौन देख रहा है? कोई नहीं देख रहा होगा। मन में थोड़ा-सा लालच क्या घुसा कि अब उसने मन पर पूरा कब्जा ही कर लिया। वासना अलग से जागृत हो उठी।'[48]

रचनाधर्मिता की श्रेष्ठता को सिद्ध करते हुए कथाकार रमेश पोखरियाल 'निशंक' समकालीन साहित्य के पुरोधा हैं। उपरोक्त विश्लेषण से स्पष्ट है कि कथाकार 'निशंक' के कथा-साहित्य में जीवन की गहरी समझ और कल्पना का अनुशासन है, जो प्रभाव की तीव्रता एवं कला की उत्कृष्टता से भाव-बोध की बारीकियाँ प्रस्तुत करता है। भाव-जगत् का उन्नत स्वरूप खोजती उनकी रचनाओं में रचना-प्रक्रिया का सर्वांग देखा जा सकता है। जीवन और जगत् का इससे अच्छा उदाहरण साहित्य में प्रायः कम ही देखने को मिलता है। यही कारण है कि आज विवेच्य कथाकार की रचना अपने साधारणीकृत स्वरूप में पाठक के सबसे करीब बैठती है।

संदर्भ-सूची

1. अपना-पराया, रमेश पोखरियाल 'निशंक', पृ.सं. 09
2. चिंतामणि, रामचंद्र शुक्ल, पृ.सं. 128
3. वही, पृ.सं. 37
4. मानविकी पारिभाषिक कोश, डॉ. नगेंद्र, पृ.सं. 29
5. छूट गया पड़ाव, रमेश पोखरियाल 'निशंक', पृ.सं. 07
6. वही, पृ.सं. 19
7. वही, पृ.सं. 50
8. वही, पृ.सं. 111
9. हिंदी उपन्यास सृजन और सिद्धांत, नरेंद्र कोहली, पृ.सं. 125
10. वही. पृ.सं. 75
11. वही. पृ.सं. 75
12. वही. पृ.सं. 85

13. डॉ. रमेश पोखरियाल 'निशंक' के उपन्यासों में जीवन-मूल्य, डॉ. योगेंद्रनाथ शर्मा 'अरुण', पृ.सं. 91
14. पहाड़ से ऊँचा, रमेश पोखरियाल 'निशंक' पृ.सं. 07
15. वही, पृ.सं. 72
16. डॉ. रमेश पोखरियाल 'निशंक' के उपन्यासों में जीवन-मूल्य, डॉ. योगेंद्रनाथ शर्मा 'अरुण', पृ.सं. 128
17. प्रतिज्ञा, रमेश पोखरियाल 'निशंक' पृ.सं. 05
18. वही, पृ.सं. 06
19. वही, पृ.सं. 05
20. वही, पृ.सं. 45
21. वही, पृ.सं. 40
22. खड़े हुए प्रश्न, रमेश पोखरियाल 'निशंक', पृ.सं. 03
23. केदारनाथ की सच्ची कहानियाँ, रमेश पोखरियाल 'निशंक', पृ.सं. 09
24. काव्यलंकार श्री भामह प्रणितः, सी. राम शंकर शास्त्री, पृ.सं. 05
25. काव्य अलंकारसूत्रः वामन, डॉ. बेचैन झा, पृ.सं. 12
26. पाश्चात्य काव्यशास्त्र, डॉ. ए. उस्मान खान, पृ.सं. 18
27. विश्व के महान शिक्षाशास्त्री, आरपी पाठक, पृ.सं. 157
28. हिंदी साहित्य कोश भाग-1 (पारिभाषिक शब्दावली), सं धीरेंद्र वर्मा, पृ.सं. 668
29. चिंतामणि, आचार्य रामचंद्र शुक्ल, पृ.सं. 112
30. हिंदी उपन्यास, सृजन और सिद्धांत, नरेंद्र कोहली, पृ.सं. 171
31. कहानी : नई कहानी, नामवर सिंह, पृ.सं. 24
32. साहित्यशास्त्र, रामकुमार वर्मा, पृ.सं. 58
33. हिंदी उपन्यास : सृजन और सिद्धांत, नरेंद्र कोहली, पृ.सं. 171
34. प्रतिज्ञा, रमेश पोखरियाल 'निशंक', पृ.सं. 05
35. वही, पृ.सं. 05
36. 21 श्रेष्ठ कहानियाँ, रमेश पोखरियाल 'निशंक', पृ.सं. 91
37. हिंदी उपन्यास : सृजन और सिद्धांत, नरेंद्र कोहली, पृ.सं. 169
38. 21 श्रेष्ठ कहानियाँ, रमेश पोखरियाल 'निशंक', पृ.सं. 108
39. कृतघ्न, रमेश पोखरियाल 'निशंक', पृ.सं. 20
40. 21 श्रेष्ठ कहानियाँ, रमेश पोखरियाल 'निशंक', पृ.सं. 49
41. कहानी : नई कहानी, नामवर सिंह, पृ.सं. 28
42. केदारनाथ आपदा की सच्ची कहानियाँ, रमेश पोखरियाल 'निशंक', पृ.सं. 09
43. भागोंवाली, रमेश पोखरियाल 'निशंक', पृ.सं. 56
44. आधुनिक हिंदी कविता में शिल्प, कैलाश वाजपेयी, पृ.सं. 19

45. पृथिवी-पुत्र, वासुदेवशरण अग्रवाल, पृ.सं. 46
46. 21 श्रेष्ठ कहानियाँ, रमेश पोखरियाल 'निशंक', पृ.सं. 45
47. वही, पृ.सं. 47
48. केदारनाथ आपदा की सच्ची कहानियाँ, रमेश पोखरियाल 'निशंक', पृ.सं. 24

□

लोक-तत्त्व की अभिव्यंजना के विविध आयाम

लोक, मनुष्य-समाज का वह वर्ग है, जो अभिजात्यीय संस्कारों और दिखावे की भावना से मुक्त रहता है। उसका जीवन परंपराओं के प्रवाह में प्रवाहित होता है, किंतु इसका तात्पर्य यह नहीं कि शहरीकरण से रहित यह मानव अशिष्ट या अशोभनीय ही मान लिया जाए, अपितु सत्य यह है कि लोक-मानस की संपूर्ण संवेदनाओं से युक्त प्रेम और सौहार्द्र के सम्मिश्रण से यह लोक तैयार होता है। जहाँ अपने हिस्से की रोटी, दूसरे के सुख से ईर्ष्या नहीं उपजती, वरन् 'सबै भूमि गोपाल की' इस दृष्टि का विस्तार देखा जाता है। अद्‌भुत होती है लोक की महिमा और साहित्य। साहित्य जब-जब लोक तक पहुँचा है, उसे विस्तार और प्रसिद्धि मिली है। भारत जैसे देश में लोक-तत्त्वों की स्वीकारोक्ति ही राष्ट्र को एक सूत्र में बाँधने की अद्‌भुत क्षमता संपन्न कला है।

'लोक' शब्द साहित्य हो या जीवन, एक प्राणवायु के समान सर्वत्र व्याप्त रहता है। लोक से समाज और समाज से साहित्य की निर्मिति होती है। यही आंतरिक बुनावट का ताना-बाना एक वृहद् वितान का निर्माण करता है। जिस पर चिंतकों, साहित्य मनीषियों ने अपनी लिखावट रची है। 'लोक-तत्त्व' शब्द विस्तृत अर्थ को समाए हुए है। इसमें 'लोक' विभिन्न शब्दों के साथ संयुक्त होकर विशेषण रूप में समूह, समग्रता का बोध करवाता है, वहीं 'तत्त्व' शब्द घटक का पर्याय है। लोक-तत्त्व के अंतर्गत किसी एक निश्चित भू-भाग में रहनेवाले लोगों की समस्त ऐतिहासिक, सामाजिक, धार्मिक तथा दैनिक जीवन के क्रिया-कलापों का स्वरूप परिलक्षित होता है। इनके अंतर्गत रीति-रिवाज, खान-पान, संस्कार, परंपराएँ, मान्यताएँ, मिथक, लोकगीत, लोकगाथा, लोकोक्ति, मुहावरे आदि आते हैं। लोक शब्द के साथ संयुक्त होकर कई शब्द प्रचलित हुए हैं, जैसे—लोक-मंगल, लोक-मर्यादा, लोक-कल्याण, लोक-संग्रह, लोक-रंजन, लोकबद्ध, लोक-व्यवहार, लोकानुसरण, लोकोन्मुख आदि। इस प्रकार लोक-तत्त्व के

अंतर्गत संपूर्ण भू-लोक पर लोक-मानस के क्रिया-कलापों का समावेश होता है। लोक-संस्कृति के अंतर्गत समस्त लोक-तत्त्वों का समागम होता है, जो लोक-समाज की परिधि को स्थापित करते हैं। साहित्य में लोक-तत्त्व की अभिव्यंजना के अंतर्गत साहित्य में विवेचित संस्कृति के उपादानों का अध्ययन किया जाता है।

लोक-तत्त्व क्या है? लोक-तत्त्वों की अभिव्यंजना करने वाले विविध आयाम कौन-कौन से होते हैं? इस पर विस्तृत दृष्टि डालने के लिए 'लोक' को समझना जरूरी है। लोक की परिभाषा एवं उसकी परिधि क्या है? इस पर विचारकों के विभिन्न मत हैं।

लोक-तत्त्व की परिभाषा एवं परिधि

'लोक' शब्द का सामान्य अर्थ 'जनसामान्य' से है, इसी अर्थ में 'लोक' शब्द विशेषण के रूप में प्रयुक्त हुआ है। साहित्य में लोक का व्यापक अर्थ है। 'हिंदी शब्दकोश' के अनुसार—'लोक का अर्थ लोग, जन, संसार, जगत्, समाज, जनता के लिए, इहलोक, परलोक तथा विशेषण के रूप में 'सब लोगों से संबंध रखने वाला' के रूप में बताया है।"[1]

'लोक' शब्द को और गहराई से समझने के लिए संस्कृत के 'लोक' शब्द के विन्यास पर दृष्टि डालनी आवश्यक है। संस्कृत-हिंदी शब्दकोश में—'लोक' का अर्थ 'लोकते' (देखना) अथवा 'लोकित्' नजर डालना, प्रत्यक्ष ज्ञान प्राप्त करना है तथा लोक: (लोक+घञ्) का अर्थ दुनिया, विश्व का एक प्रभाग से है। स्थूल रूप से लोक—स्वर्ग, पृथ्वी एवं पाताल तीन हैं। वहीं अधिक विस्तृत वर्गीकरण के अनुसार लोक चौदह हैं, जिनमें से 'इहलोक' अथवा भूलोक भी एक है।"[2]

विस्तृत अर्थ के रूप में 'लोक' का प्रयोग पृथ्वी लोक के लिए ही नहीं, बल्कि संसार से हटकर एक अलग दुनिया के लिए भी हुआ है। इसमें परलोक, तीन लोक, चौदह लोक सभी शामिल हैं। 'लोक' शब्द का प्रयोग प्राचीनकाल से होता आया है। हमारे पुराण, वेद, उपनिषदों में भी 'लोक' शब्द समग्र संसार एवं इसके विभिन्न तत्त्वों के लिए प्रयुक्त हुआ है। 'लोक' का अर्थ दो रूपों से प्रचलित है, पहला—जगत्, जिसमें इहलोक अथवा परलोक आदि का बोध होता है, दूसरा—जनसामान्य। जैसे ऋग्वेद के पुरुष-सूक्त में स्थान और जीव दोनों के संदर्भ में लोक का प्रयोग हुआ है—

"नाभ्या आसीदंतरिक्षं शीर्ष्णो द्यौ: समवर्त्तत।
पद्भ्यां भूमिर्द्दिश: श्रोत्रात्तथा लोकां अकल्पयन्॥"[3]

संस्कृत में 'लोक' स्थान, जीव, जन के अर्थ में एक जातिवाचक संज्ञा के रूप में भी प्रयुक्त है। हिंदी में यह संज्ञा एवं विशेषण दोनों रूपों में प्रयोग होता है। समय-समय

पर विभिन्न विचारकों, आचार्यों ने लोक की पृथक् सत्ता पर भी विचार किया एवं लोक की व्याख्या समाज की संपूर्णता से हटकर एक अलग रूप में की गई है।

पाश्चात्य शब्दकोश में लोक का समानार्थक शब्द 'FOLK' स्वीकार किया गया है—FOLK की व्याख्या करते हुए ये धारणाएँ प्रमुख हैं—

1. People in general, or any part of them without distinction, formerly alike in both singular and plural, but now the plural folks in most used, as folks will talk, some folks sat so.[4]
2. A race of people, a nation, a community.[5]

भारतीय अर्थ में 'लोक' एवं पाश्चात्य 'फोक' में तात्विक समानता होते हुए भी, इनमें भावबोध अंतर आ जाता है। 'फोक' का अंतर आचार्य विद्यानिवास मिश्र के शब्दों में—'फोक' अभिधान में व्यापक सामुदायिक स्वीकृति निहित नहीं है, न उसकी वर्तमानता ही परिलक्षित है। वह एक तरह से पुरानेपन, पिछड़ेपन का बोधक है अथवा असंस्कार का बोध है।'[6]

संस्कृत, हिंदी एवं अंग्रेजी साहित्य में लोक के शाब्दिक अर्थों को देखने से निष्कर्ष निकलता है कि 'लोक' शब्द विशाल, व्यापक, संपूर्णता के साथ मानव समाज के परिपेक्ष्य में प्रयुक्त होता रहा है। इसके अतिरिक्त संज्ञा के रूप में 'लोक' का प्रयोग प्राणी संसार से अलग जीवन-शैली का बोध कराने वाली दूसरी दुनिया के लिए होता है। आचार्य हजारी प्रसाद द्विवेदी लिखते हैं कि "लोक शब्द का अर्थ जनपद या ग्राम्य नहीं है, बल्कि नगरों और गाँवों में फैली हुई वह समूची जनता है, जिसके व्यावहारिक ज्ञान का आधार पोथियाँ नहीं हैं। ये लोग नगर में परिष्कृत, रुचि-संपन्न तथा सुसंस्कृत समझे जानेवाले लोगों की अपेक्षा अधिक सरल और अकृत्रिम जीवन के अभ्यस्त होते हैं और परिष्कृत रुचिवाले लोगों की समूची विलासिता और सुकुमारिता को जीवित रखने के लिए जो भी वस्तुएं आवश्यक होती हैं, उनको उत्पन्न करते हैं।"[7]

इस प्रकार द्विवेदीजी 'लोक' का प्रचलन 'समाज' के अर्थ में करते हैं। वे अंग्रेजी के 'फोक' को संकुचित अथवा अर्द्धशिक्षित के लिए मानते हैं। लोक-साहित्य के प्रसिद्ध विवेचक आचार्य विद्यानिवास मिश्र भी लोक को समग्रता के अर्थ में लिखते हैं—"इंद्रिय गोचर संसार जो इंद्रियों द्वारा अनुभूत होता है। इस लोक में केवल मनुष्य समाज नहीं रहता, प्रकृति भी आती है, व्यवहार भी आता है, भाषा भी आती है,"[8] इस प्रकार लोक में निरंतरता ही परंपरा है, जो उसे एक सूत्र में बाँधती है। यह प्राचीन से निजात नहीं, बल्कि इसमें स्वीकार-परिहार साथ चलते हैं। परंपरा में कुछ चीजें छूटती जाती हैं, कुछ जुड़ती जाती हैं। जिन चीजों का विरोध होता है, वह विरोध वैकल्पिक परंपरा बन जाती है,

अर्थात् जीवन में प्रत्येक तत्त्व अथवा व्यवहार की परंपरा 'लोक' से जुड़ी होती है, जिसे लोक-तत्त्व कहते हैं। डॉ. कुंदन लाल उप्रेती लिखते हैं—'लोक' ज्ञान, बौद्धिक चेतना, सुसंस्कृत तथा परिष्कृत रुचि वाले मनुष्यों के समुदाय से हटकर अभिजात संस्कार एवं शिक्षा से हीन एक ऐसा समुदाय है, जो आदिम प्रवृत्तियों तथा परंपराओं की धारा में बहता हुआ अकृत्रिम जीवन जीने में विश्वास रखता है। ऐसे लोगों की अभिव्यक्ति जिन तत्त्वों के माध्यम से होती है, वे लोक तत्त्व कहलाते हैं।'[9] इस प्रकार परंपराओं से ही लोक की परिधि निर्धारित की जा सकती है, अतः लोक में विभिन्न लोक-तत्त्वों की समानता, सामंजस्यता से किसी लोक की परिधि को सुनिश्चित किया जा सकता है। 'लोक' समय के साथ कैसे परिवर्तित होता है और परिवर्तन किस तरह स्वीकार किया जाता है ? इसके लिए संस्कृत भाषा से आधुनिक हिंदी की विकास-यात्रा को उदाहरण रूप में लिया जा सकता है। वैदिक संस्कृत को जब लोक से चुनौती मिली तो लौकिक संस्कृत का प्रचलन हुआ। आगे चलकर लौकिक संस्कृत ने पाली-प्राकृत-अपभ्रंश-ब्रजभाषा-खड़ीबोली से हिंदी तक की परिवर्तनशील यात्रा तय हुई। यह भारतीय सनातनी संस्कृति की सहनशीलता है कि वह वैदिक मंत्रों से आधुनिक हिंदी तक के परिवर्तन को स्वीकारती गई। यद्यपि ये सारे परिवर्तन शास्त्रीयता से लोक के प्रतिरोध का उदाहरण हैं, पर कभी शास्त्र व लोक के बीच संघर्ष नहीं हुआ, बल्कि वह एक विस्तृत परिधि का स्वरूप ग्रहण करता हुआ भारतीय साहित्य में चलायमान है। लोक की परिधि व्यापक है। हमारे जीवन में रोना, हँसना, गाना, खेलना, नाचना, सुख-दुःख, हर्ष-विषाद कई शाश्वत स्वभाव एवं मनोभाव उत्पन्न होते रहते हैं। लोक-साहित्य में विभिन्न लोक-तत्त्वों से इन्हीं भावों का वास्तविक धरातल दिखाई देता है। जिस प्रकार गंगा के उद्गम स्थल गोमुख से लेकर गंगा सागर तक भारत भूमि की समग्रता, पवित्रता, आध्यात्मिकता का वर्णन होता है, उसी रूप में भारतीय लोक की परिधि का विस्तार देखा जा सकता है। इस लोक परिधि से विभिन्न तत्त्वों का संचरण लोक के माध्यम से ही होता है। संसार में समस्त जड़ एवं चेतन तत्त्वों से जगत् का संचालन होता है। हर एक तत्त्व अपनी भूमिका को स्थापित करता है, लेकिन तत्त्वों का प्राकृतिक अथवा जन्मजात, परंपरागत स्वरूप, जिसमें कृत्रिमता न हो उसे लोकतत्त्व के रूप में सर्वाधिक मान्यता मिलती है।

लोक-तत्त्वों की वाचिक परंपरा से मौखिक साहित्य समस्त जनमानस में व्याप्त होता है। यह जनमानस प्रचार-प्रसार, दिखावे से मुक्त सहज प्रवृत्तियों में संस्कारित होता है जो समष्टिगत धर्म-कर्म, अध्यात्म-अनुष्ठान, रीति-रिवाज के जीवन चक्र से बँधे लोक-मानस के महत्त्वपूर्ण अंग होते हैं। विभिन्न लोक-तत्त्वों से व्यक्ति नहीं, बल्कि संपूर्ण लोक केंद्रित होता है, यही कारण है कि इनमें प्रचलित गीत, नाट्य, वार्ता परंपरा,

संस्कृति, नृत्य, कला आदि लोक की लोकरंजित रचना होती हैं। लोक-तत्त्व के अंतर्गत कई रीति-रिवाज, रूढ़ि-परंपराएँ, मिथक, संस्कृति परंपराएँ प्रचलित होती हैं, जो सब कहीं-न-कहीं शास्त्रीयता से जुड़े होते हैं, जिन्हें लोक चलायमान रखता है। विभिन्न लोक-तत्त्वों के माध्यम से 'लोक', परंपराओं की तरह साहित्य की परिपाटी में भी मुक्त यात्रा करता है। यह समाज में व्यापकता का बोध करवाते हुए समाज के हर तत्त्व को खुद में समेटता है और बिना किसी सीमा में बँधे गाँव से शहर तक, पहाड़ से मैदान तक, देश से विदेश तक मानव जाति और उसके विभिन्न उपादानों को खुद में समाहित करता है। लोक-तत्त्वों में प्रकृति एवं मानवीय रूप में विभिन्न उपादान मौजूद हैं, जो लोक-तत्त्व के रूप में शास्त्रों से लेकर समकालीन साहित्य तक उपस्थित हैं। निष्कर्षतः लोक अर्थात् जनमानस में व्याप्त वाक परंपरा से जिन तत्त्वों से साहित्य की निष्पत्ति होती है, वे लोक-तत्त्व कहलाते हैं।

लोक-तत्त्व का महत्त्व एवं प्रासंगिकता

साहित्य लोक-तत्त्वों का पुंज है, जिसमें लोक-तत्त्व की परिव्याप्ति का सतत् विस्तार होता है। लोक-तत्त्व ही साहित्य की कालजयता को प्रमाणित करते हैं, जिससे वह प्राणवान होकर कालजयी साहित्य का रूप पाता है। लोक-तत्त्व की साहित्यिक यात्रा के लिए सृजनकर्ता में लोक-दृष्टि का होना प्रमुख गुण है। इन्हीं तत्त्वों से निर्मित साहित्य, साहित्यकार की लोक-दृष्टि, अनुभव एवं अनुभूति से उपजे जीवन-दर्शन का प्रसंस्करण होता है। लोक-तत्त्वों को समझने के लिए हमें मानव सभ्यता की आरंभिक स्थितियों एवं संरचना को समझना होगा। यह सर्वविदित है कि लोक के साहित्यिक विकास का आधार लोक-साहित्य है, जिसके उदय की पृष्ठभूमि में लोकचित्त एवं लोक-मानस है। 'लोकचित्त से तात्पर्य उस जनता के चित्त से है, जो परंपरा पथिक और बौद्धिक विवेचनात्मक शास्त्रों और उन पर की गई टीका-टिप्पणियों के साहित्य से अपरिचित होता है।'[10]

लोक-तत्त्वों की मूल अवधारणा आदिम मानव की उन मानसिक आवश्यकताओं से शुरू होती है, जिनकी पूर्ति के लिए उसने विभिन्न लोक के साथ एक सभ्यता का निर्वहन किया और लोक-साहित्य की परिकल्पना की। आदिम जीवन ही लोक की आधार भूमि है, जहाँ जीवित रहने के लिए संघर्ष, जीवन का संकट उस आदिम मानव की आंतरिक बुनावट को प्रभावित कर रहा था। इसके साथ ही उसकी दूसरी मानसिक आवश्यकता पीढ़ी को बनाए रखने के लिए परंपरा के संचालन की थी। प्राणी जगत् में मानव की आरंभिक काल से चली आ रही जीवन परंपरा लोक-तत्त्वों पर ही आधारित है।

मानव मन दो तरह के आवेगों का तंत्र होता है, जिसके प्राकृतिक रूप से वह आंतरिक संघर्ष एवं बाह्य सरोकारों के द्वंद्व में रहता है। इससे उसमें रागमूलक तथा भयमूलक दो तरह के आवेगों की निष्पत्ति होती है। मानव में ये दो तरह के आवेगों का उत्कर्ष प्रकृति से होता है। प्रकृति के अवलोकन में उसे जो सजीव, निर्जीव तत्त्व प्रिय लगते हैं, उससे रागात्मकता स्थापित हो जाती है, जैसे जो पशु-पक्षी, पेड़-पौधे, नदी, जंगल आदि प्राकृतिक तत्त्व उसे प्रिय होते हैं। मानव उसे जीवन सहभागिता से जोड़ लेता है। दूसरी ओर प्रकृति के भयानक रूप, खूँखार जानवर, पक्षी आदि से उसमें भयमूलक आवेग प्रतिपादित होते हैं। लोक की प्रकृति से राग-द्वेष की भावना में प्रेम एवं भय का रूप विकसित हुआ। उसमें प्रकृति के सुख देने वाले उपादानों से प्रेम एवं श्रद्धा का भाव आया और प्रकृति के विकट रूप से लोकचित्त भय एवं आतंक के भाव स्थापित हुए। मानव जाति की जीवन-परंपरा में रागात्मक एवं द्वेषात्मक दो श्रेणी में मनोविकारों से देखा जा सकता है। मानव जीवन के प्रारंभ से जीवन के संचालन में ऐसे तत्त्वों की प्रासंगिकता सर्वकालिक रही है, जिस पर मानव ने जीवन की परंपरा को स्थापित किया। प्रकृति से मिले सामान्य तत्त्व जब 'लोक' में अपनी भूमिका का निर्वहन करते हैं तो परंपरा के रूप में वह लोक-मानस में आकर्षण अथवा विरोध का कारण भी बनते हैं। साहित्य में यही लोक-तत्त्व 'लोक' के व्यक्तित्त्व एवं परिवेश को प्रस्तुत करते हैं, जिससे लोक-साहित्य की निर्मिति होती है। डॉ. रवींद्र भ्रमर के शब्दों में—'अभिजात, परिष्कृत या लिखित साहित्य के प्रतिकूल, लोक-साहित्य परिमार्जित भाषा, शास्त्रीय रचना पद्धति और व्याकरणिक नियमों से मुक्त रहता है। लोक भाषा के माध्यम से लोक चिंता की अकृत्रिम अभिव्यक्ति लोक-साहित्य की सबसे बड़ी विशेषता है।'[11]

लोक-तत्त्वों का प्रवाह विविध रूपों में होता है। लोक-तत्त्व प्रमुख रूप से लोककथा, लोकगाथा, लोकगीत, लोकनाट्य, लोक-सुभाषित जैसे लोक-साहित्य के रूप में आवागमन करते हैं। लोक-मानस में विभिन्न मनोविकार, जैसे—सुख-दुःख, हर्ष-विषाद, राग-विराग आदि से उपजी परंपराओं, जीवन-शैली, लोक-विश्वास की अभिव्यक्ति होती है। लोक-तत्त्वों से ही मानव जीवन की नैसर्गिकता का ज्ञान मिलता है और ये लोक-मानस में नैसर्गिकता के बावजूद उनमें उत्पन्न कर विशेष समाज, वर्ग, समुदाय, जाति का प्रतिनिधित्व करते हैं। लोकवार्ता, लोक-तत्त्व की सर्वप्रथम संवाहक मानी जाती है, जिससे संस्कृति प्रस्फुटित होती है। संस्कृति कई लोक-तत्त्वों का सृजन, संरक्षण, संवर्द्धन करती है, जिसमें अलग-अलग दो स्तर पर लोक-तत्त्वों का विन्यास होता है, प्रथम स्तर पर शास्त्रीय परंपरा में लोक-तत्त्व मिलते हैं, द्वितीय स्तर में 'जनमानस' द्वारा विन्यास पाते हैं। लोक के दैनिक कार्य-व्यवहार ही लोक-तत्त्व का

वास्तविक धरातल हैं। लोक-जीवन के दैनिक के क्रिया-कलाप, विश्वास, प्रथाएँ रहन-सहन आदि की लोक-परंपराएँ गतिशील होती रहती हैं। लोकवार्ता या लोक-साहित्य का निर्माण इसी धरातल पर होता है। जहाँ से वे साहित्य में प्रवेश पाते हैं। उसमें शास्त्रीयता का पुट भी होता है, जो लोक-मानस की प्रतिष्ठा का निर्माण करता है, साथ ही उससे लोक-तत्त्व पर प्रामाणिकता व व्यावहारिकता की मोहर भी लग जाती है।

लोक की अनुसंधानमूलक प्रवृत्ति उसके अवचेतन मन का परिणाम है, लेकिन जन्म से उसका अवचेतन मन सहजता से भी कुछ विचारों, परंपराओं का निर्वहन करता है अथवा सृजन करता है, जिससे अवचेतन की दो अवस्थाएँ—पहली सहज अवचेतन, दूसरी उपार्जित अवचेतन; मानव मन में जागृत होती हैं। इसी सहज अवचेतन को मनोवैज्ञानिक आधार पर 'लोक-मानस' की मान्यता मिली है। 'लोक-मानस' में प्रत्येक वर्ग, चाहे वह शिक्षित-प्रबुद्ध और तार्किक-वैज्ञानिक हो या 'जन' उसकी आदिम मानवीय बातों में रुचि जरूर होती है।'[12] उदाहरणतः हम देखते हैं कि आज इसरो का रॉकेट लॉन्चिंग का उद्घाटन हो या भारत के राफेल विमान की लॉन्चिंग, इस वैज्ञानिकता के युग में भी वे अपने नए उपक्रम के उद्घाटन के मौके पर पूजा, नारियल फोड़ना, जैसी लोक-मान्यताओं को पूरा करते हैं। स्पष्ट है कि उसमें वह शक्ति है, जो वैज्ञानिक व्याख्या से परे सिद्ध होने वाली घटनाओं अथवा विश्वासों पर भी यदा-कदा विश्वास उत्पन्न कर देती है। लोक-मानस की ऐसी अवधारणा के विषय में फ्रेजर के शब्दों में—'लोक-मानस प्रीलौजिकल-विवेकपूर्वा होता है। वह अपने चिंतन में कार्य-कारण-क्रम का तारतम्य अपने ढंग से स्थापित करता है। दूसरी बात यह है कि वह प्रवृत्ति से रहस्यशील होता है और अपने अनुभवों की व्याख्या करने में अतिमानवीय शक्तियों का आश्रय लेने को बाध्य होता है, जिन्हें वह कभी तर्क के आधार पर मिथ्या नहीं स्वीकार करता।'[13]

स्थूल रूप से धरातल में रहने वाला मानव 'लोक-मानस' है, जिसकी संरचना में आदिम मानव की प्रवृत्तियों का समावेश होता है। उसकी परंपरागत भौतिक अथवा मनोभावनात्मक संरचना में मानव की प्रथम अवस्था का परिचय देने वाले लोक-तत्त्वों की विभिन्नता में एकता के फलस्वरूप लोक-मानस जाति, वर्ग, समुदाय भी वर्गीकृत होते हैं। इनकी एकता में भी जब विभिन्नता उत्पन्न होती है तो एक नई धारणा, विचारधारा, परंपरा, संस्कृति का निर्माण होता है। इसलिए लोक-मानस की सत्ता पूरे पृथ्वीलोक में कुछ-न-कुछ समानता को समोए हुए है। डॉ. सत्येंद्र के शब्दों में—"यह मानस ही मूलतः लोक-तत्त्व का निर्धारक है। यह मनुष्य की प्रत्येक अभिव्यक्ति में किसी-न-किसी प्रकार से विद्यमान रहता है। यह न तो संग्रहित मानस है और न उपार्जित ही।"[14]

लोक-तत्त्वों के महत्त्व को लोक-मानस के प्रमुख लक्षणों में देखा जा सकता है। लोक मर्मज्ञ डॉ. नंदलाल कल्ला इन लक्षणों को पाँच रूपों में वर्गीकृत करते हैं। वे लोक-मानस के दो लक्षण पाश्चात्य लोकवार्ताविद् फ्रेजर द्वारा निरूपित लक्षणों को मान्यता देते हैं, वहीं अन्य तीन लक्षण वे खुद स्थापित करते हैं कि लोक-मानस 'विवेकपूर्वी' होता है, लोक-मानस का दूसरा लक्षण है कि वह 'मिस्टिक अथवा रहस्यशील' होता है, लोक-मानस का तीसरा लक्षण यह है कि 'वह मृत और जीवितों में कोई भेद नहीं करता।' चौथा कि वह 'लोक मानस अंश और समग्र में कोई भेद नहीं करता।' और अंतिम कि 'वह तुल्य और तुलनीय में कोई भेद नहीं करता,'[15] इन पाँच लक्षणों के विवेचन से 'लोक-मानस' में लोक-तत्त्व की महत्ता देखी जा सकती है।

लोक-मानस, लोक-तत्त्वों के समावेश में कई पूर्व धारणाओं से जीवन के धरातल पर विचरण करता है, लेकिन यह आवश्यक नहीं कि वह अपरिवर्तित रहे, वह तर्क-सम्मत निर्णय व परंपरा से हटकर भी चलने को तैयार रहता है। कई बार परंपरा के प्रवाह में कालांतर वह जिसे मौलिक समझता है, वह उसके लोक-तत्त्व का प्रारंभिक रूप में मौजूद होता है। उदाहरणतः 'लाफिंग बुद्धा' की मान्यता के वर्तमान परिदृश्य में हम इसे देख सकते हैं। आज 'लाफिंग बुद्धा' घर, कार्यालय, दुकान, कार आदि में धन-वैभव के लिए मान्यता रूप में रखा जाता है, लेकिन इस मान्यता में विरोधाभास यह है कि जिस 'बौद्ध धर्म' की स्थापना धन, संपदा, मोह-माया से मुक्ति के पथ प्रदर्शक के रूप में हुई, उसी के प्रसिद्ध गुरु 'होताई', जो महात्मा बुद्ध के शिष्य थे, के अनुयायियों ने उन्हें धन-संपदा-वैभव के लिए अपने लोकचित्त में स्थापित कर दिया। यह बौद्ध धर्म की मूल संकल्पना का विरोध है, साथ ही वेदांत दर्शन का पुनः अनुसरण है। यद्यपि वेदांत दर्शन के कुछ तत्त्वों के विरोधस्वरूप ही बौद्ध धर्म की सृजना हुई थी। यही लोक-मानस की सत्ता है, जो लोक-तत्त्वों में समाविष्ट करने की शक्ति रखता है। वह अपनी आदिम सभ्यता में प्रकृति की हरियाली, खेत, वृक्ष, पुष्प को सुख का प्रतीक मानता था, तो कालांतर ये सभी तत्त्व भावों के प्रवाह में इस रूप में आ गए कि आज मानव उच्च इमारतों, वातानुकूलित भवनों, कार्यालयों के मुख्य द्वार पर गमले में पौधे, मनी प्लांट, पुष्प आदि की हरियाली में खुशहाली, वैभव की मान्यता का अनुपालन करता है।

लोक-मानस के रहस्यशील होने के लक्षण में भी लोक-तत्त्वों की भूमिका महत्त्वपूर्ण है। मानव में जन्म से ही प्रीति, भय एवं रति, तीन मनोविकार विद्यमान होते हैं। प्रीति एवं रति भाव उसके लिए आनंदमूलक होते हैं, जबकि भय में आत्मरक्षा का भाव होता है। लोक-तत्त्व प्रकृति रूप में जहाँ प्रेम के उपादान बनते हैं तो वहीं भय के भी। लोक-मानस प्रकृति के विध्वंसकारी रूपों को रहस्यपूर्ण बना देता है, जैसे 'भूकंप

आना-शेषनाग के फन पर टिकी पृथ्वी का हिलना', जैसी मान्यता लोक-तत्त्वों का रहस्यशील गुण है। वहीं ऐसी ही मान्यता यूनानी मानव सभ्यता में मिलती है, जहाँ समुद्री देवता 'POSEIDON' जब अपने त्रिशूलनुमा शस्त्र को पानी में मारता है तो भूकंप आता है। ये दोनों मान्यता लोकचित्त को विस्तृत परिधि में लोक-मानस में समान लोक-तत्त्व की एकरूपता को सिद्ध करते हैं।

भावों को आधार बनाकर लोक-तत्त्व मृत और जीवितों के भेद को समाप्त करने में सफल हो जाते हैं, जो मृतकों को जीवितों की तरह मूर्तिकला, चित्रकला, शिलाचित्र आदि में सत्तावान कर देते हैं। लोक-मानस मृतक की अधूरी इच्छाओं का ज्ञान रखता हो तभी वह भूत को भी मानव के रूप में पहचान प्रदान करता है, इस प्रकार वह मृतक को भी जीवितों के तुल्य महत्त्व देता है। वह मूर्ति पूजा रूप में निर्जीव में भी सत्ता स्थापित करता है। लोक-तत्त्व अंश एवं समग्र के भेद को समाप्त कर सकते हैं, इस संदर्भ में डॉ. नंदलाल कल्ला लिखते हैं—'इस अभेदवादी अवधारणा को पुष्ट करने वाली अनेक कहानियों में हमें ऐसे अभिप्राय मिल जाएँगे जबकि किसी व्यक्ति का पुतला बनाकर उसे काटना या उसमें सुई चुभाने, जैसे कार्यों के द्वारा यह समझना कि उस मूल व्यक्ति को भी वैसी पीड़ा हो रही होगी।'[16] भेद को समाप्त कर सामंजस्य की कला लोक-तत्त्व में निहित है। उतराखंड में 'नारायण बलि' जैसे लोकमान्य अनुष्ठान इसी अभेदवादी अवधारणा का उदाहरण हैं। इसमें अल्पकाल मृतक अथवा जादू-टोना करनेवाले का पुतला बनाकर रात्रि पहर में 'गारुड़ी' ब्राह्मण अथवा तांत्रिक द्वारा मंत्र विधानों से मृतक की भटकती आत्मा को समाप्त करने अथवा जादू-टोना करने वाले जीवित व्यक्ति की शक्तियों के प्रभाव को समाप्त कर देने की लोकमान्यता है। इस प्रकार लोक-विश्वास तुल्य एवं तुलनीय में भेद न करने का लक्षण प्रत्येक काल एवं परिवेश मे मौजूद रहता है। लोक-मानस के इन लोक-विश्वासों में मानवीकरण का प्रावधान भी दिखता है, वह लोक-तत्त्वों के मूल में जाकर 'कार्य-करण' व्यापार पर लोक-दृष्टि एवं अनुसंधानपरक बुद्धि का प्रयोग भी करता है।

लोक-मानस में लोक-तत्त्व की व्यापकता अंतर्निहित है, जो आदिम मानस से आधुनिक मानव के विकास क्रम में सहायक सिद्ध हुईं। 'लोकतत्त्वों' की उपस्थिति लोक-मानस के जीवन, साहित्य, संस्कृति, परंपरा के विविध माध्यमों में उपस्थित रहती है, लोकगीत, लोकगाथा, लोककथा, लोक प्रचलित भाषा, साहित्य, मुहावरे, लोकोक्तियाँ इसके प्रमुख उपादान हैं। लोकगीत एवं लोकगाथा, लोक-तत्त्वों के प्रथम संवाहक हैं। लोकगीत; लोक-साहित्य में आदिम मानव सभ्यता से मिलते हैं। वस्तुतः रागात्मक प्रवृत्ति से परंपरा रूप में लोकगीतों का विन्यास होता है। मनुष्य स्वभाव से ही गीत-संगीत प्रिय

होता है, सुख-दुःख में रागों की ध्वनि उसे सुकून देती है। परंपरा से पीढ़ी-दर-पीढ़ी यही संगीत, गेय ध्वनि लोकगीतों के रूप में भारत की सभी बोलियों में प्रचुर मात्रा में पाया जाता है। डॉ. श्याम परमार के शब्दों में—"लोकगीतों की परंपरा इंसान के आदिम-युग से चली आ रही है। युगों की छाप उसके भावों पर पड़ी और वह अपने जीवन को ईमानदारी से अपनी बोलियों में प्रकाशित करता हुआ आज भी विपरीत परिस्थितियों में संघर्ष करता चला आ रहा है। उसने समय-समय पर शोषण के विरुद्ध गीतों में आवाज उठाई, अपने श्रम का परिहार गीतों के सहारे किया, नया उत्साह और लगन गीतों द्वारा प्राप्त किए और इतना ही नहीं, मन की छिपी हुई मीठी बातों के सुख और दुःख को इन्हीं गीतों में ढाला।"[17] लोकगीत विभिन्न तत्त्वों को लेकर जीवनपर्यंत लोक-मानस के संस्कारों, पर्वों, त्योहारों से संबंधित गीत, मेले के गीत, देवी-देवताओं से संबंधित गीतों में समाहित होते हैं। हिंदू संस्कारों में हर्ष-विषाद का भाव गीतों के माध्यम से लोक एवं शिष्ट दोनों मानस में मौजूद होता है। यथा उत्तराखंड के लोक-साहित्य में मानव संस्कारों को लोकगीतों में देखा जा सकता है। जीवन के मांगलिक पक्ष और संस्कारों से संबद्ध सभी लोकगीत पहाड़ों में 'माँगल' कहलाते हैं। जो लोक एवं शिष्ट दोनों मानस में मौजूद दिखते हैं। ये गीत जन्म, नामकरण, चूड़ाकर्म, विवाह के समय गाए जाते हैं, इसी तरह नृत्यगीत, ताँदी, चाँचर, चौंफला, छपेली, झोड़ा, बैर गीत के रूप में, देवी-देवताओं के धार्मिक गीत, पांडव नृत्य, जागर संध्यागीत, प्रभात गीत, तंत्र-मंत्र के गीत, हर्ष-उल्लास के साथ गाए जाते हैं। कमोबेश ऐसे गीत स्थानीय बोलियों में हर प्रदेश की लोक-परंपरा में मिलते हैं। अवधी, मैथिली, छत्तीसगढ़ी, भोजपुरी, राजस्थानी, मराठी, मालवी, ब्रज आदि भाषा-बोलियों में भावनात्मक ऊर्जा के साथ विभिन्न संस्कार, पर्व, त्योहार, लोक-तत्त्वों की सार्थकता लोकगीतों में गतिमान अभिव्यक्ति देती है।

लोक-तत्त्व को कला, साहित्य आदि जीवन-व्यवहारों के संदर्भ में देखा जा सकता है। लोक-तत्त्वों से ही जीवन के विभिन्न अनुशासन अनुप्राणित होते हैं। अजंता-एलोरा की गुफाओं में चित्रकारी, शैल चित्र और प्राकृतिक रंगों से की जाने वाली 'रंगोली' इसके प्रमाण हैं। लोक-तत्त्वों की ऐसी कलाएँ उत्तराखंड में ऐपण, बंगाल तथा असम में अल्पना, बिहार में आरिबाना, राजस्थान में मांडना, मध्य प्रदेश में चौकरपूरता, आंध्र प्रदेश में मुगुतु कहा जाता है। इन लोकचित्रों के अपने-अपने प्रतीकार्थ भी होते हैं, जिसमें विभिन्न लोक-तत्त्व प्रतिबिंबित होते हैं। लोक-तत्त्वों से जीवन को वास्तविक अनुभूति मिलती है, जिसके लिए लोक-दृष्टि की उपयोगिता कबीर यह कहकर सिद्ध करते हैं कि—'मैं कहता आँखिन की देखी, तू कहता कागद की लेखी', अर्थात् लोक-दृष्टि से ही वास्तविक संसार का ज्ञान मिल सकता है। लोक-तत्त्वों में श्रेष्ठ लोगों की दृष्टि

होती है। वेद, उपनिषदों, पुराणों, शास्त्रों आदि में जिन लोक-तत्त्वों का समावेश है, उन लोक-तत्त्वों से लोक को समानता, स्वतंत्रता, निर्भयता, तटस्थता, सत्यता का बोध होता है। भारतीय परंपरा सनातनी परंपरा है, जिसे कहा गया है—'सनातनो नित्यनूतन:', अर्थात् लगातार अपने को नया बनाते रहने पर ही सनातनत्त्व बच सकता है। देशकाल, वातावरण के अनुसार मूल्यों को बदलना पड़ता है। लोक को शास्त्र सहारा देता है और शास्त्र को लोक संचालित करता है।

लोक-तत्त्व की प्रासंगिकता सर्वकालिक है। वह शास्त्रीयता, वाक् परंपरा, साहित्यिक विचारों, भावों, भाषा, शैली, कला, जीवन दर्शन आदि के माध्यम से लोक में निरंतरता बनाए रखते हैं। इसीलिए लोक, तात्त्विक रूप से शास्त्र का अनुशीलन भी करता है और उसका त्याग करने में भी नहीं चूकता है। लोक-तत्त्वों से लोक के अंदर का संघर्ष भी परलक्षित होता है, जो अनुभव के बल पर शास्त्र को चुनौती देता है। लोक-तत्त्वों में अनुभव एवं अनुभूति की नवीनता निहित है। आचार्य रामचंद्र शुक्ल के शब्दों में—"भाषा जब भी जड़ और निस्पंद हुई है, अभिव्यक्ति जब भी कुंद हुई है, अनुभूति और विचार जब भी दरिद्र हुए हैं, उन्हें अपने को जीवंत, नवोन्मेष—शालिनी बनाने के लिए, लोक की ओर जाना पड़ा है।"[18] अर्थात् लोक-तत्त्वों से ही साहित्य नित्य नूतनता पाता है। साहित्य, लोक की ओर जाकर, लोक-तत्त्वों का अनुशीलन करके ही लोक का कल्याण सिद्ध करता है और शास्त्रीय प्रेरणा की अभिव्यंजना को लेकर भी वह लोक-तत्त्वों से दूरी नहीं बना पाता है, यद्यपि साहित्य से लोक का अनिवार्य संबंध है तो शास्त्र से भी उसका आंतरिक संबंध है, अर्थात् लोक के बिना शास्त्र अधूरा है और शास्त्र के बिना लोक, क्योंकि दोनों के संगठक लोक-तत्त्व ही हैं। यही लोक-तत्त्व साहित्य में 'लोक' एवं 'शास्त्र' की भूमिका निश्चित करते हैं, जो साहित्य की भिन्न-भिन्न प्रकृति का निर्माण करते हैं। शास्त्रों से लोक अनुशासन सीखता है और वह लोक में निहित होकर भी जो पृथक् सत्ता स्थापित करता है, वह लोक-तत्त्वों से संभव होती है। इसलिए लोक एवं शास्त्र के समन्वय के विषय में कहा गया है कि—'लोक प्राण है, शास्त्र उसकी लौकिक अभिव्यक्ति।'[19]

निष्कर्षत: साहित्य में लोक-तत्त्व का महत्त्व एवं प्रासंगिकता न केवल उसकी विस्तृत परिव्याति में ही निहित है, बल्कि साहित्य का मूल्यांकन इस पर ही निर्भर है। उसके वाक्-परंपरा में चलते हुए लोक-तत्त्व, जब भाषा में लिपिबद्ध हो जाते हैं तो वे साहित्य के अनिवार्य सहभागी बन जाते हैं। साहित्य में लोक-तत्त्व मानव श्वसन तंत्र की भाँति कार्य करते हैं, जो हर देश-काल वातावरण में ऑक्सीजन को ग्रहण करते हैं, साहित्य के परिपेक्ष्य में उच्च आदर्श, विचारशील तत्त्वरूपी ऐसी प्राणवायु, जिसके

अभाव में साहित्य का प्राणशून्य हो जाता है। लोक-तत्त्व हमारी साझी संस्कृति विरासत की अमूल्य धरोहर हैं। इनसे ऐतिहासिक, सामाजिक, सांस्कृतिक, धार्मिक, पौराणिक आदि ज्ञान का महत्त्व स्थापित होता है। मानव की निर्वैयक्तिक अभिव्यक्ति हो या जातिगत विशेषता, लोक-तत्त्व ही उनकी भावनाओं की अनुभूति में सहायक है। नगरीय-औद्योगिक संस्कृति के विपर्यय लोक-तत्त्व ही सहज-उन्मुक्त लोक-संस्कृति के अवयव जुटाते हैं, जिससे मानव हृदय की भावनात्मक अनुभूतियाँ परत-दर-परत सामने आती हैं और राग-विराग की मनोभूमि पर जीवन की उत्सवधर्मिता और मानवीय सरोकार खुलते जाते हैं। इनमें आँचलिक भाषा, बोली, लोकोक्तियाँ, मुहावरे, उपमा, रूपकों का सौंदर्य दिखता है। लोक-संस्कृति, लोकधर्म, लोकवार्त्ता, लोककला, लोकरूढ़ि आदि का परिदृश्य विविध आयामों को लेकर इनसे लौकिक साहित्य का स्वरूप धारण करता है।

लोक-साहित्य एवं शिष्ट साहित्य का पारस्परिक संबंध एवं 'निशंकजी' का कथा-साहित्य

साहित्य मानवता का दर्पण है, जिसे आचार्य रामचंद्र शुक्ल ने 'जनता की चित्तवृत्ति का संचित प्रतिबिंब' कहा हैं। साहित्य का प्रादुर्भाव मानव चेतना का परिणाम है। मानव द्वारा जीवन की अनुभूति एवं अनुभव को संचित करने के परिणामस्वरूप साहित्य की व्युत्पत्ति होती है। मानव जीवन प्राचीनकाल से कैसे विकसित हुआ ? अगर इसका संपूर्ण ज्ञान हमें प्राणी विज्ञान में मिलता है तो मानव की आदिम अवस्था से वर्तमान अवस्था तक संचित अनुभव एवं अनुभूति का समग्र ज्ञान हमें लोक-साहित्य से प्राप्त होता है। दूसरी ओर मानव जीवन में आए बदलाव को हम शिष्ट साहित्य के माध्यम से समझ सकते हैं। मानव की शिष्टता का पता तभी लग सकता है, जब हम उसकी आदिम अवस्था से चले आ रहे साहित्य, संस्कृति एवं सभ्यता की परंपराओं से परिचित हों, क्योंकि साहित्य मानव जीवन की संस्कृति, संवेदना और सभ्यता को प्रतिबिंबित करता है। साहित्य का मूलाधार मानव जीवन एवं समाज होता है, जो मानव हृदय को व्यक्ति के जीवन के संकुचित घेरे से दूर लोक-जीवन से संपृक्त करता है। साहित्य ही वह धरातल है, जहाँ मानव जीवन की विभिन्न संवेदनाओं का संचार होता है। इस प्रकार संपूर्ण मानव जाति के सभ्य-असभ्य क्रिया-कलाप, भाव-मनोविकार लोक-साहित्य एवं शिष्ट साहित्य के अंतर्गत आते हैं, लेकिन दोनों का उत्स लोक में ही निहित दिखाई देता है।

लोक-साहित्य, सामान्य जनमानस के मनोभावों का अक्षय पात्र है, जिसमें आदिम मानव से लेकर परवर्ती मानव के भाव, विचार, भाषा, दर्शन, संस्कृति एवं समस्त जीवन परंपरा का संचय होता है। 'लोक' में समाहित समस्त विचार-अभिव्यक्ति, अनुभव-

अनुभूति का प्रकाशन जिस साहित्य में होता है, वह 'लोक-साहित्य' है। इसमें कृत्रिमता के अभाव में सरल-सहज जीवन के हर्ष-विषाद, आशा-निराशा, सुख-दुःख, जीवन-मरण की अभिव्यक्ति होती है। यही मानव का सहज धर्म है कि वह अपनी अभिव्यक्ति को जीवन की गतिशीलता से जोड़कर जीवन-यापित करता है। लोकमर्मज्ञ डॉ. श्याम परमार के शब्दों में—"लोक-साहित्य किसी व्यक्ति विशेष द्वारा निर्मित नहीं होता। उसके पीछे परंपरा होती है, जिसका संबंध समाज से भिन्न नहीं है। उसकी अभिव्यक्ति सामूहिक है। व्यक्तित्त्व से रहित समान रूप में समाज की आत्मा को व्यक्त करने वाली मौखिक अभिव्यक्तियां लोक-साहित्य की श्रेणी में आती हैं।"[20] यही सामूहिक अभिव्यक्ति की भावना ही उसे सामाजिक प्राणी बनाती है। किसी भी साहित्य में मानव जीवन की परंपरा और सभ्यता अंतर्निहित होती है, जिसे मनुष्य कल्पना और भावना से परिशोधित करता रहता है। यही परिशोधित साहित्य शास्त्रों का विषय होता है, जिसे हम 'शास्त्रीय' अथवा 'अभिजात्य' अथवा 'शिष्ट साहित्य' कहते हैं, लेकिन दोनों ही साहित्य में 'लोक' का समावेश होता है। यही कारण है कि प्राचीन ग्रंथों में लोक-साहित्य की कोई पृथक् सत्ता नहीं थी। आचार्य हजारी प्रसाद द्विवेदी के शब्दों में "प्राचीन ग्रंथों में 'लोक' और 'वेद' या 'लोक' और 'शास्त्र' का भेद तो स्वीकार किया गया था, परंतु 'लोक' की किसी अलग संस्कृति और उसके किसी पृथक् साहित्य का कोई उल्लेख नहीं मिलता। 'लोक-साहित्य' और 'लोक-संस्कृति' जैसे शब्द बहुत हाल में प्रचलित हुए हैं।"[21]

प्राचीन भारतीय साहित्य के अवलोकन से स्पष्ट प्रतीत होता है कि संस्कृति की अलग-अलग धाराओं से ही लोक-साहित्य व शिष्ट-साहित्य की अवधारणा स्थापित हुई। डॉ. कृष्णदेव उपाध्याय के अनुसार—'वैदिक काल से ही संस्कृति दो पृथक-पृथक् धाराओं में प्रवाहित हो रही थी—

(1) शिष्ट-संस्कृति

(2) लोक-संस्कृति[22]

संस्कृति की इन दो धाराओं को वैदिक साहित्य में देखा जा सकता है, जहाँ लोक-संस्कृति एवं शिष्ट-संस्कृति का समन्वय दिखाई देता है। वैदिक साहित्य में ऋग्वेद जहाँ शिष्ट-संस्कृति और अथर्ववेद लोक-संस्कृति का परिचायक है तो वहीं उपनिषदों में दोनों का समन्वय दिखता है। जिन उपनिषदों में आत्मा, परमात्मा, जीव, जगत्, व्रत-उपवास, अनुष्ठान, यज्ञ आदि का वर्णन है, वे अभिजात वर्ग की शिष्ट-संस्कृति के परिचायक हैं। वहीं जिन उपनिषदों में लोक-विश्वास, लोक-परंपरा, लोक-मत का वर्णन है, वे लोक-संस्कृति के परिचायक हैं, अर्थात् प्राचीनकाल से ही शिष्टजन और लोकजन में अंतर था, लेकिन यह मूलभूत अंतर ही है, जो उनकी संस्कृति, रहन-सहन, आचार-

विचार, भाषा आदि में दिखाई देता है और इन तत्त्वों के समन्वय के साथ लोक-साहित्य में लोक की निकटता ही साहित्य को सार्थक बनाती है। डॉ. कृष्ण देव उपाध्याय के मत के अनुसार—"आधुनिक सभ्यता से दूर अपने प्राकृतिक परिवेश में निवास करने वाली तथाकथित अशिक्षित एवं असंस्कृत जनता को 'लोक' कहते हैं, जिनका आचार-विचार एवं जीवन परंपरायुक्त नियमों से नियंत्रित होता है। इन्हीं लोगों के साहित्य को लोक-साहित्य कहा जाता है।"[23] ये अशिक्षित एवं असंस्कृत लोक-मानस लोक-संस्कृति की परिधि में जीवन-यापन करता है। अशिक्षित होने से इस लोकपरिधि में कृत्रिमता का अभाव रहता है और 'लोक' के साहित्य में अनुशासन एवं संस्कारों का प्रचलन सामान्य भाषा-बोली में उपलब्ध होता है। वहीं दूसरी धारा की संस्कृति 'शिष्ट-संस्कृति' को डॉ. उपाध्याय पृथक् करते हैं कि 'शिष्ट-संस्कृति से तात्पर्य उस अभिजात वर्ग की संस्कृति से है, जो बौद्धिक विकास के उच्चतम शिखर पर पहुँचा हुआ है तथा जिसकी संस्कृति का स्रोत वेद या शास्त्र होते हैं।'[24] शिष्ट-संस्कृति पूर्णरूप से बौद्धिकता से युक्त होती है, जिस वर्ग की जीवन परंपरा उच्च गुणों से संपन्न और प्रतिभा शास्त्रीयता से युक्त हो। शिष्ट वर्ग, जनसामान्य के लिए पथ-प्रदर्शक होता है, वहीं दूसरी ओर लोक-संस्कृति में वह जनसामान्य रुचि रखता है, जो लोक से अनुप्रेरित हो, जिसकी उत्स भूमि जीवन का वह निम्न धरातल होता है, जहाँ बौद्धिकता स्वप्रेरणा से अर्जित की जाती है। इसका यह मतलब ये भी नहीं है कि लोक-संस्कृति में शास्त्रीयता नहीं होती है और न यह कि, शिष्ट-संस्कृति, लोक-तत्त्वों से मुक्त होती है, बल्कि शिष्ट-संस्कृति भी लोक-संस्कृति से अभिप्रेरित होती है। इस तरह लोक-साहित्य और शिष्ट-साहित्य में अंतर होते हुए भी उपजीव्य व उपजीवी का अटूट संबंध होता है। इनके बीच के अंतर को साधारण अंतर ही माना जा सकता है। वस्तुतः शिष्ट साहित्य व लोक-साहित्य में समन्वय की भावना है। पं. हजारी प्रसाद द्विवेदीजी के शब्दों में—"लोक-साहित्य केवल नागरिकजन की जटिल समाज-व्यवस्था और बौद्धिक विवेचना का आवश्यक साधन ही नहीं माना जाता, बल्कि समूची मानव जाति के विकास और गतिविधि के अध्ययन का आवश्यक अंग माना जाने लगा है। भारतवर्ष जैसे प्राचीन सभ्यता के देश में इस साहित्य का अध्ययन बहुत जटिल व्यापार है, क्योंकि शास्त्रीय चिंतन-धारा यहाँ बराबर लोक-विश्वासों को प्रभावित करती रही है और साधारण जनता के प्रचलित साहित्य रूप भी ऊपर के स्तर के साहित्यिक प्रयत्नों को प्रभावित करती रही है।"[25] यही वजह है कि शिष्ट साहित्य में व्याकरणिक नियम, कृत्रिम संस्कार के बंधनों के बावजूद लोक विश्लेषण होने के कारण उसमें सजीवता, स्वाभाविकता, नैसर्गिकता आ जाती है। जिस प्रकार प्रेमचंद के साहित्य का लोक-मानस, फणीश्वरनाथ रेणु और बाबा नागार्जुन आदि का आंचलिक चित्रण

संपूर्ण शिष्ट-साहित्य, लोक-साहित्य की अभिव्यंजनात्मक प्रस्तुति है। कहा जा सकता है कि लोक-साहित्य की प्रेरणा पाकर ही शिष्ट-साहित्य का आधार तैयार होता है। किसी शिष्ट-साहित्य का समग्र सार्थक अध्ययन तभी हो सकता है, जब हम उस साहित्य के लोक-तत्त्वों से विज्ञ हों, यद्यपि लोकधर्म, लोककला, लोकरंग, लोक-संस्कृति, लोक-परंपरा, लोक-विश्वास आदि लोक-साहित्य के उपादानों से ही लोक-तत्त्व छन-छनकर शिष्ट साहित्य में आधार पाते हैं। अस्तु लोक-साहित्य को यदि एक 'मूल कथा' मानें तो शिष्ट साहित्य को उसका 'सारांश' मान सकते हैं। 'सारांश' में जिस तरह मूल कथा का कथानक मौजूद रहता है, उसी तरह शिष्ट-साहित्य में लोक-तत्त्व की मौजूदगी स्वाभाविक है, अतः लोक-साहित्य एवं शिष्ट-साहित्य में घनिष्ठ संबंध है, जिसका निर्धारक साहित्यकार होता है।

लोक-साहित्य और शिष्ट-साहित्य के ऐसे ही मूर्धन्य रचनाकार रमेश पोखरियाल 'निशंक' साहित्यिक प्रतिभा के धनी हैं। मनुष्य में कारयित्री प्रतिभा जन्मजात होती है, जिससे जीवन की विभिन्न परिस्थितियाँ उत्प्रेरक का कार्य करती हैं। यह उत्प्रेरकता 'लोक' के विभिन्न उपादान व्यक्ति की चेतन-अचेतन अवस्था के लिए प्रभावी होती हैं। डॉ. श्याम सुंदर दास के शब्दों में—"साहित्य पर सबसे महत्त्वपूर्ण प्रभाव साहित्यकार के व्यक्तित्त्व का पड़ता है। साहित्यकार जो कुछ लिखता है, उस पर उसके अनुभव, विचारों और मनोभावों की अटल छाप लगी रहती है। वह मनुष्यमात्र की आकांक्षाओं, इच्छाओं और भावनाओं को प्रकट करता है।"[26] 'निशंकजी' के साहित्य में उनके अनुभव, विचारों, मनोभावों के साथ संपूर्ण व्यक्तित्त्व की छाप दिखाई देती है। उनका समाजीकरण गाँव की धरती से प्रारंभ हुआ है। चेतना का प्रवाह उनके संघर्षों का परिणाम है। आर्थिक, सामाजिक, सांस्कृतिक नैतिक मूल्यों के चैतन्य प्रवाह में उनकी कारयित्री प्रतिभा, भावयित्री प्रतिभा का समन्वय हुआ।

अखंड, अलौकिक लोक-संस्कृति और सभ्यता की धरती 'उत्तराखंड' जहाँ की ऐतिहासिक, भौगोलिक, सामाजिक, सांस्कृतिक वातावरण की गहराइयों की अमिट छाप उनके व्यक्तित्त्व में दिखती है। इसका प्रभाव उनके कथा-साहित्य में लोक-साहित्य के रूप में परिलक्षित होता है। डॉ. वासुदेवशरण अग्रवाल अपनी रचना 'पृथिवी-पुत्र' में भावी लेखकों से इन शब्दों में अपेक्षा बाँधते हैं—"हिमवंत और विंध्य जैसे पर्वतों के रम्य प्रदेश हमारे अर्वाचीन लेखकों के सुसंस्कृत माहात्म्य-गान की प्रतीक्षा कर रहे हैं। देश के पर्वत, उनकी ऊँची चोटियाँ, पठार और घाटियाँ सब हिंदी के लेखकों की लेखनी का वरदान पाने की बाट देख रही हैं। देश की नदियाँ, वृक्ष और वनस्पति, औषधि और पुष्प, फल और मूल, तृण और लताएँ सब पृथ्वी के पुत्र हैं। लेखक उनका सहोदर है। लेखक

को इस विशाल जगत् में प्रवेश कर अपने परिचय का क्षेत्र बढ़ाना चाहिए।"[27]

समकालीन लेखक रमेश पोखरियाल 'निशंक' ने हिमवंत प्रदेश की लोकभूमि में मौजूद लोक-तत्त्वों को साहित्य में जीवंत करने का सफल प्रयास किया है। उन्होंने लोक-अध्ययन की दृष्टि से लोकभूमि के विभिन्न प्राणियों के रहन-सहन, उनके रीति-रिवाज, उनके आचार-विचार, उनकी शारीरिक विशेषताएँ, उनकी उत्पत्ति और वृद्धि, उनके संस्कार और धर्म, उनके नृत्य और गीत, उनके मंदिर और मठ, उनके पर्व और उत्सव एवं भाँति-भाँति के आमोद-प्रमोद, उनके बीच के विशेष गुण एवं स्वभाव, उनके वेष और आभूषण, उनके निजी नाम एवं स्थानों का परिचय जैसा कुछ भी वंचित नहीं रखा। उन्होंने उसी पुण्यभूमि हिमवंत प्रदेश के लोक-समाज को साहित्य पटल पर पुरातन व नवीन जीवन-मूल्यों के साथ प्रतिबिंबित किया है। डॉ. 'निशंक' ने संस्कृति और परंपरा की मूलधारा को अंतरात्मा से समझा। उनके परिवेश में जो लोक-जीवन था, उसकी स्पष्ट झलक साहित्य में दिखाई देती है, अतः उनके निजी जीवन के संघर्ष से उनके व्यक्तित्त्व का निर्माण हुआ। परिणामस्वरूप उनके अंदर लोक कवि, प्रखर सामाजिक और राजनीतिक चेतना का विकास हुआ। वस्तुतः उन्होंने लोक-दृष्टि और प्रत्यक्षानुभूति से अपने अनुभवों का अक्षय पात्र तैयार किया। इसलिए उनके साहित्य में आंचलिक समाज तथा पर्वतीय क्षेत्रों का जनजीवन परिलक्षित होता है। पृथक् राज्य के लिए आंदोलन, शिक्षा, स्वास्थ्य के प्रति पर्वतीय लोक-जीवन की समस्याएँ ही उनकी मूल अनुभूति है। यही लोक-दृष्टि उनके कथा-साहित्य का मूल स्वर है, जहाँ मानव के आदि से अंत, लोक से शिष्ट, ग्राम से नगर तक की यात्रा व परिवर्तन की झलक मिलती है। डॉ. योगेंद्रनाथ 'अरुण' के शब्दों में—"डॉ. रमेश पोखरियाल 'निशंक' के सभी उपन्यासों में हम पर्वतीय अँचल के साथ-साथ महानगरीय एवं नगरीय जीवन की परंपराओं तथा संस्कृति के बीच जूझते आम आदमी के संघर्ष का चित्रण पाते हैं।"[28] यही उनकी लोक-दृष्टि है, जिसका धरातल विस्तृत है, उसमें संवेदना भी है, मनोभाव भी हैं, उसमें संस्कृति का स्वर है तो सभ्यता का इतिहास भी शामिल है। इस धरातल पर विभिन्न सजीव-निर्जीव तत्त्व 'लोक' को स्थापित करते हैं। इसलिए संपूर्ण 'लोक' संरचना व यथार्थ को विश्लेषित करने के लिए कथारूप में उपन्यास, कहानी सबसे सफल विधाएँ हैं।

कथा साहित्य की उपन्यास एवं कहानी विधा का यह लक्ष्य हमें कथाकार 'निशंकजी' के कथा साहित्य में प्रारंभिक दौर से मिलता है। हिंदी कथा साहित्य में 'निशंकजी' लोक-जीवन की जैसी व्याख्या करते हैं, उससे वे ग्रामीण जीवन के कथाकार ज्यादा प्रतीत होते हैं। वे समसामयिक समाज की गतिविधियों से सीधा संबंध रखते हैं और इसी संबंध

को वे कथा-साहित्य में प्रस्तुत करते हैं, जिससे उनके कथा-साहित्य में अनुभवों की आँच मिलती है, गाँव की खुशबू मिलती है, शिल्प एवं भाषा का लोकप्रभावी प्रतिमान मिलता है। इस लोकप्रभाव से कथा-साहित्य में लोक-जीवन की आत्मा बसती है। यह लोक-जीवन विभिन्न संवेदनाओं को लेकर साहित्यिक आधार बनता है। 'निशंकजी' के कथानकों में कृषि, ग्रामीण, पर्वतीय, निम्न वर्ग, युवा, वृद्ध, नारी विषयक संवेदनाएँ प्रमुख रूप से मिलती हैं जो लोक-जीवन का उत्स प्राप्त कर लोक-साहित्य के सृजक की उपाधि पाते हैं। वहीं उनके साहित्य में महानगरीय जीवन की कुंठा, संस्कृति, संस्कार का ओछापन एवं विमुखता, झूठे सिद्धांत, लोक-दिखावा कथा साहित्य में शिष्ट-साहित्य की कथावस्तु के आधार बनते हैं।

वस्तुतः रचनाकार का एक अपना लोक होता है और उससे प्राप्त अनुभूतियाँ उसकी लोकानुभूति होती हैं। समाज में उसकी अनुभूतियाँ स्थानीय, राष्ट्रीय, अंतरराष्ट्रीय, जातीय, वर्गीय, सामाजिक, आर्थिक, राजनीतिक आदि सभी क्षेत्रों में परिव्याप्त हैं, लेकिन उसकी सच्ची अनुभूति से ही श्रेष्ठ रचना की उत्पत्ति होती है। लेखक अनुभूति से ही राग-विराग का विस्तार करता है और सृजन से वह लोक की विवेचना कर पाता है। व्यक्ति 'निशंक' के समाजीकरण और लोक-साहित्यकार के निर्माण में जिन घटकों की महत्त्वपूर्ण भूमिका मिलती है, उन घटकों का संकलित, समन्वित और रचनात्मक रूप है, उपन्यास—'बीरा', 'पहाड़ से ऊँचा', 'भागोंवाली', 'प्रतिज्ञा', 'छूट गया पड़ाव', 'अपना-पराया', 'मेजर निराला' और कहानी-संग्रह—'बस एक इच्छा', 'भीड़ साक्षी है', 'विपदा जीवित है', 'खड़े हुए प्रश्न', 'मेरे संकल्प' आदि कहानी संग्रहों की दर्जनों कहानियाँ।

'निशंकजी' लोक-जीवन की वार्ता को अपने कथा-साहित्य के द्वारा सामने लाना चाहते हैं। वे हस्तांतरित अनुभवों को रचना का आधार न बनाकर वास्तविक लोक-जीवन—जो जैसा हो रहा है, वैसे ही स्वरूप में, वैसी ही सरल-सहज भाषिक संरचना के साथ प्रस्तुत करते हैं। उनके स्वयं के शब्दों में—"संघर्ष और चुनौतियों से जो रिश्ता हमारे जीवन का है, वही रिश्ता सार्थक साहित्य का भी है। प्रतिबद्धता की मशाल जलाए निरंतर अन्याय एवं अँधेरे से जूझना इन दोनों का धर्म है। जीवन और साहित्य तभी सार्थक हैं, जब ये जनोन्मुखी और जनसरोकारी हों। लोकहित की भावना से अनुप्राणित हों। साहित्य की भी, इसीलिए कलागत उपयोगिता ज्यादा है। यह हमारी सभ्यता, संस्कृति की पहचान ही नहीं, जीवन-मूल्यों की धड़कन भी है।"[29] 'निशंकजी' सभ्यता, संस्कृति पर केंद्रित साहित्य के हिमायती हैं। लोकहित से अनुप्राणित उनका साहित्य विभिन्न लोक-तत्त्वों को लेकर आम-आदमी की व्यथा-कथा की आवाज बनता है। 'निशंकजी' स्वयं

के कथा-साहित्य के विषय में कहते हैं—"आत्मीय, सामाजिक रिश्ते व दायरों से लेकर, परिवेश की संवेदना से उनके भीतर जो पीड़ा फूटती है, उसकी अभिव्यक्ति ही उनकी कहानियों व उपन्यासों में होती है।"[30] संवेदना से उपजी पीड़ा व्यक्ति से शुरू होकर पूरे परिवेश, प्रदेश से होते हुए राष्ट्रव्यापी समस्या बन जाती है। उनके कहानी, उपन्यासों की वास्तविकता की प्रकृति सहज भी है और प्रेरक भी। यह कथा साहित्य लोक के प्रति लक्ष्यीकृत है। उनके कथानक समाज की सबसे छोटी इकाई 'व्यक्ति' के विभिन्न गुण-दोष, सुख-दुःख आदि मनोभावों को परत-दर-परत खोलते हैं।

उपन्यास 'छूट गया पड़ाव' के संदर्भ में वे खुद लिखते हैं—"इन्हीं (संवेदनाओं) के बूते मैंने देवभूमि के पौराणिक, सामाजिक, धार्मिक, परिवेश के साथ-साथ यहाँ की परंपराओं, किंवदंतियों, लोकगाथाओं को गाहे-बगाहे जीवंत दस्तावेजों के रूप में सामने रखने की कोशिश की है। साथ ही इस कटु सत्य को उद्घाटित करने का भी सतत प्रयास किया है कि इस देवभूमि के संसर्ग में जहाँ हमें अपूर्व आनंद व आध्यात्म का सौभाग्य मिला है, वहीं जीवन-यापन के लिए विकट संघर्ष भी भाग्य में बँधा है। हम विज्ञान और तकनीकी क्षेत्र की उन्नति की ओर उन्मुख हुए हैं तो अपनी परंपराओं, अपने मूल्यों और अपनी आस्थाओं से गहरे जुड़े भी हैं। क्षरित होते जा रहे जीवन-मूल्यों से जूझ रहे हैं तो सहकार, सरोकार, प्रेम, परोपकार और मानवीय मूल्यों पर डटे हुए भी हैं। 'छूट गया पड़ाव' इन्हीं सारी विविधताओं व विशिष्टताओं को समेटे एक पहाड़ी गाँव का सच्चा जीवंत वृत्तांत है।"[31] कमोबेश 'छूट गया पड़ाव' की जिन विविधता व विशिष्टता के प्रति विवेच्य लेखक ध्यान आकर्षित करवाना चाहते हैं, यही विविधता और विशिष्टता हमें 'बीरा', 'पहाड़ से ऊँचा', 'प्रतिज्ञा', 'अपना-पराया', 'मेजर निराला' उपन्यास में देखने को मिलती है, जो एक पर्वतीय क्षेत्र की केंद्रीय कथा के साथ उद्धृत होते हैं, जिनमें पहाड़ के लोक-जीवन की झलकियाँ, सरल-सहज जीवंत पात्रों की लोकयात्रा के उपादान बनते हैं। 'निशंकजी' एक तरफ संस्कृति, मान्यता, लोकगाथा, परंपरायुक्त लोक-जीवन के पारखी बनकर लोक-साहित्य के सृजनकर्ता हैं, वहीं दूसरी तरफ वे स्पष्ट रूप से जब लोक के 'क्षरित होते जा रहे जीवन-मूल्यों' की बात करते हैं, तो वहीं दृष्टि शिष्ट-साहित्य में परिणित होती है। डॉ. अनुसूया अग्रवाल के शब्दों में—"लोक-साहित्य लोक-मानस के मूलतत्त्वों से युक्त होता है तो ये ही तत्त्व परिष्कृत, परिनिष्ठित, सुसंस्कृत और तर्काश्रित रूप धारण कर शिष्ट साहित्य की सर्जना करते हैं।"[32] 'निशंकजी' के कथा-साहित्य में यही परिष्कृत, परिनिष्ठित, सुसंस्कृतता जब तर्क के साथ साहित्य में उभरती है तो जीवन की उलझनें ही शिष्ट-साहित्य की प्रमुख पहचान बन जाती हैं। उनके 'कृतघ्न' उपन्यास की शिष्ट साहित्य के आधार पर विवेचना

की जा सकती है। 'कृतघ्न' उपन्यास का कथानक समाज की विकृति, संस्कार की कुरूपता, रिश्तों के कसैलेपन, लोक–व्यवहार की शून्यता को लेकर महानगरीय जीवन की कथावस्तु है। 'पूनम' नाम की पात्र 'अंबुज' के उपकारों के विपरीत छल–छद्मभरा व्यवहार कर लोक–मानस की सरलता, सहजता खोकर शिष्ट मानव की वैयक्तिक्ता की पर्याय है। यह संपूर्ण उपन्यास ऐसे ही कथ्य गुणों को लेकर परिकल्पित कथा है, जिसमें पात्र, लोक–मानस के गुणों के अभाव में परिष्कृत व परिनिष्ठित दिखाई देते हैं। इसी तरह 'कृतघ्न' उपन्यास के मंदिर का महंत, जो मंदिर में असहाय महिलाओं, माइयों का शारीरिक शोषण करता है। वह इस बात का पर्याय है कि मानव लोक–परंपरा, धर्म, कर्तव्य, आस्था से विमुक्त होकर 'लोक' की मान्यता, परंपरा पर कुठाराघात कर रहा है। 'संपत्ति' कहानी का 'सुहास' लोक–व्यवहार की शून्यता में जीवन–यापन कर रहे शिष्ट समाज का अंग है। सुहास जब आर्थिक तंगी से जूझ रहा होता है तो उसे, उसके घनिष्ठ मित्र दीपक से आर्थिक तंगी से मुक्ति दिलाने का उपाय मिलता है कि 'वह अपनी एक किडनी बेच दे', जो केवल सलाह ही नहीं देता, बल्कि उसकी किडनी बेचने की पूरी व्यवस्था भी कर देता है। 'वाह जिंदगी', 'अंधेर', 'जग की रीत', 'पगली', 'दंड', 'छलावा', 'आश्रय', 'दहलीज', 'अंतहीन', 'संपत्ति' जैसी दर्जनों कहानियों में भी परिष्कृत मानव के परिनिष्ठित समाज का अवलोकन मिलता है।

'निशंकजी' के कथा साहित्य के समग्र अवलोकन के परिणामस्वरूप यह स्पष्ट होता है कि उनका कथा–साहित्य लोक व शिष्ट–साहित्य का मिश्रण है। संपूर्ण साहित्य में बहुधा पाया गया है कि लोक व शिष्ट साहित्यिक तत्त्वों का समन्वय पारिस्थितिकी तंत्र के अनुरूप कार्य करते हैं, जहाँ हर एक घटक की कड़ी एक–दूसरे से जुड़ी होती है। कहने का तात्पर्य है कि समय के निरंतर प्रवाह में लोक–साहित्य के अनेक तत्त्व शिष्ट–साहित्य में समाविष्ट होते हैं। लोक–मानस धन–संपदा, महत्त्वाकांक्षा, महानगरीय जीवन में घुल–मिलकर शिष्टता हासिल कर लेता है, जिस प्रकार परवर्ती साहित्य अपने पूर्ववर्ती साहित्य से कुछ–न–कुछ ग्रहण करता है। उनका कथा–साहित्य आंचलिकता की सीमा में विवेचित है। यह कथा–साहित्य बहुधा अंचल विशेष के जीवन, परिवेश, संस्कृति, सभ्यता एवं विशेषताओं को प्रकट करता है। उनके कथा–साहित्य को आंचलिकता के उस स्वरूप में देखना होगा, जिसे 'हिंदी साहित्य समीक्षा–शास्त्र में राजेंद्र अवस्थी, कांति वर्मा, महेंद्र चतुर्वेदी, सुरेश सिन्हा आदि विद्वान् आंचलिकता के लिए क्षेत्र विशेष रूप में शहर और देहात जैसा वर्गीकरण करना उचित नहीं समझते हैं।'[33] महेंद्र चतुर्वेदी का मत है कि "आंचलिक उपन्यास की वर्ण्य वस्तु विशुद्ध रूप से ग्रामीण हो यह अनिवार्य नहीं है। किसी शहर को भी कथाक्षेत्र के रूप में ग्रहण किया जा सकता है, यह भी हो सकता

है कि कथांचल का एक रुख गाँव की ओर हो और दूसरा शहर की ओर।"[34]

यद्यपि समीक्षकों का एक बड़ा वर्ग ग्रामीण जीवन की कथाओं को आंचलिक साहित्य मानने के पक्ष में है। यह वर्ग आदिम मानव प्रवृत्ति, सरल-सहज व्यवहार, प्रेम में पवित्रता और संस्कृति की सुगंधता से युक्त स्थल को ही आंचलिकता के अंतर्गत रखता है, हालाँकि यह मान्यता भी अतिवादी है, क्योंकि मानव जहाँ भी निवास करता है अथवा विचरण करता है वह खुद के साथ एक संस्कृति, सभ्यता, परंपरा, जीवन-शैली का वहन करता है। इसलिए एक अंचल की मूल प्रवृत्ति उसके जीवन में उपलब्ध रहती है। इसी परिपेक्ष्य में 'निशंकजी' के साहित्य का अवलोकन डॉ. विश्वनाथ प्रसाद तिवारी की 'आंचलिकता' संबंधी इस परिभाषा के आधार पर किया जा सकता है—"आंचलिकता एक प्रवृत्ति है, जिसमें लेखक अपनी कृति को एक अंचल विशेष की आधारभूमि पर निर्मित करता है तथा वहाँ के निवासियों के जीवन और उनकी प्रगति को विस्तार के साथ चित्रित करता है।"[35] 'निशंकजी' के प्रमुख उपन्यास 'प्रतिज्ञा', 'बीरा', 'मेजर निराला', 'पहाड़ से ऊँचा', 'अपना-पराया' आंचलिकता की ऐसी ही प्रवृत्ति पर केंद्रित हैं। इन्हें लेखक ने अपने अंचल की आधारभूमि प्रदान की, लेकिन अंचल के पात्र नगर, महानगर की सीमा छूकर भी आंचलिक क्रिया-कलाप, परंपराओं, जीवन-शैली का निर्वहन करते हुए दिखते हैं। इसे अंचल विशेष के व्यक्ति की प्रगति, विस्तार, जीवन-मूल्य, आवश्यकता के रूप में देखा जा सकता है।

वे इस आंचलिकता की सीमा में बाहरी व्यक्ति के आकर्षण को भी समाहित करते हैं। लोक की शक्ति से उस अंचल के प्रति इतना आकर्षण उत्पन्न होता है कि 'भागोंवाली' उपन्यास में मैदानी क्षेत्र के मूल निवासी शास्त्रीजी पहाड़ में नौकरी करते-करते यहीं घर बसा लेते हैं। पत्नी भागोंवाली को पहाड़ पहले पसंद नहीं आता, लेकिन यहाँ के लोगों का स्नेह-अपनत्व, भागोंवाली को इस कदर भा जाता है कि वह हमेशा-हमेशा के लिए वहीं की हो जाती है, उसी लोक-जीवन को अपनाकर वह उनके बीच आदर्श बन जाती है। 'पहाड़ से ऊँचा' का नायक डॉ. मोहन एम.बी.बी.एस. करके बड़ी नौकरी करने की बजाय गाँव में अस्पताल खोल देता है और उसकी प्रेमिका गीता शहरी होते हुए भी गाँव में रहकर उसकी पत्नी बनकर खुशियों भरा जीवन जीना आरंभ करती है। इसी तरह 'छूट गया पड़ाव' उपन्यास की नायिका सरोज जब दूरस्थ पहाड़ी गाँव—बिनगढ़ में नियुक्ति पाती है, तो वह गाँव के बच्चों को ही नहीं, पूरे गाँव को साक्षर करने की जिम्मेदारी निभाती है और बदले में गाँव के लोग उसे बेटी जैसा प्यार करते हैं, परिणामस्वरूप सरोज पूरे गाँव को परिवार की भाँति प्रेम करने लगती है।

इस तरह 'निशंकजी' के कथ्य में लोक-जीवन के प्रति आकर्षण का अद्वितीय

विनियोग दिखाई देता है। महिलाओं से लोक-जीवन व मानवीय संबंधों को सरलता से अभिव्यक्त करते हुए 'निशंकजी' लोकगीतों से भी उपन्यास को लोक-जीवन की आंतरिक अभिव्यक्ति से जोड़ते हैं। उपन्यास 'पहाड़ से ऊँचा' के कथ्य में पात्र 'शांति' शादी के बाद की विदाई की पीड़ा को लोकगीत 'घुघुती घुराण लगी मेरा मैता की' के साथ महसूस करती है। अँचल विशेष के लोकगीत के प्रवाह में ही लेखक लोक-जीवन के हर्ष-विषाद को अभिव्यक्त करते हैं। कथ्य में लोक-जीवन के हर्षोल्लास भरे जीवन को वे 'थड्या-चौंफळा', 'रांसो-मंडाण'—जैसे पारंपरिक लोकगीत व लोकनृत्य के साथ इस तरह कथानक में प्रदर्शित करते हैं—"गर्मियों का समय। लंबे दिन। खेतों में अपेक्षाकृत काम भी कम और स्कूल-कॉलेज की छुट्टियाँ। कुल मिलाकर शाम को गाँव में उत्सवी माहौल रहता। बेटियाँ-बहुएँ घर-बाहर का काम जल्दी निबटाकर पंचायती चौक में एकत्र हो, पारंपरिक लोकगीत 'थड्या-चौंफळा' से समाँ बाँध देतीं।"[36] इसी तरह लोककथा, लोकगाथा, लोक-सुभाषित, लोकनाट्य द्वारा 'निशंकजी' अपने कथा-साहित्य को सुशोभित करते हैं। लोक-कथाओं और लोक-गाथाओं में लोक मानस के आदिम विश्वास जीवित होते हैं। लोकनाट्य जीवन के यथार्थ को प्रदर्शित करते हैं और लोक सुभाषित लोक-जीवन में प्रचलित भाषा व्यवहार की अभिव्यक्ति हैं। अभिव्यक्ति के इन माध्यमों के द्वारा 'निशंकजी' ने अपने कथा-साहित्य में लोक जीवन की कार्य-शैली, पर्व-त्योहार, संस्कृति-परंपरा, जीवन प्रवाह को प्रतिबिंबित किया है।

'निशंकजी' अपने कथा साहित्य में जिस लोक-जीवन का चुनाव करते हैं, उसमें उनका परिवेश झलकता है। वह लोक-जीवन सजीवता का पर्याय है, जिससे उस पर रचित साहित्य लोकानुभूति का प्रमाण है। अधिकांश कथा साहित्य में पर्वतीय क्षेत्र, उत्तराखंड के चमोली, ऋषिकेश, हरिद्वार, देहरादून, पौड़ी, श्रीनगर, कोटद्वार, पिथौरागढ़, अल्मोड़ा, जोशीमठ, बदरीनाथ, गौचर, खिर्सू, केदारनाथ, रुद्रप्रयाग, उत्तरकाशी, जैसे नगर-कस्बों के साथ गढ़वाल के सुमेरपुर, सिमलखेत, चौंरीखाल, बिनगढ़, कांडई गाँव की पर्वतीय प्रकृति, परिवेश, भौगोलिक परिस्थितियों, सुंदरता, सरलता, सहजता भरे जनजीवन के साथ प्रस्तुत है। इनमें भूम्याल देवता, कुलदेवता, नदी, मंदिर, आस्था, त्याग, समर्पण भरे लोक-जीवन के अनुभवों की सूक्ष्मता दिखाई देती है। उन्होंने अपने कथानकों में वातावरण को लोक-जीवन से जोड़ने के लिए, जहाँ परिवेश व दिक्काल का विशेष ध्यान रखा है, वहीं उस वातावरण से जुड़े पात्रों के नाम भी उनके लोक-साहित्य में लोक-जीवन की प्रामाणिकता स्थापित करते हैं। पात्रों के नाम मंगसिरू, झुमकी, बीरू, बिंदा, सोबत सिंह, चैतराम, गबरू काका, झब्बन, भागुली देवी, सुंदुरू, बिसनू दादा आदि पात्रों के नामों में पुरानापन है, जो नामानुकूल चरित्र लोक-परंपरावादी चरित्रों के रूप में

वर्णित है। वहीं शिष्ट साहित्य में पात्रों के नाम जूही, अनुराधा, स्वप्निल, शानू, पलक, महक, प्रखर, शशांक, श्रीष, चिंकी, रूबी, ईवा, रूपेश आदि आधुनिक नाम हैं, जिनका चरित्र-चित्रण नाम के अनुरूप लोकजन से परिष्कृत होकर शिष्टजन के रूप में मिलता है, अर्थात् 'निशंकजी' के कथा-साहित्य में प्रकृति, वातावरण के अलावा पात्र-नाम की विशेष भूमिका दिखती है, जो लोक-साहित्य एवं शिष्ट साहित्य में लोकजन व शिष्टजन के विभेद को स्पष्ट करते हैं।

साहित्य में लोक-विश्वास, लोक-परंपरा, लोक-संस्कार भाषागत होकर लोक-साहित्य की सिद्धता है। उनके कथा-साहित्य में क्षेत्रीय जन-समूह की परंपरा भी साहित्य में भाव बोध उत्पन्न करती है। 'मेजर निराला' उपन्यास में 'कल्योऊ की परंपराएँ, रोट, अरसे, मंगणी, ग्वेर, बछेर, घसेर आदि लोकभाषा के शब्दों का प्रयोग विभिन्न प्रसंगों के साथ मिलता है। इसी तरह कहानियों, उपन्यासों में घराट, पुस्ता, बिजुंड़ा, घसेरियाँ, घात लगना, देवता आना, जात पूजना, देवता का पश्वा, गणत-पूछ करवाना, कलेवा लाना, पिठाईं लगाना, जन्म-पत्री बाँचना, टिहरी गढ़वाल की नथ, जन्म के 11 दिन बाद सूतक हटना आदि लोक-परंपरा रूप में लोक संस्कार के ही प्रतीक हैं। जो 'निशंकजी' के कथा-साहित्य को लोक-साहित्य में परिणित करते हैं। आँचलिक, देशज शब्दों की उपयोगिता भी 'निशंकजी' की विशेष लेखन प्रतिभा है। वहीं शिष्ट-साहित्य में महानगरीय जीवन का परिचय कथानक में लोक-साहित्य के साथ तुलनात्मकता से अंतर स्पष्ट करता है। डॉ. हनुमंत नायडू 'लोक' के परिपेक्ष्य में जनसमूह को इंगित करते हैं कि "ग्राम और नगर की सीमाओं से परे परंपराओं में पलने वाला जनमानस का वह अंग लोक है, जिसके द्वार तक शिक्षा और आधुनिक सभ्यता की किरणें नहीं पहुँच पाई हैं।"[37] वही लोक कथाकार 'निशंकजी' के साहित्य में तुलनात्मक रूप में खुद को शिष्ट से अलग प्रदर्शित करता है। इस रूप में 'पहाड़ से ऊँचा' उपन्यास का यह उद्धरण देखा जा सकता है—'इस वर्ग की महिलाओं का जीवन देखिए कितना विडंबनापूर्ण है। बच्चे मिट्टी में लिपटे रहते हैं। रोटी, कपड़ा और मकान की फिक्र में इनकी उम्र निकल जाती है। अतीत भयावह, वर्तमान कष्टमय तथा भविष्य असुरक्षित तथा धुँधला। कौन सुनेगा उनकी? किसी का सपना दो कमरों के घरौंदे का है तो किसी को अपने बच्चों को मैट्रिक पास कराना है, किसी को त्योहार में घर आने का इंतजार है तो किसी को बिटिया की शादी के लिए जेवर बनाने हैं, किंतु वे फिर भी सुखी और प्रसन्नचित्त हैं। सबसे वहीं लड़ पड़ते हैं और वहीं सुलह भी हो जाती है। शेयर बाजार के सूचकांक, चाँदनी चौक की चमक, अंतरिक्ष की हलचलों, खेल के मैदानों पर टूट रहे रिकॉर्डों, वातानुकूलित कमरों में बन रही नीतियों और बॉलीवुड के बुलबुलों से उन्हें कुछ लेना-देना नहीं, उन्हें तो मात्र कल की रोटी के जुगाड़ से मतलब है।'[38]

उपन्यास में मोहन जिस समाज की बात कर रहा है, यही लोकजन की विशेषता है, जिसे 'निशंकजी' के साहित्य में लोक-संस्कार के साथ सरलता, सहजता, परंपरावादी लोकजन के रूप में देखा जा सकता है। एम.बी.बी.एस. पास कर डॉक्टर बने मोहन व गीता पढ़े-लिखे वर्ग की शिष्ट-संस्कृति और लोक-संस्कृति के परिचायक हैं, वे दोनों लोक-संस्कारों से युक्त हैं, जैसा कि लोक-साहित्य और शिष्ट-साहित्य में लोक की उपस्थिति के विषय में लोकमर्मज्ञ डॉ. श्याम परमार ने लिखा है कि "लोक साधारण जनसमाज है, जिसमें भू-भाग पर फैले हुए समस्त प्रकार के मानव सम्मिलित हैं। यह शब्द वर्गभेद रहित, व्यापक एवं प्राचीन परंपराओं की श्रेष्ठ राशि सहित अर्वाचीन, सभ्यता, संस्कृति के कल्याणमय विकास का द्योतक है। भारतीय समाज में नागरिक व ग्रामीण दो भिन्न संस्कृतियों का प्राय: उल्लेख किया जाता है, किंतु 'लोक' दोनों संस्कृतियों में विद्यमान है।"[39]

निष्कर्षत: कथाकार रमेश पोखरियाल 'निशंक' ने अपने संपूर्ण कथा-साहित्य को लोक एवं शिष्ट दोनों तरह की साहित्यिक परिधि में लाकर स्वयं को लोक के समग्र जीवन का विवेचक सिद्ध किया है।

संदर्भ सूची

1. प्रामाणिक हिंदी कोश, संपादक : आचार्य रामचंद वर्मा, पृ.सं. 993
2. संस्कृत हिंदी शब्दकोश, वामन शिवराम आप्टे, पृ.सं. 884
3. ऋग्वेद—10/90/14
4. webster's New Twentieth Century Dictionary, पृ.सं. 681
5. वही, पृ.सं. 681
6. लोक और शास्त्र अन्वय और समन्वय, विद्यानिवास मिश्र, पृ.सं. 232
7. विचार और वितर्क, पं. हजारी प्रसाद द्विवेद्वी, पृ.सं. 196
8. फणीश्वरनाथ रेणु के उपन्यास : लोक-तत्त्व एवं संरचना, प्रेमशीला शुक्ल, पृ.सं. 118
9. लोक-साहित्य के प्रतिमान, डॉ. कुंदन उप्रेती, पृ.सं. 06
10. विचार और वितर्क, डॉ. हजारी प्रसाद द्विवेदी पृ.सं. 206
11. हिंदी भक्ति साहित्य में लोक-तत्त्व, डॉ. रवींद्र भ्रमर, पृ.सं. 05
12. वही, पृ.सं. 207
13. भारतीय लोक-संस्कृति का संदर्भ : मध्य हिमालय, डॉ. गोविंद चातक, पृ.सं. 312
14. लोक-साहित्य विज्ञान, डॉ. सत्येंद्र, पृ.सं. 48
15. हिंदी का प्रादेशिक साहित्यशास्त्र, डॉ. नंदलाल कल्ला, पृ. 209,
16. वही, पृ.सं. 209

17. भारतीय लोक-साहित्य, डॉ. श्याम परमार, पृ.सं. 99
18. लोक और शास्त्र अन्वय और समन्वय, विद्यानिवास मिश्र,पृ.सं. 129
19. वही, पृ.सं. 146
20. भारतीय लोक-साहित्य, श्याम परमार, पृ.सं. 22
21. विचार और वितर्क, हजारी प्रसाद द्विवेदी, पृ.सं. 196
22. लोक-साहित्य की भूमिका, डॉ. कृष्णदेव उपाध्याय, पृ.सं. 11
23. वही, पृ.सं. 22
24. हिंदी लोक-साहित्यशास्त्र : सिद्धांत और विकास, डॉ. अनुसूया अग्रवाल, पृ.सं. 73
25. विचार और वितर्क, हजारीप्रसाद द्विवेदी, पृ.सं. 199
26. साहित्यलोचन, डॉ. श्यामसुंदर दास, पृ.सं. 44
27. पृथिवी-पुत्र, वासुदेवशरण अग्रवाल, पृ.सं. 02
28. डॉ. रमेश पोखरियाल 'निशंक' के उपन्यास में जीवन-मूल्य, डॉ. योगेंद्र नाथ 'अरुण', पृ.सं. 45
29. टूटते दायरे, रमेश पोखरियाल 'निशंक', पृ.सं. 13
30. वही, पृ.सं. 14
31. छूट गया पड़ाव, रमेश पोखरियाल 'निशंक', पृ.सं. 18
32. हिंदी लोक-साहित्यशास्त्र सिद्धांत और विकास, डॉ. अनुसूया अग्रवाल, पृ.सं. 80
33. फणीश्वरनाथ रेणु के उपन्यास लोक-तत्त्व एवं संरचना, डॉ. प्रेमशीला शुक्ल, पृ.सं. 144
34. वही, पृ.सं. 144
35. वही, पृ.सं. 147
36. पल्लवी, रमेश पोखरियाल 'निशंक', पृ.सं. 66
37. हिंदी लोक-साहित्यशास्त्र सिद्धांत और विकास, डॉ. अनुसूया अग्रवाल, पृ.सं. 17
38. पहाड़ से ऊँचा, रमेश पोखरियाल 'निशंक', पृ.सं. 40
39. हिंदी लोक-साहित्यशास्त्र सिद्धांत और विकास, डॉ. अनुसूया अग्रवाल, पृ.सं. 19

□

डॉ. रमेश पोखरियाल 'निशंक'
के कथा–साहित्य में
'लोकतत्त्व'
परम्परा
रीति–रिवाज
जीवन–शैली
संस्कृति
संस्कृति
संस्कृति
संस्कृति
रीति–रिवाज

डॉ. रमेश पोखरियाल 'निशंक' के कथा-साहित्य में लोक-तत्त्व

प्रत्येक रचनाकार अपने कृत्तित्व की प्राणवायु 'लोक' से ग्रहण करता है। लोक न केवल उसे ध्वनि तरंगों का विस्तार देता है, वरन् लोक से ही प्रत्येक विधा समृद्ध होती है। भौगोलिक, सांस्कृतिक, सामाजिक पृष्ठभूमि के अनुरूप प्रत्येक लेखक का अपना समाज होता है और यही उसमें लोकतात्त्विक भावों का संचरण करता है। लोक है तो हम हैं। आधुनिकता की दौड़ में हम कितने भी आगे बढ़ जाएँ, अंततः हमें अपने लोक की ओर मुड़ना ही पड़ता है। इसी बसेरे से शिशु अपनी जीवन-यात्रा प्रारंभ करता है तथा यहीं उसका अवसान भी होता है।

साहित्य की विकास यात्रा तो लोक के साथ-साथ ही गतिमान होती है। प्रत्येक साहित्यचेत्ता इसी वैभवपूर्ण संसार में अपनी लेखनी को आभायुक्त बनाता है। इसी परंपरा को आगे बढ़ाते हुए कथाकार रमेश पोखरियाल 'निशंक' ने अपने कथा साहित्य में लोक-तत्त्वों की अभिव्यंजना को एक विस्तृत आकाश दिया है। उन्होंने अपने कथा साहित्य में भारतीय जनमानस के आर्थिक, सामाजिक, राजनीतिक, भौगोलिक, सांस्कृतिक तत्त्वों की व्यापक स्तर पर विवेचना की है। वे लोक-तत्त्वों से परिपूर्ण परिदृश्य के चटख रंगों में लोक-जीवन की विविध छटाएँ प्रस्तुत करते हैं। आँचलिकता की छाया में लोक-तत्त्वों से सुगठित उनका साहित्य विविध लोक-साहित्यिक आयामों में सृजित है।

कथाकार 'निशंकजी' के कथा-साहित्य में लोक-तत्त्व, लोक-जीवन में घुले हुए ऐसे अवयव होते हैं, जिनसे भले ही मानव का प्रत्यक्ष साक्षात्कार नहीं होता है, लेकिन वे लोक-मानस के चेतन-अवचेतन में बसे हुए ऐसे उद्दीपक हैं, जो हर जगह मौजूद हैं और ये लोक-जीवन में सहज, सरल, हृदयस्पर्शी मनोभावों से सजीवता, वास्तविकता की विशिष्ट अनुभूति दिलाते हैं। लोक-तत्त्वों के माध्यम से मूल्यों का अद्भुत विस्तार उनके साहित्य में उपलब्ध है। वास्तव में लोक का अपना अलग सौंदर्यशास्त्र होता है।

हम यदि अपने ही जीवन का अवलोकन करें तो हमारा संपूर्ण जीवन-वृत्त लोक की इन्हीं सुनहरी आवृत्तियों से घिरा हुआ है। रचनाकार भी अपनी संवेदना के तंतु लोक से ही चुनता है। संसार का कोई ऐसा प्राणी नहीं, जिसने लोक-तत्त्वों से अपना जीवन न सँवारा हो। भारतीय संस्कृति के समस्त उपादान लोक तत्त्वों को समाविष्ट करते हैं। जन्म से मृत्यु तक ये अवयव हमारा जीवन समृद्ध करते हैं। हाँ यह अवश्य होता है कि समय की गति के साथ-साथ इनमें समयानुसार किंचित् परिवर्तन होते रहते हैं तथा होने भी चाहिए। विवेच्य रचनाकार ने अत्यंत कुशलता से इन तत्त्वों को अपनी लेखनी का विषय बनाया है। जहाँ लोकगाथा, लोक-विश्वास, लोक-परंपरा, लोक-रूढ़ि, धर्म, रीति-रिवाज, परंपरा, लोकोक्ति, लोक-संस्कार आदि के प्रभाव में लोकजन से लेकर शिष्टजन तक दिखाई देता है। वे लोक-तत्त्वों को कथा-साहित्य में प्रयोग करनेवाले उन साहित्यकारों की श्रेणी में आते हैं, जो लोक-चेतना को शिष्ट-साहित्य में समाजवादी विचारधारा के साथ प्रस्तुत करते हैं। नंदकिशोर नवलजी के शब्दों में—"आधुनिक साहित्य में लोक-चेतना के दो दौरों का जिक्र आता है, जिनमें से पहला दौर वह था, जब शिष्ट-साहित्य में समग्र सामूहिक जीवन आता था, जैसा हम भारतेंदु से निराला तक में देखते हैं, फिर व्यक्ति-केंद्रित साहित्य रचना के बाद दूसरा दौर आया, जब नागार्जुन, रेणु, राही मासूम रजा, रघुवीर सहाय, केदारनाथ सिंह ने अपना लोकचेतन साहित्य रचा। लोक-चेतना का तीसरा दौर जनचेतन और वर्ग-चेतन साहित्य की रचना वाला है। यह लोक-चेतना तो लोहा है। इसमें धार तब आती है, जब शास्त्र से इसका संगम होता है। लोक चेतना स्वयं क्रांति नहीं करती, वह समाजवाद की विचारधारा से संयुक्त होकर क्रांति कर सकती है।"[1]

कथाकार 'निशंकजी' के कथा-साहित्य में प्रकृति की गोद में पलती-पनपती लोक-संस्कृति और जनचेतना का आधार समाजवाद ही बनता है, जिसे हम कथा साहित्य-कहानी, उपन्यास में लोक के विभिन्न उपादानों—लोकधर्म, लोक-विश्वास, लोक-संस्कार, लोक-गाथा, लोक-कथा, लोकोक्ति आदि में केवल ग्रामीण, आंचलिक पृष्ठभूमि पर ही नहीं पाते, बल्कि उनके कथानक लोक के विस्तृत फलक पर फैले हुए हैं। लोक-तत्त्वों के विभिन्न सैद्धांतिक विचारों के आधार पर 'निशंकजी' के कथा साहित्य में वर्णित लोक-तत्त्वों की अभिव्यंजना का अनुसंधानिक विश्लेषण किया गया है।

लोकधर्म एवं लोक-विश्वास

'धारयति इति धर्मः' कहकर जब हम 'जो धारण किया जाता है', इस अर्थ में धर्म की व्याख्या करते हैं, तो स्वतः स्पष्ट हो जाता है कि लोकधर्म वह क्रिया है, जिसे समाज अथवा लोक धारण या स्वीकार करता है। इसी प्रकार लोक के द्वारा ग्राह्य एवं

स्वीकृत विश्वास ही लोक-विश्वास है। भारतीय संस्कृति धर्मपरायण एवं लोक-विश्वासों पर आधारित है। शताब्दियों से इस लोक ने निरंतर इन तत्त्वों का पोषण कर अपने गर्भ में समाज, साहित्य और सरोकारों को जन्म दिया है। धर्म एवं विश्वास मानव जाति की आदिम प्रवृत्तियाँ हैं, जिनमें परिशोधन अनवरत क्रिया है। आदिम मानव को प्रकृति में जो सरल, सहज, अनुकूल लगा उसके प्रति निष्ठापूर्ण विश्वास करना उसकी प्रवृत्ति बन गई, वहीं भय और आशंकाओं से उसमें अदृश्य शक्तियों के प्रति आस्था जागृत हुई। कालांतर में इस विश्वास और आस्था के संरक्षण के लिए धर्म की व्युत्पत्ति हुई। धर्म का संरक्षण लोक-संस्कृति में लोकधर्म एवं लोक-विश्वास के साथ पीढ़ी-दर-पीढ़ी स्व-हस्तांतरित होता रहता है, जिसका लोक में संरक्षण और संवर्धन अनवरत् जारी विधान है।

प्रकृति सदैव से मानव की सहचरी रही है। प्रकृति के साथ मनुष्य का अनादिकाल से ही घनिष्ठ संबंध रहा है। अपने अस्तित्व की रक्षा के लिए मनुष्य ने प्रकृति के सत्-असत् तत्त्वों की उपासना की है और यही आत्म सुरक्षा की भावना प्राणी संसार की सदैव प्रथम आवश्यकता रही। मनुष्य जीवन में आत्म-सुरक्षा के लिए उपासना पद्धति का सूत्रपात हुआ; साथ ही जिज्ञासा, आश्चर्य, भय की मिश्रित भावनाओं के लिए धर्म का उदय हुआ। डॉ. वासुदेवशरण अग्रवाल के शब्दों में— "हमारी संस्कृति में सत्य का जो प्रकाश है, उसका उद्गम मातृभूमि के हृदय से ही हुआ है। सत्य अपने प्रकट होने के लिए धर्म का रूप ग्रहण करता है। सत्य और धर्म एक हैं। पृथ्वी धर्म के बल से टिकी हुई है। महासागर से बाहर प्रकट होने पर जिस तत्त्व के आधार पर यह पृथ्वी आश्रित हुई, कवि की दृष्टि में वह धारणात्मक तत्त्व धर्म है।"[2] धर्म का उदय होना आस्था व विश्वास का परिणाम है, क्योंकि धर्म ही वह सेतु है, जिस पर संपूर्ण संसार को एकजुट रखने की शक्ति है। वहीं प्रकृति के प्रति लोकचेतना का प्रवाह प्राणी जगत् में प्रारंभिक काल से मिलता है। मनुष्य ने वृक्ष, पर्वत, पत्थर, नदी, जंगल, आकाश, समुद्र, वर्षा, पानी, हवा, बादल सभी दृश्य-अदृश्य प्राकृतिक तत्त्वों में चेतना का आरोप किया। यथा डॉ. कृष्णदेव उपाध्याय के शब्दों में—"आदिम मानव के मन में इन दैवी अतिमानवी तथा प्राकृतिक दृश्यों के कारणों का ज्ञान न होने के कारण भय उत्पन्न होना स्वाभाविक था, अतः वह अपनी आत्मरक्षा की चिंता से भी चिंतित रहने लगा। इन कारणों से उसे दैवी शक्ति में विश्वास होने लगा, जिसकी कृपा व अकृपा से ये घटनाएँ घटित होती थीं।"[3] जिस प्रकार इस धरा पर लोकप्राणी का हित पानी से हुआ तो उसने जलधारा—नदी की उपासना की। नदी के अभाव में वर्षा एवं बादल के प्रति चित्त जोड़ा, वहीं बुद्धि की प्रखरता से नदियों के उद्गम पर्वत-हिमनंद को पूजना शुरू किया, बौद्धिकता का विकास हुआ तो पर्वतों में भी पर्वताधिराज हिमालय के प्रति उसकी आस्था का प्रादुर्भाव हुआ। समस्त धरा में

प्रकृति की समग्रता और उसके महात्म्य को देखकर उसमें देवी-देवताओं की शक्ति का विश्वास बढ़ा। धूप को जीवन की पोषकता के लिए उपयोगी देखकर सूर्य को देवता रूप में, बादलों के देवता इंद्र के रूप में, हवा के देवता पवनदेव, अग्नि के देवता अग्निदेव आदि की पूजा को उसने सहज जीवन का विधान बनाया। इन्हीं के प्रति श्रद्धा-भावना प्रकट करके कालांतर में नाना प्रकार के विश्वासों का आधार पाकर धर्म की अवधारणा का सतत् विकास हुआ।

धर्म के साथ यही विश्वास, लोक-विश्वास के रूप में समाज को परिचालित करते हैं, लोक की प्रत्येक गतिविधि से लोक-विश्वास जुड़े रहते हैं, इसी से लोक-संस्कृति का विन्यास होता है। डॉ. सुरेश माहेश्वरी के शब्दों में—"विश्वास समाज से जुड़े होते हैं, जो समाज के व्यक्ति की पहचान है। समाज की पहचान, विशिष्टता और विशेषता खान-पान, आचरण के साथ-साथ विश्वासों से भी होती है। ये विश्वास और अंधविश्वास भी किसी सभ्य समाज की संस्कृति, रहन-सहन, सोच विचार के स्थायी सत्य अथवा शिलालेख रूपी इतिहास होते हैं।"[4] लोक-विश्वास आदिम प्रवृत्ति की पहचान नहीं है, बल्कि वे सभ्य समाज में भी मौजूद होते हैं। हमारे धर्म में कई विश्वास ऐसे होते हैं, जिनके पीछे पुष्ट शास्त्रीय आधार होता है, लेकिन कई विश्वास लोक-परंपरा के परिणाम होते हैं, जैसे इंद्र, वरुण, अग्नि, कुबेर आदि की पूजा का शास्त्रीय विधान है। इनसे नित्य-नैमितिक कर्म एवं तत्संबंधी विश्वास शास्त्रीय प्रभाव के साथ प्रचलित होते हैं, जबकि लोक-मानस में स्थानीय देवी-देवताओं की विशेष महत्ता रहती है। लोक-मानस मानवों पर भी देवत्व का आरोप करता है, जिस प्रकार रामायण तथा महाभारत के पात्र आम जनमानस होते हुए भी लोक में देवताओं की श्रेणी में आते हैं। कुछ देवी-देवता ऐसे भी हैं, जो किसी जाति-समुदाय में रक्षक के रूप में प्रसिद्ध होते हैं।

लोक-विश्वास लोक-जीवन की अमूल्य निधि के रूप में संस्कृति, परंपरा, संस्कार के आधारभूत तत्त्व होते हैं। लोक-मानस भावी अनिश्चय की संभावना से आत्मसमर्पित भाव से संस्कारों और अनुष्ठानों में मग्न रहता है। लोक-विश्वासों में पूर्ण आस्थावान होकर लोक में आज भी दुःख, दर्द, संकट आने पर निराकरण का उपाय पूजा, पाठ, अनुष्ठान, तंत्र-मंत्र आदि का प्रचलन किसी-न-किसी लोक-विश्वास का परिणाम है। 21वीं सदी के वैज्ञानिक युग में भी आश्चर्य की बात है कि लोक-समाज के इन विश्वासों पर वैज्ञानिकता का प्रभाव कम ही पड़ा है। लोक-जीवन में आज भी अचानक बीमार होने पर अथवा डॉक्टर से लाभ न मिलने पर पूजा-पाठ, झाड़-फूँक, तंत्र-मंत्र, जादू-टोना आदि का सहारा लिया जाता है। आज हमारे बीच हजारों लोक-विश्वास मौजूद हैं। पाश्चात्य लोकमर्मज्ञ डब्ल्यू.डी. हाँड, लोक-विश्वासों को निम्न सात भागों में विभाजित करते हैं—

1. मनुष्य शरीर तथा लोक वैद्य से संबंधित।
2. जीवन के संस्कारों से संबंधित, जैसे जन्म, मृत्यु, विवाह।
3. आर्थिक एवं सामाजिक संबंध-यात्रा, संचार या रिश्ते, कानूनी स्थितियाँ, घरेलू समस्याएँ, स्कूल तथा चर्च संबंधित।
4. तिलस्मी और ऐयारी-जादू से संबंधित।
5. भूत-प्रेत-मृत्यु से संबंधित।
6. संख्या तथा ग्रहों से संबंधित।
7. कृषि से संबंधित।[5]

लोकचित्त में विभिन्न तत्त्वों से उपजे विश्वास लोक-जीवन को संबल प्रदान करते हैं। तर्क-वितर्क के मुक्त भाव से लोक-विश्वास युग-युग से मानव जीवन में जाने-अनजाने में हुए प्राकृतिक घात-प्रतिघात के परिणाम होते हैं, जिनमें भौतिक यथार्थ के रूप में मानसिक प्रतिक्रियाएँ और अयथार्थ के रूप में अनागत की कल्पना का सम्मिश्रण होता है, जब ये विश्वास व्यक्ति अथवा वर्ग-समुदाय में फैलकर लोकचित्त में स्थान प्राप्त कर लेते हैं तो इन्हें लोक-विश्वास कहते हैं।

लोकजन हो या शिष्टजन, हमें दोनों में विसंगतियों के बावजूद कुछ ऐसी कड़ियाँ मिलती हैं, जो उनको परस्पर जोड़ती हैं। सेतुबंध रूप में ये कड़ियाँ ही समाज के समग्र जीवन में समरसता की भूमिका निभाती हैं, जिनमें कुछ समान विश्वास, परंपरा-उत्सव, अनुष्ठान-संस्कार रूप में दिखाई देते हैं। रचनाकार इन्हीं लोक-विश्वासों से कथानक की रचना करता है। रचनाकार को कवि समय की तरह लोक-विश्वास भी परंपरागत परिपाटी रूप में प्राप्त होते हैं। सत्यक्रिया, पराकाय-प्रवेश, लिंग परिवर्तन, भूत-प्रेत की छाया, देवता पश्वा पर अवतरित होना आदि ऐसे ही अभिप्राय हैं, जो लोक-विश्वास पर आधारित हैं। डॉ. सत्येंद्र के शब्दों में—"आदिम मानव ने अपने मानस में जिस 'देवता' को संज्ञा दी, उसके चमत्कारों से वह प्रभावित हुआ, साथ ही उसके साथ उसे एक रहस्य का आवरण भी प्रतीत हुआ, क्योंकि वह जितना देख सका और जान सका वह चमत्कारिक था और उसको अनुभूति हुई कि वह इसके अतिरिक्त भी कुछ और है जिसे वह न देख सकता है, न जान सकता है। इसी 'अज्ञात' अंश के संबंध में उसने अनेक कल्पनाएँ प्रस्तुत कीं।"[6]

लोक-मानस ने प्रकृति के रहस्यों, मानव-प्रकृति संबंधों, अनिश्चित भविष्य के प्रति सहज विस्मय भाव से उठी जिज्ञासाओं को शांत करने का प्रयास किया। उसने वैज्ञानिक अनुसंधान के बल पर तर्क-संगत प्रयोगों से समाधान न पाकर संभावित विश्वासों, रूपकों, कल्पनाओं के माध्यम से संतुष्टि का मार्ग अपनाया। इस परिपेक्ष्य में वैज्ञानिक

अनुसंधान के मूलकारक लोक-विश्वास में दिखाई देता है। डॉ. भवदेय पांडेय के अनुसार—"इस तथ्य से इनकार नहीं किया जा सकता है कि लोक-साहित्य विज्ञान का कारण है, विज्ञान लोक-साहित्य का कार्य। दोनों में कारण-कार्य का संबंध है।"[7] अर्थात् विज्ञान के युग में नए-नए अनुसंधान लोक-विश्वास में व्याप्त अवयवों के परिणाम हैं, यथा महाभारत, रामायणकाल में प्रयुक्त विशिष्ट गुणों वाले हथियार, विमान, योद्धाओं के नाम से आज के युग में युद्धपोत, रॉकेट, मिसाइल, फाइटर जेट के नाम रखे गए हैं। वैज्ञानिकता की अत्याधुनिक प्रणालियों से तैयार हथियार, विमान, युद्धपोत के नाम प्राचीन शक्तियों के नामों का आधार देना लोक-विश्वास ही है। आज भारत देश में पौराणिक पात्र धनुर्धर योद्धा अर्जुन के नाम पर शक्तिशाली 'अर्जुन टैंक', उज्जैयनी के सूर्य की तरह प्रतापी राजा विक्रमादित्य के नाम पर 'आई.एन.एस. विक्रमादित्य', लंबी दूरी तय करनेवाली ब्रह्मपुत्र और रूस की मस्कोवा नदी के नाम पर 'ब्रह्मोस मिसाइल', 'नामिका नाग मिसाइल', 'अग्नि मिसाइल', 'आकाश मिसाइल' जैसे तमाम ऐसे नाम हैं, जिनमें लोक-विश्वास विद्यमान हैं। इस प्रकार कहा जा सकता है कि लोक-विश्वास लोकजन से शिष्टजन में निहित होते हैं। आधुनिक समाज का शिक्षित वर्ग जो महानगरों में रहता है, वह भी लोक-विश्वासों को स्वीकार करता है। वह अंक-ज्योतिष, हस्तरेखा, कुंडली, जादू-टोना, तंत्र-मंत्र, हवन-पूजन के द्वारा निर्विघ्न कार्य संपादन के प्रति अपनी आस्था और विश्वास रखता है।

लोक-मानस में जन्म-मरण के संबंध में अलौकिक शक्ति की कृपा का विश्वास होता है, लोक-जीवन में देवी-देवताओं के प्रति अटूट आस्था होती है, लोक-मानस के जीवन में सुख-दुःख की हर स्थिति में देवी-देवताओं का आश्रय ही सर्वोपरि होता है, जैसे कि आदिम मानव में प्रकृति-पूजा की परंपरा रही है, समय के साथ उसमें शिष्टता आने से पूजा के तौर-तरीके ही नहीं, बल्कि देवी-देवता, अनुष्ठान भी बदले, लेकिन उनका उत्स हमें प्राचीन लोक-विश्वासों में ही दिखता है। लोक-जीवन में सूर्य, चंद्रमा, वरुण-अग्नि, नवग्रह आदि को देवता के रूप में पूजा जाता है। जिस प्रकार कि लोक-जीवन में अग्नि देवता को धार्मिक अनुष्ठानों, लोक-संस्कारों, लोक-रूढ़ियों में बराबर महत्त्व दिया गया है। अग्नि को साक्षी मानकर विवाह के फेरों के गीत, लोकगीत में अग्नि आह्वान, भूत-प्रेत बाधा में अग्नि पूजा, घर-मंदिर में दीपक प्रज्ज्वलन का विशेष महत्त्व है। विभिन्न संस्कारों में अग्नि का विशेष महत्त्व रहा है। वहीं घर में दीपक जलाना एक धार्मिक अनुष्ठान माना जाता है। डॉ. गोविंद चातक के शब्दों में—'देवभूमि उत्तराखंड में सदियों से चला आ रहा लोक-विश्वास के रूप में दीपक जलाना एक परंपरा है। इससे जुड़े कई लोकगीत भी लोक में गाए जाते हैं। परिवार की सुख-समृद्धि, कामना-पूर्ति के

लिए दीप प्रज्ज्वलन महत्त्वपूर्ण विश्वास रहा है।'[8] इसी प्रकार सूर्य और चंद्रमा की पूजा करने के कई विश्वास लोक में मौजूद रहते हैं। 'ग्रामीण जनता में सूर्य के विषय में अनेक लोक-विश्वास प्रचलित हैं। लोगों का विश्वास है कि सूर्य की उपासना करने से पुत्र-रत्न की प्राप्ति होती है। ग्रामीण स्त्रियाँ-जिन्होंने संतान का मुँह कभी नहीं देखा है—वे कार्तिक मास की शुक्ल पक्ष की षष्ठी के दिन पुत्र-प्राप्ति की अभिलाषा से एक व्रत किया करती हैं, जिसे 'सूर्य-षष्ठी' व्रत भी कहा जाता है।'[9]

इस प्रकार सूर्य, चंद्रमा, ग्रह, उपग्रहों से जुड़े कई लोक-विश्वास संसार में व्याप्त हैं। कहीं ये विश्वास शुभ शकुन के रूप में, तो कहीं अपशकुन के रूप में प्रचलित होते हैं। देश-विदेश के कारण भी शकुनों में परिवर्तन पाया जाता है। जो वस्तु एक देश में शुभ शकुन के रूप में मानी जाती है, वही दूसरे देश में अशुभ का द्योतक है। जिस प्रकार भारत में सूर्य का दर्शन शुभ तथा मंगल की सूचना देता है, परंतु ऑस्ट्रेलिया में सूर्य की गणना अशुभ नक्षत्रों में की जाती है।'[10] शुभ शकुन तथा अपशकुन से ही विश्वासों के प्रति आस्था और भय उत्पन्न होता है और आस्था व विश्वास लोक-जीवन में धर्म के अनुप्रेरक होते हैं। डॉ. गोविंद चातक के शब्दों में—"भावना और विश्वास लोक-जीवन की अभिव्यक्ति के दो प्रमुख तत्त्व हैं। उन्हीं दोनों के समन्वय से धर्म का जन्म हुआ है। विश्वास के लिए भावना और भावना के लिए विश्वास की प्रेरणा अनिवार्य है। बिना विश्वास धर्म की क्षमता प्राप्त नहीं की जा सकती और उनके साथ भावना की अनुप्रेरणा आवश्यक होती है।"[11] इस प्रकार भावनात्मक विश्वास से ही लोकधर्म को आधार मिलता है, जो विश्वास कालांतर भावनाओं में उद्वेलित होकर पूजा-पाठ, कर्मकांड, अनुष्ठान, तंत्र-मंत्र आदि के रूप में लोक में अभिव्यक्त होते हैं। लोक-मानस अपने कर्मों के फल के लिए अपने देवता पर आश्रित रहता है। इसी प्रकार कृषि, पशुपालन, रोजगार जैसे बाह्य क्रिया-कलापों से मिलनेवाली सफलता-असफलता, सुख-समृद्धि लोक-जीवन में लोक-विश्वासों पर निर्भर दिखती है।

लोक में विश्वास होता है कि अच्छे कर्मों से, उच्च गुण संपन्न संतान, पत्नी, पति आदि सभी रिश्ते फलित होते हैं। उसमें रिश्तों की प्राप्ति का पूर्वजन्म के कर्मों का विश्वास भी होता है। लोक में यह विश्वास रहता है कि अच्छे कर्मवाला स्वर्ग जाता है और बुरे कर्मवाला नरक, जिससे वह सदाचार का पथगामी बनता है। लोक-मानस खुद के साथ अन्याय होने पर अंतिम न्याय के लिए भगवान् को आहुत करता है। यह लोक-विश्वास भाग्यवाद से भी संबद्ध है। आज भी समाज में इस बात का दृढ़ विश्वास है कि विधि के विधान को कौन बदल सकता है? 'जैसी करनी वैसी भरनी', मुहावरा लोक-विश्वास का ही संवाहक है, जिसके तहत अच्छे कर्म का अच्छा परिणाम एवं बुरे कर्म का बुरा

परिणाम मिलता है। यह दृढ़ लोक-विश्वास, जहाँ लोक-जीवन में आम है, वहीं यदि बुरे कर्म वाले को भी अच्छा परिणाम अथवा अच्छे कर्म वाले को बुरा परिणाम मिले, तो उसे पूर्वजन्म का फल कहकर विश्वास आश्रित प्रतिमान स्थापित किया जाता है। लोक भाग्य पर अतिविश्वासी होता है, वह जीवनपर्यंत हर जीवन पहलू पर भाग्यवादी नजरिए से विश्वास रखता है। उसके जीवन में जो भी कार्य होते हैं, उसका कार्य-कारण शकुनों पर आश्रित होता है। वह शुभ शकुन व अपशकुन दोनों स्थितियों में भाग्य के फैसले को स्वीकार करता है। भाग्यवाद का विश्वास ज्योतिष शास्त्र से भी जुड़ा होता है। लोक में जन्मकुंडली के आधार पर कई नित्य-क्रिया-कलाप, संस्कारों का क्रियान्वयन होता है।

लोकप्राणी लोकचेतना से ही सद्कर्मों के पथ का गमन करता है। वह अदृश्य आत्मा में विश्वास करता है। लोकप्राणी मृतक आत्माओं से भयवश भी सद्मार्ग का चयन करता है। डॉ. गोविंद चातक मृतक आत्माओं से प्रचलित लोक-विश्वास को वर्णित करते हुए लिखते हैं कि "सामान्यतः लोक में यह विश्वास प्रचलित है कि जो व्यक्ति अतृप्त लालसाओं को लिए हुए दुर्घटना के फलस्वरूप अल्प मृत्यु से मरता है, वह भूत हो जाता है।"[12] लोक-विश्वास होता है कि असमय मृत्यु होने पर आत्मा अपने शत्रु से बदला लेती है और अपने प्रियजन की रक्षा करती है।

भारतीय लोक-मानस में नदियों से संबंधित लोक-विश्वास भी मौजूद होते हैं। गंगा नदी भारत में ही नहीं, बल्कि विश्व धरोहर के रूप में आस्था एवं धर्म की प्रतीक है। भारतीय परिवेश में गंगा माँ के रूप में पूजनीय है। नदी प्रकृति का ऐसा उपादान है, जो जीवन की निरंतरता की प्रतीक ही नहीं, बल्कि विभिन्न धर्मों में नदी का मानवीकरण करके उसमें देवत्व स्थापित किया गया है। यही वजह है कि आज नदियों के प्रति आस्था और विश्वास लोकधर्म के रूप में व्याप्त है। 'गंगा' आस्था के रूप में संपूर्ण भारत की सनातन परंपरा में एक लोकधर्म के रूप में पूजनीय है, जहाँ नदियों को पूजने की आदिमकाल से ही परंपरा रही है। नदियाँ धार्मिक आस्था की प्रमुख स्रोत रही हैं और 'गंगा नदी तो किरात, गंधर्व, नाग, यक्ष आदि लोगों की नदी रही, जिसकी आर्यों में लोकप्रियता उत्तरोत्तर बढ़ती गई।'[13] यही कारण है कि आज भी गंगा के प्रति भारतीय मानस में देवत्व का भाव विद्यमान है। गंगा नदी राजा भागीरथ की तपस्या के उपरांत पृथ्वी पर अवतरित हुई, इसलिए इसे आज भी 'भागीरथी' कहा जाता है।

लोक में मानव एवं विभिन्न जीव-जंतुओं से संबंधित विश्वास प्रचलित होते हैं। संसार में जलचर, थलचर, नभचर जीवधारियों से लोक-विश्वास जुड़े होते हैं। जीव-जंतुओं में कुछ जीव शुभ शकुन के प्रतीक होते हैं तो कुछ जीव अशुभ माने जाते हैं। जिस प्रकार कौआ, लोमड़ी का आवाज करना, कुत्ते का रोना आदि अशुभ माना जाता

है। गाय, बैल, घोड़ा, सिंह आदि जानवरों को शुभ माना जाता है। जीव-जंतुओं की तरह मानव की कद-काठी, जाति-समुदाय, पुरुष-महिला आदि के वर्गीकरण के आधार पर भी लोक-विश्वास मौजूद होते हैं, जैसे कि स्त्री भारतीय पुरातन मान्यता के अनुसार माँ-बाप पर आश्रित होती है। उसका नयन-नक्श के आधार पर विवाह के लिए चयनित होना, लोक में मन की सुंदरता की जगह तन की सुंदरता का आकर्षण रहना, ऐसे लोक-विश्वासों का बोध करवाते हैं। वहीं भारतीय लोक-जीवन में विधवा स्त्री के द्वारा विविध मान्यताओं एवं रूढ़ियों का पालन करना भी लोक-विश्वासों पर निर्भर होता है, जो विधवा स्त्री का लोकधर्म माना जाता है।

लोक-साहित्य में ये 'विश्वास' पूर्णतः शुद्ध रूप में दिखते हैं और शिष्ट-साहित्य में कवि-कल्पना के मिश्रण के साथ दिखाई देते हैं। भारतीय समाज में भाग्यवाद, आज्ञापालन, नजर लगना, मुँह मीठा करना, जैसे लोक-विश्वास लोक और शिष्ट दोनों समाज में व्याप्त हैं। इस समग्रता को इस परिपेक्ष्य में भी समझा जा सकता है कि जिस प्रकार भारत में पुरातनकाल से विभिन्न जातियों का प्रभाव रहा है। पृथ्वी की उत्पत्ति से लेकर परवर्ती काल में हिमालयी क्षेत्र कई जाति, वर्ग, समुदायों के लिए आकर्षण का केंद्र रहा, इसलिए यहाँ अलग-अलग जातियों के लोक-विश्वास आज भी अलग-अलग जाति-समुदायों में मौजूद हैं। लोकमर्मज्ञ डॉ. गोविंद चातक के शब्दों में—"हिमालय में शास्त्र-सम्मत धर्म और लोक धर्म दोनों की परंपराएँ समान रूप से अपना अस्तित्व बनाए हुए मिलती हैं। इस बात को अस्वीकार नहीं किया जा सकता कि धर्म, पूजा, व्रत, त्योहार, धार्मिक संस्कारों आदि सभी दृष्टि से मध्य हिमालयी क्षेत्रों में हिंदू धार्मिक तथा शास्त्रीय पद्धति का अनुसरण किया जाता है, किंतु लोक में अनेक ऐसी प्रारंभिक धार्मिक प्रवृत्तियाँ भी अवशिष्ट हैं, जिनका संबंध कभी वहाँ रहने वाले मूल निवासियों—यक्ष, किरात, कुणिंद, तंगण, भील, नाग आदि से रहा होगा।"[14]

विभिन्न लोकधर्म एवं लोक-विश्वासों की आधार भूमि हिमालयी राज्य उत्तराखंड विवेच्य लेखक रमेश पोखरियाल 'निशंकजी' की जन्म-भूमि और कर्मभूमि है। यहाँ की प्रकृति में जीवन-संरचना एवं लोकानुभव से उन्हें जो लोकानुभूति हुई वह साहित्य में लोकधर्म व लोक-विश्वास के रूप में सर्वाधिक विवेचित है। उत्तराखंड के लोकधर्म को प्रो. डी.डी. शर्मा की इस अवधारणा से समझा जा सकता है—"यहाँ (उत्तराखंड) एक ओर अपने-अपने क्षेत्र के लोक-देवताओं तथा उनकी आराधनाओं की आनुष्ठानिक प्रक्रियाओं के प्रति आस्थावान लोगों के अपने-अपने वर्ग हैं तो दूसरी ओर पौराणिक देवी-देवताओं के नाम-रूपात्मक आधारों पर संकल्पित दार्शनिक विचारधाराओं पर आस्थावान लोगों के अपने-अपने संप्रदाय।"[15]

उत्तराखंड की ऐतिहासिक पृष्ठभूमि विविध धर्मों की मानस भूमि रही है। यहाँ की धार्मिक पृष्ठभूमि का विवेचन करने के फलस्वरूप इसे किसी एक धर्म, संप्रदाय में परिबद्ध नहीं किया जा सकता है। यहाँ के लोक-मानस में शैव, शाक्त, नाग, वैष्णव, बौद्ध, नाथ आदि हिंदू संप्रदायों का मिश्रित प्रभाव रहा है। लोक-मानस में जहाँ एक ओर नाथों, नागों, तंत्र-मंत्र, जादू-टोना, यक्ष-देवता के प्रति आस्था भाव है। वहाँ पुण्य मानव आत्मा में देवत्व स्थापित करने से लेकर प्रकृति का मानवीकरण करना भी लोकधर्म है।

विवेच्य लेखक रमेश पोखरियाल 'निशंक' ने हिमालयी प्रदेश की लोकभूमि में अपने साहित्य लेखन की ऐसी जमीन तलाशी, जिसमें भारतीय जनमानस पर व्यापक सांस्कृतिक प्रभाव दृष्टिगोचर होता है। उन्होंने लोक-तत्त्वों को लोक के साथ स्वीकार किया है। ये उपादान आरोपित नहीं, बल्कि यहाँ की संस्कृति में समाहित हैं। उनकी लोक अध्ययन की दृष्टि से लोक-मानस के रहन-सहन, उनके रीति-रिवाज, धर्म, विश्वास, आस्था, आचार-विचार, शारीरिक विशेषताएँ, उत्पत्ति और वृद्धि, संस्कार और धर्म, नृत्य और गीत, मंदिर और मठ, पर्व-उत्सव एवं भाँति-भाँति के आमोद-प्रमोद, उनके बीच के विशेष गुण एवं स्वभाव, वेशभूषा एवं आभूषण, उनके निजी नाम एवं स्थानों के परिचय जैसा कुछ भी अछूता नहीं है। उन्होंने लोक-मानस को साहित्य-पटल पर पुरातन एवं नवीन जीवन-मूल्यों के साथ प्रतिबिंबित किया है। 'निशंकजी' के कथा-साहित्य का केंद्रीय बिंदु मध्य हिमालय क्षेत्र—गढ़वाल, कुमाऊँ की लोकभूमि है, लेकिन उनके साहित्य में मानवीय चेतना संपूर्ण पृथ्वी की मानव जाति को प्रभावित करने की क्षमता रखती है। उनके साहित्य में ऐसे कई लोक-विश्वास मौजूद हैं, जो संपूर्ण मानव जाति की कड़ियों को जोड़ते हैं। ऐसे लोक-विश्वास, जो संपूर्ण लोक द्वारा आदर्श जीवन-मूल्यों के साथ लोकधर्म के रूप में निर्वहन किए जाते हैं।

हिमालयी राज्य उत्तराखंड के पर्वतीय समाज में पाए जानेवाले अनेक लोक-विश्वास, लोकधर्म, लोक-मान्यताएँ ऐसी हैं, जिनकी ऐतिहासिकता में प्रबलता मौजूद है। इस प्रबलता का एहसास विभिन्न लोक-तत्त्वों में परिलक्षित है और ये लोक-तत्त्व साहित्य की सार्थकता सिद्ध करते हैं। कथाकार रमेश पोखरियाल 'निशंकजी' के साहित्य में लोक-संस्कृति की ऐतिहासिकता का केंद्र बिंदु उत्तराखंड है, जहाँ लोक-मानस की परंपराओं, विश्वासों का इतिहास अत्यंत प्राचीन है।

हिमालयी प्रदेश में यक्ष, किरात, कुणिंद, तंगण, भील, नाग, हूण, कोल, द्रविड़, शक, आर्य, खस आदि जातियों का प्रभाव रहने के कारण एक मिश्रित लोक-संस्कृति का जन्म हुआ है। इस संस्कृति की कई मान्यताएँ और विश्वास यहाँ लोकधर्म के रूप में मौजूद हैं। यह भूमि आज संपूर्ण पृथ्वी पर अपनी एक विशिष्ट पहचान रखती है। इस

पुण्यभूमि के प्रति देवताओं की भूमि मानकर मानव हमेशा आस्थावान रहा है। इस भूमि की पवित्रता के आधार पर इसके प्रति आशावान होना लोक में परंपरा के रूप में प्रचलित है। 'माता भूमि पुत्रोअऽम् पृथ्विया:' की भावना से ही स्वयं लेखक और उनके कथापात्र इस भूमि के प्रति लोकधर्म का पालन करते हुए दिखते हैं। 'मेजर निराला' उपन्यास के कथानक में लोकभूमि का महत्त्व इस रूप में प्रस्तुत है—'हरिद्वार! उत्तराखंड की धर्म नगरी। यूँ तो पूरा उत्तराखंड ही धार्मिक दृष्टि से देवभूमि कहलाता है, किंतु देवभूमि उत्तराखंड में भी हरिद्वार का विशेष महत्त्व है, जब हजारों-लाखों लोग उत्तराखंड की यात्रा करने के लिए आते हैं तो इसी हरिद्वार से यात्रा प्रारंभ होती है। कहना चाहिए कि देवभूमि में प्रवेश का द्वार है यह हरिद्वार!'[16] किसी भी क्षेत्र के लोक-मानस का आचार-व्यवहार, कर्म-संस्कार धरोहर के रूप में उस लोकभूमि में विद्यमान रहता है। उसका आत्मीय सुख अपनी भूमि से जुड़ा होता है। उपन्यास 'निशांत' में कर्नल विक्रम सिंह की मातृभूमि के प्रति आत्मीयता इस रूप में दिखती है—'ऋषिकेश के आगे बढ़ने के बाद से ही मेजर को एक आत्मिक शांति का अहसास हुआ, मानो अपने घर में पहुँच चुका हो। सड़क के नीचे की ओर हरे-भरे पेड़ों के मध्य बहती पवित्र गंगा नदी कलकल करके अवरोधों को पार करती हुई अविरल बह रही है। सड़क के दूसरी ओर बड़ी-बड़ी पहाड़ियाँ हरे-भरे वृक्षों से लदी हुईं।'[17]

भारतीय परिवेश में गंगा माँ रूप में पूजनीय है। नदी प्रकृति का ऐसा उपादान है, जो जीवन की निरंतरता की प्रतीक ही नहीं, बल्कि हिंदू धर्म में नदी का मानवीकरण करके उसमें देवत्व स्थापित किया गया है। यही वजह है कि आज नदियों के प्रति आस्था और विश्वास लोकधर्म के रूप में व्याप्त है। हिमालय और गंगा लेखक के प्रिय प्रतीक हैं, जिनके प्रति अटल आस्था उनके कथा-साहित्य का प्राण बिंदु है। गंगा को माँ का संबोधन देकर उसके पूजनीय स्वरूप को वंदनीय माना गया है तथा हिमालय के प्रति भारत का भाल मानकर अपनी आस्था को विभिन्न कहानियों, उपन्यासों में अभिव्यक्ति दी गई है। पुण्यसलिला कल्याणी माँ गंगा के प्रति 'निशंकजी' के कथा-साहित्य में आस्था और विश्वास अनेक स्थानों पर कथ्य का विषय बना है। अपने उपन्यास-कहानियों के अतिरिक्त गंगा पर रचित अन्य साहित्य लेखक का पतित पावनी माँ गंगा संबंधी लोक-विश्वास और लोकधर्म के आत्मानुराग को प्रदर्शित करता है। 'मेजर निराला' उपन्यास में भारतीय लोक-मानस की प्राचीन परंपराओं, श्रद्धा-विश्वास को एक विस्तृत सामाजिक पटल पर दर्शाया गया है। उपन्यास में मेजर निराला छुट्टी के बाद सेना के बीच पहुँचता है तो वह घर से रोट अरसा और गंगाजल लेकर जाता है। लेखकीय कथन है कि 'अगाध श्रद्धा है, भारतीयों में गंगा के प्रति; 'माँ' कहा जाता है गंगा को। माँ इसलिए कि वह पवित्र

है शुरू से अंत तक माँ की तरह गंगा में डुबकी लगाने पर लोग स्वयं भी पवित्र हो जाते हैं।'[18] 'निशंकजी' के साहित्य में नदियों, पर्वतों, वृक्षों, फूलों, पशु-पक्षियों के प्रति भी देवत्व का भाव मिलता है। उनके कथा-साहित्य में वर्णित हिमालयी क्षेत्र पुरातनकाल से ही अपनी अलग पहचान रखता है। इसका संबंध महाभारत, रामायणकाल से जुड़ता है तो समय-समय पर ऋषि-मुनियों ने तपभूमि एवं विभिन्न जाति-समुदायों ने भी इसे अपनी कर्मभूमि बनाया है। यहाँ हर किसी ने प्रकृति के रहस्यों, जीवन की परिकल्पनाओं, जगत् की व्यवस्थाओं को अपने-अपने तरीके से समझने की कोशिश की। रहस्य को समझने के लिए विश्वास एवं भावनाओं से हर किसी ने अपने अनुसार धर्म का प्रतिपादन किया। 'निशंकजी' ने अपने कथा-साहित्य में देवभूमि उत्तराखंड के चार धाम-यमनोत्री, गंगोत्री, केदारनाथ, बदरीनाथ समेत ऋषिकेश, देवप्रयाग, हरिद्वार जैसे आध्यात्मिक स्थलों को कथ्य में आध्यात्मिकता के साथ प्रस्तुत किया है। कथानकों में आध्यात्मिक लोकधर्म और लोक-विश्वासों से कथानकों को विशेष पहचान मिलती है, वहीं अपने यात्रा-साहित्य में स्वयं लेखक लोक-मानस के बीच साक्षी बनकर लोक-विश्वासों, लोक-परंपराओं, लोकधर्म का चित्रण करते हैं।

विवेच्य लेखक ने स्वानुभूति के साथ भारतीय लोक-मानस के धार्मिक और सांस्कृतिक जीवन की लंबी यात्रा की है। भारतीय लोक-जीवन में उन्होंने ऐसे लोक-विश्वासों को पहचाना है, जो वैदिककाल से लेकर आज भी अपना अस्तित्व बनाए हुए हैं। उनके उपन्यास 'छूट गया पड़ाव' में रानी के कुरूप पैदा होने का कारण, उसके माँ-बाप दैवीय प्रकोप मानते हैं। वे अंधविश्वास, लोक-रूढ़िग्रस्त पात्र हैं, जो रानी की शारीरिक बनावट से चिंतित होकर खुद से कई सवाल करते हैं और कई उपाय भी सुझाते हैं—'खान-दान में और कोई ऐसा बदशक्ल भी नहीं था, फिर रानी ऐसी कुरूप कैसे? कहीं किसी देवी-देवता का प्रकोप तो नहीं। पंडित-मौलवियों से लेकर पता नहीं कहाँ-कहाँ गणत-पूछ करवा डाली। आए दिन घर में पूजा-पाठ रहती। कहीं कोई घात, जैकार तो नहीं, इस आशंका में देवता भी नचा लिये पर कोई फर्क नहीं पड़ा।'[19] रानी की चिंता लिये उसकी दादी भागुली देवी भी देवी-देवताओं के आगे झोली फैलाती है। वहीं ग्रामीण उसे इसलिए मनहूस करार देते हैं, क्योंकि उसके पैदा होने के बाद आनंद सिंह की कोई औलाद नहीं होती है। रानी के दुरूह, चुनौतीपूर्ण जीवन को सुधारने का बीड़ा गाँव के स्कूल की शिक्षिका सरोज उठाती है तो दादी उसे भगवान् का भेजा दूत मान बैठती है। सरोज की सास उसे देखती है तो वह उसकी कुरूपता को भगवान् का अन्याय मानती है—'यह ऊपरवाला भी कितना अन्यायी है। किसी को छप्पर फाड़कर देता है तो किसी को जीते-जी मार देता है। क्या वह जरा भी नहीं पसीजा होगा कि यह अबला जिएगी

कैसे, अच्छा होता इस तरह दुनिया में भेजने के बजाय कोख में ही मार देता। उसे देखकर मुझ पर ऐसी बीत रही है तो उस पर और उसके माँ-बाप पर क्या बीतती होगी? कैसे काटेगी जिंदगी? कौन ले जाएगा उसे? लोग तो अच्छी-भली लड़कियों में नुक्स निकाल देते हैं, पर वह तो मनखी जैसी भी नहीं लगती। बदशक्ल ही होती, पर चेहरे पर बाल तो नहीं होते, उसकी तो तकदीर ही फूट गई है।'[20]

कथाकार रमेश पोखरियाल 'निशंक' लोक-जीवन के आदर्श नियामक लेखक हैं। उनके साहित्य में लोक-विश्वास एवं लोकधर्म से अभिव्यंजित लोक-जीवन का संपूर्ण दर्शन प्राप्त होता है। हिमालयी राज्य उत्तराखंड, जिसे 'देवभूमि' नाम से अभिहित किया जाता है, वहाँ से जुड़ा उनका परिवेश साहित्य में जब विवेचित होता है तो ऐसी परिस्थिति में लेखक द्वारा अपनी ओर से किसी भी प्रकार की कल्पनाश्रित लोक-जीवन का ताना-बाना बुनने का प्रश्न नहीं उठता है। लोक-साहित्यकार के रूप में कथाकार 'निशंकजी' ने लोक-जीवन में घुले हुए शास्त्रीय, धार्मिक, लोक-विश्वासों को ज्यों-का-त्यों गृहीत किया और कथा-साहित्य में उन मान्यताओं को न ही उत्कर्ष पर पहुँचाया, न ही किसी के महत्त्व को कम किया। उनके साहित्य का लोक-मानस भारतीय धर्म भावना से प्रेरित है, वह हिमालय के लोकधर्म का प्रस्तोता है। 'निशांत' उपन्यास में कथानायिका मिताली का कथन है—'पिताजी कहते थे, संध्या के समय अँधेरा नहीं रखना चाहिए, अपशकुन होता है।'[21] यह एक लोक-विश्वास है कि जिस घर में माहौल सुखमय होता है, वहाँ हर शाम रोशनी जलती है तथा जहाँ कुछ अप्रिय घटना घटती है, वहाँ न प्रकाश होता है, न ही शाम को चूल्हा जलता है। वहीं विभिन्न लोक-संस्कारों में अग्नि को साक्षी मानकर कथा-साहित्य में संस्कार अनुष्ठान भी मिलते हैं।

'बीरा' उपन्यास में बीरा का पढ़ना-लिखना भी कुलदेवी की कृपा पर आश्रित दिखाई देता है तभी उसके मामा कहते हैं कि 'कुलदेवी ने चाहा तो तब तक बीरा इंटर भी पढ़ लेगी',[22] लोक में छोटी-बड़ी हर खुशी को सामूहिक रूप से साझा किया जाता है, जिसके लिए लोकनृत्य, लोकगीत-गान जैसे माध्यम होते हैं। 'निशंकजी' के कथानक ऐसे लोक उत्सवधर्मी पात्रों से परिपूर्ण हैं, जिसका सीधा-सपाट वर्णन लेखक इस तरह करते हैं—'गजब का उत्साह था लोगों में। बड़े-बूढ़े और जवान, स्त्री और पुरुष सब नए-नए कपड़े पहने हुए थे। गाँव के पंचायती चौक में 'मंडाण' लगा था। ढोल और दमाऊँ की गमक वातावरण में हर्ष पैदा कर रही थी। ढोली मधुर कंठ से गायन-शैली में देवताओं का आवाह्न कर रहा था, साथ में दमाऊँ वाला उसके स्वर में स्वर मिला रहा था। देवताओं के 'पश्वा' जमीन में शुद्ध आसन में चौकी के ऊपर बैठे हुए थे।'[23] लोक-जीवन की संस्कृति के ऐसे सरल-सहज वर्णन से कथानक में दृश्यात्मकता पैदा

हो जाती हैं, जो 'निशंकजी' का अद्भुत कलात्मक कौशल है। इसी कलात्मक कौशल से वे उत्सवधर्मी लोक-जीवन को पुष्ट करते हैं। उनके कथा साहित्य में पर्व-त्योहारों, मेले, पूजा, अनुष्ठान, लोकनृत्य, लोकगीत आदि के माध्यम से उत्सवधर्मी लोक दिखाई देता है।

'छूट गया पड़ाव' उपन्यास में 'रानी' को इलाज के लिए चंडीगढ़ ले जाने से पूर्व पूजा-पाठ शुभ शगुन करने की सलाह दी जाती है और इलाज के बाद देवी-देवता, इष्ट देवता की पूजाई करने का संकल्प लिया जाता है। कुलदेवता की पूजा से जुड़ा लोक-विश्वास 'पल्लवी' उपन्यास में भी दिखता है, जब ध्रुव की माँ पंडितजी द्वारा जन्मकुंडली के आधार पर उसके उज्ज्वल भविष्य का समाचार सुनती है तो उसकी कुलदेवता के प्रति आस्था इस तरह दिखती है—'बहुत होनहार पुत्र है उसका। भविष्य में जरूर अपना नाम रोशन करेगा। गाँव के पंडितजी ने जन्म-पत्री बाँच यह सुनाया तो माँ बड़े यतन से बचाए सवा रुपए का प्रसाद कुलदेवता को चढ़ा आई।'[24]

'अपना-पराया' उपन्यास के पात्र भी लोक-विश्वासों पर आस्था रखते हैं, जिनमें स्थानीय देवता संबंधी विश्वास और लोक-प्रचलित परंपराओं का निर्वहन दिखता है। ईश्वर तथा धर्म, लोक-जीवन के प्रमुख अवयव हैं। लोक पर आस्था ईश्वर पर विश्वास या आस्तिक भाव का पर्याय है। प्रायः यह भी देखा गया है कि यही धर्मपरायणता लोक को सद्मार्ग पर खड़ा रखती है। धर्मभीरु होकर ही लोक-मानस एक-दूसरे के सुख-दुःख में समभागी बना रहता है। यही कारण है कि लोकप्राणी ईश्वरीय न्याय पर आश्रित रहता है। 'निशंकजी' के कथासाहित्य का लोकप्राणी में भी वह विश्वास होता है, जो न्यायालय के न्याय-अन्याय से ऊपर सर्वोच्च न्याय का स्थान भगवान् के द्वारा निर्धारित होना मानता है। 'प्रतिज्ञा' उपन्यास में भागुली देवी बहू सुनीता को समझाती है कि 'देख बेटी मैंने अपना बेटा खोया, अब तुझे नहीं खोना चाहती, भगवान् करता है न्याय। वही देगा उन्हें पापों की सजा।'[25] उपन्यास 'प्रतिज्ञा' की पात्र सुंदरा भी अपने हत्यारे बेटे के पापों का न्याय निर्धारक भगवान् को मानकर सुनीता से कहती है—'भगवान् भी उसे माफ नहीं करेगा बेटी, लेकिन तू मुझे तो माफ कर दे।'[26]

लोक-विश्वास सदैव अच्छे ही हों, यह आवश्यक नहीं है। कभी-कभी ये रूढ़िग्रस्त होकर समाज को क्षति भी पहुँचाते हैं। प्रायः स्त्री एवं दलितों के साथ इन तथ्यों से अत्यंत दारुण स्थिति उत्पन्न हुई है। 'अपना-पराया' उपन्यास में लेखक ने समाज में फैली इस गलत धारणा का उदाहरण लिया है। 'अपना-पराया' उपन्यास में लक्ष्मी के पति सुरेश की सड़क दुर्घटना में मौत हो जाती है, तो सास कमला यह कहकर कि 'करमजली! तेरा दुर्भाग्य खा गया मेरे बेटे को', सारा दोष लक्ष्मी के भाग्य पर मढ़ देती है। वहीं

बड़ी-बूढ़ियाँ इस विपत्ति की घड़ी में भी लक्ष्मी को 'अपशकुनी' कहने से नहीं चूकती हैं, जब कुछ समय बाद लक्ष्मी के पिता महिमानंदजी की मौत हो जाती है, तो गाँव की वृद्ध महिला लक्ष्मी के अबोध बच्चे मानस पर दो-दो मौत का दोष डाल देती है—'पेट में आया तो बाप को खा गया और दुनिया में आया तो नाना को, आगे भगवान् मालिक।'[27]

मूलत: लेखक समाज में उद्धारक का कार्य भी करता है। इन तथ्यों का कथानक में समावेश इस अर्थ से करता है कि इन्हें पढ़कर पाठक के हृदय में अवश्य ही इनके प्रति विरोध की भावना जागृत होगी तथा शनैः-शनैः हमारा लोक इन कुरीतियों एवं रूढ़ियों से स्वयं को मुक्त कर लेगा। उनके कथा-साहित्य के लोक में व्यक्ति की सत्ता धन-वैभव, नाम की अपेक्षा गुण-धर्म, आचरण, विश्वास पर आधारित दिखती है। उपन्यास 'भागोंवाली' में 'भागोंवाली' अम्मा का नाम 'भागोंवाली' समाज के द्वारा दिया गया नाम था, जिसका आधार सिर्फ और सिर्फ चार-चार पुत्रों की माँ होना था, जो उसके भविष्य के सुखद होने का विश्वास मात्र था। यह नाम समाज द्वारा उसे उसके चार पुत्रों के आधार पर भाग्यवान होने के प्रतीक रूप में मिला, जिस मान्यता पर शास्त्रीजी और अम्मा भी विश्वास करते थे। उपन्यास का कथ्य है—'कितना विश्वास था, उन्हें अपने बेटों पर। विश्वास हो भी क्यों नहीं, आखिर अपने जीवन का एक-एक क्षण, एक-एक पैसा सबकुछ बच्चों को पढ़ाने-लिखाने में ही तो खर्च किया था उन्होंने, पैसों का लालच कभी भी नहीं रहा उन्हें। वह भगवान् से हमेशा यही प्रार्थना करते थे कि—हे ईश्वर, तू मुझे धन-दौलत भले ही मत देना, पर ऐसा दु:ख कभी न देना कि जिसके लिए पैसों की जरूरत आन पड़े।'[28] इन पंक्तियों को पढ़कर प्रसिद्ध लेखिका शिवानी के उपन्यास 'पूतोंवाली' का स्मरण होता है। दोनों ने ही पहाड़ी पृष्ठभूमि पर अपने-अपने कथानक को रचा है।

स्त्री को लेकर भारतीय परिवेश में अनेक लोक-विश्वास प्रचलित हैं। 'अपना-पराया' उपन्यास में सुरेश की मौत होने पर लक्ष्मी विधवा हो जाती है, तो उसके ज्योतिष पिता के ज्ञान पर उँगली उठनी शुरू हो जाती है। ग्रामीण यहाँ तक कह देते हैं कि 'जो पंडित अपनी बेटी का भाग्य नहीं बाँच पाया, वह औरों के भाग्य को क्या समझ पाएगा?' भाग्यवाद के प्रभाव में परिकल्पित उसका चरित्र लोक-जीवन में विधवा स्त्री की समस्याओं को उद्धृत करता है। सुरेश की मौत के बाद लक्ष्मी की चूड़ियाँ तोड़ना, माथे से सिंदूर मिटाना, उसके साज-सज्जा का पूरा सामान ननद रेणु द्वारा ले लेना जैसी लोकप्रचलित मान्यताएँ हैं। विधवा स्त्री के साथ ऐसे ही लोकधर्मों की बाध्यता उसे शोषण का भागी बना देती है। विधवा लक्ष्मी पर उसके पति सुरेश के दोस्त ही अश्लील फब्तियाँ कसते हुए दिखते हैं, अत: लोक-जीवन में रिश्तों की बुनियाद भी कभी-कभी परिस्थितियों पर निर्भर दिखती है। यही नहीं विधवा होने के बाद स्त्री के जीवन में अच्छे कपड़े पहनना,

साज-सज्जा करना, सभी लोकधर्म के विरुद्ध माने जाते हैं। लक्ष्मी को गाँव की एक शादी के लिए साड़ी पहनना इतना भारी पड़ जाता है कि उसकी सास उसके चरित्र पर सवाल उठाती है। लक्ष्मी को अपने विधवा होने का दुःख तब भी झेलना पड़ता, जब अपनी ननद की शादी में उसे सास 'अपशकुनी' कहकर शादी के रस्मों-रिवाज से दूर रहने के लिए बात-बात पर रोकती है। समाज में ऐसे ही लोक-विश्वासों का परिणाम होता है कि विधवा स्त्री ऐसी मान्यताओं को लोकसत्य समझकर स्वीकार करती है, जो लक्ष्मी के माध्यम से 'अपना-पराया' उपन्यास में दिखता है। ऐसे लोक-विश्वासों का मनोवैज्ञानिक प्रभाव भी 'निशंकजी' के कथा-साहित्य में दिखाई देता है—'विवाह के दिन सुबह जब रेणु को हल्दी लगाकर बाँद दिए जाने की रस्म होने लगी तो लक्ष्मी स्वयं ही घर की ऊपरी मंजिल के एक अँधेरे कोने में जाकर बैठ गई। शुभ कार्यों में आगे आना तो उसने अभागन होने के बाद वैसे ही छोड़ दिया था। 'उसके अपशकुनी भाग्य की छाया नई दुल्हन पर भी पड़ेगी।' यही सुनती आई थी, अब तक अपनी सास से। मंगलगीतों की ध्वनि के बीच रेणु की निगाहें भाभी को ढूँढ़ रही थीं, इस समय किससे कहे कि कोई उन्हें ढूँढ़ लाए!'[29]

लोक-विश्वास का मनोवैज्ञानिक प्रभाव 'भागोंवाली' उपन्यास की केंद्रीय पात्र 'भागोंवाली' के ऊपर भी दिखाई देता है। अशुभ घटनाएँ व्यक्ति के मन-मस्तिष्क को प्रभावित करती हैं और वह कई तरह के विश्वासों से भय को जन्म देते हैं। भागोंवाली ऐसी ही मनोवैज्ञानिकता से जूझती पात्र है, जो शास्त्रीजी की आकस्मिक मृत्यु के बाद हर छोटी-बड़ी बात में कुछ अपशकुन या अनहोनी से आशंकित हो जाती है।

'निशंकजी' के कथा-साहित्य में जन्म-कुंडली संबंधी लोक-विश्वास 'अपना-पराया', 'बीरा', 'कृतघ्न', 'निशांत', 'पल्लवी' उपन्यास में दृष्टिगोचर है। अपने कथा-साहित्य में 'निशंकजी' जन्म-कुंडली संबंधित लोक-विश्वास को महत्त्व न देकर कर्मफल को ज्यादा महत्त्व देते हैं। 'बीरा' उपन्यास में बीरा-राजू 'कृतघ्न' में 'अंबुज-अंजलि', 'अपना-पराया' में लक्ष्मी-सुरेश, पात्रों का विवाह जन्म-कुंडली से तय होता है, लेकिन सभी विवाह असफल होते हैं। यही नहीं जन्म-कुंडली संबंधित लोक-विश्वास कैसे लोक में ही अविश्वास को प्राप्त होकर लोक-भर्त्सना के भागी बन जाते हैं, ये उपन्यास 'अपना-पराया' में दिखाई देता है। 'अपना-पराया' उपन्यास के पात्र पं. महिमानंद जोशी ज्योतिष के ज्ञाता थे, जो लोगों का भविष्य और विवाह आदि संस्कार जन्म-कुंडली के आधार पर करते थे। पं. महिमानंद के चरित्र-चित्रण से ज्ञात होता है कि उनके लिए किसी भी शुभ कार्य के लिए जन्म-पत्री मिलान जरूरी था। वे विवाह संबंधों के लिए जन्म-पत्री के मिलान को अत्यावश्यक मानते थे। वे अपनी बेटी लक्ष्मी और दामाद सुरेश का विवाह जन्म-पत्री और पंचांग देखकर शुभ तिथि, लग्नानुसार विवाह संपन्न करवाते हैं,

लेकिन जब सुरेश की दुर्घटना में मृत्यु हो जाती है तो लक्ष्मी की सास और अन्य समाज में जन्म-कुंडली और ज्योतिष का महत्त्व इस रूप में दिखाई देता है—'वैसे तो बहुत बड़े पंडित बनते हो। अपनी बेटी का दुर्भाग्य क्या जान-बूझकर मेरे बेटे के सिर मढ़ दिया।' विलाप करते हुए जब कमला ने चिल्लाकर कहा तो जोशीजी और उनकी पत्नी बुरी तरह चौंक उठे, अब यही आरोप लगना बाकी था उन पर! जन्म-पत्री तो ठीक ही मिलाई थी, आखिर बेटी है वह उनकी। जान-बूझकर उसका बुरा कैसे चाह सकते थे वो? छब्बीस गुण मिल रहे थे दोनों के पर चूक कहाँ हो गई, वे खुद भी बहुत हैरान थे।[30] ऐसी लोक-विश्वासप्रद सामाजिक भावनाओं के परिणामस्वरूप उनके गाँव समेत आसपास के लोग भी जोशीजी से पूजा-पाठ, जन्म-पत्री दिखवाना बंद कर देते हैं। जिससे परिवार की आर्थिक स्थिति खराब हो जाती है। इस प्रकार लोक-जीवन में लोक-विश्वास सामाजिक और आर्थिक पक्ष के प्रभावी तत्त्व भी होते हैं।

अलौकिक शक्तियों में विश्वास, मनुष्य के जीवन व्यापार का अदृश्य शक्ति संचालन, पुनर्जन्म, प्रकृति का मानवीकरण एवं देवीकरण, भविष्य की निश्चितता, प्राकृतिक आपदाओं का घटना, आपदा-क्षति को मनुष्य का कर्मफल मानना आदि ऐसे सामान्य लोक-विश्वास हैं, जो 'निशंकजी' के साहित्य में लोक-जीवन की पहचान हैं। ये विशेष परिस्थिति में मनुष्य की चेतना को प्रभावित करनेवाली सामान्य कल्पनाओं पर आधारित धारणाएँ हैं। पारलौकिक शक्ति द्वारा न्याय का निर्धारण 'पल्लवी' उपन्यास में एक अलग तरह के लोक-विश्वास के साथ दिखाई देता है। 'पल्लवी' उपन्यास की बिंदु अपने पति किशन फौजी की मौत के बाद सास-ससुर को छोड़कर शहर चली जाती है। सास-ससुर की असहाय और बीमार स्थिति को देखकर, गाँव की एक महिला कुंती का कथन है—'हाय लगेगी उसको उनकी हाय'[31] लोक-जीवन में गलत कार्यों के फल के तहत 'हाय' लगने जैसे न्यायिक विश्वास मौजूद होते हैं, जिनसे अदृश्य शक्ति द्वारा न्याय प्राप्त होने का विश्वास जुड़ा होता है और 'निशंकजी' के कथा-साहित्य में इस न्याय सिद्धांत से कई कथानक अभिप्राय सिद्ध होते हैं।

'पल्लवी' उपन्यास के कथानायक ध्रुव की मौत का आभास कथानायिका पल्लवी को सपने में हो जाता है। वहीं कथानक में प्रकृति के सजीव वर्णन के साथ बिछड़े बछड़े की मर्मांतक पुकार, सियारों का रोना, कागा (कौवे) का अलसाए मुँडेर पर बैठना, सभी संकेत लोक-विश्वास के प्रतीक हैं, जो अशुभ होने का भाव जागृत करते हैं। 'लोक-जीवन में जितना कौवे के संबंध में लोक-विश्वास प्रचलित है, उतना संभवतः किसी भी पक्षी के विषय में प्राप्त नहीं होता। कौआ रूप में काला और वाणी से कर्कश होता है। यह मांस का भी भक्षण करता है, अतः यह पक्षी आदर की दृष्टि से नहीं देखा जाता।'[32]

मनुष्य जीवन के कर्मों का इहलोक और परलोक संबंधित लोक-विश्वास 'भागोंवाली' उपन्यास में दृष्टिगोचर है। शास्त्रीजी की मौत के बाद लोगों में चर्चा होती है कि 'शास्त्रीजी जैसे भले पुरुष का इस कलियुग में स्थान कहाँ है। अच्छे लोग तो भगवान् को भी प्यारे होते हैं।'[33] इस तरह शास्त्र, उपनिषद्, ज्योतिष से उपजे ज्ञान से लोक में इहलोक-परलोक, स्वर्ग-नरक, कर्म-भाग्य, जैसे कई लोक-विश्वासों को मान्यता मिलती है, जिसमें चेतना की महत्त्वपूर्ण भूमिका होती है।

विवेच्य लेखक ने अपनी कहानियों की रचना में भी अनेकों लोक-विश्वासों को जगह दी है। उनकी 'दंड' कहानी में कथापात्र विमलजी को 22 वर्षों के लंबे संघर्ष और कोर्ट के चक्कर काटने के बाद आखिरकार न्याय मिलता है, लेकिन जिस न्याय के लिए लड़ते हुए वह नौकरी खोकर जीवन का अमूल्य समय बरबाद कर देता है, उस कड़े संघर्ष के बादजूद वह जीत का श्रेय भगवान् को देना नहीं भूलता, वह परिवार सहित देवी पूजा के लिए उजाड़ हो चुके पैतृक गाँव पहुँचते हैं। यह लोक-मानस के हृदय का विश्वास ही होता है कि वह अपनी माटी से मिले संस्कारों के बलबूते स्थानीय देवी-देवताओं का हमेशा ऋणी बना रहता है। 'संवेदनहीन' कहानी में शरद की भैंस गिरने पर ग्रामीण कानाफूसी करते हुए कहते हैं कि गुलाबराय से भैंस लाते शरद ने भूम्याल देवता की पूजा नहीं की, जिस कारण दुर्घटना हुई। ग्रामीण लोक-जीवन में घरेलू पशु को 'धन' माना जाता है, मध्य हिमालयी क्षेत्र गढ़वाल में पशु को 'धन' कहा जाता है। 'निशंकजी' द्वारा गढ़वाल क्षेत्र परिदृश्य में लिखी गई 'बेजुबान' कहानी में पुष्कर कहता है कि 'केदार बाबा की कृपा हुई तो अगले साल हमारा अपना घोड़ा होगा,'[34] यह लोकभावना ही है कि लोकप्राणी भगवान् से पशु अर्जित करने की कामना करता है। उसमें ऐसे संस्कार व विश्वास भी दिखते हैं कि वह पशु के प्रति अपनी आत्मीयता को जोड़ता है और पशुओं को धन के रूप में स्वीकार करता है। लोक में किसी भी प्राणी के प्रति लोक-विश्वास की कड़ियाँ शास्त्रों से जुड़ती हैं, उसी प्रकार लोक-मानस किसी रोग-शोक, संकट, पीड़ा, दुश्मन से मुक्ति के लिए दंड की गुहार, सुख की आशा आदि के लिए शास्त्रीय अनुष्ठानों, पूजा-पाठ में भी विश्वास रखता है और स्थानीय देवता, कुल-देवता, भूम्याल देवता, इष्टदेवता पर निर्भर रहता है।

'मनीऑर्डर' कहानी में रंजु के सेना में तैनात पति का समय पर संदेश न आने से उसका मन अनिष्ट की आशंका से भयभीत हो जाता है, लेकिन पति के सकुशल घर पहुँचने पर रंजु का विश्वास सबसे पहले अपने भूम्याल देवता के प्रति दिखाई देता है। 'आश्रय' कहानी में रूपेश अपनी बच्ची की जान बच जाने पर सुकून की सांस लेते हुए कुल-देवता को धन्यवाद अर्पित करता है।

लोक में व्यक्ति की सर्वोच्च आकांक्षा भी संतान सुख होता है, 'अतीत की परछाइयाँ' कहानी की भागीरथी एवं रामरथ संतान प्राप्ति के लिए आस्था व विश्वास का सहारा लेते हैं। वे लोक प्रचलित कई उपायों के प्रति आशावादी होकर संतान प्राप्ति की इच्छा रखते हैं। भारतीय लोक-जीवन में ऐसे कई लोक प्रचलित विश्वास और देव-आस्थाएँ मिलती हैं, जहाँ निसंतान दंपती संतान प्राप्ति के लिए देवी-देवताओं, तंत्र-मंत्र, जादू-टोने का सहारा लेते हैं। 'निशंकजी' की 'हत्यारे' कहानी में लक्ष्मी का जन्म भी तमाम टोटके, पूजा-पाठ, मान-मनौती करने के बाद उसके माता-पिता की शादी के दस साल बाद हुआ था।

'केदारनाथ आपदा की सच्ची कहानियाँ' में लोक-विश्वास ही कथानक-अभिप्राय बनते हैं। कई बार लेखक इन प्रतीकों की व्याख्या स्वयं कथानक में भी करते हैं—'रात का एक बज रहा था। बाहर सन्नाटा था, कहीं दूर से कुत्तों के भौंकने की आवाज ही बीच-बीच में नीरवता भंग कर रही थी। इस बीच उन्हें लगा जैसे कुत्ता रो रहा हो। बचपन की याद हो आई, जब दादी कहती थी। कुत्ते का रोना अशुभ होता है।'[35]

'निशंकजी' के साहित्य के कई कथानकों में ऐसे पात्रों का परिचय मिलता है, जिनमें सामूहिक सहकारिता, उत्तरदायित्व की भावना मिलती है कि वे अहंशून्य होकर समाज को परिवार मानते हैं और समूह से जुड़कर वे 'वसुधैव कुटुंबकम्' की भावना के संवाहक होते हैं और यही उनका लोकधर्म होता है। 'किसी के दुःख को हरना एक बहुत बड़ा धार्मिक अनुष्ठान है,' इस लोकसूक्ति के साथ 'निशंकजी' की कहानी 'एक यक्ष प्रश्न' ऐसी ही भावना को प्रतिपादित करती है। समाज में कुष्ठ रोगियों के प्रति जो अस्पृश्यता का भाव लोगों के मनोमस्तिष्क में होता है और अस्पृश्यता के पीछे लोक प्रचलित विश्वास कैसे समाज को प्रभावित करते हैं, कहानी इस समस्या को उजागर करती है। कहानी के केंद्रीय पात्र ज्योतिष मर्मज्ञ सुरेशानन्द की कुष्ठ रोग होने से दुःखद मृत्यु होती है। उसका बेटा गोपाल पिता की त्रासदी देखकर समाज में कुष्ठ रोगियों की पीड़ा को समझता है और जीवन-पर्यंत कुष्ठ रोगियों की सेवा करता है। कथानायक के रूप में गोपाल समाज में उपस्थित लोक-विश्वासों को तोड़कर एक नई दृष्टि देता है।

भारतीय लोक-जीवन में लोक-विश्वास है कि मनुष्य का जीवन 84 लाख योनियों के बाद मिलता है। 'आनंद मरते नहीं' कहानी में ऐसे विश्वासों का महत्त्व इस तरह सामने आता है—'यार कितनी लाख योनियों की जद्दोजहद से मिलता है, ये मानस जीवन। उसे भी हम ढंग से न जी पाएँ तो लानत है। इसलिए जितना भी जियो जी भर कर जियो।'[36] वहीं मृतक आत्मा से संबंधित लोक-विश्वास कहानियों की रोचकता को उत्स प्रदान करता है। 'खोया सम्मान' कहानी में चौकीदार की पत्नी मृतक आत्मा के

लोक-विश्वास के भय के कारण सत्य का भेद खोलने को मजबूर हो जाती है। वह अपने पति के कहने पर स्वार्थवश ऑफिसर सुधीर पर बलात्कार का आरोप लगाती है। आत्म-सम्मान खो चुका सुधीर आत्महत्या कर लेता है, जिसके बाद चौकीदार की पत्नी को सुधीर की मौत से लगता था कि सुधीर की आत्मा उसे माफ नहीं करेगी और उसके परिवार को इसका प्रकोप भुगतना पड़ेगा।'[37] इसी डर से वह सत्य बयां कर देती है। कथानक में चौकीदार की पत्नी इसी लोक-विश्वास के कारण सद्‌मार्ग को चुनती है। इसी तरह 'प्रायश्चित' कहानी में जब अरुणिमा पत्नी धर्म को तोड़कर रिश्ते को तवज्जो नहीं देती है, तब भी मर्यादित चरित्र वाला मुकेश पति धर्म निभाने में कोई कसर नहीं छोड़ता। वह अपनी पत्नी अरुणिमा की वजह से लोक-लाजवश आत्महत्या करने को मजबूर हो जाता है। मुकेश की मौत के बाद अरुणिमा के लोकचित्त में स्वप्न संबंधी लोक-विश्वासों का प्रभाव दिखता है, बेटी नुपुर को सपने में चिल्लाते हुए देख उसका मन अंतर्द्वंद्वों से भयभीत हो जाता है।

साहित्य में यथार्थ को अभिव्यक्त करने के लिए और विश्वसनीयता बनाए रखने के लिए लोक-विश्वासों का विशेष महत्त्व होता है। 'निशंकजी' ने अपने साहित्य में ऐसे लोक-विश्वासों को जगह दी है, जिन्हें विज्ञान के आधुनिक युग में भी उपभोक्तावादी सभ्यता की व्यावसायिक संस्कृति खंडित नहीं कर पाई। ये ऐसे विश्वास हैं, जो लोकधर्म में व्याप्त होकर लोकचित्त की गहराई में पैठ बनाए हुए हैं। समाज में तमाम पर्व-त्योहार, उत्सव, मान्यताएँ इसी लोकभावना से लोक-जीवन को जोड़े रखते हैं।

लोक-संस्कृति के विविध आयाम

साहित्य यदि समाज का दर्पण है तो समाज का अस्तित्व संस्कृति है, संस्कृति से समाज को विशिष्ट पहचान मिलती है। यदि संसार में अलग-अलग संस्कृति न होती तो संसार एक ही सभ्यता में चल रहा होता, वह संस्कृति ही है, जिससे संसार में भिन्न-भिन्न सभ्यताओं का अस्तित्व स्थापित हुआ। सामान्यत: संस्कृति एवं सभ्यता को एक-दूसरे का पर्याय भी माना जाता हैं, लेकिन दोनों समानार्थी नहीं हैं, यद्यपि दोनों में धनिष्ठ संबंध है। डॉ. हजारी प्रसाद द्विवेदी के शब्दों में—"सभ्यता का आंतरिक प्रभाव संस्कृति है। सभ्यता समाज की बाह्य व्यवस्थाओं का नाम है, संस्कृति व्यक्ति के अंतर के विकास का। सभ्यता की दृष्टि वर्तमान की सुविधा-असुविधाओं पर रहती है, संस्कृति की भविष्य या अतीत के आदर्श पर।"[38] संस्कृति मानव जीवन की आंतरिक भावनाओं का संग्रह है, जबकि सभ्यता बाह्य शारीरिक विकास का द्योतक है। इस प्रकार मान सकते हैं कि सभ्यता मानवरूपी उस शरीर का ढाँचा है, जिसमें संस्कृतिरूपी आत्मा निवास

करती है। मानव जीवन में श्रेष्ठ आचरण से एक संस्कृति का सृजन होता है और उन्नत विचारधाराओं से एक सभ्यता की नींव पड़ती है, अतः 'संस्कृति' की पृथक् सत्ता को समझना आवश्यक हो जाता है।

'संस्कृति' शब्द संस्कृत भाषा के 'कृ' धातु के 'क्तित' प्रत्यय और 'सम' उपसर्ग को जोड़कर सम+कृ+'क्तित'=संस्कृति बना है, जो संस्कार का पर्याय भी माना जाता है। भारतीय साहित्य अवलोकन के फलस्वरूप संस्कृति-लोक-संस्कृति और शिष्ट-संस्कृति के रूप में दिखाई देती है। लोकमानव में आदिमता के तथाकथित असभ्य गुणों का होना उसकी सरलता-सहजता का प्रतीक है। वह अज्ञानी दिखते हुए भी ज्ञान का भंडार होता है। उसकी जीवन-शैली कई विश्वास, परंपरा, रीति-रिवाज, पर्व-त्योहारों से परिपूर्ण होती है। लोक-संस्कृति से जीवन की वास्तविकता का अर्थबोध प्राप्त होता है। मनुष्य की नैसर्गिक अभिव्यक्ति का सबसे सरल, सहज प्रभावशाली माध्यम लोक-संस्कृति ही होती है, जिसमें श्रमशील समाज के जीवन का दर्शन मिलता है। लोक-संस्कृति अपनी सामूहिकता में लोक-जीवन की शक्ति को अभिव्यक्त करती है। उसमें कृत्रिमता और यांत्रिकता का कोई स्थान नहीं होता है। मानव जाति में लोक-संस्कृति के फलस्वरूप कई गुणों का परिष्कार हुआ है और लोक-संस्कृति ही है, जिससे मानव ने हर युग में जीवन जीने की कला परिष्कृत की। डॉ. डी.डी. शर्मा के शब्दों में—"लोक-संस्कृति के अंतर्गत किसी प्रदेश अथवा क्षेत्र विशेष की संस्कृति विशेष के अभिव्यजंक तत्त्वों-आचार-विचारों, विधि निषेधों, आस्था-विश्वासों, धार्मिक अनुष्ठानों, व्रतोत्सवों, नृत्य-गीतों, जन्म से मृत्यु तक के संस्कारों एवं उनसे संबद्ध अनुष्ठानों, जीवन-मृत्युपरक संकल्पनाओं, सामाजिक प्रथाओं, परंपराओं, जीवन पद्धतियों, व्यवसायों तथा उनसे संबद्ध क्रिया-कलापों, सामाजिक गठनों एवं उनकी व्यवस्थाओं आदि का सम्यक् निदर्शन प्राप्त किया जा सकता है।"[39] अर्थात् लोक-संस्कृति के अंतर्गत, जो देवी-देवताओं के प्रति आस्था, अनुष्ठान, धर्म-विधान, आचार-विचार, व्रत-उपवास, उत्सव-त्योहार आदि आते हैं, उनका कोई प्रत्यक्ष आधार न होते हुए भी उनके प्रति लोक-विश्वास हमेशा जीवित रहा है। यदि क्षेत्र-विशेष, कालावधि में अंतर भी आया हो तो वह भी लोक में स्वीकार्य रहता है, क्योंकि उसकी स्वीकार्यता लोकमत पर निर्भर रहती है।

कथाकार रमेश पोखरियाल 'निशंक' के साहित्य में व्यक्ति निम्न धरातल से संबंध रखता है और उनके साहित्य का लोक-जीवन जन-साधारण की आस्था, संस्कार, आचार-विचार का लेखा-जोखा है। उनके उपन्यासों में पात्र लोकभूमि अथवा ग्राम-भूमि से नगर, महानगर की दूरी तय करते हैं। उनके पात्र लोक से शिष्ट की परिधि में आते हैं, लेकिन लोक-संस्कृति की ज्वाला उसमें सदैव धधकती रहती है। वे शिष्ट समाज में

रहकर भी कई लोकधर्म, लोक-विश्वास, लोक-संस्कार के भागी बने रहते हैं। लोक-मानस के मानस-पटल पर लोक-संस्कृति की शक्ति इस कदर घुली रहती है कि वे शिष्ट समाज में रहकर भी खुद को अलग नहीं कर पाते हैं। 'निशंकजी' लोकजन एवं शिष्टजन की आंतरिक बुनावट से लेकर बाहरी क्रिया-कलापों को लोक-संस्कृति के परिदृश्यों में विवेचित करते हैं। उनके संपूर्ण साहित्य में हम लोक-मानस को दोनों तरह की संस्कृतियों—लोक-संस्कृति एवं शिष्ट-संस्कृति से सृजित पाते हैं, लेकिन संपूर्ण साहित्य विवेचन में लोक-संस्कृति के परिदृश्य ज्यादा परिलक्षित होते हैं।

उनके कथा-साहित्य में हम भारतीय परिवेश के लोक-मानस को गाँव की सरल-सहज अकृत्रिमता के साथ भी पाते हैं और शहर के चतुर-चालाक उपभोक्तावादी स्वरूप में भी पाते हैं, लेकिन उसमें आदिम मानव की रागात्मक प्रवृत्ति, वैदिक व लौकिक संस्कार शास्त्रीय ज्ञान की कई समानताएँ भी मिल जाती हैं। भारत की आत्मा गाँव में बसती है, जिसकी मूल धरोहर संस्कृति होती है। इसी संस्कृति में दीन-हीन, निर्धन, शोषित, अनपढ़, अशिक्षित सारा सर्वहारा वर्ग 'लोक' (जनसामान्य) नाम से अभिहित होता है। इन सभी की जीवन-शैली एक संस्कृति को जन्म देती है, जिनके रहन-सहन, वेशभूषा, आचार-विचार, रूप-संस्कार, पर्व-त्योहार आदि में विविधता पाई जाती है, तथापि उनके बीच एक ऐसा सुदृढ़ सूत्र है, जिसमें विभिन्नता में एकता की स्थापना हो जाती है। उनके कथा-साहित्य में लोक-संस्कृति, लोक-जीवन के संस्कारों, परंपराओं, रीति-रिवाजों, देवी-देवताओं का वर्णन, धार्मिक स्थलों, धर्म-मान्यताओं, लोक-विश्वासों, व्रत-उपवास, शकुन-अपशकुन, जादू-टोना आदि से सृजित कथानकों, यात्राओं पर परिलक्षित होता है।

वे चेतनामूलक प्रगतिशील लेखक की भूमिका निभाते हुए लोकधर्मी लेखक के रूप में लोकबोलियों में प्रचलित कथाओं, गाथाओं, नीति-वाक्यों, मुहावरों, लोकोक्तियों के माध्यम से सजातीय लोक-संस्कृति के रक्षक हैं।

कथा-साहित्य में लोक-संस्कारों का प्रभाव

'लोक-संस्कार' लोक-जीवन और लोक-परंपराओं को जोड़ने की महत्त्वपूर्ण कड़ी है, जिनसे व्यक्ति का समाजीकरण होता है। लोक-संस्कार मानव के शारीरिक, मानसिक, बौद्धिक विकास के कारक हैं। 'संस्कार' शब्द की व्युत्पत्ति सम् पूर्वक 'कृ' धातु में 'घञ्' प्रत्यय लगाकर सम्+कृ+घञ्'=संस्कार के रूप में हुई है। संस्कृत साहित्य में संस्कार शब्द का प्रयोग शिक्षा, संस्कृति, व्याकरण-विषयक शुद्धि, परिष्करण, शुद्धि-क्रिया, धार्मिक विधि-विधान, शोभा आभूषण, अलंकार आदि अर्थों में हुआ है।[40] अर्थात्

संस्कार मानव जीवन के मानसिक विकास के लिए निर्धारक होते हैं, जिनसे उसके समस्त जीवन व्यवहार प्रभावित होते हैं। डॉ. राजबली पांडेय के शब्दों में—"संस्कार का अभिप्राय शुद्धि की धार्मिक क्रियाओं तथा व्यक्ति के दैहिक, मानसिक और बौद्धिक परिष्कार के लिए किए जानेवाले अनुष्ठानों में से है, जिनसे वह समाज का पूर्ण विकसित सदस्य हो सके।"[41] समाज से ही साहित्य का निर्माण होता है और साहित्य समाज के लिए दर्पण का कार्य करता है। विचारणीय है कि संस्कारों का अस्तित्व केवल मानव जीवन में ही है, पशुओं में केवल सहज ज्ञान होता है, विकसित ज्ञान नहीं। संस्कारों का परिमार्जन संस्कृति के अंतर्गत होता है। इस प्रकार संस्कार एवं संस्कृति का शब्दार्थ एवं व्यवहारार्थ संबंध भी है, तथापि संस्कृति जीवन की समग्रता की प्रतीक है, किंतु संस्कार विधि-विधान का परिणाम है। लोक-जीवन में संस्कारों का लक्ष्य मानव चरित्र को उत्कृष्ट, आदर्श जीवन के योग्य बनाना होता है। लोक-संस्कार जहाँ मानव के लोक-मूल्यों का परिष्कार करते हैं, वहीं उनका लोकरंजन महत्त्व भी होता है। लोक-संस्कृति में भौतिकतावाद को ज्यादा महत्त्व नहीं दिया गया है, बल्कि उसमें आध्यात्म का अनुशीलन स्वीकार किया गया है। संस्कार, आध्यात्म के अनुशीलन के कारक है, जिनके द्वारा लोक-मानस में श्रेष्ठ, संयमित, अनुशासित, सुसंस्कृत गुणों का समावेश होता है। अतः लोक-संस्कार लोकहृदय को ही परिष्कृत नहीं करते, अपितु संपूर्ण लोक-जीवन-मूल्यों की स्थापना करते हैं, जो लोक-साहित्य में स्पष्ट परिलक्षित होकर उसे शिष्ट साहित्य से पृथक् करते हैं।

भारतीय परिपेक्ष्य में संस्कारों को अर्जित करना एवं परिमार्जित करना लोक-जीवन में जीवनपर्यंत चलनेवाली क्रियाएँ हैं। संस्कार पीढ़ी-दर-पीढ़ी चलते हैं और संस्कारों का संरक्षण एवं पालन ही परंपरा कहलाती है। लोक में परंपरा अहं के शून्य में प्रवाहित होती है तो लोक-परंपरा कहलाती है, वहीं जब मनुष्य समाज परंपराओं को शास्त्रीय आधार, पांडित्य भाव से स्वीकार करता है तो वे अभिजात्य अथवा शिष्ट वर्ग के संस्कार कहलाते हैं, अतः दोनों की अपनी संस्कृति भी होती है और संस्कार भी। डॉ. श्याम परमार के शब्दों में—"भारतीय समाज में नागरिक एवं ग्रामीण दो भिन्न संस्कृतियों का प्रायः उल्लेख किया जाता है, किंतु 'लोक' दोनों संस्कृति में विद्यमान है।"[42] मनुष्य चाहे लोक-समाज में रह रहा हो या शिष्ट समाज में, दोनों में लोकभावना मौजूद रहती है और उसमें संस्कारों का प्रभाव आजीवन रहता है।

कथाकार रमेश पोखरियाल 'निशंकजी' के संपूर्ण कथा-साहित्य में लोक-संस्कारों का विशेष प्रभाव दिखाई देता है। यह प्रभाव हिंदू धर्म के सोलह संस्कारों की परिधि में रचित है। 'निशंकजी' के कथा-साहित्य में उनके स्वयं के परिवेश में व्याप्त संस्कार-

परंपराओं का प्रभाव स्पष्ट है। लोक-जीवन के विभिन्न संस्कार उनके कथा-साहित्य में स्थानीय परंपराओं के साथ पूर्ण होते हैं। मनुष्य जीवन की सबसे प्रारंभिक अवस्था से अंतिम अवस्था तक के सभी संस्कार उनके कथानकों में दृष्टिगोचर हैं। 'अपना-पराया' उपन्यास में उत्तराखंड के लोक-जीवन में नवजात शिशु संबंधी लोक-संस्कार दिखते हैं। लक्ष्मी सौर गृह में बच्चे को जन्म देती है। जहाँ वह पुआल (अनाज की पत्तियों) के बिस्तर पर रहती है। साथ ही ग्यारहवें दिन सूतक हटाने के लिए एक छोटा हवन किया जाता है। लक्ष्मी के पति सुरेश की मृत्यु को हुए एक साल पूरा न होने के कारण नामकरण का समारोह नहीं किया जाता है। बच्चे के लिए नाना-नानी द्वारा कपड़े लाए जाते हैं, मामा द्वारा कपड़े पहनाए जाने का रिवाज भी सामने आता है। इन रीति-रिवाजों के साथ संस्कार की मान्यताओं के पीछे लेखकीय कथन है कि 'प्रथानुसार जच्चा को इक्कीस दिन तक घर के काम करने की अनुमति नहीं दी जाती, शायद यह प्रथा इसलिए ही बनाई गई होगी कि कुछ दिन जच्चा-बच्चा दोनों को आराम मिल सके।[43] इस प्रकार लेखक संस्कारों को कथानक में ही शामिल नहीं करते, बल्कि उन संस्कारों के पीछे की लोकमान्यता को भी स्पष्ट करते हैं। उनके कथा-साहित्य में विवाह संस्कार एक सामाजिक एवं धार्मिक अनुष्ठान के रूप में संपन्न होता है। लोक में विवाह का पहला उद्देश्य स्त्री-पुरुष के यौन संबंधों को सामाजिक स्वीकृति दिलवाना है तथा विवाह का दूसरा उद्देश्य वंश को आगे चलाने के लिए संतान की उत्पत्ति करना है, जिससे पितृऋण से उऋण होने का लोक-विश्वास जुड़ा होता है। वहीं तीसरा उद्देश्य दांपत्य जीवन के पवित्र बंधन द्वारा जीवन का समाजीकरण करना होता है। इन्हीं उद्देश्यों की पूर्ति करते हुए उनके कथानकों में लोक-जीवन के विवाहोत्सव से जुड़ी कई संस्कार-परंपराएँ परिलक्षित होती हैं। जिस प्रकार विवाह संस्कार के लिए वैदिक काल से ही वधू चयन आर्य वर्गीय विवाह का अन्यतम विचारणीय पक्ष रहा है, 'निशंकजी' के पात्रों में वधू चयन के बहुविध चयन, सीमांकन की छाप स्पष्ट दिखती है, जो लोक में सदैव मौजूद रही है। 'कृतघ्न', 'अपना-पराया', 'बीरा', 'पल्लवी', 'निशांत' उपन्यास में वधू चयन के आधार पर विवाह संस्कार पूर्ण होते हैं, जहाँ से गुण-दोषों के आधार पर वर-वधू चयन दिखाई देता है। 'कृतघ्न' उपन्यास में अंबुज का पहला विवाह और दूसरा विवाह इसी वधू चयन प्रक्रिया से गुजरता है, जहाँ संस्कारवान युवक के लिए संस्कारों के आधार पर वधू-चयन की प्राथमिकता अंबुज की माँ के चरित्र में इस रूप में दिखती है—'बस माँ के लिए इतना काफी था। कुछ समय तो लड़की की तलाश आरंभ कर देगी वह, वैसे भी अंबुज अच्छे घर का शालीन, सुसंस्कृत और पढ़ा-लिखा लड़का है, उसके लिए रिश्तों की कमी न थी।'[44]

मनुष्य के जीवन में व्यक्तित्व सबसे महत्त्वपूर्ण गुण होता है। इसलिए विवाह संस्कार के लिए वर-वधू चयन में उनके व्यक्तित्व के आधार पर सुसंस्कारित होने का गुण देखा जाता है। 'कृतघ्न' उपन्यास के नायक-नायिका में व्यक्तित्व को ही रिश्ते के लिए अहमियत मिलती है। अंबुज के लिए वर्षा का रिश्ता तय होता है तो तारतम्यता इस रूप में स्वीकृत होती है—'परिवार उनकी तरह पैसेवाला तो नहीं था, लेकिन सुसंस्कारित था। सबसे बड़ी बात यह थी कि वर्षा, जिसके साथ अंबुज और उसके परिवार को जिंदगी बितानी थी, वह जानकी को बहुत ही सुशील, मृदुभाषी और संस्कारित महसूस हुई।'[45]

लोक-जीवन में विवाह संस्कार सर्वाधिक महत्त्वपूर्ण संस्कार होता है। भारतीय लोक-जीवन में विवाह संस्कार में विभिन्नता मिलती है। प्राय: भारतीय लोक-जीवन में जन्म-कुंडली मिलान के बाद माता-पिता द्वारा विवाह तय किया जाता है, हालाँकि बाल-विवाह प्रथा के खत्म होने के बाद वर-वधू की विवाह से पूर्व आपसी स्वीकृति भी महत्त्वपूर्ण होती है, लेकिन इसमें भी अनिच्छा जताने के लिए कन्या दबाव में होती है। कुंडली मिलाकर विवाह का संस्कार कथाकार 'निशंकजी' के कथा-साहित्य के लोक में प्राय: दिखाई देता है। 'बीरा' उपन्यास में बीरा के मामा-मामी उसे शादी की जानकारी तब देते हैं, जब राजू से उसकी जन्म-पत्री मिल जाती है। पंडित लड़का-लड़की पक्ष को आगे बात बढ़ाने की स्वीकृति देते हैं, जिस पर बीरा के मामा लड़का-लड़की की स्वीकृति को प्राथमिकता देते हैं, लेकिन राजू के पिता का यह कहना कि 'जैसा आप ठीक समझें। संस्कारी बच्चे हैं, माँ-बाप का कहना टालेंगे नहीं,' शादी के प्रति एक परंपरावादी रूढ़िगत लोकप्रवृत्ति है, जहाँ शादी जैसे जीवन-पर्यंत चलनेवाले रिश्तें के बंधन में लड़का-लड़की की अस्वीकृति को संस्कारों का उल्लंघन माना जाता है। 'प्रतिज्ञा' उपन्यास की कथानायिका सुनीता का चरित्र भी लोक-संस्कारों पर केंद्रित है। वह बीरु से शादी करना चाहती थी, लेकिन उसके लिए माता-पिता के आगे स्वयं प्रयास करना लोक-संस्कार की सीमा से बाहर जाने जैसा था। अपनी इच्छा के लिए वह भगवान् से प्रार्थना करती हुई दिखती है। 'प्रतिज्ञा' उपन्यास का कथ्य है कि 'हे भगवान्! माँ-पिताजी बात मान लें।' आँखें मूँदकर ईश्वर से हर रोज यही प्रार्थना करती सुनीता बिना किसी के पूछे अपने मन की बात कह सके, ऐसा उसके संस्कारों में भी नहीं था।'[46]

लोक में विवाह संस्कार के दौरान मनुष्य में देवत्व की स्थापना का भाव मौजूद रहता है। वर-वधू को विभिन्न अनुष्ठानों के साथ देवतुल्य माना जाता है। इस दौरान लोक-संस्कारों में संस्कार गीतों का विशेष महत्त्व मिलता है। ये गीत लोक के हर्षोल्लास, आत्माभिव्यक्ति के माध्यम होते हैं। इन गीतों को उत्तराखंड में 'माँगल' कहा जाता है, जो वस्तुत: हर्ष-उल्लास के प्रतीक होते हैं। लोक-संस्कारों में लोकगीत का अनुष्ठानिक

महत्त्व भी होता है। विवेच्य लेखक के साहित्य में जीवन के विविध संस्कारों में लोकगीतों की परंपरा की स्पष्ट झलक मिलती है। 'अपना-पराया' उपन्यास में रेणु के विवाह संस्कार के साथ कथानक में हल्दी लगाने, मंगल गीतों की रस्म का वर्णन करते हैं— 'मंगल गीतों की ध्वनि के बीच रेणु की निगाहें भाभी को ढूँढ़ लाए।'[47] वहीं इन संस्कार गीतों के साथ ही पर्वतीय परिवेश में विवाह की अन्य क्रियाएँ होती हैं।

विवेच्य लेखक रमेश पोखरियाल 'निशंक' ने लोक जीवन से लेकर नागरिक जीवन को कथ्य विषय बनाकर संस्कारों का हर पक्ष, रूप, परिवर्तन, मूल्य संक्रमण की व्याख्या की है, जिसमें मृत्योपरांत के संस्कार भी हमें विभिन्न विधानों के साथ परिलक्षित होते हैं। लोक में मान्यता होती है कि पिता का अंतिम संस्कार बड़ा बेटा करता है और माँ का अंतिम संस्कार छोटा बेटा पूर्ण करता है। 'भागोंवाली' उपन्यास में भी लोक की इसी मान्यता को पूरा करते हुए शास्त्रीजी की पार्थिव देह को बड़ा बेटा सुरेश ही मुखाग्नि देता है। 'निशंकजी' कथानक पात्रों का परिदृश्य ऐसे लोक से संबद्ध करते हैं, जहाँ ये मान्यताएँ, लोक-विश्वास के साथ संस्कारों से पुष्ट होती हैं। ये ऐसी अनुष्ठानिक क्रियाएँ हैं, जो लोक-जीवन में आस्था और श्रद्धा संपन्न जीवन की पुष्टि करती हैं, जैसे कि मृत्यु के बाद भी मृतक की आत्मा के साथ श्रद्धा का भाव श्राद्ध जैसी अनुष्ठानिक क्रिया में दिखाई देती है। इस विषय में लोकमर्मज्ञ प्रो. डी.डी. शर्मा के शब्दों में—"श्राद्ध का अभिप्रेत अर्थ है अपने प्रति किए गए उपकारों के प्रति श्रद्धापूर्वक कृतज्ञता प्रकट करना। हम सभी जानते हैं कि व्यक्ति के जन्म, पालन-पोषण, संरक्षण तथा उसके जीवन को उपयोगी बनाने में उसके माता-पिता तथा अन्य गुरुजनों का प्रमुख योगदान होता है। उसके प्रति किए गए उनके इन उपकारों के प्रति उसने जीते जी तथा उनके मृत्यु के उपरांत भी अपनी कृतज्ञता को प्रकट करना उसका मानवीय धर्म अथवा कर्तव्य हो जाता है।"[48] कथाकार 'निशंकजी' अपने पात्रों में इस तरह के आस्था आधारित संस्कारों को स्थापित करके लोक-जीवन-मूल्यों का संरक्षण करते हैं। उनके पात्र आधुनिक जीवन-शैली जीते हुए भी पारंपरिक मूल्यों को जीवित रखना चाहते हैं। पितरों के प्रति आस्थावान होकर वे श्राद्ध, तर्पण, पिंडदान जैसे आस्थापरक अनुष्ठानिक लोक-संस्कारों को पूर्ण करते हैं। 'कृतघ्न' उपन्यास का कथानक महानगरीय जीवन पर आधारित है, जिसमें आधुनिक अति-महत्त्वाकांक्षी, स्वार्थपरक, ईर्ष्यालु पात्रों में भी कुछ पात्र लोक-संस्कारों को स्थापित करते हैं। कथानायक अंबुज की पत्नी की आकस्मिक मृत्यु के बाद अंतिम संस्कार, वार्षिक श्राद्ध, पूजागृह में देवता एवं पितरों के साथ उसकी फोटो स्थापित करने जैसी आस्था से मृत्योपरांत के संस्कार परिलक्षित होते हैं, वहीं पात्रों के आंतरिक संस्कारों का परिचय मिलता है। उपन्यास में अंबुज की पत्नी वर्षा के वार्षिक श्राद्ध तक घर में

अन्य किसी शुभ कार्य के लिए इंतजार करना भी मृत आत्मा के प्रति आस्था का परिचय है, जो लोक-जीवन के संस्कारगत विश्वास हैं।

मानव जीवन में संस्कार ही हैं, जो व्यक्तित्व का निर्माण करते हैं, संस्कारों से व्यक्ति समाज पर मनोवैज्ञानिक प्रभाव उत्पन्न करता है, वह दूसरे की मनोभावना को प्रभावित करने की क्षमता रखता है। 'निशंकजी' के कथा-साहित्य में पात्रों की क्षमता संस्कारों पर केंद्रित है। 'अपना-पराया' उपन्यास की लक्ष्मी अपनी सास के रूखे व्यवहार को देखकर शादी से पूर्व आशंकित थी, लेकिन उसे खुद पर दृढ़ विश्वास था कि वह मनोभावना को संस्कारों से बदल देगी, यह विश्वास उपन्यास में इस तरह परिलक्षित होता है—'लेकिन लक्ष्मी तो अभी भी मन-ही-मन आशंकित थी। सुरेश के पिता ने जहाँ उससे बहुत स्नेह से बात की, वहीं उसकी होनेवाली सास का स्वभाव रूखा ही बना रहा, फिर भी उसे अपनी क्षमता और संस्कारों पर इतना विश्वास था कि हर परिस्थिति का सामना करके वह सबको स्नेह से अपना बना ही लेगी।'[49]

लोक-जीवन में पुत्र-पुत्री को अलग-अलग धारणा के अनुरूप संस्कार देने की अटूट आस्था प्रचलित होती है। 'बीरा' उपन्यास में बीरा जब मामी के आगे शादी के लिए अनिच्छा प्रकट करती है तो मामी उसे कहती है—'नहीं मेरी बेटी ऐसी अपशगुन भरी बातें नहीं करते। बेटी तो पराया धन होती है, उसे एक-न-एक दिन तो घर छोड़कर जाना ही पड़ता है।' लोक-जीवन के ऐसे मानसिक संस्कार के बावजूद लेखक अपने पात्रों को वास्तविक जीवन-मूल्यों से जुड़े संस्कारों के पैमाने पर भी गढ़ते हैं। 'निशांत' उपन्यास में पितृसत्तात्मक समाज के संस्कार संबंधी तौर-तरीकों को तोड़कर उपन्यास की नायिका मिताली के पिता की मृत्यु पर सभी अंतिम संस्कार-क्रियाओं का निर्वहन करती है, मिताली लोक-संस्कारों के आधुनिक मूल्यबोधों का परिचय देती है, जिसमें आडंबर नहीं, बल्कि आत्मीयता दिखाई देती है। संस्कारों में आत्मीयता होती है, फिर चाहे वह मनुष्य जीवन का कोई भी संस्कार हो, किसी भी धर्म, जाति, संप्रदाय का हो।

'निशंकजी' के उपन्यास ही नहीं, बल्कि कहानियाँ भी लोक-संस्कारों की प्रस्तोता हैं। वर्तमान युग में लोक-संस्कारों की विमुखता युवा पीढ़ी में प्रमुख रूप से दिखाई देती है, लेकिन 'निशंकजी' अपने कथा-साहित्य में पात्रों का चयन उस लोक-भूमि से करते हैं, जहाँ ग्रामीण पृष्ठभूमि से उठे पात्र जनपदीय भूमि में भी लोक-संस्कारों के प्रति सचेत दिखते हैं। 'खड़े हुए प्रश्न' कहानी का देबू माता-पिता के प्रति जिस चिंता में दिखता है, उसका लोक-संस्कारी चरित्र है। आमतौर पर आज जिन मूल्यों का संक्रमण युवा पीढ़ी में हो रहा है, वह उन संक्रमित मूल्यों से मुक्त पात्र है, वह एक तरफ कर्ज तले बेरोजगारी के चक्कर में शहर आता है, दूसरी तरफ वह माँ-बाप की सेवा के लिए भी चिंतित है।

माँ-बाप की चिंता में डूबा वह स्वयं कहता है—'कभी सोचता हूँ, गाँव जाकर उनकी सेवा करूँ, परंतु यह सोचना भी मेरे लिए अभिशाप है, गाँव जाकर फिर उन पर बोझ नहीं बनूँगा पर घर में कोई उनको पानी देनेवाला भी तो नहीं है। दिन-रात मुझे यही चिंता खाए जा रही है।'[50] लोक में चरित्र मापन के कई आधार होते हैं, जहाँ बाह्य और आंतरिक स्वभाव, व्यक्ति का सरल-सहज दिखना उसके संस्कारों के कारक होते हैं। 'दोषी कौन', कहानी की शर्मिला उच्च गुण, आचार-विचार संपन्न संस्कारवान होते हुए भी ऑफिस से जब थोड़ी देर से घर आती है तो सुमित्रा बड़बड़ाती है—'न जाने क्या हो गया है आजकल की लड़कियों को। न समय का ध्यान; न बड़े-बूढ़ों का ख्याल। इतनी देर हो गई अब तक घर नहीं आई।'[51] 'तकदीर' कहानी का हिमांशु शारीरिक संस्कारों से युक्त होकर कर्तव्यनिष्ठ चरित्र है। वह कड़ी मेहनत के बाद राष्ट्रीय स्तर पर फुटबॉल टीम के लिए चयनित होकर अपने सपने को पूरा करने से एक कदम दूर होता है, लेकिन दुर्भाग्यवश पिता की मौत होने के कारण वह टीम में शामिल होने की बजाय अपने लोक-धर्म का परिचय देते हुए लोक संस्कारी चरित्र के रूप में उभरता है। वह पिता के अंतिम संस्कार को अपने कॅरियर से ज्यादा महत्त्व देता है और संस्कारवान होकर कर्तव्यों के साथ पुत्र-धर्म का पालन करता है। 'अनजाना रिश्ता' कहानी में संस्कारों की ऐसी आत्मीयता सुलक्षणा के चरित्र में दिखाई देती है, वह एक विवाह संस्कार की पूर्णता के बिना विवाह के बाद के दायित्वों का निर्वहन करती है, यही नहीं लेखक उसका चरित्र चित्रण जिस रूप में करते हैं, वह विवाह संस्कार के बाद जिम्मेदारियों को निभाने का नया आदर्श स्थापित करती है। लोक में रिश्तों के प्रति जो दायित्वबोध होता है, वह संस्कार के अंतर्गत ही आता है। कहानी में सुलक्षणा व उसके ससुर दीनानाथ के बीच यह आत्मीय संस्कार देखा जा सकता है। सुलक्षणा के मंगेतर अनुपम की विवाह से पूर्व सड़क दुर्घटना में मृत्यु हो जाती है, लेकिन वह उसके परिवार के इकलौते सदस्य अनुपम के पिता दीनानाथ को अकेले नहीं छोड़ती और बिना विवाह के एक बहू की भूमिका में उनकी आजीवन सेवा करती है। उसके इसी संस्कार को देखते हुए कथा-पात्र सुरभि भी सोचने को मजबूर हो जाती है कि 'इस घोर कलयुग में ऐसा भी होता है क्या? जहाँ लोग खून के रिश्तों को भी नहीं निभा पाते वहाँ दीनानाथजी और सुलक्षणा ऐसे रिश्ते को निभा रहे हैं, जो कभी बना ही नहीं।'[52] 'कैसे संबंध' कहानी में लोकजन एवं शिष्टजन के बीच के संस्कारिक संबंधों के अंतर को समझा जा सकता है। स्वप्ना व उसकी बेटी पलक दो ऐसे पात्र हैं, जिनमें स्वप्ना लोक-संस्कारों में चित्रित पात्र है, वहीं पलक के माध्यम से शिष्ट समाज के विचार उद्धृत होते हैं। स्वप्ना के पति सागर भी शिष्ट समाज के पात्र हैं। लेखकीय कथन से स्पष्ट होता है कि 'स्वप्ना जहाँ धर्मभीरू, पुरानी मान्यताओं को माननेवाली महिला थी, वहीं सागर आधुनिक विचारों का

हिमायती।'[53] स्वप्ना सामाजिक मान्यताओं को सर्वोपरि मानती है, वह बेटी को लिव-इन-रिलेशनशिप को कानूनी मान्यता देने की बात पर स्पष्ट प्रश्न करती है—'बेटा इसे कोर्ट ने मान्यता दी है, पर क्या समाज ने भी मान्यता दी है? कोर्ट चाहे कुछ भी कहे, आखिर रहना तो इसी समाज में है न! क्या करेंगे उस कानूनी मान्यता का जिसे समाज नहीं मानता?'[54] लोक-जीवन में सामाजिक मान्यता को ही सर्वोपरि समझा जाता है। इन्हीं मान्यताओं का पालन विभिन्न संस्कारों के रूप में किया जाता है। कर्म के स्थान पर लोकप्राणी भाग्य पर अधिक विश्वास करता है, जिससे उसके संस्कारों पर सीधा प्रभाव पड़ता है। यह भाग्यवादी विश्वास उसे सुसंस्कारों की ओर आकर्षित करता है। 'भिखारिन' कहानी में रतन सेठ की पत्नी सेठानी ऐसा ही चरित्र है, जब सेठानी घर पर अकेले रह जाती तो इकलौती बेटी शिवानी ससुराल जाने के बाद उसकी कोई सुध नहीं लेती। उसके अपने रिश्तेदार उसकी संपत्ति पर कब्जा कर बैठते और उसे आश्रम छोड़ देते हैं। वृद्धावस्था में वह वृंदावन में मंदिर के बाहर भीख माँगकर जीवन-यापन करने को मजबूर हो जाती है, जब वह शिवप्रसाद को अपनी इस हालत की व्यथा सुनाती तो वह इसे अज्ञात बुरे कर्म का फल मानकर ईश्वर की इच्छा के रूप में स्वीकार करती है। उसका यह कथन कि 'न जाने कौन से बुरे कर्म किए होंगे, जो मौत भी नहीं आती। बिना फल भुगते तो नहीं जाऊँगी इस दुनिया से।'[55] यह लोक का ईश्वर व भाग्य के प्रति दृढ़ विश्वास ही होता है, जिससे जीवन की हर दशा के लिए आशावादी दृष्टि से वह ईश्वर पर विश्वास करता है। 'प्रायश्चित्त' कहानी में भी 'श्राद्ध' अनुष्ठान का महत्त्व अतृप्त आत्मा की शांति के लिए कथानक में उद्‌धृत है, मुकेश की आत्मा की शांति के ध्येय से जब उसके मामा-मामी अरुणिमा को अमेरिका से बुलाते हैं तो वह श्राद्ध के लिए आती है। 'कृतज्ञ' कहानी में 'साहब' एक गरीब परिवार के ऐसे चरित्र हैं, जो उच्च आदर्श, संस्कारों से लैस हैं, उच्च पद पर पहुँचने के बावजूद वह जमीन से जुड़े व्यक्तित्व हैं। ऐसा व्यक्ति, जिनमें पद के प्रति ईमानदारी और सम्मान बना रहा। ऐसे संस्कारयुक्त व्यक्तित्व जो बचपन के साथी मोहन के उपकारों को नहीं भूलता है। इस प्रकार साहित्य जीवन का दर्शन होता है, जिसमें मानव जीवन के विविध रूप, क्रिया-कलाप, आचार-विचार की व्याख्या लोक-संस्कारों में मिलती है। 'निशंकजी' से अपने कथा-साहित्य में मानव जीवन के विभिन्न संस्कार दृष्टिगोचर होते हैं।

रीति-रिवाज

'रीति-रिवाज' शब्द का अर्थ—परंपरा, प्रथा, पद्धति, ढंग, रिवाज आदि कई रूपों में लिया जाता है, जो लोक-जीवन में रची-बसी संस्कृति मेले-त्योहार, पर्व-उत्सव के

उल्लास से अनुप्राणित होते हैं। रीति-रिवाजों की स्पष्ट झलक लोक-मानस की वेश-भूषा, रहन-सहन में झलकती है; साथ ही पारंपरिक शैली के बने भवन, इमारत, मंदिर, मेले-त्योहार, उत्सव, पर्व, व्रत-अनुष्ठान, परिधान, श्रृंगार, साज-सज्जा, लोकांचलों की विशिष्टता रीति-रिवाजों से परिलक्षित होती है।

लोक-साहित्य में रीति-रिवाज का विशेष प्रभाव होता है। लोक-जीवन में सहज संस्कार, परंपरागत गुणधर्म के स्त्रोत रीति-रिवाज हैं। आपसी मेल-मिलाप, धार्मिक अनुष्ठान, मेले-त्योहार, कृषि जीवन के कार्य, लोकानुरंजन के ऐसे प्रमुख उपादान हैं, जो रीति-रिवाज की गंगोत्री हैं। रीति-रिवाज, सामूहिक जीवन के प्रेरक हैं, साथ ही इनमें रूढ़ परंपराएँ भी सुरक्षित रहती हैं और बाह्य कारक भी उसे प्रभावित करते हैं। रीति-रिवाज हमारी संस्कृति के सशक्त एवं जीवंत प्रतिमान हैं, जिनमें भारतीय संस्कृति के सोलह-संस्कारों का प्रवाह होता है। रीति-रिवाजों में विधि-निषेध, जादू-टोने, पारंपरिक लोकाचार, धर्म-शिक्षा, यज्ञ-अनुष्ठान, देवी-देवताओं की मान्यताएँ पीढ़ी-दर-पीढ़ी हस्तांतरित होती है। रीति-रिवाज लोक-संस्कृति के सुसंग्रह बोध हैं, तो संस्कृति की कुप्रथाएँ भी रीति-रिवाज में आश्रय पाती हैं, यथा रीति-रिवाज के नाम पर दहेज प्रथा, बलि-प्रथा, बेमेल विवाह, प्रपंचात्मक आडंबर आदि असामाजिक तत्त्व आज भी हमारे बीच जीवन के प्रमुख प्रभावी तत्त्व हैं। इस प्रकार संस्कृति समाज की वह जटिल इकाई है, जिसके अंतर्गत ज्ञान-विज्ञान, विश्वास, रीति-रिवाज, संस्कार, धर्म आदि तत्त्वों का समावेश होता है। रीति-रिवाज पूरे समाज के अध्ययन के माध्यम होते हैं, प्रो. डी.डी. शर्मा के शब्दों में—"किसी मानव समुदाय के रीति-रिवाजों का अध्ययन उसकी सामाजिक तथा सांस्कृतिक पृष्ठभूमि को तथा उसके मूलाधारों को समझने का एक महत्त्वपूर्ण स्रोत हुआ करता है, क्योंकि ये उस समुदाय की सामाजिक तथा सांस्कृतिक परंपराओं के अलिखित दस्तावेज हुआ करते हैं, जिनके माध्यम से निर्भ्रांत रूप में उनके अज्ञात अतीत तक पहुँचा जा सकता है।"[56]

भारतीय संस्कृति अनादिकाल से सांस्कृतिक महत्त्व के पर्वों से समृद्ध होती रही है। भारतवर्ष त्योहार, मेले, उत्सव की विविधता वाला देश है, जहाँ मेले-त्योहारों में बेहद रोचकता और आस्था, श्रद्धा के साथ लोकचित्त जुड़ा है। यहाँ का लोक-मानस उत्सवधर्मी है, जिसमें विश्व संस्कृति की भावना समाहित है। लोगों का एक-दूसरे से जो जुड़ाव है, उसमें अद्भुत आत्मीयता का भाव है। कई जाति, वर्ग, समुदाय में विभक्त भारतीय लोक-मानस मेले-त्योहारों के अवसर पर इस बात का प्रमाण देता है कि ये देश अनेकता में एकता के भाव का संवाहक है। हमारे मेले-त्योहारों की एक लोक-सांस्कृतिक परंपरा होती है, जिनसे लोक-जीवन की सजीवता, यथार्थता, सुख-समृद्धि

का पता चलता है। भारतीय लोक-जीवन विश्व परिदृश्य में सुख-समृद्ध सरल-संपन्न जीवन-परंपरा के लिए अपनी खास पहचान रखता है। हमारे देश में विभिन्न पर्वों पर लोकगीत, लोकनृत्य, लोककलाओं की अनूठी छटा देखने को मिलती है, जो हमें वैभवपूर्ण समृद्ध इतिहास की नींव पर खड़े होने का एहसास दिलाती है। लोक-संस्कृति की कई परंपराओं को बनाए हुए लोक-जीवन में आज भी हम कई मेलों, पर्वों, त्योहारों के अवसर पर अतीत को आत्मसात करके नाचते-झूमते जीवन-यापन करते हैं। रीति-रिवाज संस्कृति के ऐसे संवाहक होते हैं, जिनमें अतीत के चलचित्रों से लेकर वर्तमान का उल्लास उद्वेलित होता है। साहित्य में पीढ़ियों का संबंध सबकुछ यथार्थ के धरातल पर देखा जा सकता है। इस यथार्थ की सजीवता जीवन के उत्सवी लोकरंगों के साथ लोक-साहित्य में स्पष्ट दिखाई देती है, जहाँ मेले-त्योहार, लोकनृत्य, लोककला आदि का परिचालन होता है।

लोक-संस्कारों में रीति-रिवाज विभिन्न परिवर्तनों के बावजूद विशेष महत्त्व रखते हैं। हिंदू धर्म के सोलह संस्कारों में रीति-रिवाज विभिन्न लोकपरिधि में परिवर्तित होते रहते हैं। जिस प्रकार लोक में विवाह संस्कार कई रीति-रिवाजों के साथ संपन्न होता है। विवाह पूर्व की कई परंपराएँ जैसे वाग्दान, जन्म-कुंडली मिलान, मँगनी, काल मुहूर्त चयन, जैसे रीति-रिवाज प्राचीन समय से ही विद्यमान हैं। वैदिककाल से ही इन परंपराओं में कई अंतर आए हैं, जिनमें कई लुप्त भी हुए है तो कुछ का उद्‌भव मध्यकाल में हुआ है। विवाह संस्कार के दौरान माँगल गीत गायन, मेहमानों को गाली देने जैसे रिवाज भी लोक-जीवन में मौजूद होते हैं। डॉ. गोविंद चातक के शब्दों में—"गढ़वाल में विवाह में गाली देने की प्रथा भी सामान्य है। ये गालियाँ प्रायः वर पक्ष को कन्या पक्ष की ओर से ही दी जाती हैं। गालियाँ विवाहोत्सव पर कितनी प्यारी बनकर आती हैं, यह विभिन्न मांगलों के संगीत स्वरों में ही अनुभव किया जा सकता है। बारात के बैठने, भोजन जीमने, वर के गौत्रोच्चार और कंकण तोड़ने के अवसर पर जो माँगल गाए जाते हैं, उनमें गालियाँ और लौकिक हास-परिहास ही मुख्य होता है।"[57]

कथाकार रमेश पोखरियाल 'निशंक' के कथा-साहित्य का अवलोकन करने पर ज्ञात होता है कि उनके कथा-लोक में प्रत्येक क्रिया-कलाप पर रीति-रिवाजों का विशेष प्रभाव है। उल्लेखनीय है कि लेखक की जन्मभूमि 'उत्तराखंड' की संस्कृति में रीति-रिवाजों का प्रचलन व्याप्त है। हिमालय के इस अँचल में परंपराओं का वहन लोक-जीवन की प्रथम पहचान है, जहाँ के विषय में एक उक्ति प्रसिद्ध है कि 'कोस कोस पर बदले पानी, चार कोस पर वाणी', अर्थात् यहाँ लोक-मानस की वाणी (बोली) में जितना अधिक अंतर है, उतना ही अंतर रीति-रिवाजों में भी है। यहाँ मुख्यतः गढ़वाली,

कुमाऊँनी, जौनसारी, रवांल्टी, जौनपुरी, बंगाणी, जाड़, मार्च्छा, थारू, बुक्साणी, राजी आदि वर्गों में रीति-रिवाज ही उनकी विशेष पहचान है। जैसा कि लोक में परंपराओं को 'रिवाज' नाम से अभिहित किया जाता है, जिसका पूर्ण अर्थ रीति-रिवाज ही है। 'निशंकजी' के कथा-साहित्य में लोक-जीवन कई रीति-रिवाजों का वहन करते दिखता है। ये रीति-रिवाज हिंदू धर्म के विभिन्न समुदायों, जातियों, वर्गों के धार्मिक संस्कार अनुष्ठान, त्योहार, पर्वों में दिखाई देते हैं। लोक-मानस में प्रत्येक कार्य के प्रति उत्साह व उल्लास का भाव रिवाजों में गुंफित होता है। लोक में प्रत्येक व्यक्ति लोकधर्म एवं लोकमर्यादा का पालन करता है। 'निशंकजी' ने अपने साहित्य में विविध रीति-रिवाजों की अभिव्यंजना कर एक लोकधर्मी संस्कृति का परिचय दिया है।

लोक-जीवन के मेलों में अधिकाधिक रीति-रिवाजों का निर्वहन होता है। 'मेला' शब्द सामूहिक 'मिलाप' का विशेषण रूप है, जो लोक-जीवन में आपसी प्रेम, भाईचारा, सौहार्द का परिचायक है। उत्तराखंड की लोक-संस्कृति में मेले-थौल, कौथिग, म्याला, थौव्व आदि नाम से जाने जाते हैं। डॉ. नंद किशोर हटवाल के शब्दों में—"यदि हम उत्सव, मेला, पर्व और त्योहार को देखें तो ये अलग-अलग शब्द होते हुए भी इतने मिलते-जुलते हैं कि कई बार इनमें स्पष्ट अंतर कर पाना मुश्किल हो जाता है। पर्व और त्योहार को समानार्थक माना गया है तथा त्योहार शब्द को उत्सव के अर्थ के रूप में भी प्रयुक्त किया जाता है, लेकिन मेला शब्द को इनसे हटकर मिलने, मिलान, संग, प्रीति, मन का मिलन, मित्रता, अनुकूलता, संगति, मिलावट के अर्थ में लिया गया है। बहुत से लोगों का जमावड़ा मिलन, सम्मान, मिलाप, भीड़-भाड़, देव-दर्शन, उत्सव, खेल के लिए बहुत लोगों का जमावड़ा। गढ़वाली में मेला शब्द के लिए थौल, कौथिग, म्यौला शब्द प्रचलित हैं।"[58] इस प्रकार लोक-संस्कृति में मेले विविध आयोजन उत्सव रूप में आयोजित होते हैं। विषम भौगोलिक परिस्थितियों के कारण उत्तराखंड के अंचलों में मेलों का आयोजन, जहाँ आपसी मेल-मिलाप, प्रेम, सौहार्द, भाईचारे के रूप में किया जाता है, वहीं आर्थिक रूप से भी मेलों का महत्त्व है। इनमें दूर-दूर से विभिन्न अंचल के लोग अपने खाद्य पदार्थों की अदला-बदली करने की रीति रखते हैं। आज के परिदृश्य में हालाँकि ये मेले केवल सांस्कृतिक रीति-रिवाज के परिचालक हैं, जो वैश्वीकरण के युग में मनोरंजन और व्यापार के लिए आयोजित होते हैं, हालाँकि इनका मूल पक्ष आज भी देवी-देवताओं के प्रति आस्था, व्रत-उपवास का अनुष्ठानिक महत्त्व के साथ लोक-जीवन में रीति-रिवाज के साथ पूर्ण किया जाता है। डॉ. गोविंद चातक के शब्दों में—"पहाड़ जिस प्रकार अपने गीतों के लिए प्रसिद्ध है, उसी प्रकार अपने नृत्यों के लिए भी। भारत में बहुत कम जातियाँ ऐसी होंगी, जो पहाड़ी लोगों के समान नृत्य को सामूहिक

रूप में प्रेम करती हों। देवपूजा, देवयात्रा, मांगलिक अनुष्ठानों, विवाह आदि उल्लासपूर्ण अवसरों तथा मेले-ठेलों में, जहाँ दो-चार लोग एकत्र होते हैं, वहाँ नृत्य का आयोजन स्वयं ही हो जाता है।"[59]

ये मेले सामाजिक, राजनीतिक, सांस्कृतिक, सामरिक, आर्थिक विकास के क्रम में परंपरा के भाव से आज भी मनाए जाते हैं। कथाकार रमेश पोखरियाल 'निशंक' उत्तराखंड के संपूर्ण लोक-जीवन के रीति-रिवाजों को अपने कथानक-प्रसंगों में शामिल करते हैं, ये रीति-रिवाज कई तरह के संगीत, नृत्यों से पूर्ण होते हैं, जैसे कि गढ़वाल एवं कुमाऊँ की लोक-संस्कृति के सभी रीति-रिवाजों में लोक-संगीत एवं लोक-नृत्यों का विशेष महत्त्व है। यहाँ के लोक सांस्कृतिक पर्व-त्योहार, मेले, जात-जातरा आदि अवसरों पर लोक-संगीत की धुनों पर कई तरह के लोकनृत्यों का आयोजन होता है। 'निशंकजी' के साहित्यिक पात्र इस तरह के आयोजनों के पात्र होते हैं, जो रांसो, ताँदी, चौंफुला, चाँचरी, छोपती, थाड्या आदि नृत्यों से रीति-रिवाजों के व्यंजक बनते हैं। उनके कथा साहित्य में विभिन्न रीति-रिवाजों की झलक इन्हीं मेले-उत्सवों में दिखाई देती है, जहाँ नाच-गान, खेल-तमाशा, देव-नृत्य, मेल-मिलाप के साथ उत्सव प्रेमी 'लोक' आनंदित होता है।

कथाकार रमेश पोखरियाल 'निशंकजी' का समस्त साहित्य भारतीय रीति-रिवाजों से परिनिष्ठित पर्व-त्योहार, व्रत-उपवास, वैदिक आख्यानों से प्रेरित लोक-मानस के दस्तावेज है। वे अपने कथा-साहित्य में जिस देवभूमि उतराखंड की लोक-संस्कृति को चित्रित करते हैं, उसमें लोक-मानस की मुमुक्षा को तृप्त करनेवाली धर्म-धरा के अनेक रीति-रिवाज से युक्त धार्मिक परंपराएँ, तीर्थस्थल, आध्यात्मिक क्रियाएँ भी विवेचित हैं। जहाँ भारतीय संस्कृति के राष्ट्रीय महत्त्व वाले प्रमुख पर्व एवं त्योहार-दशहरा, दीपावली, होली, रक्षाबंधन, मकर संक्रांति, बसंत पंचमी आदि भी रीति-रिवाजों के स्पर्श से लोक-रंगों, लोक-कलाओं, लोक-गीतों, लोक-नृत्यों के साथ आँचलिकता में रंगे दिखते हैं।

'मेजर निराला' उपन्यास के लोक-परिवेश में कौथिग, अर्थात् मेलों का महत्त्व एक विस्तृत फलक पर दिखता है। कथानक में परिवेशगत विशेषताएँ, स्थानीय पकवानों आदि का रीति-रिवाज दिखता है, उदाहरण स्वरूप यह प्रसंग देखिए—'ससुराल रहनेवाली बेटी-बहुओं को सबसे ज्यादा इंतजार होता इन कौथिगों का। विवाहित बेटियाँ अपने मायकेवालों से मिलतीं और अपनी 'खेरी-बिपदा' और मायके की कुशल क्षेम पूछतीं। माँ अपनी बेटी के लिए घर से कुछ-न-कुछ पकवान बनाकर जरूर ले जाती, जैसे उड़द या गहथ की भरी रोटी 'रोट-अर्सा' या फिर दूध में बना हलुआ।'[60] मेले केवल मनोरंजन के साधन मात्र नहीं होते, बल्कि उत्तराखंड के लोक-जीवन में मेलों का आध्यात्मिक महत्त्व भी होता है।

लोक में अपने इष्टदेवता, कुलदेवता, ग्रामदेवता आदि को सुख-दुःख में पूजना, अर्थात् पूजा करने के रीति-रिवाज होते हैं। यह पूजा अलग-अलग रूप में अलग-अलग तौर-तरीके से पूरी की जाती है। कभी बलि देकर, तो कभी गाँव के लोगों, नाते-रिश्तेदारों को भोज खिलाकर, दक्षिणा देकर 'पुजाई' के रूप में देने का रिवाज भी होता है। 'मेजर निराला' उपन्यास में सावित्री व निराला पुजाई में शामिल होने सावित्री के मायके जाते हैं, जहाँ पुजाई के साथ कई रीति-रिवाजों का वर्णन मिलता है। सावित्री जब अपने मायके 'राठ' क्षेत्र में जाती है तो यह क्षेत्र उत्तराखंड के लोकप्रसिद्ध रीति-रिवाजों से समृद्ध क्षेत्रों में से एक है। कथानक में ही लेखक स्पष्ट करते हैं कि 'आज जहाँ हर गाँव और हर क्षेत्र पाश्चात्य संस्कृति का अनुकरण कर रहा है, वहीं यहाँ पर आज भी सही मायनों में उत्तराखंड की संस्कृति जीवंत है। आज घर-घर में टी.वी. संस्कृति ने पैर पसार दिए हैं। लोगों की सोच-विचार खान-पान, रीति-रिवाज, रहन-सहन और पहनावे में बहुत अंतर आ गया है। वहीं यह क्षेत्र पुरानी परंपराओं और रीति-रिवाजों को सँजोए हुए है। थड़िया, चौफला, झुमैलों आज भी यहाँ के सभी गाँवों के चौकों में गाए जाते हैं। अतिथि-सत्कार यहाँ की सबसे बड़ी विशेषता है।'[61] यही अतिथि-सत्कार का रिवाज 'छूट गया पड़ाव' उपन्यास में दिखता है। उपन्यास की नायिका शिक्षिका 'सरोज' की नियुक्ति से गाँववालों की खुशी का ठिकाना न रहा। सब अपनी-अपनी ओर से आतिथ्य-सत्कार में जुट गए। स्वागत की तैयारियाँ होने लगीं। ढोल-दमाऊँ पहुँच गए। देर रात तक 'पौंणा-नृत्य' चलता रहा।'[62] सरोज की सास भी जब उसके नियुक्ति स्थल बिनगढ़ गाँव जाती है तो 'ग्रामीण सरोज की सास के आदर-सत्कार में टीका-पिठ्यां लगाते हैं।'[63] यही रीति-रिवाज सरोज की सास को लोक-जीवन के प्रति आकर्षित करता है।

'मेजर निराला' उपन्यास में रीति-रिवाजों का तुलनात्मक अध्ययन मिलता है। लोक-जीवन में शिल्पकला भी रीति-रिवाज के रूप में मान्यता रखती है। इस उपन्यास में शिल्पकला के रूप में घर पठालियों (पतले पत्थर की परतनुमा छत) से ढके होना लकड़ी पर सुंदर नक्काशी का होना, जैसी पुरानी शिल्पकारी का रिवाज वर्णित है। उपन्यास में पर्वतीय जीवन के लोक-परंपराओं के रूप में 'कल्यो की परंपरा' का निर्वहन भी होता है। कल्यो परंपरा में मायके से बेटी को 'रोट-अरसा' देने की परंपरा गढ़वाल-कुमाऊँ क्षेत्र में आज भी निभाई जाती है।

'प्रतिज्ञा' उपन्यास में रीति-रिवाजों के सुंदर बिंब इस रूप में उपस्थित हैं—'पहाड़ के ये मेले, जहाँ मिलन के प्रतीक होते हैं, वहीं ये पहाड़ी संस्कृति की झलक भी दिखा जाते हैं। पूरे चेहरे को ढक लेनेवाली पहाड़ी नथ, गुलबंद पहने महिलाओं का सौंदर्य देखते ही बनता है।'[64] 'निशंकजी' परिवेशगत आकर्षण को आभूषण, परिधान

से अभिव्यक्त करते हैं। 'अपना-पराया' में मकर संक्रांति के अवसर पर उत्तरायणी का वर्णन है, जो पर्वतीय लोक-संस्कृति की झलक है—'रंग-बिरंगे परिधान पहने गाँववासी, बुजुर्ग महिलाएँ, जिनकी नाक तीन-चार तोले की नथ से एक ओर ढलकी जाती तो कई ने होठों के नीचे तक छूती हुई बुलाक पहनी हुई थी।'[65] बुलाक स्थानीय आभूषण है, जो उत्तराखंड पर्वतीय संस्कृति की खास पहचान है।

लोक में एकजुटता का भाव कूट-कूटकर भरा होता है, वह खाने-पीने, क्रिया-कलाप, परिवार के सुख-दुःख, हर्ष-विवाद के क्षण को आपस में बाँटना अपना धर्म समझता है। 'पहाड़ से ऊँचा' उपन्यास में पात्र कई रीति-रिवाजों के संवाहक बनते हैं। पर्वतीय समाज में किसी के आने पर हर्षोल्लास का माहौल कैथिग (मेले) जैसा होता है। स्वागत का यह तरीका रिवाज का रूप है। लोक-संस्कृति के यही रीति-रिवाज लोकजन को शिष्टजन से अलग बनाते हैं। रिवाजों के प्रभाव में ही शहरी परिवेश में पली-बढ़ी कथानायिका गीता के मन में यह प्रश्न उठते हैं—'शहरों में ऐसा स्नेह और प्रगाढ़ता कहाँ? दौड़-भाग से फुरसत ही नहीं मिल पाती, पड़ोसी तक की पहचान नहीं। कोरी सभ्यता, दिखावटी संस्कृति।'[66]

'निशंकजी' के कथा साहित्य में विवाह के उपरांत लोकप्रचलित कई रीति-रिवाज देखे जा सकते हैं, बेटी को विवाह के बाद विदाई रूप में आवश्यक सामान दिया जाना, जिसका सामाजिक विकृत रूप दहेज परंपरा के रूप में 'बीरा' उपन्यास में दिखता है। लोक में प्रचलित इस रीति-रिवाज का सर्वमान्य रूप 'बीरा' के वक्तव्य में भी दिखाई देता है, जब बीरा मामी से कहती है कि 'लेकिन मामी! पता नहीं क्यों मुझे तो वे लोग बड़े लालची लगते हैं। हमारे गाँव-समाज में दहेज माँगने की कुप्रथा नहीं है। ऐसे लोग हमारे पहाड़ और हमारे समाज के लिए तो कलंक हैं।'[67] बीरा के कथन से एक बात स्पष्ट होती है कि 'दहेज' लोक में एक प्रथा अथवा रिवाज होता है, लेकिन 'दहेज माँगना' कुप्रथा है, अतः कन्यादान उपरांत स्वेच्छा से दहेज देना, 'उपहार' भेंट करना मात्र है।

लोक में अनेक परंपराएँ अलग-अलग परिवेश में विभिन्न रीतियों के साथ देखने को मिलती हैं। विवेच्य लेखक के कथा साहित्य में अधिकांशतः मध्य हिमालय में बसे उत्तराखंड क्षेत्र की अनुष्ठानिक लोक-रीतियाँ देखने को मिलती हैं। जिनमें कुंडली मिलान, कन्यादान, सप्तपदी, काल मुहूर्त्त चयन, मंगल स्नान (स्नापन), मँगनी (सगाई) का उल्लेख प्राप्त है। विवाह के संबंध में कई रीति-रिवाजों को 'अपना-पराया', 'भागोंवाली', 'पल्लवी', 'बीरा', 'प्रतिज्ञा' उपन्यास में देखा जा सकता है। बीरु से शादी करने की इच्छा रखनेवाली सुनीता के लिए माँ-पिता के आगे बात रखना संस्कारों का उल्लंघन था तो लेखक ने पहाड़ी लोक-जीवन की पृष्ठभूमि में विवाह परंपरा की मान्यता

व रीति-रिवाज को भी कथ्य में स्पष्ट किया है—'पश्चिमी संस्कृति के अंधानुकरण के बावजूद पहाड़ों की कुछ परंपराएँ आज भी जीवित हैं। बड़े-बुजर्गों का सम्मान और उनकी बातों का आदर करना उन्हीं सुदीर्घ परंपराओं का हिस्सा है। वैवाहिक रिश्तों का सच भी उन्हीं परंपराओं से जुड़ा है। यहाँ बड़े-बूढ़े खुद रिश्ता तय करते हैं और युवा उन्हें दिल से स्वीकार लेते हैं। यह बात और है कि रिश्ता खूब ठोक-बजाकर तय होता है। मसलन लड़की का आचरण, घर-परिवार की पृष्ठभूमि से लेकर गौत्र आदि की जाँच-परख और अंत में जन्म-कुंडली का मिलान।'[68]

'भागोंवाली' उपन्यास में कुलदीप के विवाह संस्कार पूर्व कई रीति-रिवाजों की परंपरा दिखती है। विवाह पूर्व वधू चयन, जन्म-कुंडली मिलान, वधू के लिए जेवर बनवाना और फिर बारात जाना, मेहमाननवाजी आदि लोक-रीतियों के साथ विवाह संपन्न होता है। 'प्रतिज्ञा' उपन्यास में 'विवाह संस्कारों के साथ पर्यावरणीय चेतना से जुड़े रीति-रिवाज का निर्वहन कथानायक, नायिका वीरु-सुनीता भी करते हैं। वे उत्तराखंड, राजस्थान आदि क्षेत्रों के उस लोक-जीवन के रिवाज को निभाते हुए दिखते हैं, जिसमें नवदंपती एक फलदार वृक्ष लगाते हैं, जिसे संतान का प्रतीक माना जाता है और विवाह की निशानी भी। उस वृक्ष के साथ लोक-जीवन में किस तरह आत्मीयता जोड़ी जाती है।

'अपना-पराया' उपन्यास में मंगल स्नान करते हुए मांगल गीत गाने, वर का कन्या के घर पहुँचने पर मेहमानों को गाली देने का रिवाज पर्वतीय लोक-जीवन के रिवाज हैं। मेहमानों को गाली देने का रिवाज लुप्त हो रहे रिवाजों में से एक है। उपन्यास 'अपना-पराया' में नई पीढ़ी का युवक राहुल तब शादी में गाली देने की ऐसी परंपरा से परिचित होता है। वहीं इस उपन्यास में पर्वतीय क्षेत्रों की जूते छिपाकर दूल्हे पक्ष से फेरे के समय सौदेबाजी करने का वृत्तांत, चावल कूटना, हल्दी रस्म, मांगल गीत परंपरा, अरसे बनाने, जैसे लोक-जीवन के कई सामूहिक रीति-रिवाज परिलक्षित हैं।

लोकगीतों और लोकनृत्यों के माध्यम से कई रीति-रिवाजों का निर्वहन होता है। लोकगीतों के प्रभाव को कथा साहित्य में प्रयोग करके लोक-जीवन की अंतरंग तस्वीरों को सामने लाना 'निशंकजी' की विशेष लेखनीय क्षमता है। 'पहाड़ से ऊँचा' उपन्यास में 'घुघूती घुराण लगी म्यारा मैत की, बौड़ि-बौड़ि ऐगे ऋतु चैत की'[69] यह प्रसिद्ध लोकगीत विवाहिता बेटी की मनोभावना का उद्‌गार प्रस्तुत करता है। इसमें पहाड़ी पक्षी घुघुती की मधुर कूक से नवविवाहिता में मायके की तड़प बढ़ती है। दरअसल इसका संबंध पर्वतीय क्षेत्रों में बेटी को चैत के महीने मायके बुलाने के रिवाज से जोड़ा जाता है। इससे घुघुती पक्षी की एक लोकगाथा जुड़ी है, जिसका विस्तृत वर्णन यथोचित आगामी लोकगाथा वाले शीर्षक में करना उचित होगा।

लोक-जीवन के उत्सवी रंग 'पल्लवी' उपन्यास में लोकगीत 'थड़या चौफला' के साथ दिखता है—'जहाँ 'गर्मियों का समय, लंबे दिन। खेतों में अपेक्षाकृत काम भी कम और स्कूल-कॉलेज की छुट्टियाँ। कुल-मिलाकर शाम को गाँव में उत्सवी माहौल रहता। बेटियाँ-बहुएँ घर-बाहर का काम जल्दी से निपटाकर पंचायती चौक में एकत्र हो, पारंपरिक लोकगीत 'थड़या-चौफला' से समा बाँध देतीं।'[70] पर्वतीय परिवेश के विवाह संस्कार की विविध परंपराओं में वधू का सत्कार 'अपना-पराया' उपन्यास में दिखता है। जहाँ लक्ष्मी की माँ द्वारा 'टिहरी की नथ' का एक विशेष रिवाज है। वहीं लक्ष्मी के विवाह संस्कार में पर्वतीय रीति-रिवाज की झलक दिखती है।

विभिन्न रीति-रिवाजों की पूर्ण अभिव्यंजना में वाद्यी जाति के वाद्यक (बाजगी), गायकों की विशेष भूमिका होती है। इन्हें औजी भी कहा जाता है। लोक-जीवन में रीति-रिवाजों का हर्ष-उल्लास हो या शोकाकुल अवस्था, बिना इनके रीति-रिवाजों की परंपराएँ अधूरी दिखती हैं। हिमालय की पुरातन संस्कृति विभिन्न वाद्य-यंत्रों से सुसज्जित है। कथाकार 'निशंकजी' ने पर्वतीय क्षेत्रों के कई रीति-रिवाज-संस्कार पर्व-त्योहार को कथ्य आधार बनाकर उनमें विभिन्न वाद्य-यंत्रों का समायोजन किया है। उपन्यास 'अपना-पराया' में विवाह संस्कार के रीति-रिवाजों से लोक-संस्कृति की आंतरिक अनुभूति मिलती है। एक-दूसरे पर हल्दी लगाने की परंपरा, मांगल गीतों के साथ सभी मांगलिक कार्य संपन्न करना, ढोल, मशकबीन की मंगल ध्वनि के साथ बारात पहुँचना, लोक प्रचलित परंपरा है।

लोक-जीवन के प्रत्येक पर्व-उत्सव में लोकनृत्यों का विशेष महत्त्व है, जहाँ वाद्य-यंत्र ही लोक का आकर्षण बनते हैं। 'पल्लवी' उपन्यास में पल्लवी के ऑफिसर बनते ही जब वह पहली बार गाँव आती है तो गाँव कई रीति-रिवाजों के साथ उत्सवी रंगों में सराबोर दिखता है—'अब तक समूचा गाँव उत्सवी माहौल में डूब चुका था। एक तरफ ढोल-दमाऊँ और मशकबाजे की ध्वनि, तो दूसरी और पंचायती चौक में होनेवाले थड़या चौफला नृत्यों की स्वर-लहरी। लोगों की गहरी आत्मीयता और उमंग देखकर पल्लवी अभिभूत थी। कितना प्यार और सौहार्द्र है यहाँ की मिट्टी में, यहाँ के लोगों में। पल्लवी को अपने विवाह का दिन याद आ गया। उस दिन भी गाँव में ऐसा ही जश्न मना जा रहा था। देर शाम वह दुल्हन बनी पारंपरिक वाद्य-यंत्रों की मदमस्त धुनों के बीच कलाकारों एवं बारातियों के साथ पहुँची, तो गाँवभर की महिलाओं और लड़कियों ने उसे घेर लिया था।'[71]

'पहाड़ से ऊँचा' उपन्यास में शांति का विवाह पर्वतीय लोक-जीवन के रीति-रिवाजों में संपन्न होता है। बारात की अगवानी, पाणिग्रहण संस्कार, द्वारबाट, रीति-

रिवाजों का परंपरागत चित्रण भी कथानक में मिलता है। शांति के विवाह के पूर्व द्वारबाट के रिवाज और उसमें भाई की अहम जिम्मेदारी दिखाई देती है। विवाह संस्कार के दौरान वधू-चयन, कुंडली मिलान के बाद विवाह पूर्व कई रिवाज पूरे करने की परंपराएँ संपन्न होती हैं। 'बीरा' उपन्यास में वाग्दान की परंपरा ऐसी ही प्रचलित लोक परंपरा है। इसे शगुन के रूप में दो पक्षों की मध्यस्थता में पूरा किया जाता है—'बड़े-बूढ़े सब मिलाकर लगभग अट्ठाईस-तीस लोग रहे होंगे। पहाड़ की प्रथा के अनुसार लड़का स्वयं अपने बागदान में नहीं जाता, अत: परंपरा का निर्वाह करते हुए राजू भी नहीं आया था, वैसे राजू आना तो चाहता था, लेकिन पिता और बड़े-बूढ़ों की ना-नुकुर के डर से घर पर ही रुक गया था।'[72]

रीति-रिवाजों में अंतिम संस्कार से जुड़े कई रिवाज लोक-जीवन में पाए जाते हैं। मृत्यु से संबंधित कई तरह के विश्वास रीति-रिवाजों के साथ निर्वहन किए जाते हैं। 'भागोंवाली' उपन्यास में ऐसे ही एक रिवाज का पालन होना दिखाई देता है। जिस दिन शास्त्रीजी की मृत्यु होती है, 'उस दिन घर में चूल्हा नहीं जला! परंपरा के अनुसार उस दिन चूल्हा जलता भी नहीं। बेटियाँ दूसरे घर की हो गई थीं, साथ में दामाद भी थे, इसलिए अड़ोसी-पड़ोसी एक-दो बार घर में आए और दामाद एवं बेटियों को खाने को पूछा।'[73] इस तरह के रिवाज साधारणत: लोक-जीवन में मृत्योपरांत निर्वहन किए जाते हैं। 'अपना-पराया' उपन्यास में पहाड़ी परिवेश से अनजान राजेश की पत्नी शोभना ने विशुद्ध पहाड़ी परिवेश में पले-बढ़े राजेश से प्रेम-विवाह तो कर लिया, लेकिन यहाँ के रीति-रिवाज के बारे में कुछ न जान पाई। राजेश के पिता चैतराम की मृत्यु के बाद पहाड़ी परिवेश में मृत्यु संबंधी रीति-रिवाज शोभना को बोझ महसूस होते हैं—सूतक के तीसरे दिन ही शोभना का बड़बड़ाना आरंभ हो गया, 'कैसा शोक मनाया जा रहा है? न नहा सकते हैं, न कपड़े धो सकते हैं, न सिर में तेल डाल सकते हैं। मेरे तो शरीर में चींटियाँ-सी रेंगने लगी हैं और ऊपर से तेल-हल्दी के बिना बने खाना खाने का हुक्म? मेरी तो भूख ही खत्म हो गई है।'[74] सूतक संबंधी यह रिवाज लोक मान्यता पर आधारित रिवाज है, जो 'अंतिम संस्कार' के 'अशौच परंपरा' के अंतर्गत आता है। आज भी लोक-जीवन में यह परंपरा जीवित है, जब अंतिम संस्कार के बाद अशौच की अवधि में 'निषेधात्मक और विध्यात्मक' नियमों को पालन करने का रिवाज लोक में होता है।'[75]

'निशंकजी' के कथा साहित्य के लोक में कई रीति-रिवाज रूढ़िवादी होकर भी रिवाजों में विवेचित हैं। वे ऐसे रिवाजों की कथानक में विवेचना अवश्य करते हैं, लेकिन वे स्वयं कथा-पात्रों से ही उसका तिरस्कार करवाते हैं। 'बीरा' उपन्यास में आशीष, दीपक को लोक-समाज के संस्कार व रूढ़ियाँ बताते हुए अपनी मार्मिक कहानी बताता

है—'पहाड़ के अधिकांश गाँवों में अंतिम संस्कार अभी तक भी मुर्दाघाट अथवा गाड़-गदेरों के किनारे किए जाते हैं। हमारे गाँव का मुर्दाघाट भी खाँकरा के नजदीक अलकनंदा नदी के किनारे है। गाँव से लोग अर्थी उठाकर पगडंडी से पैदल चलते हुए खाँकरा पहुँचते हैं, यही कोई दो मील पैदल होगा। पिताजी ने दादी के अंतिम संस्कार के लिए एक नई प्रथा शुरू कर दी। शवयात्रा के लिये उन्होंने बड़ी बस बुक करवाई थी, जिसमें बैठकर 25 मील का सफर करके शवयात्रा खाँकरा पहुँची। शाम को जब शवयात्री अपने-अपने घर पहुँचे, तो अधिकांश शराब के नशे में धुत थे। यह देखकर माँ आगबबूला हो गईं। घर में यूँ तो मुर्दा मरा था और मुर्दाफरोश नशे में धुत थे।'[76] इस प्रकार लेखक द्वारा कथानक में 'खाँकरा', 'अलकनंदा नदी' जैसे चित्रण उत्तराखंड का परिदृश्य हैं, जहाँ के लोक-जीवन व रीति-रिवाजों का सम्यक् चित्रण हुआ है, यद्यपि इस तरह मुर्दाफरोशों को मदिरा पिलाने का प्रचलन कई स्थानों में मौजूद रिवाज है। 'उत्तराखंड के पिथौरागढ़ व चमोली जनपद' में मूलरूप से निवास करनेवाली भोटिया जनजाति में मृत्यु को 'वन' कहा जाता है। केवल विवाहिता मृतक का 'वन' संस्कार किया जाता है। इस अवसर पर मृतक को कफन से ढककर देवी-देवताओं और मृतात्मा की पूजा कर 'चवंती' (मदिरा) पान किया जाता है, 'चेसा' (श्मशान घाट) में शव का दाह संस्कार करने से पूर्व देवताओं की पूजा के बाद मदिरापान किया जाता है।'[77] लेकिन मदिरा एक सामाजिक कुरीति हमेशा ही रही है, चाहे रीति-रिवाज में उसे शामिल किया गया हो। यही वजह है कि उपन्यास 'बीरा' में आशीष की माँ ऐसे रिवाज को देखकर आगबबूला हो जाती है, जिसे लेखकीय चेतना कहा जा सकता है।

संयुक्त परिवार की व्यवस्था भी एक रीति-रिवाज है, जिसमें एकता, सद्भावना, प्रेम, त्याग जैसे विभिन्न गुणों की परंपरा एक पीढ़ी से दूसरी-तीसरी पीढ़ी तक स्थापित होती रहती है, जब यह परंपरा टूटती-बिखरती है, तो किस तरह मानवीय मूल्यों का हश्र हो जाता है 'भागोंवाली' उपन्यास का मूल-प्रतिपाद्य यही है। शास्त्रीजी और भागोंवाली अम्माँ ने संयुक्त परिवार की रीति को निभाते हुए उच्च जीवन-मूल्यों की स्थापना से स्वयं का चरित्र गढ़ा था, लेकिन उनके पुत्रों ने उनके विश्वास, उम्मीद को ही नहीं तोड़ा, बल्कि एक प्रथा का अंत ही कर दिया, शायद इसीलिए लेखक ने उपन्यास शीर्षक के साथ ही उपशीर्षक के रूप में स्पष्ट किया है कि उपन्यास 'एक परिवार के अंतर्द्वंद्व और टूटते-बिखरते रिश्तों की मार्मिक कहानी' है।

लोक-जीवन में बेटी को पराये घर का धन माना जाता है, जिससे कई रीति-रिवाज फलित होते हैं और जो महिला अत्याचार, अवहेलना, संत्रास का कारण भी बन जाते हैं। 'अपना-पराया' उपन्यास की लक्ष्मी के पति सुरेश की मौत के बाद जब उसकी सास

उसे मायके जाने के लिए कहती है तो लक्ष्मी के माँ-बाप भी उसे साथ रखने की बात सुनते ही रीति-रिवाजों का आश्रय लेते हैं—'कैसी बात कर रही है, समधनजी। हमारे समाज की रीत है कि बेटी एक बार मायके से विदा हो गई तो ससुराल से उसकी अर्थी ही उठती है, पंडिताइन की आवाज कँपकँपा गई। विधवा बेटी को मायके में बिठाकर रखने की कल्पना मात्र से वे सिहर उठीं, तीन-तीन बेटियाँ और हैं उनकी। कौन ब्याह करेगा उनसे ?'[78]

लोक-जीवन में कई रीति-रिवाज सुख-दुःख के संकेतक भी होते हैं। जिस प्रकार 'पहाड़ में किसी समय चूल्हा न जलना घोर अपशकुन माना जाता है।'[79] पल्लवी उपन्यास में ध्रुव के शहीद होने पर घर में उसकी मौत की सूचना के लिए कल्याण सिंह चूल्हा न जलाने का संकेत देकर उसकी मौत की अपशकुनी सूचना परिवार को देते हैं। 'छूट गया पड़ाव' उपन्यास में रामलीला मंचन, दशहरा, दीपावली त्योहार के उत्सवी रंगों में कथ्य की रचना हुई है, जहाँ लोक में त्योहारों के उल्लास के साथ उन त्योहारों के महत्त्व के प्रति जागरूकता का भाव भी है। सरोज ग्रामीण समाज में रामलीला का महत्त्व व दशहरा मनाने के कारण भी समझाती है।

'निशंकजी' की कहानियों में भी ये रीति-रिवाज देखने को मिलते हैं। जहाँ लोक द्वारा रीति-रिवाजों का पालन कहीं सामाजिक दबाव में, तो कहीं आत्मिक संतोष के रूप में परिलक्षित होता है—'ईर्ष्या' कहानी में लेखक शिष्ट समाज की घुटन, ईर्ष्या, तनाव में जीवन-यापन कर रहे पात्रों को अपनी उत्कृष्ट लेखन दृष्टि से लोक-संस्कृति की ऐसी परिधि में खड़ा करते हैं कि पाठक को आदिम संस्कृति की सरलता व सहजता का परिचय मिलता है। लोक-जीवन के रिश्तों को बनावट में कथानायिका 'मेम साहब' द्वारा आत्मपरक शैली में कथ्य घटनाओं में मिलता है कि वह निशीथ अपने पति के साथ मसूरी सैर पर जाती है। जहाँ एक स्थानीय महिला से बातचीत करने पर उसे पता लगता है कि उसकी एक सौतन भी है। जो उसके लिए देवी के समान है, जिससे मेम साहब को अपने मन की ईर्ष्या का आत्मबोध होता है कि एक तरफ वह निशीथ से एक पल किसी को बात करते भी नहीं देख पाती, दूसरी तरफ गाँव की यह अनपढ़ महिला अपनी सौतन को देवी मानकर सरलता से सुकून की जिंदगी जी रही थी। इस कहानी में एक तरफ लोक-मानस को सरल-सहज जीवन प्रवाह मिलता है, वहीं दूसरी तरफ 'निशंकजी' ने मसूरी के परिदृश्य में पास के गाँव की महिला को पात्र बनाया है, जो संभवतः उत्तराखंड की मसूरी के पास जौनपुरी लोक समुदाय की पात्र प्रतीत होती है। जौनपुरी समुदाय में एक पति की दो पत्नी या एक महिला का दो या दो से ज्यादा भाइयों की पत्नी होने का रिवाज मिलता है। 'निशंकजी' की कहानियों के लोक-जीवन में छोटी-छोटी खुशियों को

लोक-कला, लोक-गीत, लोक-नृत्यों के रंग में मनाने का रिवाज दिखता है। 'संकल्प' कहानी में गाँव की शराब मुक्ति मिशन का जश्न महिलाएँ प्रधान के बड़े चौक में 'झुमेलो' लगाकर करती हैं।

'एक यक्ष प्रश्न' कहानी में लोक-जीवन की स्थापत्य शैली के रीति-रिवाज भी देखने को मिलते हैं—'सियोली गाँव की वह नौखंबा तिबार अब सूनी पड़ चुकी है। उसके खंडहर तथा पत्थरों की नक्काशी बताती है कि अपने जमाने में कभी यह इमारत बुलंद रही थी। मकान के छज्जे के नीचे लगे पत्थरों पर हाथी, घोड़ा, मोर तथा अन्य जंगली जानवरों के चित्र खुदे हुए हैं। इन सुंदर पत्थरों पर बनी कलाकृतियाँ भवन स्वामी के वैभव और समृद्धि के साथ ही तत्कालीन समय की बेजोड़ स्थापत्य कला की कहानी खुद-ब-खुद बयाँ करती हैं। कभी जीवन की चहल-पहल हर्ष व उल्लास के क्षणों का यह विशाल भवन आज जंगली जीव चूहा-बिल्ली व कुत्तों की सैरगाह बन चुका है। कितनी चहल-पहल रहती थी, उनके घर में।'[80]

इस प्रकार हम देखते हैं कि 'निशंकजी' के कथासाहित्य में विभिन्न रीति-रिवाज अपनी विविधता के साथ लोक-जीवन को प्रतिबिंबित करते हैं। पर्वतीय लोक-संस्कृति में रचे-बसे उनके पात्र रीति-रिवाजों को निभाना ही अपना कर्तव्य एवं दायित्व समझते हैं। उनके कथा साहित्य का लोक-मानस उत्तराखंड के रीति-रिवाजों में रच-बसकर लोक-संस्कृति के साथ जीवंत होकर जीवन-यापन करता है।

लोक-तत्त्व एवं धर्म

धर्म, लोक का प्राण बिंदु है। लोक का संपूर्ण विस्तार इस एक शब्द की परिधि में देखा जा सकता है। भारतीय संदर्भों में यदि आकलन किया जाए तो चिंतन, मनन एवं आचरण की दृष्टि से हमारा लोक-साहित्य धर्म की आधारशिला पर टिका है। समस्त विचार सूत्रों एवं भाव-अनुभावों की व्याख्या लोक-तत्त्वों के मुख्य विषय धर्म से प्रारंभ होकर ही आगे बढ़ती है। इसके अंतर्गत मानवीय चेतना के कण-उपकण, मानव, पुरामानव, समस्त रीति-रिवाज, विचार-चिंतन आदि को समाविष्ट किया जाता है।

विवेच्य लेखक की प्रवृत्ति लोकधर्मी रही है। प्रस्तुत अध्याय में लोक-तत्त्वों के अनिवार्य अवयव धर्म के संदर्भ में कथाकार 'निशंक' के कथा-साहित्य का विश्लेषण किया गया है। संसार की प्रत्येक मानव जाति, वर्ग, समुदाय किसी-न-किसी धर्म से आबद्ध है, जिसका अस्तित्व मानव जाति के अस्तित्व पर निर्भर है। जनसामान्य में धर्म की सत्ता विभिन्न तत्त्वों से जन्म लेती है, वस्तुतः लोक-तत्त्व यही होते हैं। ये तत्त्व व्यक्ति विशेष की स्वीकृति से नहीं, बल्कि समस्त लोक की स्वीकार्यता से जन्मते हैं। लोक-

तत्त्वों में मनुष्य के आचरण की सभ्यता निहित है और धर्म मनुष्य सदाचरणों का कोष है। मनुष्य व्यवहार में लोक-तत्त्वों से ही सदाचार की व्यवस्था बनती है, जिसे समाजधर्म अथवा लोकधर्म कहा जा सकता है। इस प्रकार लोक-तत्त्व और धर्म एक-दूसरे से संबद्ध हैं। जहाँ लोक-तत्त्वों की सत्ता धर्म से उच्च प्रतीत होती है। इस विषय में आचार्य हजारी प्रसाद द्विवेदी का मत विचारणीय है—"धर्म ऊपर से लगा हुआ कोई विधान नहीं है। संसार की जो वस्तु जिस रूप में है वह उन तत्त्वों की दृष्टि के कारण है, जिनके द्वारा उस वस्तु का निर्माण हुआ है। धर्म वस्तुतः सत्ता का प्रकाशन है, वह पूर्णतया तभी नष्ट हो सकता है, जब संसार नष्ट हो जाए।"[81] मानव ने अपनी आदिम अवस्था से धर्म को अपने विश्वास, मान्यता के रूप में आत्मसात किया है।

लोक-मानस में समस्त चिंतन दृष्टि लोक की धर्मानुमोदिक, अनुष्ठानिक, आध्यात्मिक जीवन आदर्श से उपार्जित होती है। उसका एक नियतिवादी जीवन आदर्श होता है। यह नियतिवाद ही लोक-जीवन का आधार होता है, जिसकी पारंपरिक गतिशीलता के लिए लोक-तत्त्व उत्तरदायी होते हैं और इसी से लोक-मानस में धर्म का संचरण होता है। लोक में उपस्थित विविध तत्त्व यथा प्राकृतिक संपदा, ऋतुचक्र, नदी, पर्वत भी धर्म का आधार बनते हैं।

लोक-तत्त्वों का प्रभाव व्यक्ति के आचार-विचार, संस्कार पर पड़ता है। जिनका सीधा संबंध उसके रीति-रिवाजों, परंपराओं, त्योहार आदि पर होता है। लोक-मानस द्वारा इन सब का संरक्षण-संवर्धन लोकधर्म के अंतर्गत होता है। संस्कार भी लोक-मानस के ऐसे तत्त्व होते हैं, जिनसे धर्म का सीधा संबंध होता है। लोक-मानस ही संस्कारों के मूल्य-बोध को समझता है और उसका पालन करता है, जब उनमें मूल्य संक्रमण होता है तो वह लोकधर्म के अपने मूल विषय से इतर प्रकारों को स्वीकार करता है।

कथाकार 'निशंकजी' ने मध्य हिमालयी राज्य उत्तराखंड की भौगोलिक, पौराणिक तथा ऐतिहासिक महत्त्व एवं परिस्थितियों में जीवन-यापन करनेवाले लोक-मानस को अपने कथा साहित्य का मुख्य आधार बनाया है। भारत की ऐतिहासिकता को यहाँ के लोक-जीवन में स्पष्ट रूप से देखा जा सकता है। 'गढ़वाल एवं कुमाऊँ का यह क्षेत्र एक प्रादेशिक इकाई ही नहीं है, वरन् भारत का सूक्ष्म रूप है। इसके इतिहास, लोक-विश्वासों और लोक-संस्कृति में कोल, भील, किरात, किन्नर, यक्ष, गंधर्व, नाग, खश, शक, हूंण, द्रविड़, आर्य आदि अनेक जातियों की संस्कृति का समावेश है। यहाँ से भी जातियों का प्रसार हुआ है और यहाँ भी अनेक कारणों से समय-समय पर अनेक जातियाँ आती रही हैं, अतः कहीं-कहीं समान नृवंशीय तत्त्वों के कारण गढ़वाल-कुमाऊँ का मध्य हिमालय क्षेत्र राजस्थान, महाराष्ट्र, गुजरात, पंजाब, बंगाल जैसे सुदूर प्रदेशों से भी आश्चर्यजनक

निकटता प्रकट करता है।'[82] इस प्रकार किसी भी भू-भाग में लोक-तत्त्व का समावेश निरंतर प्रक्रिया है, जो धर्म को भी प्रभावित करती है। यही लोक-तत्त्व लोक चेतना के वाहक होते हैं, जिसमें लोक की परंपरा और परिस्थितियों की झलक मिलती है। लोक-जीवन की श्रमशील परिस्थितियों, संघर्षों, विषमताओं, प्राकृतिक आपदाओं से विश्वास, परंपरा, रीति-रिवाज, तंत्र-मंत्र विद्या आदि प्रस्फुटित होते हैं, जो लोक के सामाजिक और मानसिक विचारों को जन्म देते हैं। लोक-मानस में ये विचार अध्यात्म एवं संस्कारगत प्रवृत्ति के होते हैं। इनमें सजीवता होती है। इसलिए ये धर्म से सीधे संबद्ध हो जाते हैं, यही वजह है कि अभिजात्य साहित्य की अपेक्षा लोक-साहित्य में लोक-तत्त्व एवं धर्म का घनिष्ठ संबंध दिखाई देता है।

उपरोक्त विवेचनात्मक दृष्टि से जब हम कथाकार 'निशंकजी' के साहित्य का अध्ययन करते हैं तो उनके कथा-साहित्य में लोक-तत्त्वों से प्रेरित लोकधर्मी समाज दिखाई देता है, उनके कथानक की लोक-परिधि धर्म से आबद्ध होती है, जहाँ संस्कृति का प्रारंभिक स्तर धर्म का संवाहक बनता है। जिस तरह धर्म में कल्याण की भावना होती है, उसी तरह उनके साहित्य में लोक-कल्याण की धार्मिक भावनाएँ मिलती हैं।

लोक-जीवन में देवी-देवताओं के प्रति आस्था और आस्था को प्रदर्शित करने के विधि-विधान पीढ़ी-दर-पीढ़ी चलायमान रहते हैं। 'मेजर निराला' उपन्यास में आस्था के विभिन्न विधानों का उल्लेख करके लेखक लोक-जीवन की जीवंत तस्वीरें उत्पन्न करने में सफल हुए हैं—'गाँव के पंचायती चौक में 'मंडाण' लगा था ढोल और दमाऊँ की ध्वनि गमक वातावरण में हर्ष पैदा कर रही थी। ढोली मधुर कंठ से गायन शैली में देवताओं का आह्वान कर रहा था, साथ में दमाऊँवाला उसके स्वर में स्वर मिला रहा था। देवताओं के 'पश्वा' जमीन में शुद्ध आसन में चौकी के ऊपर बैठे हुए थे।'[83] 'मंडाण', 'ढोल-दमाऊँ और 'पश्वा' प्रचलित लोक-तत्त्व हैं, वहीं उत्तराखंड में जिस गायन शैली में देवताओं का आह्वान गीतों द्वारा किया जाता है, उन्हें जागर कहते हैं। इस प्रकार 'निशंकजी' के कथा साहित्य में देवी-देवताओं के प्रति आस्था की लोक-संस्कृति है। जहाँ आस्था लोक को संस्कारित करती है, 'मेजर निराला' उपन्यास में लेखकीय कथन है कि 'आस्था हमें संस्कारित करती है। आस्था के कारण हम अच्छा करने की प्रेरणा पाते हैं और बुरा कार्य करने से डरते हैं। आस्था ही हमारी संस्कृति का मूल है, जो पीढ़ी-दर-पीढ़ी आगे बढ़ती रहती है। हमारे पहाड़ में हर मनुष्य के अंदर श्रद्धा और आस्था कूट-कूटकर भरी पड़ी है। इसीलिए इसे देवभूमि भी कहा जाता है। यहाँ के लोग अभी तक हर बुराई और अपराध से दूर हैं, सचमुच देवतुल्य हैं यहाँ के लोग भी। करोड़ों हिंदुओं की आस्था के प्रतीक श्री बद्रीनाथ, श्री केदारनाथ, माँ गंगोत्री और माँ यमुनोत्री

इसी भूमि में हैं। महान है यह भूमि, तभी तो आज विश्वभर के लोग शांति की खोज में यहाँ आते हैं। हमारे ऋषि-मुनियों की तपस्थली भी रही है यह तपोभूमि।'[84]

'निशंकजी' के साहित्य में धर्म-भावना, प्रकृति पूजा, यक्ष-देवता पूजा, जादू-टोना, तंत्र-मंत्र आदि की लोक-परिधि है। 'मेजर निराला' उपन्यास में कई लोक प्रचलित देवता—नागराजा, नरसिंह, भैरों, हीत और भगवती माता गाँव के देवी-देवताओं का उल्लेख लोक वाद्य रंणसिंग, भंकोरे आदि के साथ मिलता है—'ढोल की थाप के साथ गाँव के नवयुवक रंणसिंग, भंकोरे, घंटी आदि बजाकर देवताओं का आह्वान कर रहे थे। कितनी पुरानी संस्कृति है हमारी। सोच रहा था मेजर। कितनी श्रद्धा और आस्था है लोगों में देवी-देवताओं के प्रति। इसीलिए तो प्रत्येक वर्ष गाँव के लोग सामूहिक रूप से देव पूजन करते हैं। इसका फल भी उन्हें मिलता है। गाँव में सुख है, समृद्धि है, सब प्रकार से अमन-चैन और हरियाली है। लोग खुश हैं। नागराजा, नरसिंह, भैरों, हीत और भगवती माता गाँव के देवी-देवता हैं। सबका यहाँ पर आह्वान किया जाता है। देवी-देवता अपने 'पश्वाओं' पर अवतरित होते हैं और नाच-कूदकर अपने भक्तों को आशीर्वाद देते हैं।'[85] वस्तुतः ये देवी-देवता भारतीय परंपरा के मूल धार्मिक देवताओं से भिन्न हैं, जो उत्तराखंड के लोकधर्म से संबद्ध हैं। गढ़वाल-कुमाऊँ के स्थानीय देवी-देवताओं की संख्या बहुत अधिक है। इनमें नागराजा, घंडियाल, हीत, केलापीर, भूमिया, खितरपाल, बिनसर, नगेलो, हनुमान, पांडव, द्रौपदी, निरंकार, ग्वरील, सिदुवा-बिदुवा, भांसर, काली, रेणुका, नंदा देवी, गंगनाथ, सिर कंठा, चंद्रबदनी, ज्वाल्पा आदि मुख्य हैं।

लोक में धार्मिक एकता की भावना होती है। विवेच्य लेखक के कथा-साहित्य में लोक-मानस एकता के सूत्र में बँधा है। खासतौर पर पहाड़ी समाज में आत्मीयता के आधार पर उसका गठन होता है, जिसमें लोक-जीवन की सामूहिकता की भावना है। लोक संस्कारों, सामूहिक अनुष्ठानों, पर्व-त्योहारों, मेले आदि में पारस्परिक सहयोग लोकधर्म से प्रेरित होता है।

लोक-तत्त्वों में धर्म का नारी विषयक महत्त्व भी कथाकार 'निशंकजी' के साहित्य में मुखरित होता है। जहाँ धार्मिकता का बंधन नारी जीवन के विविध स्तर पर परिलक्षित होता है, लेकिन रूढ़िगत विश्वासों से वे नारी मुक्ति की दृष्टि देते हैं। उनके लोक-साहित्य में पर्वतीय लोक-मानस है, जहाँ पारिवारिक जीवन के केंद्र में नारी होती है। इस लोक-जीवन की नारी विपदाओं की मारी, सामाजिक, पारिवारिक, मानसिक पीड़ा से दबी दिखाई पड़ती है, लेकिन सबकुछ सहकर भी वह सरल-सहज रहकर अपना धर्म निभाती है। उपन्यास 'छूट गया पड़ाव' की सरोज, 'अपना-पराया' की लक्ष्मी, 'पल्लवी' उपन्यास की पल्लवी, 'कृतघ्न' उपन्यास की विधवा अम्मा ऐसी ही नारी पात्र हैं, जो

अपने त्याग का परिचय देकर कर्मों की ओर सद्न्मुख रहती हैं।

लोक में स्वर्ग व नरक का विश्वास भी कर्म व धर्म दोनों को प्रभावित करता है, उपन्यास 'मेजर निराला' का नायक अच्छे कर्म करने के बावजूद जब पत्नी की हत्या का आरोपी बन जाता है तो उसे 15 साल की कारावास की सजा काटनी पड़ती है। वहीं छूटने पर ग्रामीणों का दुर्व्यवहार उसे उसकी दुर्गति का भागी बना देता है। कर्मों के इस परिणाम पर लेखकीय दृष्टिकोण सामने आता है कि 'लोग कहते हैं कि स्वर्ग और नरक होते हैं, इस जन्म के बाद किंतु स्वर्ग और नरक तो यहीं भोगने पड़ते हैं।'[86]

उपन्यास 'पहाड़ से ऊँचा' में लोक-विश्वासवश ही गाँव की महिला शांति सावन के सोमवार को सुबह उठ शिवालय में जलाभिषेक करने जाती है। वह अपने पति हरिकृष्ण की शराब छुड़वाने की दुआ माँगती है। शांति की वह इच्छा उसका पतिव्रता धर्म का पर्याय है, क्योंकि भारतीय लोक में यह विश्वास है कि सावन के सोमवार महिलाएँ पति-परिवार की दीर्घायु तथा आरोग्य के लिए व्रत-उपवास तथा जलाभिषेक एवं कीर्तन-भजन-दान आदि से जीवन से सुख-दुःख का समागम होता है। लोक-समाज में पूजा-पाठ व भाग्यवाद का संबंध भी लोकधर्म के अंतर्गत आता है। लोक-मानस में किसी प्राकृतिक सुख-दुःख को धार्मिक सद्भावना पर आश्रित माना जाता है। खासतौर पर किसी अनहोनी जैसी घटना को पूजा-पाठ, दैवीय शक्ति, जादू-टोना आदि का फल अथवा प्रकोप को भी मान्यता दी जाती है।

अतः लोक-तत्त्वों में धर्म की मूलभावना सदैव निहित रहती है और लोक-जीवन के विभिन्न क्षेत्रों का अनुभव एवं लोकचित्त के हृदय की भावमयी अनुभूति लोक-तत्त्वों से ही प्रदर्शित होती है। इन्हीं अनुभूतियों और अनुभूत ज्ञान से लोकधर्म का प्रसार होता है। लोक में रिश्ते-नाते का निर्वहन करना धर्मानुकूल माना जाता है। माता-पिता का संतान के प्रति, पति-पत्नी का एक-दूसरे के प्रति, पुत्र का माता-पिता के प्रति ऐसे रिश्ते हैं, जो आदर्श समाज का गठन करते हैं और उत्कृष्ट व्यक्तित्व का परिचय देते हैं। उपन्यास 'मेजर निराला' में निराला की पत्नी सावित्री के संबंध में यह बात पूरी तरह चरितार्थ होती है। वह परमेश्वर के रूप में पति की हर बात मानना अपना धर्म मानती थी और उसके लिए पति की हर बात परमेश्वर का वचन जैसा था। लोक में स्त्री का यही सतीत्व सर्वोच्च आदर्श का प्रतीक होता है। लोक-जीवन मे आदर्श, ईमानदार, सत्यवादी गुणों के आधार पर व्यावहारिक चरित्रों का निर्माण होता है तथा सामाजिक परिवेश में ऐसे आदर्श, व्यक्तित्व लोकधर्म बन जाते हैं। इसी प्रकार विश्वास की बुनियाद आदर्श व सत्यनिष्ठता पर टिकी रहती है, जो लोक-जीवन की पहचान होती है। 'मेजर निराला' उपन्यास में लोक-जीवन में इस बात का आना कि 'घर पर ताला लगना' यूँ भी पहाड़ में गाली

समझा जाता है,'[87] से उस लोक-जीवन के दर्शन मिलते हैं, जिसमें जीवन-यापन के लिए आदर्शता व सत्यनिष्ठता ही सर्वोपरि है।

'निशंकजी' अपने कथा साहित्य में उत्तराखंड के लोक-जीवन की समस्याएँ, पात्रों की मनोदशा व समाधान के साथ कथ्य-विस्तार करते हैं। 'प्रतिज्ञा' उपन्यास में कथा परिवेश लोक-जीवन की कई खूबियों व समस्याओं को उभारकर सामाजिक व्यवस्थाओं के ऊपर कुठाराघात करती है। कथानायक बीरु द्वारा लोक-मूल्यों की पुनर्स्थापना होती है तो कथानायिका सुनीता सामाजिक व्यवस्था स्थापित करने का लोकधर्म निभाती है। वीरु मातृभूमि के प्रति अपना धर्म निभाता है। वह सामाजिक कुरीतियों के खिलाफ लड़कर पलायन जैसी समस्याओं का समाधान भी ढूँढ़ता है। वहीं सुनीता लोकजागरण भावना से ग्रामीणों को शराब की समस्या से मुक्ति दिलाकर समाज को एक नई राह दिखाती है।

'भागोंवाली' उपन्यास जिस लोक-जीवन पर आधारित है, वहाँ लोक-तत्त्वों की परिधि में ही लोकधर्मी चरित्र-विन्यास होता है। शास्त्रीजी और भागोंवाली अम्मा का भगवान् के प्रति विश्वास संपूर्ण उपन्यास के संवादों व कथ्य-सृष्टि में दिखाई देता है—'कभी अम्मा सोचती थी कि हे भगवान्, मेरे ये लाड़ले किसी तरह बड़े हो गए तो, हे भगवान्, ये पढ़-लिख जाएँ। यह भी हो गया तो हे भगवान्, इनकी नौकरी लग जाए, वह भी हो गया तो इनकी शादी हो जाए। शादी हो जाए तो इनके बच्चे हो जाएँ।'[88] इस तरह लोक में भगवान् एवं धर्म के प्रति आस्था उन्हें आशावादी बनाता है। उपन्यास की त्रासदी पात्र अम्मा ही है, लेकिन वह आशावादी है, वह धैर्य की मूरत है, साथ ही लेखक ने उसे भाग्यवादी चरित्र के रूप में भी उभारा है—'यह कोई भी नहीं जानता कि ईश्वर ने किसके भाग्य में क्या लिखा है? हम कर्म करते जाते हैं और अपेक्षा करते हैं कि इसके बदले हमें सुख मिलेगा, बस इसी आस में जीवन कटता जाता है। कई बार इंसान जो कुछ सोचता है, वह मिल नहीं पाता और कई बार इंसान का सोचा हुआ, अकस्मात ही फलीभूत भी हो जाता है। भागोंवाली अम्मा के भाग्य में एक और खुशी दे दी ईश्वर ने।'[89] लोक में हर रिश्ते का कर्तव्य धर्मार्थ के तुल्य माना जाता है, परिवार में रिश्तों का संबंध लोकधर्म के आधार पर स्थापित होता है, जो समाज के विश्वासों से लोक-लज्जावश भी पालन करना पड़ता है।

लोक-मानस लोकचेतना से धर्म का संबंध स्थापित करता है। 'निशंकजी' के पात्रों में लोक चेतना विस्तृत फलक पर मिलती है। उपन्यास 'पहाड़ से ऊँचा' में मोहन लोकप्रेम के भाव से ही गाँव आकर डॉक्टरी के पेशे के उद्देश्य को सार्थक करता है और विदेश में अच्छी तनख्वाह ठुकराकर ग्रामीणों की सेवा करना लोकधर्म समझता है। लोक के प्रति उसकी चेतना गीता के माता-पिता नरेंद्रनाथ के साथ हुई विस्तृत वार्त्ता में

परिलक्षित है—'हम सच्चाइयों से मुँह नहीं छिपा सकते। गाँधीजी के इस देश में कभी अस्सी फीसदी जनता गाँवों में रहती थी। कृषि-पशु प्रधान इस देश में नारी को देवी मानकर पूजा जाता था। आज की भोगवादी संस्कृति के अंधानुकरण ने नारी को बाजार की एक वस्तु बना दिया।'[90]

'छूट गया पड़ाव' उपन्यास लोक-तत्त्व और लोक धर्म की दृष्टि से महत्त्वपूर्ण है, जिसमें विभिन्न लोक-तत्त्वों की कथ्य विवेचना में सजीवता दिखती है। उपन्यास की पात्र सरोज लोकधर्म के सबसे सजग प्रहरी के रूप में दिखाई देती है। उपन्यास में एक तरफ बिनगढ़ गाँव में लोक-तत्त्वों की उर्वरक भूमि के रूप में पल्लवित दिखता है, दूसरी तरफ सरोज का गाँव के प्रति समर्पण सेवा भाव, रानी के प्रति गुरुधर्म का भाव लोकधर्म का सच्चा पालन है। सरोज का गुरु धर्म ही था कि ग्रामीण आनंद सिंह उसके प्रति कहता है—"गुरु तो भगवान् से भी बड़ा होता है, वही ज्ञान देता है, आँखें खोलता है, अनपढ़ को गढ़ता है। उसका आदर-सत्कार हमारा परम धर्म है।"[91] सरोज बिनगढ़ गाँव में न केवल गुरु का धर्म निभाती, बल्कि रानी को पुनर्जन्म देने के प्रयत्न में पूर्ण समर्पित दिखती है। उसके लोकधर्म की भावना ही है कि वह रानी को कहती है—'मैं तो तुम्हें ठीक करके ही रहूँगी, फिर भगवान् ने तो मुझे गुरु के साथ-साथ माँ भी बनाकर भेजा है। यह दोनों धर्म निभाना मेरा दायित्व है।'[92] आदर-सत्कार करना भी मानव धर्म है, बिनगढ़ गाँव की लोकभूमि में जब शिक्षिका सरोज पहुँचती है तो ढोल-दमाऊँ के पौणा-नृत्य के साथ उसका स्वागत किया जाता है। उसे गाँव में रहने-खाने की कमी नहीं होती है। आनंद सिंह कहता भी है—'भुली ये भी तुम्हारा मायका ही है।'[93]

लोक परिवेश में ही नहीं, शिष्ट समाज में भी धर्म, विश्वास, संस्कार की मान्यता से लोकधर्म का पालन होता है। 'छूट गया पड़ाव' उपन्यास में सरोज व आनंद सिंह, रानी को इलाज के लिए चंडीगढ़ ले जाते हैं तो डॉ. दुग्गल इलाज से पूर्व सरोज व आनंद सिंह को रानी की गंभीर स्थिति को देखकर धैर्य बँधवाने के लिए इस तरह आश्वस्त हैं—'चलो करते हैं कोशिश। ईश्वर कृपा से सब ठीक हो जाएगा अस्पताल में ही सारी सुविधाएँ हैं, विशेषज्ञ हैं, हम कोई कसर नहीं छोड़ेंगे, बाकी ऊपरवाले की मर्जी।'[94] लोक में मानव सेवा को सबसे बड़ा धर्म माना गया है। 'छूट गया पड़ाव', में लोक-तत्त्व व लोकधर्म का समन्वय स्पष्ट दिखता है, जब आनंद सिंह सरोज को समझाता है कि 'किसी दीन-दुखियारे को, किसी गरीब जरूरतमंद को मदद कर हम एहसान नहीं करते, अपना फर्ज अदा करते हैं और इस फर्ज का कर्ज सबको अदा करना होता है। यही मानव-योनि का मूल मंत्र है और यही उसे सारे प्राणी जगत् में सबसे ऊँचे पद पर आसीन करता है।'[95] लोक-मानस में हर सुख-दुःख की परिणिति धर्म पर आधारित है।

असीम दुःख और अनिर्णय की स्थिति में हमारा आध्यात्म बड़ा संबल देता है। वह परम धीर-धैर्य देता है, जिससे समाज नियति, नसीब, नैराश्य से उबारता है। लोक जीवन का यह दर्शन 'निशंकजी' के कथा साहित्य में पात्रों की आशावादी, भाग्यवादी प्रवृत्ति के रूप में परिलक्षित है। 'छूट गया पड़ाव' में रानी की मृत्यु पर आनंद सिंह कहता है—'भाग्य में यही लिखा था, उस अभागिन के लिए हमने तो अपना धर्म पूरा निभाया। वही नहीं निभा पाई तो और किसी का क्या कसूर। नसीब में यही लिखा होगा उसके। इतनी ही उम्र दी होगी ऊपरवाले ने, इलाज तो एक बहाना था।'[96]

'निशंकजी' की कहानियों में भी लोक-तत्त्वों में धर्म का महत्त्व प्रतिपादित होता है। उनकी कहानियों के पात्र लोकधर्मी हैं। 'जैसी करनी वैसी भरनी' कहानी लोक-जीवन की विभिन्न स्थितियों की एक जीवंत घटना प्रधान कहानी है, जिसमें विविध लोक-तत्त्वों का चित्रण हुआ है। कहानी में कथानायिका कमला के माध्यम से लोकधर्मी होने का उदाहरण पेश किया गया है। कमला के माध्यम से ऐसी संवेदना की जागृति हुई है, जो मूल्यपरक जीवन की सीख देती है। ग्रामीण परिवेश में बारिश-आपदा की एक रात की कहानी में लेखक ने लोक-जीवन की कई परिवेशगत समस्याओं और शराब जैसी कुप्रथा का दुष्परिणाम कैसे पूरे परिवार और समाज पर पड़ता है, यह इस कहानी का मूल प्रतिपाद्य है। दाताराम का परिवार एक रात बारिश से ढहे घर के नीचे दब जाता है। उसकी प्रतिदिन की शराब पीकर हल्ला करने की आदत उस विपदा की रात लोगों को सामान्य हल्ला लगता है तो कोई ग्रामीण मदद करने नहीं आता है। ऐसे में कथानायिका कमला, जो उसकी चीख-पुकार को अनहोनी समझकर सबको जगाती है और अपना मानव धर्म निभाती है। वहीं जब उसे कोई दूसरा घर बनाने के लिए जमीन नहीं देता है तो लोक-कल्याण की भावना से कमला ही जीवन देकर सौहार्द्र का परिचय देती है। यही नहीं वह दाताराम से शराब छोड़ने की प्रतिज्ञा भी लेने को कहती है और शराब जैसी सामाजिक बुराई को खत्म करने का संदेश देती है।

'सच्चा प्यार' कहानी सहृदयता से मानवता स्थापित करके लोकधर्मी होने का पाठ पढ़ाती है, यह सहृदयता मानव के मूल में होती है, लेकिन अभिजात्य वर्ग में इस सहृदयता का अभाव उसे प्रेमपूर्ण व्यवहार से दूर कर देता है। कहानी 'सच्चा प्यार' में डॉ. अविनाश के परिवार में उसके माता-पिता बेटे के रिश्ते के लिए प्रेम से ज्यादा महत्त्व धन-संपदा को देते हैं, वहीं डॉ. अविनाश अभिजात्य परिवार का होते हुए भी लोकहृदय से जुड़े चरित्र के रूप में उभरता है। उसके माँ-बाप, उसकी प्रेमिका जूली से इसलिए शादी नहीं होने देते, क्योंकि वह गरीब अनाथ लड़की थी और वे चाहते थे कि उनका बेटा उनके समकक्ष धनाढ्य परिवार में शादी करे, लेकिन अविनाश जूली के प्रेम वियोग

में जीवन-पर्यंत शादी न करके सारी संपत्ति छोड़कर पिछड़े और अभावग्रस्त लोगों की सेवा में जीवन समर्पित कर देता है। इसी तरह जूली भी सिस्टर मैरी के रूप में पूरे जीवन सेवा करना ही अपना धर्म समझती है।

इस प्रकार लोक-तत्त्व अपने को धर्म के माध्यम से व्यक्त करते हैं, जो 'निशंकजी' के साहित्य में परंपरा के आश्रय में लोक-जीवन का परिचय देते हैं। लोक-तत्त्व एवं धर्म के माध्यम से ही उनका साहित्य निराशावादी जीवन एवं विमुख दृष्टिकोण को त्यागकर, जीवन के स्वस्थ उपभोग का संदेश देता है।

लोक-रूढ़ियाँ एवं कथा-साहित्य

लोक-जीवन में कुछ विश्वासों को जब बिना किसी तर्क-वितर्क, प्रश्न चिह्न के बिना स्वीकार किया जाता है तो परंपरागत रूप में ऐसे विश्वास लोक-रूढ़ि बन जाते हैं। लोक-रूढ़ियों में न किसी प्रकार की शास्त्रीय परंपराएँ होती हैं और न ही किसी तरह की सार्वदैशिक, सार्वकालिक तथा सार्वलौकिक स्वीकृति।

साहित्य में लोक-रूढ़ियों की पहचान करने से पूर्व लोक-रूढ़ि एवं लोक-विश्वास में अंतर समझना भी आवश्यक होगा। लोक-रूढ़ि एवं लोक-विश्वास साहित्य में समदृश्य प्रतीत होते हैं, लेकिन दोनों में सीमांकन किया जा सकता है। मनुष्य के जीवन-कर्म में कुछ मान्यता एवं विश्वास ऐसे होते हैं, जो शास्त्र निर्दिष्ट होते हुए भी शास्त्रों द्वारा समर्थित होते हैं, जो लोक-विश्वास के अंतर्गत आते हैं, जबकि मनुष्य जीवन में कुछ कर्म एवं धारणाओं का न शास्त्रीय आधार होता है, न शास्त्र उनका समर्थन करता है, लेकिन वे लोक-प्रचलित होकर लोक-जीवन में आधार पाए हुए रहते हैं, इन्हें लोक-रूढ़ि के नाम से जाना जाता है।

आदिम युग से मानव में विकास की प्रवृत्ति सदैव मौजूद रही है। तर्क और विज्ञान के बलबूते उसने धरती से लेकर ब्रह्मांड तक की यात्रा की, लेकिन जन-सामान्य के बीच विज्ञान की तार्किकता पूरी तरह रच-बस न सकी। उसमें पनपे हुए विश्वास 'लोक-विश्वास' रूप में प्रचलित रहे, क्योंकि उन विश्वासों का जवाब न तर्क दे पाते हैं, न ही ये वैज्ञानिकता के मानकों पर पुष्ट होते हैं। ये लोक-विश्वास दर्शनों या सिद्धांतों की आधारभूमि प्राप्त कर लेते हैं, लेकिन लोक में प्रचलित जिन विश्वासों की दार्शनिक या सैद्धांतिक व्याख्या नहीं होती है, वे अंधविश्वास या लोक-रूढ़ि की संज्ञा पाते हैं।

ये अंधविश्वास समाज में प्राचीनकाल से बने हुए हैं। आदिम मानव में प्रकृति एवं प्राणी व्यवहार से जो भय उत्पन्न हुआ, उसने लोक-विश्वास एवं लोक-रूढ़ियों का रूप लिया। डॉ. सुरेश माहेश्वरी के शब्दों में—"अंधविश्वास की परंपरा इसलिए बनी रहती है

कि उसमें धार्मिक, सांस्कृतिक और सामाजिक भय उत्पन्न करने की क्षमता होती है।"[97]

लोक-जीवन में व्याप्त कई विश्वास कालांतर में अंधविश्वास बन जाते हैं, जो मनुष्य की बौद्धिक चेतना तर्क शक्ति पर अधिकार पा लेते हैं। ऐसे कई अंधविश्वास हमारे बीच होते हैं, जिनके प्रति मनोभाव बदलना असंभव प्रतीत होता है। कर्मादिकों पर आधारित विश्वास लोक-रूढ़ि कहलाते हैं। 'इन्साइक्लोपीडिया ऑफ ब्रिटानिका' में लिखा है—'It is also important to notice that the reasonableness or unreasonableness of belief is determined by the eridence which the believer himself has.'[98]

इस प्रकार समाज में प्रचलित अंधविश्वास, मन:स्थितियाँ, कथानक, रूढ़ियाँ हमारे सामने लोकगीत, लोकगाथा, लोककथा, लोकोक्ति आदि के माध्यम से परिलक्षित होते हैं। इन्हें पौराणिकता के साथ लोक में अनुष्ठान, संस्कार, संस्कृति में कल्पनाश्रित भी कह सकते हैं, अर्थात् लोक-मानस में, उसके विवेकशील होने के बावजूद कई कल्पनाएँ परंपरागत स्वरूप पाती हैं तो लोकचित्त उन्हें बिना तर्क सिद्धांत, वैज्ञानिकता के स्वीकार कर लेता है। डॉ. गोविंद चातक पाश्चात्य मनोवैज्ञानिक फ्रेजर के मत को उद्धृत करते हुए लिखते हैं कि "लोक-मानस प्री-लॉजिकल विवेकपूर्वा होता है। वह अपने चिंतन में कार्य-कारण-क्रम का तारतम्य अपने ढंग से स्थापित करता है। दूसरी बात यह है कि वह प्रवृत्ति से रहस्यशील होता है और अपने अनुभवों की व्याख्या करने में अति-मानवीय शक्तियों का आश्रय लेने को बाध्य होता है, जिन्हें वह कभी तर्क के आधार पर मिथ्या नहीं स्वीकार करता। इसी प्रवृत्ति के कारण लोकगाथाओं में देवताओं, भूत-प्रेतों, मसानों, अप्सराओं, वृक्षों, प्रकृति के विभिन्न क्रिया-व्यापारों तथा वस्तुओं के गुणों के संबंध में अनेक लोक मानसिक धारणाएँ मिलती हैं।"[99] ये मानसिक धारणाएँ लोक में विभिन्न लोक-तत्त्वों से जीवित-परंपरा के रूप में स्थान पाती हैं, यद्यपि लोक-मानस जड़ और चेतन में प्राणतत्त्व स्थापित करता है, जो हमें लोक-संस्कृति में लोक-रूढ़ियों के रूप में दिखाई देते हैं। यही लोक-रूढ़ियाँ कथा-साहित्य में कथानक रूढ़ियाँ भी कहलाती हैं, जो देवी-देवताओं, भूत-प्रेत, राक्षस, अप्सरा, पशु-पक्षी जातिगत मानवीय गुणों से संबद्ध विश्वासों से कथानक को रोचक एवं विशिष्ट बनाते हैं।

विवेच्य लेखक रमेश पोखरियाल 'निशंक' का साहित्य भारतीय लोक-जीवन का परिचायक है। उनके कथा-साहित्य में अनेक कथा-रूढ़ियों का प्रयोग हुआ है, जो निश्चय ही कथानकों में उपयुक्त प्रसंगानुकूल प्रयुक्त किए गए हैं। भारतीय साहित्य में कई ऐसे विश्वास दिखते हैं, जो लोक-साहित्य एवं शिष्ट-साहित्य में प्रयुक्त होते हैं, वस्तुतः वे कथानक रूढ़ियाँ अथवा लोक-रूढ़ियाँ ही होती हैं। ऐसी कथानक रूढ़ियाँ स्वयं को

सत्यवादी घोषित करने हेतु 'सच्च क्रिया' संस्कारगत रूढ़ियाँ, जन्म-मरण के विश्वास आदि के रूप में प्रचलित हैं। भारतीय कथानक रूढ़ियों में सत्यक्रिया एक लोकप्रचलित कथा-रूढ़ि है। दरअसल यह सत्य उद्घाटित करने की सबसे प्राचीन धारणा है, जिसमें आस्था होती है, जिसकी स्थापना के लिए वह विशिष्ट शक्ति का आह्वान करता है। डॉ. कन्हैयालाल सहल के शब्दों में—"सत्यक्रिया में वक्ता 'यदि पद्धति' का आश्रय लेता है और कहता है—'यदि मैं जो कहता हूँ सत्य है तो अमुक अलौकिक घटना घट जाए।'"[100] अर्थात् सच्च क्रिया, सत् की परिकल्पना व परंपरा भारतीय लोक-जीवन में प्राचीन लोक-रूढ़ि है। यह लोक-साहित्य तथा अभिजात्य साहित्य में प्राचीन समय से प्रयुक्त होती आ रही कथानक रूढ़ि है। जिसका तात्पर्य किसी दृढ़ सत्य का दावा करना होता है।

मानव जीवन के लोक-संस्कारों में कई लोक-रूढ़ियों का प्रचलन है। विवाह संस्कार के अंतर्गत कुंडली मिलान के साथ जाति गौत्र, कुल आदि की मान्यता-अमान्यता भी लोक प्रचलित है। जहाँ लोक से इतर शिष्ट समाज में प्रेम-विवाह, अंतर्जातीय एवं अंतर्प्रांतीय विवाह का प्रचलन आधुनिक होने की पहचान है, वहीं लोक में ऐसे विवाह विजातीय विवाह के रूप में अस्वीकार्य हैं। 'लोक जीवन में विवाह उच्च संस्कार है, जो कई मर्यादाओं के पालन करते हुए पूर्ण होता है। लोक-संस्कार के अनुरूप हिंदुओं में विवाह भिन्न कुल और भिन्न गौत्र में किया जाता है। मातृ कुल में असपिंड और पितृकुल में असगौत्र कन्या से विवाह होता है।'[101] ऐसे में अलग जाति, कुल, धर्म से विवाह होना लोकरीति का घोर उल्लंघन माना जाता है।

विवाह संस्कार पूर्ण करने के लिए भारतीय लोक-जीवन में विभिन्न परंपरागत रूढ़ियाँ होती हैं। जिसमें जातिगत परंपराएँ प्राचीनकाल से ही रही हैं। इस संबंध में डॉ. हजारी प्रसाद द्विवेदी के भारत में जातियों के विभेद पर आधारित विचार उल्लेखनीय है कि "हिंदू समाज में नीचे से नीचे समझी जानेवाली जाति भी अपने से नीची एक और जाति ढूँढ़ लेती है।"[102] यही भावना विवाहगत धारणाओं को भी लोक-रूढ़ियों से जोड़ती है। हिंदुओं में जाति व्यवस्था का ये आधार आज भी लोक-समाज में विवाह संस्कार का निर्धारक तत्त्व बनता है, जहाँ जाति ही नहीं बल्कि कुल, गौत्र आदि की व्यवस्था के आधार पर वर-वधू का चुनाव होता है, जो प्रमुख लोक-रूढ़ि है।

भारतीय लोक-जीवन में खान-पान संबंधी विभेद भी बहुधा पाए जाते हैं जिनके पीछे की मान्यताएँ अधिकाशंतः लोक-रूढ़ि पर आधारित होती हैं। उत्तराखंड के लोक-जीवन में खान-पान विभेद की रूढ़िवादिता दिखाई देती है। डॉ. देव सिंह पोखरिया के शब्दों में—"उत्तराखंड में विभिन्न वर्णों और जातियों में परस्पर खान-पान संबंधी भेदभाव आज भी विद्यमान है। कस्बों और शहरों में तो यह भेदभाव अब मिटता जा रहा

है, पर ग्रामीण क्षेत्रों में अभी भी यह रूढ़िवादी परंपरा प्रचलित है। ब्राह्मण, क्षत्रिय के घर क्षत्रिय, अंत्यज के घर तथा अंत्यज, अपनी निम्न उपजातियों के घर भात-दाल तो दूर रहा सब्जी-पूरी आदि भी नहीं खाते।'[103] इस तरह के बंधन, वर्ग-विभेद, जाति-विभेद लोक में सामाजिक प्रतिष्ठा के कारक होते हैं। ऐसे प्रतिबंधात्मक व्यवहार लोक-समाज के लिए परंपरा बोधक होते हैं, लेकिन वास्तविक रूप से ये रूढ़िवादिता के परिचायक हैं।

भारतीय साहित्य में रूढ़िवादी परंपरा स्पष्ट दिखती है, जहाँ भूत-पिशाच, आँछरी मानवेत्तर प्राणी होते हुए भी मानव के प्रति आकर्षित होते हैं। डॉ. गोविंद चातक के शब्दों में—"मध्य हिमालय के लोक-विश्वासों में आँछरियाँ व माँतरियाँ अनिष्टकारी शक्तियाँ होती हैं। दोनों शब्द व्युत्पत्ति की दृष्टि से अलग-अलग होते हुए भी लोक-विश्वास की दृष्टि से एक ही भावना के पर्याय होते हैं। यह विश्वास प्रचलित है कि अल्पवय में मृत कन्याएँ माँतरी व आँछरियाँ बन जाती हैं। जो किसी के शरीर में प्रविष्ट कर पीड़ित करती हैं।"[104] लोक-मानस में इसी प्रवृत्ति के कारण अतिमानवीय शक्ति के रूप में भूत-प्रेत, मसाण, अप्सरा, देवता, प्रकृति आदि के प्रति लोक-विश्वास दिखते हैं, जिन्हें वह कभी तर्कों पर नहीं तोलता, बल्कि वह मानसिक विचार पर आश्रित दिखता है। वह कल्पना को यथार्थ मान लेता है, इसी अभेद भावना से वह स्वप्न को यथार्थ में क्रियान्वित करने में विश्वास रखता है। जड़ और चेतन में प्राणतत्त्व के दर्शन लोक-मानस के चिंतन की अपनी विशेषता है। इस प्रकार कई बार सामान्य घटनाएँ और लोक-विश्वास भी कथानक रूढ़ियाँ बन जाती हैं, लेकिन कथानक रूढ़ि बनने के लिए असामान्य की अपेक्षा विशेष होती है। डॉ. गोविंद चातक के शब्दों में—"देवी-देवताओं, भूत-प्रेतों, राक्षस, अप्सरा, अलौकिक जड़ी-बूटियों, पशु-पक्षी तथा जादू-टोनों से संबद्ध विश्वास ही प्रायः कथानक-रूढ़ियों के निर्माण में सहायक होते हैं। इसलिए अतिमानव तत्त्व का कथानक-रूढ़ियों से सीधा संबंध है।"[105] आदिम मानव ने प्रत्येक तत्त्व को प्राणवान होने का अनुभव किया। जिससे उसने उनको खुश करने अथवा उनके कोप को कम करने के लिए पूजने की परंपरा भी बनाई। लोक-मानस के धार्मिक विचारों में और लोक-साहित्य पर इसका पर्याप्त प्रभाव पड़ा है, जिसके फलस्वरूप फलों, फूलों, वृक्षों, नदियों, पशुओं, पक्षियों आदि को भी आध्यात्मिक आधार मिला है। विवेच्य लेखक के कथा-साहित्य में हमें लोक-रूढ़ियों के विभिन्न आधार मिलते हैं।

कथाकार रमेश पोखरियाल 'निशंक' के साहित्य-लोक में विवाह से संबंधित कई लोक-रूढ़ियाँ मिलती हैं, जहाँ जाति, कुल, धर्म के अनुरूप विवाह होने की लोकरीति का पालन न होने पर लोक-रूढ़िग्रस्त भावना दिखाई देती है। मान्यताओं के अनुरूप परंपरागत विवाह संपन्न न होना अथवा युवक-युवती के विजातीय होने पर उनके

युवावस्था के प्रेम की बलि कैसे दी जाती है? यह 'बीरा' उपन्यास में दिखाई देता है। उपन्यास पात्र बीरा-दीपक के मध्य प्रेम-प्रसंग होने के बावजूद जब मामा-मामी, बीरा का विवाह अन्य जगह तय कर देते हैं तो बीरा दीपक से विवाह करने की इच्छा जताती है। जिस पर मामी स्पष्ट रूप से कहती है—'लेकिन बेटी हम ठहरे ठाकुर लोग और वे हैं ब्राह्मण। पहले तो दीपक की माँ इस रिश्ते को स्वीकार नहीं करेगी। वह तो तेरे हाथ का बना भात तक नहीं खाएगी। माना कि वह तैयार हो भी जाए तो भी समाज कहाँ इस रिश्ते को स्वीकार कर पाएगा,"[106] इस प्रसंग में एक तरफ जातिगत भेद, दूसरी तरफ 'हाथ का बना भात न खाना' लोक-रूढ़िवादी विचारधारा ही है।

लोक-रूढ़ियों में अमानवीय शक्ति संबंधित कथानक रूढ़ियाँ भी 'निशंकजी' के कथा-साहित्य में विवेचित हैं। इसके अंतर्गत भूत, प्रेत, राक्षस, डायन, आँछरी आदि अमानवीय शक्तियों संबंधित विश्वास मिलते हैं। 'अपना-पराया' उपन्यास के पात्रों में भूत-प्रेत, वशीकरण की मान्यता दिखती है। रात के घनघोर अँधेरे में आँगन में रेणु की छाया को देखकर लक्ष्मी भूत-प्रेत की छाया मानकर काँप उठती है—'घुप्प अँधियारे में धीरे-धीरे एक छाया आँगन पार कर रही थी। है तो कोई स्त्री, लेकिन कौन है? और इस अँधियारे में जा कहाँ रही है? कोई भूत-प्रेत की छाया तो नहीं? एक पल के लिए वह काँप उठी। यूँ तो आजकल शुक्ल पक्ष की रातें थीं और पूर्णमासी के लिए कुछ ही दिन शेष थे, लेकिन आज चंदा की रोशनी को बादलों ने अपने आगोश में ले लिया था।' 'बीरा' उपन्यास में जंगल के रास्ते दीपक के घर पहुँचने पर उसकी माँ के माध्यम से एक अन्य लोक-रूढ़ि सामने आती है—'माँ को लगा इस भरी दोपहरी में जंगल के रास्ते आया है। भूत-पिशाच या आँछरी न लग गई हो इसे, तुरंत अंदर गई और मुट्ठी में उड़द की दाल और चावल मिला कर ले आई।'[107] इस मान्यता के प्रति लेखकीय कथन है कि 'यही रिवाज है गाँव में बुरी नजर और बुरी आत्माओं से रक्षा करने का।'[108] 'पहाड़ से ऊँचा' उपन्यास में मोहन के पास जो पहाड़ी युवक अपनी माँ के इलाज की मदद माँगने आता है, वह बताता है कि माँ के इलाज के लिए वह देवता, भूत-प्रेत ऊपरी हवा का प्रभाव खत्म करने के लिए बकरी-मुर्गा-शराब का चढ़ावा चढ़ा चुका है। इस प्रकार 'निशंकजी' का अधिकांश कथा-साहित्य पर्वतीय लोक-जीवन के परिवेश में होने के कारण यथेष्ट कथानक रूढ़ियों को समोये हुए है। देवी-देवताओं, भूत-प्रेत, चमत्कारपूर्ण घटनाएँ उसमें प्रचुर मात्रा में हैं। जिसमें आदिम संस्कृति का आभास भी मिलता है।

उपन्यास 'मेजर निराला' में कई तरह की लोक-रूढ़ियाँ कथानक को आकार देती हैं। पूर्वदीप्ति शैली में लिखे इस उपन्यास में घटना के भीतर एक पूर्व घटना का वर्णन 'उस जमाने', अर्थात् पूर्व समय में, के रूप में होता है, जिसमें नारी जीवन से जुड़ी लोक-

रूढ़ि का परिचय लेखक देते हैं—'उस जमाने में स्त्रियों के अधिकार बहुत सीमित थे। ऊपर से विधवा स्त्री का जीवन तो किसी नरक से कम नहीं हुआ करता था। किसी काम से घर से बाहर जाते हुए विधवा का मुँह दिखना अपशकुन माना जाता था। शादी, ब्याह, नामकरण आदि मांगलिक कार्यों में तो विधवाओं का शामिल होना भी वर्जित था।'[109] 'अपना-पराया' उपन्यास में लक्ष्मी व सुरेश की शादी होने के 6 महीने बाद सुरेश की मौत हो जाती है। जिसके बाद कई लोक-रूढ़ियों से संलिप्त विधवा लक्ष्मी का चरित्र-चित्रण मिलता है। सुरेश की मौत होने के बाद लक्ष्मी के हाथों की चूड़ियाँ तोड़ी जाती हैं और देवर राहुल के साथ प्रेमपूर्ण व्यवहार के कारण सास उसे जादूगरनी कहती है। वहीं लक्ष्मी के अजन्मे बच्चे को भी अशुभ मानकर सास का कथन है कि 'तो क्या सिखा-पढ़ा रही थी तुम्हें तुम्हारी लाड़ली? ये भी बता दिया होगा कि वह पेट से है, लेकिन क्या करना ऐसी कलमुँही संतान का, जो आने से पहले ही बाप को खा जाए।'[110] इसी तरह बच्चा जन्मने के बाद जब लक्ष्मी के बीमार पिता जोशीजी की मृत्यु होती है तो गाँव की एक महिला के माध्यम से रूढ़िगत विचार सामने आते हैं—'ये शादी जोशीजी को फली नहीं। पहले दामाद गया और अब जोशीजी स्वयं।' भीड़ में खड़ी एक वृद्धा ने कहा, तो दूसरी ने हाँ-में-हाँ मिलाते हुए नन्हे मानस को ही अपशकुनी ठहरा दिया। 'पेट में आया तो बाप को खा गया और दुनिया में आया तो नाना को, आगे भगवान मालिक।'[111] इसी तरह 'पल्लवी' उपन्यास में ध्रुव की मौत के बाद कथानायिका पल्लवी को लेकर लोगों का रूढ़िग्रस्त व्यवहार सामने आता है—'भीड़ में सब लोगों के विचार अच्छे ही हों, ऐसा नहीं होता। 'पता नहीं किस मुहूर्त्त में शादी हुई थी, आते ही पति को खा गई।' एक अधेड़ महिला ने फिकरा कसा तो दूसरी ने हाँ-में-हाँ मिलाई।...'अरे थी भी तो अपनी ही पसंद की शादी। जन्म-पत्री भी मिलाई थी या नहीं! अब हो गया न कलेजा ठंडा।'[112] वहीं कुछ समय बाद विधवा हो चुकी पल्लवी को देखकर एक बुजुर्ग महिला उसकी सास को कहती है कि 'ये बहू ने नाक में लौंग क्यों पहनी हुई है? इसे बता क्यों नहीं देते, हमारे यहाँ विधवा कोई श्रृंगार नहीं करती?[113] वहीं 'कृतघ्न' उपन्यास में लोक-रूढ़ि को तोड़ते हुए कथा-पात्र 'तुहिना' माँ की मौत पर श्मशान जाती है और चिता को अग्नि देती है। लोक में प्राय: चिता को अग्नि देना, शमशान जाना, स्त्री के लिए वर्जित क्रिया माना जाता है, लेकिन ऐसी लोक-रूढ़ियों को तोड़ते हुए सकारात्मक जीवन-मूल्यों की स्थापना करना 'निशंकजी' का सामाजिक मूल्यबोध का परिचय है।

'भागोंवाली' उपन्यास के प्रमुख पात्रों में शास्त्रीजी सुसंस्कारित, उच्च आदर्श वाले पात्र होने के साथ एक शिक्षक भी थे, लेकिन उनके चरित्र का रूढ़िगत प्रभाव भी कथानक में देखने को मिलता है—'शास्त्रीजी बेटों की पढ़ाई के प्रति बड़े सजग रहते

थे, उनकी शिक्षा के लिए हर बलिदान देने को तत्पर रहते थे, लेकिन दूसरी ओर बेटियों की शिक्षा के प्रति वे जाने क्यों बड़े दकियानूसी थे।'[114] इस तरह वे बेटियों के प्रति उदासीन रूढ़िगत विचारधारा वाले व्यक्तित्व थे। आमतौर पर लोक में यह पुरातन संकीर्ण विचारधारा है, जहाँ बेटियों की शिक्षा को आवश्यक नहीं माना जाता है। ऐसी विचारधारा के अनुसार समाज में बेटियों को पराया धन समझकर भेदभाव पूर्ण परवरिश से गुजरना पड़ता है। शास्त्रीजी एक शिक्षक होकर उनको घर में जरूर पढ़ाते हैं, लेकिन लोक-समाज की वह धारणा, जिसके तहत बेटी का घर की देहरी न लाँघने की सीमा बँधी होती है, उसी विचारधारा से शास्त्रीजी 5वीं के बाद बेटियों को स्कूल ही नहीं भेजते हैं। इस प्रकार लेखक ने शास्त्रीजी को लोक-संस्कार के कई मूल्यों से प्रेरित पात्र के रूप में प्रस्तुत करने के बावजूद न्यायपूर्ण तरीके से उनके लोक-रूढ़िग्रस्त चरित्र को भी प्रस्तुत किया है, हालाँकि लेखक उसे समय की स्थितियों का निर्णय मानते हैं—'वह समय भी कुछ ऐसा ही था कि बेटियों को सामान्यतः लोग पढ़ाते नहीं थे। पद्रंह साल के अंदर-अंदर हाथ पीले कर घर से विदा कर देते थे।'[115] इस तरह शास्त्रीजी बेटी की शादी कम उम्र में करवा देते हैं और वे खुद मानते थे कि बेटियों को कौन से कोई नौकरी करनी है।

'निशंकजी' के कथा-साहित्य में सामाजिक मनोविज्ञान और पारिवारिक जीवन की सुंदर व्याख्या मिलती है, जिसमें लोकजीवन की परंपरागत धारणाएँ आबद्ध होती हैं। विशेषतः नारी के पारिवारिक जीवन चरित्र से जुड़ी रूढ़ हो चुकी बातें नारी-कथा पात्रों के चरित्र को प्रतिबिंबित करती हैं। जैसा कि 'पारिवारिक संदर्भों में कुछ चरित्र रूढ़ होते हैं, जैसे विमाता, ननद, सास, मामा आदि। जिस प्रकार सास और ननद चुगली करनेवाली होती हैं।'[106] ऐसे नारी चरित्र हमें कथा साहित्य में इस लोकरूढ़ परंपरा का वहन करती हुई दिखाई देती है। उपन्यास 'अपना-पराया' में सास कमला और ननद रेणु ऐसे पात्रों के रूप में चित्रित हैं।

सौतेली माँ से संबंधित लोकरूढ़ विश्वास 'बीरा' उपन्यास में मिलता है, जहाँ आशीष का पिता जब दूसरी शादी करता है तो आशीष शुरुआत में सौतेली माता को स्वीकार नहीं करता है। उसके मन-मस्तिष्क में सौतेली माँ को लेकर विमाता के रूढ़िगत व्यवहार के विचार होते हैं। वह सौतेली माँ द्वारा दूध का गिलास दिए जाने पर अपने दोस्त दीपक को कहता है—'मत पी इसे कुछ भी हो सकता है।' दीपक समझ गया। आशीष के मन की आशंका स्वाभाविक थी। सौतेली माँ ने जो दिया था, फिर सौतेली माँ के बारे में पुस्तकों में लिखी गई ऊलजलूल बातों का असर जो था उसके मन पर।

'अरे कुछ नहीं होता यार! क्यों घबराता है ?' दीपक ने कहा।

'अरे यार! मैंने कहानियों और फिल्मों में देखा है, सौतेली माँ दूध में जहर मिला

देती है।' आशीष ने आशंका व्यक्त की।'[117] भारतीय लोक-जीवन में माँ का रिश्ता भी लोकरूढ़ है। कहावत है कि 'पुत्र कुपुत्र हो सकता है, लेकिन माता कभी कुमाता नहीं हो सकती'। माँ का रिश्ता मनुष्य जीवन के सभी रिश्तों में सबसे ऊपर माना जाता है, ये एक ऐसा रिश्ता होता है, जिसमें सबसे अधिक आत्मीयता मिलती है। लोक-जीवन में माँ का जो स्वरूप 'निशंकजी' के साहित्य में दिखता है। उसमें माँ का स्वरूप पर्वतीय लोक-जीवन की परिवेशगत विशिष्टताओं के साथ दिखाई देता है। 'गढ़वाली-कुमाँऊनी लोककथाओं में माँ के माहिमामय रूप की व्यंजना हुई है। माँ के स्नेह और पत्नी के प्रेम की तुलना प्राय: उनमें यत्र-तत्र मिलती है, किंतु माँ का स्नेह सर्वोच्च कहा गया है।'[118] नारी से संबंधित ऐसा ही विश्वास लोक में सतीत्व व मातृत्व नारी के आदर्श होने की मान्यता को लेकर है। 'सतीत्व नारी की ऐसी शक्ति मानी गई है, जो अलौकिक कार्य-साधन की क्षमता रखती है।'[119] विधवा नारी के जीवन की कई लोक-रूढ़ियाँ 'निशंकजी' के साहित्य में दिखाई देती है। 'पल्लवी' उपन्यास की प्रमुख पात्र कुंती का चारित्रिक उत्थान सतीत्व के आधार पर ही किया गया है।

विवेच्य लेखक ने ऐसी कई लोक-रूढ़ियों को साहित्य-पटल पर उद्धृत किया है, जो अनैतिक परंपराएँ होने के बावजूद लोकप्रचलित हैं। शुभ-मंगल कार्यों में विधवा स्त्री को शामिल न होना अथवा शामिल होने पर अपशकुन जैसी मान्यताएँ लोक-रूढ़ियाँ होती हैं। जो 'अपना-पराया' उपन्यास में रेणु की शादी के मौके पर कथानक में दिखाई देती हैं—'विवाह के दिन सुबह जब रेणु को हल्दी लगाकर बाँद दिए जाने की रस्म होने लगी तो लक्ष्मी स्वयं ही घर की ऊपरी मंजिल के एक अँधेरे कोने में जाकर बैठ गई। शुभ कार्यों में आगे आना तो उसने अभागन होने के बाद वैसे ही छोड़ दिया था। 'उसके अपशकुनी भाग्य की छाया नई दुलहनों पर भी पड़ेगी।'[120]

लोक में रूढ़िगत मान्यताओं का मनोमस्तिष्क पर कितना असर होता है, यह 'छूट गया पड़ाव' उपन्यास में दिखाई देता है। उपन्यास की केंद्रीय पात्र 'रानी' के प्रति गाँव में अस्पृश्यता का भाव उसके कुरूप चेहरे के कारण लोग उसकी छाया से परहेज करते हैं। रानी के प्रति समाज के रूढ़िग्रस्त व्यवहार को इस उद्धरण में देखा जा सकता है—'उसे छूना तो दूर, लोग उसकी छाया तक से परहेज करते। छोटे बच्चे कहीं डर न जाएँ, लोग उससे उनकी नजरें बचाकर ले जाते तो बहू-बेटियों को भय सताता फिरता कि कहीं पेट में पल रही जान पर उसका साया न पड़ जाए। दुश्मन को भी न मिले ऐसी काया! माँ-बाप अलग रोया करते। रानी इस मूढ़ दुनिया के ये गूढ़ भाव तो नहीं पढ़ पाती थी, लेकिन वह यह समझने लगी थी कि लोग उससे ऐसे बचते हैं, मानो उसे कोई कोढ़ हो गया हो।'[121] जिस वजह से रानी अपने को अक्सर कमरे में ही बंद रखती है, वह स्कूल

भी छोड़ देती है और खुद उसकी माँ उसे अपने साथ गाँव मे ले जाने से बचती है।

लोक में 'सपने' पर आधारित विश्वास भी रूढ़िगत होते हैं, हालाँकि विज्ञान के युग में सपनों का मनोवैज्ञानिक अध्ययन कर कई निष्कर्ष व सिद्धांत दिए जाते हैं, लेकिन लोक-साहित्य में सपनों पर अटूट विश्वास परिलक्षित होता है। शकुन, अपशकुन के रूप में विविध लोक-रूढ़ियाँ बहुप्रचलित हैं। पेड़-पौधे, पशु-पक्षी, शरीर के अंग, दिन, वार, समय आदि सजीव-निर्जीव तत्त्वों से जुड़ी कई शुभ और अशुभ रूढ़ियाँ भावनामूलक होती हैं, जो लोक-जीवन के विशेष निर्धारक होते हैं। 'पल्लवी' उपन्यास में रूढ़िग्रस्त अभिप्राय, ध्रुव की मौत के सूचक होते हैं—'माँ हर समय बेटे की सलामती की दुआ किए जा रही थी। इसी बीच दूर कहीं सियारों के रोने की आवाज आई तो पल्लवी को आवाज की दिशा में सास के थू-थू करने की आवाज भी सुनाई दी, जब कभी भी सियार के रोने की आवाज आती, माँ ऐसा ही करती। कभी-कभी वह बताती थी—'सियारों का रोना अपशकुन होता है।'[122]

'निशंकजी' की कहानियों में भी लोक-रूढ़ियाँ कथानक अभिप्राय बनती हैं। 'दर्द' कहानी का लोक-रूढ़ि पर केंद्रित पहला दृश्य प्रस्तुत है—'जैसे-जैसे सुचित्रा की आँख लगी तो बड़ी राहत की साँस ली डॉ. आलोक ने। रात के एक बज रहे थे। बाहर सन्नाटा था, कहीं दूर से कुत्तों के भौंकने की आवाज ही बीच-बीच में नीरवता भंग कर रही थी। इस बीच उन्हें लगा, जैसे कुत्ता रो रहा हो। बचपन की याद हो आई, जब दादी कहती थी कुत्ते का रोना अशुभ होता है।'[123]

लोक में व्यक्ति जीवन की निजी समस्या हो अथवा शारीरिक कष्ट, सर्वप्रथम समाधान देवी-देवता, तंत्र-मंत्र आदि से किया जाता है। 'अभिशप्त' कहानी में राजू के बीमार होने पर प्राथमिक इलाज के रूप में 'झाड़ झंकार' किया जाना भी प्रचलित लोक-रूढ़ि में से एक है। कहानी का वह उद्धरण प्रस्तुत है—'अरे बेटा, सब ठीक चल रहा था कि अचानक राजू को एक दिन तेज बुखार आया और उसने बिस्तर पकड़ा तो फिर अंत तक उठ नहीं पाया। दादी ने सारे झाड़-झंकार किए पर कुछ न हुआ। गाँव के कुरगुडखाल वाले डॉक्टर साहब पता नहीं क्या-क्या करते रहे।'[124]

'पगली' कहानी एक घरेलू हिंसा की कहानी है, जहाँ पगली के माध्यम से लेखक नारी शोषण की व्यथा और उस पर पितृसत्तात्मक रूढ़ समाज को उद्घाटित करते हैं। पगली किस तरह एक वैश्या से भी बदतर जीवन जीने को मजबूर हो जाती है, यह कहानी पाठक के सामने कई प्रश्न छोड़ती है। लोक में नारी के प्रति यह रूढ़िगत हेय दृष्टि मध्यकालीन समाज से ज्यादा प्रचलन में आई है, हालाँकि आज सतीप्रथा, कन्या खरीदने जैसी प्रथाएँ समाप्त हो चुकी हैं, लेकिन लोक में नारी जीवन अभी भी शिष्ट समाज की

अपेक्षा उपेक्षित नजर आता है। 'निशंकजी' के कथा साहित्य में एक तरफ नारी पात्र अपने स्थायित्व के लिए जूझती दिखती हैं तो कई नारी पात्र रूढ़िग्रस्त जीवन जीने को मजबूर दिखती हैं।

'निशंकजी' की कहानियों में विवाह लोक-जीवन के प्रमुख संस्कारों में से एक है, लेकिन इस संस्कार में कई तरह की लोक-रूढ़ियाँ मानवता के सच्चे धर्म पर आक्षेप लगाती हैं। विवाह संबंधी लोक-रूढ़ियों से कई बार प्रेम की सामाजिक हत्या भी हो जाती है। विशेषकर विवाह के लिए स्थापित धार्मिक बाध्यता, जैसे जाति, कुल, गौत्र, कुंडली, दहेज, आर्थिक संपन्नता के आधार पर विवाह तय करना जैसी लोक-रूढ़ियों से कथानक अभिप्राय कहानी 'सच्चा प्यार', 'बेड़ियाँ' में सिद्ध होता है। 'सच्चा प्यार' के अविनाश व जूली की शादी में इसलिए रुकावट आती है, क्योंकि अविनाश अभिजात्य वर्ग का युवक है, जिसके माँ-बाप उनके प्रेम को स्वीकृति न देकर जाति, कुल, आर्थिक संपन्नता के आधार पर उसकी शादी करवाना चाहते हैं और माता-पिता के इसी रूढ़िग्रस्त व्यवहार के कारण अंततः अविनाश आजीवन शादी नहीं करता है। 'बेड़ियाँ' कहानी का कथानक रूढ़िगत समाज के अवलोकन की दृष्टि से विशेष है, इस कहानी में दो समांतर घटनाएँ घटित होती हैं, जहाँ एक तरफ सुनंदा का सहकर्मी गणेशन उससे शादी करने के लिए अपने माता-पिता को राजी नहीं कर पाता है, क्योंकि वे चाहते थे कि शादी समान जाति कुल के ब्राह्मण परिवार में ही हो, वहीं लेखक ने इन लोक-रूढ़ियों को तोड़कर प्रेम का संदेश समानांतर चलती दूसरी कहानी में कथानायक प्रदीप के माध्यम से दिया है। प्रदीप एक आर्मी लेफ्टिनेंट होकर भी अनाथालय की संगीत टीचर 'आशा' से अपने परिवार की रूढ़िवादी विचारधारा को तोड़कर शादी करता है। सभी लोक-रूढ़ियों को तोड़कर वह जिस युवती से शादी करता है वह एक सुसंस्कृत, आदर्श बहू साबित होती है। इस प्रकार ये कहानी लोक-रूढ़ियों के त्याग करने का संदेश देती है।

लोक अथवा शिष्ट समाज दोनों ही संयोग अथवा इत्तेफाक को जीवन के विभिन्न पहलुओं से जोड़ते हैं। समानांतर, समान इच्छित, अप्रत्याशित वस्तुओं, विचारों का मिलना आदि को संयोग कहा जाता है। 'अतीत की परछाइयाँ' ऐसी ही कहानी है, जिसमें सरजू बचपन में बच्चा बेचनेवाले गिरोह के हाथों गाँव से मुंबई और वहाँ से नीदरलैंड किसी दंपती के पास चला जाता है। उसके माता-पिता रामरथ व भागीरथी, जिस बच्चे से मिलने की उम्मीद भी नहीं रखते हैं। वह करीब 20 साल बाद एक विदेशी छात्र दल के साथ अपने गाँव के पास की पहाड़ी पर घूमने आता है, जिसे उसी पहाड़ी रास्ते पर चाय की दुकान चलानेवाला रामरथ पहचान भी लेता है। ऐसी अप्रत्याशित घटना को वे ईश्वर का आशीर्वाद मानते हैं।

'नियति का विशेष प्रभाव' एक लोक-विश्वास है, लेकिन समाज में व्याप्त लोक-रूढ़ियाँ कई बार इन विश्वासों से व्यक्ति को अविवेकी बना देती हैं। कहानी 'एक यक्ष प्रश्न' में सुरेशानंद आचार्य को एक समय समाज देवऋषि की उपाधि देता है, लेकिन जब वह कुष्ठ रोग का शिकार होता है तो रूढ़िवादी परंपरा एवं अंधविश्वास का प्रभाव लोक में दिखता है। सुरेशानंद, जो पहले सबका पूजनीय था, उसे पंचायत बुलाकर उसके घर से ही बाहर किया जाता है, जिसे लोग पूर्वजन्म के कर्मों का प्रतिफल कहते हैं। यही नहीं, बुरे वक्त में समाज उसे अलग-थलग कर देता है और उसकी मृत्यु के बाद चिता की आग से बीमारी फैलने का भय बताकर उसे गधेरे में दबाया जाता है। 'ठीया' कहानी में रितेश के दो बेटों की मौत के बाद तंत्र-मंत्र पर आधारित लोक-रूढ़ि इस रूप में दिखाई देती है, जहाँ रितेश के दोनों बेटों की आकस्मिक मौत पर लोगों के विचार इस तरह सामने आते हैं—'कुछ लोगों ने तो यहाँ तक कहना शुरू कर दिया था कि उन्होंने अपने पैतृक कुल देवता की वर्षों से पूजा नहीं की, इसलिए उनके कोप का शिकार दोनों बेटे हो गए हैं। इस बीच उन्होंने ज्योतिषविदों, तांत्रिकों व गणनाकारों के कई चक्कर काटे। एक पूछेरे ने कहा कि उनकी सौतेली दादी ने उनके लिए 'घात' डाली हुई है। उस 'घात अहंकार' को पूजने के लिए उस पूछेरे ने जो विधि-विधान बताए, वे कम चौंकानेवाले न थे। मुर्गा व बकरे काटने के साथ सूअर को चौराहे पर दफनाने जैसे विधान बताकर उस 'तांत्रिक' पूछेरे ने कहा कि इस तांत्रिक अनुष्ठान के बाद ही उनके परिवार पर मंडरा रहे दुःखों की छाया दूर हो पाएगी और तभी वह शहर के अपने मकान में खुशहाली से अपना शेष जीवन जी सकेंगे।"[125]

इस प्रकार विवेच्य लेखक रमेश पोखरियाल 'निशंक' के साहित्य में लोक प्रचलित रूढ़ियों का प्रसंगानुकूल विवेचन मिलता है। वास्तव में एक सफल लेखक वही होता है, जो जनमानस की गहराई से प्रविष्ट होकर तत्त्वतः उसका उल्लेख करने में समर्थ होता है। 'निशंकजी' को लोक मानस की गहरी पहचान है और यही कारण है कि उन्होंने लोक-मानस के अनुकूल साहित्य सृजन कर आगामी पीढ़ी को पूर्ववर्ती समाज की धरोहर सौंपने का कार्य किया है और इसी रूप में उनके साहित्य में लोक-रूढ़ियों का तदनुकूल वर्णन मिलता है।

लोकगाथाओं का साहित्य पर प्रभाव

मानव स्वभाव प्रारंभ से ही उत्सवधर्मी रहा है। जीवन के राग-रंग सदैव उसे प्रभावित करते आए हैं। भारतवर्ष की यह विशिष्टता है कि यहाँ दुःखों की आवृत्ति भी लोक से संपृक्त है। अनेक कथाएँ, गाथाएँ लोक से जुड़कर जीवन और साहित्य को

प्रभावित करती आई हैं। 'लोकगाथा' शब्द 'लोक' और 'गाथा' दो शब्दों से मिलकर बना है। 'लोक' शब्द की विस्तृत चर्चा हम पहले भी कर चुके हैं, जबकि 'गाथा' शब्द का सामान्य अर्थ किसी 'वृत्तांत अथवा जीवनी' के अर्थ में लिया जाता है। लोक में गाथाओं का उद्भव वैदिक युग से एक सतत् विकासमान प्रक्रिया है। आदिम मानव अपनी प्रारंभिक स्थितियों से धीरे-धीरे सभ्यता की ओर अग्रसर हुआ, जिससे बुद्धि की प्रखरता के साथ उसमें संस्कृति का समावेश हुआ। जीवन-यापन करने के लिए उसने कृषि व्यवस्था के साथ गीत-संगीत का अनुसंधान भी किया। डॉ. श्याम परमार के शब्दों में—'प्राचीन भारतीय वाङ्मय में गाथाओं का उल्लेख हमें मिलता है, जो वस्तुतः व्यवस्थित सामाजिक अवस्था के सूचक हैं। ये गाथाएँ गीत अथवा पद्य ही हैं, जो ऋग्वेद में एक भिन्न साहित्य की द्योतक भी हैं। ब्राह्मण ग्रंथों के अनुसार ये गाथाएँ मानव-सृजित हैं, जिनका उद्देश्य विशेषतः किसी महान् व्यक्ति के सत्कर्मों का बखान करना रहा है। शतपथ ब्राह्मण में, अवदान के रूप में, महाभारत में तथा अन्य संस्कृत-प्राकृत ग्रंथों में गाथाएँ गाने की परंपरात्मक प्रथा के अनेक उदाहरण उपलब्ध हैं।'[126]

संस्कृत 'अमर कोश' के अनुसार 'गाथा' शब्द का अर्थ है—'पितरगण, परलोक और ऐसे ही अन्यान्य विषयों से संबद्ध अनुश्रुतियों पर आधारित पद्य या गीत।'[127] अपने प्रारंभिक दौर से गाथा के रूप में ग्रामगीत, नृत्यगीत, आख्यानगीत, आख्यानकगीत, वीरगीत आदि का प्रचलन मिलता है। अंग्रेजी में लोकगाथा के लिए 'बैलेड' शब्द का प्रयोग होता है। 'लोकगाथा' शब्द की उत्पत्ति के विषय में विद्वान् एक मत नहीं दिखते हैं। इसकी जटिलता का कारण यह भी रहा है कि 'लोकगाथा' का प्रारंभिक रूप लिखित नहीं मिलता है। 'लोकगाथाएँ' प्रसिद्ध भारतीय ग्रंथों में भी आख्यान रूप में प्राप्त होती हैं और मानव सभ्यता के विकास के साथ-साथ ये गाथाएँ लोक-जीवन में परिशोधित भी होती रहती हैं, जिससे देश-काल-वातावरण के अनुसार इनमें थोड़ा-बहुत अंतर भी दिखाई देता है, लेकिन मूल गाथा स्वरूप एक ही रहता है।

लोक-समाज में मनुष्य जिन रिश्तों का पालन पूर्व-दृष्टि से करता है, उसमें एक गाथा का समावेश होता है। जैसे भारतीय गाथाओं में भाई-बहन का प्रेम, माता-पिता की सेवा, सास-बहू की कटुता, ननद-भावज के प्रेम में नितांत कमी, भाइयों में प्रेमभाव आदि ऐसे पारिवारिक रिश्ते हैं, जिनमें कुछ-न-कुछ गाथात्मक प्रभाव रहता है। डॉ. कृष्णदेव उपाध्याय इसे कौटुंबिक गाथा के रूप में इस प्रकार मान्यता देते हैं—"कौटुंबिक गाथाओं में परिवार के विभिन्न व्यक्तियों के पारंपरिक व्यवहारों का चित्रण किया गया है। बहन का भाई, सास और बहू, ननद और भावज के संबंध की सुंदर झाँकी हमें देखने को मिलती है।"[128] यथा भाई-बहन का प्रेम रक्षाबंधन के रूप में कृष्ण-द्रौपदी की गाथा,

हुमायूँ-कर्णावती की गाथा, अलेक्जेंडर-पुरू की पत्नी की गाथाओं से जुड़ा है। हमारे देश में माता-पिता की सेवा के लिए विशेष प्रेरणा श्रवण कुमार, मर्यादा पुरुषोत्तम रामचंद्रजी के रूप में लिया जाता है। वहीं व्यक्ति कई बार स्वयं के साथ हुई घटना, जीवनी अथवा दूसरे की जीवनी को भी 'गाथा' रूप में विवेचित करता है और लोक में उसे गाथा के रूप में स्वीकार किया जाता है।

लोक-जीवन में शौर्य, तप, बल आदि के आधार पर भी लोकगाथाओं का प्रचलन चलता है। शूर-वीरता के किस्से-कहानी लोकगाथा का रूप लेते हैं। उत्तराखंड में ऐसी कई शौर्यगाथाएँ मौजूद हैं, जो लोक-जीवन में मेले-त्योहारों में गाई जाती हैं। डॉ. गोविंद चातक के शब्दों में—"शौर्यकथाएँ जब गाई जाती हैं तो उनको पंवाड़ों के रूप में जाना जाता है, किंतु हर अवसर गाने का नहीं होता है। किसी युग में हुड़किया और चंफ्या लोग पेशेवर चारणों की भाँति गाँव-गाँव घूमकर गाकर पंवाड़े सुनाते थे, किंतु मध्यकालीन व्यवस्था की देन होने के कारण न वे भड़ रहे, न वीरता के कारनामों में रस लेनेवाले लोग और न भड़वाली सुनानेवाले हुड़किया, फलतः अब ये गाथाएँ केवल कुछ बुजुर्गों के बीच मात्र रह गई हैं, अब वीरों की गाथाएँ कम और कथाएँ अधिक सुनने में आती हैं, जिन्हें सीधी-सादी गद्यात्मक भाषा में कहा जाता है।"[129] ऐसी ही कथाएँ गाथाओं के रूप में माधोसिंह भंडारी, कालू भंडारी आदि की मिलती हैं, जो लोकगाथा व लोककथा दोनों ही विधाओं के अंतर्गत आती हैं। इसी प्रकार उत्तराखंड में वीर चंद्र सिंह गढ़वाली, वीर सेनानी जसवंत सिंह, विक्टोरिया क्रॉस गब्बर सिंह आदि की शौर्यगाथाएँ लोक-जीवन में ख्यातिप्राप्त हैं। लोक गाथाओं में युग और समाज का बोध होता है, उनमें वीरता, बलिदान, त्याग, प्रेम, आत्मीय निष्ठा का आत्मबोध मिलता है।

उत्तराखंड की भूमि में 8वीं सदी से 18वीं सदी तक गढ़वाल का सारा इतिहास युद्धों और संघर्षों का रहा है। यह समय गढ़वाल-कुमाऊँ, तिब्बत, गोरखा, मुगलों के बीच युद्ध का काल रहा है। 'इसी काल में (1625ई.) माधोसिंह ने तिब्बत के सीमांत पर चबूतरे बनवाए थे और गढ़वाल तथा तिब्बत की सीमा निर्धारित की थीं।' गढ़वाल की 28 प्रमुख वीरगाथाओं का निर्धारण करते हुए डॉ. गोविंद चातक ने तीलू रौतेली, माधोसिंह भंडारी की लोकगाथाओं को विवेचित किया है।[130] माधोसिंह के विषय में उनके गाँव मलेथा से, जो वीरगाथा प्राप्त हुई है, उसके अनुसार—माधोसिंह का रुक्मा नाम की युवती से प्रणय संबंध थे, लेकिन मलेथा गाँव की खेती की भूमि पर पानी न होने के कारण उसने विवाह से इनकार कर दिया, तब माधो सिंह ने सुरंग खोदकर यहाँ की भूमि में पानी पहुँचाया था, इस हेतु उसे अपने पुत्र की बलि भी देनी पड़ी थी। यह सुरंग आज भी मौजूद है और यहाँ की भूमि उसी पानी से सिंचित होती है।

इसी तरह तीलू रौतेली की गाथा को आज भी पहाड़ की नारी के स्वाभिमान और वीरता के रूप में याद किया जाता है। 'कत्यूरी वंश' के बाद गढ़वाल अलग-अलग गढ़ों में विभक्त हो गया था, इसी बीच गोरख्याणी भी शुरू हो गई। गुजड़ूगढ़ी का सरदार पृथ्वी रावत, उसके दो पुत्र, भाई, भतीजे सब युद्ध में मारे गए, जिसके बाद उसकी एकमात्र पुत्री तीलू रह गई थी। उसने स्वयं युद्ध का बाना पहना और मैदान में आ गई, वह अपने अप्रतिम शौर्य के कारण विजयी हुई, लेकिन बाद में धोखे से कत्यूरी जख्मी सिपाही ने उसे मार डाला'[131] पौड़ी के गुराड़ गाँव, चाँदकोट क्षेत्र की यह वीरांगना आज पहाड़ी नारी के शौर्य की प्रतीक है। ऐसे शूरवीर लोक में भगवान् की तरह पूजे जाते हैं, जैसे 'कुमाऊँ और गढ़वाल में जीतू, रमोला, हरु, गंगनाथ, रूणिया, मोल्ल, कलुआ, चौमू ऐसे देवता हैं, जो कभी मानव थे।'[132] लेकिन आज ये स्थानीय लोगों द्वारा देवता के रूप में पूजनीय हैं और ये पश्वा में अवतरित होकर सुख-समृद्धि और संकट काल से लोक को आगाह भी करते हैं।

विवेच्य लेखक रमेश पोखरियाल 'निशंकजी' का जीवन परिदृश्य इसी पुण्यभूमि से आबद्ध है, जिसे देवभूमि और वीरभूमि नाम से जाना जाता है। लेखक ने धार्मिक गाथाओं का प्रभाव पांडव नृत्य, लीला-गान, जागर, जात-यात्रा के कथ्यों को अपने कथा साहित्य में प्रयुक्त किया है। मध्य हिमालय क्षेत्र की इस भूमि में ये गाथाएँ कहीं प्रत्यक्ष उद्धृत होती हैं और कहीं लोक द्वारा वीरगाथाओं की परंपरा-रूप में दिखाई देती हैं। लोकमर्मज्ञ डॉ. गोविंद चातक मध्य हिमालय की लोकगाथाओं को चार भागों में वर्गीकृत करते हैं— "जागर गाथाएँ (धार्मिक गाथाएँ), पंवाड़े (वीरगाथाएँ), प्रणय गाथाएँ, चैती गाथाएँ।"[133] यही वर्गीकृत रूप 'निशंकजी' के कथा-साहित्य में स्पष्ट होता है।

उपन्यास 'पहाड़ से ऊँचा' में 'घुघूती घुरौंण लागी मैरा मैत की बौड़ी-बौड़ी ऐगे ऋतु-ऋतु चैत की'[134] जैसे लोकगीत उद्धृत होना कथानक में लोकगाथा का मिश्रण है। दरअसल 'घुघूती' पक्षी उत्तराखंड के लोक-जीवन में, जहाँ खुदेड़ गीतों का माध्यम है, वहीं 'घुघुती लोक-विश्वास के साथ गाथात्मक रूप में भी प्रचलित है। इसके पीछे एक लोकगाथा है कि एक कन्या को विमाता ने मार डाला था और दूसरे जन्म में वह चिड़िया बनी और घुघूती, माँ सूती (माँ सोई है) कहती हुई तब से आज तक अपनी माँ को खोजा करती है।'[135] इसे पर्वतीय लोक-जीवन में विवाहित कन्या द्वारा ससुराल में मायके की याद के रूप में देखा जाता है, जहाँ विवाहित युवती को माँ की याद आती है और जब ऐसे पलों में घुघूती पक्षी खेत-खलिहान में आकर 'घुघूती ब-सूती' की धुन में आवाज करती है तो उससे विवाहित युवती की वेदना प्रबल हो जाती है।

लोक-गाथाओं में कुमाता का प्रभाव पुरातन है, प्राचीनकाल में राजाओं की कई

पत्नियाँ होती थीं, जिनसे अलग-अलग बच्चे होने की वजह से राज्याधिकार, उत्तराधिकार की लालसा से रानियाँ एक पिता की अन्य संतानों के प्रति द्वेष भावना रखती थीं, ऐसी माताओं को कुमाता की संज्ञा दी गई है। कुमाता से सौतेली माता में ज्यादा भिन्नता नहीं है, बहुपत्नी प्रचलन से हटकर दूसरी पत्नी, पहली पत्नी की संतान के लिए सौतेली माता होती है, जिसका दूसरी संतान के प्रति सौतेला व्यवहार भारतीय लोकगाथाओं में भी देखने को मिलता है।

लोक-गाथाओं में, जहाँ व्यक्ति छवि का आकर्षण सदैव जीवित रहता है, वहीं कालांतर में उस व्यक्ति विशेष की क्षमताओं, व्यक्तिगत विशेषताओं, उसके परिवेश, क्षेत्र, जाति, धर्म का प्रभाव भी लोक में पड़ता है। व्यक्ति छवि की प्रधानता वाली लोकगाथाओं को वीर गाथाएँ कहा जाता है। 'गढ़वाल-कुमाऊँ में वीरगाथाओं के लिए पंवाड़ा शब्द का प्रयोग होता है। पंवाड़ा शब्द-थोड़े-बहुत परिवर्तन के साथ ब्रज, मराठी, गुजराती, राजस्थानी, बुंदेली, भोजपुरी आदि सभी जनपदों में प्राय: वीरगाथाओं के लिए प्रयुक्त होता आया है।'[136] ऐसी गाथाओं का पुट 'निशंकजी' के साहित्य में स्थानीय इतिहास के साथ मिलता है। इस दृष्टि से वीर चंद्र सिंह गढ़वाली, माधोसिंह भंडारी, तीलू रौतेली जैसे उत्तराखंड के लोक-जीवन के प्रसिद्ध चरित्रों के प्रभाव में उनके पात्रों के चरित्र-चित्रण हुए हैं। 'निशंकजी' के उपन्यास 'मेजर निराला' में वीर-गाथात्मक प्रभाव 'राठ' क्षेत्र के वीर सेनानी चंद्र सिंह गढ़वाली के परिपेक्ष्य में दिखाई देता है। कथानक में उस क्षेत्र में स्वतंत्रता सेनानी वीर चंद्र सिंह गढ़वाली की वीरता का विवेचन उनकी जन्मभूमि के साथ उद्‍धृत है।—'बताया जाता है कि 'राठ' शब्द 'राष्ट्र' का अपभ्रंश है। देशभक्त और राष्ट्रप्रेमी है, यहाँ के लोग प्राइवेट या सरकारी नौकरी की बजाय अधिकतर लोग सेना में रहकर देश की सेवा कर रहे हैं। पेशावर कांड के नायक वीर चंद्र सिंह गढ़वाली इसी क्षेत्र के निवासी थे, जिन्होंने सारे भारत में उत्तराखंड का माथा गर्व से ऊँचा किया है।'[137] 'राठ' क्षेत्र स्वयं लेखक की जन्मभूमि भी है, जहाँ पेशावर कांड के नायक वीर चंद्र सिंह गढ़वाली का जन्म हुआ था। 'गढ़वाली' जी भारत के उन सेनानायकों में जाने जाते हैं, जिनकी प्रतिभा और अदम्य साहस को अंग्रेज ऑफिसर भी मानते थे। उनको प्रसिद्धि तब मिली, जब ब्रिटिश सैनिक होते हुए पेशावर में आंदोलित स्वदेशी लोगों पर गोली न चलाने का निर्णय लेकर वे ब्रिटिश हुकूमत के खिलाफ खड़े हो गए थे। राठ क्षेत्र के लोगों में वीर चंद्र सिंह के व्यक्तित्व का प्रभाव, उनके प्रति सम्मान आज लोगों के स्वाभिमान के रूप में दिखाई देता है, जिनके पंवाड़े आज क्षेत्र के मेले-त्योहारों में गाए जाते हैं। पंवाड़े—'युद्ध-गीत अथवा वीर गाथा के पर्याय होते हैं, जो चरित्र प्रधान होते हैं, ये उत्तराखंड में कई वीर प्रतिभाओं की वीरता व शौर्य की याद में नृत्यों के साथ

गाए जाते हैं।'[138] गढ़वाल क्षेत्र में ऐसी गाथाएँ जागर गीतों से भी उजागर होती हैं।

उत्तराखंड की भूमि से विश्वविख्यात पर्यावरण आंदोलन—'चिपको आंदोलन' की नायिका गौरा देवी, शराब विरोधी आंदोलन को बुलंद करने वाली टिंचरी माई, जैसी कई अदम्य साहसवाली वीरांगनाओं का प्रभाव 'निशंकजी' के साहित्य में दिखाई देता है। पर्वतीय परिवेश की नारी को स्वाभिमान व वीरता के साथ लोकगाथात्मक प्रभाव के साथ 'प्रतिज्ञा' उपन्यास में देखा जा सकता है। जहाँ पहाड़ी परिवेश की कथानायिका सुनीता अपने पति की मौत एवं गाँव-क्षेत्र के लोगों की शराब से होने वाली बरबादी का बदला निकालती है। वह शराब माफिया कुलदीप उर्फ कुल्लू भाई व उसके साथियों के आगे हथियार नहीं डालती, बल्कि जब वह खुद को असहाय पाने लगती है तो दोगुनी ऊर्जा व संकल्प के साथ वह दरांती से एक मेले में उसकी हत्या करने से भी नहीं चूकती है। लोकतंत्रात्मक देश में भले ही इस तरह का कथा-दृश्य असंगत लग सकता है, लेकिन यह लोक-जीवन की नारी के अदम्य साहस और शक्ति को प्रदर्शित करनेवाला है। इस दृश्य के विषय में डॉ. रवि शर्मा 'मधुप' लिखते हैं कि "नायिका के द्वारा असामाजिक तत्त्वों के खिलाफ विद्रोह का बिगुल बजाकर लेखक ने भारत की नारी-शक्ति को जाग्रत् करने का प्रयास किया है। नारी लक्ष्मी और सरस्वती है, तो समय आने पर चंडी का रूप धारण कर सकती है और दुष्टों का नाश कर सकती है। यह भाव व्यक्त करना भी लेखक का उद्देश्य प्रतीत होता है।"[139]

'प्रतिज्ञा' उपन्यास के कथानक में कुछ दृश्य उत्तराखंड के इतिहास की उन यथार्थ घटनाओं के रूप में प्रतीत होते हैं, जो लेखक ने अपने जीवनकाल के दौरान अपने आसपास देखे होंगे। लेखक की जन्मभूमि पौड़ी जनपद में 'टिंचरी माई' शराब उन्मूलन के लिए आंदोलित एक नारी थी, जिसकी गौरव गाथा आज क्षेत्र में प्रसिद्ध है। 'प्रतिज्ञा' उपन्यास की कथानायिका सुनीता भी हमें 'टिंचरी माई' से प्रेरित पात्र दिखती है। यह उपन्यास वस्तुतः शराब उन्मूलन पर केंद्रित ग्रामीण परिवेश की कथा है, जिसकी केंद्रीय पात्र 'सुनीता' में कच्ची शराब के खिलाफ उग्र आंदोलन चलानेवाली ऐतिहासिक चरित्र 'टिंचरी माई' की प्रतिछाया दिखती है।

लोक में लोकगाथाओं के चरित्रों को आदर्श रूप में जीवंत देखने का विश्वास होता है। वह आदर्श-चरित्रों का आरोप करने में विश्वास रखता है। इसीलिए लोक-संस्कृति, लोककलाओं, लोकनृत्यों में जीवंतता का अहसास होता है। लोक-समाज में बेटियों को देवी रूप में, दुराचारी को राक्षस रूप में, मर्यादित पुरुष को राम रूप में, उपकारी पुरुष को देव रूप में देखा जाता है। इसी तरह चार भाइयों को राम-लक्ष्मण-भरत-शत्रुघ्न के रूप में, पाँच भाइयों को पांडव रूप में आरोपित करना भी लोक-समाज की विशेषता है।

'भागोंवाली' उपन्यास में चार बेटों की माँ भागोंवाली को 'भागोंवाली' नाम देना लोक-प्रचलन का प्रभाव ही है। वहीं जब वे आदर्श चरित्रों से उलट पुत्रधर्म का पालन नहीं करते हैं तो वह चार पुत्रों की माँ होने पर यह कहते हुए अफसोस करती है कि 'क्यों जी, ऐसी ही होती है क्या औलाद ?...यही है राम-लक्ष्मण का आदर्श चरित्र पढ़े हुए भाई ?'[140] इस तरह एक तरफ बेटों का विलक्षण उदाहरण पेश होता है, तो वहीं भारतीय लोक-कथाओं के अनुरूप माँ का अद्वितीय रूप इस उपन्यास में व्यक्त हुआ है।

'निशंकजी' के कथानकों में लोक-जीवन तथा लोक-गाथाओं का प्रभाव परंपरागत लोक-कलाओं के साथ सन्निहित है। उपन्यास 'पल्लवी' के कथानक में यह दृष्टांत देखिए—'पंचायती चौक पर ही रामलीला समिति के सहयोग से स्टेज आदि का निर्माण कर रामी बौराणी, तीलू रौतेली, वीर हकीकत राय जैसी कथाओं का मंचन किया गया। पुस्तकों में ही डूबे रहनेवाले घुव को गाँववालों ने इन गतिविधियों में भी बढ़-चढ़कर भाग लेते देखा, तो वे सब भी सहयोग को आगे आ गए।'[141] इस तरह के लोकमंचों के आकर्षण से गाथाओं का संरक्षण व संवर्धन होता है।

उत्तराखंड की लोकगाथाओं के चरित्रों के अनुरूप कहानी 'बदल गई जिंदगी' की पात्र 'फ्यूँली' उत्तराखंड की प्रसिद्ध फ्यूँली लोकगाथा से प्रभावित पात्र है। कहानी में अध्यापिका रश्मि से कहती है—'अच्छा फ्यूँली की बात कर रही हो तुम!' अध्यापिका ने छूटते ही कहा। 'क्या करें बहुत ही अभागिन है बेचारी।' और उन्होंने फ्यूँली की कथा-व्यथा रश्मि के सामने रख दी। फ्यूँली, जैसा उसका नाम था वैसे ही गुण। दिन भर हँसती-खिलखिलाती रहती। सुदूर पहाड़ी गाँव की रहनेवाली फ्यूँली माता-पिता की इकलौती संतान थी।'[142] फ्यूँली केवल एक पर्वतीय पुष्प ही नहीं, वरन् लोककथाओं में इसे दुःख एवं संघर्ष का पर्याय माना गया है। 'बदल गई जिंदगी' कहानी की नायिका का जीवन भी लोक में प्रचलित विश्वास से ओत-प्रोत है। कहानी का यह उद्धरण उत्तराखंड की 'फ्यूँली लोकगाथा' से प्रेरित प्रतीत होता है और लोकगाथा की 'फ्यूँली' व कथापात्र 'फ्यूँली' दोनों में साम्य स्थापित भी होता है। उत्तराखंड की लोकगाथाओं में फ्यूँली एक ऐसी युवती की गाथा है, जो लोक-जीवन के बीच एक फूल के रूप में जीवित है और इससे कई लोक-विश्वास जुड़े हैं। पहाड़ी क्षेत्रों में बसंत ऋतु के दौरान खेत की मेड़ों अथवा जंगलों में पीले रंग का फ्यूँली का फूल खिलता है, जिससे अलग-अलग लोकगाथाएँ जुड़ी हैं, लेकिन सबके मूल में एक युवती फ्यूँली है जो स्वभाव से सरल, सहज, सुंदर थी, लेकिन उसके साथ घटी घटना लोक में नारी उत्पीड़न की गाथा बन गई। तारादत्त गैरोलाजी द्वारा 'गढ़वाली' कवितावली में फ्यूँली विषयक लोकगाथा को लिपिबद्ध किया गया है, जिसके अनुसार—'फ्यूँली की रूप छवि की ख्याति सुनकर

अनेक युवक उसे ब्याहने आए, किंतु ब्याह अजीत से ही हुआ। फ्यूँली रौतली भूपू रौत से प्यार करती थी, किंतु दोनों परिवारों में जातीय वैमनस्य था। ब्याह के बाद भी भूपू और फ्यूँली के प्रेम का अंत न हुआ। वह प्राय: मायके जाने के लिए लालायित रहती। एक बार वह पानी भरने धारे पे गई, जहाँ भूपू रौत उसे मिला और उनके बीच प्रेमपूर्ण आलाप हुआ, जब वह घर गई तो उसके गले में फूलों की माला देख उसके पति को शंका हुई तो उसने फ्यूँली को एक लात मारी और उसे मार डाला।'[143] उसे जिस जगह दबाया गया, वहाँ कुछ दिनों बाद पीला फूल खिला, जिसे 'फ्यूँली का फूल' कहते हैं और इस तरह वह नारी उत्पीड़न के प्रतीक रूप में लोक-विश्वासों में जीवित है।

लोक-साहित्य में हमें फ्यूँली की लोकगाथा नारी मुक्ति की पीड़ा के साथ दिखती है। 'निशंकजी' की 'बदल गई जिंदगी' कहानी में फ्यूँली नामक कथा नायिका पर यही लोकगाथात्मक प्रभाव स्पष्ट रूप से दिखता है। सरल, सहज, सुंदर, छवि के साथ कथा नायिका फ्यूँली प्रेम से विरक्त है, पति व दो बच्चों को खोकर भी वह संघर्षशील कठिन जीवन-यापन करती है। लोकगाथा की 'फ्यूँली' जिस तरह आज भी अपने प्रेम-सौहार्द्र, त्याग की मूर्ति के रूप में लोकगीतों, लोकगाथाओं में जीवित है। उसी तरह 'निशंकजी' की इस कहानी की पात्र रश्मि जब फ्यूँली की कहानी सुनती है तो वह भी फ्यूँली की प्रेम गाथा सुनकर मुग्ध हो जाती है। कहानी में उसका चरित्र अंकन इस तरह हुआ है—'रश्मि मंत्रमुग्ध हो फ्यूँली की कहानी सुन रही थी। एक युवती की कहानी, जिसने अपना सबकुछ खोकर इस पूरे संसार को पा लिया था।'[144]

कथानकों में धार्मिक भावनाएँ, धर्मगाथा से तथा वीरता-वीरगाथाओं से परिनिष्ठित होती है। यह धार्मिक भावनाएँ पौराणिक गाथाओं के समावेश के साथ लोक-साहित्य में दिखती हैं। 'निशंकजी' की कहानियों में महाभारत, रामायण, पुराणों के आख्यानों पर आधारित लोक प्रचलित संस्कारों का समागम होना पौराणिक गाथाओं का ही प्रभाव है। 'दंड' कहानी के शांतनु की मातृ-पितृ सेवाभाव को देखकर उसके चरित्र की समानता लोक में धार्मिक पात्र श्रवण कुमार के रूप में होती है—'आधुनिक युग का श्रवण कुमार है तुम्हारा बेटा' सगे-संबंधी शांतनु की प्रशंसा करते न अघाते। श्रवण कुमार ने तो माता-पिता के लाचार व अपंग होने पर सेवा की थी, लेकिन इस श्रवण कुमार ने तो...।'[145]

इस प्रकार कथाकार रमेश पोखरियाल 'निशंकजी' के कथा साहित्य पर लोकगाथाओं का विशेष प्रभाव है। उनके कथा-साहित्य में लोकगाथाओं के रूप में धार्मिक यात्राएँ, पौराणिक यात्राएँ, अनुष्ठान, जागर, देवता आह्वान, ढोल-बाजगी गीत, पर्व-त्योहार, मेले आदि से जुड़ी गाथाएँ लोक-जीवन की पहचान के साथ संपृक्त हैं। वहीं युग की बदलती हुई परिस्थितियों में भी लोकगाथाओं के नए प्रतिमान प्रकट होते हैं,

जहाँ लोकगाथाओं की अप्रत्याशित घटनाएँ, अंधश्रद्धा, भ्रम, वीरों में देवता की स्थापना, जादू-टोना आदि जीवन के कटु सत्य भी कथानक के विषय बने हैं। उनके उपन्यास हों या कहानियाँ, दोनों ही विधाओं में नए प्रतिमानों के साथ ऐतिहासिक वीरों के जीवन-प्रसंग लोक-जीवन के पात्रों का विद्रोह, पर्यावरणीय चेतना से जुड़े पात्र, क्रांतिकारियों का जोशीला चरित्र नए स्वर एवं नए विश्वास के साथ लोकगाथाओं से प्रेरित मिलते हैं। समग्र अवलोकन के फलस्वरूप उनकी कहानियों, उपन्यासों में गाथाएँ प्रत्यक्ष-अप्रत्यक्ष दोनों रूपों में दिखती हैं, जबकि यात्रा साहित्य की रचनाओं को इन्हीं गाथाओं का पुनरावलोकन कहना समुचित होगा।

लोक-तत्त्व एवं मूल्य संक्रमण

'मानव मूल्य मानव को केंद्र में रखकर चलते हैं, उनका आधार है मानवत्व की सार्वभौम कल्पना जो देशकाल, धर्म-समाज, जाति-वर्ग आदि के भेद से मुक्त होती है।' मानव-मूल्यों के अनुसार विश्व प्रपंच का मूल सत्य है। मानव तो—'न हि मानुषात् श्रेष्ठतरं हि किंचित' है, अतः मानव का उत्कर्ष ही जीवन का चरम मूल्य है, जो अन्य सभी मूल्यों को अनुशासित करता है।'[146] लोक-तत्त्वों की संपूर्ण पृष्ठभूमि मूल्यों पर आधारित रहती है। मूल्य, जीवन की प्राणमय शक्तियाँ हैं, जिनके सहारे यह संसार परिचालित होता है। मनुष्य का आचरण, कार्यव्यवहार, चिंतन-मनन इन्हीं मूल्यों से प्रेरणा लेकर सद्मार्ग का निर्माण करते हैं। संसार की जितनी भी संस्कृतियाँ रही हैं, सभी के अपने-अपने मूल्य रहे तथा उन्हीं के उज्ज्वल पक्ष के कारण हम आज भी पुरातन संस्कृतियों को सँजोकर रखते हैं तथा भावी पीढ़ी उन्हीं मूल्यपरक संस्कृतियों का संबल लेकर अपना भविष्य निर्मित करती है। लोक-साहित्य, लोक-संस्कृति के संदर्भ में यदि विचार किया जाए तो मूल्य तथा मूल्य संक्रमण लोक तत्त्वों के आवश्यक घटक के रूप में स्वीकार किए जाते हैं।

जीवन-मूल्य वैयक्तिक, सामाजिक, राजनीतिक एवं आध्यात्मिक स्तरों पर मानव को प्रभावित भी करते हैं साथ ही इन्हीं प्रस्तरों पर मूल्य-संक्रमित भी होते हैं। सांप्रतिक परिवेश में मूल्यों पर बराबर संकट बना हुआ है। सदाचार, प्रेम, अहिंसा, उत्सर्ग एवं आत्मीयता का निरंतर ह्रास हो रहा है। इसी मर्यादा के उल्लंघन ने मूल्य-संक्रमण जैसे शब्द, जिनसे साहित्य सर्वदा अछूता था, उसे भी अपनी सीमाओं में ले लिया है।

'मूल्य' शब्द संस्कृत भाषा के 'मूल्' धातु में 'यत्' प्रत्यय से मिलकर बना है। 'मूल्य' का सामान्य अर्थ—'दाम, कीमत, मजदूरी' आदि। 'मूल्य' को अंग्रेजी भाषा में 'Value' कहते हैं। वस्तुतः 'मूल्य' शब्द अर्थशास्त्रीय अध्ययन का शब्द है, लेकिन

इस शब्द का प्रयोग उपयोगिता और महत्त्व की दृष्टि से भी किया जाता है। 'मानविकी पारिभाषिक कोश' के अनुसार मूल्य शब्द का अर्थ है—'सत्ता का, अस्तित्व-पक्ष और ज्ञान-पक्ष के अलावा एक महत्त्व-पक्ष भी है। 'मूल्य' शब्द इसी महत्त्व या गुरुत्व की ओर संकेत करता है। 'मूल्य' के विषय में दो अलग-अलग दृष्टिकोण हैं, पहला कि मूल्य एक सामान्य और अमूर्त्त गुण है, जो वस्तुओं में निहित है। वस्तुएँ अपने आप में मूल्यवान या मूल्यहीन होती हैं। मूल्य किसी विशिष्ट प्रकार का हो, यह आवश्यक नहीं है। दूसरा यह कि प्रत्येक मूल्य जीवन के किसी विशेष क्षेत्र या पहलू से संबंधित है। किसी कार्य, तथ्य या सत्ता के विषय में हम कह सकते हैं कि उसका नैतिक मूल्य, कलात्मक मूल्य, आर्थिक मूल्य या सामाजिक मूल्य क्या है, लेकिन केवल यह कहना कि वस्तु में मूल्य है, कोई अर्थ व्यक्त नहीं करता।"[147] अतः दो अलग-अलग दृष्टिकोण होते हुए भी मूल्य का अस्तित्व मानव चेतना में दिखाई देता है, जहाँ से मूल्य का निर्धारण होता है।

मानव मूल्य दर्शनशास्त्र, समाजशास्त्र, नीतिशास्त्र, मनोविज्ञान आदि की विषय-सामग्री है, लेकिन मानव जीवन के सापेक्ष होने के कारण साहित्य में यही मानव-मूल्य, जीवन-मूल्य के रूप में परिलक्षित होते हैं। डॉ. योगेंद्रनाथ शर्मा 'अरुण' द्वारा साहित्य में 'मूल्य' शब्द के अर्थ को 'जीवन-मूल्य' के रूप में विवेचित किया गया है—"मूल्य शब्द साहित्य के संदर्भ में 'विशेष मान्यता', 'विशेष दृष्टिकोण', 'विशिष्ट विचारधारा' अथवा 'विशिष्ट चिंतन' आदि अर्थों की नवीन अभिव्यक्ति करता है। इसी बात से यह स्पष्ट हो जाता है कि 'मूल्य' और 'जीवन-मूल्य' शब्द साहित्य के अंतर्गत व्यापक अर्थों की प्रतीति कराने वाले शब्द हैं, जिनसे साहित्यकार की विशिष्ट चिंतनधारा एवं दृष्टिकोण का बोध होता है।"[148] इन्हीं जीवन-मूल्यों की अभिव्यक्ति करना एक साहित्यकार का धर्म होता है। लोक-तत्त्वों में मूल्यों की मूल आत्मा बसती है और उन्हीं से समाज में एक चिंतन उभरता है। यह चिंतन साहित्य और साहित्यकार का मुख्य प्रतिपाद्य होता है।

लोक के जीवंत मूल्यों से अनुभूतियों को प्राप्त करते हुए साहित्यकार, अपना विशेष दृष्टिकोण तैयार करता है, लेकिन लेखन करते हुए वह अपनी 'वैयक्तिकता' को छोड़ देता है। साहित्यकार मूल्यों के औचित्य को अपने साहित्य में इस तरह उजागर करता है कि वह मूल्यों की वास्तविक आत्मा को जीवन के साथ साधारणीकृत कर सके। जीवन-मूल्यों की सजीव, प्रामाणिक और तार्किक अभिव्यक्ति के अभाव में साहित्य साहित्यकार की अनुभूति का साधारणीकरण नहीं कर सकता है। साहित्यकार की सफलता इसी बात में होती है कि वह 'साहित्य समाज का दर्पण है' के ध्येय को सिद्ध कर पाए, तभी मूल्यों का प्रतिबिंब समाज के लिए दृष्टिगत हो सकता है, अतः लोक-जीवन के आदर्श

स्वरूप के मूल्यांकन के लिए मानवमूल्य आवश्यक उपादान हैं। लोक में मानवमूल्य ही लोक-मूल्य कहलाते हैं। लोक-तत्त्वों से लोकमूल्य अभिहित होते हैं, इसलिए लोक के हर व्यवहार और घटक लोक-मूल्यों के लिए अभिमुख रहते हैं। लोक में सामाजिक एवं सांस्कृतिक मानदंड, लोकरीतियाँ, लोक-रूढ़ियाँ, रीति-रिवाज, परंपराएँ आदि लोक-मूल्यों को प्राप्त करने के लिए ही कार्य करते हैं। लोक के संबंधों, व्यापारों और संस्कारों का निर्धारण लोक-मूल्यों से होता है। उसकी आंतरिक एवं बाह्य क्रियाओं के आदर्श स्वरूप का निश्चय भी लोक-मूल्य करते हैं। यही लोक-मूल्य लोक की ऐसी रचनाधर्मी शक्ति हैं, जो उसके निर्माण, पोषण और परिवर्तन के लिए प्रमुख घटक हैं। लोक-मूल्यों में समस्त लोक के उद्देश्य निहित होते हैं। ये मूल्य लोक-स्वीकृत आदर्श के रूप में लोक-जीवन के प्रत्येक कार्य-व्यवहार, जीवन-शैली, जीवन-दर्शन को नियंत्रित करते हुए उसकी सीमा को निर्धारित करते हैं, लेकिन जब लोक इस नियंत्रण से उन्मुक्त होता है तो मूल्य संक्रमित होती है। सार रूप में कह सकते हैं कि लोक-तत्त्वों में निहित विभिन्न घटकों से ही लोक के धर्म, विश्वास, संस्कार, परंपराएँ, रीति-रिवाज आदि की निर्मिति होते हैं, जिनकी मान्यता ही 'मूल्य' होते हैं और इन मूल्यों में होने वाले परिवर्तन को 'संक्रमण' कहते हैं। यहाँ 'संक्रमण' शब्द पर विचार किया जाना भी अनिवार्य है। 'संक्रमण' शब्द को अंग्रेजी में 'Transition' कहते हैं, जिसका सामान्य अर्थ होता है—'एक स्थिति से दूसरी स्थिति में बदलना'। 'मानक हिंदी कोश' के अनुसार 'संक्रमण' शब्द के कई अर्थ हैं, जैसे—'अतिक्रमण करना, एक स्थिति को पार करते हुए दूसरी स्थिति में जाना, आगे की ओर बढ़ना, सूर्य का एक राशि से निकलकर दूसरी राशि में प्रवेश करना, आदि।'[149]

अत: संक्रमण परिवर्तन पर आधारित है और 'परिर्वतन' को प्रकृति का नियम कहा जाता है, जो अवश्यंभावी है। साहित्य में इस परिवर्तन को विद्वानों ने दो कालों की संक्रांति का पर्याय माना है।

लोकमूल्य किसी व्यक्ति विशेष द्वारा निर्धारित नहीं होते हैं, ये तो समूचे लोक द्वारा स्वीकृति पाते हैं। इनमें समस्त लोक की शक्ति छिपी होती है, लेकिन देश-काल-वातावरण के अनुसार इनमें परिवर्तन भी होता रहता है। जिस काल में लोक को जैसी आवश्यकता हुई, उसी के अनुरूप लोक-शक्ति से लोक-मूल्यों का उद्भव हुआ और फलत: उसी समय के लोकमूल्य लोकप्रचलित होकर लोक को ऊर्जा प्रदान करते हैं, हालाँकि कुछ ऐसे मूल्य भी होते हैं, जो सार्वकालिक एवं सार्वभौमिक होते हैं, जिनका पालन समाज के लिए हमेशा प्राथमिक रहा है। उदाहरण के तौर पर प्रेम, करुणा, दया, सेवा-भावना, श्रद्धा, सद्भावना, लोककल्याण आदि ऐसे लोकमूल्य हैं, जिन्हें साहित्य में स्थाई मूल्य माना जाता है और इनमें किसी भी तरह का मूल्य संक्रमण स्वीकार्य नहीं है।

किसी भी प्रमुख लोकमूल्य को अपदस्थ करना मूल्य संक्रमण का प्रथम चरण माना जाता है। देशकाल की परिस्थितियों और आवश्यकताओं के अनुसार जीवन-मूल्य बदल जाते हैं। यह बदलाव मानव के स्वभाव, विवेक और व्यक्तित्व पर निर्भर करता है। आदिम मानव से लेकर आधुनिक मानव की जीवन यात्रा में न जाने कितने परिवर्तन हुए और उसने अपनी बौद्धिकता से अपने जीवन-दर्शन को परिवर्तित करने में संकोच नहीं किया और इससे ही लोक-तत्त्वों के मूल स्वरूप में भी अंतर आया। उदाहरण के लिए हम लोक-जीवन के संस्कारों को ही लें, लोक द्वारा विभिन्न संस्कारों का पालन मूल धारणा के साथ किया जाता है, लेकिन उन संस्कारों में रीति-रिवाजों द्वारा परिवर्तन स्पष्ट दिखता है, जैसे भारतीय परिपेक्ष्य में विवाह संस्कार की मूल धारणा युवक-युवती को साथ रहने की सामाजिक स्वीकृति देना है, जिसके लिए विधिवत अनुष्ठानिक परंपरा का निर्वहन किए जाने की मान्यता है, लेकिन आधुनिक समाज में सामाजिक स्वीकृति के लिए विवाह को तो महत्त्व दिया जा रहा है, लेकिन अनुष्ठानिक परंपरा और संस्कार परंपरा के मूल्यों को ज्यादा महत्त्व नहीं दिया जाता है।

लोक-मूल्यों की गति जीवन के हर क्षेत्र में होती है, जिनमें होने वाले परिवर्तन को शारीरिक, आर्थिक, सामाजिक, आध्यात्मिक मूल्य संक्रमण के रूप में देखा जा सकता है, जैसा कि भारतवर्ष, जो विश्व में सांस्कृतिक परंपराओं का धनी देश रहा है, कालांतर में वह पश्चिम देशों की जीवन-शैली से सबसे अधिक प्रभावित हुआ है, हालाँकि भारत के लोक-तत्त्वों में एक अनूठी और कच्ची मिट्टी जैसा सौंधापन है, जो यहाँ के लोक-साहित्य को समृद्ध करता है। लोक-साहित्य में लोकगीत, लोक-विश्वास, लोकगाथाएँ, लोककथाएँ, लोकोक्ति आदि हैं, जिन्होंने लोक की परंपराओं को जीवित रखा है। इनसे समाज संस्कारित होता है, लेकिन लोक-जीवन में भी आनंद, उत्साह, प्रेम-एकता और धर्म-संस्कृति की भावना से जुड़ी तमाम परंपराएँ आधुनिक भौतिकतावाद की अंधी दौड़ में तिरोहित होती जा रही हैं। भारतीय समाज की जीवन-शैली में संस्कार, परंपराओं, रीति-रिवाज, आचार-विचार, पर्व-त्योहार, गीत-संगीत आदि की, जो भूमिका होती थी, वह यादों में सिमटती जा रही है। विवेच्य रचनाकार के कथा-साहित्य में लोक-संस्कृति के निर्माण में लोक-मूल्यों का विशेष योगदान परिलक्षित होता है। लोक-मूल्यों के प्रति सचेतना से ही उनके पात्रों की आत्मिक जगत् की संरचना होती है और इससे उनका साहित्यिक लेखन विकास और निखार संभव हुआ है। प्रत्येक समाज की लोक-संस्कृति का अपना एक विशिष्ट व्यक्तित्व है और लोकमूल्य ही उसके वैशिष्ट्य को रेखांकित करते हैं। वर्तमान युग में मूल्यों का संकट और सांस्कृतिक पतन लोक को परिवर्तित कर रहा है, जो उनके साहित्य की प्रमुख चिंता दिखती है। पुरातन जीवन-मूल्यों का

विशिष्टिकरण करके वे लोक-संस्कृति और लोक-मूल्यों के प्रति एक नया आकर्षण उत्पन्न करते हैं।

विवेच्य कथाकार 'निशंकजी' के उपन्यास अथवा कहानियों के कथानकों में लोक-मूल्यों की विमुखता व अनुसरण से ही जीवन-मूल्यों की सच्ची अनुभूति होती है। उनके पात्रों में लोक-मूल्यों की विमुखता, जहाँ मूल्य संक्रमण का बोध करवाते हैं, वही उनके जागरूक पात्र लोक-मूल्यों के संरक्षण और संवर्धन करने के लिए प्रेरित करते हैं। यह अवश्य है कि साहित्य, साहित्यकार की चेतना का परिणाम होता है और अपने साहित्य में 'निशंकजी' लोकचिंतन के साथ पुराने लोक-मूल्यों को आत्मसात् करने की प्रेरणा देते हैं, जिसकी विवचेना इस रूप में की जा सकती है—लेखक द्वारा अपने प्रदेश उत्तराखंड के लोक-परिदृश्य पर लिखे गए 'बीरा' उपन्यास की नायिका के विवाह को लोक-मूल्य संक्रमण के रूप में देखा जा सकता हैं। जहाँ बीरा का होने वाला पति राजू अपने पिता के माध्यम से बीरा के मामा से दहेज की माँग करता है और बीरा के मामा एक के बाद एक माँग को पूरा करने के लिए अपना सबकुछ दाँव पर लगाकर दहेज की व्यवस्था में जुट जाते हैं। बीरा की मामी इसे शहर की अति महत्त्वाकांक्षा का गाँव में लागू होना मानती है। कथानक में इस मूल्य संक्रमण पर लेखकीय कथन है कि 'अब धीरे-धीरे शहरी परिवेश की छाया पहाड़ी गाँवों के विवाह समारोह पर भी पड़ने लगी है। पीढ़ा पलंग की जगह अब डबलबेड, सोफा, स्टील अलमारी, टेलीविजन, टेपरिकॉर्डर, दुलहन को मिलनेवाले दहेज की सूची में अपनी जगह बना चुके हैं।'[150] वस्तुतः लोक संस्कारों में मूल्य संक्रमण परंपराओं के मूल्यों को जब कम कर देते हैं तो एक सामाजिक विकृति उत्पन्न हो जाती है। भारतीय विवाह संस्कार में लोक-मूल्यों का परिष्कार भी हुआ है और कई मूल्यों में गिरावट भी आई है। विवाह संस्कार में हुए इस मूल्य संक्रमण पर लोकमर्मज्ञ देव सिंह पोखरिया उत्तराखंड के विषय में लिखते हैं कि "पहले दहेज के नाम पर कन्या को पाँच बरतन, शय्या और सामर्थ्यानुसार कुछ आभूषण दिए जाते थे, पर अब दहेज प्रथा का चलन यहाँ भी बढ़ गया है। कुछ लोग तो दहेज की माँग भी करने लगे हैं।"[151] ऐसे मूल्यों का संक्रमण 'निशंकजी' से 'बीरा' उपन्यास में दिखाई देता है, जहाँ लेखक ने दहेज की माँग के प्रसंग में सुरेश व उसके पिता के चरित्र को मूल्य संक्रमण की चरित्रगत विशेषताओं के साथ विवेचित किया है।

'बीरा' उपन्यास पर्वतीय पृष्ठभूमि पर लिखित लोक-जीवन का जीवंत दस्तावेज है, जिसके कथ्य में लोक-मूल्यों के संक्रमण की कई सजीव तस्वीरें सामने आती हैं। पर्वतीय लोक-जीवन की समस्याओं के साथ उपन्यास का नायक दीपक ऐसे बदलते हुए जीवन-मूल्यों के प्रति चिंतित दिखता है, वह नायिका बीरा को बताता है कि 'पहाड़

के इन गाँवों से अज्ञानता, अशिक्षा, कुरीतियों, कुप्रथाओं को मिटाना चाहता हूँ।'[152] इस उपन्यास में संयुक्त परिवारों में हुए मूल्य संक्रमण की पीड़ा सहज महसूस होती है, जब बीरा के माता-पिता की मौत हो जाती है, लेखक ने पारिवारिक ढाँचों के बदलने से मूल्यों में आई गिरावट से परिचय करवाया है—'संयुक्त परिवारों की प्रथा अब पहाड़ में भी धीरे-धीरे खत्म होती जा रही है। एक-दूसरे को सहने की क्षमता कम होती जा रही है। अहम बढ़ रहे हैं, तभी तो अभी कुछ साल पहले चाचा-चाची झगड़ा करके अलग रहने लगे थे। दोनों भाइयों में बातचीत तक नहीं होती थी, फिर भी गाँववालों की लोकलाज के डर से वे इन अभागे दोनों भाई-बहन को अपने साथ ले आए थे।'[153]

'मेजर निराला' उपन्यास में पर्वतीय लोक-जीवन की संवेदनाओं तथा बेहतर जीवन-मूल्यों का सजीव चित्रण हुआ है। कथानक में लोक-संस्कृति के साथ मूल्य संक्रमण लेखकीय चिंतन के साथ परिलक्षित है। लोक-संस्कृति में हुए मूल्यों के ह्रास के संबंध में लेखकीय कथन देखिए—'मेले और कौथिग पहाड़ की पुरानी परंपरा है। आज भी पहाड़ में स्थान-स्थान पर वर्षभर में अनेक थौल-मेलों का आयोजन किया जाता है, किंतु तब से अब तक 'कौथिग' के नाम से प्रचलित इन मेलों के स्वरूप में बहुत बड़ा अंतर आ गया है। यूँ कहिए कि अब कौथिग और कौथिगेर दोनों का ही अर्थ भी बदल गया है।'[154] इस तरह उपन्यास में लोक-संस्कृति में आए परिवर्तन के साथ टूटते-बदलते जीवन-मूल्यों में आधुनिकता का प्रभाव भी दिखता है। जिसे 'निशंकजी' ने युवा पीढ़ी द्वारा जन्मभूमि से पलायन करने की समस्या के रूप में उजागर किया है—'दूसरी ओर हमारे नवयुवक पढ़-लिखकर दिल्ली, मुंबई, चंडीगढ़ आदि महानगरों में पलायन करके दर-दर की ठोकरें खा रहे हैं। जिन लोगों को ठीक-ठाक नौकरी मिल गई है, उन्होंने तो घर तक बना लिए हैं वहाँ। अब वे पूरी तरह प्रवासी हो गए हैं। पहाड़ से उनका रिश्ता अब गर्मियों की छुट्टियों, पाठ-पूजा और शादी-ब्याह तक सीमित होकर रह गया है। कई प्रवासी तो वर्षों तक पहाड़ आते ही नहीं हैं। यही नहीं, उनकी नई पीढ़ी, यानी कि बच्चे तक अपना मूल गाँव नहीं जानते और हाँ, गढ़वाली बोली तो उन्हें आती ही नहीं।'[155] 'निशांत' उपन्यास में मिताली अपने तीनों भाई-बहनों के लालन-पालन की जिम्मेदारी उठाती है तो उसकी छोटी बहन सोनाली उसकी स्थितियों को समझते हुए पूरा साथ देती है। उसका भाई 'राहुल', जीवन का लक्ष्य पढ़ाई के माध्यम से साधता है, लेकिन चार भाई-बहनों के इस परिवार में जहाँ तीन पात्र सुसंस्कारित चरित्र के हैं तो एक भाई शेखर कुसंस्कारों के मार्ग पर अपनी कई चारित्रिक विसंगतियों का परिचय देता है। इस उपन्यास में 'जगन्नाथ' ऐसा पात्र है, जो उच्च कुल का है, लेकिन संस्कारों के पतन से वह कुसंस्कारी चरित्र के रूप में उभरता है। वह पिता, पत्नी, पुत्र के विश्वास

को खो देता है। एक तरफ वह शराब के प्रभाव में परिवार के प्रति असंवेदनशील हो जाता है, तो दूसरी तरफ घर पर निशांत की देखभाल के लिए रखी युवती रूबी के साथ अमर्यादित संबंध बनाता है। इस प्रकार जगन्नाथ उच्च कुल, सुसंस्कारित, मर्यादित परिवार में जन्म लेने के बावजूद लोक-मूल्यों को तोड़ता हुआ पात्र है। इसी उपन्यास में शेखर और शालिनी दो ऐसे पात्र हैं, जिनकी अति-महत्त्वाकांक्षा से कुत्सित मानसिकता एवं कुसंस्कारों का परिचय मिलता है। दोनों ही पात्र निशांत के उपकारों को भूलकर उसके खिलाफ षड्यंत्र रचते हैं। शेखर, शालिनी का प्रयोग करके अपनी पालनकर्ता बहन मिताली को भी धोखा देने से नहीं चूकता है। शेखर का जीवन-चरित्र मूल्य संक्रमण का संवाहक है। इस उपन्यास में नकारात्मक जीवन-मूल्यों की अभिव्यक्ति के विषय में डॉ. योगेंद्रनाथ शर्मा 'अरुण'जी ने लिखा है—"जीवन के भव्य और उच्चतर जीवन-मूल्यों की सजीव अभिव्यक्ति के साथ ही कथाकार डॉ. 'निशंक' ने अपने उपन्यास 'निशांत' में नकारात्मक जीवन-मूल्यों, यथा स्वार्थवादिता, धूर्तता, मक्कारी, धोखाधड़ी, जालसाजी और षड्यंत्रकारी मनोवृत्ति आदि को भी निशांत की 'गवर्नेंस' बनकर आई रूबी के माध्यम से सजीव किया है, ताकि उच्चतर तथा शाश्वत जीवन-मूल्यों का महत्त्व स्थिर रखा जा सके।"[156] 'प्रतिज्ञा' उपन्यास में वीरु और सुनीता दो लोक-जीवन के ऐसे पात्र हैं, जो लोक-मूल्यों की स्थापना करते हैं, वहीं कुलदीप और रजनी ऐसे पात्र हैं, जो लोक परिवेश में मूल्यों के औचित्य से विहीन हैं।

लोक-परंपराओं, मान्यताओं से संबंधित आचार-विचारों में आए बदलाव का असर संपूर्ण लोक-जीवन पर पड़ता है। कई सामाजिक रूढ़ियों को बढ़ावा देने से वे रीति-रिवाजों को ही प्रभावित नहीं करते, बल्कि वे नए मूल्यों की स्थापना भी करते हैं, चाहे वह पारंपरिक दृष्टि से पूर्णतः गलत ही क्यों न हों। 'शराब' लोक-जीवन में सबसे बड़ी कुरीति मानी जाती है, जिस कुरीति का समूल अंत करना ही 'प्रतिज्ञा' उपन्यास का मूल प्रतिपाद्य है। लोक-जीवन की मान्यता व उसमें हुए मूल्य संक्रमण को स्पष्ट करते हुए कथ्य का यह उद्धरण देखिए—'यद्यपि एक समय वह भी था, जब शराब पीनेवालों को हेयदृष्टि से देखा जाता था, लेकिन अब तो यह शौक और प्रतिष्ठा का सूचक बन गया है। शादी-ब्याह हो या अंतिम संस्कार, वही बड़ा माना जाता है, जिसने सबका गला शराब से तर कर दिया हो। नई पीढ़ी को तो शराब ने बिल्कुल ही बरबाद कर दिया था, युवा पूरी तरह नशे के आदी होते जा रहे थे।'[157] इसी उपन्यास की पात्र रजनी ग्रामीण क्षेत्र में रहकर शराबबंदी के लिए कथानायिका 'सुनीता' का साथ देती है, लेकिन दूसरी ओर शहर में कुलदीप की शानो-शौकत देखकर वह सभी मूल्यबोधों को त्यागकर स्वार्थवश शराब कारोबार को बढ़ावा देने से भी नहीं चूकती। वहीं कुलदीप खलनायक की भूमिका

में ऐसा पात्र है, जो माँ की ममता का मोल भी नहीं समझता। वह अपने अर्थप्राप्ति के लिए स्वार्थी होकर माँ का इस्तेमाल करने से भी नहीं चूकता है और वह माँ को धोखा देने में कामयाब हो जाता है।

उपन्यास 'कृतघ्न' की पात्र 'पूनम' कथ्य में खलनायिका की भूमिका में नजर आती है, रिश्तों की मान-मर्यादा को छोड़कर वह इतनी महत्त्वाकांक्षी हो जाती है कि वह अपने सगे चाचा-चाची से अलग हिस्सा माँगती है और आश्रम में जो कथानायक 'अंबुज' उसे सहारा देता है, उसकी मान-प्रतिष्ठा को वह अपने स्वार्थ के लिए धूमिल करने में कसर नहीं छोड़ती है। लोक-मूल्यों का क्षय, अति महत्त्वाकांक्षा, स्वार्थी जीवन-मूल्यों की नारी पात्र के रूप में 'निशंकजी' ने खलनायिका के रूप में पूनम को प्रस्तुत किया है।

'भागोंवाली' उपन्यास में दो पीढ़ियों के सोचने-समझने, जीवन-मूल्यों, आचार-विचार, लोक-संस्कारों के अंतर को देखा जा सकता है। एक तरफ शास्त्रीजी व भागोंवाली के जीवन-मूल्यों से एक सुसंस्कारित लोक-समाज का बोध होता है। दूसरी तरफ उनके चार बेटों द्वारा संयुक्त परिवार को बिखराव के मोड़ तक ले जाना और माँ भागोंवाली के जीवन के आखिरी पड़ाव को त्रस्त बनाना, इस पीढ़ी में लोकमूल्य संक्रमण ही है। चार बेटे व उनकी पत्नियों में सबसे छोटे बेटे को इस पीढ़ी में लोक-मूल्यों के पैरोकार के रूप में देखा जा सकता है अन्यथा हर पात्र में जीवन-मूल्यों का क्षरण होता हुआ दिखता है, अंत में 'भागोंवाली' की पीड़ा इस तरह फूट पड़ती है—'आज अपनी गलती का एहसास हो रहा था अम्मा को। क्यों जने होंगे ये चार-चार कपूत? क्यों उठाई होगी इतनी पीड़ा? एक ही पैदा किया होता तो आज यह दिन न देखना पड़ता।'[158] उपन्यास 'अपना-पराया' में गाँव की भूमि एवं संस्कारवान परिवार में पले-बढ़े राजेश शहर में नौकरी करते हुए रीति-रिवाजों, संस्कारों से विमुख हो जाता है। राजेश उस आधुनिक युवा पीढ़ी का प्रतिनिधित्व करता है, जो जीवन-मूल्यों के प्रति उदासीन है। वहीं नैतिक मूल्यों की विमुखता को उसकी पत्नी शोभना के चरित्र में देखा जा सकता है। राजेश शहर जाकर ऑफिस की लड़की से माता-पिता की आज्ञा व आशीर्वाद के बिना शादी तय कर लेता है और फिर बिना रीति-रिवाज, परंपरागत अनुष्ठान के विवाह करता है। वहीं जब पिता की मृत्यु पर घर आता है तो शोभना रीति-रिवाजों का पालन करना दूर की बात, उसमें मौत के मातम में भी संवेदनाओं की शून्यता परिलक्षित होती है। लोक-मूल्यों से उसकी विमुखता ही पूरे परिवार के लिए लोकलज्जा का कारण बनती है—'राजेश के समझाने के बावजूद, जब चौथे दिन ही शोभना नहा-धोकर धूप में बाल सुखाने बैठी तो गाँव की बड़ी-बूढ़ियों ने दाँतों तले उँगली दबा ली। कमला के चेहरे पर तो जैसे राख ही

पुत गई। 'दूसरे की बहू-बेटियों की बहुत बातें बनाई हैं इसने, अब अपनी को तो देखो। ससुर को मरे चार दिन नहीं हुए और ये महारानी बैठ गई श्रृंगार करके। गाँव की एक महिला ने कहा तो औरों ने भी उसकी हाँ-में-हाँ मिलाई।'[159]

जीवन-मूल्यों के प्रति संचेतना 'निशंकजी' के पात्रों में बहुधा परिलक्षित होती है। उनके पात्र समाज में मूल्यों को स्थापित करने के लिए भी प्रयासरत रहते हैं। उपन्यास 'पहाड़ से ऊँचा' कथानक में लेखक ने महानगरीय परिवेश में मानवीय-मूल्यों के संक्रमण की सशक्त अभिव्यक्ति प्रकाश व रमेश के माध्यम से दी है। गाँव से नौकरी के लिए दिल्ली गए प्रकाश व रमेश के साथ दिल्ली में घटी घटनाओं के बाद मानवता के मूल्यों का परिवेशगत चित्रण लेखक ने इस प्रसंग में किया है—'दुनिया बड़ी मायावी और स्वार्थी है, आम चूसकर गुठली फेंक देती है। रमेश को भी कंपनी वालों ने चलता कर दिया। कितना बेदर्द जमाना है। मानवीय मूल्यों की कोई कीमत इस दुनिया में कहीं भी नहीं है। किससे करें फरियाद? दीवारों से सिर टकराकर कुछ हासिल नहीं होगा। गुहार लगाना समय बरबाद करने के समान ही है। आज प्रकाश भी खुद को कितना बेबस महसूस कर रहा था।'[160]

लोक में जहाँ रिश्ते आत्मीयता के साथ प्रेम समर्पण के सच्चे मूल्यों के साथ जुड़े होते हैं, वहीं धन-लोलुपता से यही रिश्ते समाज में लोक मूल्य संक्रमण के रूप में भी दिखते हैं। 'पल्लवी' उपन्यास में शहर के परिवेश में पली-बढ़ी पल्लवी शादी के कुछ महीने बाद विधवा होकर भी कठिन परिवेश वाले गाँव में ही रहकर सास-ससुर, विकलांग देवर की जिम्मेदारी उठाती है। वह अपने माँ-बाप, सास-ससुर के कहने पर भी दूसरा विवाह करने को तैयार नहीं होती है। इसी उपन्यास की एक ग्रामीण परिवेश की पात्र बिंदु पति के शहीद होने पर अपने सास-ससुर को छोड़कर अपने बेटे सहित शहर चली जाती है। पहाड़ी समाज में विधवा का दूसरा विवाह की प्रथा न होने के बावजूद अपनी भाभियों के कहने पर 'बिंदु' एक वकील से शादी कर लेती है, हालाँकि उसकी भाभियों द्वारा यह शादी करवाना उनकी एक साजिश का भाग होता है और वकील शादीशुदा होते हुए भी उसके धन को हड़पने के लिए शादी करके उसे धोखा देता है। इस प्रकार उपन्यास में एक तरफ बिंदु का स्वार्थवश दूसरी शादी करना, अपने सास-ससुर के प्रति रिश्तों के मूल्यों से पलायन है, वहीं भाई-भाभियों, वकील द्वारा रिश्ते को माध्यम बनाकर धन की स्वार्थपूर्ति करना जीवन-मूल्यों में आ रही शून्यता का प्रतीक है।

बदलते परिवेश में समाज में प्रत्येक मानवीय संबंधों में मूल्यों का क्षय हुआ है। संबंधों में आया ये अंतर आज माँ, पिता, गुरु, भाई, बहन आदि रिश्तों में समय-समय पर दिखाई देता है। लोक में संबंधों के प्रति आत्मीय भाव हमेशा मौजूद रहा है। उपन्यास 'छूट

गया पड़ाव' में आनंद सिंह गुरु का आदर-सत्कार करना समाज का परम धर्म मानता है, वहीं समाज में गुरु के पद के नैतिक मूल्यों का ह्रास उसके माध्यम से परिलक्षित है। इस उपन्यास में सरोज का पति लोक-व्यवहार में अव्यावहारिक पात्र की भूमिका में दिखाई देता है, जबकि सरोज और आनंद सिंह लोक-व्यवहार में कुशल दायित्वबोध से संपन्न संवेदनशील पात्र हैं। रिश्तों के मूल्यबोध में आ रही गिरावट 'अविश्वास' कहानी में देखी जा सकती है। जहाँ एक तरफ विशन समाज के लिए समर्पित है। वहीं उसके इस स्वभाव को देखते हुए, जब उसकी भाभी को ग्रामीण प्रधान बनाते हैं तो वह शराब कारोबारियों के प्रभाव में आ जाती है, वह विशन के समझाने पर उलटा उसे समझाने लगती है। उसका चरित्र धनलोलुपता के कारण बदल जाता है। सरपंचों द्वारा अविश्वास प्रस्ताव पारित होने के बाद जब भाभी को खुद पर कार्रवाई होने का डर सताता है तो वह एक दिन विशन को घर पर बुलाकर और साजिशन बलात्कार के आरोप में फँसा देती है। इस तरह लोक गों जिस भाई-भाभी के पवित्र रिश्ते की मान्यता होती है। उसमें किस तरह आधुनिक धनलोलुपता की भावना जीवन-मूल्यों को परिवर्तित कर देती है।

लोक व शिष्ट के बीच के मूल्यों का जो अंतर दिखता है, उससे मूल्य संक्रमण को सतही स्तर पर स्पष्ट किया जा सकता है। जहाँ लोक-मूल्य सरल-सहज, जीवंत, अकृत्रिम होते हैं, वहीं शिष्ट समाज में मूल्यों की कृत्रिमता, जटिलता, सदैव मौजूद रहती है। 'हत्यारे' कहानी में यही लोक व शिष्ट का अंतर मूल्यबोध एवं मूल्य संक्रमण के साथ परिलक्षित होता है, जहाँ ग्रामीण परिवेश का 'किसनू' अपनी इकलौती संतान लक्ष्मी की बीमारी की दशा में डॉक्टर से दवाई देने की गुहार लगाता है, लेकिन डॉक्टर अपने दोस्तों के साथ पार्टी में व्यस्त रहकर उसे धक्का मारकर बाहर कर देते हैं और उस पर हास-परिहास करते हैं, फलतः अगले ही दिन उसकी बेटी की मौत हो जाती है। यह कहानी हमें प्रेमचंद की 'मंत्र' कहानी की याद दिलाती है, लेकिन तत्कालीन कहानी-कला के अनुरूप 'मंत्र' कहानी में प्रेमचंद, जहाँ आदर्शोन्मुख यथार्थवाद स्थापित करते हैं, वहीं 'निशंकजी' की यह कहानी 'आधुनिक यथार्थवाद' का प्रदर्शन है, जिसमें जीवन-मूल्यों का पूरी तरह क्षय ही दिखता है और दबे-कुचले दयनीय पात्रों की कारुणिक स्थिति ही उनकी वास्तविक स्थिति होती है, जो जीवन-मूल्यों के हश्र की सबसे बड़ी गिरावट है। 'भिखारिन' कहानी भी लोक एवं शिष्टजन के जीवन के प्रति मूल्यबोधों को उभारने में सफल कहानी साबित होती है। गाँव से शहर गए गरीब परिवेश के शिवप्रसाद को शहर में रतन सेठ के घर पनाह मिलती है, जो उसे दुकान में काम करने के लिए रखते हैं और धीरे-धीरे वही उसको बेटे की तरह पालते हैं। सेठ के अपने बेटे सेठानी को आश्रम छोड़ देते हैं तो अंत में शिवप्रसाद जब वृंदावन के मंदिर में सेठानी को भिखारियों के साथ

पहचानता है तो वह सेठानी को माँ के रूप में अपने घर ले जाता है। कहानी में विभिन्न पात्रों के संस्कार, मान्यता, विश्वास, समाज में लोक-मूल्य संक्रमण को प्रदर्शित करते हैं। 'अपराधी कौन' कहानी व्यक्ति के धैर्य के अभाव और भाग्यवादी विचारों का प्रतिरोध करनेवाले युवक की कहानी है। भाग्यवाद का प्रतिरोध करके कहानी का मुख्य पात्र 'गौरव' कुसंस्कारों का मार्ग अपनाता है। कहानी यह संदेश भी देती है कि संस्कारवान होना ही व्यक्ति के लिए पर्याप्त नहीं होता है, बल्कि व्यक्ति में संस्कारों को संयम के साथ स्थापित करने का भाव भी होना चहिए। 'बेड़ियाँ' कहानी में संस्कारों से विमुख होकर ही 'अरुण' एक ऐसा चरित्र है, जो अमेरिका जाकर रीटा से शादी करके घर नहीं लौटना चाहता है। वह माता-पिता के बुलाने पर उनका अनादर ही नहीं करता है, बल्कि मातृभूमि भारत के प्रति भी असंवेदनशील होने का परिचय देता है। यह आधुनिक पीढ़ी की संस्कार विमुखता की परिचायक कहानी है।

लोक-जीवन में मूल्यबोध से सबसे ज्यादा पलायन धन की असीम महत्त्वाकांक्षा को लेकर होता है और लोकप्राणी जब शिष्टता धारण करता है तो वह लोक-मूल्यों का परित्याग करना प्रारंभ कर देता है। 'निशंकजी' के कथा साहित्य में हम कई लोक-जीवन से जुड़े पात्रों में ऐसा मूल्य संक्रमण पाते हैं। कहानी 'वापसी' पूँजीपति समाज में शून्य होती मानवीय संवेदनाओं को उद्धृत करती है। कथानायक अभिनव व कथानायिका अनन्या की पारिवारिक स्थितियाँ व उनके दृढ़ आत्मविश्वास लोकमूल्य संक्रमण की स्थितियों से उभरने की शक्ति देते हैं।

आज लोक में व्यक्तित्व निर्माण व विकास, संस्कारों की अपेक्षा सामाजिक और आर्थिक स्थिति पर आश्रित हो गया है। ऐसे में कई संस्कारगत मूल्य अनुष्ठान मात्र रह गए हैं। लोक में उपयोगितावादी दृष्टि से संस्कारों की परंपरा का निर्वाह संक्रमण है। इस बदलाव के लिए पूँजीवाद सबसे ज्यादा जिम्मेदार है, जिससे लोक-मूल्यों का ह्रास हुआ है। 'निशंकजी' की कहानियों में बाजारवाद का प्रभाव परिलक्षित है। 'टूटते दायरे' कहानी-संग्रह की 'अंधेर' कहानी में पूँजीपति, बाजारवाद व्यवस्था में लोकमूल्य के संक्रमण को प्रो. हौसिल प्रसाद सिंह इस तरह स्पष्ट करते हैं—"अंधेर कहानी मुझे भारतेंदु हरिश्चंद्र के अंधेर नगरी नाटक की याद दिलाती है। बाजारवाद ने जनता को अर्थ-पिशाच बना दिया है। उसके स्वप्नों के राजमहल को बनाने के लिए अराजकता, अंधेरगर्दी, गुंडागर्दी का आश्रय ग्रहण कर रखा है। परिणामस्वरूप जीवन मूल्य और मानव मूल्य बिखरते एवं टूटते जा रहे हैं। एक समय था, जब भारत सभ्यता, संस्कृति और संवेदनाओं, यानी मूल्यों के लिए जाना जाता था, आज इन पर जो आक्रमण हो रहे हैं, उसकी मर्मांतक पीड़ा असहनीय है।"[161] जहाँ लोकप्राणी में पूरे समाज के सुख-

दु:ख को एक-दूसरे से साझा करने का भाव होता है, वहीं समाज के बदलते परिपेक्ष्य में महानगरीय जीवन का स्वार्थीपन, एकाकीपन, प्रतिस्पर्धा से लोक की भावनाओं में बड़ा बदलाव पैदा हो रहा है। 'एक और बेड खाली हो गया' कहानी में सुरेश पिता की मृत्यु के बाद जब एस.टी.डी. बूथ पर फोन कर रहा होता है तो बाहर खड़ी भीड़ उसे जल्दी हटने को कड़े शब्दों में कहती है। अपनी स्थिति बताने के बाद भी लोग उसकी भावनाओं की कोई कद्र नहीं करते हैं। वहीं जब अस्पताल की मॉर्चरी में वह पिता की लाश को वापस ले रहा होता है तो चौकीदार कहता है कि 'साहब इतनी देर तक आपके पिता की लाश को सँभालकर रखा है। क्या उसका मेहनताना नहीं देंगे?'[162] यह सुनकर सुरेश क्षुब्ध व व्यथित हो जाता है। महानगर में ऐसे कई अनुभवों से व्यथित सुरेश शहर को जल्दी-से-जल्दी छोड़कर कटु अनुभव लेकर गाँव लौटता है, जिसके मानसिक द्वंद्व का चित्रण लेखक ने किया है—'यही दिल्ली, जैसे महानगरों की झूठी शानो-शौकत है? जहाँ की दौड़ती-भागती जिंदगी मे एक पल रुककर अपने-पराए किसी के प्रति भी संवेदना अथवा सहानुभूति के दो शब्द कहने की फुरसत नहीं है।'[163] शहर व गाँव के जीवन का अंतर स्वयं सुरेश अनुभव करता है। मूल्यविहीन शहर के खोखले जीवन को देखकर ही वह अनुभव करता है कि 'इससे लाख गुना बेहतर जिंदगी तो हम पहाड़ में जी रहे हैं, जहाँ की माटी में दुनियाभर की दु:ख-विपदा को समेटकर सुख बाँटने की परंपरा जन्म-जन्मांतर से आज भी रची-बसी है।...महानगरों व शहरों में आधुनिकता की चकाचौंध में कब की जिंदा दफन हो चुकी मानवीय संवेदनाएँ तो वास्तविक रूप में पहाड़ के कण-कण में रची-बसी हैं।'[164] यह कहानी महानगरीय जीवन के प्रत्येक वर्ग के व्यक्ति के स्वार्थी चरित्र को प्रस्तुत करती है। कहानी 'गरीबी हटाओ' में लोक-मूल्यों में आई गिरावट के कारण ही एक परिवार का दु:खद अंत हो जाता है। जहाँ कहानी की मुख्य पात्र 'रामदेई' तीन बच्चों सहित जहर पीकर आत्महत्या कर लेती है और शासन-प्रशासन, पूँजीपति वर्ग द्वारा उसे अनदेखा किया जाता है। लेखक स्वयं भी प्रश्न उठाते हैं कि 'कहीं धर्म के नाम पर, तो कहीं जाति एवं संप्रदाय के नाम पर अपना वोट बैंक पक्का करने की चाहत लिए जगह-जगह टेंट लगवाकर लंबे-चौड़े भाषण पीटनेवाले नेताओं अथवा उनके पिछलग्गुओं के पास रामदेई जैसी बेसहारा महिलाओं व उनके परिवारों की सुध लेने की फुरसत कहाँ थी!'[165]

लोक-जीवन में शराब कई कुरीतियों को जन्म देती है, जिससे लोक की सरलता और सौहार्द्र बिगड़ता है। शराब से लोक-मूल्यों में नुकसान पहुँचता है। 'निशंकजी' द्वारा 'छलावा' कहानी में लोक-जीवन में आए इस बदलाव को तुलनात्मकता के साथ व्यक्त किया है—'गाँव की चौपालों में, जहाँ कभी बुजुर्गों की पंचायत बैठकर गाँव के विकास

व प्रगति की रूपरेखा तैयार करती थी। उन चौपालों पर शराबियों का कब्जा हो गया। पारंपरिक चौफुलों के मीठे बोल व धार्मिक अनुष्ठानों की पवित्र वाणी की जगह शराबियों के जमघट व हुड़दंग ने ले ली।'[166]

'निशंकजी' अपने कथा साहित्य में समाज के गरीब-असहाय, निर्बल पात्रों के जीवन-मूल्यों के प्रति भी सचेत दिखते हैं। 'संघर्ष चरम तक' कहानी में रेणु के साथ कॉलेज के दौरान आवारा किस्म के युवक रेप की घटना को अंजाम देते हैं तो वह समाज के उलाहने-तानों से अवसादग्रस्त हो जाती है। समाज की रूढ़िगत विचारधारा के आगे वह स्वयं को विवाह के लिए अयोग्य समझती है, लेकिन कहानी का नायक अरुण कुछ सालों बाद नारी निकेतन का अध्यक्ष होकर उसकी धारणा को बदल देता है। वह उसके आगे शादी का प्रस्ताव रखता है, जिस पर रेणु को आश्चर्य होता है। उसके यह विचार नारी जीवन-मूल्यों के प्रति समर्पित हैं—'आप स्वच्छ व निर्मल हैं, गंगा की तरह, संघर्षशील हैं हिमालय की तरह, ममतामयी हैं माँ की तरह, एक आदर्श हैं देवी की तरह।'[167]

इस प्रकार हम देखते हैं कि मानवीय मूल्यों के प्रति कथाकार रमेश पोखरियाल 'निशंक' का संपूर्ण कथा-साहित्य लोक-संस्कृति, लोक-संस्कार एवं सामाजिक जीवन की मर्यादाओं के साथ आदर्श जीवन-मूल्यों का संवाहक है। अपने कथानकों में उच्चतर जीवन-मूल्यों की सशक्त अभिव्यक्ति कराते हुए 'निशंकजी' ने जिन चरित्रों की सृष्टि की है, वे सकारात्मक और नकारात्मक दोनों तरह के जीवन-मूल्यों को अभिव्यक्ति देते हैं, जिससे 'मूल्य संक्रमण' को तुलनात्मक रूप से समझा जा सकता है। लोक-तत्त्वों के प्रति आकर्षित करते हुए उन्होंने संपूर्ण कथा-साहित्य का आधार जीवन-मूल्यों को बनाया है। इस विषय में डॉ. योगेंद्रनाथ शर्मा 'अरुण' जी ने लिखा है—"डॉ. रमेश पोखरियाल 'निशंक' पर्वतीय जीवन-मूल्यों को अत्यंत सजीव एवं प्रखर अभिव्यक्ति देने वाले रचनाकार हैं। अपनी कविताओं में जहाँ डॉ. 'निशंक' हमें राष्ट्रचेता के रूप में दिखते हैं, वहीं अपने कथा-साहित्य में डॉ. 'निशंक' जीवन-मूल्यों की सशक्त अभिव्यक्ति कराने वाले साहित्य साधक के रूप में प्रतिष्ठित होते हैं।"[168]

संदर्भ सूची

1. लोक-साहित्य की प्रासंगिकता, डॉ. श्रीमती जयश्री शुक्ल, डॉ. श्रीमती राजेश चतुर्वेदी, पृ.सं. 53
2. पृथ्वी पुत्र, डॉ. वासुदेवशरण अग्रवाल, पृ.सं. 06
3. भारतीय लोक-विश्वास, कृष्णदेव उपाध्याय, पृ.सं. 01
4. लोक-साहित्य के विविध आयाम, सं. वीणा दाढ़े, पृ.सं. 54

5. वही, पृ.सं. 55
6. मध्ययुगीन हिंदी साहित्य का लोकतात्त्विक अध्ययन, डॉ. सत्येंद्र, पृ.सं. 496
7. लोक-साहित्य की प्रासंगिकता, सं. डॉ. श्रीमती जयश्री शुक्ल, डॉ. श्रीमती राजेश चतुर्वेदी, पृ.सं. 42
8. भारतीय लोक-संस्कृति का संदर्भ : मध्य हिमालय, डॉ. गोविंद चातक, पृ.सं. 120
9. भारतीय लोक-विश्वास, डॉ. कृष्णदेव उपाध्याय, पृ.सं. 36
10. वही, पृ.सं. 32
11. भारतीय लोक-संस्कृति का संदर्भ : मध्य हिमालय, डॉ. गोविंद चातक, पृ.सं. 72
12. भारतीय लोक-संस्कृति का संदर्भ : मध्य हिमालय, डॉ. गोविंद चातक, पृ. सं 86
13. वही, पृ.सं. 12
14. भारतीय लोक-संस्कृति का संदर्भ : मध्य हिमालय, डॉ. गोविंद चातक, पृ.सं. 72
15. उत्तराखंड का सामाजिक एवं सांस्कृतिक इतिहास, डॉ. डी.डी. शर्मा, पृ.सं. 07
16. मेजर निराला, रमेश पोखरिगाल 'निशंक', पृ.सं. 19
17. निशांत, रमेश पोखरियाल 'निशंक', पृ.सं. 24
18. मेजर निराला, रमेश पोखरियाल 'निशंक', पृ.सं. 104
19. छूट गया पड़ाव, रमेश पोखरियाल 'निशंक', पृ.सं. 50
20. वही, पृ.सं. 34
21. निशांत, रमेश पोखरियाल 'निशंक', पृ.सं. 82
22. बीरा, रमेश पोखरियाल 'निशंक', पृ.सं. 24
23. मेजर निराला उपन्यास, रमेश पोखरियाल 'निशंक', पृ.सं. 94
24. पल्लवी, रमेश पोखरियाल 'निशंक', पृ. सं 35
25. प्रतिज्ञा, रमेश पोखरियाल 'निशंक', पृ. सं.82
26. वही, पृ.सं. 127
27. अपना-पराया, रमेश पोखरियाल 'निशंक', पृ.सं. 62
28. भागोंवाली, रमेश पोखरियाल 'निशंक', पृ.सं. 75
29. अपना-पराया, रमेश पोखरियाल 'निशंक', पृ.सं. 101
30. वही, पृ.सं. 39
31. पल्लवी, रमेश पोखरियाल 'निशंक', पृ.सं. 142
32. भारतीय लोक-विश्वास, डॉ. कृष्णदेव उपाध्याय, पृ.सं. 104
33. भागोंवाली, रमेश पोखरियाल 'निशंक', पृ.सं. 11
34. एक और कहानी, रमेश पोखरियाल 'निशंक', पृ.सं. 29
35. वही, पृ.सं. 54
36. मील के पत्थर, रमेश पोखरियाल 'निशंक', पृ.सं. 90
37. टूटते दायरे, रमेश पोखरियाल 'निशंक', पृ.सं. 88

38. विचार और वितर्क, हजारी प्रसाद द्विवेदी, पृ.सं. 123
39. उत्तराखंड का लोक-जीवन एवं लोक-संस्कृति, डॉ. देवी दत्त शर्मा, पृ.सं. 188
40. हिंदू धर्म के सोलह संस्कार, डॉ. सच्चिदानंद शुक्ल, पृ.सं. 16
41. हिंदू संस्कार, राजबली पांडेय, पृ.सं. 19
42. भारतीय लोक-साहित्य, डॉ. श्याम परमार, पृ.सं. 10
43. अपना-पराया, रमेश पोखरियाल 'निशंक', पृ.सं. 57
44. कृतघ्न, रमेश पोखरियाल 'निशंक', पृ.सं. 16
45. वही, पृ.सं. 18
46. प्रतिज्ञा, रमेश पोखरियाल 'निशंक', पृ.सं. 26
47. वही, पृ.सं. 102
48. हिंदू संस्कारों का ऐतिहासिक एवं सांस्कृतिक समीक्षण, डी.डी. शर्मा, पृ.सं. 194
49. अपना-पराया, रमेश पोखरियाल 'निशंक', पृ.सं. 29
50. खड़े हुए प्रश्न, रमेश पोखरियाल 'निशंक', पृ.सं. 07
51. मील के पत्थर, रमेश पोखरियाल 'निशंक', पृ.सं. 84
52. अंतहीन, रमेश पोखरियाल 'निशंक', पृ.सं. 24
53. अंतहीन, रमेश पोखरियाल 'निशंक', पृ.सं. 56
54. वही, पृ.सं. 58
55. टूटते दायरे, रमेश पोखरियाल 'निशंक', पृ.सं. 44
56. उत्तराखंड का लोक-जीवन और संस्कृति, प्रो. डी.डी. शर्मा, पृ.सं. 117
57. भारतीय लोक-संस्कृति का संदर्भ : मध्य हिमालय, डॉ. गोविंद चातक, पृ.सं. 139
58. उत्तराखंड के मेले एवं लोकोत्सव, सं. उत्तराखंड संस्कृति विभाग, पृ.सं. 03
59. भारतीय लोक-संस्कृति का संदर्भ : मध्य हिमालय, डॉ. गोविंद चातक, पृ.सं. 324
60. मेजर निराला, रमेश पोखरियाल 'निशंक', पृ.सं. 86
61. वही, पृ.सं. 83
62. पहाड़ से ऊँचा, रमेश पोखरियाल 'निशंक', पृ.सं. 30
63. छूट गया पड़ाव, रमेश पोखरियाल 'निशंक', पृ.सं. 119
64. प्रतिज्ञा, रमेश पोखरियाल 'निशंक', पृ.सं. 147
65. अपना-पराया, रमेश पोखरियाल 'निशंक', पृ.सं. 67
66. वही, पृ.सं. 60
67. वही, पृ.सं. 149
68. प्रतिज्ञा, रमेश पोखरियाल 'निशंक', पृ.सं. 28
69. पहाड़ से ऊँचा, रमेश पोखरियाल 'निशंक', पृ. सं.18
70. पल्लवी, रमेश पोखरियाल 'निशंक', पृ.सं. 66
71. पल्लवी, रमेश पोखरियाल 'निशंक', पृ.सं. 52

72. बीरा, रमेश पोखरियाल 'निशंक', पृ.सं. 109
73. भागोंवाली, रमेश पोखरियाल 'निशंक', पृ.सं. 11
74. अपना-पराया, रमेश पोखरियाल 'निशंक', पृ.सं. 118
75. हिंदू संस्कार, राजबली पांडेय, पृ.सं. 327
76. बीरा, रमेश पोखरियाल 'निशंक', पृ.सं. 42
77. उत्तराखंड लोक-संस्कृति और सहित्य, देव सिंह पोखरिया, पृ.सं. 130
78. अपना-पराया, रमेश पोखरियाल 'निशंक', पृ.सं. 39
79. पल्लवी, रमेश पोखरियाल 'निशंक', पृ.सं. 105
80. एक और कहानी, रमेश पोखरियाल 'निशंक', पृ.सं. 41
81. हजारी प्रसाद ग्रंथावली भाग-1, हजारी प्रसाद द्विवेदी, पृ.सं. 266
82. भारतीय लोक-संस्कृति का संदर्भ : मध्य हिमालय, डॉ. गोविंद चातक, पृ.सं. 37
83. मेजर निराला, रमेश पोखरियाल 'निशंक', पृ.सं. 94
84. वही, पृ.सं. 95
85. मेजर निराला, रमेश पोखरियाल 'निशंक', पृ.सं. 94
86. मेजर निराला, रमेश पोखरियाल 'निशंक', पृ.सं. 130
87. वही, पृ.सं. 117
88. भागोंवाली, रमेश पोखरियाल 'निशंक', पृ.सं. 72
89. वही, पृ.सं. 73
90. पहाड़ से ऊँचा, रमेश पोखरियाल 'निशंक', पृ.सं. 36
91. छूट गया पड़ाव, रमेश पोखरियाल 'निशंक', पृ.सं. 24
92. वही, पृ.सं. 74
93. छूट गया पड़ाव, रमेश पोखरियाल 'निशंक', पृ.सं. 32
94. वही, पृ.सं. 100
95. छूट गया पड़ाव, रमेश पोखरियाल 'निशंक', पृ.सं. 130
96. वही, पृ.सं. 115
97. लोक-साहित्य के विविध आयाम, सं. वीणा दाढ़े, पृ.सं. 55
98. वही, पृ.सं. 54
99. भारतीय लोक-संस्कृति का संदर्भ : मध्य हिमालय, डॉ. गोविंद चातक, पृ.सं. 312
100. वही, पृ.सं. 314
101. उत्तराखंड लोक-संस्कृति और सहित्य, देव सिंह पोखरिया, पृ.सं. 121
102. हिंदी साहित्य और संवेदना का विकास, रामस्वरूप चतुर्वेदी, पृ.सं. 18
103. उत्तराखंड लोक-संस्कृति और सहित्य, देव सिंह पोखरिया, पृ.सं. 134
104. भारतीय लोक-संस्कृति का संदर्भ : मध्य हिमालय, डॉ. गोविंद चातक, पृ.सं. 90
105. वही, पृ.सं. 313

106. बीरा, रमेश पोखरियाल 'निशंक', पृ.सं. 62
107. वही, पृ.सं. 85
108. वही, पृ.सं. 85
109. मेजर निराला, रमेश पोखरियाल 'निशंक', पृ.सं. 43
110. अपना-पराया, रमेश पोखरियाल 'निशंक', पृ.सं. 48
111. वही, पृ.सं. 62
112. पल्लवी, रमेश पोखरियाल 'निशंक', पृ.सं. 107
113. वही, पृ.सं. 131
114. भागोंवाली, रमेश पोखरियाल 'निशंक', पृ.सं. 19
115. वही, पृ.सं. 19
116. भारतीय लोक-संस्कृति का संदर्भ : मध्य हिमालय, डॉ. गोविंद चातक, पृ.सं. 377
117. बीरा, रमेश पोखरियाल 'निशंक', पृ.सं. 127
118. भारतीय लोक-संस्कृति का संदर्भ : मध्य हिमालय, डॉ. गोविंद चातक, पृ.सं. 378
119. भारतीय लोक-संस्कृति का संदर्भ : मध्य हिमालय, डॉ. गोविंद चातक, पृ.सं. 377
120. अपना-पराया, रमेश पोखरियाल 'निशंक', पृ.सं. 101
121. छूट गया पड़ाव, रमेश पोखरियाल 'निशंक', पृ.सं. 97
122. पल्लवी, रमेश पोखरियाल 'निशंक', पृ.सं. 11
123. मील के पत्थर, रमेश पोखरियाल 'निशंक', पृ.सं. 54
124. खड़े हुए प्रश्न, रमेश पोखरियाल 'निशंक', पृ.सं. 41
125. मेरे संकल्प, रमेश पोखरियाल 'निशंक', पृ.सं. 26
126. भारतीय लोक-साहित्य, डॉ. श्याम परमार, पृ.सं. 79
127. भोजपुरी लोकगाथा, सत्यव्रत सिन्हा, पृ.सं. 02
128. लोक-साहित्य की भूमिका, डॉ. कृष्णदेव उपाध्याय, पृ.सं. 124
129. भारतीय लोक-संस्कृति का संदर्भ : मध्य हिमालय, डॉ. गोविंद चातक, पृ.सं. 345
130. वही, पृ.सं. 269
131. वही, पृ.सं. 285
132. वही, पृ.सं. 245
133. वही, पृ.सं. 244
134. पहाड़ से ऊँचा, रमेश पोखरियाल 'निशंक', पृ.सं. 18
135. भारतीय लोक-संस्कृति का संदर्भ : मध्य हिमालय, डॉ. गोविंद चातक, पृ.सं. 156
136. भारतीय लोक-संस्कृति का संदर्भ : मध्य हिमालय, डॉ. गोविंद चातक, पृ.सं. 267
137. मेजर निराला, रमेश पोखरियाल 'निशंक', पृ.सं. 83
138. भारतीय लोक-संस्कृति का संदर्भ : मध्य हिमालय, डॉ. गोविंद चातक, पृ.सं. 268
139. डॉ. 'निशंक' के उपन्यासों मे जीवन दर्शन, डॉ. योगेंद्रनाथ शर्मा अरुण, पृ.सं. 35

140. भागोंवाली, रमेश पोखरियाल 'निशंक', पृ.सं. 84
141. पल्लवी, रमेश पोखरियाल 'निशंक', पृ.सं. 67
142. अंतहीन, रमेश पोखरियाल 'निशंक', पृ.सं. 42
143. भारतीय लोक-संस्कृति का संदर्भ : मध्य हिमालय, गोविंद चातक, पृ.सं. 294
144. अंतहीन, रमेश पोखरियाल 'निशंक', पृ.सं. 46
145. वाह जिंदगी, रमेश पोखरियाल 'निशंक', पृ.सं. 62
146. साहित्य का समाजशास्त्र, डॉ. नगेंद्र, पृ.सं. 158
147. मानविकी परिभाषिक कोश, (दर्शन खंड), डॉ. नगेंद्र, पृ.सं. 201
148. डॉ. रमेश पोखरियाल 'निशंक' के उपन्यासों में जीवन-मूल्य, डॉ. योगेंद्रनाथ शर्मा 'अरुण', पृ.सं. 15
149. मानक हिंदी कोश, पाँचवाँ खंड, रामचंद वर्मा, पृ.सं. 210
150. बीरा, रमेश पोखरियाल 'निशंक', पृ.सं. 180
151. उत्तराखंड : लोक-संस्कृति और साहित्य, देव सिंह पोखरिया, पृ.सं. 122
152. वही, पृ.सं. 151
153. वही, पृष्ठ सं.07
154. मेजर निराला, रमेश पोखरियाल 'निशंक', पृ.सं. 85
155. वही, पृ.सं. 56
156. डॉ. रमेश पोखरियाल 'निशंक' के उपन्यासों में जीवन-मूल्य, डॉ. योगेंद्रनाथ शर्मा 'अरुण', पृ.सं. 95
157. वही, पृ.सं. 51
158. भागोंवाली, रमेश पोखरियाल 'निशंक', पृ.सं. 82
159. अपना-पराया, रमेश पोखरियाल 'निशंक', पृ.सं. 118
160. वही, पृ.सं. 45
161. डॉ. 'निशंक' की कहानियों में मानवीय संवेदना, डॉ. योगेंद्रनाथ शर्मा, पृ.सं. 21
162. एक और कहानी, रमेश पोखरियाल 'निशंक', पृ.सं. 13
163. कथाएँ पहाड़ों की, रमेश पोखरियाल 'निशंक', पृ.सं. 13
164. एक और कहानी, रमेश पोखरियाल 'निशंक', पृ.सं. 14
165. कथाएँ पहाड़ों की, रमेश पोखरियाल 'निशंक', पृ.सं. 35
166. मेरे संकल्प, रमेश पोखरियाल 'निशंक', पृ.सं. 31
167. विपदा जीवित है, रमेश पोखरियाल 'निशंक', पृ.सं. 37
168. डॉ. 'निशंक' की कहानियों में मानवीय संवेदना, डॉ. योगेंद्रनाथ शर्मा, पृ.सं. 49

□

डॉ. रमेश पोखरियाल 'निशंक' के कथा-साहित्य में लोक-भाषा

अपने सूक्ष्मतम मनोभावों को व्यावहारिक रूप से आवश्यक क्रिया-कलाप की अभिव्यक्ति के लिए लोक जिस प्रकार की बानी, भाषा को चुनता है और शब्दों को वरीयता देता है, वही लोक की कसौटी पर खरा उतरकर रचनाधर्मिता का प्रस्थान बिंदु बनता है। साहित्य का समाज से सदैव सीधा सरोकार रहा है। लोक के बिना किसी समृद्ध साहित्य की कल्पना नहीं की जा सकती, क्योंकि प्रत्येक रचनाकार अपनी लोक की आवृत्ति से ही पात्रों को गढ़ता है तथा कथानक को प्रभावित करता है तो दूसरी ओर इसी लोक से उसकी शब्द-संपदा संपुष्ट होती है। इसकी सबसे बड़ी विशिष्टता यह है कि रचना को सहज, सरल बनाने के साथ पाठकीय संवेदना में भी इससे वृद्धि होती है तथा साधारणीकरण की अद्‌भुत क्षमता भी इसी लोक के विन्यास से प्राप्त होती है। इसी लोक भाषा से सर्वग्राहता का गुण रचना का प्राणतत्त्व बन जाता है। लोकभाषा में मानव हृदय के उद्‌गार एवं मनोभावों की अभिव्यक्ति लोकचेतना का प्रश्रय है। लोक-मानस की मौखिक परंपरा साहित्यिक लेखन में लोकभाषा के लिखित रूप में दिखाई देती है। वस्तुतः 'लोकभाषा' बोलचाल की भाषा होती है, जिससे लोक में प्रचलित वर्ण्य विषय लोकप्रियता पाकर भाषा-शैली के भेद को मिटाकर कथ्य में सादगी पैदा कर देता है। लोकभाषा से लोक-जीवन की उपेक्षित अनुभूतियों को भी अभिव्यक्ति मिलती है और लौकिक वर्ण्य विषय का स्वर मुखरित होता है। लोक द्वारा विचारों के संचार के लिए प्रयुक्त वह भाषा जो सरल, सुबोध, व्यावहारिक, व्याकरणिक नियमों से स्वच्छंद होती है 'लोकभाषा' कहलाती है। लोकभाषा जन-भाषा होती है, हालाँकि लोकभाषा में साहित्य सृजन के बाद वह व्याकरणिक नियमों में बद्ध होकर साहित्यिक भाषा के रूप में परिनिष्ठित हो जाए, किंतु मूलतः वह लोकभाषा ही होती है। यह भी कह सकते हैं कि जिस भाषा में 'लोक-साहित्य' लिखा जाता है, उसे लोकभाषा कहा जाता है। लोकमर्मज्ञ

डॉ. नंदलाल कल्ला 'लोकभाषा' और उसके महत्त्व को स्पष्ट करते हैं कि 'मनुष्य के उच्चारण अवयवों से उच्चारित भाषा ध्वनि प्रतीकों की यादृच्छिक व्यवस्था है। 'भाषा' में प्रयुक्त शब्द, पद, ध्वनि, अर्थ, वाक्य आदि का वैज्ञानिक विश्लेषण करना भाषाविज्ञान का ही कार्य है। लोक-साहित्य 'लोकभाषा' में रचित होता है। जो भाषा विज्ञान के लिए लोक शब्दावली अध्ययन का आधार स्रोत निर्मित करती है। कभी-कभी किसी तत्सम् शब्द का मूल भी लोकांचल में प्रयुक्त भाषा भंडार में प्राप्त हो सकता है।'[1] अर्थात् साहित्य में किसी विशेष क्षेत्र अथवा किसी समुदाय के जीवन-व्यापार को साहित्यिक आकार देने वाली भाषा को हम लोकभाषा कहते हैं। ऐसी भाषा द्वारा लोक-जीवन के विचारों का स्वच्छंद विनिमय बिना किसी विशेष व्याकरणिक बंधन और बनावटीपन के साहित्यिक अभिव्यक्ति प्राप्त करता है। वस्तुतः किसी भी भाषा का विकास 'लोक' के आधार पर ही होता है। हिंदी भाषा का विकास इसका प्रत्यक्ष उदाहरण है, जिसने किसी एक बोली के शब्दों को ही नहीं, बल्कि कई बोलियों और भाषाओं के शब्दों को आधार बनाया है। कई शब्दों का विकास लोक के बीच से लोकप्रचलित होकर हिंदी भाषा में हुआ है, जैसे कि हमारा प्राचीन साहित्य लोक-साहित्य कहलाता है, जिसमें लोक-जीवन की विवेचना लोक-तत्त्वों के साथ लोकभाषा में उपलब्ध होती है और उसी लोकभाषा से हिंदी भाषा का विकास हुआ है। इसीलिए भाषा-विज्ञान की दृष्टि से लोक-साहित्य का महत्त्व सर्वाधिक है और विभिन्न विद्वान भाषा के अध्ययन के लिए लोक-साहित्य को अहम उपादान मानते हैं। डॉ. सुनीति कुमार चटर्जी भाषा के अध्ययन के लिए लोक-साहित्य की उपयोगिता सिद्ध करते हैं कि 'जो लोग लोक-साहित्य का संग्रह कर रहे हैं, वे भावी भाषा-शास्त्रियों के लिए अमूल्य सामग्री उपस्थित कर रहे हैं। लोक-गीतों, गाथाओं और कथाओं में व्यवहृत शब्दों की निरुक्ति का पता लगाने पर भाषा-शास्त्र-संबंधी अनेक गुत्थियाँ सुलझायी जा सकती हैं। इनमें प्रचलित शब्दों द्वारा हिंदी के अनेक शब्दों की विकास-परंपरा को हम वैदिक संस्कृत से जोड़ सकते हैं।'[2] लोकभाषा में हम इस विशिष्टता को स्पष्ट रूप में इंगित कर सकते हैं। जिस प्रकार कि गढ़वाली-कुमाऊँनी लोकभाषाओं में हमें बहुत से ऐसे शब्द मिलते हैं, जो संस्कृत से सीधे संबंध रखते हैं। डॉ. गोविंद चातक के अनुसार, 'मध्य पहाड़ी को चाहे हम हिंदी को कितना ही निकट मानें, इस बात के लिए भी पर्याप्त गुंजाइश है कि वह कहीं हिंदी की बोलियों के साथ और कहीं उससे अलग विकास प्रक्रिया के बीच से गुजरी है। यह विकास हमें संस्कृत से भी मिलता है, इन बोलियों में तत्सम, तद्भव शब्दों का प्रयोग उसी या उससे विकसित रूप में मिलता है वे इजा < आर्या, ध्याण < दुहिता शब्द को उदाहरण रूप में प्रस्तुत करते हैं।'[3]

लोकभाषा में विशेष मर्यादा होती है, जिसमें सांकेतिक प्रतीक, मर्यादित और

सुरुचिपूर्ण तरीके से भाषा की शक्ति और सौंदर्य को अभिव्यक्ति देते हैं। डॉ. गोविंद चातक के अनुसार, 'प्रतीक लोक-व्यवहार में सदैव प्रयोग में आते रहे हैं। किसी शब्द के प्रतीक रूप में विकसित होने के लिए क्षेत्र-विशेष की सांस्कृतिक चेतना का बहुत बड़ा हाथ होता है। वस्तुत: वे किसी जाति के जातीय संस्कारों के परिचायक होते हैं।'[4] लोकभाषा में विभिन्न व्यक्ति, वस्तु, स्थान आदि के नामों के एक रोचक व्याकरण को डॉ. वासुदेवशरण अग्रवाल इतिहास और भाषा-शास्त्र से जोड़ते हैं—'लोकप्रचलित नामों में पुराने विश्वासों का रहस्य छिपा रहता है, जो भाषा-शास्त्र व लोक-विश्वासों की मदद से समझा जा सकता है। प्रत्येक गाँव-खेड़े, नगले के नाम के पीछे भाषा-शास्त्र से मिश्रित सामाजिक इतिहास का कोई-न-कोई हेतु होता है।'[5]

विवेच्य रचनाकार रमेश पोखरियाल 'निशंक' के साहित्य में प्रचलित शिल्प-विधान से लोक-तत्त्वों का गहन विश्लेषण के उपरांत ज्ञात होता है कि शिल्पगत तत्त्वों में 'भाषा' प्रमुख तत्त्व है, जिसको उन्होंने कहीं परंपरागत स्वरूप में, तो कहीं लोक की मौलिकता के साथ प्रयुक्त किया है। मुख्यत: लोक-जीवन के स्पंदन से युक्त भाषा को माध्यम बनाकर पर्वतीय जीवन का सार्थक चित्रण 'लोकभाषा' में ही मिलता है। उनके कथा-साहित्य में प्रयुक्त लोकभाषा पर मध्य हिमालय के सौंदर्य तथा शिल्प की विशेष छाप है। इस क्षेत्र को एक ओर प्रकृति ने अतुलनीय सौंदर्य दिया है तो दूसरी ओर शिखरों ने अपनी निश्छलता से इसे एक अलग पहचान दी है। विश्व की समस्त सभ्यताओं ने इसके गौरव को स्वीकार किया है, फिर चाहे यह यहाँ के लोक व्यवहार, लोक धर्म या लोक भाषा से ही क्यों न जुड़ा हो, विवेच्य शब्द साधक 'निशंक' इसी मिट्टी की उपज हैं, जिन्होंने अपनी भाषा को हिमालयी संस्कार दिए हैं। लोक का कोई कोना ऐसा नहीं है, जो इनकी रचनाओं से अछूता रह गया हो। लोक-भाषा को लोकरंग से जोड़कर प्राणवान बनाने की क्षमता इनके कथा-साहित्य में देखी जा सकती है। शब्द चयन कथानक के अनुरूप बनाना तथा उसे लोक के आवरण में लपेटकर प्रस्तुत करना एक सम्मोहित शिल्प का अपना सौंदर्य है। भरतमुनि के अनुसार, 'हिमवत्, सिंधु और सौवीर' में 'उकार बहुला भाषा' अपभ्रंश थी' इस कथन के आधार पर डॉ. गोविंद चातक स्पष्ट करते हैं कि 'मध्य पहाड़ी आज भी उकार-बहुला लोक-भाषा है। नागों, शकों, गुजरों और आभीरों से गढ़वाल-कुमाऊँ प्रदेश का ऐतिहासिक संबंध रहा है।'[6] पारंपरिक संस्कारों से परिपूर्ण ऐसी भाषा ही पर्वतीय लोक-जीवन की भाषा है, जिसके सौंदर्यगत प्रभाव में 'निशंकजी' ने अपना कथा-साहित्य रचा है। उत्तराखंड के लोक-जीवन में जो 'भाषा' अथवा जो 'शब्द' ग्राम्य जीवन में प्रयुक्त होते हैं, उनका भरपूर प्रयोग कथा-साहित्य में हुआ है, जिनसे लोक-जीवन का परिवेश हमारे सामने उपस्थित हो जाता है।

कथाकार 'निशंक' के कथा-साहित्य में सर्वाधिक ग्राम परिवेश का निरूपण हुआ है, लेकिन ग्राम परिवेश के आधार पर संपूर्ण साहित्य को आँचलिक कहना उचित नहीं होगा। ग्रामकथा और आँचलिक कथा में अंतर होता है, ग्राम-कथा में अपेक्षाकृत व्यापकता होती है, जबकि आँचलिक कथा किसी अँचल विशेष को ही निरूपित करने के लिए प्रतिबद्ध होती है। उनके कथा-साहित्य में लोकभाषा के प्रभाव को हम ग्रामकथा तथा आँचलिक कथा दोनों में पाते हैं। लोकभाषा के शब्दों का सुंदर प्रयोग कर प्रतीकों को माध्यम बनाने की कला 'निशंकजी' की भाषा का विशेष सौंदर्य है। कहानीकार के लिए यह बहुत मुश्किल होता है कि वह साहित्य लेखन के लिए भाषा का चुनाव कहाँ से और कैसे करे? प्रसिद्ध साहित्यकार कमलेश्वर ने लिखा है कि 'जिंदगी, जो परिदृश्य सामने उपस्थित करती है, वह सब भाषा में नहीं होता। कुछ दृश्य हैं, कुछ मूक क्षण हैं, कुछ संवेदनाएँ हैं, कुछ अत्याचार और संत्रास हैं, कहने का मतलब यह कि भाषा के होते हुए भी लेखक के पास भाषा नहीं होती। हर लेखक को भाषा की खोज करनी पड़ती है, क्योंकि आदमी के अंदर और बाहर जो खामोशी है और उसके अंदर और बाहर जो शोर है, वह हर समय एक-सा नहीं होता और उसी को कथाकार शब्द देता है।'[7]

लोकभाषा के विभिन्न तत्त्वों का उनके संपूर्ण कथा साहित्य में इस रूप में विश्लेषण किया जा सकता है—'मेजर निराला', 'बीरा', 'अपना-पराया' और 'पहाड़ से ऊँचा' उपन्यास आँचलिकता के परिवेश में निर्मित हैं। जहाँ लोकभाषा का अधिक प्रभाव अँचल विशेष में प्रचलित रीति-रिवाज, पर्व-उत्सव, मेले, लोक-विश्वास आदि के साथ विवेचित है। इनमें भाषा की संप्रेषणीयता की दृष्टि से आँचलिक शब्दों का प्रयोग अधिकाधिक किया गया है और आँचलिक शब्दों का प्रयोग ही लोकभाषा को सशक्त बनाता है, जो वस्तुतः स्थानीय बोलियों का प्रतिनिधित्व करती है। लोक तत्त्वों की आभा से महकते दृश्यों के साथ लोकभाषा के शब्दों का सुंदर प्रयोग कथानक में जीवंतता उत्पन्न कर देते हैं। उपन्यास 'मेजर निराला' के संवाद लोकभाषा के साथ लोक-जीवन को चित्रित करते हैं। 'गबरू काका के आँगन का पुस्ता, मूसी दीदी की झोपड़ी की मरम्मत, कोतवाल दादा के पेड़ की कटाई, सब के सब छूट गए थे पिछले बरस। हाँ, अपनी गौशाला भी तो टपकने लगी थी, उसकी छँवाई भी तो करनी पड़ेगी इस बार।'[8]

इस तरह उपन्यास में पुस्ता, छँवाई, निगोड़ी, साँकल, अड्यामोर, बौड़िजा, सारी, बाक्य, कलेवा, छौं, ढ़बडी रोटी, थिच्वाणी, पलेन्थरा, पठालियाँ, चलो दगड्यों, पंदेर, ताँद, पुजाई, मंगणी, अन्वार, कौथिग, थौल-मेलों, समौण, भुली, ग्वार, बछेर, भैंस रम्हाई, घसेर, दुधेरों, डिंडाली, सारी, लोण-तेल, कोदा-झंगोरा, काठ, चराचरी, गधेरे, खैरी विपदा, मंडाण, पश्वा भंकोरे, जैसे गढ़वाली लोकभाषा के शब्द और संवादों से

कथानक गढ़वाल के पर्वतीय लोक-समाज को आलोकित करते हैं। वहीं लोक-भाषा के कई शब्दों को लेखक कथानक में अवतरण चिह्न के साथ प्रस्तुत करते हैं, जिससे लोकभाषा के शब्द विशेष ध्यानाकर्षित करते हैं, कुछ उदाहरण देखिए—'विवाहित बेटियाँ अपने मायके वालों से मिलती और अपनी 'खैरी-बिपदा' और मायके की कुशल-क्षेम पूछती। माँ अपनी बेटी के लिए घर से कुछ न कुछ पकवान बनाकर जरूर ले जाती, जैसे उड़द या गहथ की भरी रोटी, 'रोट अर्सा' या फिर दूध में बना हलुआ।

बात करने की हिम्मत हो पाई तो बात करते और 'समौण' के रूप में उन्हें कुछ खरीदकर देते। यह समौण अंगूठी, रुमाल या माला कुछ भी होता।

बुजुर्ग मेले में अपने दूरदराज के नातेदार-रिश्तेदार और संबंधियों से मिलते। गाय, भैंस, बैल के खरीदने-बेचने की 'शैदा' लगाते, एक-दूसरे के गाँव आने-जाने का दिन बार तय करते।[9]

उपरोक्त उद्धरणों में 'खैरी-विपदा', 'रोट अर्सा', 'समौण', 'शैदा' शब्द अवतरण चिह्नों। (' ') के अंदर उद्धृत किए गए हैं, जो लोक-जीवन की विशिष्टता के सूचक हैं तथा इन शब्दों के साथ पर्वतीय प्रदेश की आत्मा जुड़ी हुई है। 'खैरी-विपदा' शब्द साधारण अर्थ नहीं देता, वरन् विवाहिता स्त्री की संघर्षमय-कष्टों भरी जिंदगी का सूचक है। इस एक शब्द से स्त्री के साथ जुड़े दुःखों की आवृत्ति को पहचाना जा सकता है। लोकभाषा के अतिरिक्त यह भाषिक सौंदर्य किसी भी भाषा में हम ढूँढ़ नहीं सकते। पद-लालित्य की दृष्टि से भी यह शब्द अतुलनीय है, क्योंकि विवाहिता नारी इस एक शब्द से अपने दुःखों का अनवरत् वर्णन कर सकती है। 'समौण' शब्द भी लोक-तत्त्वों से गहराई से जुड़ा हुआ है। अपने किसी प्रियजन को भेंटस्वरूप दी जाने वाली वस्तु के साथ उन समस्त स्मृतियों को भी जोड़ा गया है, जो प्रियजन के साथ जुड़ी हुई हैं। कहीं-कहीं इसे समलौण शब्द के रूप में भी प्रयुक्त किया जाता है, किंतु भाषिक सौंदर्य की संपूर्ण मिठास इस एक लोकभाषा के शब्द में देखी जा सकती है। लोक-साहित्य की प्रत्येक विधा में इस शब्द ने स्थान प्राप्त किया है। विवाहिता नारी के मायके से जो भेंट माता-पिता द्वारा भेजी जाती है, जब यह शब्द मायके के प्रसंग से जुड़ता है तो इसका सौंदर्य और अधिक बढ़ जाता है। वस्तुतः लोकभाषा का संपूर्ण कलेवर इन शब्दों की अलौकिकता से ही पहचाना जाता है। लेखक ने इन शब्दों का बहुतायत में प्रयोग किया है, यही कारण है कि उनका लेखन साधारणीकरण के सोपानों पर सफलता प्राप्त करता आया है। इसी उपन्यास में 'कल्योऊ', 'दोण', 'कौथिग', 'पश्वा', 'जेठू', 'भंगजीरा', 'कण्डाली', 'डिण्डाली' जैसे दर्जनों शब्द लोकभाषा के ऐसे शब्द हैं जो किसी लोक-परंपरा अथवा लोक-विशेष वस्तु के बोधक हैं। जीवन-मूल्यों के उद्घाटन में कथ्य

विषय लोक-जीवन, आंचलिक जीवन एवं स्वयं के परिवेश पर आधारित होने के कारण उसमें लौकिकता के स्वर सुनाई देते हैं, वे लोकभाषा के सरल, सुगम्य शब्दों को बीच-बीच में प्रयोग करते हैं। कथा परिदृश्य को लोक-जीवन से जोड़ने के लिए लोकभाषा के सरल शब्दों की बिंबात्मक शैली का प्रयोग मिलता है।

'निशंकजी' के कथानक लोक-जीवन की दृश्यों के साथ चित्रात्मकता उत्पन्न करते हैं। 'बीरा' उपन्यास का प्रारंभ लोकभाषा केंद्रित शब्दों के साथ ऐसे ही दृश्यों का वर्णन है, जहाँ गाँव के वातावरण में प्रकृति के विभिन्न रूप संपूर्ण लोक-जीवन को साहित्यिक कैनवास पर प्रतिबिंबित करते हैं—'महिलाएँ घास-लकड़ी बटोरकर कोई पंदेरे की ओर जा रही थीं, तो कुछ गाय-भैंसो को दुहाती नजर आ रही थीं। कुछ एक डिंडालों और तिबारियों में हुक्के की गुड़गुड़ाहट भी सुनाई दे रही थी।'[10] ऐसी चित्रात्मकता से लोक-जीवन के बीच पाठक स्वयं पहुँच जाता है और ऐसा प्रतीत होता है कि वह ये सब स्वयं देख रहा हो। 'डिडालों और तिबारियाँ' पर्वतीय लोक-समाज की खास पहचान है। इस उपन्यास में लोक-जीवन के दर्जनों शब्दों के साथ कथानक की संरचना हुई है, जैसे—छज्जा, तिबार, डिंडालों, धारा, रैबार, अड्या, पंदेरा, भिड़ा हुआ, बागदान, झंगोरा, आंछरी, पिठाई, खलिहान आदि।

अपने कथा-साहित्य में 'निशंकजी' ने परिवेश के अनुकूल ही उपमानों का प्रयोग किया है, उनके भाषागत सौंदर्य में लोक-जीवन के उपयुक्त उपमान प्रयुक्त हुए हैं। उदाहरण देखिए—'बीरा को दुःखी देख दीपक ने उसका हाथ पकड़ा और उसके आँसू पोंछने की कोशिश की, किंतु बीरा ने मुँह मोड़कर उसे घर चलने के लिए कहा। बीरा का मुँह बुरांस के फूल की तरह लाल हो गया था।'[11]

'माँ के पैर छूकर उसने आशीर्वाद लिया। माँ ने तीन बार उसकी ठुड्डी को छूकर अपने हाथों को चूमा। पर्वतीय क्षेत्र में प्यार जताने या चुंबन लेने का यही तरीका है।'[12]

अभिव्यंजना भाषा का प्रमुख उद्‌देश्य होता है, लोक-जीवन के प्रसंगों की स्पष्ट रूप से अभिव्यक्ति हो यही लेखक का प्रयास रहता है, फिर चाहे स्थानीय उच्चारण और लोक-जीवन के साथ अंग्रेजी अथवा अन्य शब्दों का प्रयोग ही क्यों न करना पड़े! 'निशंकजी' ने लोकभाषा के साथ अंग्रेजी भाषा के मिश्रित प्रयोग से समुचित प्रभाव अपने कथा-साहित्य में उत्पन्न किया है। 'मेजर निराला' उपन्यास में पोस्टस्टैंड, रेडियो, ग्रामोफोन, टेलीग्राम, हेडक्वार्टर, पाइप लाइन, गैस एजेंसी, पैट्रोल पंप, ऑफिसर, कमीशन, टी.वी., थैंक्यू डियर, ऑल इंडिया रेडियो, स्विच ऑन जैसे अंग्रेजी भाषा के शब्दों का प्रयोग लोकभाषा के साथ किया गया है, जो शब्द लोक-जीवन में साधारण प्रयोग किए जाते हैं। 'निशंकजी' का कथा-साहित्य हिंदी भाषा में है, लेकिन वे हिंदी

भाषा के साथ ठेठ लोकभाषा के शब्दों का प्रयोग बड़ी सहजता से करते हैं। स्थानीय बोलियों के शब्दों को भी भाषा के प्रवाह में आसानी से समझा जा सकता है, लेकिन कतिपय लोकभाषा की वस्तुओं—फल-फूल, फसल, वृक्षों के नाम, जब एक प्रवाह में आते हैं, तो भाषा में क्लीष्टता भी महसूस हो सकती है। 'मेजर निराला' उपन्यास के केंद्रीय पात्र 'मेजर निराला' के परिवेशगत चरित्र को उद्धृत करते इस उद्धरण में ऐसी ही क्लीष्टता प्रतीत होती है—'जब वह कभी छुट्टी पर घर आता था तो गाँव के सब मर्द उसे मिलने पहुँच जाते थे, फिर 'मंदरी' बिछा दी जाती थी, डिंडाली में और एक-एक कर लोग पंक्तिबद्ध घेरा बनकार बैठ जाते थे। फौज से लाई हुई 'दराम' की बोतल से एक-एक 'पोली' दराम सब को देता था वह। 'बगछट' हो जाते थे लोग और फिर हँसी-मजाक चलती थी देर रात्रि तक।'[13] इस उद्धरण में क्लिष्ट ठेठ पहाड़ी शब्दों का प्रयोग हुआ है, लेकिन वाक्य संयोजन से जो दृश्य सामने आता है, उससे इन शब्दों के समानार्थक हिंदी शब्दों की अनुभूति की जा सकती है। 'निशंकजी' की भाषा में विविधता है, जिसकी खास बात यह है कि वे लोकभाषा के ऐसे शब्दों का प्रयोग करते हैं, जिनका एक प्राचीन इतिहास हो। 'मेजर निराला' उपन्यास में 'दाज्यू' जैसे शब्दों का संबोधन अपना एक विशेष इतिहास और परंपरा रखता है, क्योंकि 'मध्य पहाड़ी में प्रयुक्त दा, दिदा, दादू, आदि संबोधन शब्द किरात मूल से संबंधित हैं। उसी प्रकार छोटे भाई के लिए प्रयुक्त भुला शब्द किरात भाषा में बो-लो या बा-लु रूप में उपलब्ध होता है।'[14] 'पहाड़ से ऊँचा' का कथानक पर्वतीय लोक-जीवन की कई जीवंत तस्वीरें प्रस्तुत करता है। उपन्यास में दाज्यू, ईजा, भुला, तिबार, तमाखू, कौथिग, ढोर-ढंगर, द्वारबाट जैसे गढ़वाली-कुमाऊँनी लोकभाषा के शब्दों से युक्त भाषा ही कथानक को आँचलिकता के समीप ले जाती है।

'निशंकजी' के उपन्यास शीर्षक भी लोकभाषा से प्रभावित हैं। जिस तरह गढ़वाली-कुमाऊँनी में 'व्यंजन' परिवर्तन का रूप प्राकृत और अपभ्रंश से प्रभावित होते हैं, उसका प्रभाव उनके कथा साहित्य में दिखाई देता है। 'भागोंवाली' उपन्यास शीर्षक व इस उपन्यास की केंद्रीय पात्र का नाम ऐसे ही भाषीय प्रभाव का परिणाम है। 'गढ़वाली भाषा में अंतिम अर्धस्वर 'य' और 'व' का प्राय: लोप होकर व्यंजन पूर्ण हो जाता है,'[15] जिस प्रकार 'भागोंवाली', अर्थात् हिंदी मे 'भाग्यवाली' से लोकभाषा के प्रभाव में परिनिष्ठित होकर ही 'भागोंवाली' शब्द बना है, क्योंकि 'भाग्य' शब्द का अंतिम वर्ण 'य' गढ़वाली भाषा प्रभाव में 'य' से पूर्व आए वर्ण 'ग्' अर्द्धाक्षर का पूर्ण 'ग' होकर विशेषण रूप में परिवर्तित हो जाता है।

'निशंकजी' के कथा-साहित्य में लोकभाषा की मर्यादा दिखाई देती है। अपने

कथानकों में सांकेतिक प्रतीकों के माध्यम से वे जीवन-मूल्यों में होने वाले संक्रमण को भी मर्यादित तरीके से अभिव्यक्त करते हैं। भाषा की शक्ति और सौंदर्य की क्षमता ही है कि पाठक पूरे घटनाक्रम को बिना अश्लीलता पेश किए समझ सकता है। ऐसे भाषीय प्रबंधन से लेखक भाषा के लोक-व्यवहार के जातीय संस्कारों का परिचय देते हैं। उनके कथा साहित्य में प्रतीकों की सादृश्यता और साधर्म्यता से न केवल भाव की अर्थवत्ता, बल्कि लोक की मर्यादा की रक्षा भी होती है। 'मेजर निराला' उपन्यास में 'निराला' की माँ को हवलदार 'झब्बन' चंद रुपए की मदद के एवज में पुरुष कामुकता का शिकार बना देना चाहता है। जिस प्रसंग को कथानक में लोक-जीवन की मर्यादा में विशेष भाषा कौशलता के साथ विवेचित किया गया है। 'अपना-पराया' उपन्यास में 'रेणु' व 'सौरभ' के प्रेम-प्रंसग को लेखक ने लोक-जीवन की मर्यादा में विवेचित किया है। जहाँ लेखक भाषा में गोपनीयता की दृष्टि से यौनभावों के लिए प्रयुक्त प्रतीकात्मकता ही लोकभाषा और लोक-जीवन का सामंजस्य बनाकर कथानक निर्माण करते हैं।

'निशंकजी' के साहित्य में स्थानीय व्यक्ति, वस्तु, स्थान, गाँव, क्षेत्र आदि के नामों में लोकभाषा का स्पष्ट प्रभाव है, जिनकी व्याकरणिक व्याख्या लोक-विश्वासों और स्थानीय भाषा के साथ की जा सकती है। 'छूट गया पड़ाव' उपन्यास में लेखक कथ्य में ही 'बिनगढ़' गाँव के नाम की भाषिक संरचना का परिचय देते हैं। प्रकृति और अन्न-संपदा से परिपूर्ण 'बिनगढ़' गाँव के नाम का अभिप्राय लेखक ने स्वयं प्रतीकात्मक शैली में सिद्ध किया है। वहीं 'निशंकजी' का गृह क्षेत्र 'राठ क्षेत्र' है, जिसकी उपन्यास 'मेजर निराला' में लेखक ने कथा-प्रंसग में व्याख्या भी की है—'बताया जाता है कि 'राठ' शब्द 'राष्ट्र' का अपभ्रंश है।'[16] के नाम को विवेचित करके भी हम लोकभाषा की विशिष्टता को समझ सकते हैं, साथ ही 'राठ' शब्द इस बात का उदाहरण भी है कि 'मध्य पहाड़ी की प्रवृत्ति द्वित्व व्यंजनों के संरक्षण की ओर नहीं है, जहाँ प्रायः दो में से एक ध्वनि का लोप हो जाता है। राष्ट्र राठ, परिवर्तन की अवस्था में पूर्व व्यंजन प्रायः दीर्घ हो जाता है।'[17] उनके साहित्य में विभिन्न स्थानों, जैसे—हरिद्वार, गौचर, जोशीमठ, देवप्रयाग, श्रीनगर, उत्तरकाशी, ऋषिकेश, चौंरीखाल, भरदार, डूंगीधार, खिर्सू, लैंसडौन, खांकरा, सतपुली, यमकेश्वर, कोटद्वार, पिथौरागढ़, देहरादून आदि नाम उत्तराखंड के वास्तविक और लोक-विश्वास या लोक-मान्यता प्राप्त नाम हैं। जो लोकभाषा के परिचय के साथ लोक-जीवन के बिंब उत्पन्न करते हैं। उनके कथानकों में लोक-विश्वासों से भाषागत प्रभाव दिखाई देता है।

'निशंकजी' के उपन्यासों के साथ कहानियाँ भी लोकभाषा की दृष्टि से सरल, भावाभिव्यंजक एवं बोधगम्य है। कहानियों में देशकाल, पात्र और परिस्थिति के अनुरूप

भाषा का प्रयोग कथानक सापेक्ष हुआ है। उनके उपन्यासों की अपेक्षा कहानियों में लोकभाषा का प्रयोग अधिक नहीं है, लेकिन उनकी भाषा सरल, सहज और जनसामान्य की भाषा है, जिनमें शब्द-विन्यास खड़ी बोली के साथ लोकभाषा के ठेठ शब्दों का प्रयोग भी किया गया है। लोकभाषा के एक-एक शब्द की अपनी व्याख्या होती है, जहाँ हर शब्द का अपना इतिहास और भूगोल होता है, जैसे—'गाँव का एक-एक घर, धारा, पंदेरा, सब छान मारा, लेकिन सरजू का पता न चला। रामरथ और भगीरथी तो बदहवास से हो गए। गाड-गधेरों में भी सरजू को ढूँढ़ा।'[18] धारा, पंदेरा, गधेरों, गाड लोकभाषा गढ़वाली के शब्द हैं, हालाँकि 'गाड' शब्द का जो प्रयोग हुआ है वह अन्य भाषा-बोलियों से आया हुआ शब्द माना गया है। 'कनिघंन के अनुसार गाड (गढ़वाली-नदी) ता, दा, डा आदि प्रत्ययों से नदियों के जो नाम मिलते हैं, जैसे—शारदा, नर्मदा, सिलगड्ड आदि वे भी कोल लोगों की देन हैं।'[19] यह भी प्रतीत होता है कि 'गाड' शब्द 'गाद' से बना होगा, क्योंकि बरसात के दौरान जो कूड़ा-कचरा, मिट्टी आदि पानी के साथ बहकर आता है, उसे 'गाद' कहते हैं, ऐसे में बरसाती पानी की ये नदियाँ जो 'गाद' को बहाकर लाती हैं, उसके आधार पर ऐसी नदियाँ 'गाड' कहलाईं। इसी तरह उत्तराखंड की लोक-भाषाओं—प्रमुखतः गढ़वाली-कुमाऊँनी में आग्नेय भाषा परिवार से कई शब्द आए हैं, जो 'निशंकजी' के कथा-साहित्य में भी मिलते हैं।

लोकभाषा में ही यह ताकत होती है, जो लेखक की संवेदनाओं को लोक के बोलचाल की भाषा से साहित्यिक भाषा का रूप देती है, 'निशंकजी' की कहानियों में प्रत्येक संवेदनाएँ, लोक-मूल्यों में आ रही गिरावट को ऐसी ही सहज भाषा में अभिव्यक्ति मिलती है। 'एक और बेड खाली हो गया', 'मनीऑर्डर', 'एक यक्ष प्रश्न', 'बड़ी सीख', 'आनंद मरते नहीं', 'ठीया', 'कहाँ हुई भूल', 'संकल्प', 'अँधेर', 'नशा', 'वापसी', 'हत्यारे' 'अपराधी कौन', 'पगली', 'तृप्ति के आँसू', 'संघर्ष चरम तक' ऐसी प्रमुख कहानियाँ हैं। उनके कथा-साहित्य में ग्रामांचल की लोक-संस्कृति के साथ महानगरीय जीवन की घुटन व संत्रास की मिश्रित, तुलनात्मक व्याख्या मिलती है। जहाँ अधिकांश कथानकों में लोक-जीवन में प्रचलित बोलचाल की भाषा का यथासंभव प्रयोग एक अनिवार्य शर्त बन जाती है। वे स्थानीय बोलचाल के शब्दों का प्रयोग परिनिष्ठित अथवा व्यावहारिक हिंदी के साथ करते हैं। लेखक कभी पात्रों के माध्यम से, तो कभी स्वयं विश्लेषणात्मक शैली में लोकभाषा के शब्दों का प्रयोग करते हैं। उनकी कहानियाँ विविध दृश्यों और लोकभाषा के साथ आँचलिकता की तस्वीरें पैदा कर देती हैं। जिसमें कथाकार फोटोग्राफर की तरह लोक-जीवन के विविध लोक-तत्त्वों को प्रस्तुत करता जाता है।

इस प्रकार 'निशंकजी' ने अपनी कहानियों में लोकभाषा में सशक्त, अर्थव्यंजक

आंचलिक प्रतीकों द्वारा लोक-जीवन की विषमताओं, समस्याओं, वस्तु स्थितियों, सामाजिक तथा नैतिक मान्यताओं एवं लोक-विश्वासों का प्रभावपूर्ण निरूपण किया है। उनके साहित्य में हम भाषा को उनके जीवन-संदर्भों की प्रकृति के अनुरूप पाते हैं। जहाँ 'लोकभाषा' शुद्ध साहित्यिक भाषा और बोली के बीच की कड़ी है, जो उनके लोक-साहित्य की अभिव्यक्ति का उचित माध्यम है, जिससे कथ्य में सजीवता व कलात्मकता उभरकर आती है। रचनाकार कथ्य और शिल्प को सजीव और कलात्मक बनाने के लिए भाषा के विभिन्न रूपों का प्रयोग करता है। समकालीन साहित्यकारों ने बोलचाल की भाषा को कहानी, उपन्यास विधाओं में ज्यादा महत्त्व दिया है, 'निशंकजी' भी सामान्यतः बोलचाल की भाषा को तवज्जो देते हैं, लेकिन अपने ग्राम-राग के चलते उन्होंने लोक-जीवन के रंग से युक्त बोलचाल की भाषा का समुचित प्रयोग किया है।

शब्द-समूह

भाषा की लघुतम इकाई को 'शब्द' कहा गया है, यह भाषा-संरचना का महत्त्वपूर्ण तत्त्व है। व्यक्ति अपने विचारों और भावों को शब्दों से ही प्रकट करता है और शब्द-समूह से वाक्य की निर्मिति होती है। भाषा-विज्ञानी डॉ. नरेश मिश्र के शब्दों में—"किसी व्यक्ति, कृति या भाषा के शब्द समूह में कई प्रकार के शब्द होते हैं। भिन्न-भिन्न प्रकार के शब्दों को अलग-अलग वर्गों में व्यवस्थित करना ही शब्द-समूह का वर्गीकरण है।"[20] इस प्रकार शब्द-समूह से निर्मित वाक्य द्वारा वक्ता बोलकर अथवा लेखक लिखकर पूर्ण अर्थ का बोध करवाता है।

कथाकार रमेश पोखरियाल 'निशंकजी' के कथा-साहित्य में भाषा का सुंदर, यथोचित प्रयोग मिलता है। वे शब्दों को स्वेच्छानुसार उपयोग में लाने की जादूगरी में सिद्धहस्त हैं। अपने कथा-साहित्य में उन्होंने शब्द-चयन की कौशलता से ही लोक और शिष्ट साहित्य का सामंजस्य बनाया है। शब्द-चयन की निपुणता ही है कि उन्होंने उचित वर्ण-योजना, शब्द-योजना, वाक्य-योजना से साहित्य में जन-सामान्य की भाषा का साहित्यिक भाषा के रूप में विन्यास किया है। प्रो. हरिमोहन के शब्दों में—"दुरूहता से बचकर जनसामान्य की-सी परिचित शब्दावली, लिखित भाषा-संपदा में प्रायः न आने वाले शब्द-समूह, बहुत कम संस्कृतनिष्ठ शब्द, ललित वाक्य संरचना, आडंबर-रहित, अकृत्रिम रचना-स्वच्छता-पर्वतीय जनजीवन के प्रतिनिधि कथाशिल्पी डॉ. रमेश पोखरियाल 'निशंक' की भाषा-शैली की सर्वथा उल्लेखनीय विशेषताएँ हैं।"[21] 'निशंकजी' के साहित्य में शब्दों के प्रयोग में उदारता दिखती है, जो भाषिक संरचना को सरल बनाती है, लेखक स्वयं भी कहते हैं कि "मैंने जो देखा महसूस किया और भोगा, वह मनोभावों

में उमड़कर सीधी, सरल और बोलचाल की भाषा में ढलता चला गया।"[22] लेखन के प्रति यही सरलता उनकी साहित्यिक भाषा को लोक-भाषा के समीप ले जाती है, जहाँ तत्सम, तद्भव, देशज, विदेशी शब्दों की विविधता को कथानक की भाषा में अलग-अलग करना भी मुश्किल हो जाता है और भाषा का यही गुण कथानक को आँचलिकता प्रदान करता है। उनके 'अपना-पराया' उपन्यास के भाषिक वैशिष्ट्य पर लोकमर्मज्ञ देव सिंह पोखरिया लिखते हैं कि "संस्कृत की तत्सम एवं संश्लिष्ट शब्दावली के साथ ही, जनप्रचलित अरबी, फारसी और अंग्रेजी भाषा के शब्द भाषा-शिल्प को जीवंत बनानेवाले हैं। ग्रामीण मुहावरेदार और लोकोक्तिपरक वाक्य-रचना उपन्यास के आँचलिक वैशिष्ट्य को उकेरती हैं।"[23] इस प्रकार विवेच्य लेखक ने तत्सम, तद्भव, देशज, लोक-भाषा तथा विदेशी भाषा के शब्द समूह से अपने साहित्य की शोभा बढ़ाई है।

किसी भी साहित्य में लोक-भाषाओं की शब्दावली का विशेष महत्त्व होता है, क्योंकि लोकभाषा के शब्द साहित्य में लेखक की सशक्त संवेदनाओं की अभिव्यक्ति करते हैं। विवेच्य लेखक ने अपने साहित्य की कथा-भूमि के लिए जिस 'लोक' को चुना है, उसकी अंतरंग तस्वीरों को साहित्य-भूमि में उतारने के लिए कई लोकभाषा के शब्दों को चुना है। उनके साहित्य के अध्ययन के उपरांत इस अध्याय में हमने विभिन्न 'शब्द-समूह' का विवेचन किया है, जिसमें हमने देशज शब्दों के अंतर्गत 'लोकभाषा' के शब्दों का स्पष्ट अर्थपूर्ण विवेचन करना उचित समझा है। 'निशंकजी' ने उत्तराखंड की लोक-भाषाओं (गढ़वाली-कुमाऊँनी) के कई शब्दों का प्रयोग अपने कथा-साहित्य में किया है, जिसमें से प्रमुख शब्दार्थ निम्न हैं—

लोकभाषा के शब्द

- **अंय्यार**—पर्वतीय क्षेत्रों में एक वृक्ष की प्रजाति, जिसे खाने से पशुओं को मदहोशी छा जाती है, बुआई के बाद कई क्षेत्रों में हल लगाकर थके हुए बैलों को इसे खिचड़ी के साथ खिलाया जाता है। (खड़े हुए प्रश्न, पृ.सं. 52)
- **असूज**—भारतीय पंचांग के अनुसार 12 महीनों में एक माह—आश्विन को लोकभाषा में असूज कहा जाता है। (छूट गया पड़ाव, पृ.सं. 22)
- **अन्वार**—मानव चेहरों की एकरूपता अथवा शारीरिक बनावट की समरूपता। (मेजर निराला, पृ.स. 22)
- **अरसा**—एक प्रकार का मीठा व्यंजन, जिसे पर्वतीय लोक-जीवन में शुभ अवसर, त्योहार और माघ के महीने बेटी के लिए ससुराल में भेजा जाता है। (अपना-पराया, पृ.सं. 68)

- **अड्यामोर**—गौशाला का दरवाजा बंद करने की लकड़ी को लगाना। (मेजर निराला, पृ.सं. 29)
- **आछंरी**—अप्सरा। अपभ्रंश और मध्य पहाड़ी भाषाओं के बहुत से शब्दों के तद्भव रूप में बड़ी समानता है—अच्छरा-आंछरी। (बीरा, पृ.सं. 85)
- **ईजा**—माँ, अधिकाशंतः कुमाऊँनी भाषा में प्रयुक्त होता है। (पहाड़ से ऊँचा, पृ.सं. 14)
- **ऐग**—आ गई/गए (पहाड़ से ऊँचा, पृ.सं. 18)
- **कल्यो**—नाश्ता (अंतहीन, पृ.सं. 109)
- **कल्याऊ**—मायके पक्ष द्वारा बेटी को ससुराल के लिए चैत्र माह में रोट, अरसे आदि दिए जाने वाले व्यंजन। (मेजर निराला, पृ.सं. 98)
- **कंडी**—अधिक सामान ले जाने के लिए एक पात्र जो सामान्यतः रिंगाल का बना होता है। (मेजर निराला, पृ.सं. 85)
- **कंडाली**—मध्य हिमालयी क्षेत्र में मिलने वाली एक झाड़ीनुमा घास, जिसको बिच्छू घास भी कहा जाता है। (मेजर निराला, पृ.सं. 116)
- **कागा**—कौआ (पल्लवी, पृ.सं. 07)
- **काठ**—लकड़ी (मेजर निराला, पृ.सं. 120)
- **काफल**—उच्च पर्वतीय क्षेत्रों में पाया जाने वाला एक खट्ठा-मीठा गुठलीदार जंगली फल जिस पर उत्तराखंड में कई लोककथाएँ प्रचलित हैं। (मेरे संकल्प, पृ.सं. 08)
- **कौथिग**—मेला, खेल-तमाशा (भागोंवाली, पृ.सं. 21)
- **कौथिगेर**—मेले में शामिल होनेवाले। (मेजर निराला, पृ.सं. 85)
- **किनगौड़**—किनगौड़ हिमालयी क्षेत्रों में 1400 से 2000 मीटर की ऊँचाई पर मिलने वाला एक औषधीय प्रजाति का पौधा है। इसका बॉटनिकल नाम 'बरबरिस अरिस्टाटा' है। यह प्रजाति दारु हल्दी या दारु हरिद्रा के नाम से भी जानी जाती है। उत्तराखंड में इसे किनगोड़, किल्मोड़ी और किन्गोड़ के नाम से जानते हैं। (छूट गया पड़ाव, पृ.सं. 22)
- **कुरी**—लैंटाना घास, जो एक खरपतवार के रूप में फसल खराब करती है। (प्रतिज्ञा, पृ.सं. 43)
- **कोदा**—मंडुवा, पर्वतीय क्षेत्रों में प्रमुख रूप से उगाया जाने वाला मोटा अनाज। (अंतहीन, पृ.सं. 78)
- **खलिहान**—पहाड़ी घर के आगे का पत्थरों से बना हुआ चौक। (एक और कहानी, पृ.सं. 26)

- **खड़ीक**—पर्वतीय क्षेत्रों में चारा-पत्ती का एक प्रमुख विशालकाय वृक्ष। (मेजर निराला, पृ.सं. 41)
- **खाल**—पहाड़ों में ऊँचाई पर स्थित थोड़ा समतल स्थान, जैसे चौंरीखाल, चौबट्टाखाल, जयहरीखाल। (बीरा, पृ.सं. 27)
- **खुदेड़ कुहुक**—घुघुती (फाख़्ता) पक्षी की मनमोहक मधुर कूँक, जो किसी परिचित की याद दिलाती है। (केदारनाथ आपदा की सच्ची कहानियाँ, पृ.सं. 60)
- **खैरी**—विपदा-कष्ट, विपत्ति, व्यथा, दुःख (मेजर निराला, पृ.सं. 86)
- **खोला**—मौहल्ला, आसपास के मकानों का समूह। (मेजर निराला, पृ.सं. 85)
- **ग्वेर**—गाय चरानेवाला। (मेजर निराला, पृ.सं. 115)
- **ग्वीराल**—कचनार, खेत की मेढ़ या जंगल में उगने वाला एक वृक्ष, जिसके फूल की कलियों की सब्जी, अचार बनता है। (मेजर निराला, पृ.सं. 86)
- **गारा**—माटा-पत्थर-मिट्टी। (मेजर निराला, पृ.सं. 57)
- **गधेरा**—पहाड़ी नाला। (अंतहीन, पृ.सं. 44)
- **गागर बंठो**—क्रमशः ताँबे और पीतल धातु के बने पानी रखने के पात्र। (केदारनाथ आपदा की सच्ची कहानियाँ, पृ.सं. 61)
- **गुलबंद**—गले में पहनने का सोने-चाँदी का आभूषण। (अपना-पराया, पृ.सं. 109)
- **गेरू**—एक प्रकार की लाल मिट्टी, जिससे पहाड़ी घरों में कलाकृतियाँ बनाई जाती हैं। (प्रतिज्ञा, पृ.सं. 38)
- **घसेर**—घास काटने वाला। (मेजर निराला, पृ.सं. 115)
- **घराट**—पानी से चलने वाली गेहूँ पीसने की पारंपरिक चक्की। (एक और कहानी, पृ.सं. 24)
- **घात लगाना**—किसी के अनिष्ट की कामना लेकर मंदिर में जाकर पूजा करना या कामना करना या देवता को पुकारना। (मेरे संकल्प, पृ.सं. 25)
- **घुराण**—घुघुती की मधुर कूँक के लिए प्रयुक्त शब्द। (पहाड़ से ऊँचा, पृ.सं. 17)
- **घुघुती**—फाख्ता पक्षी, फाख्ता, कबूतर प्रजाति का एक पक्षी, जिससे मध्य हिमालय में लोककथाएँ जुड़ी हैं। (पहाड़ से ऊँचा, पृ.सं. 17)
- **चिलम**—तंबाकू पीने के लिए प्रयुक्त लकड़ी की पाइपनुमा नली। (पहाड़ से ऊँचा, पृ.सं. 06)
- **चूड़े**—भिगाए हुए धान को भूनने के बाद कूटकर बनाया जाने वाला चबैना। (मेजर निराला, पृ.सं. 75)

- **चौपाल**—पंचायत का चबूतरा अथवा चबूतरे में होने वाली बैठक। (मेरे संकल्प, पृ.सं. 31)
- **चौंफला**—चारों ओर फूल खिलने के अर्थ में, उत्तराखंड का लोकनृत्य जिसमें वृत्ताकार होकर नृत्य किया जाता है। (मेजर निराला, पृ.सं. 83)
- **छँवाई**—पहाड़ी शैली के घर की छत पर सिलेटनुमा पतले पत्थर बिछाने की विधि। (मेजर निराला, पृ.सं. 23)
- **छौं**—छूत, अपवित्र स्पर्श। (मेजर निराला, पृ.सं. 50)
- **छौना**—भेड़, मृग या कुत्ते का छोटा बच्चा, शावक (प्रतिज्ञा, पृ.सं. 66)
- **जजमान**—यजमान, गढ़वाली उच्चारण में 'य' कहीं-कहीं 'ज' के रूप में उच्चारित होता है, जैसे—यजमान-जजमान, यज्ञ-जज्ञ, यमनोत्री-जमनोत्री, यात्रा-जात्रा। (पृ.सं. 56, बीरा)
- **जांदर**—हाथ से चलाई जाने वाली चक्की (पहाड़ से ऊँचा, पृ.सं. 06)
- **जवाई**—दामाद, पति, पुत्री का पति। (छूट गया पड़ाव, पृ.सं. 120)
- **जख्या**—एक पौधा, जिसके बीज तड़के के काम आते हैं। (मेजर निराला, पृ.सं. 52)
- **जेठू**—पत्नी का बड़ा भाई। (मेजर निराला, पृ.सं. 97)
- **जैकार**—अनिष्ट करने की इच्छा से भगवान् को लगाई जाने वाली पुकार। (छूट गया पड़ाव, पृ.सं. 50)
- **जी**—सास, ससुर के लिए प्रयुक्त होने वाला आदरसूचक शब्द। (मेजर निराला, पृ.सं. 66)
- **झंगोरा**—पर्वतीय क्षेत्रों में बहुतायत मात्रा में उगाया जाने वाला बारीक दानों वाला एक पौष्टिक अनाज। (मेजर निराला, पृ.सं. 55)
- **झट**—तत्काल, तुरंत, जल्दी। (बीरा, पृ.सं. 77)
- **झाड़**—झंकार-बेतरतीबी से उगी हुई घनी जंगली झाड़ियाँ। (भागोंवाली, पृ.सं. 27)
- **झांजी**—व्यसनी, शराबी, नशेड़ी। (पहाड़ से ऊँचा, पृ.सं. 21)
- **झुमैलो**—सामूहिक लोकनृत्य, जिसमें गीत गाते हुए वृत्ताकार होकर नृत्य किया जाता है। (मेरे संकल्प, पृ.सं. 13)
- **झुम्म होना**—मदहोश-सा हो जाना। (केदारनाथ आपदा की सच्ची कहानियाँ, पृ.सं. 47)
- **टीका**—पिठ्या-आतिथ्य सत्कार करने के लिए माथे का तिलक लगाने की

परंपरा। (छूट गया पड़ाव, पृ.सं. 119)

- **ठिक्की**—दही जमाने के लिए लकड़ी का पात्र। (मेजर निराला, पृ.सं. 50)
- **ठेकी**—स्टील के डिब्बेनुमा बरतन। (केदारनाथ आपदा की सच्ची कहानियाँ, पृ.सं. 61)
- **ठेठ**—दूरी, लगातार आदि भावों का बोध। (पृष्ठ सं. 59, पहाड़ से ऊँचा)
- **ठौर**—ठिकाना-निवास करने का कोई निश्चित स्थान। (भागोंवाली, पृ.सं. 40)
- **ठिठोली**—मजाक। (प्रतिज्ञा, पृ.सं. 38)
- **डांडि-कांठियू**—छोटी-छोटी पर्वत-श्रेणियाँ। (पल्लवी, पृ.सं. 36)
- **डांडा**—पहाड़, पर्वत। (पल्लवी, पृ.सं. 113)
- **डाम**—गरम लोहे की छड़ से दागना। (अपना-पराया, पृ.सं. 53)
- **डाँडी**—लकड़ी की बनी डोली पर्वतीय क्षेत्रों में, जिसके माध्यम से विकलांग, बीमार को पैदल उठाकर ले जाया जाता है। (पल्लवी, पृ.सं. 124)
- **डिंडाली**—पहाड़ी घरों में ऊपरी मंजिल का आँगन की ओर खुला भाग। (मेजर निराला, पृ.सं. 116)
- **ढबड़ी**—मट्ठे का साग, जिसमें हरी पत्तियाँ डाली जाती हैं। (मेजर निराला, पृ.सं. 50)
- **ढांग**—ढेर, चट्टा। (एक और कहानी, पृ.सं. 18)
- **ढोर-डंगर**—पालतू पशु। (पहाड़ से ऊँचा, पृ.सं. 41)
- **ढोल-दमाऊँ**—लोक वाद्ययंत्र। (छूट गया पड़ाव, पृ.सं. 30)
- **तड़ी**—घमंड, अभिमान, दादागिरी। (मेजर निराला, पृ.सं. 72)
- **त्यूंखी**—ऊन या भाँग के रेशे से बनी पहनने की चादर। (विपदा जीवित है, पृ.सं. 07)
- **तिबार**—पर्वतीय शैली के घरों की नक्काशीदार खंभों वाली बैठक। (बीरा, पृ.सं. 55)
- **तोला**—वजन नापने का मापक। (अपना-पराया, पृ.सं. 67)
- **थड़िया**—एक नृत्य विशेष जो समूह में किया जाता है। (मेरे संकल्प, पृ.सं. 31)
- **थाली-तामी**—लोकवाद्य-यंत्रों के साथ बजाई जाने वाली ताँबे की थाली। (मेजर निराला, पृ.सं. 94)
- **थिच्वाणी**—आलू या अन्य तरकारी को कुचलकर बनाई गई रसदार सब्जी। (मेजर निराला, पृ.सं. 50)
- **थौल**—पर्वतीय क्षेत्रों में होनेवाले उत्सव, मेले। (अपना-पराया, पृ.सं. 52)

- **दमाऊ**—लोकवाद्य-यंत्र, छोटे आकार का नगाड़ा। (मेजर निराला, पृ.सं. 94)
- **दगड्या**—मित्र, साथी, जीवन सखा। (मेजर निराला, पृ.सं. 76)
- **दा**—बड़े भाई के लिए संबोधन। (पहाड़ से ऊँचा, पृ.सं. 07)
- **दाज्यू**—भाई, कुमाऊँनी भाषा में प्रयोग होता है। (पहाड़ से ऊँचा, पृ.सं. 16)
- **दुधेरों**—दूध का व्यापार करने वाले। (मेजर निराला, पृ.सं. 115)
- **देवदार**—उच्च हिमालयी क्षेत्रों में पाए जाने वाले पवित्र वृक्ष। (पृ.सं. 26, अपना-पराया)
- **देग**—दाल बनाने हेतु बड़ा पीतल का पात्र। (बीरा, पृ.सं. 79)
- **धार**—पहाड़ी का वह उभरा भाग, जिसके दोनों ओर ढलान हो, पहाड़ी का सबसे ऊँचा हिस्सा, शिखर। (पल्लवी, पृ.सं. 40)
- **धारे**—पनघट, जो प्राकृतिक रूप से ऊपर से गिरता है। (बीरा, पृ.सं. 73)
- **धुपाणे**—धूप जलाने का पात्र। (मेजर निराला, पृ.सं. 96)
- **नथ**—नाक में पहनने का सोने का गोल आभूषण। (प्रतिज्ञा, पृ.सं. 147)
- **नाली (60 नाली)**—भूमि मापन की ईकाई। (बीरा, पृ.सं. 39)
- **निगोड़ी**—निर्दयी, रुक्ष, कठोर हृदय। (मेजर निराला, पृ.सं. 27)
- **पइयाँ**—पद्म, एक वृक्ष, जिसे पर्वतीय क्षेत्रों में पूजा, संस्कार आदि में प्रयुक्त किया जाता है। (पृ.सं. 36, मेजर निराला)
- **परोठी**—दही रखने का लकड़ी का पात्र। (अपना-पराया, पृ.सं. 55)
- **पटाल**—पर्वतीय क्षेत्रों में विशेष शैली के घर की छतों के लिए प्रयुक्त पतले सिलेटनुमा पत्थर। (टूटते दायरे, पृ.सं. 102)
- **पश्वा**—वह व्यक्ति जिसपर देवता अवतरित होता है। (मेजर निराला, पृ.सं. 96)
- **पधान**—प्रधान, मुखिया। (गढ़वाली भाषा में कई जगह आधा 'र' का लोप हो जाता है) (पृ.सं. 13, मेरे संकल्प)
- **पंदेरे**—पनघट, पानी का स्त्रोत जहाँ से पीने का पानी भरकर लाया जाता है। (बीरा, पृ.सं. 17)
- **पंदेरिनों**—स्त्री संबोधन में पानी भरकर लाने वाली। (अपना-पराया, पृष्ठ सं.12)
- **पलेंथरा**—लोहे के औजारों की धार तेज करने का पत्थर। (मेजर निराला, पृ.सं. 75)
- **पट्टी**—गाँवों का समूह। (खड़े हुए प्रश्न, पृ.सं. 09)
- **पिठाई**—मस्तक पर लगाया जाने वाला हल्दी-चंदन-चावल का टीका। (छूट गया पड़ाव, पृ.सं. 43)

- **पुजाई**—देवता पूजा का आयोजन। (पहाड़ से ऊँचा, पृ.सं. 60)
- **पुआल**—पुराली, धान की सूखी पत्तियाँ। (अपना-पराया, पृ.सं. 54)
- **पुछव्वा**—भविष्यवक्ता, जिससे भविष्य या देव-दोष आदि के संबंध में प्रश्न पूछे जाते हैं। (छूट गया पड़ाव, पृ.सं. 25)
- **पूछेर**—भविष्यवक्ता, जिससे देव-दोष आदि के संबंध में प्रश्न पूछे जाएँ। (मेरे संकल्प, पृ.सं. 25)
- **पैलागन**—नमस्कार करना। (पहाड़ से ऊँचा, पृ.सं. 61)
- **पौली**—द्रव का मात्रक। (पृ.सं. 116, मेजर निराला)
- **पौणा नृत्य**—मेहमान, अतिथि द्वारा किए जाने वाला नृत्य। (पृ. सं. 30, छूट गया पड़ाव)
- **फुल्यारों**—फूल तोड़कर लाने वाले। चैत्र मास के स्वागत में उत्सव रूप में फूल तोड़कर दरवाजे पर डालने की परंपरा हेतु। (केदारनाथ आपदा की सच्ची कहानियाँ, पृ.सं. 61)
- **ब्वारि**—पुत्रवधू, बहू, स्त्री संबोधन हेतु। (एक और कहानी, पृ.सं. 24)
- **ब्याह**—शादी, विवाह। (पल्लवी, पृ.सं. 108)
- **बक्या**—भविष्यवक्ता, देव आवेश में भविष्य कथन करने वाला। (पृ. सं. 49, मेजर निराला)
- **बगड़**—नदी अथवा गधेरे के किनारे का रेतीला समतल स्थान। (एक और कहानी, पृ.सं. 17)
- **बछेर**—बछिया की देख-रेख करनेवाला। (मेजर निराला, पृ.सं. 115)
- **बन्ठी**—पानी के लिए प्रयुक्त पीतल का बरतन। (मेजर निराला, पृ.सं. 78)
- **बतंगड़**—बातूनी, वाचाल। (अपना-पराया, पृ.सं. 59)
- **बग्वाल**—बाघ के दिखने पर आवाज बंद हो जाना। (पृ.सं. 51, खड़े हुए प्रश्न)
- **बाण-मशाण**—भूत-प्रेत। (खड़े हुए प्रश्न, पृ.सं. 50)
- **बागदान**—सगाई। (बीरा, पृ.सं. 73)
- **बाँज**—उच्च पर्वतीय क्षेत्रों में उगने वाला एक उपयोगी वृक्ष। (मेरे संकल्प, पृ.सं. 11)
- **बाँच**—पढ़ने की क्रिया। (पल्लवी, पृ.सं. 35)
- **बिजुंडा**—बीज रखने के लिए रिंगाल का बना पात्र। (पृ.सं. 25, एक और कहानी)
- **बिरूट**—रूठना, रूठा 'भगवान, इतना 'बिरूट' कभी नहीं हो सकता है। (मेजर निराला, पृ.सं. 65)

- **बुरांश**—उच्च पर्वतीय क्षेत्रों में उगने वाला एक वृक्ष, जिस पर लाल फूल लगते हैं, उत्तराखंड का राज्य पुष्प। (मेरे संकल्प, पृ.सं. 11)
- **बुलाक**—नाक में पहनने का आभूषण। (अपना-पराया, पृ.सं. 67)
- **बुखणे**—धान को भुनने के बाद कूटकर बनाया जाने वाला चबैना। (मेजर निराला, पृ.सं. 75)
- **बुग्याल**—पर्वतों की ऊँचाइयों पर हरी घास के समतल या हल्की ढलान के सुंदर मैदान। (पृ.सं. 50, खड़े हुए प्रश्न)
- **बेडू**—अंजीर की प्रजाति का एक लोकप्रिय फल। (मेजर निराला, पृ.सं. 116)
- **बौड़िजा**—वापस मुड़ना, हल लगाते हुए बैलों को एक छोर से दूसरे छोर पर पहुँचने के बाद मुड़ने के लिए संबोधन। (मेजर निराला, पृ.सं. 36)
- **भंकोरे**—ताँबे के बने लोकवाद्य-यंत्र जो फूँक मारकर बजाए जाते हैं। (मेजर निराला, पृ.सं. 94)
- **भट्ट**—सोयाबीन प्रजाति की पहाड़ी दलहन। (प्रतिज्ञा, पृ.सं. 13)
- **भात**—पके हुए चावल। (बीरा, पृ.सं. 65)
- **भांडे**—बरतन। (बीरा, पृ.सं. 79)
- **भुला**—गढ़वाली भाषा में छोटे भाई के लिए संबोधन। (पहाड़ से ऊँचा, पृ.सं. 06)
- **भुली**—गढ़वाली भाषा में छोटी बहन के लिए संबोधन। (छूट गया पड़ाव, पृ.सं. 32)
- **भूम्याल**—भूमिपाल, गाँव का रक्षक देवता, क्षेत्रपाल। (एक और कहानी, पृ.सं. 28)
- **भैली**—गुड़। (पल्लवी, पृ.सं. 84)
- **भैरौं**—भैरव देवता, जो मान्यता है कि तीर्थस्थल की चौकसी करने वाला देवता है। (मेजर निराला, पृ.सं. 95)
- **मकरैणी**—मकर संक्रांति। (पहाड़ से ऊँचा, पृ.सं. 06)
- **मकई**—मक्का, भुट्टा। (मेजर निराला, पृ.सं. 22)
- **मनखी**—मानव। (छूट गया पड़ाव, पृ.सं. 55)
- **मंगणी**—सगाई, विवाह पक्का करने की रस्म। (मेजर निराला, पृ.सं. 60)
- **मंडाण**—कुछ दिनों तक चलने वाला देवपूजन, जिसमें नृत्य भी हो। (मेजर निराला, पृ.सं. 94)
- **मंदरी**—बैठने के लिए प्रयुक्त होने वाली रिंगाल की चटाई। (मेजर निराला, पृ.सं. 116)

- **मुंडेर**—पर्वतीय घर की चौक को सीमांकन अथवा बैठने के लिए बनाई गई पत्थर की छोटी मेढ़नुमा दीवार। (प्रतिज्ञा, पृ.सं. 99)
- **मैत**—मायका, विवाहिता के लिए मातृपक्ष का घर। (पहाड़ से ऊँचा, पृ.सं. 17)
- **रम्हाई**—घास खाने के लिए भैंस की उत्सुकतापूर्ण क्रिया-कलाप की स्थिति। (मेजर निराला पृ.सं. 30)
- **रणसिंग**—ताँबे का एक लोक-वाद्ययंत्र। (मेजर निराला, पृ.सं. 94)
- **राठ**—गढ़वाल का एक क्षेत्र, जो कुमाऊँ की सीमा तक जुड़ा है, राठ शब्द राष्ट्र का अपभ्रंश है। (मेजर निराला, पृ.सं. 82)
- **रंत-रैबार**—संदेश। (अपना-पराया, पृ.सं. 59)
- **रोट-अरसा**—दो अलग-अलग व्यंजन, जो विवाहिता को मायके पक्ष द्वारा बनाकर दिए जाते हैं, रोट देवपूजन के लिए भी बनाया जाता है, जो आटे के बने होते हैं, जबकि अरसा चावल के आटे और गुड़ से बनाए जाते हैं। (मेजर निराला, पृ.सं. 103)
- **लाट**—हल पर प्रयुक्त होने वाली लंबी लकड़ी, जिसका एक सिरा बैलों के कंधे से बँधे जुए पर तथा दूसरा सिरा हल से जुड़ा होता है। (मेजर निराला, पृ.सं. 41)
- **लय्या**—एक तिलहन। (मेजर निराला, पृ.सं. 52)
- **लौण**—नमक। (मेजर निराला, पृ.सं. 58)
- **वात**—एक दिन में तय हल लगाने की एक जोत। (मेजर निराला, पृ.सं. 52)
- **शैदा**—खबर, जानकारी लेना। (पृ.सं. 86, मेजर निराला)
- **समौण**—सौगात, स्मृति चिह्न। (मेजर निराला, पृ.सं. 86)
- **साग-सगोड़ो**—घर के आसपास सब्जी उगाने के छोटे-छोटे खेत। (मेरे संकल्प, पृ.सं. 07)
- **सारी**—खेतों का समूह, कृषि क्षेत्र। (मेजर निराला, पृ.सं. 36)
- **सेरे**—तलाऊ भूमि, सिंचाई की सुविधावाली खेती का भू-भाग। (मेरे संकल्प, पृ.सं. 13)
- **सौरगृह**—प्रसूता महिला के प्रसव के लिए घर की रसोई, देवस्थल से दूर बनाया गया कक्ष। (अपना-पराया, पृ.सं. 54)
- **स्वाँग**—अभिनय करना, अभिनय के लिए पात्र का रूप धारण करना। (प्रतिज्ञा, पृ.सं. 105)
- **हँसी-ठिठोली**—हास्य-व्यंग्य, मनोरंजन। (छूट गया पड़ाव, पृ.सं. 112)

- **हिंसर**—एक प्रकार की कँटीली झाड़ी, जिस पर गर्मियों में रसीले मीठे-मीठे फल लगते हैं। (छूट गया पड़ाव, पृ.सं. 22)

मुहावरे एवं लोकोक्तियाँ

कथा-साहित्य में मुहावरे एवं लोकोक्तियाँ कथानक को ऊर्जा प्रदान करते हैं, जिससे साहित्य की प्रासंगिकता सिद्ध होती है और लोक-साहित्य में लोकोक्तियाँ और मुहावरे ही होते हैं, जो पाठक को लोक के अनुभवजन्य जीवन के समीप ले जाते हैं। लोकोक्तियाँ और मुहावरे लोक की अनूठी बोली-वाणी पर चार चाँद लगा देते हैं, जिनके द्वारा गूढ़ ज्ञानवर्द्धक उक्ति की व्याख्या होती है, तो कहीं साहित्य में व्यंग्य पैदा होता है।

'मुहावरा' अरबी भाषा का शब्द है, जिसे संस्कृत में किसी विशेष शब्द से पहचान नहीं मिली है और अंग्रेजी में इसे Idiom कहा जाता है। लोकमर्मज्ञ डॉ. कृष्णदेव उपाध्याय अरबी भाषा के 'मुहावरा' शब्द को सीमित तथा संकुचित मानते हुए लिखते हैं कि "अरबी भाषा में मुहावरा शब्द का अर्थ सीमित तथा संकुचित है, किंतु हिंदी और उर्दू में यह विकसित होकर व्यापक भाव को द्योतित करता है। मुहावरे के अर्थ में अभिद्येयार्थ से कुछ विभिन्नता होती है, अतः इसके अर्थ की सिद्धि, लक्षणा और व्यंञ्जना शक्तियों के ऊपर अवलंबित रहती है।"[24] कह सकते हैं कि मुहावरे 'गागर में सागर' भरने का काम करते हैं, जो बहुत कम शब्दों में बात के अर्थ को विवेचित करने में समर्थ हैं, हालाँकि कोई भी मुहावरा अपने 'शाब्दिक' सार्थक अर्थ देने में सक्षम नहीं होता है, लेकिन 'भावगत' अर्थ देते हुए मुहावरे बात को रोचक तरीके से प्रस्तुत करते हैं। लेखक कथानक में मुहावरे का प्रयोग करके भाषा को सजीवता देता है। मुहावरे लोकवार्त्ता की उत्पत्ति होती है। इसलिए व्याकरणिक नियमों के बंधन से मुक्त होते हुए भी मुहावरों की उपयोगिता सार्थक सिद्ध होती है। किसी विस्तृत भाव को कम शब्दों में चमत्कृत करने का गुण, भाषा-शैली में माधुर्य लाने की शक्ति मुहावरों की खास विशेषता होती है।

व्यक्ति जीवन में मुहावरों का मनोवैज्ञानिक प्रभाव प्रमुख रूप से दिखाई देता है, जिनसे क्रोध, आवेश, प्रेम, उल्लास, घृणा आदि विभिन्न मनोभाव अभिव्यक्त होते हैं। डॉ. गोविंद चातक मुहावरों के इसी व्यापार को सिद्ध करते हैं, 'लोक का ज्ञान सर्वथा अनुभवजन्य हुआ करता है। परिचित के द्वारा अपरिचित का वर्णन ही लोक-व्युत्पत्ति है। मुहावरों की रचना में यही प्रवृत्ति काम करती रही है, लोक में पदार्थ, जीव और उनके व्यवहार के मध्य समरूपता दृष्टि का गुण होता है।'[25] वहीं भाषा की संबलता अथवा उसकी रसात्मकता में मुहावरों का विशेष प्रभाव रहता है। कथा-साहित्य में मुहावरे, अनुभव प्रसूत सांकेतिक शब्द योजना होती है, जिससे एक गूढ़ विचार की

उत्पत्ति होती है। लोक-जीवन में मुहावरों का प्रयोग अत्यंत व्यापक है। मानव जीवन के विविध क्रिया-कलाप, भाव, मनोविकार, मनोस्थिति, मुहावरों में संचित होती है। भारतीय साहित्य में कृषि, घरेलू जीवन, पशु-पक्षी, वृक्ष, फूल, संस्कृति, जाति, वर्ग, मनोभावों आदि पर असंख्य मुहावरे गढ़े गए हैं, मानव के संपूर्ण शरीर के अंग, भाव, मनोविकारों पर मुहावरे बने हैं, जैसे—आँख लगना—नींद आना, हाथ में दही जमना—चुप्पी साधना, नाक लगना—बुरा मानना, चेहरा लाल होना-गुस्सा आना आदि। साहित्य में मुहावरों का पूर्व ज्ञान न होने पर अर्थ का अनर्थ की संभावना बनी रहती है। साहित्यकार मुहावरों का प्रयोग करके लोक-जीवन की सजीवता से पाठक को जोड़ता है और लोक-साहित्य का सृजनकर्ता इनका अधिक एवं सार्थक प्रयोग करता है, क्योंकि मुहावरों की रचना प्रक्रिया के पीछे समाज के कई क्रिया-कलाप, लोक-विश्वास, मान्यताएँ, मनोभाव, भाषागत प्रवृत्तियाँ कार्य करती हैं।

लोकोक्ति, सुभाषित का पर्याय है, जो सुंदर भाषा में मुखरित अभिव्यक्ति होती है। संस्कृत में लोकोक्ति को सुभाषित कहते हैं, जिसका अर्थ है सुंदर रीति में कहा गया— 'सुष्ठ भाषित सुभाषितम्'[26] कथा-साहित्य में लोकोक्तियों का विशेष स्थान है, काव्य में 'समास' जो कार्य करते हैं, कथा साहित्य में लोकोक्तियाँ वही कार्य करती हैं। भाषाविद् डॉ. भोलानाथ तिवारी लोकोक्ति को इस प्रकार परिभाषित करते हैं—"विभिन्न प्रकार के अनुभवों, पौराणिक तथा ऐतिहासिक व्यक्तियों एवं कथाओं, प्राकृतिक नियमों और लोक-विश्वासों आदि पर आधारित चुटीली, सारगर्भित, सजीव, संक्षिप्त लोकप्रचलित ऐसी उक्तियों को लोकोक्ति कहते हैं, जिनका प्रयोग बात की पुष्टि या विरोध, सीख तथा भविष्य-कथन आदि के लिए किया जाता है।"[27] कथानक में 'लोकोक्ति' व्याख्या को विस्तृत करने की क्षमता रखती हैं, वहीं ये कथ्य के प्रभाव एवं तीव्रता में वृद्धि उत्पन्न करती हैं। लोकोक्तियाँ कई कालखंडों के विचारों की व्याख्या करनेवाले सूत्र होते हैं, जिसमें अनुभवों की छाप होती है। ये संस्कृति, परंपरा के अहम तत्त्व हैं, जिनकी सत्ता वैदिककाल से ही उपलब्ध है, जो कालांतर में मानव द्वारा संचित ज्ञान है। डॉ. वासुदेवशरण अग्रवाल लिखते हैं—"लोकोक्तियाँ मानवी ज्ञान के चोखे और चुभते हुए सूत्र हैं। अनंतकाल तक धातुओं को तपाकर सूर्य-राशि नाना-प्रकार के रत्न-उपरत्नों का निर्माण करती है, जिनका आलोक सदा छिटकता रहता है। उसी प्रकार लोकोक्तियाँ मानवी ज्ञान के घनीभूत रत्न हैं, जिन्हें बुद्धि और अनुभव की किरणों से फूटने वाली ज्योति प्राप्त होती है।"[28]

लोकोक्तियाँ लोक-अनुभवों के शब्द-पुंज हैं, जिनका प्रकाश साहित्य में 'गागर में सागर भरने' का कार्य करता है। इनका कोई रचयिता नहीं होता है, जो लोकभाषा-बोली

में उक्ति रूप में अधिक प्रचलित है। लोक के बीच प्रचलित होने के कारण ये उक्ति से लोकोक्ति कहलाती हैं तथा लोक में ये उक्तियाँ हर किसी के वार्तालाप में मौजूद होती हैं। लोक-साहित्य में लोकोक्ति द्वारा लोक-व्यवहार, शिष्टाचार, लोक-परंपराओं आदि के लोक-अनुभव पर आधारित ज्ञान की अनुभूति होती है। इनमें आध्यात्मिक, धार्मिक, कृषि, व्यवसाय, जनजीवन के अनुभव को सूक्त रूप में प्रदर्शित करने की क्षमता है। डॉ. सत्येंद्र का कथन है—"लोकोक्तियाँ मानवी ज्ञान का सार हैं। ये मर्म को स्पष्ट करती हैं और थोड़े में ही बहुत कह देने की सूत्र प्रणाली को साधारण लोक में बनाए हुए हैं। इनमें नीति तो होती है, ग्रामीण दर्शन भी होता है। ये गाँव के ज्ञान-कोश का भी काम करती हैं। पशुओं तथा कृषि से संबंध रखने वाली अनेक प्रामाणिक सूचनाएँ इनमें भरी पड़ी हैं। इस प्रकार कहावतें लोक-जीवन के यथार्थ पक्ष से निबद्ध होती हैं, अतएव इनकी उपयोगिता लोक-व्यवहार में पद-पद पर दिखाई पड़ती है।"[29] अत: लोक-जीवन में परंपरागत रूप में कही जानेवाली उक्तियाँ कहावतें भी कहलाती हैं। डॉ. वासुदेव शरण अग्रवाल के शब्दों में—'कहावतें हमारी जातीय बुद्धिमत्ता के समुचित सूत्र हैं। शताब्दियों के निरीक्षण और अनुभव के बाद जीवन के विविध व्यवहारों में हम संतुलित स्थिति तक पहुँचते हैं, लोकोक्ति उसका संक्षिप्त सत्यात्मक परिचय हमें देती है।'[30] इस प्रकार लोक के घटनामूलक प्रामाणिक अनुभव, जब आख्यान के रूप में प्रचलित होते हैं तो ऐसे आख्यान उक्ति रूप में लोकोक्ति रूप में मानवीय प्रवृत्ति को व्याख्यायित करते हैं। इसलिए इसमें परिवेशगत भेद होते हुए भी प्रवृत्तिगत समानता मिलती है। लोकोक्तियाँ एक धरोहर के रूप में परंपरा बोधक हैं, जिसमें मानव जाति के विविध अनुभव संचित रहते हैं, ये मानव के ऐतिहासिक, भौगोलिक, सामाजिक जीवन के बिंब होते हैं।

निष्कर्षत: कहा जा सकता है कि मुहावरे और लोकोक्तियाँ साहित्यरूपी समाज के दर्पण पर विभिन्न लोक प्रचलित अनुभवों और आख्यानों का ब्यौरा हैं, जो सूक्ष्म शब्द-पुंजों द्वारा विशिष्ट प्रभाव छोड़ते हैं, जिन्हें लोक-साहित्य में प्राणवायु की तरह प्रयोग किया जाता है।

विवेच्य कथाकार रमेश पोखरियाल 'निशंकजी' के कथा साहित्य में लोकगाथा, लोककथा, लोक-संस्कारों का विशेष प्रभाव है, जिसकी विवेचना में मुहावरों व लोकोक्तियों का विलक्षण प्रयोग भी मिलता है। उनके कथा-साहित्य में मनुष्य की आंतरिक प्रवृत्तियाँ, नैतिक आचरण, सामाजिक व्यवहार, जीवन-दर्शन के सभी अनुभव मुहावरों व लोकोक्तियों के माध्यम से दृष्टिगत होते हैं। उनके जिन कथ्य-पात्रों का नैतिक दायित्व, परंपरागत जीवन पद्धतियों पर टिका होता है, उनका जीवन-मूल्य भी सामाजिक मनोविज्ञान पर निर्धारित होता है। उनके साहित्य में वर्णित लोक-मानस में

पहाड़ी लोकोक्तियों का बड़ा प्रभाव है, जिससे व्यक्ति के विचारों, गुण-दोषों की समीक्षा, निंदा, वर्जना, घटना आदि की जानकारी मिलती है। उनके साहित्य में मुहावरों का मनोवैज्ञानिक पक्ष भी मिलता है, जिससे समाज में कोई भी दर्शन, आलोचना, अनुसंधान, व्याख्या का प्रत्यक्ष-प्रयोग सदैव दिखाई देता है। लोकोक्तियों से स्वयं लेखक के प्रत्यक्ष अनुभव के दर्शन मिलते हैं, जिसमें वे चेतन और अवचेतन मन के मनोविकारों का समावेश करते हैं, वहीं अपनी भाषा की संबलता अथवा उसकी रसात्मकता में लोकोक्ति, मुहावरों का विशेष प्रभाव कथानक को लोक के समीप ले जाता है और इस प्रकार उनकी लेखनी में लोकोक्ति मुहावरों के प्रयोग से मधुर रस-वर्षण होता है।

लोक प्रचलित सूक्तियाँ

साहित्य में सूक्तियों का विशेष स्थान है, यह साहित्य की कोई विधा नहीं, अपितु भाषिक अभिव्यक्ति का माध्यम है। यह भाषा में सौंदर्य उत्पन्न करने की युक्ति होती है, जो अपने शब्द अथवा अर्थ के बोध के लिए प्रमाण की आवश्यकता के बिना भाषागत सौंदर्य को आत्मसात करवाने का गुण रखती है। व्युत्पति की दृष्टि से 'सूक्ति' शब्द 'सु' उपसर्ग तथा 'उक्ति' शब्द से व्युत्पन्न है, जिसका अर्थ है—'सुंदर कथन अथवा सुंदर उक्ति', लोक-जीवन में जिस तरह मुहावरों, लोकोक्तियों का बहुधा प्रयोग होता है, उसी तरह सूक्तियाँ भी लोक-प्रचलित भाषा विन्यास का माध्यम है, जिसमें जीवन की सरलता व आदर्श को स्थापित करने के लिए नीतिपरक ज्ञान को स्थापित करने का अद्भुत गुण होता है। सामाजिक, धार्मिक, राजनीतिक, आध्यात्मिक आदि प्रत्येक क्षेत्र में यह नीतिपूर्ण ज्ञान उपलब्ध रहता है, जो सूक्तियों के रूप में जीवन-मूल्यों से लेकर सामान्य जीवन का पथ-प्रदर्शक बनता है। लोक-जीवन में घाघ और भड्डरी की सूक्तियाँ फसल, ऋतु, पशुपालन के लिए प्रासंगिक है। लोक में ये उक्तियाँ कंठस्थ ज्ञान के रूप में रहती हैं, जिनमें सत्य तथ्यों की गूढ़ता छिपी रहती है। सूक्तियों में गूढ़ ज्ञान होने के कारण उनका प्रयोग करने का विशेष ध्यान रखना होता है। विशेष रूप से सूक्ति का उचित प्रयोग देशकाल-वातावरण पर निर्भर करता है, जो व्यक्ति की वैचारिकता को प्रभावित करता है। आचार्य रामचंद्र शुक्ल 'सूक्ति' को इस प्रकार परिभाषित करते हैं—'ऐसी उक्ति जिसे सुनते ही मन किसी भाव या मार्मिक भावना में लीन न होकर एकबारगी कथन के अनूठे ढंग, वर्ण-विन्यास या पद-प्रयोग की विशेषता, दूर की सूझ, कवि की चातुरी या निपुणता इत्यादि का विचार करने लगे, उसे सूक्ति कहते हैं।'[31] अतः 'सूक्ति' सुंदर ढंग से कही गई वह उक्ति या बात होती है, जो अपने गूढ़ ज्ञान से मन को प्रभावित करती है। स्पष्ट है कि वह उक्ति अथवा बात, जो अपने शाब्दिक अथवा अर्थपरक तथ्य से सत्य का साक्षात्कार करवाएँ,

उसे सूक्ति कहते हैं। यह बात शास्त्रसम्मत, वेदसम्मत अथवा लोक सम्मत हो सकती है, लेकिन उसमें प्रामाणिकता, सारगर्भिता का गुण अनिवार्य रूप से होता है।

डॉ. रमेश पोखरियाल 'निशंक' के कथा-साहित्य के भाषिक सौष्ठव में लोक प्रचलित सूक्तियों का विशेष योगदान है। लोक में प्रचलित कई सूक्तियाँ और सूक्ति परक बातें ही उनके साहित्य को आदर्श का पथ-प्रदर्शक बनाती हैं। लोक-जीवन से आच्छादित उनका साहित्य लोक के आदर्श, नीतिपरक, सैद्धांतिक जीवन को अभिव्यक्त करता है, जिसमें लोक प्रचलित सूक्तियों का विशेष योगदान है। डॉ. नागेंद्र ध्यानी के शब्दों में—"पाठक उनके उपन्यासों की भाषिकता और अर्थच्छटा को आत्मसात करते हुए उन्हें पृष्ठ दर पृष्ठ पढ़ता चला जाता है, लेकिन उपन्यास जैसे लंबे सुदीर्घ कथात्मक वर्णनों को पढ़ते हुए भी ऊबता नहीं है। उसका कारण उनके गद्य और पद्य की भाषा में लाक्षणिक वाक्यों की बहुलता है। मुहावरों में सूक्ति का आनंद घोलना डॉ. 'निशंक' की काव्य भाषा की प्रभूत विशेषताओं में एक प्रधान विशेषता है।"[32] उनके कथानकों में लोक प्रचलित सूक्तियों से कथा-विन्यास होता है। उनकी सूक्तिपरक भाषिक संरचना पात्रों की मानवीय संवेदनाओं का परंपरागत बोध करवाती है। सूक्तियाँ भाषा के प्रवाह को काव्यात्मकता प्रदान करती हैं, वहीं कथ्य की कलात्मकता से विचारों का प्रभाव पाठक को उद्वेलित करता है। उनके उपन्यास 'छूट गया पड़ाव' का यह उद्धरण देखिए—"अजब है ये सांसारिक रंगमंच भी। कभी कोई अर्श में तो कभी फर्श में। यहाँ सलामी सिर्फ चढ़ते सूरज को ही मिलती है। यहाँ जो जीता वही सिकंदर।"[33] उनके 'प्रतिज्ञा' उपन्यास में लोक प्रचलित सूक्तियों की इसी विशिष्टता को डॉ. रवि शर्मा 'मधुप' उनके परिवक्व लेखन की प्रमाणिकता मानते हैं। उनके शब्दों में—'लेखक के परिपक्व लेखन के प्रमाण के रूप में इस उपन्यास में आई अनेक सूक्तियों को देखा जा सकता है—एक खराब आदमी मरे हुए के समान है। पुत्र कुपुत्र हो जाए पर माता कुमाता नहीं हो सकती। एक बार डर दिल में बैठ जाता है तो इंसान अपनी परछाईं को भी भूत समझने लगता है। अपने लिए तो सभी लोग काम करते हैं, जो औरों के बारे में भी सोचे वही सच्चा इंसान है। पहाड़ के मेले जहाँ मिलन के प्रतीक होते हैं, वहीं यह पहाड़ी संस्कृति की झलक दिखा जाते हैं।'[34] लोक प्रचलित सूक्तियाँ ही संवाद को आकर्षक बनाती है। लोक प्रचलित सूक्तिपरक वाक्यों के समन्वय से उनके कथा-साहित्य में भाषीय प्रभाव उत्पन्न होता है। उपन्यास 'पहाड़ से ऊँचा' का यह उद्धरण देखिए—'किस्मत में जो लिखा है, वह होकर रहता है। कलम का लिखा और कपाल की रेखाएँ भला कौन मिटा सकता है? वक्त अपनी मंथर गति से बढ़ता ही जाता है, समय भाव भर देता है पर निशान छोड़ जाता है।'[35]

लोक परिवेश में रचित उनके कथानकों में संस्कृत सूक्तियों का भरपूर प्रयोग हुआ है। ठेठ पहाड़ी लोक-जीवन पर लिखे गए 'प्रतिज्ञा' उपन्यास का यह उदाहरण देखिए— 'पुत्र कुपुत्र हो जाए पर माता कुमाता नहीं हो सकती। 'कुपुत्रो जायेत क्वचिदपि कुमाता न भवति' को चरितार्थ करती माँ अपना सर्वस्व अपनी संतान के लिए न्योछावर कर देती है।'[36] ? इस प्रकार विवेच्य लेखक रमेश पोखरियाल 'निशंक' के उपन्यास और कहानियों में अनेक सूक्तियाँ पद्य अथवा गद्य स्वरूप में परिलक्षित होती हैं, कुछ उदाहरण देखिए—

कथासाहित्य में लोक प्रचलित सूक्तियाँ

1. तीर कमान से और बात जुबान से एक बार निकल गए तो वापस नहीं आते। (अपना-पराया, पृ.सं. 49)
2. किसी के चले जाने के बाद जीवन नहीं रुकता, यह एक निर्विवाद सत्य है। (अपना-पराया, पृ.सं. 64)
3. यथो नाम तथो गुण। (कृतघ्न, पृ.सं. 18)
4. सत्य ब्रूयात प्रियं ब्रुयातं न ब्रुयातं अप्रियम सत्यम्। (कृतघ्न, पृ.सं. 22)
5. मानव मन भी विचित्र है। जानता है जीवन मरण उसके हाथ नहीं। न मौत माँगे से मिलती न जिंदगी। (कृतघ्न, पृ.सं. 25)
6. क्षमा बड़न को चाहिए छोटन को उत्पात। (कृतघ्न, पृ.सं. 62)
7. जैसा होगा अन्न वैसा होगा मन। (कृतघ्न, पृ.सं. 87)
8. जैसा बोओगे वैसा ही काटोगे। (कृतघ्न, पृ.सं. 135)
9. समय सबसे बड़ा मरहम है, धीरे-धीरे गहरे-से-गहरे घाव भी भर देता है। (कृतघ्न, पृ.सं. 149)
10. गुरु तो भगवान् से बड़ा होता है। (छूट गया पड़ाव, पृ.सं. 24)
11. बिन गुरु ज्ञान नहीं बिन धुनी ध्यान नहीं। (छूट गया पड़ाव, पृ.सं. 39)
12. जो डर गया सो मर गया। (छूट गया पड़ाव, पृ.सं. 76)
13. जो जीता वही सिकंदर। (छूट गया पड़ाव, पृ.सं. 94)
14. बस अपना काम न बनता भाड़ में जाए जनता। (छूट गया पड़ाव, पृ.सं. 118)
15. जीवन बहुत कीमती होता है, आत्महत्या तो वे लोग करते हैं, जो कायर होते हैं। (निशांत, पृ.सं. 58)
16. प्यार के आगे व्यक्ति अंधा हो जाता है। (निशांत, पृ.सं. 89)
17. जिसके कर्म बुरे हों, उसके मन में अच्छे विचार आ ही कैसे सकते हैं? (पल्लवी, पृ.सं. 48)

18. जीवन में पैसा ही तो सबकुछ नहीं होता। कुछ अपने उसूल भी होने चाहिए। (पल्लवी, पृ.सं. 76)
19. दिल डर से नहीं, प्यार से जीते जाते हैं। (पल्लवी, पृ.सं. 140)
20. मूल से सूद ज्यादा प्यारा होता है। (पल्लवी, पृ.सं. 166)
21. जीना-मरना ईश्वर के हाथ है, फिर भी हमें अपना कर्तव्य तो निभाना चाहिए। (पहाड़ से ऊँचा, पृ.सं. 71)
22. इंसान को प्यार चाहिए, संवेदनाएँ चाहिए और रुपया-पैसा इसकी कभी पूर्ति नहीं कर सकता। (बीरा, पृ.सं. 36)
23. अब पछताए होत क्या, जब चिड़िया चुग गई खेत। (बीरा, पृ.सं. 126)
24. पहाड़ के लोगों का दिल पहाड़ की तरह विशाल होता है। (भागोंवाली, पृ.सं. 25)
25. जो करे गाँव वही करे गँवार। (भागोंवाली, पृ.सं. 27)
26. कहते हैं सोना और जमीन कभी भी घाटा नहीं देते। (भागोंवाली, पृ.सं. 28)
27. वुभुक्षितं किं न करोति पापम्। (वाह जिंदगी, पृ.सं. 57)
28. जतो नाम ततो गुण। (वाह जिंदगी, पृ.सं. 115)
29. पहाड़ की औरत का जीवन पहाड़ जैसा ही होता है। (मेजर निराला, पृ.सं. 77)
30. किस्मत के साथ करनी का भी फल होता है। (मेजर निराला, पृ.सं. 130)
31. दुनिया में औलाद के सुख से बड़ा कोई सुख नहीं है। (टूटते दायरे, पृ.सं. 17)
32. जवानी का गुमान, हमें मुगालतों की दुनिया में खींच ले जाता है। (टूटते दायरे, पृ.सं. 92)
33. पाँव उतने ही फैलाओ जितनी चादर हो। (टूटते दायरे, पृ.सं. 108)
34. अब पछताय होत क्या, जब चिड़िया चुग गई खेत। (टूटते दायरे, पृ.सं. 115)
35. होनहार बिरवान के होत चिकने पात। (मेरे संकल्प, पृ.सं. 18)
36. हर साख पे उल्लू बैठा है, अंजामे गुलिस्ताँ क्या होगा ? (मेरे संकल्प, पृ.सं. 64)
37. नर सेवा नारायण सेवा। (एक और कहानी, पृ.सं. 40)
38. अति सर्वत्र वर्जयते। (अंतहीन, पृ.सं. 44)
39. उदेति सविता ताम्रः, तामः एवास्तमेति च, सम्पतौ च विपतौ महतामेएकरूपता। (वाह जिंदगी, पृ.सं. 07)
40. किस्मत जब परीक्षा लेती है तो कदम-कदम पर ठोकरें मिलती हैं। (वाह जिंदगी, पृ.सं. 80)

संदर्भ-सूची

1. हिंदी का प्रादेशिक लोक-साहित्यशास्त्र, डॉ. नंदलाल कल्ला, पृ.सं. 247
2. लोक-साहित्य की भूमिका, डॉ. कृष्णदेव उपाध्याय, पृ.सं. 269
3. भारतीय लोक-संस्कृति का संदर्भ : मध्य हिमालय , गोविंद चातक, पृ.सं. 42
4. वही, पृ.सं. 226
5. पृथिवी पुत्र, वासुदेवशरण अग्रवाल, पृ.सं. 55
6. भारतीय लोक-संस्कृति का संदर्भ : मध्य हिमालयगोविंद चातक, पृ.सं. 45
7. आधुनिक हिंदी कहानी, गंगा प्रसाद विमल, पृ.सं. 102
8. मेजर निराला, रमेश पोखरियाल 'निशंक', पृ.सं. 23
9. वही, पृ.सं. 86
10. बीरा, रमेश पोखरियाल 'निशंक', पृ.सं. 06
11. वही, पृ.सं. 19
12. वही, पृ.सं. 83
13. वही, पृ.सं. 116
14. भारतीय लोक-संस्कृति का संदर्भ : मध्य हिमालय, गोविंद चातक, पृ.सं. 40
15. भारतीय लोक-संस्कृति का संदर्भ : मध्य हिमालय, गोविंद चातक, पृ.सं. 53
16. मेजर निराला, रमेश पोखरियाल 'निशंक', पृ.सं. 83
17. भारतीय लोक-संस्कृति का संदर्भ : मध्य हिमालय, गोविंद चातक, पृ.सं. 53
18. अंतहीन, रमेश पोखरियाल 'निशंक', पृ.सं. 10-11
19. भारतीय लोक-संस्कृति का संदर्भ : मध्य हिमालय, गोविंद चातक, पृ.सं. 40
20. भाषा विज्ञान और मानक हिंदी, डॉ. नरेश मिश्र, पृ.सं. 218
21. छूट गया पड़ाव, रमेश पोखरियाल 'निशंक', पृ.सं. 15
22. वही, पृ.सं. 17
23. अपना-पराया, रमेश पोखरियाल 'निशंक', पृ.सं. 08
24. लोक-साहित्य की भूमिका, डॉ. कृष्णदेव उपाध्याय, पृ.सं. 162
25. भारतीय लोक-संस्कृति का संदर्भ : मध्य हिमालय, डॉ. गोविंद चातक, पृ.सं. 412
26. लोक-साहित्य की भूमिका, डॉ. कृष्णदेव उपाध्याय, पृ.सं. 151
27. वृहद् हिंदी लोकोक्ति कोश, डॉ. भोलानाथ तिवारी, पृ.सं. 09
28. भारतीय लोक-साहित्य, डॉ. श्याम परमार, पृ.सं. 184
29. लोक-साहित्य विज्ञान, डॉ. सत्येंद्र, पृ.सं. 384
30. पृथिवी पुत्र, वासुदेवशरण अग्रवाल, पृ.सं. 57
31. चिंतामणि, आचार्य रामचंद्र शुक्ल, पृ.सं. 99
32. डॉ. 'निशंक' की सृजन यात्रा, डॉ. नागेंद्र ध्यानी, पृ.सं. 158
33. छूट गया पड़ाव, रमेश पोखरियाल 'निशंक', पृ.सं. 94

34. डॉ. 'निशंक' के उपन्यासों के जीवन दर्शन, डॉ. योगेंद्रनाथ शर्मा 'अरुण', पृ.सं. 45
35. पहाड़ से ऊँचा, रमेश पोखरियाल 'निशंक', पृ.सं. 32
36. प्रतिज्ञा, रमेश पोखरियाल 'निशंक', पृ.सं. 57

□

उपसंहार

साहित्य अपने चरित्रों, घटनाओं और संदर्भों के साथ पाठक के अंतर्मन में प्रवेश कर कालजयी होने का उपक्रम करता है। भारतीय साहित्य की इस विराट् यात्रा में भारतीय समाज का जो रूप आकृति पाता है, वह हमारी सांस्कृतिक चेतना का संवाहक रहा है। इतिहास साक्षी है कि हमने मनुष्यता के लिए सदैव संघर्ष किया है तथा इसी की प्राप्ति के लिए साहित्य ने सदैव मानवता का साथ दिया है। हमारी सामाजिक समृद्धि मनुष्यता के इसी सत्य को उद्घाटित करने के साक्ष्य प्रस्तुत करती है। साहित्य जीवन को प्रशस्त करती वह मशाल है, जिसके प्रकाश और ऊर्जा से मनुष्य का जीवन गतिमान रहता है। मूल्यों की परिभाषा गढ़ता हमारा साहित्य विश्व को आकृष्ट करता आया है। जिस साहित्य में जीवन-मूल्यों की सशक्त अभिव्यंजना की शक्ति होती है, वही समाज को दिशा-बोध कराने की सामर्थ्य रखता है।

हिंदी-साहित्य की वैभवपूर्ण यात्रा में 'लोक' का एक अलौकिक संसार है। प्रारंभिक काल से लेकर वर्तमान काल तक लोक ने साहित्य में अनुपम स्थान प्राप्त किया है। ऋग्वेद के पुरुष सूक्त में जीव तथा स्थान दोनों के अर्थों में लोक शब्द का प्रयोग किया गया है। अथर्ववेद पार्थिव और दिव्य दो लोकों को स्वीकृति प्रदान करता है। जैमिनीय उपनिषद् में लोक अनेक प्रकार से प्रसृत, कण-कण में व्याप्त है। लोक केवल मनुष्य को ही अपना सर्वस्व नहीं बनाता, वरन् इसके अंतर्गत पशु-पक्षी, वृक्ष, नदी-पर्वत संपूर्ण प्रकृति सम्मिलित रहती है। सबके साथ समन्वय ही लोक-दृष्टि है। आचार्य रामचंद्र शुक्ल लोक शब्द का प्रयोग सामान्य जनता से करते हैं। लोक वह चेतना है, जो पारस्परिक समरसता एवं समावेश के साथ सौहार्द्रपूर्ण जीवन व्यतीत करती है। दृष्टिगत संसार का एकात्मभाव लोक की परिकल्पना को और अधिक सुदृढ़ करता है। आदिकाल की रासो परंपरा से लेकर आधुनिक काल का गद्य 'लोक' की आवृत्ति से भरा पड़ा है। 'कहन' की इस परंपरा को कथा-साहित्य ने प्रश्रय देकर कथा-साहित्य में लोक का संवरण किया है तथा समाज के प्रत्येक वर्ग ने अपनी भूमिकाओं के साथ लोक का निर्माण करने में

अभूतपूर्व योगदान प्रस्तुत किया है। संभवतः इसीलिए आलोचकों ने साहित्य को समाज का दर्पण कहकर लोक से इसकी संपृक्ति स्वीकार की है। प्रत्येक रचनाकार अपने कृतित्व की प्राणवायु 'लोक' से ग्रहण करता है। लोक न केवल उसे ध्वनि तरंगों का विस्तार देता है, वरन् लोक से ही प्रत्येक विधा समृद्ध होती है। भौगोलिक, सांस्कृतिक, सामाजिक पृष्ठभूमि के अनुरूप प्रत्येक लेखक का अपना समाज होता है और यही उसमें लोकतात्त्विक भावों का संचरण करता है, अतः लोक हैं तो हम हैं। आधुनिकता की दौड़ में हम कितने भी आगे बढ़ जाएँ, अंततः हमें अपने लोक की ओर मुड़ना ही पड़ता है। इसी बसेरे से शिशु अपनी जीवन-यात्रा प्रारंभ करता है तथा यहीं उसका अवसान भी होता है। साहित्य की विकास यात्रा तो लोक के साथ-साथ ही गतिमान होती है। प्रत्येक साहित्यचेत्ता इसी वैभवपूर्ण संसार में अपनी लेखनी को आभायुक्त बनाता है।

कथाकार रमेश पोखरियाल 'निशंक' अस्सी के दशक से निरंतर अपनी साहित्यिक परिपाटी को मजबूत कर रहे हैं। वे दर्जनों कहानी, उपन्यास लिख चुके हैं। उनके कथा-साहित्य में 'लोक'—पौराणिक, धार्मिक, सांस्कृतिक, सामाजिक, आर्थिक, मनोवैज्ञानिक पृष्ठभूमि के साथ चित्रित हुआ है। जिसमें लोक-तत्त्वों की अभिव्यंजना को विशेष स्थान प्राप्त है। उनके कथा-परिदृश्य में लोक-जीवन के साथ लोकचित्त की अंतरंगता प्रतिबिंबित होती है। लेखक की संवेदना और अनुभव का ही परिणाम है कि उनके 'पहाड़ से ऊँचा', 'मेजर निराला', 'छूट गया पड़ाव', 'अपना-पराया', जैसे उपन्यासों में पर्वतीय लोक-जीवन की तस्वीरें पाठक के सम्मुख कैनवास पर उतरती हैं, वहीं बीरा, पल्लवी, भागोंवाली, कृतघ्न, जैसे उपन्यासों में लोक-जीवन के साथ नारी के धैर्य, त्याग, संघर्ष की आंतरिक अनुभूति मिलती है। 'निशंकजी' अपने कथा-साहित्य में लोक-तत्त्वों के व्यापक स्वरूप और प्रभाव से कथानक का सृजन करते हैं। जिसमें लोक-संस्कृति, परंपरा, धर्म, विश्वास आदि का सुंदर स्वरूप प्रस्तुत होता है, तो लोक-जीवन की रूढ़ियों-विडंबनाओं को पहचानने में भी वे सजग एवं सचेत दिखाई देते हैं। वे समाज की छोटी-बड़ी सभी घटनाओं को यथार्थ के धरातल पर अभिव्यक्त करते हैं, जिस कारण ग्राम-जीवन से लेकर महानगरीय जीवन के समस्त तत्त्वों को उनके कथा-साहित्य में सहजतापूर्वक देखा जा सकता है। उन्होंने बचपन के दिन गाँव में बिताए, उच्च शिक्षा के लिए नगर की ओर पलायन किया तथा कार्यक्षेत्र हेतु गुरु, पत्रकार, लेखक, राजनेता की भूमिका में सेवा-समर्पण के भाव से अपना जीवन पूरे राष्ट्र को समर्पित किया। इसलिए उनके कथा-साहित्य में पर्वतीय गाँव, नगर और महानगर के लोक-तत्त्वों का बारीकी से चित्रण मिलता है। उनके कथा-साहित्य में संवेग और संवेदना ही तंतुओं की बनावट है, तो कथानक में प्रश्नाकुलता भी है। उसमें जीवन-मूल्यों की यथार्थता भी है तो मूल्य

संक्रमण के प्रति चेतना भी विद्यमान है। चेतना ही उनके कथानक की ताकत बनती है, जब वे अपने साहित्य में समाज से लगातार प्रश्न करते हुए दिखाई देते हैं और उनके प्रश्न ही समाज को मूल्यबोध के धरातल पर स्थायित्व प्रदान करते हैं। उनका संपूर्ण कथा-साहित्य लोक-तत्त्वों से ओत-प्रोत है। उनकी रग-रग में लोक-जीवन का परिवेश और वहाँ की सौंधी खुशबू समाहित है। लोक-जीवन के आंतरिक एवं बाह्य तत्त्वों का समन्वय करते हुए वे लोक को चमत्कृत करते हैं, साथ ही लोक-जीवन की सुंदरता, सरलता और यथार्थ को जिस प्रकार कथा-साहित्य में अभिव्यक्त करते हैं, उससे कहा जा सकता है कि वे हिंदी साहित्य में लोक-संवाहक सर्जक हैं।

कथाकार रमेश पोखरियाल 'निशंक' ने जिन-जिन स्थानों का भ्रमण किया, वे उनके कथानक के अंग बन गए। वे जिन स्थानों और प्रतिभाओं से प्रभावित हुए वे उनकी कथाओं में पात्र रूप में दिखाई देते हैं। उनके पात्र लोक जीवन से उभरे हैं, जो कि जनमानस की पीड़ा को अभिव्यक्त करते हैं। पत्रकार की भूमिका में जिन वास्तविक पात्रों के प्रति उनकी संवेदना जागृत हुई, वे तो हू-ब-हू कथानक में उतर गए और राजनेता के रूप में जिन समस्याओं से रू-ब-रू हुए उनको समस्या-समाधान रूप में भावी पीढ़ी के लिए साहित्य में उल्लेखित करने से भी न चूके। 'निशंकजी' वर्तमान में हिंदी के ऐसे लेखक हैं, जिनका साहित्य कई भारतीय भाषाओं के साथ अंतरराष्ट्रीय पटल पर भी अनूदित हो रहा है, यही उनकी लेखनी की सफलता का सबसे बड़ा प्रमाण है, जिसके लिए वे राष्ट्रीय-अंतरराष्ट्रीय मंचों पर कई पुरस्कारों से सम्मानित हो चुके हैं।

'निशंकजी' के कथा-साहित्य के विश्लेषण के फलस्वरूप इस पुस्तक में उनके प्रमुख 10 उपन्यासों और 12 कहानी-संग्रहों की प्रमुख कहानियों की अंतर्वस्तु के अंतर्गत—प्रसंग, चरित्र, पद, शब्द, स्थान आदि इकाइयों के आधार पर किया गया है, रचना, मानव का सात्विक कर्म है, रचना स्वयं में एक युद्ध है, अपने अंतर्मन से, अर्थात् मानव मन में किसी भी तरह का मनोभाव उत्पन्न होने पर उसका सृजन होना ही रचना है और सृजन का मूल ही रचनाधर्मिता है। 'निशंकजी' आधुनिक युग के प्रमुख कथाकार हैं, जिनके कहानी, उपन्यास एवं गद्य साहित्य में यथार्थ के विभिन्न पहलुओं के दर्शन मिलते हैं। उनका कथा-साहित्य मानवीय मूल्यों को संरक्षित करता है, जो जीवन शक्ति का परिप्रेषण करते हुए सामाजिक निर्माण की उत्कट प्यास लिए हुए है। समकालीन साहित्य परिदृश्य की सभी शर्तों के अनुरूप उनके सृजन में भाव-बोध व शिल्प पक्ष का संगठनात्मक स्वरूप दिखाई देता है। उनके कथा-साहित्य को कथानक-प्रधान, चरित्र-प्रधान, भाव-प्रधान, वातावरण प्रधान के आधार पर विवेचित करना साहित्य की तात्त्विक विशेषता बताने जैसा होगा, जबकि उनके कथा साहित्य की रचनाधर्मिता को जीवन-सत्य

तथा भावबोध पर विवेचित करना अधिक न्यायोचित है।

कथाकार रमेश पोखरियाल 'निशंकजी' के कथा-साहित्य में लोक-तत्त्व की अभिव्यंजना को विवेचित करने से पूर्व लोक-तत्त्व की परिभाषा एवं परिधि, महत्त्व एवं प्रासंगिकता के सैद्धांतिक पक्ष का विश्लेषण करना भी आवश्यक था, इस पुस्तक में विभिन्न विद्धानों की अवधारणाओं का विस्तृत विवेचन भी किया गया है।

'निशंकजी' ने संस्कृति और परंपरा की मूलधारा को अंतरात्मा से समझा, उनके परिवेश में जो लोक-जीवन था, उसकी स्पष्ट झलक साहित्य में दिखाई देती है, अतः उन्होंने निजी जीवन के संघर्षों से व्यक्तित्त्व एवं कृतित्व रूप में ऊर्जा प्राप्त की है। वे स्वयं स्वीकारते हैं कि संघर्ष और चुनौतियों से जो रिश्ता उनके जीवन का रहा है, वही रिश्ता सार्थक साहित्य का भी है और प्रतिबद्धता की मशाल जलाए निरंतर अन्याय व अँधेरे से जूझना उनका साहित्यिक धर्म रहा है। परिणामस्वरूप उनके अंदर लोक कवि, प्रखर सामाजिक और राजनीतिक चेतना का विकास हुआ। वस्तुतः 'निशंकजी' की लोक-दृष्टि और प्रत्यक्षानुभूति से उनके साहित्य में आँचलिक समाज तथा पर्वतीय क्षेत्रों का जनजीवन परिलक्षित होता है। पृथक् राज्य के लिए आंदोलन, शिक्षा, स्वास्थ्य के प्रति पर्वतीय लोक-जीवन की समस्याएँ ही उनकी मूल अनुभूति हैं। यही लोक-दृष्टि उनके कथा-साहित्य का मूल स्वर है, जहाँ मानव के आदि से अंत, लोक से शिष्ट, ग्राम से नगर तक की यात्रा व परिवर्तन की झलक मिलती है। यह लोक-जीवन विभिन्न संवेदनाओं को लेकर साहित्यिक आधार बनता है। 'निशंकजी' के कथानकों में कृषि, ग्रामीण, पर्वतीय निम्न वर्ग, युवा, वृद्ध, नारी विषयक संवेदनाएँ प्रमुख रूप से मिलती हैं, जो लोक-जीवन का उत्स प्राप्त कर लोक-साहित्य के प्रमुख घटक बनते हैं। वहीं महानगरीय जीवन की कुंठा, संस्कृति, संस्कार का ओछापन एवं विमुखता, झूठे सिद्धांत, लोक-दिखावा आदि उनके साहित्य में शिष्ट-साहित्य की कथा-वस्तु का आधार बनते हैं। उनकी अनुभूतियाँ स्थानीय, राष्ट्रीय, अंतरराष्ट्रीय, जातीय, वर्गीय, सामाजिक, आर्थिक, राजनीतिक आदि सभी क्षेत्रों में परिव्याप्त है, जिसकी सच्ची अनुभूति से ही श्रेष्ठ रचना की उत्पत्ति होती है। इसी अनुभूति से वे राग-विराग का विस्तार करके लोक की विवेचना करते हैं। उनके सृजन का संकलित, समन्वित और रचनात्मक रूप है, उपन्यास—'बीरा', 'पहाड़ से ऊँचा', 'भागोंवाली', 'प्रतिज्ञा', 'छूट गया पड़ाव', 'अपना-पराया', 'मेजर निराला' और कहानी संग्रह—'बस एक इच्छा', 'भीड़ साक्षी है', 'विपदा जीवित है', 'खड़े हुए प्रश्न', 'मेरे संकल्प' आदि कहानी संग्रहों की दर्जनों कहानियाँ।

कथाकार रमेश पोखरियाल 'निशंक' के कथा-साहित्य में लोक-तत्त्व के विविध आयाम प्राप्त होते हैं। लोक-जीवन के रीति-रिवाज, लोक-परंपरा, लोक-उत्सव, पर्व,

धार्मिक संस्कार, अनुष्ठान, मेले-त्योहार आदि ही लोक के घटक होते हैं। कथाकार रमेश पोखरियाल 'निशंक' ने अपने कथा साहित्य में लोक-तत्त्वों की अभिव्यंजना को एक विस्तृत आकाश दिया है। उन्होंने अपने कथा साहित्य में भारतीय जनमानस के आर्थिक, सामाजिक, राजनीतिक, भौगोलिक, सांस्कृतिक तत्त्वों की व्यापक स्तर पर विवेचना की है। वे लोक-तत्त्वों से परिपूर्ण परिदृश्य के चटख रंगों में लोक-जीवन की विविध छटाएँ प्रस्तुत करते हैं। लोक-तत्त्व केवल मनुष्य में ही नहीं, अपितु सृष्टि के कण-कण में व्याप्त रहते हैं, आँचलिकता की छाया में लोक-तत्त्वों से सुगठित उनका साहित्य विविध लोक-साहित्यिक आयामों में सृजित है। उनके कथा-साहित्य में प्रकृति की गोद में पलती-पनपती लोक-संस्कृति और जन-चेतना का आधार समाजवाद ही बनता है, जिसे हम कथा साहित्य—कहानी, उपन्यास में लोक के विभिन्न उपादानों—लोकधर्म, लोक-विश्वास, लोक-संस्कार, लोकगाथा, लोककथा, लोकोक्ति आदि में केवल ग्रामीण, आंचलिक पृष्ठभूमि पर ही नहीं पाते, बल्कि उनके कथानकों में ये लोक के विस्तृत फलक पर फैले हुए हैं। हिमालयी प्रदेश की लोकभूमि में अपने साहित्य लेखन की ऐसी जमीन तलाशी, जिसमें भारतीय जनमानस व्यापक सांस्कृतिक प्रभाव दृष्टिगोचर होता है। उनकी लोक अध्ययन की दृष्टि से लोक-मानस के रहन-सहन, उनके रीति-रिवाज, धर्म, विश्वास, आस्था आचार-विचार, शारीरिक विशेषताएँ, उत्पति और वृद्धि, संस्कार और धर्म, नृत्य और गीत, मंदिर और मठ, पर्व-उत्सव एवं भाँति-भाँति के आमोद-प्रमोद, उनके बीच के विशेष गुण एवं स्वभाव, वेषभूषा एवं आभूषण, उनके निजी नाम एवं स्थानों के परिचय जैसा कुछ भी अछूता नहीं है। उन्होंने लोक-मानस को साहित्यपटल पर पुरातन एवं नवीन जीवन-मूल्यों के साथ प्रतिबिंबित किया है। 'निशंकजी' के कथा-साहित्य का केंद्रीय बिंदु मध्य हिमालय क्षेत्र-गढ़वाल, कुमाऊँ की लोकभूमि है, लेकिन उनके साहित्य में वर्णित मानवीय चेतना संपूर्ण पृथ्वी की मानव जाति को प्रभावित करने की क्षमता रखती है। उनके साहित्य में ऐसे कई लोक-विश्वास मौजूद हैं, जो संपूर्ण मानव जाति की कड़ियों को जोड़ते हैं, ऐसे लोक-विश्वास, जो संपूर्ण जीवन-मूल्यों के साथ लोकधर्म के रूप में स्वीकार किए जाते हैं।

हिमालय के अंचल में परंपराओं का वहन लोक-जीवन की प्रथम पहचान है। जहाँ मुख्यतः गढ़वाली, कुमाऊँनी, जौनसारी, रवांल्टी, जोनपुरी, बंगाणी, जाड़, मार्च्छा, थारू, बुक्साणी, राजी आदि वर्गों में रीति-रिवाज ही लोक केंद्रित पहचान है, जैसा कि लोक में परंपराओं को 'रिवाज' नाम से अभिहित किया जाता है, जिसका पूर्ण अर्थ रीति-रिवाज ही है। 'निशंकजी' के कथा-साहित्य में लोक-जीवन कई रीति-रिवाजों का वहन करते हुए दिखता है। ये रीति-रिवाज हिंदू धर्म के विभिन्न समुदायों, जातियों, वर्गों के धार्मिक

संस्कार-अनुष्ठान, त्योहार, पर्वों में दिखाई देते हैं। लोक-मानस में प्रत्येक कार्य के प्रति उत्साह व उल्लास का भाव रिवाजों में गुंफित होता है। उनका साहित्य भारतीय लोक-जीवन का परिचायक है। उनके कथा-साहित्य में अनेक कथारूढ़ियों का प्रयोग भी हुआ है, जो निश्चय ही कथानकों में उपयुक्त प्रसंगानुकूल प्रयुक्त किए गए हैं। वस्तुतः लोक-रूढ़ियों में अमानवीय शक्ति संबंधित कथानक रूढ़ियाँ 'निशंकजी' के कथा-साहित्य में विवेचित हैं। इसके अंतर्गत भूत, प्रेत, राक्षस, डायन, आँछरी आदि अमानवीय शक्तियों संबंधित विश्वास मिलते हैं। 'अपना-पराया' उपन्यास के पात्रों में भूत-प्रेत, वशीकरण की मान्यता दिखती है। 'बीरा' उपन्यास में जंगल के रास्ते दीपक के घर पहुँचने पर उसकी माँ के माध्यम से भूत-पिशाच, आँछरी संबंधित लोक-रूढ़ि सामने आती है। 'पहाड़ से ऊँचा' उपन्यास में मोहन के पास जो पहाड़ी युवक अपनी माँ के इलाज की मदद माँगने आता है, वह बताता है कि माँ के इलाज के लिए वह देवता, भूत-प्रेत ऊपरी हवा का प्रभाव खत्म करने के लिए, बकरी मुर्गा-शराब का चढ़ावा चढ़ा चुका हैं। लोक में व्यक्ति जीवन की निजी समस्या हो अथवा शारीरिक कष्ट, सर्वप्रथम समाधान देवी-देवता, तंत्र-मंत्र आदि से किया जाता है। जो 'अभिशप्त' कहानी में राजू के बीमार होने पर प्राथमिक इलाज के रूप में 'झाड़-झंकार' किए जाने के रूप में दिखता है। ऐसे ही 'निशंकजी' की कहानियों में विवाह संस्कारों में भी कुछ लोक-रूढ़ियाँ दिखती हैं, जैसे जाति, कुल, गौत्र, कुंडली, दहेज, आर्थिक संपन्न्ता के आधार पर विवाह तय करना 'सच्चा प्यार', 'बेड़ियाँ' कहानी में उल्लेखित है।

उनके साहित्य में धार्मिक गाथाओं का प्रभाव भी दिखाई देता है। पांडव नृत्य, लीला-गान, जागर, जात-यात्रा से जुड़े प्रसंग उनके कथा साहित्य में मिलते हैं। मध्य हिमालय क्षेत्र में बसी उनकी जन्मभूमि की कई गाथाएँ कहीं प्रत्यक्ष उद्धृत होती हैं और कहीं लोक द्वारा वीरगाथाओं की परंपरा-रूप में दिखाई देती हैं। वहीं कथानकों में कौटुंबिक गाथाओं का प्रभाव भी स्पष्ट दिखाई देता है। आधुनिक मानव की विकास यात्रा और उसके संघर्षों से कई जीवन-मूल्य संक्रमित हो रहे हैं। वस्तुतः मानव के जीवन की रूपरेखा लोक-तत्त्वों पर निर्भर होती है, उसके जन्म से लेकर मृत्यु तक लोक-तत्त्व उसे किस तरह प्रभावित करते हैं, इसके विवेचन के उपरांत हम पाते हैं कि उन्होंने अपने कथासाहित्य में लोक-तत्त्वों में होने वाले मूल्य संक्रमण पर भी विशेष ध्यान आकर्षित किया है। उनके उपन्यास अथवा कहानियों में लोक-मूल्यों की विमुखता एवं अनुसरण से ही जीवन-मूल्यों की सच्ची अनुभूति मिलती है। उनके पात्रों में लोक-मूल्यों की विमुखता, जहाँ मूल्य संक्रमण का बोध करवाते हैं, वहीं उनके जागरूक पात्र लोक-मूल्यों के संरक्षण और संवर्धन करने के लिए प्रेरित करते हैं।

वे चेतनामूलक प्रगतिशील लेखक की भूमिका निभाते हुए लोकधर्मी लेखक के रूप में लोकबोलियों में प्रचलित कथाओं, गाथाओं, नीति-वाक्यों, मुहावरों, लोकोक्तियों के माध्यम से सजातीय लोक-संस्कृति के रक्षक हैं। लोक-तत्त्वों की सफल व्यंजना हेतु लोक भाषा का विशेष महत्त्व है। यदि हम जनता की भावनाओं को उसी की लोक-प्रचलित भाषा में व्यक्त करें, तो ऐसा सुंदर मणि-काँचन संयोग प्रशंसनीय ही माना जाएगा। 'निशंकजी' ने उत्तराखंड की लोकभाषा के शब्दों को अपने भाषिक सौष्ठव के संस्पर्श से अनमोल रत्न की भाँति गढ़ा है। उन्होंने स्थानीय जीवन, वहाँ की खेती-बाड़ी, रहन-सहन, रीति-नीति, बोली-बानी, जीविकोपार्जन, व्यवसाय-धंधा आदि को खुली आँखों से देखा और अनुभव किया है, यही कारण है कि उनके कथा साहित्य में स्थानीय भाषाओं के शब्दों से लोक-जीवन की परिधि में सहजता से चरित्र एवं परिवेश जीवंत हो उठता है। वे स्थानीय भाषा के शब्दों से कथा साहित्य में भाषा को नया आयाम देते हैं। स्थानीय भाषा के शब्दों से स्थान या क्षेत्र विशेष, अपनी संपूर्णता और स्वाभाविकता के साथ प्रदर्शित हो जाता है। उनके कथा-साहित्य में सर्वाधिक ग्राम परिवेश का निरूपण हुआ है। 'मेजर निराला', 'बीरा', 'अपना-पराया' और 'पहाड़ से ऊँचा' उपन्यास आंचलिकता के परिवेश में रूपित हैं। जहाँ लोकभाषा का अधिक प्रभाव अंचल विशेष में प्रचलित रीति-रिवाज, पर्व-उत्सव, मेले, लोक-विश्वास आदि के साथ विवेचित हैं। इनमें भाषा की संप्रेषणीयता की दृष्टि से आंचलिक शब्दों का प्रयोग अधिकाधिक किया गया है और आंचलिक शब्दों का प्रयोग ही लोकभाषा है, जो वस्तुतः स्थानीय बोलियों का प्रतिनिधित्व करती है। लोक-तत्त्वों की आभा से महकते दृश्यों के साथ लोकभाषा के शब्दों का सुंदर प्रयोग कथानक में जीवंतता उत्पन कर देते हैं। 'निशंकजी' ने गँवई जिंदगी के स्पंदन को भाषा के माध्यम से पकड़ने का सार्थक प्रयास किया है। जो भाषा या जो शब्द गाँवों या घरों में बोले जाते हैं, उनका प्रयोग उन्होंने बड़ी सफलता के साथ किया है। लोकभाषा के शब्दों से गाँव का वातावरण हमारे सामने उपस्थित हो जाता है। ग्रामीण जीवन में बोले जानेवाले शब्द, जैसे—छँवाई, निगोड़ी, साँकल, अड्यामोर, बौड़ि-जा, सारी, बाक्य, कलेवा, छौं, ढबडी रोटी, थिच्वाणी, पलेन्थरा, पठालियाँ, दगड्यों, पंदेर, ताँद, पुजाई, मंगणी, अन्वार, समौण, भुली, ग्वार, बछेर, भैंस रम्हाई, घसेर, दुधेरों, डिंडाली, सारी, कोदा-झंगोरा, काठ, चराचरी, गधेरे, खैरी विपदा, मंडाण, पश्वा भंकोरे, जैसे शब्दों का अर्थ समझ पाना आधुनिक लोगों के लिए कहीं-कहीं मुश्किल पैदा कर सकता है, लेकिन यही गढ़वाली लोकभाषा के शब्द और संवादों से कथानक गढ़वाल के पर्वतीय लोक-समाज को आलोकित करता है। उनके कथा-साहित्य में कल्योऊ, दोण, कौथिग, पुजई, मंडाण, थौल-मेलों, पश्वा, कंडाली, डिंडाली, जैसे दर्जनों शब्द लोकभाषा के ऐसे शब्द

हैं, जो किसी लोक-परंपरा अथवा लोक-विशेष वस्तु के बोधक हैं, जिनसे उनके साहित्य में एक लोक-संस्कृति का समावेश होता है। कथ्य विषय लोक-जीवन, आंचलिक जीवन एवं स्वयं के परिवेश पर आधारित होने के कारण उसमें लौकिकता के स्वर सुनाई देते हैं, वे लोकभाषा के सरल, सुग्मय शब्दों को बीच-बीच में प्रयोग करते हैं। स्थानीय भाषा का यथास्थान प्रयोग करते हुए तत्सम, तद्भव शब्दों से युक्त भाषा का प्रयोग उनके साहित्य में चार चाँद लगा देता है, वहीं विदेशी भाषाओं के शब्दों का यथोचित प्रयोग भी कथा-साहित्य में मिलता है। उनके कथा साहित्य में मुहावरों व लोकोक्तियों का विलक्षण प्रयोग भी मिलता है। मुहावरों व लोकोक्तियों के माध्यम से उनके कथा-साहित्य में मनुष्य की आंतरिक प्रवृत्तियाँ, नैतिक आचरण, सामाजिक व्यवहार, जीवन-दर्शन आदि अनेक अनुभव दृष्टिगत होते हैं। उनके साहित्य में मुहावरों का मनोवैज्ञानिक पक्ष भी मिलता है। लोकोक्तियों से स्वयं लेखक के प्रत्यक्ष अनुभव के दर्शन मिलते हैं, जिसमें चेतन और अवचेतन मन के मनोविकारों का समावेश करते हुए उनकी भाषा में संबलता अथवा उसकी रसात्मकता का प्रभाव कथानक को लोक के समीप ले जाता है।

कथाकार रमेश पोखरियाल 'निशंक' के कथा-साहित्य के विवेचन-स्वरूप इस निष्कर्ष पर पहुँचा जा सकता है कि भारतीय ग्रामीण लोक-समाज को रचना संसार बनानेवाले हिंदी साहित्य के प्रसिद्ध ग्रामीण, आँचलिक लेखक—फणीश्वरनाथ रेणु, नागार्जुन, विवेकी राय, मार्कंडेय, शिव प्रसाद सिंह की परंपरा के उत्तराधिकारी लेखक कथाकार रमेश पोखरियाल 'निशंक' हैं, जिन्होंने अपने कथा-साहित्य में 'लोक' को विस्तृत फलक पर विवेचित किया है। लोक-जीवन में धर्म एवं विश्वास से जीवन का अनुशासन, लोक में संस्कारों से मूल्यों की रक्षा, रीति-रिवाज, पर्व-त्योहार में छिपा लोक-जीवन का उल्लास, लोक-परंपरा और लोक-रूढ़ियों के समन्वय से लोक-संस्कृति का संरक्षण, लोकगाथाओं में छिपा लोकप्राणी का गौरव, लोक-मूल्यों में हुए संक्रमण से आई विकृतियाँ, लोक-जीवन के प्रति श्रद्धा, ग्रामीण उपेक्षित जनता के दुःखों को लेखक द्वारा दी गई वाणी, पर्वतीय नारी की पीड़ा और चारित्रिक सशक्तता के प्रति 'निशंकजी' की उदार दृष्टि, उपेक्षितों में चेतना भरने की प्रवृत्ति, शिक्षा के लिए जूझते पात्रों की स्थिति, पर्वतीय क्षेत्रों से पलायन की बढ़ती प्रवृत्ति आदि कई मौलिक उपलब्धियाँ उनके लेखन के प्राणबिंदु हैं।

□

परिशिष्ट

आधार ग्रंथ-सूची

उपन्यास

क्र.सं.	पुस्तक	लेखक	प्रकाशक एवं प्रकाशन वर्ष
1.	मेजर निराला	रमेश पोखरियाल 'निशंक'	वाणी प्रकाशन, नई दिल्ली, 2008 ई.
2.	बीरा	रमेश पोखरियाल 'निशंक'	वाणी प्रकाशन, नई दिल्ली, 2008 ई.
3.	निशांत	रमेश पोखरियाल 'निशंक'	भावना प्रकाशन, नई दिल्ली, 2008 ई.
4.	पहाड़ से ऊँचा	रमेश पोखरियाल 'निशंक'	वाणी प्रकाशन, नई दिल्ली, 2008 ई.
5.	अपना-पराया	रमेश पोखरियाल 'निशंक'	प्रभात प्रकाशन, नई दिल्ली, 2010 ई.
6.	छूट गया पड़ाव	रमेश पोखरियाल 'निशंक'	वाणी प्रकाशन, नई दिल्ली, 2010 ई.
7.	पल्लवी	रमेश पोखरियाल 'निशंक'	भारतीय ज्ञानपीठ, नई दिल्ली, 2010 ई.
8.	प्रतिज्ञा	रमेश पोखरियाल 'निशंक'	प्रभात प्रकाशन, नई दिल्ली, 2013 ई.

9.	भागोंवाली	रमेश पोखरियाल 'निशंक'	प्रभात प्रकाशन, नई दिल्ली, 2015 ई.
10.	कृतघ्न	रमेश पोखरियाल 'निशंक'	प्रभात प्रकाशन, नई दिल्ली, 2015 ई.

कहानी-संग्रह

क्र.सं.	पुस्तक	लेखक	प्रकाशक एवं प्रकाशन वर्ष
1.	खड़े हुए प्रश्न	रमेश पोखरियाल 'निशंक'	विनसर पब्लिसिंग कंपनी, देहरादून, 2006 ई.
2.	भीड़ साक्षी है	रमेश पोखरियाल 'निशंक'	विनसर पब्लिसिंग कंपनी, देहरादून, 2006 ई.
3.	विपदा जीवित है	रमेश पोखरियाल 'निशंक'	विनसर पब्लिसिंग कंपनी, देहरादून, 2007 ई.
4.	मेरे संकल्प	रमेश पोखरियाल 'निशंक'	वाणी प्रकाशन, नई दिल्ली, 2008 ई.
5.	एक और कहानी	रमेश पोखरियाल 'निशंक'	वाणी प्रकाशन, नई दिल्ली, 2008 ई.
6.	मील के पत्थर	रमेश पोखरियाल 'निशंक'	वाणी प्रकाशन, नई दिल्ली, 2010 ई.
7.	टूटते दायरे	रमेश पोखरियाल 'निशंक'	वाणी प्रकाशन, नई दिल्ली, 2010 ई.
8.	अंतहीन	रमेश पोखरियाल 'निशंक'	राधाकृष्ण प्रकाशन, नई दिल्ली, 2014 ई.
9.	केदारनाथ आपदा की सच्ची कहानियाँ	रमेश पोखरियाल 'निशंक'	प्रभात प्रकाशन, नई दिल्ली, 2014 ई.
10.	21 श्रेष्ठ कहानियाँ	रमेश पोखरियाल 'निशंक'	डायमंड बुक्स, नई दिल्ली, 2014 ई.

11.	वाह जिंदगी	रमेश पोखरियाल 'निशंक'	प्रभात प्रकाशन, नई दिल्ली, 2016 ई.

अन्य संग्रह

क्र.सं.	पुस्तक	लेखक	प्रकाशक एवं प्रकाशन वर्ष
1.	हिमालय का महाकुंभ नंदा-राजजात	रमेश पोखरियाल 'निशंक'	विनसर पब्लिसिंग कंपनी, देहरादून, 2008 ई.
2.	जीवन पथ में	रमेश पोखरियाल 'निशंक'	हिंदी साहित्य निकेतन, बिजनौर, 2009 ई.
3.	तुम भी मेरे साथ चलो	रमेश पोखरियाल 'निशंक'	हिंदी साहित्य निकेतन, बिजनौर, 2009 ई.
4.	संघर्ष जारी है	रमेश पोखरियाल 'निशंक'	हिंदी साहित्य निकेतन, बिजनौर, 2009 ई.
5.	स्पर्श गंगा	रमेश पोखरियाल 'निशंक'	विनसर पब्लिसिंग कंपनी, देहरादून, 2010 ई.
6.	मॉरीशस की स्वर्णिम स्मृतियाँ	रमेश पोखरियाल 'निशंक'	प्रभात प्रकाशन, नई दिल्ली, 2012 ई.
7.	संसार कायरों के लिए नहीं	रमेश पोखरियाल 'निशंक'	राजकमल प्रकाशन, नई दिल्ली, 2014 ई.
8.	प्रलय के बीच	रमेश पोखरियाल 'निशंक'	डायमंड बुक्स, नई दिल्ली, 2015 ई.
9.	सपने जो सोने न दें	रमेश पोखरियाल 'निशंक'	डायमंड बुक्स, नई दिल्ली, 2016 ई.

□

संदर्भ ग्रंथ-सूची

1. आत्मेनपद, अज्ञेय, भारतीय ज्ञानपीठ, वाराणसी, 1960
2. आधुनिक हिंदी कहानी, गंगा प्रसाद विमल, ग्रंथलोक प्रकाशन, दिल्ली, 2012
3. उत्तराखंड का लोक जीवन एवं लोक संस्कृति, डॉ. देवी दत्त शर्मा
4. उत्तराखंड लोक-संस्कृति, देव सिंह पोखरिया, नेशनल बुक ट्रस्ट इंडिया, नई दिल्ली, 2009
5. उत्तराखंडी भाषाओं का तुलनात्मक अध्ययन, डॉ. बिहारीलाल जालंधरी, देवभूमि प्रकाशन, नई दिल्ली, 2012
6. उत्तराखंड का सामाजिक एवं सांस्कृतिक इतिहास, डॉ. डी.डी. शर्मा, अंकित प्रकाशन, हल्द्वानी, 2017
7. कथाकार 'निशंक' के उपन्यासों में जीवन-मूल्य, डॉ. योगेंद्रनाथ शर्मा 'अरुण', डायमंड बुक्स, दिल्ली, 2017
8. कहानी : नई कहानी, नामवर सिंह, लोकभारती प्रकाशन, इलाहाबाद, 2012
9. काव्यशास्त्र, डॉ. भगीरथ मिश्र, विश्वविद्यालय प्रकाशन, वाराणसी, 2018
10. चिंता मणि (मंजूषा सहित), आचार्य रामचंद्र शुक्ल, लोकभारती प्रकाशन, इलाहाबाद, 2015
11. डॉ. 'निशंक' के काव्य में इंद्रधनुषी चिंतन, सं. योगेंद्रनाथ शर्मा 'अरुण', हिंदी साहित्य निकेतन, बिजनौर, 2019
12. डॉ. 'निशंक' के उपन्यासों में जीवन-दर्शन, सं. योगेंद्रनाथ शर्मा 'अरुण', हिंदी साहित्य निकेतन, बिजनौर, 2019
13. डॉ. 'निशंक' की कहानियों में मानवीय संवेदना, सं. योगेंद्रनाथ शर्मा 'अरुण', हिंदी साहित्य निकेतन, बिजनौर, 2019
14. डॉ. रमेश पोखरियाल 'निशंक' के उपन्यासों में जीवन-मूल्य, डॉ. योगेंद्रनाथ शर्मा 'अरुण', विनसर पब्लिसिंग कंपनी, देहरादून, 2009

15. डॉ. 'निशंक' का रचना संसार, डायमंड पॉकेट बुक्स, 2017
16. डॉ. 'निशंक' की सृजन यात्रा, डॉ. नगेंद्र ध्यानी, हिंदी साहित्य निकेतन, बिजनौर, 2017
17. नए साहित्य का सौंदर्यशास्त्र, गजानन माधव मुक्तिबोध, 1971 ई.
18. नई कहानी : संदर्भ और प्रकृति, सं. डॉ. देवीशंकर अवस्थी, राजकमल प्रकाशन, नई दिल्ली, 2019
19. पृथ्वी पुत्र, वासुदेवशरण अग्रवाल, सस्ता साहित्य मंडल, प्रकाशन, 1949 ई.
20. फणीश्वरनाथ रेणु के उपन्यास : लोक-तत्त्व एवं संरचना, प्रेमशीला शुक्ल, ज्ञान पब्लिशिंग हाउस, नई दिल्ली, 2010
21. भारतीय लोक-संस्कृति का संदर्भ : मध्य हिमालय, डॉ. गोविंद चातक, तक्षशिला प्रकाशन, नई दिल्ली,1996
22. भारत की लोककथाएँ, सं.ए.के. रामानुजन अनु. कैलाश कबीर राष्ट्रीय पुस्तक न्यास, नई दिल्ली, 2001
23. भारतीय लोक-साहित्य, डॉ. श्याम परमार, राजकमल प्रकाशन मुंबई, 1954
24. भारतीय लोक-विश्वास, डॉ. कृष्णदेव उपाध्याय, हिंदुस्तानी अकेदमी इलाहाबाद, 1991
25. भारतीय सभ्यता संस्कृति, हरिविलास मिश्र, विद्याभवन, जयपुर, 1980
26. भाषा और मानक हिंदी, डॉ. नरेश मिश्र, अभिनव प्रकाशन, दिल्ली, रोहतक, 2004
27. महावीर प्रसाद द्विवेदी, भारत यथावर, किताबघर, नई दिल्ली
28. मध्ययुगीन हिंदी साहित्य का लोकतांत्रिक अध्ययन, डॉ. सत्येंद्र, विनोद पुस्तक मंदिर, आगरा, 1960
29. मानविकी पारिभाषिक कोश, डॉ. नागेंद्र, राजकमल प्रकाशन, नई दिल्ली, 1965
30. मिथक बनाम मनुष्य, अनु. राजेश कुमार झा, राष्ट्रीय पुस्तक न्यास, नई दिल्ली, 2013
31. मुहावरे एवं कहावतें, शिव कुमार त्यागी, रवि पॉकेट बुक्स, मेरठ, 2014
32. लोक-साहित्य के विविध आयाम, सं. वीणा दाढे, अमन प्रकाशन, कानपुर, 2017
33. लोक और शास्त्र जनजातीय साहित्य, सं. डॉ. अनुशब्द, वाणी प्रकाशन, नई दिल्ली, 2017

34. लोक-साहित्य की भूमिका, डॉ. कृष्ण देव उपाध्याय, साहित्य भवन प्रकाशन, इलाहाबाद, 1957
35. लोक और शास्त्र अन्वय और समन्वय, विद्यानिवास मिश्र, वाणी प्रकाशन, नई दिल्ली, 2015
36. लोक-साहित्य के प्रतिमान, डॉ. कुंदन उप्रेती भारत प्रकाशन मंदिर, अलीगढ़, 1971
37. साहित्य शास्त्र, रामकुमार वर्मा, लोकभारती प्रकाशन, इलाहाबाद, 1968
38. साहित्य लोचन, श्यामसुंदर दास, साहित्यसागर, जयपुर, 2009
39. साठोत्तरी कहानी में मानवीय मूल्य, विनीता अरोड़ा, नमन प्रकाशन, नई दिल्ली, 1999
40. सृजनशीलता एवं सौंदर्यबोध, डॉ. निशा अग्रवाल
41. सिद्धांत-कौमुदी, भट्टोजी दीसित, बेक रेखर प्रेस, बंबई, 1989
42. हजारीप्रसाद ग्रंथावली भाग-01, हजारी प्रसाद द्विवेदी, राजकमल प्रकाशन, नई दिल्ली, 1981
43. हिंदी साहित्य का इतिहास, डॉ. नगेंद्र, मयूर पेपर बैक्स, 2000
44. हिंदी साहित्य और संवेदना, रामस्वरूप चतुर्वेदी, लोकभारती प्रकाशन, इलाहाबाद, 1991
45. हिंदू संस्कारों का ऐतिहासिक एवं सांस्कृतिक संरक्षण, डॉ. डी.डी. शर्मा, बरेली प्रकाश बुक डिपो, 2003
46. हिंदी उपन्यास सृजन और सिद्धांत, नरेंद्र कोहली, वाणी प्रकाशन, नई दिल्ली, 1989
47. हिंदी उपन्यास का इतिहास, गोपाल राय, राजकमल प्रकाशन, 2002
48. हिंदी का प्रादेशिक लोक-साहित्य शास्त्र, डॉ. नंदलाल कल्ला, बुक्स ट्रेजर प्रकाशन, जोधपुर, 2002
49. हिंदीकोश, सं. आचार्य रामचंद्र वर्मा, साहित्य मानक सम्मेलन प्रयाग, 1966
50. हिंदी भक्ति साहित्य में लोक-तत्त्व, डॉ. रविंद्र भ्रमर
51. हिंदू धर्म के सोलह संस्कार, डॉ. सच्चिदानंद शुक्ल
52. हिंदू संस्कार, डॉ. राजबली पांडेय, चौखंबा विद्याभवन वाराणसी, 1957 ई.
53. हिंदू संस्कारों का ऐतिहासिक, डॉ. डी.डी. शर्मा, प्रकाश बुक डिपो, 2003

पत्र-पत्रिकाएँ

1. अमर उजाला
2. दैनिक जागरण
3. हिंदुस्तान समाचार
4. राष्ट्रीय सहारा
5. टाइम्स ऑफ इण्डिया
6. सीमान्त वार्त्ता
7. द–हिन्दू
8. समकालीन भारतीय साहित्य
9. मढ़ई
10. भाषा सहोदरी
11. आलोचना
12. नागरी
13. इंडिया टुडे
14. प्रवाह
15. इंद्रप्रस्थ भारती
16. माहुर

लेखक के पैतृक गाँव पिनानी में कथाकार रमेश पोखरियाल 'निशंकजी' के साथ डॉ. कपिल देव पंवार

□

साक्षात्कार

लेखक से सीधा संवाद

प्रश्न–1 : मेरा शोध-विषय 'डॉ. रमेश पोखरियाल 'निशंक' के कथा-साहित्य में लोक-तत्त्वों की अभिव्यंजना है।' लोक-तत्त्वों को आपके साहित्य में पर्याप्त स्थान मिला है, आप स्वयं को लोक-चित्त के कितना समीप रखते हैं?

उत्तर : मेरा जन्म जनपद पौड़ी गढ़वाल के विकास खंड पाबौ के अत्यंत दूरस्थ ग्राम पिनानी गाँव में हुआ, बचपन से लेकर हाई स्कूल तक की शिक्षा मैंने अत्यंत गरीबी-अभाव एवं कठिनाइयों के साथ गाँव में रहकर ही पूरी की। प्राथमिक शिक्षा मैंने नंगे पैर अपने गाँव के स्कूल से ही पूर्ण की, फिर आगे की 6वीं से लेकर 10वीं तक की शिक्षा के लिए गाँव से 7 किलोमीटर दूर खड़ी चढ़ाई वाले ठेठ जंगली रास्ते से कई गाड़-गदेरों को पार करते हुए दमदेवल हाई स्कूल से पूरी की। रोज 7 किलोमीटर पैदल जाना और 7 किलोमीटर आने के पश्चात् माताजी के साथ घर के सभी काम-काज करना, मेरी दिनचर्या का हिस्सा रहा है। खेतों में गोबर की खाद डालना, जलाने के लिए जंगल से लकड़ी लाना, खेतों में हल चलाना आदि सभी कार्य मैंने किए। मैंने गाँव एवं समाज के रीति-रिवाजों, परंपराओं, कठिनाइयों और समस्याओं को बहुत नजदीकी से देखा और भोगा है, इस नाते मेरा लोक जीवन से बहुत नजदीक का रिश्ता रहा है।

इसके बाद शिक्षक के रूप में अनेक स्थानों पर कार्य करते हुए और फिर बाद में पत्रकार के रूप में समाज एवं लोक-जीवन के अनेक तत्त्वों से साक्षात्कार होता रहा है। राजनीति में आने के पश्चात् आज भी हर रोज सैकड़ों लोगों से मिलना, उनकी समस्याओं को सुनना, उनका समाधान करने की कोशिश करना, यह सब करते हुए समाज और लोक-जीवन से मेरा बहुत ही नजदीक का रिश्ता है। मैंने पहाड़ के संघर्षों और अभावों को केवल देखा ही नहीं, भोगा भी है। ऐसे संत्रासों के बीच जीवन-यापन जीवट का काम है। यह हिमालय की अपनी उपलब्धि है कि यहाँ का सरल, सरस जीवन बहुत कम सुविधाओं में भी आनंद से व्यतीत हो जाता है। यही कारण है कि प्रसन्नता या हैप्पीनैस

ग्राफ में हम आज भी सबसे ऊपर हैं। संकटपूर्ण मार्ग से गुजरने वाला ही लहूलुहान तलवों का मर्म तथा मानव-कल्याण के धर्म को समझ सकता है। स्वयं तपना पड़ता है, तभी लेखक कुंदन बनकर उभर सकता है। संभवत: जीवनानुभवों का यही संघर्ष मेरे व्यक्तित्व का सबसे उज्ज्वल पक्ष है।

प्रश्न-2 : आप एक श्रेष्ठ रचनाकार हैं तथा शीर्ष राजनेता के रूप में आपकी व्यस्तता क्या लेखन को प्रभावित करती है? आप दोनों के बीच सामंजस्य कैसे रख पाते हैं?

उत्तर : देखिए मैंने अपने आप को कवि, लेखक और रचनाकार कभी नहीं माना। मैंने तो जो देखा और जो भोगा उसको अपनी सीधी और सरल भाषा में आम जनमानस तक पहुँचाने की कोशिश की है। रही राजनेता के रूप में मेरी व्यस्तता की बात, तो सच बात तो यह है कि मुझे रोज ही अपने कार्यक्रमों, जनसंपर्कों और जनसंवादों में अनेकों कहानियों और कविताओं के विषय मिल जाते हैं, लिखने के लिए मुझे अलग से सोचने की जरूरत कभी नहीं पड़ी, वैसे भी यह सत्य है कि व्यस्त रहकर ही मनुष्य सबसे अधिक समय अपने लिए निकाल पाता है।

ये ठीक है कि राजनीति में व्यस्तता जरूर होती है, लेकिन मैंने कभी भी राजनीति को अपने लेखन पर और लेखन को अपनी राजनीति पर हावी नहीं होने दिया। मैं अधिकतम चार घंटे ही नींद लेता हूँ। मैंने अपने समय प्रबंधन में अपने लेखन के लिए एक निश्चित समय रखा हुआ है, इसके अतिरिक्त यात्रा करते हुए कभी कार में, हवाई जहाज में, हेलीकॉप्टर में और रेल में जब-जब भी मुझे समय मिलता है तो मैं अपने समय का सदुपयोग करके कुछ-न-कुछ लिखता ही रहता हूँ। लिखना मेरे लिए उतना ही जरूरी है, जितना कि जीने के लिए भोजन करना। हाँ यदि राजनीति की बात करूँ तो यह मेरे लिए कोई अलग से किया गया उपक्रम नहीं है, जब मैं अपनी यादों की पगडंडी पर जाता हूँ, तो मेरे सामने कुछ स्थितियाँ अवश्य रहती हैं, जिन्हें मैंने विकल्पों की तरह इस्तेमाल करके अपने रास्ते तय किए हैं। अपनी मनोभूमि की निर्मिति समाज के ताने-बाने से ही होती है, फिर चाहे राजनीति हो या लेखन। जीवन की पाठशाला ही सबसे बड़ा प्लेटफॉर्म है, जहाँ से प्रत्येक व्यक्ति अपने-अपने हिस्से की ऊर्जा ग्रहण करता है।

प्रश्न-3 : हिमालय का आशीर्वाद आपके साथ सदैव बना रहा है। यहाँ की संस्कृति ने आपको कहाँ तक प्रभावित किया है?

उत्तर : हिमालय सदैव ही हमारे ऋषि-मुनियों, कवियों, लेखकों और चिंतकों का प्रेरणा स्रोत रहा है। यह प्रेरणा का एक पुंज है। देश और दुनिया का आदमी जब थक-हार जाता है तो वह ऊर्जित होने के लिए हिमालय की ही शरण में आता है। क्योंकि

मेरा जन्म हिमालय की ही गोदी में हुआ है, तो निश्चित रूप से हिमालय और यहाँ की संस्कृति ने मुझे प्रभावित ही नहीं किया, बल्कि पोषित भी किया है। मैं इसी संस्कृति में पला और बढ़ा भी हूं। यहाँ की संस्कृति पूरे विश्व की संस्कृतियों में सबसे अनूठी है। यही संस्कृति संपूर्ण भारत की संस्कृति का भी प्रतिनिधित्व करती है। देवात्मा हिमालय कोई साधारण शब्द नहीं है, वरन विश्व का गौरवशाली मस्तक है। भगवान शिव की तप:स्थली होने के कारण इसकी वैभवशाली परंपरा ने सारी दुनिया को आकृष्ट किया है। यह मेरा परम् सौभाग्य है की मैंने पर्वतीय अँचल के हिमवंत प्रदेश में जन्म लिया है। हिमालय से मेरा नेह का नाता है। इसी से मेरी सांसों में स्पंदन और व्यक्तित्व में ऊर्जा का संचरण हुआ है। यहाँ के सांस्कृतिक ताने-बाने का प्रभाव हिमालय से आरंभ होकर हिमालय पर ही समाप्त होता है। अत: इसके बिना अपने जीवन की कल्पना भी करना मेरे लिए असंभव है।

प्रश्न-4 : आपको लेखन की प्रेरणा कहाँ से मिली ?

उत्तर : मैंने कहा न कि हिमालय मेरी प्रेरणा का स्त्रोत रहा है, तो निश्चित रूप से ही मुझे लिखने की प्रेरणा भी हिमालय से ही मिली है, वैसे रचना एक युद्ध है। अपने अंतरमन से युद्ध सृजन की पीड़ा का अनुभव रचना को जन्म देनेवाला रचनाकार ही कर सकता है, क्योंकि उसके लिए रचना ही जीने का अर्थ है और उसी में वह अपने को सार्थक महसूस करता है, सृजन का क्षण कुछ जन्म देने, कुछ पैदा करने का क्षण होता है, क्योंकि रचना की शक्ति सत्य की शक्ति होती है। यही नैतिक शक्ति है, जो अकेले भी खड़ी होती है और सत और असत के संघर्ष में मनुष्यता को राह दिखा सकती है। जो कुछ भी मूल्यवान् है और मनुष्य के भीतर सो रहा है, यह शक्ति उसे जगा देती है। समाज में घटित होनेवाली वह समस्त भावनाएँ, जो आलोक मेरे लेखन की प्रेरणा रहा है, प्रकृति के विराट् स्वरूप के दिग्दर्शन, आध्यात्मिक सूत्रों को पकड़ने की बेचैनी, मानवीय प्रेम और सौंदर्य के इंद्रधनुषी रंग मेरे साहित्य की शाश्वत चेतना हैं।

प्रश्न-5 : आपने कविताओं से लेखन की शुरुआत की और फिर कहानी, उपन्यास, यात्रा-साहित्य भी लिखा। कथा-साहित्य लिखना आवश्यकता रही या कोई खास वजह ?

उत्तर : लेखन के लिए मैंने न तो कोई विशिष्ट विधा चुनी है और न किसी एक विधा पर लिखने की मेरी खास वजह रही है। कविता, कहानी, उपन्यास, यात्रा साहित्य के अतिरिक्त मैंने संस्कृति और बाल साहित्य में भी रचनाएँ की हैं। मैंने पहले भी कहा कि लिखने के लिए मुझे कभी भी अलग से कुछ अलग सोचने की आवश्यकता नहीं पड़ी, मुझे रोज ही कई-कई कविताएँ, कहानियाँ और उपन्यासों के विषय एवं सार अपने

रोजमर्रा के कार्यक्रमों के दौरान ही मिल जाते हैं।

प्रश्न-6 : आपकी पसंदीदा विधा कौन-सी रही और आपकी ऐसी रचनाएँ, जिन्हें आप लोक के सबसे करीब समझते हों।

उत्तर : बता नहीं सकता कि पसंदीदा विधा कौन-सी है। सभी विधाओं में मैंने समान रूप से लिखा है, अब तक 11 काव्य-संग्रह, 10 उपन्यास, 11 कहानी-संग्रह के अतिरिक्त व्यक्तित्व विकास पर चार, पर्यटन एवं संस्कृति पर पाँच, बाल साहित्य पर पाँच पुस्तकों सहित कुल 75 से अधिक पुस्तकें प्रकाशित हुई हैं। इसीलिए सभी विधाएँ पसंद हैं, ऐसा समझिए।

प्रश्न-7 : आपके पात्र संघर्षशील समाज से लिए गए हैं ? इसका उद्देश्य क्या है ?

उत्तर : लोक और लोक-समाज की पीड़ा मेरे लेखन का मुख्य विषय रही है। मैंने खुद अपने जीवन में अत्यंत संघर्ष किया है। अभाव और गरीबी से जूझते हुए भी खुश रहना और उन्हीं समस्याओं और अभावों को माध्यम बनाकर अपना मार्ग निकालना मैंने अपनी स्व. माताजी से सीखा है, इसीलिए निश्चित रूप से मेरे पात्र भी पिछड़े, उपेक्षित और संघर्षशील समाज से ही आते हैं, लेकिन मैंने अपने पात्रों को कभी कमजोर नहीं पड़ने दिया, कभी उनका मनोबल नहीं टूटने दिया। मेरे पात्र हमेशा ही विजयी रहे हैं। इसके पीछे उद्देश्य भी एकदम स्पष्ट है। मेरी रचनाओं को, कहानियों को पढ़कर समाज के किसी भी गरीब, पिछड़े, अभावों में जी रहे लोगों, आर्थिक रूप से कमजोर या फिर दिग्भ्रमित युवाओं को संघर्ष करने और आगे बढ़ने की प्रेरणा मिलती है, तो मैं अपना लेखन सार्थक समझता हूँ।

प्रश्न-8 : लोक, लोक-समाज, लोक-संस्कृति के बारे में आपके क्या विचार हैं ?

उत्तर : लोक, लोक-समाज और लोक-संस्कृति ही जीवन का सार है। यह संस्कृति ही है, जो लोक और लोक-समाज को आपस में बाँधे हुए रखती है। संस्कृति-लोक और लोक-समाज की जड़ होती है। जिस समाज ने अपनी संस्कृति को पकड़कर नहीं रखा, जिस समाज ने अपनी संस्कृति को अपनी पीढ़ी तक आगे नहीं बढ़ाया, हस्तांतरित नहीं किया, तो वह समाज निश्चित रूप से एक-न-एक दिन अपना अस्तित्व खो देता है।

प्रश्न-9 : आपके उपन्यासों के अधिकांश नारी पात्र एक उद्देश्यपरक भूमिका में चित्रित किए गए हैं ? एक संदेश समाज को वे दे रहे हैं ? इसके विषय में आपका क्या कहना है ?

उत्तर : भारतीय संस्कृति में नारी को अत्यंत महत्त्वपूर्ण एवं पूजित स्थान प्राप्त है।

न केवल भारत ही, अपितु संपूर्ण विश्व और सृष्टि में नारी भगवान् की ही अद्‌भुत कृति है। शास्त्रों में भी कहा गया है—'यत्र नार्यस्तु पूज्यंते, रमंते तत्र देवता', अर्थात् जहाँ नारी की पूजा होती है, देवता भी वहीं वास करते हैं। मेरे उपन्यासों में नारी एक संघर्षशील, परिश्रमी, सशक्त एवं सबल तथा उद्‌देश्यपरक भूमिका में रही है। निश्चित रूप से वह समाज को एक संदेश भी देती है।

प्रश्न-10 : अपने समस्त उपन्यासों में से किस उपन्यास को आप अपना प्रिय या कहूँ सर्वश्रेष्ठ उपन्यास मानते हैं।

उत्तर : यह प्रश्न मेरे लिए थोड़ा कठिन है। मेरे लिए मेरे समस्त उपन्यास प्रिय हैं। सर्वश्रेष्ठ कौन सा उपन्यास है, यह मेरे पाठकवृंद बता सकते हैं।

प्रश्न-11 : पाठ्य एवं श्रव्य विधा 'मेजर निराला' पर एक सफल फिल्म बनी है, इसे दर्शकों ने खूब सराहा है। इसका दृश्य रूप अधिक स्वीकृत रहा या पाठ्य रूप? उपन्यास के रूप में या फिल्म के रूप में?

उत्तर : मेरे उपन्यास मेजर निराला का पहला संस्करण वर्ष 2008 में प्रकाशित हुआ था, इसके पश्चात् इसके कई संस्करण छप चुके हैं। पाठकों ने इसे खूब स्नेह दिया और सराहा भी। 10 वर्ष पश्चात् 2018 में इस पर फिल्म बनी, तो इसको भी दर्शकों का भरपूर प्यार और स्नेह मिला। कह सकता हूँ कि दोनों रूपों में ही, पाठ्य और दृश्य रूप में इसे पाठकों और दर्शकों की स्वीकृति मिली है।

प्रश्न-12 : आप लेखन के लिए अपनी व्यस्तता से कैसे समय निकाल पाते हैं?

उत्तर : (हँसते हुए) वैसे ही, जैसे हर व्यक्ति खाने के लिए समय निकालता है। इसका उत्तर आपको पहले दे चुका हूँ।

प्रश्न-13 : आपकी आगामी लेखन-योजना क्या है?

उत्तर : लेखन के लिए मैं कोई भी योजना नहीं बनाता हूँ। नियमित ही कभी कविताएँ तो कभी कहानियाँ या फिर कुछ-न-कुछ लिखता रहता हूँ और फिर सामग्री एकत्रित हो जाने के पश्चात् एक निश्चित पुस्तक का रूप देता हूँ।

प्रश्न-14 : मैंने आपके कथा-साहित्य में 'लोक-तत्त्वों की अभिव्यंजना' पर शोध कार्य किया है। लोक-तत्त्वों में मैंने कहानी और उपन्यासों में लोकधर्म, लोक-विश्वास, लोक-संस्कार, लोकमूल्य संक्रमण, लोकगाथाओं का प्रभाव, जैसे तमाम आयामों का विश्लेषण किया है? आप इस विषय पर कुछ कहिए?

उत्तर : मुझे प्रसन्नता है कि आप मेरे कथा साहित्य पर "डॉ. रमेश पोखरियाल 'निशंक' के कथा साहित्य में लोक-तत्त्वों की अभिव्यंजना," विषय पर शोध कर रहे

हैं, इस हेतु मैं आपको एवं आपके शोध निर्देशक को बधाई देता हूँ। मैं उम्मीद करता हूँ कि आप समयबद्धता के साथ सफलतापूर्वक अपना शोध कार्य पूर्ण करेंगे। मैं आपके उज्ज्वल भविष्य की कामना करता हूँ।

प्रश्न-15 : युवा लेखकों के लिए आपका क्या संदेश है ?

उत्तर : युवा लेखकों और खासकर युवाओं के लिए मैं यही कहूँगा कि परिश्रम का कोई भी विकल्प नहीं है। समस्त सफलताओं का मूल-मंत्र ही परिश्रम है। युवा लेखकों से मैं कहना चाहूँगा कि जो भी लिखें, अच्छा लिखें, प्रेरणाप्रद लिखें, जिससे देश, देशवासियों, समाज एवं संस्कृति को कुछ-न-कुछ प्रेरणा मिले, कुछ-न-कुछ लाभ मिले। वस्तुत: हमारे जीवन का कोई-न-कोई उद्‌देश्य तो होना ही चाहिए। जिस समाज ने हमें मान-सम्मान पद-प्रतिष्ठा सबकुछ देकर एक पहचान दी है, उसके प्रति हमारी भी कुछ जिम्मेदारी है। युवाओं का आह्वान करते हुए मैं उद्‌घोष करता हूँ कि अपना जीवन उद्‌देश्यपरक बनाएँ। अपने जीवन को सार्थक बनाकर देश और समाज की एकता में अपना योगदान सुनिश्चित करें। अनेक मार्गों के बाद भी उस सद्‌मार्ग की ओर प्रवृत्त हों जो देश के लिए आदर्श मार्ग हो।

सादर धन्यवाद।

□

सतह से शीर्ष तक की यात्रा

डॉ. निशंक की काव्यकृति 'मातृभूमि के लिए' का विमोचन करते हुए राष्ट्रपति डॉ. शंकर दयाल शर्मा

डॉ. 'निशंक' की काव्यकृति 'देश हम जलने न देंगे' का
विमोचन करते हुए राष्ट्रपति श्री ज्ञानी जैल सिंह

डॉ. ए.पी.जे. अब्दुल कलाम के जीवन पर लिखी पुस्तक 'सपने जो सोने न दें' के अंग्रेजी संस्करण की पहली प्रति राष्ट्रपति श्री प्रणव मुखर्जी को भेंट करते हुए

देशभक्ति गीतों की पुस्तक 'ए वतन तेरे लिए' का विमोचन करते राष्ट्रपति डॉ. ए.पी.जे. अब्दुल कलाम

डॉ. 'निशंक' के कहानी-संग्रह 'खड़े हुए प्रश्न' का
विमोचन करते हुए पूर्व प्रधानमंत्री श्री अटल बिहारी वाजपेयी

मॉरीशस में डॉ. 'निशंक' की पुस्तक 'स्पर्श गंगा' का
विमोचन करते मॉरीशस के राष्ट्रपति सर अनिरुद्ध जगन्नाथ

डॉ. 'निशंक' को पुष्प गुच्छ भेंट करती हुई महामहिम राष्ट्रपति श्रीमती प्रतिभा देवी सिंह पाटिल

सुप्रसिद्ध लेखक रस्किन बॉण्ड को अपनी पुस्तकें भेंट करते डॉ. 'निशंक'

नई दिल्ली में डॉ. 'निशंक' के कथा साहित्य एवं उपन्यासों का विमोचन करते हुए सुप्रसिद्ध कथाकार डॉ. नरेंद्र कोहली

स्वर सम्राज्ञी लता मंगेश्वर को अपने गीत भेंट करते डॉ. 'निशंक'

डॉ. 'निशंक' को पुष्प गुच्छ भेंट करती हुई महामहिम राष्ट्रपति श्रीमती प्रतिभा देवी सिंह पाटिल

सुप्रसिद्ध लेखक रस्किन बॉण्ड को अपनी पुस्तकें भेंट करते डॉ. 'निशंक'

नई दिल्ली में डॉ. 'निशंक' के कथा साहित्य एवं उपन्यासों का विमोचन करते हुए सुप्रसिद्ध कथाकार डॉ. नरेंद्र कोहली

स्वर सम्राज्ञी लता मंगेश्वर को अपने गीत भेंट करते डॉ. 'निशंक'

स्वामी विवेकानंद के जीवन प्रबंधन पर आधारित डॉ. 'निशंक' की पुस्तक
'संसार कायरों के लिए नहीं' का विमोचन करते हुए राष्ट्रपति श्री प्रणव मुखर्जी

नई दिल्ली में डॉ. 'निशंक' को 'भारत गौरव अवॉर्ड' प्रदान करते हुए दक्षिण अफ्रीका के मंत्री

राजनीति से जुदा निशंक की कविराज की शख्सियत

देहरादून। सक्रिय राजनीति में रह कर डॉ. रमेश पोखरियाल निशंक ने साहित्य के क्षेत्र में अपनी एक अलग पहचान बनाई है। वे प्रदेश के अकेले ऐसे नेता हैं जो राजनीति में सक्रिय होने के साथ साहित्यकर्म के लिए भी पूरा वक्त निकालते हैं। उनकी इसी योग्यता की वजह से उन्हें कविराज निशंक के रूप में जाना जाता है। राष्ट्रीय अध्यक्ष अमित शाह तो निशंक को खासतौर पर कविराज कहकर ही पुकारते हैं। राजनीति में नई ऊंचाईयों को छूने के साथ ही निशंक ने साहित्य के सफर को भी जारी रखा। बचपन से ही कविता और कहानियां लिखने में उनकी रुचि थी। पहला कविता संग्रह समर्पण वर्ष 1983 में प्रकाशित हुआ। अब तक 14 कविता संग्रह, 12 कहानी संग्रह, 11 उपन्यास, चार पर्यटन ग्रंथ, छह बाल साहित्य, चार व्यक्तित्व विकास समेत पांच दर्जन से अधिक पुस्तकें प्रकाशित हो चुकी हैं। निशंक के लिखे साहित्य को जर्मन, क्रिओल, स्पेनिश, अंग्रेजी, फ्रेंच, नेपाली विदेशी भाषाओं समेत तेलगु, तमिल, मलियालम, कन्नड़, गुजराती, बंगाली, संस्कृत, मराठी व अन्य भारतीय भाषाओं में अनुवाद किया गया। उनका साहित्य देश विदेश के कई विश्वविद्यालयों के पाठ्यक्रम में पढ़ाया जा रहा है। वहीं, हम्बर्ग, जर्मन, मारिशस के विश्वविद्यालयों, कुमाऊं विश्वविद्यालय, गढ़वाल, मेरठ, कुरुक्षेत्र, केंद्रीय विश्वविद्यालय में उनके साहित्य पर शोध कार्य किए गए। राजनीति के महारथी निशंक ने अपने साहित्य के जरिये उत्तराखंड की भौगोलिक परिस्थिति, संस्कृति, लोक परंपराओं, सामाजिक सरोकारों को उठाने कोई कसर नहीं छोड़ी।

साहित्य में निशंक को मिले ये सम्मान

डॉ. रमेश पोखरियाल निशंक को साहित्य के क्षेत्र में राष्ट्रीय और अंतरराष्ट्रीय स्तर पर तीन सौ से अधिक संस्थानों और संगठनों की ओर से सम्मानित किया जा चुका है। केंद्र सरकार ने हिमालय का महाकुंभ नंदा राज जात पुस्तक पर वर्ष 2008-09 में राहुल सांकृत्यायन पुरस्कार से सम्मानित किया। वहीं, अंतरराष्ट्रीय मुक्त विश्वविद्यालय कोलंबो ने साहित्य के क्षेत्र में डी लिट की मानद उपाधि दी। पूर्व राष्ट्रपति डॉ. एपीजे अब्दुल कलाम ने साहित्य गौरव सम्मान और पूर्व प्रधानमंत्री अटल बिहारी वाजपेयी ने साहित्य भारती सम्मान से नवाजा। नालंदा विद्या पीठ बिहार ने निशंक को साहित्य वाचस्पति की उपाधि दी। देश के तत्कालीन राष्ट्रपति डॉ. शंकर दयाल शार्मा, ज्ञानी जैल सिंह ने राष्ट्र प्रेम की कविताओं के लिए राष्ट्रपति भवन में सम्मानित किया। उत्कृष्ट साहित्य सृजन के लिए श्रीलंका, जर्मनी, हॉलैंड, रूस, नार्वे, जापान, इंडोनेशिया, भूटान समेत कई यूरोपीय देशों ने निशंक को सम्मानित किया।

□□□